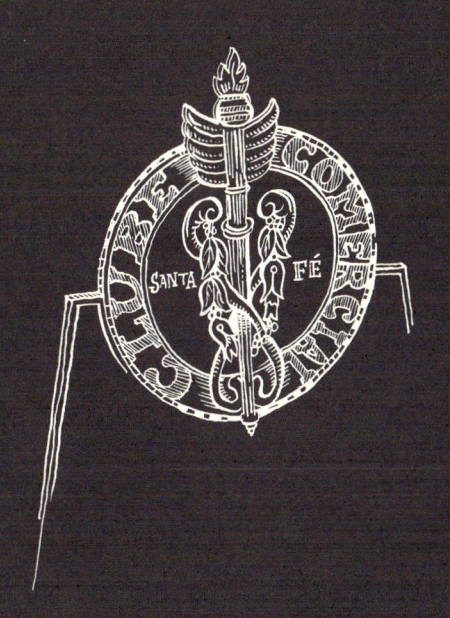

O tempo e o vento [parte III]

Erico 120 anos

ERICO VERISSIMO 1905-2025

Erico Verissimo

O tempo e o vento [parte III]
O arquipélago vol. 3

Ilustrações
Paulo von Poser

10ª reimpressão

COMPANHIA DAS LETRAS

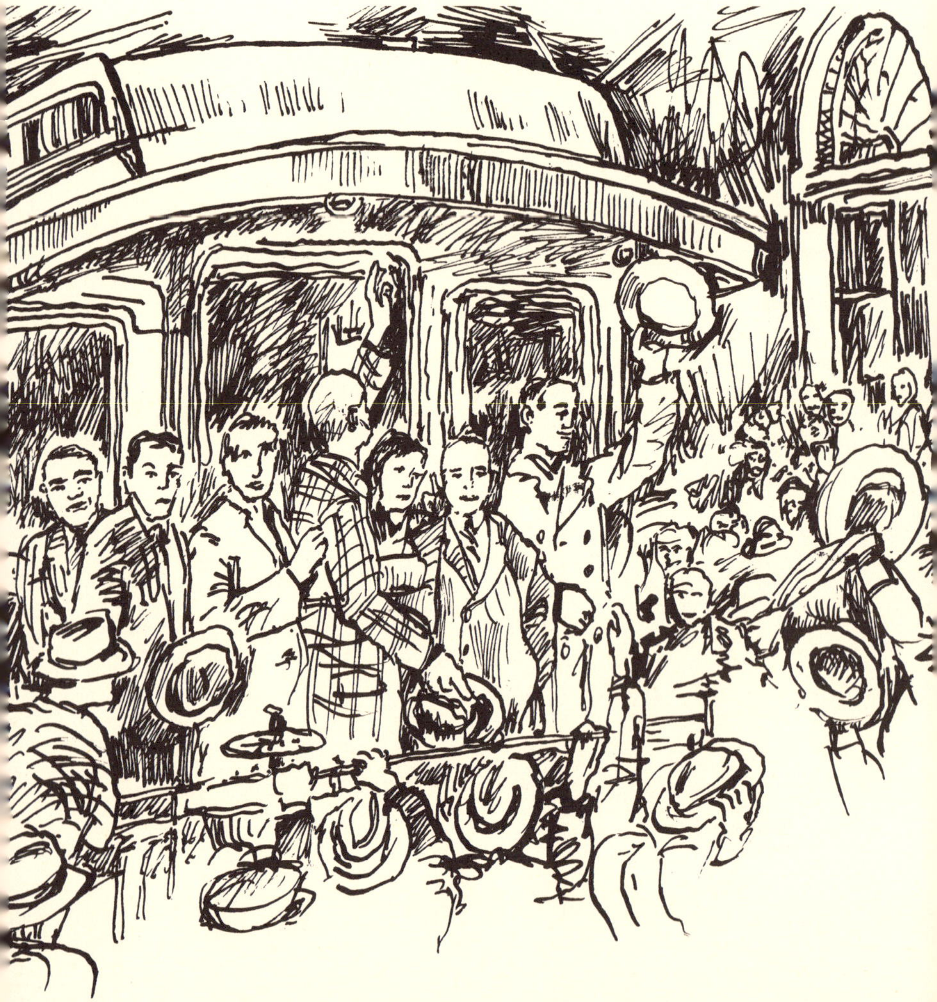

10 Árvore genealógica da família Terra Cambará

 12 O cavalo e o obelisco
109 Reunião de família v
162 Caderno de pauta simples
173 Noite de Ano-Bom
267 Reunião de família vi
295 Caderno de pauta simples
309 Do diário de Sílvia
368 Encruzilhada

459 Cronologia
473 Crônica biográfica

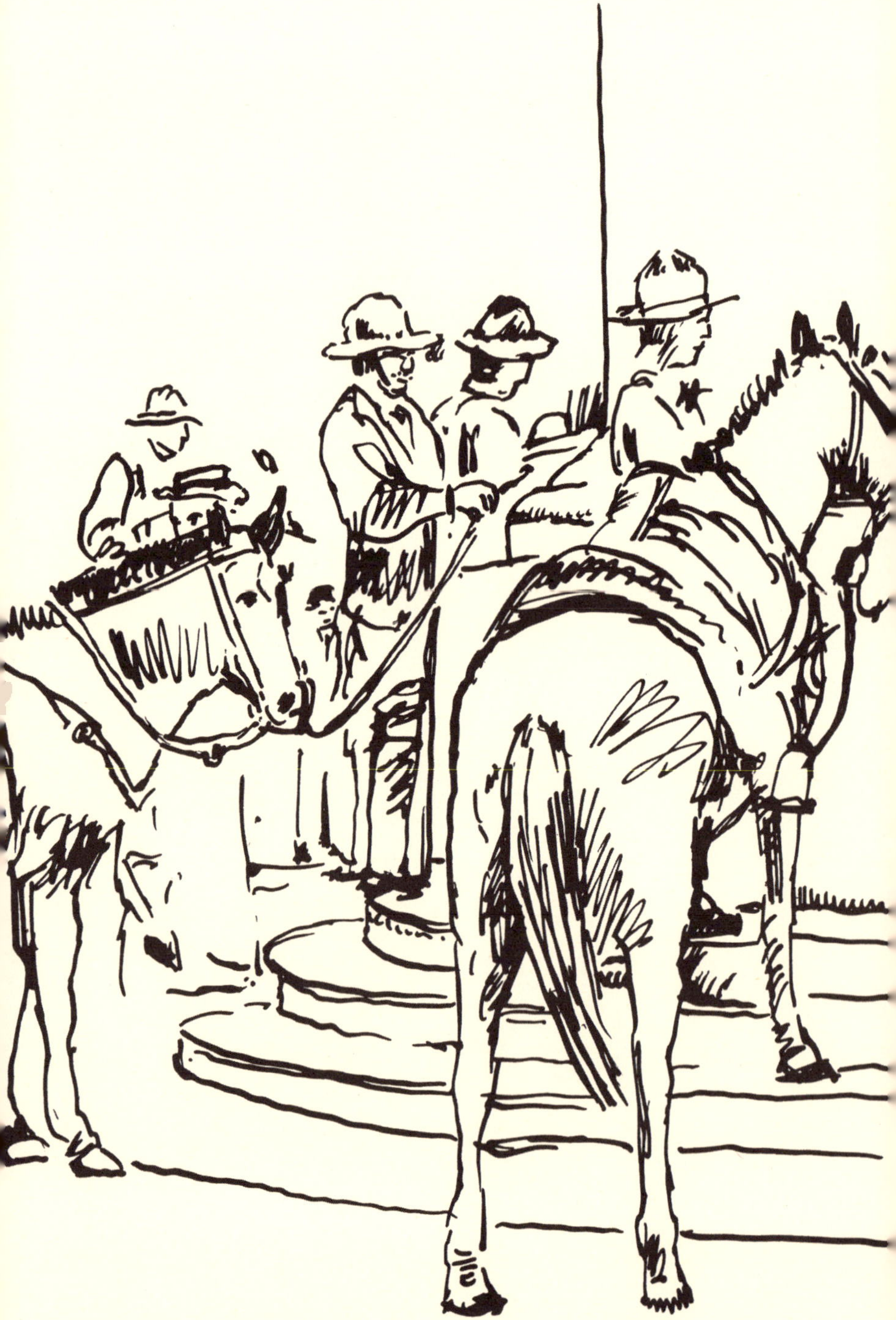

PAULO
VON
POSER

Árvore genealógica da família Terra Cambará

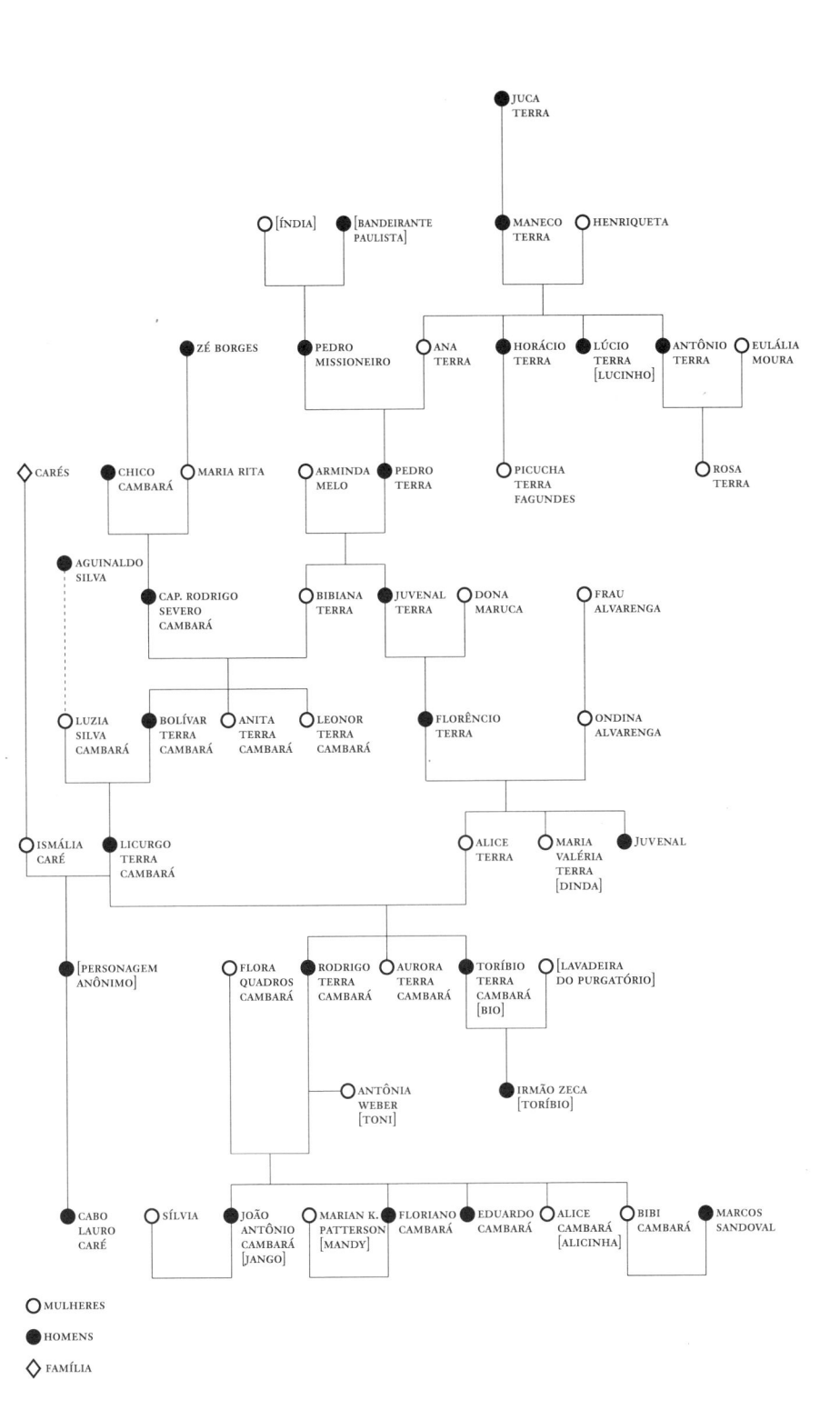

```
                                                              ● JUCA
                                                                TERRA
                                                                │
                                                              ● MANECO ─── ○ HENRIQUETA
                                                                TERRA
                                                                │
           ○ [ÍNDIA] ─── ● [BANDEIRANTE              ○ ANA   ● HORÁCIO  ● LÚCIO      ● ANTÔNIO ─── ○ EULÁLIA
                           PAULISTA]                   TERRA   TERRA     TERRA         TERRA         MOURA
                    │                                            │       [LUCINHO]      │
                    │                                            │                      │
              ● PEDRO                                      ○ PICUCHA                 ○ ROSA
                MISSIONEIRO                                   TERRA                    TERRA
                    │                                         FAGUNDES
    ● ZÉ BORGES     │
         │          │
         │     ○ ARMINDA ─── ● PEDRO
    ● CHICO ─── ○ MARIA     MELO      TERRA
      CAMBARÁ    RITA         │
                              │
◇ CARÉS                       │
                              │
    ● AGUINALDO               │
      SILVA                   │
         ┊                    │
         ┊  ● CAP. RODRIGO ── ○ BIBIANA   ● JUVENAL ─── ○ DONA        ○ FRAU
            SEVERO             TERRA       TERRA         MARUCA        ALVARENGA
            CAMBARÁ                                                        │
                 │                              │                          │
    ○ LUZIA ──── ● BOLÍVAR  ○ ANITA  ○ LEONOR  ● FLORÊNCIO ─────────── ○ ONDINA
      SILVA       TERRA      TERRA    TERRA     TERRA                    ALVARENGA
      CAMBARÁ     CAMBARÁ    CAMBARÁ  CAMBARÁ      │
         │                                         │
  ○ ISMÁLIA ── ● LICURGO                 ○ ALICE   ○ MARIA    ● JUVENAL
    CARÉ        TERRA                      TERRA    VALÉRIA
                CAMBARÁ                             TERRA
                    │                               [DINDA]
                    │
  ● [PERSONAGEM      ○ FLORA  ● RODRIGO   ○ AURORA  ● TORÍBIO ── ○ [LAVADEIRA
     ANÔNIMO]         QUADROS   TERRA       TERRA     TERRA        DO PURGATÓRIO]
         │            CAMBARÁ   CAMBARÁ     CAMBARÁ   CAMBARÁ
         │                                            [BIO]
         │                       │                      │
         │              ○ ANTÔNIA                  ● IRMÃO ZECA
         │                WEBER                     [TORÍBIO]
         │                [TONI]
         │                       │
  ● CABO   ○ SÍLVIA ● JOÃO    ○ MARIAN K.  ● FLORIANO ● EDUARDO ○ ALICE     ○ BIBI    ● MARCOS
    LAURO            ANTÔNIO    PATTERSON   CAMBARÁ    CAMBARÁ   CAMBARÁ     CAMBARÁ   SANDOVAL
    CARÉ             CAMBARÁ    [MANDY]                          [ALICINHA]
                     [JANGO]
```

○ MULHERES
● HOMENS
◇ FAMÍLIA

O cavalo e o obelisco

I

Naquele sábado de fins de julho de 1930, Rodrigo reuniu alguns amigos no Sobrado para comemorar o aniversário de Flora. Chegaram primeiro os Macedos: d. Veridiana, gorducha e matronal, o rosto redondo, a pele de requeijão, anéis faiscantes nos dedos, toda metida no seu rico casacão de peles, e envolta numa atmosfera de L'Origan de Coty e naftalina; Juquinha, sempre jovial, com sua invejável cabeleira negra e espessa, enfarpelado numa roupa escura feita antes da Revolução de 23, e que já agora começava a ficar-lhe apertada nos lugares mais inconvenientes. O dr. Dante Camerino veio com a mulher na esteira dos sogros: ele já com sua barriguinha próspera, pois tinha boa clínica, fazia dinheiro, começava a ensaiar-se em aventuras pecuárias; ela cada vez mais parecida com a mãe, de quem ganhara no último Natal o casacão de peles que ostentava agora. (Desse casal dissera Rodrigo com terna ironia: "Entendem-se bem: engordam de comum acordo".)

Contra a expectativa do dono da casa, que convidara os vizinhos americanos por pura cortesia, compareceram também à festa o rev. Dobson e sra. D. Dorothy, alvoroçada, soltando suas risadinhas nervosas, procurando ser amável com todos: o pastor sem saber onde colocar as manoplas incendiadas de pelos ruivos ou acomodar as pernas de joão-grande: ambos com um ar vago, transparente e indeciso, como fantasmas sem experiência que estivessem assombrando uma casa pela primeira vez.

Pouco depois entraram os Prates. O dr. Terêncio, que agora, morto o pai, era o chefe de seu clã, entregou à criada no vestíbulo o sobretudo preto trespassado, feito por um dos melhores alfaiates de Paris, tirou as luvas de pele de cão e jogou-as dentro do seu chapéu Gelot que a rapariga segurava; e, depois de ajustar o nó da gravata num gesto automático, tomou do braço da mulher e dirigiu-a para a sala de visitas, com a gravidade de quem carrega um andor. Marília Prates tinha mesmo algo de madona, uma beleza meio seca e morta de imagem de pau pintado. Trazia um vestido de seda negro, simplicíssimo, recendia a Nuit de Noël e como única joia estadeava no peito, à maneira de broche, uma comenda da Ordem da Rosa que o Imperador conferira a seu bisavô, general das tropas legalistas que em 35 combateram os Farrapos. Raramente sorria, tinha orgulho de sua árvore genealógica, gostava de livros, sabia o seu francês, passara com o marido alguns anos em Paris e — afirmavam as comadres maliciosas — não dava duas palavras sem dizer: "Uma vez nos Champs Elysées...".

Os Prates entraram na sala e foram cumprimentando as pessoas que ali já se encontravam: Laurentina Quadros, indiática e séria, com aspecto de mulher de cacique, as mãos pousadas no regaço, sentada numa postura de retrato antigo; Santuzza Carbone, de peitos monumentais, corada e exuberante, numa sutil redolência a manjerona e alho, já a mastigar docinhos e pasteisinhos roubados na cozinha graças a seus privilégios de íntima da casa; Mariquinhas Matos, entronizada numa poltrona sob o espelho grande, sorrindo como a Mona Lisa, esforçando-se por parecer o próprio quadro de Da Vinci.

D. Marília e o dr. Terêncio deram parabéns a Flora. Rodrigo beijou a mão da recém-chegada, apertou a do marido, disse-lhes de sua alegria de tê-los no Sobrado e foi logo perguntando ao homem: "Que bebes? Um porto? Um conhaquezinho?". O dr. Prates aceitou o porto e depois, à sua maneira reservada, saiu a cumprimentar os outros convivas: Chiru (que como de costume não trouxera a mulher, coitada da Norata, sempre às voltas com os bacuris), a juba reluzente de brilhantina, uma chamativa gravata de seda azul-ferrete com uma rosa amarela pintada a óleo, e que em geral ele só usava em duas ou três ocasiões solenes durante o ano. O Neco, constrangido numa velha fatiota preta, que raramente tirava da mala, e que lhe havia sido feita pelo Salomão em priscas eras, e o velho Aderbal, também infeliz dentro da sua roupa de enterro, batizado e casamento, a meter de quando em quando o indicador entre o pescoço e o colarinho duro...

Rodrigo entregou ao dr. Terêncio o cálice de porto e conduziu-o ao escritório, onde Arão Stein e Roque Bandeira estavam sentados no sofá — o Tio Bicho já com um copo de cerveja ao lado, o judeu entusiasmado a enumerar as consequências do *crash* da Bolsa de Nova York. José Lírio escutava-o sem interesse, sentado a um canto, quieto e sonolento como gato velho em borralho.

Seriam quase nove horas quando Roberta Ladário entrou no Sobrado acompanhada pelo ten. Bernardo Quaresma. Estavam ambos ainda no vestíbulo a se desfazerem dos abrigos e já quase todas as mulheres na sala manifestavam na expressão fisionômica, em diferentes graus de intensidade, a sua estranheza ou desaprovação ante o fato escandaloso de uma moça solteira andar na rua àquelas horas da noite na companhia dum homem jovem que não era seu parente chegado. Mariquinhas deu voz à sua crítica, segredando-a ao ouvido de Flora, que sacudiu de leve a cabeça e transmitiu a observação da Gioconda a Santuzza, a qual encolheu os ombros e fez "*Eh!*". Laurentina, porém, absteve-se de qualquer comentário, mesmo monossilábico, e Marília Prates procedeu como se estivesse ausente.

Rodrigo veio radiante beijar a mão da professora e abraçar o tenente de artilharia, que estava vestido à paisana e entanguido de frio.

— Naturalmente vocês todos conhecem a Roberta... — disse o dono da casa, olhando em torno. — E o nosso Bernardo... nem se fala!

Claro, todos conheciam! Muito desembaraçada, com sua graça carioca e balzaquiana, Roberta Ladário pôs-se a distribuir beijinhos, começando com Flora, a quem entregou um presente. As mulheres em geral achavam a forasteira "dada e simpática", mas encaravam essas suas virtudes com uma certa reserva serrana. Não se sentiam muito à vontade ante seus chiados e sua desenvoltura teatral. Reprovavam a maneira exagerada com que ela pintava o rosto, principalmente as pálpebras, quase sempre tocadas duma sombra azulada, que lhe dava um jeito de atriz... "A senhora vê, uma professora!" E como se tudo isso não bastasse, Roberta fumava em público, cruzava as pernas como homem, escrevia e até publicava versos!

D. Laurentina recebeu impassível o beijo da professora. Marília manteve-a à distância, com um olhar glacial. Santuzza pegou com ambas as mãos a cabeça da moça e beijou-lhe sonoramente as faces, numa espécie de solidariedade de mulherona para mulherona. A Gioconda esquivou-se ao beijo, graças a um estratagema: levantou-se, segurou a outra pelos braços, conservando-a afastada de si, e disse duma maneira em que se sentia a hipocrisia de suas palavras:

— Estás maravilhosa hoje, Roberta!

E a professora, risonha:

— Achas? Muito obrigada, meu bem.

Desde que chegara a Santa Fé, havia menos de cinco meses, Roberta Ladário, professora da Escola Elementar, era um dos assuntos mais discutidos na cidade. Os homens estavam fascinados por aquela morenaça vistosa, bonita de cara, benfeita de corpo e um tanto livre de hábitos. Poucas semanas depois de sua chegada, publicara no jornaleco local um poema seu que causara escândalo no plano literário por causa da ausência de rima e metro, e no plano moral pela sua natureza ardentemente erótica. Os versos eram em última análise uma descrição do corpo e dos desejos da autora. "Isso não é um poema", dissera alguém. "É um anúncio!"

A madre superiora do Colégio do Sagrado Coração de Jesus, onde Roberta Ladário se hospedava, recebeu uma carta anônima em que um Amigo da Moral, enviando-lhe um recorte do jornal com o poema, perguntava-lhe se depois daquele "acinte" a boa freira permitiria ainda que a devassa continuasse a viver debaixo do mesmo teto que cobria as cabecinhas inocentes das alunas do internato. Ora, a madre superiora, natural da Alemanha, era uma mulher "evoluída", leitora de Goethe, e não reprovava bailes nem cinemas. Leu a carta, mostrou-a a Roberta e depois rasgou-a, dizendo: "Faz de conta que ninguém escreveu, hã?".

O ten. Bernardo Quaresma seguia Roberta na sala como um cachorrinho fiel. Era retaco, de pernas arqueadas, nariz adunco, caminhar gingante — traços esses que lhe davam um ar de papagaio. "Mas papagaio muito simpático!", explicava Rodrigo, que tinha já uma afeição quase paternal por aquele alagoano de cara rosada (agora um tanto arroxeada de frio) que servia no Regimento de Artilharia local havia quase um ano, sendo também um dos frequentadores mais assíduos do Sobrado. De resto o ten. Bernardo conquistara praticamente toda Santa Fé. Loquaz, brincalhão, fazia amigos com facilidade, gostava de dar presentes e prestar serviços. Tinha um cão pastor alemão, o Retirante, seu companheiro quase inseparável, animal tão gregário e popular quanto o dono. À tardinha o tenente de artilharia costumava deixar o hotel onde se hospedava (diziam que dormia com o cachorro na mesma cama) e subia a rua do Comércio na direção da praça da Matriz. As mulheres que ao entardecer costumavam vir debruçar-se nas suas janelas, e os homens que estavam às portas das lojas ou à frente do Clube Comercial, sabiam que podiam contar àquela hora do dia com um espetáculo divertido. Enfarpelado no seu uniforme cáqui (o quepe alto, as perneiras e o talabarte negros contribuíam para aumentar-lhe o porte), lá vinha Bernardo Quaresma no seu tranco de marinheiro, batendo nos lados do culote com seu inseparável pinguelim, a conversar com o cachorro. "Retirante velho, bichinho bom. Quem é que vai ganhar hoje um churrasco? Eta cabra da peste! Dança!" O cachorro começava a girar sobre si mesmo. "Rola!" E o animal rolava na calçada. "Olha o inimigo!" E o Retirante estacava, encostava o ventre nas pedras, estendia as patas traseiras, cobria o focinho com as dianteiras. E as pessoas que viam a cena punham-se a rir, e o tenente de artilharia, feliz, continuava seu caminho, conversando com um e com outro — "Cuca velho, meu bem, como vão as coisas?" —, parando à janela de Esmeralda Pinto para ouvir seus mexericos ou à de Mariquinhas Matos, para lhe dizer um galanteio. E se, ao passar pela frente da Barbearia Elite, o Neco estivesse parado à porta, era certo que o tenente empunhava o pinguelim à guisa de metralhadora, entrincheirava-se atrás dum poste telefônico e abria o fogo contra o barbeiro: — *ta-ta-ta-ta-ta*. O outro, arreganhando a dentuça equina, recuava para trás da porta, e improvisando um revólver com a mão direita disparava também. "Avançar!", gritava o tenente. Retirante precipitava-se na direção do barbeiro e, empinando-se, sentava as patas nos ombros de Neco e quase o derrubava. "Tira este cachorro daqui!" E Bernardo, rindo, vinha em socorro do amigo. "Quieto, cabra da peste!" E o cachorro se aquietava, ficava de língua de fora, resfolgante, a olhar para o dono com olhos ternos, enquanto Neco limpava o casaco, e o tenente o abraçava, dizendo quase sempre coisas assim: "Não faço a barba em barbeiro aqui no Rio Grande por causa da fama de degoladores que vocês gaúchos têm".

2

Quando Roberta passou por Chiru aquela noite, na sala do Sobrado, depois de cumprimentá-lo, este murmurou para o amigo:

— Essa morena é um balaço. Olha só que cadeiras, que peitos, que rabo. Deve ser de estouro na cama. E tu sabes duma coisa? O nosso Rodrigo já está fazendo o cerco... Ele pensa que sou cego, mas a mim ele não engana...

Neco Rosa lançou para a professora um olhar avaliador de perito e disse:

— É um balaço mesmo. E de bala dundum!

O ten. Quaresma plantou-se diante dos dois amigos, as pernas abertas, as mãos na cintura, o olhar provocador:

— Onde está a revolução que vocês iam fazer? O Rio Grande cantou de galinha.

Chiru Mena baixou para o tenente um olhar desdenhoso:

— Sai, nanico! Eu tomo aquele quartel de vocês a grito e a pelego!

— Qual nada! Gaúcho é só prosa, só farofa.

Chiru avançou sobre o tenente e envolveu-o com um abraço de urso, como se quisesse esmagar-lhe o tórax.

— Se eu não gostasse tanto de ti, milico safado, eu te reduzia a pó de traque, estás ouvindo?

E ficaram a trocar palmadas nas costas, muito amigos, enquanto o Neco cocava as pernas da professora.

— Por que não se senta, reverendo? — perguntou Flora ao pastor metodista, mostrando-lhe uma cadeira.

— Oh! Muito obrigado — murmurou ele, sentando-se e pousando as mãos sobre os joelhos, enquanto a mulher distribuía olhares e risinhos em derredor, como se procurasse compensar com aquela alegria estereotipada seu pouco conhecimento da língua dos nativos.

— Ponha alguma coisa na vitrola — pediu a dona da casa dirigindo-se ao Chiru.

O homenzarrão obedeceu e, dentro de poucos segundos, do ventre da Credenza saltavam os sons duma marcha. "Stars and stripes for ever". A mulher do pastor soltou um ah!, juntou as mãos num encantado espanto, como se tivesse visto entrar inesperadamente um primo-irmão recém-chegado dos Estados Unidos. A face do rev. Dobson permaneceu impassível, mas seu pé direito, marcando o compasso da marcha, denunciava-lhe o contentamento.

Junto da porta do escritório, na frente de Terêncio, mas sem prestar muita atenção no que este lhe dizia, Rodrigo observava disfarçadamente Roberta Ladário. Aquela mulher excitava-o de tal maneira, que ele não podia vê-la sem desejar agarrá-la ou pelo menos tocá-la. Fora a conquista mais rápida que fizera em toda a sua vida. Mal chegara a Santa Fé, a professora pedira que a levassem ao Sobrado. "Todos me diziam que vir a Santa Fé e não conhecer o doutor Rodrigo Cambará seria o mesmo que ir a Roma e não ver o papa." Rodrigo achara a imagem vulgar mas nem por isso se sentira menos lisonjeado. Vislumbrava nos olhos dela — oh, intuição! oh, sexto sentido! — um mundo de possibilidades e mesmo de facilidades. Aquela fêmea lhe surgira num momento crítico de sua vida. A derrota eleitoral de Getulio Vargas e João Pessoa, o malogro da conspiração revolucionária, o Rio Grande desmoralizado aos olhos do Brasil por não ter levado a cabo suas ameaças revolucionárias... enfim, aquele marasmo, aquela mediocridade de Santa Fé — tudo concorria para que ele se sentisse frustrado, deprimido, amargurado, necessitando novos interesses e estímulos. Sim, Roberta Ladário chegara na hora certa. Contara-lhe que fazia poemas. "Gostaria muito que o senhor os lesse, me desse conselhos, dissesse se prestam, se devo continuar..." Voltara dias depois ao Sobrado com um caderno cheio de versos, e Flora fora suficientemente compreensiva para permitir que ele e Roberta ficassem a sós no escritório, de portas fechadas. Sentaram-se no sofá. Que perfume era aquele que a envolvia? Não conseguiu identificá-lo... mas que importava? Roberta ali estava a seu lado, quase a tocá-lo com os braços, as ancas, as coxas, as pernas... Seu corpo despedia uma quentura perturbadora. Ela abriu o caderno: escrevia com tinta roxa, tinha uma letra graúda, de nítido e ousado desenho. "Este é um poeminha antigo. Veja se gosta." Começou a ler com uma voz que tinha a temperatura do corpo, e de quando em quando voltava a cabeça e envolvia-o com um olhar também cálido, que era evidentemente uma provocação. Ele não conseguia prestar atenção no que a criatura dizia. Apanhava apenas palavras, frases soltas... *corpo sedento... cântaro de barro... pássaro... prata*. O decote da blusa de Roberta era tão profundo que ele podia ver-lhe o rego dos seios. Não conseguia desviar o olhar daquela misteriosa e sombria canhada entre dois montes de desejo, ó Rei Salomão! "Que tal?" Ele levou algum tempo para responder. "Maravilhoso. Leia outro." Os dedos de unhas longas e esmaltadas de vermelho folhearam o caderno. "Ah! Este é um dos meus favoritos... Ouça." Rodrigo esforçou-se por prestar atenção.

> *A lua no céu toda nua.*
> *Toda nua eu, na terra.*
> *A lua espera o sol.*
> *Mas eu quem espero?*

Os versos não prestavam, mas a professora estava "no ponto". O braço de Rodrigo estendia-se sobre o respaldo do sofá, por trás da cabeça dela. Um movimento simples bastaria para precipitar tudo: deixar cair a mão esquerda sobre aquelas espáduas, depois levar a direita na direção daqueles seios. Tão simples... Ou seria cedo demais? A mulher continuava a ler, e suas palavras lhe batiam nas têmporas como pedradas, no mesmo compasso do sangue. Suas palavras feriam, doíam. Ele sentia o corpo inteiro túrgido e latejante. Era insuportável! Uma provocação acintosa! Na sua própria casa! E se entrasse alguém? Jamais em toda a sua vida... O caderno tombou. Rodrigo tomou Roberta nos braços, mordeu-lhe a boca, e ela desfaleceu... E nas folgas que ele lhe dava, entre um longo beijo e outro longo beijo, ela balbuciava de olhos cerrados: "Eu te adoro, eu te adoro, eu te adoro". E então ouviram-se passos na sala. E ambos se puseram de pé. Ele passou rápido o lenço nos lábios. Uma batida na porta. Entre! Floriano entrou. E a oportunidade se foi... Roberta saiu do Sobrado incólume. E ele ficou excitado e impaciente, a pensar num lugar seguro onde pudesse ficar com ela algumas horas sem ser molestado, sim, e sem que ela corresse o perigo de perder a reputação. Chegara até a pensar num pretexto para levá-la ao Angico... ("E essa? A Roberta nunca viu uma estância em toda a sua vida! Ah! Precisa conhecer o Angico urgentemente.") Imaginou-se a conduzi-la ao capão onde tivera a Carezinha e tantas outras chinocas. Roberta ia gostar de ver os bugios assanhados nas árvores. Podia até fazer um poema...

O dr. Terêncio continuava a falar com sua voz pausada, nítida e autoritária:

— ... de sorte que estamos nessa situação ridícula. Perdemos a eleição, ameaçamos céus e terras... acabamos acovardados. O doutor Borges de Medeiros acha que a questão ficou encerrada com a decisão das urnas e deu um novo "Pela Ordem" que eu não aprovo mas acato, como soldado disciplinado do Partido. Se havia alguma articulação revolucionária, essa se foi águas abaixo depois do pronunciamento do Chefe. Tu vês, Rodrigo, os jornais do Rio e de São Paulo não nos poupam, nos atacam, nos ridicularizam... E o mais triste, meu amigo, é que quem está pagando a mula roubada é o doutor João Pessoa. O doutor Washington Luís protege os cangaceiros de Princesa para vingar-se do presidente da Paraíba, cujo gesto de independência ele não perdoa nem esquece.

Levar Roberta para um hotel? — pensou Rodrigo. Impossível. E se fôssemos os dois em trens diferentes a Santa Maria? Daria muito na vista... Se ao menos ela morasse numa casa... ou mesmo numa pensão. Mas havia de estar hospedada logo num colégio de freiras!

Seu olhar encontrou o de Roberta e por um instante ficaram presos um no outro. Rodrigo sentiu uma onda quente subir-lhe das entranhas à cabeça, estonteando-o. E de súbito percebeu que Mariquinhas Matos e Marília Macedo o observavam. Desviou o olhar mas ficou vendo mentalmente a rapariga. Os lábios dela o deixavam meio louco, com vontade de mordê-los: o inferior mais carnudo que o superior. Aquelas narinas abertas e palpitantes eram outro elemento afrodisíaco... E sua voz cariciosa e meio rouca, voz de alcova, parecia estar sempre sugerindo coisas libidinosas.

Chiru aproximou-se da Credenza e mudou o disco. Uma valsa de Strauss precipitou as águas do Danúbio para dentro da sala. Roberta bateu a ponta dum cigarro contra a cigarreira de ouro. Bernardo avançou de isqueiro aceso em punho, e a professora "serviu-se do fogo do tenente" (segundo Maria Valéria, que observava a cena com o rabo dos olhos), soltou uma baforada, sorriu e agradeceu. Neco cutucou Chiru com o cotovelo, fez com o olhar um sinal na direção da dupla e murmurou:

— O tenente não é rabo pr'aquela pandorga.
— Que esperança!

Terêncio teve de altear a voz para fazer-se ouvido em meio das golfadas danubianas:

— Outra coisa que me preocupa é a situação do Banco Pelotense. Tenho medo duma corrida. Andam boatos por aí... Pensei até em retirar o depósito que mantenho lá, mas o gerente me suplicou que não o fizesse. Está apavorado com a possibilidade de criar-se o pânico entre os depositantes. — Soltou um suspiro. — O preço do charque está baixando assustadoramente. Ninguém tem dinheiro. Meu amigo, há muito que o nosso Rio Grande não atravessa uma hora tão negra.

Rodrigo sacudiu lentamente a cabeça, olhando de soslaio para as pernas de Roberta, metidas em meias cor de carne. Flora naquele momento convidou as senhoras a irem para a mesa.

— Fizemos só uns frios... — desculpou-se.
— Ah! — fez Marília Prates. — Não há nada como um *buffet froid*...

E acompanhou a dona da casa, entrando com ela na sala de jantar. Santuzza seguiu-as ao mesmo tempo que respondia a uma pergunta de d. Laurentina.

— O Carlo? Pobrezinho, foi ver um doente em Garibaldina. Vida de cão!

Mona Lisa deixou passar um intervalo elegante, para não parecer esfaimada, e depois encaminhou-se para a mesa de frios, ao lado de Dante Camerino e da senhora. Esta ia dizendo:

— Bom, eu já resolvi... Hoje quero comer de tudo, porque segunda-feira vou começar uma dieta rigorosa.

Camerino sorriu, piscando um olho céptico para Mariquinhas. O velho Aderbal veio sentar-se ao lado da esposa, e Rodrigo teve a impressão — e como isso o irritou! — de que ambos ali ficavam para vigiá-lo.

3

Eram quase dez horas, e alguns dos homens estavam agora a conversar no escritório, de porta fechada. A julgar pela expressão fisionômica de alguns deles, o assunto de que tratavam não era dos mais alegres.

Liroca dormitava a um canto. Stein achava-se junto da janela, tendo nas mãos um pratinho com croquetes. Roque Bandeira, sempre sentado no sofá, enxugava a sua quarta garrafa de cerveja preta. A seu lado, Chiru comia diligentemente o seu peru com farofa e sarrabulho, tomando de instante a instante largos sorvos de clarete. Meio escarrapachado numa poltrona, Juquinha Macedo brincava com a corrente do relógio, olhando para o tapete, enquanto o dr. Terêncio, sentado com mais aprumo na poltrona fronteira, olhava fixamente para o retrato de Júlio de Castilhos. De pé, na frente do sofá, Rodrigo estava com a palavra:

— Em mais de quarenta anos de República, nunca tivemos um presidente gaúcho. Os paulistas sempre nos boicotaram. Em 1910 impugnaram o nome do senador Pinheiro Machado. O Governo Federal nada mais tem feito até agora senão fomentar as lutas partidárias do Rio Grande.

— Por quê? — perguntou o Tio Bicho, incrédulo.

— Ora, porque querem nos dividir, nos enfraquecer! Em 35 a Corte considerava os Farrapos bandoleiros, bandidos que estavam pondo em perigo o resto do país, gente xucra de pé no chão, faca e pistola na cintura, ásperas verdades na ponta da língua. É que sempre fomos homens do frente a frente e não das conspiratas e intriguinhas de bastidores. A nossa franqueza rude assusta os nossos compatriotas lá de cima. O que o Governo Federal quer é que o Rio Grande continue sendo o que foi no princípio da sua história: um acampamento militar. Acham que para guardar a fronteira e conter os castelhanos somos bons. Para governar o país, não!

Aproximou-se de Bandeira, segurou-lhe a lapela do casaco e disse:

— Eles nos temem, Roque, essa é a verdade, eles nos temem!

— Temiam... — corrige o gordo com pachorra.

A princípio pareceu que Rodrigo ia contradizer o amigo violentamente. Mas soltou um suspiro, enfiou as mãos nos bolsos das calças e murmurou:

— Infelizmente tens razão. Temiam. Estamos desmoralizados. Juquinha Macedo lembrou que, noticiando recentemente a inauguração dum cinema em Porto Alegre, um jornal do Rio escrevera que nele haveria "duas mil poltronas para dois mil poltrões".

Rodrigo voltou-se para Terêncio:

— Tu vais me desculpar, mas o principal responsável por esta situação de acovardamento é o chefe do teu partido, que era também o partido do meu pai e já foi o meu. O doutor Borges é o campeão do pé-frio, o profissional da água fria. O João Neves faz o que pode na Câmara para salvar a honra do Rio Grande. Mas a hora não é mais de oratória e sim de ação.

O dr. Terêncio Prates fitou no dono da casa os olhos mosqueados.

— Pensa bem, Rodrigo, pensa sem paixão. Os mineiros também estão encolhidos. O doutor Antônio Carlos chegou à conclusão que o movimento revolucionário está desarticulado. As guarnições federais do Norte e até as de Minas parecem estar todas do lado do governo. Seria criminoso lançar o país numa guerra civil que poderá custar milhares de vidas. Não deves ser tão severo para com o doutor Borges de Medeiros. Hás de concordar comigo em que não é muito fácil para um castilhista transformar-se duma hora para outra em revolucionário...

— Qual! — replicou Rodrigo. — Não se trata agora de ideias, mas de ter caracu. O Oswaldo Aranha tem. O Flores da Cunha também.

— Tu sabes que o doutor Getulio não é nenhum covarde...

— Pois olha que começo a ter as minhas dúvidas. O homenzinho não arrisca nada, só quer jogar na certa. Entrou na corrida presidencial meio empurrado. Até a última hora negociou com o Washington Luís por baixo do poncho, à revelia dos companheiros, na esperança de vir a ser o candidato oficial. Eu estava em Porto Alegre quando o Aranha abandonou a Secretaria do Interior. Sabes o que foi que ele me disse? "Olha, Rodrigo, estou farto desta comédia, desta mistificação. Com um chefe fraco como o Getulio, a revolução está liquidada..."

Houve um silêncio prolongado. Vinha da outra sala a voz da Credenza: "La violetera". Com a boca cheia, soltando borrifos de farofa, Chiru Mena repetiu a velha fórmula:

— Eu já disse... O remédio é separar o Rio Grande do resto do país, mandar estender uma cerca de arame farpado na fronteira com Santa Catarina.

— Deixa de besteira! — exclamou Rodrigo. — A solução é marchar contra o Rio, tomar aquela joça a grito e amarrar nossos cavalos no obelisco da Avenida.

Juquinha Macedo pareceu ganhar vida nova:

— Isso! Isso! — gritou, soltando em seguida uma risada de galpão.

O dr. Terêncio sacudiu a cabeça negativamente.

— Seria uma gauchada bonita, reconheço, mas sem nenhum conteúdo ideológico. Um ato puramente irracional.

— Sejamos práticos — interveio Rodrigo. — O programa virá depois de vitoriosa a revolução. E quem vence, vocês sabem, quem vence sempre tem razão.

Erguendo de novo o olhar para o retrato do Patriarca, o dr. Terêncio tornou a falar:

— E tu esperas que o doutor Borges de Medeiros participe duma insurreição vazia de ideias?

— Que queres então? — perguntou Rodrigo, já meio espinhado.

— Estender o positivismo borgista ao resto do país? Fazer de cada brasileiro um castilhista, do Amazonas ao Rio Grande? Levar a famigerada "ditadura científica" do Chimango ao governo central? Eu vejo o problema de maneira mais singela. Há quarenta anos que nosso estado é a Gata Borralheira da República. Chegou a nossa hora de ir ao baile do Príncipe! Apresentamos legalmente um candidato à presidência e fomos esbulhados nas urnas. Agora só nos resta o recurso das armas!

— Seja como for — murmurou o outro —, a conspiração se desarticulou. O Siqueira Campos morreu. O João Alberto voltou desiludido para Buenos Aires. Luiz Carlos Prestes virou a casaca do lado moscovita.

Rodrigo sacudiu a cabeça vigorosamente.

— Não me conformo. Não me conformo. Não me conformo. Por baixo da cinza fria que o doutor Borges e essa Esfinge de São Borja atiraram sobre o fogo revolucionário, ainda ardem brasas sopradas por homens como o Aranha. Te garanto que ardem.

Rodrigo inclinou-se sobre o amigo e, baixando a voz, acrescentou:

— Aqui que ninguém mais nos ouça... O Aranha encomendou dezesseis mil contos de armas da Tchecoslováquia. Vocês podem me chamar de otimista, se quiserem, mas aposto como o Júlio Prestes não assume o governo. Mando me capar se ele assumir!

— Mas se o maior interessado no assunto está apático! — exclamou o Bandeira.

Rodrigo apontou para Tio Bicho com um dedo profético:

— Pois empurraremos o Getulio para a revolução a trancos e bofetões!

Stein deu alguns passos e sentou-se ao lado de Bandeira. Chiru ergueu-se e saiu do escritório com o prato vazio na mão. Quando ele abriu a porta, Rodrigo viu que dançavam na sala. Roberta passou nos braços do ten. Quaresma. Juquinha Macedo precipitou-se para a outra peça e foi convidar a mulher para "arrastar os pés". Chiru largou o prato nas mãos de Maria Valéria e, enlaçando a cintura da Mona Lisa, pôs-se a rodopiar com ela. A Credenza tocava o "Ça c'est Paris". Dante Camerino e a mulher dançavam com muito esforço e pouco ritmo, dando a impressão de que cumpriam uma tarefa difícil e compulsória, que nada tinha de divertida. Imóvel, a uma das portas, toda vestida de negro, Maria Valéria dominava a sala com seu olhar de pederneira.

Rodrigo fechou a porta do escritório, não sem antes lançar um olhar faminto para as ancas da carioca. Sentiu sede, pegou a taça de champanha que esquecera, quase cheia, em cima da escrivaninha e bebeu um gole. Que fazer? Já que não posso derrubar o governo, que ao menos me seja permitido dormir com a professora! Gostou da frase e mentalmente se deu uma palmadinha admirativa no ombro. Concentrou depois a atenção no que se dizia no escritório e verificou que, como de costume, o dr. Terêncio e o Tio Bicho estavam atracados numa discussão. Sabia que o chefe do clã dos Prates detestava tanto Bandeira como Stein. Chamava-lhes "a dupla do inferno". Achava o judeu petulante e agressivo no seu comunismo, e já havia declarado que não estava disposto a tratá-lo esportiva e levianamente, como fazia Rodrigo. Quanto a Bandeira, sentia repulsa pelo seu físico de batráquio, pelo seu desleixo nas roupas e na higiene pessoal, e principalmente pela insolência de suas ideias, amparada numa erudição feita de leituras desordenadas e mal digeridas.

— Devemos ter a humildade suficiente para reconhecer — dizia Tio Bicho — que na federação brasileira São Paulo é mesmo uma locomotiva a puxar vinte vagões vazios.

Terêncio Prates ergueu-se, os músculos faciais retesados, e por um momento pareceu que ia esbofetear o interlocutor. Depois, com uma voz que a emoção tornava gutural e baça, mas sem perder o ar didático e autoritário, disse:

— Sabe por que São Paulo é hoje o estado mais rico da Federação? É porque sempre foi a menina dos olhos do governo central, que sacrifica o resto do país para proteger a lavoura cafeeira paulista e seu arremedo de indústria. Os fazendeiros de café recebem dinheiro adiantado do Banco do Estado, têm sua safra garantida a preços artificialmente elevados. Por isso sempre nadaram em dinheiro, viveram à tripa forra, com automóveis de luxo, grandes casas, viagens frequentes à Europa, ao passo que nós aqui no Rio Grande levamos uma vida espartana, esquecidos do Centro, envolvidos em crises financeiras e econômicas crônicas...

Stein sorriu:

— É o regime latifundiário, doutor. Essa situação vem do Império. Vem do período colonial, quando começaram os privilégios da aristocracia rural, que governava o país e fazia as leis de acordo com suas conveniências. No princípio eram os senhores de canaviais e engenhos. Hoje são os fazendeiros de café. Mas estão todos enganados se pensam que essa prosperidade inflacionária é a solução para a economia nacional. O Brasil nunca teve lastro para garantir essas operações de crédito feitas no estrangeiro. E o resultado aí está. O *crash* da Bolsa de Nova York precipitou a degringolada. Os preços do cafe caíram. O pânico começou.

Stein levantou-se, aproximou-se de Rodrigo e prosseguiu:

— Os senhores não deviam preocupar-se. O tempo e as contradições do sistema capitalista estão trabalhando para a revolução. A curto prazo para a vossa revolução nacional burguesa. A longo prazo para a nossa revolução internacional socialista. O edifício do capitalismo é como um castelo de cartas: basta soprar uma delas para que as outras comecem a cair. Não se admirem se os Estados Unidos se virem às voltas com agitações comunistas. O desemprego lá cresce dia a dia. Quanto a nós, na América do Sul, nem se fala. Governos já estão caindo... A baixa dos preços do café vai deitar por terra o Washington Luís. Os senhores não precisam dar um tiro.

Tio Bicho ergueu no ar contra a luz a garrafa vazia, murmurando:

— Adoro os teóricos. Resolvem tudo no papel.

— Não dou três meses de vida para esse governo que aí está...

— Cala essa boca, Arão! — exclamou Rodrigo com uma agressividade paternal. — Tua panaceia bolchevista não vai resolver nossos problemas. E uma coisa te digo: se te prenderem de novo, não contes mais comigo pra te tirar da cadeia. Tens a língua solta demais.

— Não se pode falar nem academicamente? — perguntou o judeu com um sorriso contrafeito.

— Academicamente ou não — replicou o dono da casa —, levaste várias sumantas de borracha na Polícia, não foi? Uma vez te quebraram três costelas, te deixaram sem sentidos, quase te liquidaram. Se eu não interviesse, terias morrido e ninguém ficava sabendo... Já vês que nossa polícia não compreende a "linguagem acadêmica", e nisso ela se parece muito com essa GPU que vocês têm na União Soviética.

Stein passou a mão perdidamente pelos cabelos.

— Eu sei... — murmurou, como a recordar-se das torturas sofridas e passadas. — Acontece que as costelas são minhas, doutor, e minha vida é minha.

Terêncio fez um gesto de impaciência. Tio Bicho reprimiu um arroto, mas não com absoluto sucesso. Rodrigo ficou por alguns segundos tentando identificar a melodia que vinha da sala, mas só conseguia ouvir com nitidez as notas graves e cadenciadas do contrabaixo.

4

Naquele exato instante, Floriano estava na água-furtada, estendido no divã, com um livro aberto sobre o peito, as mãos trançadas contra a nuca, escutando... Tinha a impressão de que os sons cavos do contrabaixo eram a voz mesma do casarão. Ele os sentia dentro do tórax, como numa caixa de ressonância.

Estava inquieto. Não saberia dizer bem por quê. Seu mal-estar se exprimia fisicamente por uma sensação de aperto no peito e psicologicamente por uma indefinível premonição de desgraça iminente.

Passou a mão pela capa do livro que estivera a ler com atenção vaga, até havia pouco. Era o *Stray birds*, de Rabindranath Tagore. Um poema lhe ressoava na mente: *O silêncio carregará tua voz como um ninho que abriga pássaros adormecidos.* Pegou o volume, fechou-o, colocou-o em cima duma cadeira, sentou-se no divã e ficou pensando em Roberta Ladário. A professora estava lá embaixo, na sala. Vira-a entrar no Sobrado em companhia do ten. Quaresma. Que estaria ela fazendo agora? Lembrou-se da tarde em que a surpreendera fechada no escritório com seu pai, ambos com ar de criminosos, ele com os lábios manchados de vermelho, ela com o vestido amassado. "Que é que queres?" "Nada, papai, vim buscar um livro..." "Já conhecias a professora Roberta Ladário? Roberta, este é o meu filho, Floriano. Teu colega, sabes? Ó Floriano, Roberta faz poemas maravilhosos." Aquele cheiro quente e perturbador de mulher, o ar de culpa dos dois, o caderno caído — tudo isso dava ao escritório uma atmosfera excitante de alcova. "Muito prazer..."

A professora tinha mãos mornas e macias. Seus seios redondos arfavam. Que livro ele ia buscar? Não se lembrava direito... Mas não importava. Pegou um ao acaso e retirou-se, embaraçado, as orelhas em fogo. Tinha a certeza de que interrompera uma cena de amor, e isso o deixava excitado. De certo modo, participava não só do desejo do pai pela professora como também de seu sentimento de frustração por ter sido interrompido. Teve ímpetos (tudo teórico, claro, porque jamais teria coragem para tanto) de sussurrar-lhes que voltassem para o sofá e se amassem despreocupados com o resto do mundo, porque ele, Floriano, ficaria de guarda à porta, como um cão. E por pensar essas coisas sentia que estava atraiçoando a mãe.

A música parou. Vozes, risos e palmas vieram lá de baixo. Floriano sentiu um passageiro desejo de descer e olhar a festa, mas uma timidez mesclada de preguiça o tolheu. Não lhe era fácil conviver com as outras pessoas. Preocupava-se demasiadamente com o que os outros pudessem estar pensando dele. Suspeitava que em geral as pessoas não o estimavam, não simpatizavam com ele, achavam-no aborrecido. Recusava-se, porém, a dizer as frases e a assumir as atitudes que conquistam amizades, simpatias e admirações, não só por achar o estratagema hipócrita e primário como também por uma espécie de preguiça tingida de não-vale-a-penismo. Quando se via em grupos, tinha a impressão de estar sempre *sobrando*. Isso lhe dava uma sensação de solitude que era triste e ao mesmo tempo esquisitamente voluptuosa. O desejo de ser aceito e querido alternava-se nele com o temor de que, no dia em que isso acontecesse, ele viesse a perder não só sua intimidade consigo mesmo como também sua identidade.

Decidiu ouvir música. Ergueu-se, aproximou-se da mesinha sobre a qual estava a sua portátil Victor, colocou-lhe no prato o primeiro disco da *Sinfonia pastoral* e pôs o aparelho a funcionar. Tornou a deitar-se. Cerrou os olhos, e as vozes dos violinos, violoncelos e altos, desenvolvendo o tema inicial, pintaram-lhe na mente uma cena: rapazes e raparigas a dançarem numa verde paisagem campestre. Mas lá no meio da alegre ronda surgiu de repente, como a encarnação mesma de Baco, a imagem de Tio Bicho, com um copo de cerveja na mão... E o Floriano de dezenove anos sorriu com indulgência para o de dezesseis, que passava horas junto da Credenza, a ouvir trechos de ópera, com sério fervor, comovendo-se com as árias e duetos de Rodolfo e Mimi, vibrando com a cena final de *Andrea Chénier*... Roque Bandeira lhe dissera um dia: "Estás agora na fase operática. Ninguém se livra desse sarampo musical. Mas isso passa e um dia morrerás de amor por Tchaikóvski, Berlioz, Lizt, Schubert e Chopin, desprezando a ópera. Mas tempo virá em que, compreendendo a verdadeira música, descobrirás Ludwig van Beethoven, como se ninguém tivesse feito o mesmo antes de ti. Começarás naturalmente pelas sinfonias, ali por volta dos vinte anos. Mas só na casa dos trinta é que poderás apreciar as sonatas para piano e os quartetos, principalmente os últimos, que a meu ver são a essência mais pura do gênio do Velho. Quando te aproximares dos quarenta, te voltarás inteiro para Bach, e então, só então, eu te darei um certificado de maturidade".

A profecia do Tio Bicho se estava cumprindo. Tendo já passado pelas duas primeiras fases, ele gozava agora as delícias da terceira, sem poder nem querer admitir a possibilidade de vir um dia a superá-la. Tentara várias vezes, mas em vão, gostar das sonatas para piano. Quanto aos quartetos, nem sequer sabia onde e como adquirir suas reproduções fonográficas.

Distraído a pensar essas coisas, Floriano só percebeu que a música havia desaparecido quando teve consciência do rascar da agulha sobre o rótulo do disco. Ergueu-se brusco e desligou o aparelho. Até Beethoven tinha um sabor diferente aquela noite!

Ficou por alguns segundos a andar ao redor do quarto, sem saber bem o que queria. Fazia muito frio ali dentro e um ventinho gelado entrava pelas frinchas da janela. Enrolou-se num cobertor de lã, voltou a deitar-se e ficou a olhar fixamente, como que hipnotizado, para a lâmpada elétrica que pendia do teto, da ponta dum fio. Lembrou-se em seguida duma noite em que, num quarto de pensão em Porto Alegre, passara um tempão a olhar para um bico de luz, como a pedir-lhe solução para os problemas que o atormentavam no momento, e que ainda agora continuavam sem solução.

Encolheu-se debaixo do cobertor, apertando ambas as mãos entre os joelhos. Que diabo! Afinal de contas a culpa do que acontecera não era inteiramente sua.

O pai nem sequer se dera o trabalho de consultá-lo antes. Impusera-lhe uma carreira: "Quero que te formes em direito". Não era uma sugestão, mas uma ordem. Ele tentara um fraco protesto, mas não achava fácil contrariar o Velho. Como era de esperar, este não lhe dera a menor atenção. "Vais amanhã para Porto Alegre. Tens três semanas para te preparares para os exames vestibulares. Contrata os professores que achares necessário." O remédio era obedecer.

Embarcou para a capital. Hospedou-se numa pensão, contratou um professor de francês e outro de latim, e aguardou angustiado o dia dos exames. A ideia de entrar para a faculdade de direito deixava-o completamente frio. Achava o direito árido, o latinório insuportavelmente cacete. Não havia profissão que estivesse mais longe de sua simpatia e de suas tendências espirituais que a de advogado.

Aquelas semanas que haviam precedido os exames foram de incertezas, aborrecimentos e apreensões. Que fazer? O certo seria falar franco com o Velho, escrever-lhe uma carta, contar-lhe tudo, já que pessoalmente não conseguira fazer-se ouvido... Os dias, porém, passavam e ele não escrevia. Para matar as horas, metia-se à tarde em sessões de cinema, das quais não tirava nenhum prazer, pois ficava lá dentro com uma sensação quase insuportável de culpa, à ideia de estar perdendo tempo, gastando dinheiro inutilmente, enganando aos outros e a si próprio. Diante dos livros, sentia uma sonolência invencível, bocejava, tinha tonturas, impaciências, irritações.

No dia do exame, amanheceu com a impressão de que levava uma pedra de gelo contra a boca do estômago. Não conseguiu comer nada. Encaminhou-se perturbado para a faculdade de direito, os passos incertos, as mãos trêmulas. Chegado à frente do edifício, não teve coragem de entrar. Ficou a andar dum lado para outro na calçada oposta, com a sensação de haver cometido um crime, perseguido pelas vozes e pelos olhares de inúmeros Terras, Quadros e Cambarás vivos e mortos. Por fim olhou o relógio. Os exames tinham começado. Não havia mais nada a fazer. Os dados estavam lançados. Agora o problema era contar tudo ao pai. Passou ainda dois dias sem ânimo para escrever-lhe. Finalmente fez a carta. Foi seco, direto e quase agressivo. Era a coragem do desespero. Pôs a carta no correio antes que pudesse arrepender-se, e esperou o pior. Passaram-se quatro dias e nenhuma resposta lhe veio. Finalmente encontrou um dia um telegrama debaixo da porta do quarto. Abriu-o. Era do pai, e dizia, lacônico: *Volte imediatamente.* Voltou no dia seguinte. Apenas seu tio Toríbio o esperava na estação de Santa Fé. Abraçou-o sorrindo, com a cordialidade brincalhona de sempre.

— O papai está muito brabo comigo?

Toríbio acendeu um cigarro antes de responder.

— Teu pai brabo contigo? Acho que nem pensou direito no assunto. Anda muito preocupado com as eleições.

O Bento apareceu, abraçou o "guri", tirou-lhe a mala das mãos e levou-a para o automóvel. Já a caminho do Sobrado, Toríbio olhou para o sobrinho:

— Fizeste muito bem em não entrar pra faculdade de direito. O Brasil tem bacharéis demais.

Depois duma pausa curta, perguntou:

— Afinal de contas, que carreira vais seguir?

— Não escolhi ainda...

— É impossível que não tenhas uma profissão em vista. Já que não gostas da estância...

Floriano ia dizer "Quero ser escritor", mas temeu que o tio risse dele. Para principiar, era uma profissão que nem sequer parecia existir no Brasil.

Chegaram ao Sobrado. Depois dos beijos e abraços das mulheres e dos tímidos apertos de mão dos irmãos, Floriano enfrentou o pai no escritório. A cena foi menos difícil do que ele esperava. Rodrigo abraçou-o, sério mas sem rancor.

— Então, meu filho, que foi que houve?

Floriano contou-lhe tudo. O pai escutou-o sem dizer palavra. Por fim perguntou:

— Por que não me falaste com franqueza antes de embarcar?

Mas se ele tinha dito claro que não queria ser advogado! Achando que era inútil explicar, Floriano permaneceu calado, como um réu que aceita a acusação.

— Pois é uma pena — continuou Rodrigo. — Neste país o diploma de bacharel é chave para todas as portas. Mas se não gostas do direito... paciência, não se fala mais nisso.

Deu alguns passos no escritório, as mãos trançadas às costas, como esquecido da presença do filho. Depois fez alto na frente deste:

— Está bem. Descobriremos depois alguma coisa para fazeres. Seja como for, este ano já está perdido. Agora podes ir.

Floriano continuava a olhar para a lâmpada. Pensou em Mary Lee, a de olhos azuis e tranças douradas, como as guardadoras de gansos dos contos dos Grimm. Tornara a vê-la em Porto Alegre no dia seguinte ao de uma aventura erótica num beco de prostituta, do qual saíra envergonhado de si mesmo e da francesa que lhe sugara a vida com a boca eficiente e mercenária, deixando-o trêmulo, enfraquecido e triste. Sentia uma necessidade urgente de purificação. Por isso pensara em Mary Lee. Sabia onde encontrá-la: no culto divino da Igreja Episcopal, em Teresópolis. Foi... Lá estava ela cantando hinos com sua boca pura. Já não usava mais tranças e seus cabelos eram agora dum ouro mais velho. Sim, tinha ficado mulher. O sol entrava no templo através do vitral da rosácea acima do altar. Floriano sentou-se a pequena distância atrás da sua Guardadora de Gansos, desejando e ao mesmo tempo temendo ser visto e reconhecido. Durante todo o sermão, não tirou os olhos da nuca branca da rapariga, e de novo se sentiu tomado pela impressão que o dominava quando estava ao lado dela: a de que era inferior, grosseiro, sujo, indigno de sua companhia. De súbito, porém, lhe veio uma grande esperança, uma grande alegria. Envolvia-o uma luz que parecia irradiar-se também da cabeça de Mary Lee e não apenas da rosácea. Havia beleza no mundo! Havia esperança no mundo! Havia amor no mundo!

E agora Floriano se perguntava a si mesmo se aquilo podia ser mesmo amor. Sabia que nunca mais tornaria a ver a americana. Pior que isso: tinha a certeza de que ela jamais viria a tomar conhecimento de sua existência. Mary Lee devia ser — concluiu — mais uma ideia poética do que uma pessoa.

Estava tudo bem. E estava tudo mal. Sua inquietude e a pressão de desastre iminente perduravam. Seria tudo por causa dos boatos de revolução que andavam no ar? Não era apenas isso. Atormentava-o a ideia de não ser ninguém, de não fazer nada. As histórias que escrevia não o satisfaziam. Achava-as falsas, sem base na realidade... e ao mesmo tempo não gostava da realidade que o cercava. Sentia-se um estrangeiro em sua própria cidade natal, em sua própria casa. Dava-lhe uma fria vergonha andar pelas ruas de Santa Fé, ser visto pelos conhecidos, imaginar-se alvo de comentários. "Ali vai o filho mais velho do doutor Rodrigo. Que é que faz? Nada. Um vadio. Fugiu do exame vestibular por medo. Um parasita. E ainda por cima é metido a literato."

Como para esconder-se desses pensamentos desagradáveis, Floriano cobriu a cabeça com o cobertor.

5

O relógio grande do Sobrado havia terminado de bater a badalada das dez e meia quando os Dobson se retiraram e um conviva retardatário entrou. Era Ladislau Zapolska, professor de piano e pianista que já tivera certo renome como concertista. Era um cinquentão alto, meio desengonçado e, no dizer de Maria Valéria, "magro como cusco de pobre". Seus braços longos davam a impressão de nunca se moverem em harmonia com o resto do corpo: sua única utilidade parecia ser a de carregar aquelas duas mãos longas, magras mas fortes, com algo de garras. Coroava-lhe o crânio miúdo um tufo de cabelos ralos e cor de palha. Nas faces rosadas e já marcadas de rugas, os olhos claros eram animados de quando em quando por uma luz estranha, e tinham qualquer coisa de permanentemente lesmáticos. Caminhava com longas passadas indecisas, como em câmara lenta ou num vácuo. Famoso por suas distrações e excentricidades, ganhara na cidade a alcunha de Sombra. Rodrigo amparara-o desde o primeiro dia, comprando todas as entradas para seu concerto e abrindo as portas do teatro gratuitamente ao público. E depois, quando o professor manifestara o desejo de radicar-se em Santa Fé, arranjara-lhe vários alunos de piano. Acolhera-o carinhosamente no Sobrado, mas em menos de duas semanas estava arrependido de tudo isso, porque o diabo do homem era aborrecidíssimo, pegajoso, e se tomara de tamanha afeição por ele que vivia a namorá-lo e a cercá-lo de atenções exageradas. Seus apertos de mão eram prolongados e úmidos como seus olhares.

Ladislau Zapolska entrou com passos indecisos, como quem experimenta o terreno. Ficou depois parado no meio da sala, sem saber que fazer ou dizer. Flora veio em seu socorro, tomou-lhe do braço e entregou-o aos cuidados de Chiru e de Neco. Mas quando o maestro avistou Rodrigo, seu rosto se iluminou, ele estendeu os braços e precipitou-se na direção do dono da casa, envolvendo-o num abraço muito terno:

— O meu querido doutor!

Com o nariz encostado no peito do outro, Rodrigo achou de bom aviso conter a respiração.

— O maestro quer comer alguma coisa? Temos uma bela mesa de frios...

E Rodrigo foi empurrando o homem para a sala de jantar, onde o deixou sob a proteção de Laurinda.

Chiru mudou o disco e a Credenza gemeu a música dum chorinho. O ten. Bernardo, que contra os seus hábitos de bebedor de guaraná e limonada havia tomado várias taças de champanha, andava estonteado dum lado para outro, num extravasamento geral de cordialidade. Abra-

çando Chiru, procurou algo de carinhoso para dizer-lhe. Por fim, não encontrando palavras, limitou-se a murmurar com voz arrastada:
— Cabra da peste!
Passou por Neco Rosa e declarou-se seu irmão. Mas sua mais veemente declaração de amor foi para Rodrigo. Estreitou-o contra o peito, exclamando:
— Grande caráter, grande cultura, grande coração!
Rodrigo sorria para Roberta, por cima do ombro do tenente, procurando dar a entender que não acreditava naquelas coisas, e que se Quaresma as dizia era porque estava alegrete. Maria Valéria passou com um prato de pastéis quentes na mão.
— Ó titia, com quem a senhora acha o Bernardo parecido?
— Não sei — murmurou a velha sem deter-se. E apresentou o prato para Marília Prates, que pegou um pastelzinho com seus dedos finos e brancos, que tantas vezes haviam partido os *croissants* de Paris.
— Ó Chiru — insistiu Rodrigo —, o Bernardo não te lembra o tenente Lucas? — Voltando-se para Roberta, explicou: — Era um oficial de obuseiros, muito nosso amigo, que serviu aqui por volta de 1910. Grande pândego, grande sujeito!
Maria Valéria, que tornava a passar pelo sobrinho, murmurou:
— O Lucas era ainda mais louco que este.
Neco contribuiu com um detalhe técnico:
— E tinha mais resistência pra bebida...
Rodrigo tentava desembaraçar-se de Bernardo Quaresma, mas ele o retinha, segurando-lhe com força o braço.
— Ouça, doutor Rodrigo, eu não sou só seu amigo, sou seu filho, está compreendendo? Seu filho!
— Está bem, Bernardo, está bem. Vamos sentar um pouco.
Flora estava agora ao lado do alagoano, a oferecer-lhe uma xícara de café preto.
— Tome este cafezinho, tenente.
Bernardo segurou o pires, sobre o qual a xícara dançou perigosamente:
— E a senhora, dona Flora, a senhora é a minha segunda mãe!
— Fica aí com o nosso filho — disse Rodrigo à mulher, aproveitando a oportunidade para escapar. Acercou-se de Roberta e convidou-a para dançar. A professora ergueu-se, ele lhe tomou com força a mão direita, enlaçou-lhe a cintura e, como observou Chiru ao ouvido de Neco, "chamou-a aos peitos". O barbeiro sentenciou:

— Essa está no papo.

Os Macedos e os Camerinos também dançavam. D. Santuzza fez um sinal para Chiru, chamando-o para "bailar", e quando o marido da eterna ausente Norata se aproximou, a italiana começou a cantarolar o choro, com trêmulos operáticos na voz rica de bemóis.

A Gioconda ouvia Marília Prates contar as maravilhas do Louvre e do Palácio de Versalhes. Com a xícara de café na mão, o tenente de artilharia andava por entre os pares, dum lado para outro, como uma mosca tonta. Junto da porta da sala de jantar, Flora observava disfarçadamente o marido, que estava praticamente grudado à professora, enquanto Maria Valéria na cozinha mandava fritar croquetes para o Sombra.

Um cigarro de palha entre os dentes, o velho Aderbal atravessou a sala rengueando, na direção do vestíbulo. Vendo-o através da porta, Liroca, que continuava no seu borralho, inclinou-se para Terêncio e disse:

— Hai um rifão que diz que todo o gago é brabo, todo o torto é peleador e todo o rengo é velhaco. Ora, tenho visto nesta minha vida muito gago manso, muito torto covarde, e ali vai o velho Babalo, que rengueia mas é flor de pessoa.

Terêncio limitou-se a sacudir afirmativamente a cabeça, desinteressado. Se lhe perguntassem por que continuava ali na frente de Stein e Bandeira, pessoas pelas quais não tinha a menor estima, não saberia dizer. Contara as garrafas de cerveja que Tio Bicho esvaziara: seis. O monstro só se erguia de seu lugar para ir de quando em quando ao quarto de banho, para esvaziar a bexiga. Falava agora em peixes para o judeu, que não parecia muito atento.

— Estive lendo hoje sobre um peixe venenoso, o peixe-leão. Se um dos espinhos do bichinho te entra, por exemplo, na perna, tu sentes uma dor fortíssima, a perna incha, ficando duas vezes o tamanho normal. Há casos em que a picada do peixe é fatal. No entanto, olhas pro bandido e ficas encantado: é escarlate, com raias brancas, tem o aspecto mais inocente deste mundo. Sabes como se alimenta? Ingere água pelos poros e depois a expele por uns orifícios redondos que tem no corpo. O processo é muito curioso. Nesse percurso a água sai filtrada do corpo do peixe, deixando nele microrganismos comestíveis que alimentam o nosso herói.

Bandeira voltou-se para Terêncio e perguntou-lhe, sério:

— O doutor não se interessa por peixes?

— Não. Prefiro seres humanos.

— Questão de gosto.

Stein estava ansioso por voltar ao assunto que discutiam havia poucos minutos: a defecção de Prestes da família revolucionária. Mas Liroca tomou a palavra:

— Cada qual com a sua mania. O velho Aderbal gosta de bichos. Aqui o nosso doutor Terêncio prefere gente. Pois eu gosto é de flor. Tenho lá em casa o meu jardinzito, com rosas de todo o ano. — Olhou para Bandeira. — O senhor gosta de rosas?

Tio Bicho bebeu o resto de cerveja que havia no copo e respondeu:

— Rosa? É uma flor óbvia demais...

Terêncio lançou-lhe um olhar rancoroso. Liroca não compreendeu a resposta, mas não pediu esclarecimento.

A música cessou. Da sala vieram risadas e vozes animadas. Rodrigo voltou para o escritório, alvorotado e feliz. Tinha conseguido ciciar uma pergunta ao ouvido da professora: "Então, quando vai me ler mais uns poemas?". E ela, a bafejar-lhe a face com seu hálito, respondera: "Qualquer dia. Tenha paciência". Isso significava que Roberta também estava pensando numa maneira de se encontrarem a sós.

— Por que é que vocês estão assim tão macambúzios? — perguntou Rodrigo aos amigos. — Quem foi que morreu?

Aludindo ao assunto da discussão de havia poucos minutos, Liroca murmurou, trágico:

— Luiz Carlos Prestes.

Arão Stein ergueu-se e exclamou, iluminado:

— Pois para mim agora é que Prestes nasceu!

Instado por Oswaldo Aranha a entrar na conspiração revolucionária, o Cavaleiro da Esperança, que ainda se encontrava exilado em Buenos Aires, recusara-se, tendo lançado, havia quase dois meses, um manifesto que tivera repercussão nacional.

— A carta de Prestes — disse Stein — é o mais importante documento político publicado no Brasil desde o advento da República. O homem que foi para a coxilha em 1924 com um programa vago de regeneração dos costumes políticos, voto secreto e outras bobagens, agora começa a ver claro os nossos problemas, a tocar as raízes de nossos males. Principia por dirigir o manifesto aos trabalhadores oprimidos das fazendas e das estâncias, às massas miseráveis de nossos sertões. Compreendeu que o governo que surgir duma revolução verdadeira, isto é, legitimamente popular, deve ter como base as massas trabalhadoras das cidades e dos campos. Em suma: ele quer a revolução agrária, anti-imperialista, e a libertação dos trabalhadores de todas as formas de exploração.

Terêncio revelava sua impaciência por um movimento nervoso de dedos, como se estivesse escrevendo uma mensagem colérica numa máquina invisível. Não se conteve:

— Mas esse senhor Prestes está usando uma linguagem ostensivamente marxista! Fala em governo baseado em conselhos de operários, soldados, marinheiros e camponeses. É um manifesto com acentuado sotaque russo!

Stein olhou para o estancieiro e disse:

— Claro que é, e isso me alegra. Mas veja como são as coisas... O senhor acha esse manifesto extremista, no entanto para mim o defeito que ele tem é o de ser ainda um pouco personalista. Há nele muito de "prestismo". Para que o documento fosse perfeito, seria necessário que Prestes dissesse claramente que esse governo com que sonha só é possível se ele entregar a revolução aos líderes comunistas. Seja como for, acho que o homem deu um grande passo na direção da extrema esquerda.

Terêncio ergueu-se, como para agredir fisicamente o judeu.

— Luiz Carlos Prestes está doido! — exclamou. — Chega a falar na confiscação, nacionalização e divisão das terras, para que elas sejam entregues gratuitamente aos trabalhadores. Tudo isso é utópico, produto dum cérebro confuso, elucubrações de quem nada sabe de nossos problemas agrários. Esse alucinado quer confiscar e nacionalizar até os serviços públicos, os bancos e as vias de comunicação. Vai ao ponto de recomendar a anulação da dívida externa. É um paranoico!

Rodrigo lembrou que para entender todas aquelas coisas era necessário primeiro aprender a raciocinar como um comunista. Porque a Revolução Russa não havia subvertido apenas a economia capitalista mas também a moral vigente.

Tio Bicho remexeu-se no sofá, cruzou as pernas e disse:

— Acho que fiz uma descoberta curiosa: a analogia entre as razões que os comunistas dão para justificarem seu desejo de destruir sem remorso a ordem capitalista, e os argumentos que aquele estudante de *Crime e castigo* invocou na taverna para coonestar o assassínio da velha dona da casa de penhores. Os senhores devem estar lembrados... Enquanto o estudante falava, Raskolnikov, sentado a outra mesa, o escutava. Dizia o rapaz: "De um lado temos uma velha estúpida, insensata, sórdida, mesquinha, doente, horrível, que não só é inútil como também prejudicial, que não sabe por que vive, e que, seja como for, qualquer dia vai morrer mesmo. De outro lado temos milhares de vidas frescas e jovens atiradas ao léu, por falta de auxílio... Centenas de milhares de boas coisas se poderiam fazer com o dinheiro dessa velha que vai acabar sendo enterrada com sua fortuna num mosteiro. Centenas, talvez milhares de pessoas poderiam tomar o bom caminho, e inúmeras famílias seriam salvas da miséria, da ruína, do vício... tudo isso com o dinheiro dela. Matemos, pois, a velha, tiremos-lhe o dinheiro...", et cetera, et cetera.

Rodrigo achou o paralelo interessante. Terêncio escutou-o num silêncio soturno. Roque prosseguiu:

— Ah! Agora me lembro do resto. "Matemos a velha e com o auxílio de seu dinheiro dediquemo-nos ao serviço da humanidade e à felicidade geral. Que achas? Milhares de boas ações não conseguiriam apagar um crime minúsculo? Ao preço de uma vida, milhares seriam salvas da corrupção e do apodrecimento. Em troca duma morte, cem vidas. É simples aritmética."

— Esse é o espírito do bolchevismo — disse Terêncio Prates. — Sua moral não passa duma reles operação aritmética.

Roque Bandeira encolheu os ombros.

— Não me culpe. Não fui eu quem inventou o marxismo.

Houve um silêncio, que Liroca quebrou com voz sentida:

— Pra mim, o pior é que o Luiz Carlos Prestes recebeu cinco mil contos do doutor Oswaldo Aranha pra comprar armas pra Revolução, e agora não quer devolver o dinheiro.

Stein deu dois passos na direção de José Lírio e bateu-lhe amistosamente no ombro:

— Pois isso é bom leninismo, meu amigo. Prestes depositou essa quantia num banco argentino para usá-la quando chegar a hora da verdadeira Revolução. E, de mais a mais, é preciso não esquecer que ele sabe de onde veio esse dinheiro.

Passeou o olhar em torno, como a perguntar se os outros também sabiam. Como todos permanecessem calados, revelou:

— Uma poderosa companhia ianque, por intermédio de sua subsidiária em Porto Alegre, entregou essa contribuição aos líderes da Revolução, a troco de favores futuros, no caso do movimento sair vitorioso.

— Já vens com tuas fantasias... — murmurou Rodrigo.

Terêncio fechou a cara e retirou-se do escritório. Chiru apareceu à porta e anunciou que, por sugestão de d. Marília Prates, o Sombra ia tocar piano. Rodrigo e Tio Bicho trocaram um olhar significativo, o dono da casa soltou um suspiro de mal contida impaciência e encaminhou-se para a outra peça.

    Ladislau Zapolska estava já sentado ao piano, tirando dele acordes profundos. A Gioconda pediu um noturno, ao mesmo tempo que Mme. Prates sugeria um prelúdio e Rodrigo, uma *polonaise*. O maestro atirou-se numa *polonaise* que fez o piano vibrar. Tocava com uma bravura digna de melhor técnica — conforme observou Tio Bicho, que continuava sentado ao lado de sua garrafa de cerveja, prestando pouca ou nenhuma atenção na *polonaise*, pois não gostava de Chopin e muito menos do pianista. Recostado à ombreira da porta, Rodrigo procurava o olhar de Roberta. O ten. Bernardo começou a dizer algo em voz alta, mas o Neco Rosa fez *cht!*, obrigando-o a calar-se. D. Laurentina continuava a presidir de sua cadeira aquela reunião tribal. E Babalo, que não tinha muita paciência com música, resolveu ir até o andar superior dar uma olhada nos netos.

    Quando o maestro bateu os acordes finais da *polonaise*, romperam os aplausos.

    — Agora um noturno — suplicou a Mona Lisa.

    Ladislau Zapolska tocou as primeiras notas do nº 2 exatamente no momento em que o relógio da sala de jantar começava a bater as onze horas. O maestro interrompeu-se, deixando cair os braços ao longo do corpo, cerrou os olhos e esperou que o relógio se calasse. Chiru mal podia conter o riso ante a cena grotesca: o Sombra sentado ao piano, as manoplas no ar, as pessoas em torno caladas, e o relógio ronceiro a bater as horas lentamente, sem a menor pressa, como quem tem diante de si a Eternidade.

    Três... — contou Rodrigo — *quatro...* — D. Veridiana tossiu seco — *cinco...* — "Eta cabra da peste!", resmungou o tenente — *seis...* — Roberta descruzou e tornou a cruzar as pernas: os olhos de Rodrigo entravam-lhe, ávidos e rápidos, por entre as coxas — *sete...* — Maria Valéria surgiu à porta para ver o que tinha acontecido — *oito...* — o dr. Terêncio tirou o lenço do bolso, assoou o nariz, produzindo uma nota de trombone — *nove...* — Flora olhou para o marido e sorriu — *dez...* — um rangido na escada fez muitos voltarem a cabeça na direção do vestíbulo — *onze...* — ai que alívio! O maestro permaneceu ainda alguns instantes de olhos cerrados. Depois ergueu as mãos, pousou-as sobre o teclado e começou a tocar o noturno, com grande sentimento, movendo a cabeça lânguida dum lado para outro, e lançando de quando em quando olhares visguentos na direção de Rodrigo.

Quando as últimas notas do noturno se dissolveram no ar e se fez esse breve hiato que precede os aplausos, ouviu-se como que o súbito e áspero rechinar de cigarra. Era a campainha da porta. Flora olhou para o marido. Quem poderia estar chegando àquela hora? Rodrigo caminhou para o vestíbulo. Ouviram-se seus passos na escada. Houve um momento de expectativa geral. Um minuto depois ele tornou a aparecer à porta da sala, com um papel na mão. Estava pálido e sério. Olhou em torno e murmurou:

— Um telegrama...

Flora correu aflita para junto dele, com um pressentimento de morte na família. Juquinha Macedo e Terêncio Prates levantaram-se. Houve um alvoroço entre as mulheres. Só d. Laurentina nada revelou no rosto de arenito.

Rodrigo baixou os olhos para o papel e, com voz velada, resumiu os dizeres do telegrama:

— O doutor João Pessoa foi assassinado esta tarde com três tiros num café do Recife.

Fez-se um silêncio álgido. E só Maria Valéria pareceu ouvir o vento que batia na janela, como se quisesse entrar.

6

O país inteiro foi sacudido pela brutalidade do crime. Na capital da Paraíba, a massa popular revoltada atacou e depredou as casas dos inimigos políticos de João Pessoa. Nas ruas de centenas de vilas e cidades, através de todo o território nacional, o povo chorava a morte do presidente nordestino e ao mesmo tempo clamava por vingança, exigindo a revolução. Na Câmara dos Deputados, em certo trecho dum discurso vibrante de indignação, Lindolfo Collor bradou: "Caim, que fizeste de teu irmão? Presidente da República, que fizeste do presidente da Paraíba?".

— Os olhos do Brasil estão voltados para o Rio Grande, esperando a revolução! — exclamou Rodrigo Cambará num daqueles primeiros dias de agosto, depois de ler os jornais que Bento lhe fora buscar à estação. — E nós continuamos de braços cruzados. Nada fazemos a não ser discursos.

Acompanhou comovido, pelo noticiário da imprensa, a transladação dos restos mortais de João Pessoa do Recife para a capital de seu estado, e dessa cidade para o Rio de Janeiro, onde deviam ser sepultados. O povo, que atulhava as ruas da Paraíba por onde passou o cortejo fúnebre, agitava lenços brancos e chorava, despedindo-se de seu presidente. O esquife foi posto a bordo do *Rodrigues Alves*, que fez escalas em Recife e Maceió, onde verdadeiras multidões desfilaram respeitosas pela frente do cadáver exposto numa das salas de bordo.

Num entardecer da segunda semana de agosto, Rodrigo reuniu no seu gabinete da Intendência os chefes republicanos e libertadores de Santa Fé, a portas fechadas. Contou-lhes confidencialmente que havia recebido uma carta de Oswaldo Aranha em que este o autorizava a começar a sério no município de Santa Fé os preparativos para um movimento armado.

— O assassinato de João Pessoa acendeu de novo a fogueira da revolução — disse Rodrigo. — Acho que devemos começar a reunir gente, organizar corpos e ao mesmo tempo retomar as sondagens na Guarnição Federal, para ver com quem podemos contar. Cá entre nós, não confio muito na oficialidade. Pelo que pude concluir de conversas ligeiras que tive com um capitão de infantaria e com um major de artilharia, eles não estão dispostos a arriscar um fio de cabelo. Um deles me confessou que só entraria no movimento se tivesse a certeza de que o Exército em peso aderiria à revolução. O outro me declarou peremptoriamente que não se meteria na coisa de maneira alguma. Por isso acho que nossa esperança está na sargentada, que goza de grande prestígio na tropa. Tenho no Regimento de Infantaria um bom amigo, o sargento Aurélio Taborda, sujeito muito decente e muito querido dos companheiros. O Bio conhece no Regimento de Artilharia um tal sargento Atílio Bocanegra... acho até que já fizeram umas farras juntos. Dizem que é um rapaz de valor... não sei.

Rodrigo fez uma pausa curta e depois continuou:

— Se desta vez não tiramos o Cavanhaque do poder, estamos desmoralizados e o melhor que temos a fazer é entregar o Rio Grande aos castelhanos!

Deu um pontapé no cesto de papéis usados, que tombou, espalhando seu conteúdo pelo chão.

Silencioso a um canto daquele gabinete, de onde durante vários anos governara o município com punho de ferro, Laco Madruga torcia os bigodões grisalhos. Sentado a seu lado, Amintas Camacho tinha o cotovelo do braço direito apoiado na palma da mão esquerda, o rosto metido na forquilha formada pelo polegar e indicador, numa pose muito intelectual que já estava começando a irritar Rodrigo.

Juquinha Macedo, de mãos nos bolsos, escutava o amigo com afetuoso interesse, recostado à janela, enquanto Terêncio Prates, de cabeça baixa, olhava para a capa do livro que tinha nas mãos: *La rebelión de las masas*, de Ortega y Gasset. A todas essas, Alvarino Amaral, que envelhecera muito naqueles últimos anos, picava fumo para um crioulo, no fundo duma poltrona de couro, os olhos lacrimejantes, os dedos trêmulos.

Depois que Rodrigo terminou de falar, houve um curto silêncio em que Laco Madruga com a ponteira da bengala começou a empurrar para dentro do cesto caído as bolotas de papel que juncavam o soalho. Os outros ficaram a vigiar a operação, como se se tratasse dum jogo fascinante.

— Então? — perguntou Rodrigo. — Não me dizem nada?

Juquinha Macedo prometeu que começaria a formar o seu corpo de voluntários imediatamente. Madruga assegurou que teria um batalhão organizado dentro de um mês. O velho Amaral confessou que, para ser bem franco, até já tinha uns "bombachudos" reunidos na sua estância: o que lhes faltava agora era só o armamento...

— O Oswaldo Aranha me prometeu mandar armas e munições ainda este mês — esclareceu o intendente.

Amintas Camacho mencionou nomes de correligionários seus que também podiam recrutar gente dos distritos.

— E tu, Terêncio, que me dizes?

O estancieiro pigarreou, descruzou e tornou a cruzar as pernas e por um instante pareceu procurar a resposta numa das páginas do livro que agora tinha aberto sobre os joelhos.

— Ora — disse ele por fim —, vocês sabem que podem contar comigo, haja o que houver. Mas devem reconhecer que minha posição é um tanto difícil... Falo por mim, pois o coronel Madruga, pelo que ouvi, já se decidiu... O meu partido ainda não se pronunciou *oficialmente* a favor da revolução.

Rodrigo fez um gesto de impaciência.

— Se vamos esperar um pronunciamento claro do doutor Borges, estamos fritos.

— É uma questão de disciplina partidária... Não viste os jornais? O senador Paim acaba de declarar num discurso no Senado que a revolução não se fará com o Rio Grande do Sul. "Não a querem o senhor Borges de Medeiros nem o senhor Getulio Vargas nem o Partido Republicano Rio-Grandense." São suas palavras textuais.

— Mas o povo a quer! — vociferou Rodrigo. — E a revolução vai para a rua, com o Chimango ou sem o Chimango, com o Partido Republicano ou sem ele.

Ao som da palavra Chimango, o cel. Madruga pigarreou e cerrou o cenho, Amintas remexeu-se inquieto na cadeira, como se estivesse sentado sobre brasas.

— O doutor Getulio também continua calado... — arriscou Juquinha Macedo.

— É um zorro — sorriu Alvarino Amaral, batendo a pedra do isqueiro para acender o cigarro. — Um zorro mui ladino.

— Que grande "chefe" fomos arranjar! — ironizou Rodrigo. Deu um novo pontapé no cesto, desmanchando o serviço que Madruga havia pouco terminara.

— Em que ficamos? — perguntou Juquinha.

— Eu vou trabalhar como se a revolução fosse estourar amanhã — declarou Rodrigo. — Continue a reunir gente, coronel Alvarino. E o senhor também, coronel Madruga. E tu, Juquinha, vou te pedir um favor especial. Mas precisas usar muito tato. Sei que o comandante da Guarnição Federal frequenta tua casa, é teu amigo. Sonda o homem, vê se podemos esperar alguma coisa dele. Se encontrares resistência, bico calado, é melhor não insistir. Repito que minha esperança está nos sargentos.

Quando os amigos se retiraram, Rodrigo ficou olhando fixamente para o lugar em que, naquele inesquecível dia de maio de 1923, o corpo do ten. Aristides caíra varado por um balaço de Toríbio. Pensou também no negro Cantídio, de peito esmagado sob o peso de seu cavalo morto. E em Miguel Ruas, a dessangrar-se aos poucos no saguão lá embaixo... Hoje os inimigos de ontem estavam de braços dados, lenços brancos, verdes e vermelhos amarrados num nó de amizade. Havia pouco apertara a mão do Madruga e a do Amintas. Agora, para começar a nova revolução, todos esperavam o beneplácito do dr. Borges de Medeiros, o homem que em 1923 os maragatos tanto odiavam e combatiam.

De súbito a mente de Rodrigo foi tomada por completo pela figura de seu pai. Viu-o tal como no dia em que ele lhe morrera nos braços. Pareceu-lhe que o velho queria fazer-lhe uma pergunta, mas de sua boca saía apenas o estertor da morte, de mistura com golfadas de sangue. Rodrigo teve a impressão de que podia ler uma interrogação naqueles olhos embaciados: "Por quê? Por quê?".

Ficou a ouvir a própria voz a repetir a pergunta, enquanto punha o chapéu, saía do gabinete e descia as escadarias da Intendência. Atravessou o saguão perturbado. Não respondeu aos cumprimentos dos funcionários que estavam por ali, porque não os viu nem ouviu. Na sua cabeça, soava agora uma musiquinha remota, saltitante e fútil: "Loin du Bal".

Ganhou a calçada. O céu estava nublado e um vento frio agitava as árvores. Rodrigo ergueu a gola do sobretudo e atravessou a rua. Uma voz:

— Não conhece mais os pobres?

Parou e voltou-se.

— Roque Bandeira! Onde andas metido que não apareces mais?

Tomou-lhe do braço e arrastou-o consigo.

— Vamos até o Sobrado beber alguma coisa quente. Tenho um conhaque português de primeira. Mas tu preferes cerveja preta, eu sei. És um bárbaro. Como vai essa vida, homem?

Encolhido dentro do sobretudo ruço, Tio Bicho recusava-se a apressar o passo.

— Vamos indo. Recebi ontem um peixinho do Japão. Parece uma joia.

— Como podes pensar em peixes numa hora destas?

Passavam pela frente da Matriz. Rodrigo tirou o chapéu, respeitosamente.

— E que me dizes desse belo movimento que agita o país? És um céptico, não acreditas em nada e em ninguém. Pois eu te repito que ainda tenho fé no Brasil. O gigante adormecido finalmente acordou. O assassinato de João Pessoa galvanizou-o. O sacrifício do grande presidente não foi em vão. Mas qual! Tu não lês jornais.

Lembrou ao amigo a chegada do cadáver de João Pessoa ao Rio de Janeiro. Maurício de Lacerda, num discurso comovente feito no cais do porto, onde a multidão se comprimia aguardando o féretro que era desembarcado do *Rodrigues Alves*, pedira ao povo que se ajoelhasse, pois o corpo do grande morto ia entrar os muros da cidade.

— Foi a cena mais grandiosa, mais tocante da nossa história, Roque. Não rias. Nem tudo é farsa, há coisas sérias na vida. Imagina tu o povo quebrando o cordão de isolamento da polícia e precipitando-se para o féretro com lágrimas nos olhos, para carregá-lo nos ombros até o cemitério! Pisando as flores com que senhoras e senhoritas haviam atapetado o chão, o cortejo passou por entre alas de estudantes ajoelhados a cantarem em surdina o Hino Nacional. Que me dizes, céptico duma figa!

Tio Bicho encolheu os ombros e, mal movendo os lábios pardacentos, gretados pelo frio, balbuciou:

— Digo que tudo acaba virando religião.

— Mas isso é civismo, animal, puro civismo!

— Confirma-se mais uma vez a minha teoria de que o povo precisa duma mística, de mitos, mártires e santos... As massas amam os profetas barbudos como Antônio Conselheiro e Luiz Carlos Prestes. Isso que fizeram com o cadáver de João Pessoa foi um ato de religião e de superstição. Um simulacro de Procissão do Senhor Morto. Não me admirarei se aparecer por aí a história da Vida, Paixão e Morte de João Pessoa, o Cristo do Nordeste. Washington Luís será comparado com Pilatos, mas um Pilatos teimoso que reluta até em lavar as mãos...

Rodrigo parou e segurou o gordo amigo pelas lapelas do sobretudo, como se quisesse erguê-lo do solo.

— Não sei onde estou que não te quebro a cara!

Imperturbável, o outro respondeu:

— Me mate. Aí então serei eu o novo mártir. São Roque. Vai haver uma confusão danada no futuro com o outro santo do mesmo nome. Mas isso não me preocupa. O problema não será meu e sim do mundo cristão.

— Sai! — exclamou Rodrigo, largando o outro. — Perdi a esperança contigo. És um literato irremediável. Não tens sangue nas veias, mas tinta de impressão. Te alimentas de livros, devoras alfarrábios, por isso arrotas essas asneiras pseudofilosóficas. Mas vamos depressa, que o frio está brabo.

Entraram no Sobrado. Havia uma estufa acesa no escritório, mas assim mesmo Roque Bandeira achou de bom aviso não despir o sobretudo.

Rodrigo gritou para a cozinha que lhe trouxessem uma cerveja preta. Ele próprio tirou duma gaveta da escrivaninha a garrafa de conhaque e um copo. Nesse momento soou uma voz inesperada:

— Mais um cálice, que eu também bebo!

Rodrigo olhou para a porta e seu rosto resplandeceu. Lá estava Toríbio, metido num poncho de campanha, chapelão na cabeça, bota e esporas, rebenque a pender-lhe de um dos pulsos.

Bio! Os irmãos abraçaram-se e ficaram a mover-se numa espécie de valsa lenta e a darem-se palmadas nas costas.

— Quando chegaste?

— Agorinha mesmo.

— Tira esse poncho, vamos "bebemorar".

Toríbio desvencilhou-se do irmão e repetiu a valsa com o Tio Bicho, dizendo:

— Este safado cada vez mais gordo... E como vai aquele judeu filho duma mãe?

— Feliz. Acha que a crise econômica mundial vai bolchevizar o mundo.

— Por falar em bolchevizar... — disse Rodrigo, que despejava conhaque nos copos — estou decepcionado com teu amigo Prestes. Leste o manifesto dele que te mandei?

— Li — respondeu Toríbio, tirando o poncho e escarrapachando-se numa poltrona, sempre de chapéu na cabeça.

— Não achas que o homem está de miolo mole?

— Não.

— Mas é um manifesto comunista!

Bio encolheu os ombros, bateu com a ponta do rebenque nos costados da poltrona, apanhou depois o copo que o irmão lhe entregava, bebeu um gole, fez uma careta e perguntou:

— Não tens aí uma caninha boa?

— Bebe esse conhaque, homem! É do melhor. Mas que achaste do manifesto do teu chefe?

— Ora, pode ser besteira, mas é uma opinião. Não modifica o conceito que faço do homem. É um cara decente e de coragem. Pode dizer e escrever o que quiser... pra mim ele ainda é o companheiro da Marcha.

Tio Bicho, que bebia com gosto a cerveja trazida por uma das crias da casa, disse:

— No meu entender, o Prestes cometeu um erro. Se fosse mesmo um bom leninista, ele esconderia o jogo, entraria na revolução sem tornar público o seu manifesto. Uma vez vitorioso o movimento, ele trataria de empolgar o poder e levar o país para a esquerda...

— E tu pensas que os Estados Unidos iam ficar de braços cruzados? — perguntou Rodrigo, depois de tomar um largo gole.

— Já se foi o tempo em que os americanos resolviam suas dificuldades com os países sul-americanos mandando um couraçado "visitar" os vizinhos turbulentos...

— Não sei... não sei... Mas uma coisa eu digo a você. O Prestes me decepcionou. E sua defecção nesta hora crítica fez um grande mal à causa da revolução. — Olhou para o irmão. — Ah! Teu amigo João Alberto está em Porto Alegre conspirando. Veio a chamado do Aranha.

Toríbio sorriu:

— Ando com saudade daquele pernambucano.

— Pois se andas, vamos juntos à capital. Preciso me avistar com o Aranha, estabelecer certos contatos, saber com que armamento podemos contar. E, acima de tudo, descobrir para quando está marcada essa encantada revolução.

— Não me fales em revolução que eu fico com água na boca... — disse Toríbio.

— Então a coisa sai mesmo? — indagou Tio Bicho com tépido interesse.

Os irmãos entreolharam-se, sorrindo.

— Conta pra ele, Bio, quantos homens já tens no Angico.

— Cinquenta caboclos de pelo duro, entre eles vinte e dois dos meus trinta lanceiros de 23.

Tio Bicho sacudiu a cabeça lentamente.

— *Alea jacta est* — murmurou com fingida solenidade.

— Se tens alguma dúvida — disse Toríbio —, vou te provar que já ando no meu "uniforme" de campanha.

Tirou o chapéu e mostrou a cabeça completamente raspada.

7

Na segunda quinzena de agosto, Rodrigo foi a Porto Alegre, de onde voltou uma semana depois. No dia de sua chegada, reuniu em casa alguns amigos e contou-lhes as novidades. A revolução era uma realidade, mas a data da sua eclosão não estava ainda marcada: seria entre fins de setembro e princípios de outubro. Oswaldo Aranha era o centro da conspiração, a alma do movimento. Borges de Medeiros? Continuava fechado em copas. Os senadores Paim Filho e Vespúcio de Abreu lhe haviam escrito uma carta em que lhe pediam declarasse publicamente que o Partido Republicano Rio-Grandense *desautorizava* a conspiração. O Solitário do Irapuã não lhes respondera, e isso era um indício de que se não estava a favor, pelo menos não estava *contra* a revolução.

— E o Getulio? — indagou Juquinha Macedo.

Rodrigo olhou em torno. Achavam-se no escritório, sentados e atentos às suas palavras — além do homem que fizera a pergunta —, Toríbio, Terêncio Prates, Alvarino Amaral e José Lírio.

— A atitude do Getulio, ao que parece, é a mesma que ele patenteou na noite em que mataram o João Pessoa. *Gelada* é o adjetivo que encontro para ela. E isso me dá arrepios...

E como Liroca lhe lançasse um olhar cheio de interrogações, explicou:

— Os jornais noticiaram o fato e nós já o comentamos aqui mesmo neste escritório. Mas agora o Oswaldo me contou a história com detalhes. Prestem atenção, que vale a pena.

Sentou-se, acendeu um charuto e contou:

— Na noite de 26 de julho, quando estávamos nesta casa festejando o aniversário da Flora, as classes conservadoras ofereciam em Porto Alegre um banquete ao Oswaldo Aranha, no Clube do Comércio. Ao sentar-se à mesa, o homenageado viu na sua frente um vaso com violetas... Como bom gaúcho da fronteira, não gostou daquilo, pois dizem que violeta é flor de mau agouro. Bueno, o banquete transcorreu em ordem, com muito entusiasmo, e lá pelas tantas alguém veio trazer um bilhete ao Oswaldo, que o leu e ficou pálido. Era a notícia do assassinato de João Pessoa.

Liroca escutava o amigo, de boca entreaberta. Terêncio apertava a haste de seu cálice. O velho Amaral, meio surdo, punha a mão em concha junto da orelha direita.

— Terminado o banquete — prosseguiu Rodrigo —, os convivas saíram e encontraram na frente do clube uma verdadeira multidão. A notícia do crime se espalhara e o povo estava indignado, comovido e agitado. Havia gente com lágrimas nos olhos. Ao avistarem o Oswaldo e os outros políticos, começaram a gritar: "Fala, Oswaldo Aranha! Fala, Oswaldo Aranha!". Eu sei dizer que se improvisou um comício. Discursou primeiro o homenageado da noite. Depois falou o João Neves e por fim Flores da Cunha. Todos foram aplaudidos com delírio. Começaram então os gritos: "Para o Palácio! Para o Palácio!". Queriam ouvir o presidente do estado. E a massa humana começou a movimentar-se, rua da Ladeira acima... Agora vem um desses detalhes que os historiadores esquecem ou ignoram, mas que para mim tem uma significação humana extraordinária. O Aranha chamou seu irmão mais novo, o Zé Antônio, um rapaz de seus dezessete anos, e mandou-o ir correndo avisar o Getulio de que o povo estava a caminho do Palácio e que esperava dele um pronunciamento... O jovem Aranha chegou esbaforido aos aposentos do presidente e encontrou-o sentado a afagar a cabeça do angorá que tinha no colo. Despejou-lhe a notícia, que Getulio escutou sorridente e sereno. Já a essa hora o povo estava na frente do Palácio e gritava: "Getulio! Getulio!". Vocês pensam que o homenzinho se afobou? Qual! Pôs o gato em cima da escrivaninha, encaminhou-se para a janela, abriu-a e ficou olhando para a multidão, que prorrompeu numa ovação enorme, talvez a mais vibrante que ele tenha recebido em toda a sua vida. E quando a massa silenciou e todos ficaram esperando um discurso, um pronunciamento definitivo, um incitamento à revolução, a Esfinge de São Borja limitou-se a sorrir e não disse patavina!

Rodrigo ergueu-se, bateu a cinza do charuto em cima dum cinzeiro e rematou:

— Esse é o chefe da nossa revolução. Ah! Mas não vamos gastar cera com tão ruim defunto. Temos de tocar pra diante. Como está a situação por aqui?

Juquinha Macedo contou que havia sondado o comandante da Guarnição Federal.

— O homem não quer nem ouvir falar em revolução.

Alvarino Amaral informou que já tinha mais de duzentos caboclos reunidos, à espera de armas e munição.

— E os teus sargentos, Bio?

— Estão dispostos a virem aqui conversar conosco. É só marcar o dia e a hora.

— Está bem. Mas devem vir de noite, entrar pelos fundos do quintal, escondidos, para não despertar suspeitas. A esta hora devemos estar sendo vigiados...

Toríbio ia continuar a falar mas calou-se, pois à porta do escritório surgiu a figura do ten. Bernardo Quaresma.

— Com licença! — Entrou e começou a apertar mãos. — Interrompo alguma conversa particular?

— Ora! — fez Rodrigo. — Não temos segredos para ti.

Quando o tenente voltou-lhe as costas, piscou um olho para Toríbio e disse:

— Ó Juquinha... fecha a porta.

O amigo obedeceu. Rodrigo pousou cordialmente a mão no ombro do alagoano:

— Por falar em segredo, chegaste bem na hora. Temos um assunto muito importante a tratar contigo... Que é que vais beber?

Havia espanto no rosto do oficial.

— Que é isso comigo, doutor?

Uma vermelhidão lhe foi cobrindo as faces, o pescoço e as orelhas, enquanto ele repetia: "Que é isso comigo, doutor?".

— Senta-te, Bernardo. Vou te dar um cálice de vinho do Porto. Ou queres alguma coisa mais forte?

Agora sentado, Bernardo Quaresma olhava dum lado para outro, como que compreendendo aos poucos do que se tratava.

— Se vão me falar em...

— Espera! — interrompeu-o o dono da casa, segurando-o pelo talabarte. — Não digas nada ainda. Me deixa falar primeiro. Depois respondes. Mas quero a tua palavra de honra, palavra de homem, palavra de soldado... seja qual for a tua resposta, vais prometer que não dirás a ninguém o que se conversou aqui nesta sala. A ninguém. Juras?

— Que é isso comigo, doutor?

— Juras?

Liroca ergueu-se, alvoroçado, esfregando as mãos como um colegial. Alvarino tratava de ajustar a sua improvisada concha acústica, para não perder palavra do diálogo.

— Juro — disse por fim o tenente. — Mas isso não quer dizer...

— Eu sei, eu sei... — atalhou Rodrigo. — Toríbio, traz uma cachacinha aqui pro nosso amigo.

Enquanto o irmão fazia isso, Rodrigo reacendeu o charuto, tirou uma baforada, olhou furtivamente para a porta e, baixando a voz, disse:

— Não ignoras, a esta altura dos acontecimentos, que o Rio Grande e o resto do Brasil estão de corpo e alma com a revolução.

Bernardo Quaresma bebericou a cachaça e fez uma careta de repugnância.

— Conspira-se em todo o território nacional — prosseguiu Rodrigo. — A revolução é uma fatalidade, estás compreendendo? Uma fa-ta-li-da-de! É questão de tempo.

O tenente olhava silencioso para os reflexos violáceos da bebida.

— Sabes que sou teu amigo, Bernardo. Todos somos. É como se fosses meu parente, pessoa da casa. Seria um absurdo se eu não fosse franco contigo. Seria um insulto à tua pessoa se eu não tivesse confiança em ti.

— Mas doutor...

— Espera. Escuta. Não queremos derramar o sangue de nossos irmãos. Mais tarde ou mais cedo, as tropas federais aquarteladas no estado vão aderir ao movimento. Fui informado, com toda a segurança, de que a guarnição de Porto Alegre está toda conosco.

Rodrigo fez uma pausa. Depois, tornando a pôr a mão no ombro do oficial, disse vagarosamente:

— Agora me escuta. Nós contamos contigo.

O outro pôs-se de pé num pulo, como se tivesse levado um choque elétrico.

— Comigo não!

— Senta. Tem calma, olha aqui... Já pensaste na legitimidade da nossa causa? O Governo Federal fraudou as eleições, mandou assassinar João Pessoa, e agora, como supremo insulto, tropas federais ocuparam Princesa, sob o pretexto de restabelecer a ordem. É a intervenção mascarada! A revolução portanto é um imperativo não só político como também moral. É um ato de justiça. Pensa bem, Bernardo. Podemos contar contigo? Não queremos muita coisa de ti... Se não estás disposto a nos ajudar na catequese de teus companheiros de farda, se não queres tomar parte ativa no movimento, nós nos contentamos com a tua promessa de não fazer nada *contra* ele... Mas sei que estás conosco!

Bernardo sacudiu a cabeça negativamente.

— Não, doutor. Não. Sou seu amigo. Seria capaz de dar a minha vida pelo senhor. Mas o que me pede está acima das minhas forças. Sou um soldado, e soldado não faz revolução contra governo legalmente constituído. Meu falecido pai, que era também militar, me ensinou isso. Não contem comigo...

Ergueu-se, como que estonteado, e por alguns instantes ficou perdido entre aquelas pessoas, mesas e poltronas. Aproximou-se da janela, encostou a testa na vidraça, puxou o dólmã, passou as mãos pelos cabelos. Todos os olhares estavam postos nele. E agora, encostado na parede, como para melhor defender-se do inimigo, o tenente de artilharia tornou a falar.

— Vou pedir minha remoção de Santa Fé imediatamente. Não quero ser levado a uma situação em que tenha de lutar contra os meus amigos.

Rodrigo sorriu amarelo. Aproximou-se do alagoano, tomou-lhe do braço e puxou-o para a roda.

— Ora, Bernardo, não vamos fazer drama. — Obrigou-o a sentar-se de novo. — Isto não é sangria desatada. Nós te damos tempo para pensar.

— Não preciso de tempo. Já decidi. Sou soldado. Defendo a legalidade.

As narinas de Rodrigo palpitaram e ele quase soltou as palavras que se lhe amontoavam no pensamento: "Mete essa tua legalidade no rabo, menino! Pensas que precisamos de ti para fazer a revolução?". Mas conteve-se. Pegou o copo que deixara esquecido em cima da mesinha, na frente do sofá, tomou um gole de conhaque.

— Essa é a tua última palavra? — perguntou.

O oficial sacudiu afirmativamente a cabeça.

— É sim senhor.

Rodrigo olhou em torno, com um ar um pouco teatral, e disse:

— Todos vocês são testemunhas de que fiz o possível... Agora quero que o nosso tenente responda a uma pergunta. Se os soldados de teu regimento se revoltarem e tentarem prender-te... que farás?

— Reajo a bala.

— Aí, Floriano Peixoto! — exclamou o Liroca.

— Está bem — disse Rodrigo. — Não temos mais nada a dizer.

— Mas não se esqueça, tenente — interveio Juquinha Macedo —, que o senhor prometeu não contar a ninguém o que se conversou aqui esta noite.

— Já dei a minha palavra.

Fez-se um silêncio de constrangimento. Toríbio, porém, salvou a situação. Ergueu-se da poltrona, onde estivera sentado, com as mãos trançadas sobre o ventre, numa atitude modorrenta, avançou para o tenente e segurou-o pelos ombros:

— Reages coisa nenhuma, porcaria! Na hora da onça beber água, eu te pego, te prendo e liquido o assunto. E queres saber duma coisa? Deixa esses conspiradores de meia-tigela e vamos ver se encontramos alguma mulher que preste nessas pensões...

Bernardo Quaresma pareceu ganhar vida nova. Ergueu-se, sorrindo, e, ainda meio contrafeito, distribuiu apertos de mão. Quando chegou a vez de despedir-se de Rodrigo, murmurou:

— Está zangado comigo, doutor?

— Zangado eu? Claro que não, homem. Admiro a tua franqueza como admiro a tua lealdade. Mas deixa de bobagem, não peças a tua transferência...

— Sinto muito, mas acho melhor pedir...

Saiu em companhia de Toríbio. Pouco depois Rodrigo aproximou-se da janela, olhou para fora e viu o irmão e o tenente de artilharia atravessarem a rua, seguidos pelo Retirante, que ficara todo aquele tempo inquieto, esperando o amo, à porta do Sobrado.

8

A festa de inauguração da caixa-d'água de Santa Fé, em princípios de setembro — e para a qual Rodrigo convidara a população da cidade e as autoridades militares —, acabou por transformar-se num comício político. O cel. Borralho, veterano do Paraguai, estava no palanque, ao lado dos convidados de honra. À medida que os oradores se exaltavam, excedendo-se nos ataques ao presidente da República, o comandante da Guarnição Federal dava mostras de seu mal-estar. Por fim, quando Rodrigo, no seu discurso oficial, saltou do assunto "saneamento material de Santa Fé" para "saneamento moral do Brasil", falando nos "sórdidos esgotos da política autoritária do Catete" e fazendo alusões claríssimas à revolução, o comandante da praça e os outros oficiais retiraram-se do palanque ostensivamente, mas não sem antes ordenarem à banda de música do Regimento de Infantaria que se recolhesse imediatamente ao quartel.

— Que siga o baile sem música mesmo! — gritou um gaúcho que assistia à solenidade de cima do seu bragado.

Terminados os discursos, improvisou-se uma passeata cívica. Cantando hinos e gritando vivas, tendo à frente uma das filhas de Terêncio Prates, que levava ao ombro uma bandeira do Brasil, e Roberta Ladário, toda vestida de vermelho, com uma bandeira do Rio Grande nas mãos, o cortejo, numa mistura de lenços vermelhos, brancos e verdes, desceu a colina da Sibéria na direção do centro da cidade. Cuca Lopes ia à frente rodopiando e soltando foguetes. E à medida que avançava, a procissão ia engrossando e o entusiasmo crescendo. Homens e mulheres apareciam às janelas das casas e acenavam com bandeirinhas ou lenços. Atrás das porta-estandartes, ladeado por chefes políticos locais, Rodrigo Cambará caminhava, glorioso, dividindo seu entusiasmo e sua atenção entre as pessoas que lhe acenavam das janelas ou calçadas, e as nádegas da professora. E tudo — sentia ele — tudo cabia dentro do mesmo entusiasmo cívico e da mesma alegria de estar vivo.

Na praça da Matriz, antes de dispersar-se o cortejo, Rodrigo tornou a falar. E quando, perorando, declarou que os descendentes de

Bento Gonçalves muito breve haveriam de amarrar seus pingos no obelisco da Avenida, na capital federal, um urro de entusiasmo guerreiro se elevou da multidão e foi repetido pelo eco atrás da Matriz.

Naquele mesmo dia, chegou a Santa Fé a notícia de que o presidente Irigoyen da Argentina havia sido deposto pelo Exército.

— Eu não disse? — exultou Arão Stein. — Os castelos de cartas continuam a cair. O próximo a rolar será o de Washington Luís. Não será necessário disparar um tiro.

Rodrigo quis saber de pormenores da revolução argentina. O judeu mostrou-lhe os jornais. Uma junta presidida pelo gen. Uriburu tinha assumido o governo do país vizinho. No manifesto que os militares haviam lançado à nação, Rodrigo descobriu um trecho que se poderia aplicar, sem mudar sequer uma vírgula, à situação brasileira. Declaravam os militares que se haviam rebelado para "intimar os homens que atraiçoaram no governo a confiança do povo e da República, ao abandono imediato dos cargos que não exerceram para o bem comum, mas em exclusivo proveito de seus apetites pessoais".

Rodrigo, porém, não se mostrou entusiasmado com a queda de Irigoyen. Quando Juquinha Macedo lhe perguntou por quê, explicou:

— Seria um desastre se nosso Exército, seguindo o exemplo do argentino, depusesse Washington Luís. Teríamos então uma ditadura militar e a situação ficaria ainda pior. Nossa revolução tem de ser feita por nós com a participação do Exército. Tem de ser uma revolução civil e popular.

Em muitas daquelas noites de setembro, vieram ao Sobrado dois sargentos, um de artilharia e outro de infantaria, e ficaram a conspirar no escritório com Rodrigo e os outros chefes revolucionários locais. Chiru e Neco montavam guarda à casa, para dar o sinal de alarma, caso o ten. Quaresma se aproximasse.

O sarg. Aurélio Taborda era um quarentão retaco e cambota, de ar descansado, com algo de oriental na larga cara amarela. Lembrava a Rodrigo a figura dum general nipônico que ele vira nos números de *L'Illustration* dedicados à guerra russo-japonesa. Entrava em geral pelo portão dos fundos, embuçado numa capa preta, e batia na porta da cozinha. Laurinda fazia-o entrar. Rodrigo em geral o recebia com estas palavras:

— Ah! O nosso general Oyama!

Taborda gostava da brincadeira. Era literato, ledor de Pérez Escrich, Alexandre Dumas e Emile Richebourg. Escrevia peças de teatro, uma das quais já fizera Rodrigo ler. Tratava-se dum melodrama histórico, cuja personagem principal era um capitão brasileiro, herói da Guerra do Paraguai. A dificuldade para encenar o drama — dizia o autor — era o seu alto custo. Havia uma batalha campal em cena aberta, com canhões, uma carga de baioneta et cetera e tal... Precisariam de, pelo menos, quinhentos atores. "O senhor vê, doutor, não temos palco nem gente que chegue." Rodrigo concordava, sério, para agradar o dramaturgo.

O outro sargento, Atílio Bocanegra, era, no dizer de Taborda, "dos modernos". Muito mais moço que ele — pois não teria mais de vinte e sete anos —, era claro, esbelto, de olhos cinzentos e metálicos. Segundo Toríbio, dava-se ares de galã.

— Por que me trazes então esse pelintra? — perguntara Rodrigo chamando o irmão à parte.

— Porque o diabo do rapaz tem um prestígio danado entre a soldadesca. E é macho.

Ali no escritório, os dois sargentos, cada qual à sua maneira, contavam o progresso de seu trabalho de catequese entre os companheiros. Bocanegra era conciso e direto. Taborda, prolixo e amigo de imagens literárias. De toda a conversa, Rodrigo deduzia que alguns dos sargentos do Regimento de Infantaria achavam-se ainda indecisos, mas os de Artilharia estavam todos decididos a, na hora oportuna, revoltar a soldadesca e prender os oficiais.

— E que me diz do tenente Bernardo? — perguntou Rodrigo.

Bocanegra não hesitou:

— É um garganta. Proseia mas não sustenta. Não se preocupe com ele.

Em muitas daquelas noites ventosas e ainda frias, ficavam ali no Sobrado a discutir os pormenores do "golpe" e a beber café ou cachaça com mel e limão. Muita vez Rodrigo surpreendia-se a olhar fixamente para o sarg. Bocanegra, procurando descobrir que traço, que expressão daquela face era responsável pela antipatia, pelo mal-estar que o rapaz lhe causava. Não que fosse feio; pelo contrário: era um belo tipo. Tinha feições regulares, boca bem desenhada, testa alta, queixo voluntarioso. Talvez a "antipatia" estivesse nos olhos frios de réptil. Claro! Eram olhos de cobra — decidiu uma noite Rodrigo consigo mesmo. Para agravar a situação, o jovem sargento tinha o cacoete de, a intervalos, lamber os lábios com a língua pontuda e longa.

— É justo e natural — disse Bocanegra uma noite — que depois de dominada a situação todos os sargentos sejam automaticamente comissionados em tenentes. Foi uma promessa que tive de fazer aos colegas.
— E que nós manteremos — apressou-se Toríbio a dizer.
Esse bichinho é ambicioso — pensou Rodrigo. — Ambicioso e vingativo. Por tudo quanto ouvi até agora, tem pela oficialidade uma má vontade que quase chega às fronteiras do ódio. Agora, o outro, esse caboclo literato e pachorrento é uma boa alma. Pai da vida. Trabalha devagar e com excessiva cautela. O que ele quer mesmo é fazer frases.
— Quando é o grande dia? — perguntou Taborda certa vez.
Rodrigo deu de ombros.
— Aguardamos ordens de Porto Alegre. Pode ser este mês. Pode ser no outro.
— Pois nesse dia, doutor — disse o dramaturgo, erguendo o copinho de cachaça —, estaremos todos no palco, ao subir o pano para o drama da regeneração nacional.
Bocanegra soltou uma risada desagradável. Rodrigo teve ímpetos de esbofeteá-lo.

9

Os problemas de Floriano agravaram-se quando chegou do Angico para trabalhar no Sobrado a Olmira, cabocla de dezesseis anos. Tinha nas feições e na cor da pele algo de malaia. Seus olhos de obsidiana, enviesados e ariscos, luziam, como aliás o resto da cara, com um lustro de pintura envernizada. Ao vê-la pela primeira vez, Floriano teve inesperados ímpetos antropofágicos. Desejou morder e comer aqueles lábios polpudos como pêssegos, e aqueles seios que mal apontavam. Surpreendeu-se e envergonhou-se um pouco desse apetite. Estava resignado à castidade, por mais que isso lhe custasse. Era-lhe agradável a ideia de permanecer limpo de corpo — já que de espírito tal coisa não lhe era possível — e continuar merecendo a confiança da mãe e da Dinda.
Quase sempre descalça, Olmira movia-se com uma graça ágil e mortífera de felino. O namoro começou desde o primeiro dia, e a iniciativa partiu da caboclinha, que, à sua maneira dissimulada, olhava com insistência para Floriano, mas quando este a encarava, desviava o olhar. Falava pouco, quase nada. No fim da primeira semana, ele ain-

da não lhe tinha ouvido a voz. Quando Olmira servia a mesa, Floriano interceptava os olhares cúpidos que seu pai dirigia para a rapariga, e isso o perturbava não só pelo temor que ele tinha de que sua mãe os notasse como também porque dum modo obscuro ele começava a aceitar a ideia de que Olmira lhe pertencia, e afinal de contas o dr. Rodrigo Cambará não podia ser dono de todas as mulheres do mundo. Observava também que Jango, com seus quatorze anos e seu desenvolvimento precoce, o buço forte, os olhos sombreados de olheiras arroxeadas, uma voz grotesca, ora grossa, ora fina — Jango parecia também fascinado por Olmira. E o próprio Eduardo, que tinha apenas doze anos, não perdia a oportunidade de tocar na chinoca sob qualquer pretexto. Onde quer que a encontrasse — uma vez que não houvesse nenhum dos "grandes" à vista — dava-lhe uma palmada nas nádegas, soltava uma risada safada e saía a correr... De um modo geral, todos os machos do Sobrado pareciam enfeitiçados pela cabocla.

Agora as noites de Floriano começavam a ser mais difíceis, principalmente quando ele despertava de madrugada, o corpo latejando do desejo despertado por algum sonho erótico, e pensava que Olmira dormia sozinha num quarto do porão. Ficava a fantasiar excursões secretas, imaginava-se a descer as escadas na ponta dos pés, sair para a rua e finalmente bater na porta do quarto da rapariga. Só de pensar nisso ficava com a respiração alterada, o coração a pulsar aflito. Muitas vezes essas aventuras se prolongavam sonho adentro.

Não raro revoltava-se. "Também não sou de ferro. Trazer uma guria dessas para o Sobrado, nas minhas ventas, chega a ser uma provocação. Não me culpem se eu..." Mas sorria, vendo também o lado humorístico da situação.

Estava uma tarde sentado no banco do quintal, debaixo da marmeleira-da-índia, quando de repente teve a intuição duma presença invisível, a estranha sensação de que estava sendo observado. Olhou em torno: o pátio deserto. Ninguém nas janelas do casarão. Ia baixar de novo o olhar para o livro que tinha nas mãos, quando vislumbrou uma mancha vermelha entre os ramos, folhas e flores dum cinamomo. Olmira estava trepada na árvore e de lá o espreitava... Ele sorriu. Ela também. Foi nesse exato instante que Maria Valéria apareceu a uma das janelas do casarão e gritou:

— Desatrepa daí, menina!

Quando Olmira descia, abraçada ao tronco do cinamomo, a ponta de sua saia se prendeu num galho, deixando-lhe completamente à mostra as coxas roliças e cor de cobre. Por um segundo, Floriano ficou siderado. A chinoca sentou os pés no chão, baixou o vestido e esgueirou-se na direção da porta da cozinha.

Depois desse dia, o jogo a que ambos se empenharam num acordo tácito — o caçador e a caça — tomou os aspectos mais variados. Havia momentos em que a rapariga parecia querer entregar-se; noutros, dava a impressão de fugir em pânico. Passava um dia ou dois arredia para, de súbito, sem razão aparente, provocá-lo com um olhar mais demorado, um sorriso, uma rabanada faceira ou um pretexto qualquer para ficar numa posição em que ele lhe pudesse ver as coxas. E o caçador, demasiado tímido para o ataque frontal, arquitetava vagas armadilhas, mas dum jeito que, em caso de perigo para sua reputação de bom filho, elas pudessem ser debitadas à conta do acaso, livrando-o da responsabilidade moral de tê-las preparado deliberadamente. Horas havia em que ele se recriminava por entregar-se a tão arriscada aventura dentro da própria casa. Temia ser descoberto. Era-lhe insuportável a ideia de fazer a mãe sofrer, de decepcioná-la, de dar-lhe motivo para concluir que, no fim de contas, ele e o pai eram feitos do mesmo estofo. De resto, Olmira devia ser ainda virgem. Se dormisse com ela, poderiam surgir complicações sérias. Pensando nessas coisas, Floriano tinha quase sempre em mente a imagem do Tio Bicho, que costumava dizer-lhe que a nossa moralidade é quase toda feita de medo.

Fechado na água-furtada, o rapaz entregava-se às suas aventuras intelectuais. Descobrira Bernard Shaw, que conseguia ler no original com relativa facilidade. Relia o seu Ibsen e andava rabiscando traduções de Tagore.

Para cúmulo de males, agora a primavera se acumpliciava com seus desejos. Havia na atmosfera algo de excitante e embriagador. A natureza parecia em cio. Às vezes Floriano tinha a impressão de que respirava pólen e ficava grávido de coisas verdes. Os cinamomos da praça e do quintal do Sobrado rebentavam em flores lilases, que enchiam o ar com o mel de sua fragrância adocicada. O vento arrepiava a paisagem e as epidermes, tumultuava o céu com nuvens inesperadas, levantava na rua o vestido das mulheres, despenteava as pessoas e as árvores.

Naquela quarta-feira — o primeiro dia de ar sereno e morno que setembro lhes dava — Rodrigo parecia especialmente preocupado. Durante o almoço, queixou-se do silêncio em que se mantinham os chefes da revolução em Porto Alegre e declarou que estava decidido a partir para lá no dia seguinte, para averiguar o que se passava.

— Ou atam ou desatam. Esta situação de dúvida não pode continuar. O velho Borges finalmente já declarou aos correligionários que aceita a revolução. No entanto o marasmo continua.

Tirou o jornal que tinha no bolso, abriu-o e leu em voz alta um trecho do manifesto recentemente divulgado pelos estudantes da Faculdade de Direito do Recife:

> É a vós, gaúchos e mineiros que começais a desertar da trincheira em fogo para a qual nos convidastes pela clarinada de vossos tribunos e pelo incitamento de vossos generais; é a vós, brasileiros de todos os quadrantes, que a mocidade acadêmica de Pernambuco dirige este apelo em nome do martírio de João Pessoa.

Atirou o jornal em cima duma cadeira.

— Lá no Norte já estão pensando que desertamos. É preciso precipitar o quanto antes a revolução. A fruta está caindo de madura. Se esperarmos mais um mês, ela apodrece. E nós apodreceremos com ela, irremediavelmente!

Flora comia a sobremesa em silêncio, e nos seus olhos já se via o medo antigo da guerra. Maria Valéria deu uma ordem em voz alta para Olmira. Bibi, Jango e Eduardo olhavam para o pai, sérios. Floriano procurou alguma coisa para dizer, mas não encontrou nada. Rodrigo encarou-o:

— E tu, meu filho, já estás na idade de tomar algum interesse pela política. Vives num mundo excessivamente livresco. Precisas plantar os teus pés no nosso chão, no chão do Rio Grande. Esta é uma hora em que ninguém pode ficar indiferente. Tragam esse café duma vez!

Além da vergonha de ter falhado nos exames vestibulares — refletiu Floriano —, além da vergonha de viver como um parasita, de não ter ainda escolhido uma carreira, o pai acabava de criar para ele uma nova vergonha: a de estar alheio ao movimento revolucionário. Não seria a vida mais que um rosário de vergonhas e sentimentos de culpa? Teria o homem de passar seus dias a bater no peito e a murmurar *mea culpa*?

Olmira estava particularmente atraente aquele dia, no seu vestido amarelo-claro, que lhe ia tão bem com o tom acobreado da pele e com o negror lustroso dos cabelos. Uma franja tarjava-lhe a testa redonda. Seus seios pareciam ter crescido naquelas últimas semanas, talvez por artes da primavera. Aquela manhã, ao ver a cabocla deixar cair um copo que se partira em cacos nos mosaicos da cozinha, a Dinda gritara: "Essa menina não está com o sentido no que faz. Anda com fogo no rabo". Mesmo ditas pela voz seca e fria da velha, essas palavras incendiaram a imaginação de Floriano.

Subiu às primeiras horas da tarde para a mansarda, pensando nelas. Por volta das três e meia, quando Olmira lhe foi levar a bandeja com uma xícara de café e umas fatias de bolo de milho, sentiu desejos de agarrá-la, mas não teve coragem para tanto. Mas quando ela voltou meia hora mais tarde, dizendo que tinha ido buscar a bandeja, Floriano fechou a porta, com o coração a bater acelerado, e aproximou-se da chinoca. Olmira encolheu-se, como quem espera uma bofetada, mas não se moveu. Floriano abraçou-a com trêmula fúria e, sem dizer palavra, deitou-a no divã.

10

Naquela mesma tarde, por volta das cinco, estava sentado no peitoril da janela da água-furtada, a olhar a praça. Sentia-se aliviado, estranhamente sem remorso. Pensava apenas de maneira vaga no que poderia acontecer. Como se portaria Olmira dali por diante? Contaria tudo à patroa? Claro que não, pois se entregara sem resistência. Passaria a fugir dele por ter achado a experiência desagradável? (Seu rosto enigmático não traíra nenhuma emoção.) Era possível mas não provável. Voltaria outros dias à mesma hora? Pouco lhe importava agora. Naquele momento Floriano sentia-se estranhamente tranquilo e seguro de si mesmo: um homem sem passado nem futuro.

As copas das árvores da praça estavam imóveis. Subia até a mansarda o perfume das flores de cinamomo. Pela primeira vez em muitos dias, o céu estava completamente limpo.

Uma mulher vestida de branco sentou-se no banco que ficava junto da calçada fronteira à igreja. Floriano reconheceu-a: Roberta Ladário. Abriu o livro que trazia, e por alguns instantes pareceu entretida a ler. Poucos segundos depois, fechou o volume e olhou na direção da Intendência. Floriano compreendeu tudo. Roberta sabia que seu pai costumava passar por ali mais ou menos àquela hora. Preparava com toda a certeza um "encontro casual". Tinha muito topete, a professora!

Ao cabo de alguns minutos, apareceu o dr. Rodrigo Cambará a caminhar pela calçada, já de chapéu na mão. Parou junto do banco, inclinou-se, beijou a mão que Roberta lhe estendeu, olhou para os lados e por fim sentou-se ao lado dela. Ficaram numa conversa animada, durante alguns minutos. Ela sacudia a cabeça negativamente, ele gesticulava, como que tratando de convencê-la de alguma coisa... Quando alguém passava pela frente do banco, ambos pareciam calar-se, cumprimentavam o passante e a seguir retomavam a conversa. Floriano estava achando a cena divertida.

Minutos mais tarde, o ten. Bernardo Quaresma atravessou a praça seguido pelo Retirante, e aproximou-se do banco. Devia ter dito alguma coisa, pois Roberta e Rodrigo voltaram a cabeça para trás ao mesmo tempo. Rodrigo levantou-se, apertou a mão do tenente, que contornou o banco, inclinou-se na frente da professora, unindo os calcanhares e fazendo uma breve continência. Ficou a bater com o pinguelim na perneira. (Aposto como papai está furioso com a interrupção.) A seu redor, o Retirante dava pulos, brincalhão. Num dado momento, ergueu as patas e sentou-as nos ombros de Rodrigo, tentando lamber-lhe a cara. O tenente interveio para livrar o amigo das carícias do animal. Roberta atirou a cabeça para trás, numa risada. Rodrigo limpava as ombreiras do casaco. Naquele instante surgiu nova personagem em cena. O prof. Zapolska, que saía da igreja, atravessou a rua, encaminhando-se para o grupo. Estreitou Rodrigo contra o peito, deu a ponta dos dedos ao tenente e, olhando para Roberta, tocou com o indicador na aba do chapéu. Havia muito que Floriano observava a paixão que o velho pederasta tinha por seu pai. Visitava com frequência o Sobrado, ficava-se pelos cantos a olhar para o dono da casa, soltando suspiros sentidos, e sempre que tocava Chopin revirava os olhos na direção do seu "querido doutor", como para lhe dar a entender que estava tocando apenas para ele e mais ninguém. Uma noite achava-se Floriano na água-furtada a ler, quando ouviu, vindo da calçada fronteira, um ruído de passos. Foi espiar à janela e avistou o vulto do professor, que andava dum lado para outro, a olhar para as janelas do casarão, como um namorado romântico.

Floriano agora sorria olhando a cena lá embaixo. O que no princípio havia sido o clássico triângulo, com a chegada de Zapolska se transformara num quadrado. Mas não! Era preciso também contar o cachorro. Era um polígono! E a história se poderia resumir assim: o Retirante amava Bernardo, que amava Roberta, que amava Rodrigo, que por sua vez era amado por Zapolska. Que pantomima!

Rodrigo fazia agora as suas despedidas, e no minuto seguinte retomava sua marcha na direção de casa. Floriano recuou para dentro da água-furtada e pôs-se a remexer numa pilha de discos, pois sentia uma súbita, urgente necessidade de ouvir música.

11

Rodrigo voltava para o Sobrado com um sentimento exasperante de frustração. Tentara convencer Roberta de que o único lugar em que poderiam encontrar-se a sós era no próprio quarto dela. "Uma madrugada destas tu deixas a janela aberta, a rua estará deserta, eu salto para dentro... que dizes, meu amor?" A princípio ela parecera horrorizada à ideia. "No Colégio? Santo Deus!" Pronunciando *Deuchs*, com o esse chiado, ela tirara de certo modo ao nome do Senhor grande parte de sua grandeza e de seu grave mistério. Ele, então, lhe provara que aquela era a única solução. Invocara até um argumento dramático: "Não ignoras que a revolução vai ser deflagrada dentro de pouquíssimos dias... Sabes que não sou homem de ficar em casa na hora da luta. Tudo pode acontecer... Não temos muito tempo". E a professora parecera sensibilizada ante esse argumento. Estava quase a dar seu consentimento quando surgira o diabo do alagoano com aquele insuportável cão policial, tão expansivo quanto o dono, a fazer-lhe festas, a sujar-lhe o casaco com as patas e a querer lamber-lhe a cara. E como se tudo isso não bastasse, aparecera também o Sombra. O professor de piano se estava transformando num caso muito sério!

Entrou em casa com um humor ácido. Meteu-se num banho morno, onde se entregou aos devaneios habituais. Tinha agora dois objetivos capitais: um, a prazo curto, era o de dormir com a professora; outro, a prazo mais longo (mas não muito), era o de fazer a revolução. Estava decidido a embarcar para Porto Alegre no dia seguinte. Procuraria Oswaldo Aranha e não voltaria sem que o chefe da conspiração lhe dissesse claramente que data estava marcada para a explosão do movimento. Aquela espera lhe estava atacando os nervos. Mas se ia embarcar no dia seguinte, tinha de pular para dentro do quarto de Roberta aquela noite! Pensou em Toni Weber, numa espécie de desfalecimento agravado pela tepidez da água. Era incrível — e ao mesmo tempo excitante — que aos quarenta e quatro anos estivesse pensando em repetir a façanha dom-juanesca dos vinte e quatro. A figura de Toni estendida no chão, lívida, com os lábios queimados de ácido, por alguns instantes lhe ocupou a memória. Mas era uma imagem de apagado terror, como a ilustração dum conto de Edgar Poe que nos assustou a meninice.

A vida é curta — refletiu — e a minha talvez não dure mais de vinte dias. Não estava realmente convencido disso, mas naquele instante o argumento lhe servia. Depois, Roberta Ladário não era Toni Weber. Estava claro que a professora já tivera antes aventuras sexuais. "E seja como for — Augusto Comte que me desculpe — o homem se agita e o sexo o conduz."

Pensando nessas coisas, ensaboava vigorosamente o peito, as axilas, o pescoço, as orelhas. Tem de ser hoje de noite ou nunca. Aquela rua em geral está deserta... A janela fica a uns dois metros do nível da calçada... Um salto fácil. Seria grotesco se alguém me surpreendesse entrando pela janela do Colégio do Sagrado Coração de Jesus, como um ladrão vulgar. Ora, no fim de contas — como diz Tio Bicho —, todos nós somos no fundo vulgares ladrões. O freio que nos contém é o medo da polícia (o gordo cínico!), das sanções tribais, e o nosso desejo de parecer virtuosos, porque afinal de contas a virtude é uma moeda que ainda circula...

Saiu do banho com o corpo amolentado. Estava diante do espelho a dar o nó na gravata, quando Flora apareceu à porta:

— O professor Zapolska está aí. Tem um assunto muito sério a tratar contigo.

— Que estopada! Diz a esse cacete que não estou em casa.

— Não posso. Ele sabe que estás. Faz um sacrifício, acho que o coitado está doente.

Com um suspiro de contrariedade, Rodrigo murmurou:

— Está bem. Que me espere no escritório.

Alguns minutos depois, armando-se de paciência e espírito cristão, foi ao encontro do maestro, que ao vê-lo entrar precipitou-se para ele, pegou-lhe de ambas as mãos e pôs-se a beijá-las com a avidez duma criança a comer bombons. Surpreendido e ao mesmo tempo nauseado, Rodrigo desvencilhou-se do Sombra, murmurando:

— Que é isso, professor? Contenha-se.

— Me perdoe, meu querido doutor, me perdoe. Mas é um assunto urgente e muito pessoal...

Disse essas palavras e encaminhou-se para a porta, fechando-a. Rodrigo franziu o cenho e preparou-se para a comédia. Acendeu um cigarro, soltou uma baforada e ficou a olhar para o outro.

— Que é que há?

— Preciso consultar com o senhor. Ando muito doente.

— Faz séculos que abandonei a clínica. Por que não procura o doutor Camerino?

Zapolska sacudiu a cabeça numa negativa vigorosa.

— Tem de ser o senhor e mais ninguém.

— Está bem. Sente-se.

O professor obedeceu e ficou a mirar o dono da casa com seu olhar de molusco.

— De que se trata?

— Estou muito enfermo. Não durmo. Não como. Não sei o que é que tenho. Não posso parar quieto num lugar. Sinto uma coisa aqui — mostrou o peito. — Não é dor. É uma coisa... o senhor compreende? Uma apertura... uma... uma coisa. Ando distraído, esqueço o nome das pessoas, os compromissos, estou perdendo alunos, tenho medo de enlouquecer...

Houve um silêncio durante o qual Rodrigo não pôde suportar o olhar mórbido de Zapolska e voltou a cabeça para outro lado, a pretexto de esmagar a ponta do cigarro contra o fundo do cinzeiro. Nesse momento o professor caiu de joelhos a seu lado, num baque surdo, e procurou envolvê-lo com seus longos braços. Rodrigo pôs-se bruscamente de pé. O outro ergueu-se também e de novo tentou abraçá-lo. Tomado dum súbito ódio, que era ao mesmo tempo medo pânico, Rodrigo arremessou, com uma força feroz, o punho fechado contra o queixo do professor, que tombou de costas, de todo o comprimento, e ficou estendido sobre o tapete por alguns segundos, o rosto contraído de dor, os olhos arregalados, num estupor... Depois rolou o corpo, ficou deitado de bruços, as mãos segurando a cabeça, um filete de sangue a escorrer-lhe da comissura dos lábios. E desatou num choro sentido, em soluços profundos que lhe sacudiam o corpo. Rodrigo mirava-o sem saber que fazer nem dizer, já arrependido e envergonhado da violência de seu gesto. Tinha a impressão de que acabara de bater numa mulher ou numa criança.

Ajoelhou-se ao pé de Zapolska e tocou-lhe de leve o ombro.

— Vamos, levante-se.

O outro balbuciou:

— O senhor não devia ter feito isso. Não era necessário. Sou um desgraçado.

— Está bem. Mas levante-se.

Rodrigo sentia a mão dolorida. Concluía agora que agira num impulso de legítima defesa. Surpreendia-se, porém, da intensidade de sua reação. E a ideia de que seu gesto fora desmedidamente violento deixava-o perturbado e confuso.

De repente o choro cessou. Lentamente o Sombra começou a erguer-se. A princípio Rodrigo teve a impressão de que o pobre homem tentava uma tarefa impossível, pois lhe dava a impressão dum corpo sem esqueleto, um longo e flácido boneco de trapos.

E, momentos depois, quando o maestro estava de novo sentado na poltrona, a olhar fixamente para o tapete, dessa vez encurvado, as faces cobertas pelas mãos, Rodrigo encheu um cálice de conhaque e, oferecendo-o ao outro, disse:

— Tome isto, que vai lhe fazer bem. Tome e vamos os dois esquecer o que aconteceu.

Obediente, Ladislau Zapolska pegou o cálice e bebeu um gole. Gotas de conhaque escorreram-lhe pelo queixo, misturadas com sangue. Passou pelos lábios os dedos trêmulos. Depois, sem olhar para Rodrigo, ergueu-se, pôs o copo sobre a mesinha e, sem apanhar o chapéu, que deixara em cima do sofá, encaminhou-se para a porta, abriu-a e saiu sem dizer palavra.

Rodrigo deixou-se ficar onde estava, a cabeça baixa, a respiração ainda irregular. Ouviu os passos do outro no vestíbulo e depois na escada. Que estupidez! Que cena grotesca! E era sempre a ele que aconteciam aquelas coisas...

Dirigiu-se para a sala de visitas, onde se defrontou com o Retrato. Sentiu-se quase na obrigação de dar explicações ao outro. Mas limitou-se a murmurar para si mesmo um palavrão.

Flora apareceu à porta do vestíbulo, apreensiva.

— Vi o professor sair sem chapéu. Que foi que aconteceu?

— Nada, minha filha, nada.

— A boca dele estava sangrando...

— O coitado está doente. Muito doente.

— Tísico?

— Não. Tu não compreendes essas coisas. Não vamos falar mais nisso.

— E tu... estás bem?

— Estou. Mas preciso ficar um pouco sozinho.

Voltou para o escritório. Chegavam agora até ele, vindos da água-furtada, acordes abafados da *Sétima sinfonia* de Beethoven.

12

À hora do jantar, Flora sugeriu ao marido que fossem ao cinema. Seria bom para espairecer...

— Que dizes?

— Vamos — respondeu ele, sem grande entusiasmo. E continuou a comer, taciturno.

Jango, Eduardo e Bibi puseram-se então a discutir a nova maravilha que conheciam apenas através de jornais e revistas: o cinema sonoro.

— Em Porto Alegre — disse o primeiro — tem uma fita do Gordo e do Magro, falada em espanhol. O Floriano viu.

E os três olharam para o irmão mais velho com invejosa admiração.

Uma hora depois, quando o Calgembrino viu Rodrigo aproximar-se da bilheteria do Ideal, tomou-lhe do braço, dizendo:

— Era só o que faltava o doutor Rodrigo pagar entrada no meu cinema!

Não permitiu que o casal sentasse na plateia. Levou-o para o camarote reservado às autoridades. E como faltassem alguns minutos para começar a função, Rodrigo, contrafeito, teve de ficar ali "exposto", a acenar para amigos e conhecidos, com a impressão perfeita de que todos já sabiam do que se havia passado entre ele e o professor de piano.

Os Macedos encontravam-se na plateia, ocupando quase uma fila inteira. Os Teixeiras enchiam o camarote do qual tinham uma espécie de assinatura. O Cuca Lopes, cinemeiro inveterado, possuía uma espécie de cadeira cativa na terceira fila, e lá estava, serelepe, a voltar a cabeça dum lado para outro e a chupar balas.

Rodrigo procurava Roberta com o olhar. Localizou-a finalmente na plateia ao lado do ten. Bernardo, o que não deixou de irritá-lo um pouco. Era voz geral que ali "havia namoro". Rodrigo certa vez chegara a simular ciúmes, para forçar a professora à explicação que ele esperava e desejava ouvir. "Mas não compreendes que eu encorajo esse pobre rapaz apenas para que os outros pensem que existe alguma coisa entre nós, e assim ninguém possa desconfiar de que é a ti, só a ti que eu amo?" Mas quando a luz se apagasse, o tenente não procuraria tomar liberdades com ela, pegando-lhe a mão... ou outras partes do corpo? Besteira!

Quando a função terminou, Rodrigo esteve a pique de sugerir a Flora que esperassem Roberta à porta para levá-la até o colégio no Ford, mas, achando que a mulher podia desconfiar daquela solicitude, desistiu da ideia.

Em casa ficou algum tempo no escritório a beber, a fumar e a caminhar dum lado para outro, olhando de quando em quando para o relógio. Às onze horas, Flora lhe perguntou:

— Não vais dormir?

— Não, minha flor, acho que vou sair, dar uma volta por aí. Estou sem sono. Ah! Me arruma a mala. Sigo amanhã para Porto Alegre.

Flora lançou-lhe o olhar que Rodrigo já conhecia de outras situações semelhantes: principiava com uma expressão de surpresa que se transformava, numa fração de segundo, em resignação e por fim chegava a ter um toque de malícia, como se ela quisesse dizer: "Essas tuas famosas viagens...".

Flora subiu. Rodrigo ficou a dizer-se a si mesmo: "Hoje ou nunca. Hoje ou nunca". E bebeu outro cálice de parati. Acendeu um novo cigarro. A mão, de juntas esfoladas, lhe doía. Tornou a pensar no professor de piano, com uma piedade mesclada de vergonha e irritação. Imaginou-se num diálogo com Oswaldo Aranha. "Se essa revolução não sai logo, meu caro, estamos todos avacalhados aos olhos do Brasil." Fantasiou uma cena: Ele procura saltar para dentro do quarto de Roberta, quando surge uma patrulha da polícia. Um dos soldados faz fogo e, com o corpo varado por uma bala, ele tomba sangrando sobre a calçada e ali morre ingloriamente como um reles ladrão de galinha. Ele, o Chantecler! Velho galo ridículo!

Acercou-se da janela e olhou para fora através das vidraças. A culpa era da primavera. E da expectativa enervante em que vivia naqueles últimos meses. E da crise econômica que se agravava. E daquela sórdida rotina na Intendência, dos cheiros daquelas salas, das caras repetidas e prosaicas, dos pedintes, dos bajuladores... Sim, e havia ainda seus quarenta e quatro anos. E a monotonia de Santa Fé. Hoje ou nunca. Hoje ou nunca.

O relógio grande bateu doze badaladas. Não podia esperar mais tempo, pois Roberta poderia cair no sono. Mas... não seria cedo demais? Não. A rua para onde dava a janela do quarto da professora àquela hora estaria completamente deserta.

Enfiou o sobretudo, pôs o chapéu na cabeça e saiu. Soprava um ventinho áspero e frio. Vinha da padaria do Chico Pais um cheiro evocativo de pão recém-saído do forno. Ah! se ele pudesse contentar-se com as coisas simples da vida, com uma existência serena, boa como pão quente, limpa como pão quente. Mas para isso seria preciso que seu corpo permanecesse permanentemente anestesiado. Ou que ele estivesse irremediavelmente velho. Agora tinha a impressão de que não pensava com a cabeça, mas com o sexo. Seu corpo era um barco cuja bússola era o sexo. Um barco... O sexo o capitão. O sexo o mastro. Um mastro incandescente.

Entrou na rua Voluntários da Pátria com a impressão de que aquilo já havia acontecido antes. Claro que havia. Só que agora não se dirigia para a meiágua dos Weber, mas para o Colégio do Sagrado Coração de Jesus. Lembrou-se do discurso que pronunciara o ano passado, na qualidade de paraninfo das meninas que terminavam o curso. Fizera o elogio da virtude, da religião, da pureza. *Nas vossas mãos, meninas de hoje e mães de amanhã, está o destino do Brasil. Os homens que dareis ao mundo, os homens cujo caráter haveis de moldar* (como era horrenda a segunda pessoa do plural!), *governarão este país, serão os construtores de nosso futuro. Sede, pois, castas. Sede, pois, virtuosas. Sede, pois, puras!* Hipocrisia? Talvez. Mas era sempre necessário dançar de acordo com o par e com a música. E nada do que estava acontecendo era realmente grave ou irremediável. Não se devia confundir honra ou decência com sexo. A morte, essa sim, era irreversível.

Avistou o edifício do colégio, dum cinzento frio na rua mal iluminada. Aproximou-se da janela de Roberta, pisando de leve. Não se via viva alma nas vizinhanças. Parou à esquina. Um trem apitou longe. Aquilo também já tinha acontecido. O vulto de Roberta se recortou contra a penumbra por trás das vidraças. Menina inteligente! Adivinhou que eu vinha. Fez um sinal... A professora pareceu hesitar. Por fim ergueu a janela de guilhotina e recuou para dentro do quarto. Rodrigo não perdeu um segundo. Lançou um rápido olhar para a esquerda e outro para a direita, pôs-se na ponta dos pés, segurou as bordas da janela, içou o corpo, apoiou um pé num rebordo da parede, e, fazendo um novo esforço, saltou para dentro do quarto.

13

Na manhã seguinte, embarcou para Porto Alegre. Voltou três dias depois, alvorotado. Toríbio quis saber das novidades. Estava tudo pronto — informou-lhe o irmão — e a "coisa" estouraria nos primeiros dias de outubro. Oswaldo Aranha prometera mandar-lhe oportunamente um telegrama cifrado, informando-o do dia e da hora exata em que a revolução seria deflagrada.

— Parece mentira — disse Rodrigo, puxando o irmão pelo braço e levando-o para o fundo do quintal. — Tu sabes que o Getulio até ainda há poucos dias estava indeciso?

— Não é possível!

— Sim senhor. Aqui que ninguém nos ouça... Para convencer o presidente do estado a aceitar a revolução, o Oswaldo Aranha e o Flores da Cunha tiveram que assumir toda, mas *toda* a responsabilidade do movimento. Se a coisa fracassar, o Getulio ficará isento de qualquer conivência. E sabes o que me contaram mais? O homenzinho teria dito: "Olha, Oswaldo, se essa tua revolução for malsucedida, mando a Brigada Militar atirar em vocês, porque governo não faz revolução".

Toríbio olhava incrédulo para o irmão. Arrancou uma folha de pessegueiro e mordeu-a.

— E esse vai ser o nosso chefe!

— E o nosso presidente, se a revolução triunfar.

— Xô égua!

Havia algumas semanas, Terêncio perguntara a Rodrigo a quem caberia o comando da praça no caso de os revolucionários ficarem senhores da cidade. Rodrigo respondeu automaticamente: "A mim, está claro". O outro ficara silencioso, com ar de quem não estava de acordo. "Mas não achas que os sargentos e os soldados prefeririam ter como comandante um militar profissional?" "Acho, mas quem vai ser, se os oficiais não aderirem na primeira hora?"

Foi então que Terêncio sugeriu convidassem Alcides Barradas, um coronel reformado que vivia em Santa Fé e era casado com uma contraparente dos Prates.

— E ele está de acordo? — perguntou Rodrigo.

— O Barradas está com a revolução em toda a linha. É um oficial ilustre, herói do Contestado.

Rodrigo não pareceu muito entusiasmado com o título "herói do Contestado", mas acabou aceitando a sugestão.

Por isso, naquela noite de fins de setembro, havia mais dois conspiradores no escritório do Sobrado. Um era o cel. Barradas, homem franzino, de sessenta e cinco anos, olhos mansos e cabelos dum negror suspeito.

— Pois, coronel — disse-lhe Taborda com ar respeitoso —, conto com dois terços da sargentada. Ouro e fio. O resto está meio duro. A oficialidade, essa não quer saber de revolução. A começar de amanhã, as forças federais vão ficar de rigorosa prontidão, e ninguém poderá sair do quartel. O melhor é a gente deixar tudo combinado hoje.

O outro novo conspirador viera em companhia de Bocanegra: era o sargento de artilharia Paulo Sertório, rapaz de ar tímido, que pouco falou durante toda a reunião. Rodrigo simpatizou logo com ele. Era a antítese do "olho de cobra". Parecia, porém, completamente dominado pelo colega. Concordava com tudo quanto este dizia.

— Ouçam o meu plano — começou Rodrigo, sem esperar que o cel. Barradas se manifestasse. — Depois me digam se é bom ou não. A mim me parece que o Regimento de Artilharia é o pivô da questão: tem canhões, está no alto duma coxilha, dominando a cidade... Se não o tivermos de nosso lado desde o primeiro momento, estamos perdidos. Agora, se revoltarmos a "poderosa", poderemos exigir a rendição do quartel do Regimento de Infantaria sob a ameaça de bombardeio.

— E quem se encarrega de tomar o Quartel-General? — perguntou o cel. Barradas.

— Não se impressione, chefe — disse Taborda. — O comandante da Guarnição já se instalou com armas e bagagens no quartel da Infantaria. O Quartel-General está fechado e desguarnecido.

— Isso simplifica o nosso problema — disse Rodrigo. — O sargento Bocanegra e seus colegas sublevam o regimento, prendem a oficialidade e depois abrem as portas do quartel para nós entrarmos. Estarei com quinhentos homens nos arredores...

Olhou para o irmão:

— Aqui o major Toríbio vai trazer suas tropas do Angico para se reunir às do coronel Alvarino e juntas cercarem o quartel do Regimento de Infantaria.

— E quem vai nos avisar do dia e da hora certa da revolução? — quis saber Taborda. — De amanhã em diante, estaremos fechados no quartel...

— Não há problema — replicou Bocanegra. — A soldadesca está

toda conosco. No dia em que o senhor receber o tal telegrama, doutor Rodrigo, me escreva um bilhete e mande alguém entregá-lo ao cabo da guarda. Não haverá o menor perigo.

Rodrigo olhou para o cel. Barradas:

— Pois tire o seu uniforme da mala, coronel, e mande azeitar a sua pistola. Porque a grande hora chegou.

Terêncio Prates, estranhamente silencioso, olhava para o retrato do Patriarca, e não parecia muito feliz.

14

Na manhã do último dia de setembro, Rodrigo encontrou o ten. Bernardo na praça a brincar com o Retirante. Pareciam duas crianças. Ou dois cachorros. Rodrigo sorriu, enternecido.

— Bernardo, ainda é tempo. Fique conosco. A causa é boa. — E, num transporte de cordialidade, quase cometeu uma indiscrição. — A coisa está por estourar.

— Não me diga nada, doutor, senão o senhor me coloca numa posição muito difícil.

— É que ainda conto contigo, Bernardo.

— Não conte. Sou soldado. Soldado não faz revolução.

— Deixa de bobagem. A maioria está do nosso lado.

— Fico com a minoria e com a minha consciência.

— Pois então te prepara, que serás preso.

— Já lhe disse que a mim ninguém prende. Só com ordem de meus superiores. Sargento não me prende. E muito menos civil.

— Deixa de besteira.

— Estou lhe dizendo, doutor, eu reajo.

— Reages coisa nenhuma! Vamos até o Poncho Verde tomar um aperitivo.

Segurou o braço do tenente e conduziu-o na direção do café. O Retirante seguiu-os.

Naquela mesma manhã, chegou o esperado telegrama. Estava codificado. Rodrigo fechou-se com Toríbio no escritório e decifrou-o:

Absolutamente secreto. Movimento Estado e resto país será irrevogavelmente no dia 3 ao cair da noite. Porto Alegre a essa hora estará em nosso poder. Avise unicamente amigos indispensáveis. Oswaldo Aranha.

Os irmãos entreolharam-se. Toríbio meteu a mão por dentro da camisa e começou a coçar o peito. Era a sua famosa comichão guerreira.

— Tens de seguir imediatamente para o Angico — disse Rodrigo. — Procura o coronel Alvarino e combina com ele a hora e o ponto da reunião. Vou marcar às nove da noite para começar o *baile* aqui. A essa hora já teremos notícias de como correu a coisa em Porto Alegre.

Aquela tarde todos os chefes revolucionários de Santa Fé foram notificados dos dizeres do despacho secreto de Oswaldo Aranha. E à noitinha, Rodrigo mandou Neco Rosa entregar ao cabo da guarda do Regimento de Artilharia um bilhete endereçado ao sarg. Bocanegra, nestes termos: *Três de outubro. Nove da noite. R.* O Bento conduziu o Neco no Ford até certo ponto nas proximidades do quartel, e dali o barbeiro fez o resto do percurso a pé. Quinze minutos depois, estava de volta ao Sobrado e dizia a Rodrigo, não sem certa solenidade:

— Missão cumprida.

O amigo sorriu:

— Péssimo barbeiro mas ótimo mensageiro. Estás promovido a major.

Riram-se.

Pouco depois da meia-noite, naquele mesmo dia, Rodrigo tornou a saltar para dentro do quarto de Roberta Ladário, apesar de haver tentado antes — pelo menos teoricamente — convencer-se a si mesmo de que repetir a arriscada aventura nas vésperas do movimento era uma perigosa leviandade. A professora mostrou-se mais ardente ainda do que na primeira noite e por longo tempo ficaram ambos enlaçados na estreita cama, na penumbra daquele quarto que recendia ao perfume de Roberta, de mistura com o cheiro do óleo de linhaça do verniz dos móveis. Acima da cabeceira do leito, negrejava um crucifixo com um Cristo de prata. Que profanação! — pensava vagamente Rodrigo. E encostando os lábios na orelha da amante, murmurou-lhe que dentro de dois dias a revolução "estaria na rua". Contou também que comandaria pessoalmente o ataque ao Regimento de Artilharia.

— E depois? — quis ela saber.

— Ora — respondeu ele —, depois de dominada a situação em Santa Fé marchariam para o Norte, contra o Rio de Janeiro...

— Você me leva, meu bem? — brincou ela.
— Levo. Serás a minha vivandeira.

Era bom — achava ele —, muito bom passar as mãos por aquelas carnes quentes, rijas e elásticas, ter acesso a todas as intimidades daquele corpo... E que beijos! Era como se a professora quisesse chupar-lhe pela boca não só a alma mas também as vísceras até esvaziá-lo por completo.

Às vezes ouviam passos no corredor pavimentado de mosaicos, e ficavam ambos com a respiração suspensa, imóveis, à escuta. Mas as passadas afastavam-se, sumiam-se, e voltava o silêncio em que Rodrigo ouvia o surdo pulsar do coração da rapariga. Às vezes era um cachorro que latia em alguma rua longínqua. Ou o relógio do refeitório do colégio que batia os quartos de hora, numa paródia do Big Ben.

— E o tenente Bernardo? — perguntou Roberta, depois dum silêncio em que ficaram de corpos e bocas colados.
— Está contra nós e diz que vai reagir.
— E você acha que ele está falando sério?
— Acho que o tenente é um fanfarrão. Mas estás preocupada com ele ou comigo?

Fez-se uma pausa em que ela ficou a acariciar os cabelos de Rodrigo.
— Sabes que o Bernardo veio se despedir de mim ontem?
— Despedir-se? Por quê?
— Disse que tinha o pressentimento de que ia morrer.
— Que grande fiteiro! Mas... e tu, que disseste?
— Ora... disse que deixasse de tolice, que tudo ia acabar bem. Mas qual! O rapaz estava fúnebre. Não quero mentir... mas parece que tinha lágrimas nos olhos quando me disse adeus.

Rodrigo estava quase irritado. O patife do tenente fazia o seu melodramazinho para impressionar a professora. Enfim... fosse como fosse, quem a tinha na cama e nos braços era ele. "Toca a aproveitar, que a vida é curta!" Estreitou Roberta contra o peito, e ela lhe deu um beijo misturado com um gemido, um beijo profundo em que sua língua lhe entrou pela boca como um réptil. Rodrigo esqueceu o resto do mundo. Por alguns instantes, ficou como que fora do tempo e do espaço numa convulsiva dimensão de ânsia e gozo.

Eram duas da manhã quando tornou a saltar para a calçada. Caía um chuvisqueiro frio que parecia penetrar até os ossos. Ergueu a gola do sobretudo de gabardina, puxou a aba do chapéu sobre os olhos, enfiou as mãos nos bolsos e, encolhido, voltou para casa.

Quando entrou no quarto de dormir, encontrou a luz acesa e Flora ainda acordada.

— Onde estiveste? — perguntou ela, que não o via desde o princípio da tarde.

— Em Flexilha, passando as tropas em revista.

Soerguida na cama, ela o mirou longamente com olhos tristes, sem dizer palavra.

— Por que não dormes, minha flor?

— Perdi o sono. Estou nervosa.

— Já te disse que não tens razão, filha. Isso não vai ser uma revolução, mas um passeio. O país inteiro está conosco.

Flora tornou a estender-se na cama, de costas, e ficou a olhar o teto, os olhos muito abertos e parados.

— E se o movimento fracassar? — perguntou.

Rodrigo despia-se devagarinho, cheirando furtivo as mãos e as roupas, para verificar se ainda trazia consigo o cheiro de Roberta.

— Não fracassa. Fica descansada.

— E se vencer?

— Marcharemos sobre o Rio. As tropas do Juarez Távora descerão do Norte. Os dias do Washington Luís estão contados.

— Sim, mas que é que vai nos acontecer se a revolução triunfar? — Ele acabou de vestir o pijama, sentou-se na cama, tomou carinhosamente da mão da mulher e perguntou-lhe:

— Que tal se fôssemos morar no Rio?

— Deus nos livre!

— Por quê, meu bem?

— Tenho horror de cidade grande.

— Mas Santa Fé é o fim do mundo. Não podemos passar aqui o resto de nossa vida.

Como única resposta, ela cerrou os olhos. Rodrigo deitou-se a seu lado, sem soltar-lhe a mão.

— As crianças terão mais oportunidade para se educarem — disse, com voz suave e persuasiva. — Eu terei horizontes mais largos. E tu levarás uma vida mais fácil e mais divertida. Para principiar, não iremos morar num casarão deste tamanho, com esse batalhão de criadas...

Flora continuava calada e imóvel. Agora Rodrigo ouvia em surdina uma música que vinha da água-furtada. Olhou para o relógio e disse, numa súbita irritação:

— Quase duas e meia e o Floriano ainda não foi dormir.

— Deixa o menino em paz. Ele também tem os seus problemas.

Por que teria Flora usado a palavra *também*?

— Mas não são horas de tocar música. Pode acordar os outros...

— Isso é o que menos me preocupa — murmurou ela, os olhos sempre cerrados. — Há coisas muito mais sérias.

Rodrigo temeu perguntar a que coisas se referia ela. Largou-lhe a mão e cruzou os braços sobre o peito.

Três de outubro — pensou. — Nove da noite. Que música seria aquela? A *Heroica*? Ou a *Quinta*? Por que o rapaz não ia para a cama? Padeceria de insônias? Por que vivia sempre fechado naquela água-furtada?

Veio-lhe então a ideia de levar Floriano consigo no ataque ao quartel. Claro! Tinha dezenove anos, era já tempo de pôr à prova sua hombridade. Estava resolvido. Levaria o filho. Como seu ajudante de ordens. Sorriu. Aquilo ia erguer-lhe o moral...

Decidiu, porém, não contar nada a Flora, pois estava certo de que ela se oporia histericamente à ideia.

Rebolcou-se, procurando uma posição mais cômoda. Cerrou os olhos e sentiu que não lhe ia ser fácil dormir aquela noite. Ficou escutando a música. Agora tinha a certeza: era a *Heroica*. Ou seria a *Quinta*?

15

O dia 3 de outubro amanheceu nublado e frio. Floriano, que passara uma noite maldormida, com sonhos aflitivos, subiu para a água-furtada às dez horas, encolhido dentro do sobretudo. Pegou um livro, tentou ler mas não conseguiu. Tinha a atenção vaga, a cabeça como que oca, a visão perturbada. Olhou para a vitrola e sentiu imediatamente que num dia como aquele nem a música lhe saberia bem. Estendeu-se no divã e ficou a olhar para as tábuas do teto. Lá estavam as manchas familiares na madeira: o pagode chinês... o rio com sua ilha alongada... a cabeça do beduíno... o morcego de asas abertas.

A luz que entrava pelas vidraças — lembrou-se ele — era gris e fria como a que alumiava o mausoléu dos Cambarás no dia em que Alicinha fora sepultada.

Silêncio no casarão. Silêncio na cidade. Floriano encolheu-se, ficando na posição fetal, e o frio que sentia estava mais nos ossos que na epiderme. Era como se *ele* fosse uma casa cheia de frinchas nas paredes por onde a umidade e a tristeza do dia se infiltrassem. Oprimia-o uma premonição de desgraça próxima. Sabia que a revolução ia rebentar aquela noite e que o pai comandaria o ataque ao quartel de Artilharia. Ouvira o Velho tranquilizar as mulheres da casa: "Não se impressionem, eu já disse. Os sargentos e a tropa estão todos conosco. Podemos tomar o quartel sem disparar um tiro".

Mas quem podia ter a certeza absoluta daquilo?

Ouviu passos na escada. Olmira? Não. As pisadas da caboclinha eram leves como as duma gata. A porta abriu-se. O pai! Floriano distendeu bruscamente as pernas, como que sob a ação dum choque elétrico. Fez menção de erguer-se, mas Rodrigo deteve-o com um gesto.

— Fica deitado. Preciso conversar contigo...

Sentou-se na cadeira de vime, ao lado da mesinha sobre a qual estava o fonógrafo.

— Hoje ao entardecer o movimento revolucionário vai ser iniciado em Porto Alegre, inapelavelmente, e esta noite às nove revoltaremos a Guarnição Federal de Santa Fé.

O rapaz continuou calado. O pai perguntou:

— Com quantos anos estás?

Se ele sabe — pensou Floriano —, por que pergunta? Teve a súbita intuição do que ia acontecer, e seu coração disparou.

— Dezenove...

— Bom, quase vinte. Escuta. Não ignoras que no Rio Grande nenhum homem digno desse nome pode passar a vida em branca nuvem. Mais tarde ou mais cedo, tem de se submeter ao batismo de fogo... Acho que tua hora chegou.

Fez uma pausa durante a qual procurou ler no rosto do interlocutor o efeito de suas palavras. O filho estava pálido. Seria possível que Deus lhe tivesse dado o desgosto de ser pai dum covarde?

Floriano esforçava-se por não deixar transparecer na cara o que estava sentindo, mas temia que as batidas desordenadas de seu coração o traíssem.

Com voz clara e escandindo bem as sílabas, Rodrigo prosseguiu:

— Quero que estejas a meu lado quando atacarmos esta noite o Regimento de Artilharia.

Floriano soergueu-se, atirou as pernas para fora do divã. Teve ímpetos de gritar: "Não! Não! Não!". Não tinha nada com aquela revolução. Não tinha nada com o pai. Não tinha nada com ninguém. Por que não o deixavam em paz? Detestava a violência. Não pertencia àquele mundo de bárbaros.

Rodrigo tirou do bolso um revólver.

— Já atiraste alguma vez?

Floriano fez com a cabeça um sinal afirmativo. Lembrou-se de que duma feita no Angico dera tiros ao alvo com seu tio Toríbio. Surpreendera-se da precisão da própria pontaria e horrorizara-se ao pensar em que um dia, em vez de estar furando a tiros latas de querosene vazias, pudesse alvejar seres humanos.

Rodrigo colocou a arma em cima da mesinha, junto com uma caixa de balas. Ergueu-se e acendeu um cigarro.

— Te agrada a ideia? — perguntou, soltando com as palavras a primeira baforada de fumaça.

— Não...

O pai mirou-o um instante num silêncio irritado. Não lhe bastava amar o filho: precisava de motivos para orgulhar-se dele. Agradava-lhe a ideia de que o rapaz se parecesse com ele fisicamente, mas exasperava-se por vê-lo tão diferente em matéria de temperamento.

— O filho mais moço do Juquinha Macedo pediu, estás ouvindo?, *pediu* ao pai para ir com ele no ataque desta noite. E sabes quantos anos tem? Dezessete.

Floriano olhava perdidamente para as botinas do pai. Uma espécie de náusea começava a contrair-lhe o estômago. Como a sensação de medo se parecia com a de fome!

Rodrigo caminhou até a janela, lançou um olhar distraído para fora e depois tornou a aproximar-se do filho.

— Afinal de contas, que é que queres?

Floriano estava a ponto de chorar, mas a ideia de dar essa demonstração de fraqueza lhe era tão desagradável e deprimente que, num esforço supremo, ergueu-se de olhos secos e encarou o pai:

— Quero viver a minha vida.

— Mas pensas que podes passar todo o tempo trancafiado neste cubículo?

Segurou o rapaz pelos ombros e sacudiu-o:

— Reage, Floriano, reage antes que seja tarde demais! Não me dês motivos para pensar que meu filho é um poltrão. E eu sei que não és!

Vendo aquela cara lívida e contraída (que de certo modo era a sua própria), ele se descobria a sentir pelo filho um misto de compaixão, amor e ódio. Sim, era possível haver dentro do amor um núcleo duro de ódio, como o caroço no âmago dum fruto.

— Vais ou não vais comigo?

— Vou! — exclamou Floriano, como se cuspisse a palavra. E de súbito se surpreendeu a odiar o pai, a desejar morrer no ataque para que ele viesse a ter remorsos de sua morte.

— Está bem. Agora presta atenção. Tua mãe não deve saber nada, até o último momento. Não contes a ela nem à Dinda nem a ninguém o que acabamos de conversar. Quando chegar a hora, agasalha-te bem, põe no bolso do sobretudo o revólver e a caixa de balas. Sairemos de casa às oito e meia em ponto.

16

Às primeiras horas da tarde, chegou um próprio a Santa Fé trazendo um bilhete de Toríbio. Estava tudo em ordem: começariam o cerco do quartel do Regimento de Infantaria às oito da noite. Tinham oitocentos e poucos homens bem armados. O bilhete terminava com uma fanfarronada. *Queira Deus que haja resistência. Tomar o quartel sem dar um tiro não tem graça.*

Chiru Mena apareceu no Sobrado de culotes de brim cáqui, botas de cano alto, lenço vermelho no pescoço, todo envolto num poncho por baixo do qual escondia a pistola Nagant e um facão. José Lírio veio também "paramentado" receber ordens.

— Liroca velho de guerra! — exclamou Rodrigo. — Tu vais comigo. Revolução sem a tua presença não é bem revolução.

O veterano estava triste. Acabara de saber da morte recentíssima de Honório Lemes.

— Logo nesta hora! — lamentou ele. — O Leão do Caverá podia estar com a gente nesta campanha. — Soltou um suspiro. — Vou dedicar à memória dele o primeiro tirinho que der.

Ficaram os amigos a beber e a conversar no escritório por algum tempo. Por volta das quatro horas, Terêncio Prates chegou ao Sobrado com o cel. Barradas, que estava já metido no seu fardamento. Ficou decidido que às nove da noite Terêncio e seus homens ocupariam militarmente a agência dos Correios e Telégrafos, a usina elétrica, a Companhia Telefônica e a estação da estrada de ferro. Neco Rosa ficaria encarregado do serviço de ligação entre os diversos corpos revolucionários.

Rodrigo não pôde evitar um sentimento de indignação ao ver entrar-lhe casa adentro, sem ser convidado, o Amintas Camacho, todo uniformizado, de talabarte e botas reluzentes, espada à cinta, galões de major nas ombreiras. Não se conteve e gritou:

— Quem foi que lhe deu esse posto?

O outro pareceu espantado.

— Ora, doutor! — defendeu-se. — Era o que eu tinha na revolução passada.

O cel. Barradas interveio para evitar que a discussão se azedasse.

— Depois resolveremos esses pormenores. O que importa agora é tomar conta da praça.

E aquele homem de ar tímido, aquele coronel reformado, agora de novo dentro duma farda como que readquiria sua postura militar, renascia, sua voz ganhava um metal autoritário, o busto se empertigava.

Fora caía um chuvisqueiro frio.

De olhos avermelhados, Flora andava pela casa como uma alma penada e de quando em quando ia ajoelhar-se ao pé do oratório, onde desde a manhã havia velas acesas. As crianças, que aquele dia não tinham ido ao colégio, andavam também meio perdidas pela casa. Rodrigo notou que Jango o rondava com um ar de guaipeca em busca dum dono.

— Que é que queres? — perguntou.

— Posso ir também?

— Ir aonde?

— Na revolução.

Rodrigo mordeu o cigarro, sorriu, passou a mão pela cabeça do rapaz, pensando: "Ao menos este...".

— Não, meu filho. É muito cedo. Espera, que teu dia há de chegar.

Naquele momento, Rodrigo deu com outra figura ali na sala, a mirá-lo com olhos amorosos e tristonhos.

— Sílvia, minha querida, que é que tens?

— Nada — murmurou a menina. E aproximando-se do padrinho, tomou-lhe da mão e beijou-a. Rodrigo sentiu um aperto na garganta, acariciou a cabeça da menina, depois ergueu-a nos braços e beijou-lhe as faces, lembrando-se da filha morta.

Bibi e Eduardo também o observavam de longe, ariscos, como se ele fosse um estranho. Todos sabiam que aquela noite Papai ia para a guerra.

Maria Valéria, entretanto, durante todo o dia abstivera-se de fazer qualquer referência, direta ou indireta, ao "assunto". Continuava a dar ordens às chinas da cozinha, a cuja porta de quando em quando assomava Laurinda, que, com os seus olhos sujos de peixe morto, ficava a olhar para o patrão com uma dolorosa expressão de pena, como se já estivesse vendo seu cadáver.

A Dinda lá estava agora ao pé do fogão, mexendo com uma colher de pau num tacho de doce de abóbora. Era a sua maneira de reagir a mais uma revolução.

Cerca das cinco da tarde, quando os companheiros tinham todos partido para seus postos, Rodrigo deixou-se ficar no escritório, inquieto, a desejar que o tempo passasse depressa. Depois começou a andar pela casa, evitando olhar de frente para a mulher. Ia do escritório para a sala de visitas, mirava o próprio retrato, entrava na sala de jantar, postava-se na frente do relógio grande, seguia com os olhos por alguns instantes o movimento do pêndulo, lembrando-se de outras esperas angustiosas do passado.

E se o movimento fracassar? E se o assalto ao Quartel Militar da Região de Porto Alegre for repelido? Sim, e se os sargentos dos regimentos de Santa Fé não conseguissem revoltar a tropa? Claro, nesse caso os civis teriam de lutar, mas com uma tremenda inferioridade numérica e de armamento. O remédio seria saírem para a coxilha, para livrar a cidade do perigo do bombardeio. Mas não! O movimento estava bem articulado, não podia falhar... Era preciso ser otimista.

Naquelas duas últimas horas, fumava um cigarro em cima do outro. Aproximou-se da janela, encostou a testa na vidraça, e olhou para fora. Continuava a chuva, agora mais forte. O chão da praça estava juncado de flores de cinamomo. Pensou em Toríbio, que naquele instante devia estar marchando sobre a cidade, na intempérie... De súbito a imagem de Roberta Ladário ocupou-lhe a mente. Se pudesse passar o resto da tarde com ela... Agora lhe ocorria que poderia levá-la para a casa do Bandeira. Naturalmente! Como era que a ideia não lhe havia ocorrido antes? O covil do Tio Bicho era o lugar indicado. Mas qual!... Tarde demais!

Olhou para a cúpula da Intendência. Que estava fazendo ele ali no escritório sozinho? Vestiu a capa, botou o chapéu e saiu. A Intendência estava em pé de guerra, com o saguão cheio de soldados, numa mistura de lenços vermelhos, brancos e verdes. Com seus ponchos molhados, suas botas embarradas, os legionários conversavam, fumavam e mateavam. Rodrigo subiu as escadas, respondendo vagamente a cumprimentos e continências. No primeiro patamar, o busto do dr. Borges de Medeiros mirou-o com seus olhos vazios de bronze. Rodrigo lembrou-se daquele dia de maio de 1923 quando ele e seus homens haviam atacado Santa Fé e tomado a cidadela do Madruga. Fale-se no mau e apronte-se o pau. Encontrou o ex-intendente no segundo patamar. Rosnaram cumprimentos sem se olharem. Rodrigo entrou no seu gabinete de trabalho, pegou o telefone e pediu uma ligação para o telégrafo federal.

— Alô? Fala aqui o doutor Rodrigo. Faça o favor de chamar o Chiru Mena. — Uma pausa. — Alô! Chiru? Nada de novo ainda?

— Ainda é cedo — respondeu o amigo. — Faltam vinte e cinco minutos pra festa começar.

— Não arredes pé daí. Logo que vier a notícia, telefona pra cá.

Repôs o fone no gancho e ficou sentado a olhar para o retrato do Patriarca, e a tamborilar com os dedos sobre a mesa, acompanhando a remota orquestra que dentro de seu crânio tocava o "Loin du Bal".

17

Havia anoitecido, e Floriano continuava na água-furtada estendido no divã. Estava gelado, com a impressão de que a garganta se lhe havia fechado e uma garra lhe apertava o diafragma. Não tinha a menor dúvida. Era um medo subterrâneo que lhe convulsionava as tripas, lhe amolecia os membros e a vontade. Passara toda a tarde numa agonia, a ouvir o relógio bater as horas. Pela sua cabeça conturbada, haviam cruzado milhares de pensamentos, planos, estratagemas, resoluções... Fugir... Suicidar-se... Contar tudo à mãe e suplicar-lhe que não deixasse o pai levá-lo... Enfrentar o pai, negar-se... Resignar-se, marchar com os outros, dominar os nervos, lutar, mostrar que também era homem... Tudo isso, porém, era vago, inconsistente, efêmero. Só havia uma realidade implacável: o seu medo. Envergonhava-se dele, e achava-se mais covarde ainda por não ter coragem de aceitar o próprio medo e proclamá-lo ao mundo inteiro, usá-lo como uma espécie de símbolo — por mais grotesca, triste e desprezível que pudesse parecer — da sua maneira de sentir, de viver, de ser...

Sempre se considerara uma peça solta na engrenagem do Sobrado, de Santa Fé, do Rio Grande. Era o habitante solitário dum mundo criado pela sua própria imaginação e no qual se asilava para fugir a tudo quanto no outro, no real, lhe era desagradável, difícil, desinteressante ou ameaçador. Mas agora via como era frágil o seu universo de faz de conta: apenas uma irisada bolha de sabão...

Remexeu-se, ficou deitado de bruços, como para apertar o medo contra o divã. Ficou ouvindo o pulsar do próprio sangue, os olhos semicerrados, mas não tanto que não pudesse entrever o brilho mortiço do revólver em cima da mesinha...

Às seis e meia, Olmira esgueirou-se para dentro da água-furtada e disse:

— Está na mesa. Dona Flora mandou chamar...
— Estou sem fome.

A chinoca saiu mas voltou pouco depois.

— O doutor disse pro senhor descer duma vez!

Floriano não teve outro remédio senão obedecer. Decidiu salvar as aparências. O menos que podia fazer era não deixar que os outros percebessem que ele estava apavorado.

Quando entrou na sala de jantar, a família já se achava à mesa. Sentou-se no seu lugar, sem olhar para ninguém, e desdobrou o guardanapo, esforçando-se por dominar o tremor das mãos.

A uma das cabeceiras, o pai comia com uma pressa e uma voracidade nervosas. Na outra, a Dinda tinha diante de si a terrina fumegante.

— Passe o prato, Floriano — pediu ela.

Poucos segundos depois, o rapaz remexia a sopa com a colher, distraído.

— Não comes, Flora? — perguntou Rodrigo estendendo o braço e pousando sua mão sobre a da mulher.

— Não estou com fome.

— Minha flor, eu já te disse que tudo vai acabar bem. Uma passeata. Aposto como não vamos disparar um tiro...

Voltou-se para o filho e contou:

— Chegou há pouco um telegrama de Porto Alegre. O Quartel-General encontra-se em poder dos revolucionários e o comandante da Região está preso. O Arsenal de Guerra caiu quase sem resistência. Nossos companheiros estão agora atacando o sétimo BC onde a revolta interna fracassou. Mas a rendição do quartel é questão de horas. A capital está em poder dos revolucionários e o entusiasmo popular é indescritível!

Floriano levou uma colherada de sopa à boca e teve a impressão de que não a poderia engolir.

— São coisas como essa — disse Rodrigo, sorrindo — que me fazem ter entusiasmo pelo Rio Grande. Os chefes da revolução não ficaram em casa dirigindo o movimento pelo telefone. O ataque ao Quartel-General foi conduzido pelo Oswaldo Aranha e pelo Flores da Cunha. Caminharam sob a metralha de peito descoberto à frente dos soldados da Guarda Civil comandados pelo coronel Barcellos Feio. O Flores estava fardado de general, tinha na mão apenas um pinguelim. O Oswaldo Aranha nem sequer tirou o revólver que levava na cintura. Três de seus irmãos estavam a seu lado.

Rodrigo fez uma pausa e olhou significativamente para Floriano:

— Três filhos do Flores da Cunha seguiram o pai. O mais moço deles tem apenas vinte anos!

Olmira entrou trazendo travessas fumegantes. Maria Valéria começou a servir o sobrinho.

— Quer de tudo?

— Quero.

Rodrigo pôs-se a comer com um apetite de que ele próprio se surpreendia. Floriano observava-o com uma inveja irritada.

— Floriano! — exclamou a velha. — Está surdo? Quer de tudo?

— Não quero mais nada.

Rodrigo achou que chegara a oportunidade de fazer a revelação. Mas era preciso não atribuir nenhuma importância excepcional ao fato: devia dar à coisa um tom de brincadeira esportiva, para que as mulheres não se alarmassem.

— Coma, meu filho — disse. — Um guerreiro precisa alimentar-se antes de entrar em ação.

Nesse momento os olhares de Flora e os do filho se encontraram. Floriano leu pânico nos olhos da mãe, que voltou a cabeça vivamente para o marido, a boca entreaberta, a testa franzida, os lábios trêmulos, como a perguntar-lhe se a coisa horrenda de que suspeitava era mesmo verdade.

— O Floriano vai também tomar parte no assalto ao Regimento de Artilharia, não há razão para alvoroço. Chegou a hora de ele provar que é homem.

— Rodrigo! — gritou Flora. — Que tu te metas nessa... nessa loucura eu compreendo, não é a primeira vez. Mas que queiras também arriscar a vida do teu filho... eu... eu...

Não pôde terminar a frase. Havia agora em seu rosto uma tamanha expressão de revolta que Floriano pensou que ela fosse agredir fisicamente o marido.

— Calma, Flora — disse este último, também surpreendido.
— Como é que vou ter calma se queres matar o meu filho?
As narinas de Rodrigo palpitaram, um brilho duro lhe veio aos olhos.
— Eu não quero matar o teu filho, mulher! Quero fazer dele um homem, estás ouvindo? Um homem!
Flora voltou a cabeça para Maria Valéria:
— Dinda, diga alguma coisa!
A velha, imperturbável, continuou a servir as crianças, que estavam todas caladas e atentas à conversa. Depois dum curto silêncio, disse:
— Quem tem de resolver essa questão não sou eu, nem vacê nem mesmo o Rodrigo. Quem resolve se vai ou não, é o Floriano. Se o pai acha que o rapaz está em idade de brigar é porque acha também que ele está em idade de se governar.
Flora olhou para o filho. Rodrigo fez o mesmo. Todos os olhares concentraram-se em Floriano, que cortava o seu bife, a cabeça baixa. Como ele nada dissesse, o pai perguntou:
— Queres ou não queres ir?
Sem erguer os olhos, ele respondeu:
— Quero.
Era estranho, mas a fúria com que a mãe o defendera lhe dera a constrangedora sensação de ser ainda um pobre menino fraco e desamparado, e isso era deprimente. Depois, não queria passar por covarde aos olhos dos irmãos, cuja admiração ele tanto buscava e prezava.
Flora ergueu-se bruscamente, levou ambas as mãos ao rosto e, rompendo a chorar, saiu precipitadamente da sala.
— Passe o prato, Jango — disse Maria Valéria.
Floriano olhou para o relógio, que começara a bater a hora. Levou um naco de bife à boca e teve a impressão de que ia mastigar a própria carne.

18

Rodrigo acendeu sua lanterna elétrica, fazendo incidir o feixe luminoso sobre o mostrador de seu relógio de pulso. Oito e cinquenta. Estava de pé atrás dum barranco, junto da linha férrea, a uns duzentos metros da fachada do quartel do Regimento de Artilharia. Apenas duas das vinte e quatro janelas do casarão acachapado e sombrio estavam iluminadas. Rodrigo avistava nitidamente a guarita da sentinela, mas não via sinal de vida nela ou ao seu redor.

Do céu baixo e pesado de nuvens escuras, continuava a cair uma garoa fina e fria. O ar estava parado e um silêncio úmido e emoliente envolvia todas as coisas.

Um vulto aproximou-se. Rodrigo reconheceu Chiru Mena, que lhe vinha dizer que acabava de fazer a pé toda a volta do quartel. As tropas revolucionárias haviam tomado posição, de acordo com o plano preestabelecido.

— Um traguinho?

Tirando de baixo do poncho uma garrafa, Chiru desarrolhou-a e entregou-a ao amigo.

— Que é isto?

— Cachaça com mel.

— Vem do céu. Estou gelado.

Levou o gargalo à boca, empinou a garrafa, bebeu um gole largo.

— Isto é tão importante como munição — murmurou Chiru, tornando a arrolhar a garrafa que o outro lhe devolvera.

— Onde está o Floriano?

— Perto do automóvel.

Rodrigo voltou a cabeça e avistou ao pé da caixa-d'água o Ford que os havia trazido da Intendência até ali. Longe, lá embaixo, piscavam em meio da garoa as luzes amortecidas da cidade.

Recostado contra o para-lama do carro, as mãos nos bolsos, encolhido dentro da capa de chuva, Floriano olhava fixamente para a fachada do quartel. Sentado atrás do guidom, Bento picava fumo para um crioulo.

— Por que não vem pra dentro do auto? — perguntou o caboclo.

— Está tomando chuva à toa.

Floriano fez que não com um movimento de cabeça. Já que o haviam metido contra sua vontade naquela aventura estúpida, recusava confortos e privilégios. Sentia-se tomado dum esquisito, absurdo desejo de martirizar-se, transformar-se numa vítima. A garoa borrifava-lhe a cara, deixando-a como que eterizada. Entrava-lhe pelas narinas um cheiro de terra e grama molhadas. Sob a sola dos sapatos, sentia o barro viscoso e pegajoso como goma-arábica. Tinha a desconfortante impressão de que a umidade lhe subia pelas pernas, anestesiava-lhe o sexo, entrava-lhe pelo ânus, gelando-lhe as tripas.

Liroca aproximou-se dele sem dizer palavra. Limitou-se a pousar-
-lhe a mão no ombro e ficou nessa posição durante alguns segundos,
como para confortá-lo, numa solidariedade de poltrão para poltrão.
Depois murmurou:
— Não há de ser nada — e foi pedir fogo ao Bento, que nesse instante acendia o seu cigarro. Ficaram ambos a pitar e a conversar em
voz baixa.
Vultos moviam-se nas sombras. Num deles Floriano reconheceu o
pai, que se acercava, dizendo:
— Vamos esperar dentro do automóvel. Venha, Liroca, essa umidade vai lhe fazer mal ao peito. — Rodrigo entrou no carro. E como
Floriano permanecesse imóvel, ordenou: — Entra, rapaz.
— Estou bem aqui — respondeu o filho. Queria apanhar uma
pneumonia, arder em febre, morrer. E por antecipação, atirava o próprio cadáver nos braços do pai, para que ele sentisse o remorso de
havê-lo assassinado.
Sem dizer mais palavra, Rodrigo sentou-se no banco traseiro e
acendeu também um cigarro. Minutos depois tornou a olhar o relógio
à luz da lanterna.
— Quase nove horas e não vejo nenhum sinal de vida lá dentro...
— Não é nada — disse Chiru, que, do lado de fora, acabava de
debruçar-se numa das janelas do carro. — Às vezes acontece um imprevisto.
— Mundo velho sem porteira! — suspirou o Liroca. E bateu o isqueiro para reacender o cigarro.
Ouviram-se naquele momento, vindas do quartel, três detonações
sucessivas, seguidas dum silêncio. Rodrigo saltou do automóvel de re-
vólver em punho. Chiru seguiu-o, exclamando:
— Começou a bacanal!
A tremedeira tomou conta do corpo de José Lírio.
Os dois amigos aproximaram-se do barranco e olharam para o
quartel.
— Acho que vamos ter de entrar em ação, Chiru.
— Pois estimo!
O silêncio continuou por alguns minutos. Rodrigo sem sentir tinha
encostado a boca no barranco e agora mordia a terra.
— Vou atacar imediatamente — disse, cuspindo barro.
Mas naquele exato momento abriu-se o portão do quartel e apare-
ram as luzes do pátio interno, de onde emergiu um vulto que se preci-

pitou em marcha acelerada declive abaixo. A meio caminho, estacou, voltou a cabeça dum lado para outro, como a procurar alguma coisa.

Rodrigo escalou o barranco e deu alguns passos à frente, gritando:

— Sargento Bocanegra!

— Doutor Rodrigo!

Aproximaram-se um do outro. O sargento estava encapotado, mas de cabeça descoberta, e trazia uma Parabellum na mão.

— A tropa está revoltada — disse ele, arquejante. — A oficialidade presa na Sala do Comando. Mas aconteceu uma desgraça.

— Que foi?

— O sargento Sertório está gravemente ferido. Balaço no ventre.

— Quem foi?

— O canalha do Quaresma.

— Mas como? Como?

— Ao receber ordem de prisão, fez fogo, fugiu para a sala da guarda e fechou-se lá dentro. Eu quis liquidar o assunto atirando pela janela uma granada de mão, mas os colegas não concordaram, não por causa do porco do Quaresma, mas por causa do cachorro dele, que também está lá dentro.

— Eu resolvo isso em dois tempos — garantiu Rodrigo. — Deixem o alagoano por minha conta. Chiru, volta e dá a notícia à nossa gente. Diga que fiquem onde estão, aguardando ordens.

Voltou a cabeça e gritou:

— Floriano!

Surpreendeu-se de ver o filho apenas a dois metros de onde ele estava. O rapaz o havia seguido espontaneamente. Isso o alegrou.

— Vem!

Encaminharam-se os três a passo acelerado na direção do portão central do quartel.

— O tenente se entrega — disse Rodrigo. — É questão de tempo. E de habilidade. Temos de pegar o homem vivo.

— O senhor não me compreendeu, doutor — replicou Bocanegra. — Não estamos interessados em poupar o tenente, mas o cachorro. Quando o Quaresma sair lá de dentro, acabamos com a vida dele.

Rodrigo estacou, brusco, segurou o braço do outro e disse:

— Se ele se entregar e sair desarmado da sala, vocês não têm o direito de matá-lo.

— O crápula atirou num companheiro nosso. O Sertório não se salva...

— É a guerra.
— Mas ele atirou de mau. Sabia que estava perdido. Por que não se entregou, como os outros oficiais?
— Seja como for, uma coisa quero deixar bem clara, não me meti nesta revolução pelo prazer de matar ou levar a cabo vingancinhas. Comprometo-me a tirar o Bernardo lá de dentro sem dar um tiro. Mas preciso que você e todos os seus colegas me garantam, sob palavra de honra, que respeitarão a vida do tenente e que ele será tratado como um prisioneiro de guerra.

Mesmo na penumbra Rodrigo podia sentir a dureza metálica do olhar do outro. Fez-se um silêncio difícil. Por fim o sargento falou:
— Está bem. Mas o senhor vai perder o seu tempo.

Retomaram a marcha. Floriano seguia-os a pequena distância. O coração batia-lhe descompassado, ardia-lhe a garganta a ponto de sufocá-lo. Não — concluía ele —, não podia ter mais medo. O quartel estava em poder dos revolucionários, não haveria tiroteio. Estava certo de que seu pai conseguiria persuadir o tenente a render-se. Mas perturbava-o agora a ideia de que aquele alagoano cordial e brincalhão tivesse sido forçado a alvejar um companheiro de armas. Isso o enchia duma tristeza que era ao mesmo tempo um vago horror à espécie humana.

Entraram no quartel. O pátio era um amplo quadrângulo calçado de pedras, flanqueado por arcadas, à feição de claustro. Do teto dessas arcadas, pendiam, a intervalos regulares, lâmpadas elétricas que despediam uma luz amarelenta e lôbrega, que se refletia no pavimento molhado.

Rodrigo e Floriano apertaram a mão dos quatro sargentos que ali os aguardavam. Bocanegra apontou na direção duma janela.
— É a sala da guarda. O bandido está lá dentro. Para azar nosso estava de ronda na hora do levante.

Rodrigo acendeu um cigarro, sem ter consciência muito nítida do gesto.
— Vamos fazer uma coisa... — sugeriu. — Vocês me dão dez minutos. Vou usar a persuasão para tirar aquele cabeçudo lá de dentro. Se eu fracassar, lavo as mãos e entrego o caso a vocês. Façam o que entenderem. Mas se ele vier às boas, notem bem, se vier às boas, serei eu o seu fiador e exijo que o tratem com dignidade.

Bocanegra consultou os colegas. Todos concordaram com a proposta.
— Onde estão os soldados? — indagou Rodrigo estranhando a solidão e o silêncio.

— Tiveram ordem nossa de permanecer nos seus alojamentos.
— Outra coisa: afastem-se daqui. Quero assumir a responsabilidade desta operação. — Voltou-se para Floriano: — Vamos, meu filho. Vais me ajudar a convencer aquele idiota.

Bocanegra e seus quatro companheiros esconderam-se atrás dos pilares das arcadas, no lado oposto do pátio. Pai e filho aproximaram-se até uns dez metros na janela da sala da guarda. Rodrigo gritou:

— Tenente Bernardo!

Nenhuma resposta. Só se ouvia, vindo lá de dentro, o ruído dos passos inquietos do Retirante e o seu resfolgar aflito.

— Tenente Bernardo Quaresma!

Ouviu-se então a voz do alagoano, desfigurada pela cólera.

— Quem é?
— Sou eu, o teu amigo Rodrigo Cambará.
— Não tenho amigos — voltou a voz dura. — Só minha pistola.
— Não sejas teimoso, Bernardo! O regimento aderiu à revolução. A oficialidade está toda presa. Entrega-te. Tua vida será respeitada, dou-te minha palavra de honra.
— Já disse que sargento não me prende. Nem civil.
— Não queremos derramar mais sangue.
— Sou dono do meu sangue.
— Mas não do sangue dos outros — replicou Rodrigo, já começando a agastar-se. E, mudando de tom, ordenou: — Saia pra fora desarmado, com os braços erguidos!

Floriano escutava, a poucos metros do pai, com a mão direita metida no bolso da capa e crispada sobre o cabo do revólver. Aquele diálogo ali no pátio sob a chuva fria tinha algo de irreal.

— Quem tem vergonha na cara não faz revolução! — gritou o tenente.

Rodrigo sentiu o sangue subir-lhe à cabeça. Seu cigarro se havia apagado, mas ele o mantinha colado no lábio inferior.

— Então sai para fora, nanico, que eu quero te quebrar essa cara!
— Não me provoque, doutor, não me provoque!
— Te dou três minutos. Se não saíres, entrego o caso aos sargentos e eles te arrebentam aí dentro com granadas de mão.

Rodrigo cuspiu fora o cigarro.

Fez-se um silêncio. Floriano tinha o olhar fito na porta... Na porta que se abriu de repente, enquadrando a figura de Bernardo Quaresma. A luz duma lâmpada caiu-lhe em cheio sobre a cabeça descoberta. O tenente tinha na mão uma Parabellum. Por trás dele negrejou o vulto do Retirante, que saltava e gania, esforçando-se por sair. Quaresma, porém, obrigou-o a recuar para dentro da sala, fechou a porta e exclamou:

— Adeus, amigo velho! Esta briga é minha!

— Larga a arma! — gritou Rodrigo.

Como única resposta, Bernardo Quaresma fez fogo. Rodrigo sentiu como que um coice no ombro esquerdo, perdeu momentaneamente o equilíbrio e deixou cair o revólver. Pelo espaço de alguns segundos, a surpresa e o choque o estontearam e imobilizaram. Encostado na parede, a arma sempre erguida, o tenente bradou:

— Venham, gaúchos de merda!

— Atira, meu filho! — berrou Rodrigo.

Floriano tirou o revólver do bolso, mas não conseguiu erguer a mão. Estava paralisado, como num pesadelo.

— Vá embora, menino! — gritou-lhe Bernardo. — Vá embora! Não quero te matar.

Os cinco sargentos, que ao primeiro tiro haviam deixado os esconderijos, agora atravessavam o pátio a correr, de pistolas em punho. Rodrigo, que conseguira agarrar de novo o revólver, ergueu-o, apontou-o para o oficial e fez fogo. Largando a Parabellum, Bernardo levou ambas as mãos ao peito, no lugar onde a fazenda do dólmã começou a tingir-se de escuro. Seus joelhos se vergaram, mas ele não caiu de imediato, porque os sargentos tinham rompido numa fuzilaria cerrada, e alguns de seus balaços acertaram em cheio no corpo do tenente, que por alguns segundos ficou como que pregado à parede pela violência dos impactos — duas balas vararam-lhe o peito, duas entraram-lhe no baixo-ventre, uma quinta no estômago — e foi lentamente escorregando e vertendo sangue, até ficar estendido nas lajes, a estrebuchar. Bocanegra aproximou-se dele e, murmurando com voz apertada "Filho duma puta!", encostou-lhe o cano da Parabellum na cabeça e puxou o gatilho. Ouviu-se sob a arcada uma detonação que para Rodrigo foi a mais forte e terrível de todas. Do crânio que se partiu, saltaram pedaços de miolos, respingando as botas do sargento. Dentro da sala, o Retirante soltava uivos desesperados.

Floriano assistiu à cena atordoado, sem poder desviar os olhos da figura de Quaresma. Deixou cair o revólver e, numa súbita náusea, apertou com ambos os braços o estômago, que se lhe contraía em espasmos tão violentos, que ele teve a agoniada sensação de que as vísceras iam sair-lhe pela boca. Deu alguns passos, encostou a cabeça num dos pilares da arcada e ali ficou encurvado sobre si mesmo, a vomitar um líquido viscoso e amargo.

Os sargentos agora cercavam o morto, conversando em voz baixa. Rodrigo ergueu-se. O braço lhe ardia como se alguém lhe tivesse encostado na carne um ferro em brasa. O sangue continuava a escorrer-lhe ao longo do braço imobilizado e por entre os dedos, pingando no chão. Exaltado, com um confuso desejo de continuar o tiroteio, aproximou-se do filho e exclamou:

— Por que não atiraste, covarde?

Desferiu-lhe um pontapé no traseiro, fazendo-o inteiriçar o corpo:

— Vai-te embora! — gritou. — Vai pra baixo das saias da tua mãe, maricas! Vai, covarde! Vai, galinha! Não és meu filho!

Lívido, mal podendo arrastar as pernas, e sempre a babujar bílis, Floriano encaminhou-se para o portão central do quartel e precipitou-se colina abaixo, na direção da cidade...

Rodrigo tinha ainda na mão o revólver. E quando viu Bocanegra aproximar-se, teve ímpetos de meter-lhe uma bala entre aqueles olhos de cobra. Quando o sargento lhe segurou o braço, ele estremeceu, numa sensação de repulsa.

— O senhor está ferido, doutor!

— Não é nada.

— Precisamos ver um médico imediatamente.

— Já disse que não é nada.

Mas Bocanegra arrastou-o consigo na direção da enfermaria. A garoa continuava a cair.

Quinze minutos depois, Rodrigo tornou a encontrar-se com os sargentos numa das salas do Cassino dos Oficiais. Trazia o braço em tipoia, estava pálido e de olhos brilhantes.

Quando Bocanegra lhe perguntou pelo ferimento, respondeu mal-humorado:

— Não tem nenhuma gravidade, não atingiu o osso. Tirou apenas um naco de carne. — Com a mão que tinha livre apontou para o telefone. — Vamos chamar o Regimento de Infantaria...

— Não é necessário — respondeu Bocanegra. — Já chamei. O Taborda e os companheiros dominaram facilmente a situação. O comandante da praça e os oficiais estão todos presos. O quartel se encontra em nosso poder.

Rodrigo leu uma alegria satânica no rosto do sargento.
— Como vai o Sertório? — perguntou, dirigindo-se aos outros.
Foi Bocanegra quem respondeu:
— Morreu há cinco minutos.
Tirou do bolso um lenço e começou a limpar as botas.

19

Rodrigo passou o resto daquela noite na agência do telégrafo, em conferência com os chefes da revolução em Porto Alegre, a beber café preto e a fumar incessantemente. E enquanto o telegrafista, com os olhos pesados de sono, recebia ou transmitia mensagens, ele se comunicava pelo telefone com os dois regimentos locais e com o cel. Barradas, que havia instalado seu Quartel-General no edifício da Intendência. Foi informado de que cerca de dois terços da oficialidade, tanto de infantaria como de artilharia, tinham resolvido aderir ao movimento, e que os sargentos haviam sido promovidos a tenentes.

Estava o dr. Rodrigo de acordo — perguntou-lhe o cel. Barradas — em que se encarregasse o Juquinha Macedo do abastecimento das tropas? Claro, respondeu ele. Qualquer um, menos o Madruga e o Amintas. E não achava que o dr. Terêncio Prates era o homem indicado para tomar conta da agência dos Correios e Telégrafos e da Companhia Telefônica, ficando inteiramente responsável pelo setor das comunicações? Ninguém melhor que ele! E a quem na sua opinião se devia entregar o policiamento da cidade?

— Ao Neco Rosa — respondeu Rodrigo sem hesitar.

Só deixou a agência do Telégrafo alta madrugada, depois que recebeu a notícia da rendição do 7º Batalhão de Caçadores e que Oswaldo Aranha, num telegrama dirigido a ele, Rodrigo, pessoalmente, lhe comunicou que a revolução estava vitoriosa não somente em Porto Alegre como também no resto do estado.

Ao clarear do dia, saiu da Intendência, rumo do Sobrado. Estava já na calçada da praça quando Toríbio veio ao seu encontro. Abraçaram-se. O guerrilheiro recendia a cachaça. Tinha o poncho ensopado e as botas embarradas.

Apontou para o braço do irmão:
— Então o tenentinho te marcou na paleta, hein?

— Uma porcaria de nada. Em três dias estou bom.

— Eu não te dizia que o Bernardo era macho? Conheço covarde pelo cheiro.

Saíram a caminhar lado a lado. O ar úmido recendia liricamente a flor de cinamomo. O céu começava a clarear e, por entre as nuvens cor de chumbo que o noroeste movia no céu, apareciam nesgas dum límpido azul de turquesa.

— Que miséria! — exclamou Toríbio. — Se todo o mundo continuar aderindo, eu me passo pro lado do governo. Tomamos o quartel sem dar um tirinho!

Rodrigo caminhava olhando para o chão, taciturno.

— Pois eu preferia não ter dado o tiro que dei...

— Se não atirasses, o Bernardo te matava.

— Mas teria sido melhor se aquele cabeçudo não tivesse resistido. Agora vou ficar com esse remorso pelo resto da vida...

— Remorso? Deixa de besteira. O homem foi fuzilado. Cinco pessoas, seis contigo, atiraram nele. Quando muito serás sócio nessa "empresa"... e sócio com uma quota muito pequena: um miserável tiro. Os sargentos descarregaram as pistolas em cima do alagoano.

— Mas quem acertou nele primeiro fui eu. No peito... Acho que meu tiro foi mortal.

— Quem é que pode ter a certeza agora? Acho que não vais mandar autopsiar o cadáver...

Entraram no Sobrado. Flora e Maria Valéria os esperavam na sala. Estavam ambas de pé junto da porta que dava para a sala de jantar, e ali continuaram imóveis e caladas, enquanto os homens se desembaraçavam de seus ponchos e armas.

Rodrigo exibia o braço em tipoia como uma condecoração. Esperava que as mulheres fizessem algum gesto ou dissessem alguma palavra que traduzisse seu espanto ou sua pena. Nada disso, porém, aconteceu. Ambas continuaram imperturbáveis. E o senhor do Sobrado, que contava com uma bela cena — o guerreiro ferido volta ao lar, a mulher encosta a cabeça no seu peito para chorar —, ficou primeiro perplexo, depois decepcionado e por fim irritado ante aquela indiferença. E não percebeu que de certo modo tirava a sua desforra quando disse:

— Acho que já sabes do comportamento *heroico* do teu filho... Portou-se como um verdadeiro covarde. Se a coisa tivesse dependido só dele, a esta hora eu estaria morto. É o que vocês ganham com esses mimos que dão ao Floriano. Toda a cidade decerto já sabe que o filho do doutor Rodrigo Cambará é um poltrão.

As mulheres, porém, nada disseram nem fizeram. Derrotavam-no aos poucos com o seu silêncio.

Minutos depois Laurinda veio perguntar se os "meninos" queriam comer alguma coisa.

— Eu quero — respondeu Toríbio. — Me faça um bife com ovos. Quatro ovos fritos na banha. E um café bem quente. O Chico já trouxe o pão?

Chico Pais apareceu pouco depois com um cesto cheio de pães frescos, um susto nos olhos. Ficou impressionadíssimo por ver Rodrigo com o braço em tipoia e a camisa manchada de sangue. Quis saber detalhes da "batalha", mas Rodrigo fez um gesto irritado e exclamou: "Ora não me amole!" e meteu-se no escritório, fechando a porta. Estendeu-se no sofá e cerrou os olhos.

Mataste o Bernardo. Mataste o Bernardo. Mataste o Bernardo. A cena reproduziu-se contra o fundo de suas pálpebras: o tenente com ambas as mãos no peito, o sangue manando da ferida, manchando o dólmã... Mas quem atirou primeiro foi ele. Se o tiro me tivesse pegado no peito um palmo à esquerda, me varava o coração... Legítima defesa caracterizada. Nenhum júri me poderia condenar em sã justiça. Mas isso não me tranquiliza. Vou ficar com essa morte na consciência. Consciência? — perguntou Tio Bicho, soltando uma risada. E lá estava o gordo Bandeira — fantasiou Rodrigo — sob as arcadas, olhando o tenente que estrebuchava sobre as lajes, numa poça de sangue. E o bandido do Bocanegra partira o crânio do pobre rapaz com uma bala. Por quê? Pura crueldade. Estava claro, claríssimo que ele odiava o tenente. Queriam estraçalhar o alagoano com granadas de mão. Bernardo estava condenado. Mas preferiu ter morte de homem... E quase me mata, o patife. E quem vai provar que *meu* tiro foi mortal? O Toríbio tem razão: *Bernardo Quaresma foi fuzilado por cinco sargentos.* A noite passada morreram uns dez homens em Porto Alegre no assalto ao Quartel-General. Alguém vai procurar descobrir quem os matou? As balas não trazem os nomes dos donos. Mas se ao menos eu pudesse dormir, dormir, dormir... Seis, oito, dez, doze horas. Depois... acordar e descobrir que tudo foi um pesadelo. Mas não. Aquilo tinha de acontecer. Estava escrito. Ninguém faz revolução com balas de chocolate. Fiz o possível para salvar a vida do Bernardo. Tenho a consciência tranquila...

Mas lá estava a figura grotesca do Tio Bicho, sob as arcadas, a olhar para o cadáver e a perguntar: "Afinal de contas, em nome de que ou de quem morreu este moço? E em nome de que ou de quem vocês o assassinaram?". Mas não! Seria horrível, monstruoso se tudo aquilo fosse gratuito...

Rodrigo sentia o pulsar do sangue nas fontes, a cabeça lhe doía surdamente, e uma espécie de... de quê? Dor não era... mas um certo mal-estar localizado no crânio acima dos olhos impedia-o de raciocinar com clareza, de examinar a situação com paciência e lucidez.

Mataste o Bernardo. Mas ele atirou primeiro no sarg. Sertório. Mataste o Bernardo, não, ele se suicidou. Está tudo bem. O melhor que tenho a fazer é esquecer. É a guerra.

Abriu os olhos. O sol da manhã entrava pelas vidraças, dourando o teto do escritório. Rodrigo sentiu roncar-lhe o estômago vazio. Era estranho. Precisava comer, mas a simples ideia de levar à boca qualquer alimento lhe era repugnante. Sabia que não poderia esquecer os pedacinhos de matéria cinzenta que haviam esguichado do crânio de Bernardo Quaresma... Como tudo aquilo era estúpido e gratuito! Sim, gratuito, gratuito, gratuito! Ontem eram amigos, estavam de abraços e brinquedos ali nas salas do Sobrado. Hoje...

Pensou em Roberta. Àquela hora ela já devia saber de tudo. Como reagiria ao fato de ele, Rodrigo, ter participado do "fuzilamento" de Bernardo Quaresma? Decidiu não ver mais a professora. Nunca mais. Estava tudo acabado. Mas o melhor mesmo seria dormir, fazer o pensamento parar. Tornou a cerrar os olhos.

A campainha do telefone tilintou. Rodrigo pôs-se de pé num salto. Aproximou-se da escrivaninha, ergueu o fone do aparelho e encostou-o na orelha:

— Olá! Hein? Sim... é ele mesmo. — Alteou a voz, já irritado. — É o doutor Rodrigo quem fala!... Quem? Ah! Que é que há, Chiru?

A voz do amigo lhe chegava um pouco sumida:

— Estou ainda no quartel de Artilharia. Vão enterrar o tenente Bernardo como um cachorro pesteado. Enrolaram o corpo num pano velho, atiraram num caminhão e vão levar o coitado pro cemitério sem encomendação nem nada.

— Já saíram?

— Estão saindo agora.

Rodrigo repôs o fone no lugar e correu para a sala de jantar. Sentado à mesa, Toríbio comia o pão que o Chico trouxera, enquanto esperava o bife com ovos. Rodrigo repetiu-lhe o que Chiru lhe contara e acrescentou:

— Temos de dar um enterro de cristão ao Bernardo, com os sargentos, sem os sargentos ou *contra* os sargentos.

— Mas ainda não comi!

— Comes depois. Manda o Bento tirar o Ford enquanto eu vou buscar o padre.

Botou o chapéu na cabeça e o revólver na cintura, ganhou a rua e dirigiu-se para a casa paroquial, que ficava ao lado da igreja. Entrou sem bater, encontrou o vigário à mesa do café e contou-lhe a história em poucas palavras.

— Vamos, padre! Não temos tempo a perder. Pegue as suas coisas.

O sacerdote obedeceu. Em menos de cinco minutos, estavam os dois na calçada, junto da qual Bento fazia parar o carro. Toríbio, sentado ao lado do chofer, perguntou:

— E o caixão?

— É mesmo! — exclamou o irmão. — Bento, me espera na frente da casa armadora.

Rodrigo correu para lá, bateu na porta com impaciência e, quando o Pitombo veio abri-la, não se deu o trabalho de explicar-lhe do que se tratava. Empurrou-o e foi entrando na loja sombria. Olhou em torno e finalmente apontou para um esquife da melhor qualidade.

— Qual é a medida daquele ali?

— Quem foi que morreu?

— O bispo. Anda, Pitombo, não tenho tempo a perder.

O defunteiro avaliou o caixão com os olhos e murmurou:

— Um metro e sessenta e cinco... um metro e setenta...

— Serve. Me ajuda a levar essa coisa para o automóvel.

Dentro de pouco, Rodrigo e o vigário estavam no banco traseiro do Ford, tendo o esquife atravessado à frente de ambos, com a extremidade mais estreita para fora do carro.

— Me mande a conta! — gritou Rodrigo para o armador, quando o veículo arrancou.

Dentro de dez minutos, paravam junto do portão do cemitério. Pouco depois chegava um caminhão do Regimento de Artilharia. Toríbio, Rodrigo e Bento aproximaram-se dele, ao passo que o vigário continuou sentado dentro do Ford.

Um soldado dirigia o veículo cor de oliva. A seu lado, estava sentado um cabo, um mulatão espadaúdo e mal-encarado.

— Vocês trazem aí o corpo do tenente Quaresma? — indagou Rodrigo, dirigindo-se ao cabo.
— Trazemos. Por quê?
— Queremos dar um enterro digno ao tenente.
O mulato lançou para Rodrigo um olhar enviesado.
— Tenho ordens pra enterrar o defunto assim como está.
— Ordens de quem?
— Do sar... do tenente Bocanegra.
— Pois nós temos ordens do coronel Barradas, comandante da praça.
— Onde está?
Toríbio fez uma figa e ergueu-a quase à altura do nariz do mulato.
— Está aqui.
Nesse instante exato, Bento levou a mão ao revólver. Rodrigo fez o mesmo. O mulato fechou a carranca. Mas o soldado sorriu:
— Eu conheço esse moço. É o doutor Rodrigo Cambará. Gente nossa. Gente boa.
— Mas eu tive ordens... — resmungou ainda o cabo, já com menos empáfia. — Que é que eu vou dizer depois pro tenente Bocanegra?
— Diga que se entenda comigo.
O mulatão encolheu os ombros e saltou para fora do caminhão. O soldado fez o mesmo e ambos foram abrir a parte traseira do veículo.
Só agora Rodrigo via como o alagoano era pequeno. Ali estava enrolado naquela lona suja, recendente a gasolina, com negras manchas de graxa, amarrado com cordas à altura do pescoço, da cintura e dos tornozelos.
O cabo puxou o fardo com um gesto brusco que revelava toda a sua má vontade.
— Devagar! — gritou-lhe Rodrigo. — Mais respeito. Você não está lidando com um cachorro sem dono, mas com o corpo dum homem. E dum homem digno!
O mulato mordeu os beiços mas nada disse. O soldado ajudou-o a colocar o cadáver dentro do esquife, que Bento e Toríbio haviam agora aproximado da traseira do caminhão.
Enquanto fechavam o caixão, Rodrigo ouviu uma voz que lhe dizia: "O senhor é mais que meu amigo. O senhor é meu pai". Fez um esforço desesperado para não rebentar em soluços. Mas lágrimas vieram-lhe aos olhos, ele fungou, disfarçou, procurando evitar que os outros lhe vissem a cara. Depois de atarraxar a tampa, disse:
— Vamos.

Pegou numa das alças. Toríbio, Bento e o soldado agarraram as outras. Ergueram o ataúde e encaminharam-se lentamente para o cemitério, cujo zelador — que assistira a toda a cena cautelosamente do lado de dentro dos muros — veio ao encontro do pequeno cortejo, e, aproximando-se de Rodrigo, disse-lhe ao ouvido:

— A cova já está aberta, doutor. Vou na frente para mostrar o caminho.

Rodrigo fez com a cabeça um sinal de assentimento.

Para além dos muros do cemitério, as coxilhas de Santa Fé se estendiam verdes e livres sob um céu agora completamente azul.

Um quero-quero gritou longe e Rodrigo sentiu uma súbita e lancinante saudade do Angico e da infância.

A cerimônia foi breve. Enquanto o padre resmungava o seu latim e aspergia o esquife com água benta, Rodrigo pensava na mãe de Bernardo Quaresma. Ia descobrir o endereço da velhinha e enviar-lhe todos os meses uma pensão, anonimamente. Sim, e dentro de alguns anos mandaria remover os restos do tenente para o cemitério de sua terra natal... Assumia aquele compromisso sagrado perante Deus e sua consciência.

Terminada a encomendação, o caixão foi descido ao fundo da cova. Bento atirou-lhe em cima um punhado de terra. Toríbio e o soldado o imitaram. Em seguida os coveiros começaram a entulhar o buraco.

O padre e o soldado foram os primeiros a se retirar. Rodrigo, Toríbio e Bento ficaram ainda por alguns minutos diante da sepultura e depois, sempre em silêncio, voltaram para o automóvel.

20

Naquela manhã de segunda-feira, os jornais trouxeram o manifesto de Getulio Vargas à nação. Terminava assim: *Rio Grande, de pé pelo Brasil. Não poderás faltar ao teu destino glorioso!*.

Tio Bicho leu o documento, sorriu e ia fazer uma de suas observações mordazes quando Rodrigo o reduziu ao silêncio com um olhar duro e estas palavras:

— Cala a boca! Nesta hora não há lugar para cépticos nem para maldizentes profissionais. Maragatos e pica-paus enterraram suas diferenças para o bem do Brasil. Eu já esqueci as indecisões e fraquezas do Getulio: ele é agora o chefe de todos nós. Quem não está com a Revolução está contra ela. Toma cuidado. Tu e o Arão. Quem avisa amigo é.

Roque Bandeira encolheu os ombros e não tocou mais no assunto. E tanto ele como Stein se mantiveram afastados do Sobrado durante aquela primeira e agitada semana de outubro.

Já então ninguém mais podia duvidar da extensão e da força do movimento revolucionário em todo o país. Juarez Távora, à frente de oitocentos homens, depusera o presidente da Paraíba, entrara em Pernambuco, ocupando Recife e, depois de conquistar Alagoas, marchava sobre a Bahia.

— Os governos caem de podres! — exclamou Rodrigo ao ler essas notícias.

Liroca andava entusiasmado pelo fato de o ten.-cel. Góes Monteiro haver sido escolhido por Getulio Vargas para chefe do Estado-
-Maior das forças revolucionárias.

— Dizem que é um grande estrategista — comentou ele um dia no Sobrado. — E tem também uma admiração bárbara por Napoleão Bonaparte.

Os dois regimentos de Santa Fé tiveram ordem de seguir imediatamente para a frente de batalha. À hora da partida, Rodrigo Cambará fez um discurso na plataforma da estação. Enquanto falava, dificilmente conseguia afastar o olhar da cara do ten. Atílio Bocanegra, que lá estava recostado a um vagão, no seu uniforme de campanha, orgulhoso de suas lustrosas botas de cano alto, de seu talabarte novo em folha, e principalmente das divisas de tenente. Era como se Rodrigo estivesse falando apenas para aquele homem de olhos frios e maus.

Quando a banda de música do Regimento de Infantaria rompeu num dobrado cuja melodia evocava a tristeza duma despedida, muitos olhos ali na plataforma encheram-se de lágrimas.

Os jornais chegavam trazendo notícias animadoras. Em todo o estado, voluntários apresentavam-se aos milhares para formar as legiões libertadoras.

— Um rapaz de treze anos apareceu ontem na Intendência — contou Rodrigo à mulher, à hora do almoço. — Queria por força alistar-
-se. Era tão franzino que tu não lhe darias mais de dez anos...

Ao dizer isso, lançou um olhar enviesado para o lugar vazio de Floriano à mesa, não perguntou pelo filho, não o via desde a noite de 3 de outubro e não queria vê-lo. O rapaz fazia suas refeições na água-furtada, onde se mantinha isolado.

Pouco depois da uma hora, Bento voltou da estação com os jornais do dia anterior. Rodrigo leu em voz alta o texto do telegrama que Getulio Vargas enviara aos revolucionários de Curitiba: *Breve marcho com o Rio Grande. Vamos todos: Exército e Povo.* João Neves declarava à imprensa: *Este movimento marca o fim da política personalista que tantos desmandos tem praticado.* Flores da Cunha esclarecia a repórteres que lhe haviam pedido um pronunciamento. Que ninguém se iludisse: o grande arquiteto da Revolução tinha sido Oswaldo Aranha. *Nós não fizemos outra coisa senão segui-lo.*

— É o mais belo movimento da história do Brasil! — exclamou Rodrigo.

Toríbio, porém, não parecia muito interessado nos aspectos históricos da Revolução. O que ele queria mesmo era entrar em ação o quanto antes. A organização da Legião de Santa Fé se processava com excessiva lentidão, e Bio tivera já vários atritos com Laco Madruga e com Amintas Camacho. Impacientava-se também ante o formalismo pedante de Terêncio Prates, que parecia querer resolver os problemas da Revolução com fórmulas abstratas aprendidas na Sorbonne.

Como os legionários do Rio Grande em sua maioria tivessem escolhido espontaneamente o lenço vermelho como símbolo da rebelião, Liroca andava exaltado e feliz, como se aquilo significasse a maragatização do país inteiro. Um dia entrou no Sobrado e, com voz trêmula, contou:

— O nosso Assis Brasil chegou ontem a Porto Alegre e teve uma recepção consagradora. Foi saudado como o Apóstolo da Democracia Brasileira. E com justiça, com muita justiça!

Citou uma frase do senhor de Pedras Altas: *Agora é preciso marchar para a realização de uma nova República e sob a inspiração de uma só ideia.*

Toríbio, trocista, perguntou que ideia era essa. Liroca engasgou-se com a resposta, limitando-se a resmungar "Ora... ora...". Rodrigo socorreu-o:

— Não dês confiança a esse primário. O Bio é um homem sem ideias nem ideais. Gosta da guerra pela guerra. É um bárbaro.

Agora um dos divertimentos, ou melhor, uma das devoções mais queridas dos santa-fezenses era ir à estação ver as tropas que passavam para a zona de operações. Faziam isso com grande entusiasmo. Senhoras e senhoritas levavam aos guerreiros flores, cigarros, doces, bandeiras e medalhinhas com a efígie de santos... Improvisavam-se discursos e o povo cantava na plataforma o Hino Nacional, enquanto o trem se afastava, e das janelas dos carros os soldados acenavam adeuses...

Corria por todo o estado a história dum jovem legionário que, ao partir para a linha de fogo, gritara: "Tenho pena dos que ficam!". Mas Oswaldo Aranha, a quem Getulio Vargas, no momento de seguir para a frente, confiava o governo do Rio Grande, disse que também era preciso ter "a coragem de ficar".

Quica Ventura, entretanto, achava que aquela não era ainda a revolução de seus sonhos. Continuava de lenço encarnado no pescoço, mas falava mal dos revolucionários, não acreditava na vitória do movimento, e agora andava pelas esquinas a criticar Rodrigo Cambará, dizendo que a administração do município estava entregue às moscas.

Rodrigo na realidade pouca ou nenhuma atenção dava aos seus deveres de intendente. Achava-se inteiramente absorvido pela revolução, e já agora, como Toríbio, ansiava por marchar para a linha de fogo.

Quando recebia telegramas anunciando vitórias das forças revolucionárias, mandava soltar foguetes e pregar um boletim informativo num quadro-negro, à frente do edifício da Intendência. E cada nova notícia lhe parecia melhor que a precedente.

Juarez Távora continuava no Norte a sua marcha gloriosa, derrubando governos, conquistando estados inteiros e engrossando suas tropas.

A vanguarda do gen. Miguel Costa já se encontrava nas imediações de Itararé. Forças mineiras haviam invadido o Espírito Santo e São Paulo. O Pará, o Maranhão, o Piauí, o Ceará e o Rio Grande do Norte estavam praticamente nas mãos dos revolucionários.

— É uma avalanche — disse Terêncio Prates um dia —, uma avalanche que nenhuma força humana poderá conter.

D. Revocata, que estava presente, observou que *avalanche* era um galicismo desnecessário, uma vez que em português existia a palavra *alude*. Mas, gramática à parte, achava também que a vitória da causa revolucionária era uma fatalidade.

D. Vanja andava entusiasmada com "a rica arrancada cívica" e queria a todo o transe criar um corpo de vivandeiras na cidade. Olhando um dia para Santuzza Carbone, Toríbio sorriu e disse baixinho para o irmão:

— Que grande cavalariana dava essa gringa!

Dante Camerino e Carlo Carbone faziam parte do corpo médico da Legião de Santa Fé. O primeiro andava todo apertado num uniforme cáqui de capitão, com uma túnica que lhe ia quase até os joelhos, e uns culotes muito mal cortados. O italiano tirara da mala, de seu sono de cânfora, o fardamento cor de oliva dos *bersaglieri*, que envergava agora com orgulho; e como um toque de cor local, trazia ao pescoço um lenço vermelho.

Rodrigo começava a inquietar-se à ideia de que as tropas de Juarez Távora pudessem chegar ao Rio de Janeiro antes das legiões do Rio Grande. Que fazia Getulio Vargas que não marchava duma vez para a zona de operações?

Um dia recebeu um telegrama que o deixou exaltado. Dizia assim:

Presidente Getulio Vargas te convida meu intermédio a seguires com ele e seu Estado-Maior rumo da frente de batalha no trem que passará por Santa Fé dentro de dois ou três dias. Abraços cordiais. João Neves da Fontoura.

Saiu a mostrar o despacho à gente da casa e aos amigos. Flora e Maria Valéria abstiveram-se de qualquer comentário. Chiru fanfarroneou:

— Não te invejo. Vou chegar ao Rio primeiro que tu. Encontrarás o meu cavalo já amarrado no obelisco da Avenida.

— Vais aceitar? — indagou Toríbio.

— Claro, homem! — respondeu Rodrigo. — Não compreendes o alcance desse convite? Significa que vou entrar na capital federal ao lado do chefe da revolução vitoriosa!

— Mas sem dar um tiro — replicou Bio. — E de braço dado com a beleza do Góis Monteiro...

Naquele mesmo dia, o velho Aderbal Quadros foi chamado ao Sobrado e levado solenemente para o escritório, onde Rodrigo e Toríbio tiveram com ele uma conferência a portas fechadas.

— Vamos lhe pedir mais um sacrifício, seu Aderbal... — começou Rodrigo.

O sogro soltou uma baforada de fumaça e disse:

— Já sei. Querem que eu tome conta do Angico.

— Exatamente. Mas temos de lhe falar com toda a franqueza. Nossa situação é negra...

Babalo escutava, sacudindo a cabeça lentamente. Os Cambarás estavam em dificuldades financeiras, tinham dívidas, a estância se achava hipotecada e o prazo da hipoteca prestes a vencer-se.

O ar do escritório enchia-se aos poucos da fumaça azulada do crioulo do velho.

— Mas a vitória da revolução é certa — acrescentou Rodrigo com animação. — E o senhor não pode imaginar que o doutor Getulio Vargas, uma vez na presidência da República, vá deixar seu estado ir à bancarrota. O Brasil precisa dum Rio Grande economicamente sadio. Havemos de sair desta situação difícil. É questão de paciência e de coragem.

Depois dum curto silêncio, o ex-tropeiro soltou um leve suspiro e disse:

— Pôs vou pedir ao negro Calixto que fique me olhando pelo Sutil. E vou dizer à Laurentina que prepare os seus tarecos. Nos mudamos pro Angico amanhã ou depôs...

21

Silenciosa e de olhos secos, Flora naquela tardinha começou a fazer a mala do marido. O trem que levaria Getulio Vargas e seu Estado-Maior para a frente de batalha passaria pela estação de Santa Fé na manhã do dia seguinte.

Maria Valéria estava na cozinha a fazer um tacho de doce de coco. Da água-furtada vinham os acordes abafados da *Heroica*. De vez em quando, Flora erguia os olhos e via pela janela um pedaço do céu esbraseado do anoitecer. Sentia uma tristeza resignada e lânguida. Não. Aquela revolução não lhe dava muito medo... Sabia que Rodrigo estaria seguro dentro do trem do presidente. A tristeza lhe vinha da compreensão a que chegara, da inutilidade de todos os gestos, da monotonia com que os fatos se repetiam. Os homens insistiam nos mesmos erros. Pronunciavam frases antigas com um entusiasmo novo. Encontravam justificativas para matar e para morrer, e estavam sempre dispostos a acreditar que "desta vez a coisa vai ser diferente". Crescera ouvindo histórias de violências e crueldades praticadas durante a Revolução de 1893. Sofrera na carne a de 1923. Agora Rodrigo estava metido num movimento que poderia mudar por completo sua vida e a de toda a família.

Flora alisava num gesto distraído o peito duma camisa de seda. Tinha na memória a imagem do ten. Bernardo Quaresma. "E a senhora, dona Flora, a senhora é a minha segunda mãe." Mordeu o lábio, lágrimas brotaram-lhe dos olhos. Tudo aquilo era ao mesmo tempo triste e estúpido. Não podia conformar-se com a ideia de que Rodrigo havia participado do assassínio do tenente. Ouviu mentalmente a voz do marido. "Ele atirou primeiro, meu bem. E atirou para matar, do lado do coração."

Sim, havia também o problema do Floriano. O rapaz passava os dias fechado na água-furtada, recusando-se a ver quem quer que fosse. Rodrigo não queria fazer as pazes com o filho e tudo indicava que ia partir sem se despedir dele.

Flora foi despertada de seu amargo devaneio por um ruído de passos no quarto contíguo.

— És tu, Rodrigo?
— Sim, minha flor. Que é que há?

Entrou na sala, aproximou-se da mulher, pousou-lhe no ombro a mão que tinha livre. Ela permaneceu imóvel, de costas para ele.

— Queres que eu ponha na mala a tua fatiota de tussor de seda? Deve estar fazendo calor no Rio.

— Não, querida. Comprarei lá o que necessitar. Quero levar apenas a indispensável roupa branca. Não ficaria bem eu me apresentar ao doutor Getulio cheio de malas, como quem vai fazer uma viagem de recreio.

Cedendo a um impulso, beijou longamente a nuca da mulher, que se encolheu num movimento que a ele pareceu de repulsa. Diabo... que é que há?

— Como vai o ferimento? — perguntou ela.

Ele achou a pergunta fora de lugar, mas respondeu:

— Bem. O Carbone me fez há pouco um curativo.

Obrigou a mulher a voltar-se, estreitou-a contra o peito, procurou a boca esquiva e beijou-a. Os lábios dela permaneceram imóveis.

— Que é que tens, menina?
— Nada — respondeu ela, evitando encará-lo.

Rodrigo largou-a, num gesto irritado, e saiu do quarto intempestivamente.

No dia seguinte, saltou da cama muito cedo, tomou um rápido banho de chuveiro e depois começou a barbear-se diante do espelho. Por que estava com aquela cara de ressaca? — perguntou-se a si mesmo, examinando a imagem que o vidro refletia. Devia estar alegre, a cantar. Era um grande dia: ia entrar aquela manhã no trem presidencial, embarcando na mais nobre aventura de toda a sua vida. No entanto ali estava com uma sensação de derrota, de frustração... Tudo por causa de Flora! Estaria ele perdendo o seu encanto, a sua lábia, os seus poderes de sedução? Procurara fazer daquela noite de despedida a grande noite de sua reconciliação definitiva com a esposa, o princípio duma nova vida para ambos. Dissera-lhe coisas ternas ao ouvido, fizera-lhe grandes promessas de regeneração, pedira-lhe perdão por todas as decepções que lhe causara. Sim, e deixara que sua mão também falasse. Mas qual! Flora permanecera muda, imóvel, insensível, tanto às suas palavras como às suas carícias. Por fim, já de madrugada, entregara-se, mas com tanta relutância que ele ficara com a impressão de haver estuprado uma donzela. Pior que isso. Como Flora tivesse permanecido imóvel e fria como um cadáver, ele se sentira quase como um necrófilo.

Diabo! Rodrigo fez um movimento brusco com o pincel, borrifando espuma no espelho. Tornou a ensaboar as faces e de novo passou nelas o aparelho de barbear. Tirou o braço esquerdo da tipoia e verificou que podia movê-lo sem dor. Veio-lhe então uma ideia. Estava claro que teria de fazer um discurso ao presidente... Iria para a estação com o braço em tipoia e lá, a certa altura do discurso, jogaria o lenço fora e passaria a gesticular com ambos os braços. Seria um gesto de grande efeito teatral...

Sorriu. Mas tornou a ficar sério em seguida, pensando em Flora. Se ela soubesse do golpe demagógico que ele estava planejando, havia de desprezá-lo ainda mais. Diacho! Era preciso reagir. Ultimamente Flora, como Maria Valéria, se estava transformando para ele numa espécie de consciência viva. Ambas conheciam-no demais... Sim, aquela revolução tinha sido providencial. Tirariam o Washington Luís do poder, Getulio Vargas assumiria o governo, ele, Rodrigo, se estabeleceria no Rio e depois mandaria buscar a família... Até lá o tempo e a ausência trabalhariam a seu favor. E uma vez na capital federal, começariam uma vida nova. Vida nova! *Vita Nuova!* Novíssima! *Fortunatissima!* Rompeu a cantar um trecho do *Barbeiro de Sevilha. Fortunatissima, per carità, per carità... Per ca-ri-tà...* Sua voz encheu o quarto de banho.

Pôs-se a lavar o rosto, com muito espalhafato e ruído. Depois enxugou-se, arrancou com uma pinça alguns cabelos brancos, penteou-se e por fim começou a vestir-se. Não envergaria fardamento militar nem se atribuiria nenhum posto. Enfiou uns culotes de gabardina cor de oliva e umas botas novas de cano alto. Vestiu uma camisa branca de seda, com uma gravata de jérsei preta. Envergaria um casaco azul-marinho de meia-estação. E o lenço? Sentia-se atraído pelo vermelho, mas estava decidido a usar o branco, como uma homenagem à memória do pai.

Postado diante do espelho, melhorava o nó da gravata, assobiando distraído o "Loin du Bal", e imaginando a chegada triunfal ao Rio de Janeiro... Foi então que uma nuvem lhe toldou de repente o céu interior. Lembrou-se de Bernardo Quaresma crucificado a balaços contra a parede do quartel toda respingada de sangue...

Precipitou-se quase a correr do quarto de banho, como para livrar-se do fantasma.

22

Cerca das dez horas da manhã, o trem presidencial chegou sob aclamações à estação de Santa Fé. A plataforma estava atestada de povo e o entusiasmo atingia as raias do delírio. Empurrado pela multidão que queria ver o presidente de perto, um velho caiu entre as rodas do trem, que felizmente estava parado, e em poucos segundos foi içado para a plataforma, pálido, escoriado e trêmulo, mas já dando vivas à Revolução.

Getulio Vargas apareceu na parte traseira do último carro, sorriu, acenou para a multidão, que prorrompeu em vivas, aplausos e gritos. Estava metido num uniforme militar cáqui e tinha ao pescoço uma manta com as cores da bandeira do Rio Grande que uma dama lhe dera no dia anterior no Rio Pardo.

O primeiro membro da comitiva presidencial que Rodrigo abraçou foi João Neves da Fontoura. Caiu depois nos braços de Flores da Cunha. Por fim conseguiu subir para o carro e foi abraçado pelo presidente, que lhe perguntou:

— Que é isso no braço?

— Um recuerdo da noite de 3 de outubro — murmurou Rodrigo.

E ante o sorriso aberto, de bons dentes, de Getulio Vargas, pensou: "Eu não me lembrava como esse patife é simpático!". Apertou outras mãos — Ah! doutor Maurício Cardoso! — e viu caras vagamente conhecidas dentro do vagão. Foi o próprio Getulio Vargas quem o apresentou ao ten.-cel. Góes Monteiro, que ofereceu uma flácida mão gorda, que o senhor do Sobrado apertou efusivamente. O chefe do Estado-

-Maior das forças revolucionárias pareceu-lhe a negação mesma da postura militar. Vestia um uniforme mal cortado e já amassado e trazia na cabeça um chapéu de pano de dois bicos; pendia-lhe do pescoço uma manta longuíssima que nada tinha a ver com o uniforme. Era duma feiura caricatural, mas nem por isso destituída de simpatia.

Na plataforma da estação, a gritaria e o tumulto continuavam. De repente uma voz se fez ouvida acima das outras:

— Que fale o doutor Rodrigo Cambará!

Outras vozes ecoaram o pedido. Estrugiram palmas. Alguém sugeriu que Rodrigo falasse de cima dos fardos de alfafa que estavam empilhados na plataforma, a uns cinco metros do trem. Rodrigo subiu para a improvisada tribuna e dali fez um discurso, saudando em nome do povo de Santa Fé "o presidente eleito da República dos Estados Unidos do Brasil!". Ao perorar libertou o braço do lenço que o sustentava e começou a gesticular com ambas as mãos. Como esperava, o gesto causou um grande efeito, e ele teve de esperar uns bons trinta segundos para que os bravos e aplausos cessassem. Foi então que pronunciou a frase que mais tarde amigos e inimigos haveriam de explorar das maneiras mais diversas e contraditórias: *Se eu cumprir minhas promessas, povo de Santa Fé, não vos pedirei nenhuma recompensa. Mas se eu vos atraiçoar, matai-me!*

O trem apitou, dando o sinal de partida. A confusão nesse momento foi geral. Rodrigo sentiu-se erguido de cima dos fardos e posto no chão. Daí por diante, começaram os abraços de despedida. Por entre aquelas centenas de caras, em sua maioria de homens mal barbeados e de ar façanhudo, Rodrigo vislumbrou a face de Roberta Ladário (coitadinha, m'esqueci dela!) e a de Ladislau Zapolska, que não tornara a ver desde o dia em que lhe quebrara os dentes. Teve ímpetos de abraçar ambos. Mas qual! Perdeu-os de vista. A multidão levava-o dum lado para outro e ele tentava, mas em vão, abrir caminho rumo do trem. Todos queriam estreitá-lo contra o peito. "Até a volta, bichão!" — "Amarre por mim o cavalo no obelisco." — "Vá com Deus!" — "Me mande um fio do cavanhaque do Washington!" — E Rodrigo, o suor a escorrer-lhe pelo rosto e pelo torso, sentia nas costas as palmadas ferozmente cordiais dos amigos e conhecidos. E durante minutos teve diante dos olhos e das narinas, num desfile estonteador, caras, bigodes, barbas, olhos, hálitos, dentes, suores, lenços... E assim empurrado, erguido no ar, conseguiu aproximar-se do comboio — que já começava a mover-se — e saltar para a plataforma do último carro.

Alguém lhe havia dado um soco bem em cima da ferida, que agora lhe doía intensamente. Bento, que corria entre os trilhos atrás do trem, gritando esbaforido: "Doutor! Doutor!", conseguiu aproximar-se da plataforma e entregar a Rodrigo a mala que ele esquecera. Getulio Vargas assistiu à cena sorrindo, divertido, ao mesmo tempo que continuava a acenar para o povo, que agora desbordava da plataforma da estação. Alguns seguiram o comboio em marcha acelerada. Bento velho de guerra! — murmurou Rodrigo. Lá estava o caboclo, perfilado entre os trilhos, a mão no chapéu, numa continência...

Rodrigo ficou na plataforma do vagão, ao lado de João Neves e de Getulio Vargas, até ver desaparecer a estação à primeira curva que o trem fez. E quando os outros voltaram para dentro do carro, ele permaneceu no mesmo lugar. Tinha a impressão de que a ferida sangrava e de que ele estava um pouco febril... Tétano?

Dentro em pouco a composição atravessava a Sibéria. Rodrigo avistou o quartel do Regimento de Artilharia e de súbito todo o horror da morte de Bernardo lhe veio à mente. Voltou a cabeça para o lado oposto e avistou lá embaixo o casario do centro da cidade, as copas das árvores da praça, as torres da Matriz, o telhado do Sobrado...

Fez um esforço para conter as lágrimas. Não se despedira de Floriano. As mulheres da casa até a última hora haviam continuado na sua greve de silêncio. Perdera Toríbio de vista no entrevero da estação... nem sequer lhe pudera dizer um adeus de longe. Como tudo de repente se havia precipitado!

O trem entrou no campo: sol e vento sobre as coxilhas. Rodrigo foi transportado em pensamentos para uma remota tarde de dezembro de 1909 em que, com vinte e quatro anos de idade, um diploma de médico na mala, ele voltava para casa cheio de belos projetos e esperanças...

Não pude salvar a vida da minha filha — refletiu ele com amargura. Queimei o meu diploma, abandonei minha profissão. Levei meu pai à morte. Perdi o afeto da minha mulher e do meu filho mais velho. Matei um amigo... Santo Deus, que tremendo fracasso!

As lágrimas agora escorriam-lhe livremente pelas faces. João Neves da Fontoura apareceu rapidamente à porta e disse:

— O presidente manda te convidar para um uísque...

Enxugando os olhos com as pontas do lenço, Rodrigo entrou no carro.

Reunião de família v

14 de dezembro de 1945

Floriano acaba de jantar em companhia de Roque Bandeira num restaurante italiano da rua do Faxinal, e agora aqui vão, lado a lado, a caminhar lentamente por uma das calçadas da praça Ipiranga. São quase sete e meia da noite, as luzes da cidade já estão acesas, mas veem-se ainda no firmamento vestígios do lento e rico crepúsculo que os dois amigos apreciaram através das janelas do Recreio Florentino e que levou Tio Bicho a observar:

— É uma sorte o pôr do sol não depender do governo e de nenhuma autarquia, porque, se dependesse, o trabalho cairia nas garras de funcionários incompetentes e desonestos, haveria negociata na compra do material, acabariam usando tintas ordinárias... e nós não teríamos espetáculos como este.

O ar da noitinha, que uma brisa morna e débil de vez em quando encrespa, está temperado de fragrâncias estivais: um cheiro longínquo de macegas queimadas, o bafo que sobe duma terra e de pedras que tomaram sol o dia inteiro, o aroma das madressilvas e dos jasmineiros que pendem das pérgolas desta praça, a preferida dos namorados e a menina dos olhos do prefeito. Suas calçadas foram recentemente cobertas de mosaicos bicolores. Seus canteiros estão forrados de viçosas hortênsias, que, em matéria de cor, parecem nunca decidir-se entre o rosa, o roxo-desmaiado e um vago azul. No centro do redondel, orlado de hibiscos carregados de flores escarlates, uma fonte de azulejos contribui com sua musiquinha aquática para dar um ar de frescura bucólica ao logradouro.

Tio Bicho, empanturrado de macarrão e Chianti, sente mais que nunca o peso do corpo, caminha e respira com dificuldade, passa repetidamente o lenço pela cara rorejada de suor, gemendo baixinho: "Vou estourar... vou estourar...". Floriano, porém, sente-se leve de corpo e espírito: comeu meio frango assado com salada verde, bebeu uma mineral e fez o que havia muito andava querendo fazer: desabafou, falou franca e demoradamente sobre os acontecimentos da noite de 3 de outubro de 1930, coisa que jamais fizera em presença de outra pessoa. Bandeira escutou-o em silêncio, os olhos quase sempre no prato, interrompendo o amigo de raro em raro, apenas com monossílabos, para dar-lhe a entender que seguia a narrativa com atenção e interesse.

— Tu podes imaginar — diz agora Floriano, voltando ao assunto — o meu estado de espírito quando saí correndo do pátio do quartel e me precipitei para a cidade. Alguém me gritou alguma coisa, procurou me deter... acho que foi o Chiru, não tenho certeza... Mas não parei, continuei a correr, entrei meio às cegas por umas bibocas... umas ruas embarradas e escuras, uns becos de pesadelo... Me lembro vagamente duns cachorros que latiam, me perseguiam... de luzes em janelas... vozes humanas... O espasmo de estômago continuava, era como se minhas vísceras estivessem todas amarradas num nó... E sempre o gosto de fel... e a garganta ardida, porque eu respirava de boca aberta... O barro acumulava-se na sola dos sapatos e meus passos iam ficando cada vez mais pesados. A todas essas a voz de meu pai me perseguia: "Vai, covarde! Vai pra baixo da saia da tua mãe! Vai, galinha! Não és meu filho!".

Floriano segura o braço de Tio Bicho, que sopra forte como um touro, e fala-lhe junto da orelha, em voz baixa, para não ser ouvido pelas pessoas que passam.

— Tu vês... Eu era um "galinha" e não deves esquecer o duplo sentido que essa palavra tinha para nós meninos, na escola. O pontapé do velho me ardia não só no traseiro como também na cara, no corpo inteiro. Eu era um poltrão numa terra cujo valor supremo é a coragem, a hombridade, a machidão. O que me acontecera correspondia a uma castração, mas uma vergonhosa castração em público. Pensa bem, Bandeira... Em breve a cidade inteira ia saber de tudo. Os sargentos se encarregariam de espalhar a história. Com que cara ia eu enfrentar o mundo?

Tio Bicho sacode a cabeça e resmunga:

— Compreendo, compreendo perfeitamente.

Continuam a fazer a volta da praça. Namorados passam pela calçada ou estão muito juntos nos bancos. Automóveis cruzam-se na rua em marcha lenta. À frente do Hotel da Serra (e Floriano fica subitamente tomado dum desejo-cócega-temor-curiosidade de avistar Sônia), sentados em cadeiras postas na calçada, caixeiros-viajantes conversam alegremente em voz alta.

— Houve um momento em que tive de parar para não cair de cansaço... — prossegue Floriano. — Sentei-me no meio-fio da calçada e ali fiquei ofegante, ouvindo um coaxar de sapos e a água correr na sarjeta entre meus pés. Não sei quanto tempo fiquei naquela posição, com os gritos do Velho no crânio. "Não és meu filho." Eu estava órfão de pai. Fui atacado dum acesso tão forte de piedade por mim mesmo, que quase rompi a chorar. Me ocorreu então que para mim só existia uma solução: morrer. E só de pensar que morrendo podia melhorar minha situação diante de meu pai, provocar-lhe lágrimas de saudade e de remorso... só de pensar isso eu sentia uma certa doçura na ideia da morte. Se me perguntares se o suicídio me passou pela cabeça, te responderei que não. Tornei a me levantar, procurei me orientar para a praça da Matriz, pois o que então eu queria era o aconchego, a solidão e a paz do meu quarto. Saí a caminhar, mas dessa vez em marcha lenta. Alguns minutos depois avistei as torres da Matriz. Parei numa das esquinas da praça. (Até hoje, sempre que sinto cheiro de flor de cinamomo, todas as imagens e sensações daquela noite voltam, e eu devo te dizer que essas lembranças — é curioso — não me são de todo desagradáveis.) A garoa continuava a cair, eu olhava firme para a fachada da igreja, e nesse momento me aconteceu uma coisa tão estranha que nem sei se poderia te dar uma ideia.

— Eu imagino o que foi...

— Entrei numa espécie de transe místico, pela primeira e única vez em toda a minha vida. Fiquei assim meio no ar, sem sentir mais o corpo, consciente duma vaga luminosidade em torno das torres da igreja... De repente nada do que acontecera parecia ter importância. As minhas dores e aflições eram coisas do tempo e eu estava fora do tempo. Senti que a solução para todos os meus males estava na Igreja. E me veio um desejo aéreo, molenga e trêmulo, de me atirar nos braços de Cristo, o meu verdadeiro Pai. O sobrenatural me bafejou a alma naquele instante. Podes rir, Bandeira, o fato assim contado com palavras, quinze anos depois, perde a força, perde o sentido, a autenticidade...

Tio Bicho solta uma risadinha de garganta.

— Me desculpa, mas empachado como estou, não posso compreender os transes místicos. Mas continua.

— Bom. A coisa toda deve ter durado apenas alguns segundos. De repente senti de novo o corpo, ferroadas na nuca, dores nos músculos das pernas e dos braços, a náusea, o frio, o desconforto. Nesse momento a imagem que cresceu mesmo diante de meus olhos foi a do Sobrado. Comecei então a caminhar apressado na direção de casa.

— E em vez de cair nos braços de Cristo, caíste nos da Virgem Maria.

— Exatamente. Contei a minha mãe tudo quanto havia acontecido no quartel. Não procurei melhorar minha situação. Pelo contrário, exagerei até minha culpa e minha vergonha. Ela me abraçou, me beijou, tentou justificar minha atitude, me consolar, me compreender, responsabilizando papai por tudo quanto havia acontecido. E sabes qual foi minha reação? Fiquei irritado, revoltado até... Eu não queria que ela me dissesse, como me disse, que a coragem física não é uma virtude capital, e que não havia por que esperar que todos os homens fossem valentes. Tu compreendes, Bandeira, se eu aceitasse essa espécie de consolo, se eu me abandonasse nos braços dela, estaria dando razão ao Velho, que me tinha mandado para baixo das saias maternas. Bom, para te resumir a história: subi para a mansarda, fechei a porta, me atirei no divã e desatei o choro.

Tio Bicho limita-se a sacudir a cabeça. O outro prossegue:

— Agora eu compreendia que meu mundo tinha vindo abaixo... Eu detestava a violência e a brutalidade, mas não era insensível, como imaginava, às seduções do heroísmo. Orgulhava-me da minha condição de homem civilizado, incapaz de exercer violência contra meus semelhantes. Gostava de me imaginar dotado desse tipo de fibra do cristão das catacumbas, tu sabes, a coragem de resistir à agressão sem agredir, em suma, a capacidade de colocar os valores espirituais acima de todos os impulsos animais agressivos e egoístas. No entanto, na hora de dar provas concretas da legitimidade desses sentimentos e princípios, eu descobrira que não podia aguentar a pecha de covarde.

— Teu pai, teu tio, o código de honra do Rio Grande e as preleções cívicas de dona Revocata devem ser os principais responsáveis por essa supervalorização do ato heroico.

— Mas lá pelas tantas, um novo tipo de preocupação começou a me inquietar. A vida do Velho havia dependido dum gesto que eu não tivera a coragem de fazer...

— Talvez não estivesses interessado em salvar a vida de teu pai.

Floriano estaca:

— Roque!

O outro faz alto também, volta-se para o amigo.

— Que é? Te escandalizo?

— Não, mas isso é levar muito longe a...

Não termina a frase, já convencido de que Tio Bicho acaba de abrir-lhe uma nova e terrível porta.

— Bom... — murmura Bandeira. — Não te preocupes, encara o que eu te disse como uma mera "hipótese de trabalho".

— És um monstro.

— Mas não um atleta. Vamos parar esta maratona. Estou exausto. E se sentássemos num banco lá perto da fonte?

— É uma ideia.

Encaminham-se para o centro da praça. Antes de sentar-se, Tio Bicho molha o lenço na água da fonte e passa-o pela testa, pelas faces e pelo pescoço. Depois, com um suspiro de alívio, larga todo o peso do corpanzil sobre o banco, descalça os sapatos e põe-se a friccionar os joanetes.

Floriano despe e dobra o casaco, colocando-o a seu lado no banco. A frase do amigo continua a ocupar-lhe a mente. *Talvez não estivesses interessado em salvar a vida de teu pai.* Se essa hipótese for válida (e quem pode ter a certeza?), a paralisação de seu braço não deverá então ser atribuída simplesmente ao medo... Mas em que poderá essa descoberta melhorar a situação?

Roque Bandeira começa a abanar-se com a palheta.

— Seja como for — diz Floriano —, essa coisa toda me traumatizou. Passei boa parte da vida tentando me convencer de que não havia razão para me envergonhar de não ser valente e de que devia ter a coragem moral de admitir que não tinha coragem física. Continuei cultivando o pacifismo, a não violência, andei lendo coisas sobre o budismo, mas a todas essas devo confessar que continuava a sentir uma certa nostalgia do heroísmo, e a necessidade de provar que no fim de contas eu não era um covarde. O que eu queria mesmo era recuperar a autoestima, isso para não falar na estima do meu pai.

— Mas o que te aconteceu naquela noite de Ano-Bom — pergunta Tio Bicho — não te devolveu o respeito por ti mesmo? Não resolveu a dúvida sobre a tua hombridade?

— Até certo ponto... Mas uma coisa ficou clara: a minha irremediável alergia pela violência.

Faz uma pausa, passa a mão pelos cabelos, sorrindo, e continua:

— Vou te contar uma história... um caso grotesco que ainda não contei a ninguém. Talvez um dia utilize a cena num conto...

— Vocês escritores de ficção contam com um admirável sistema excretório. O romancista mais cedo ou mais tarde acaba defecando os seus problemas e angústias...

— Foi em 1943, na Califórnia. Eu tinha ido passar um fim de semana no Lake Tahoe, um lago vulcânico duma beleza indescritível. Estava uma tarde sentado na praia lendo ou, melhor, tentando decifrar uns versos de Ezra Pound, quando ouvi um grito. *Help!* Ergui os olhos e avistei um menino que estava se afogando... Não tive dúvida: me atirei no lago, sem sequer tirar o casaco, e tratei de me aproximar do rapaz. Logo que senti a água pelo peito, fiquei em pânico. Não sei se sabes que nunca aprendi a nadar... e que sempre tive verdadeiro pavor de morrer afogado. E no momento exato em que consegui segurar a criança, numa de suas voltas à superfície, perdi o pé. A criaturinha se agarrou em mim como um polvo e os dois fomos ao fundo. Quando voltamos à tona, gritei por socorro e já então o que eu queria a todo o transe era me desvencilhar do menino e salvar a pele. Feio, não? Para encurtar a história, se não fosse um americano grandalhão e ruivo, que surgiu não sei de onde e nos puxou para a praia, teríamos os dois morrido afogados... O que eu tinha querido que fosse uma cena sublime se transformou apenas numa comédia grotesca. Que me dizes?

— Digo que quando ouviste o grito do menino, sentiste de novo no rabo o pontapé de teu pai, que gritava: "Vai, covarde!".

Floriano sacode negativamente a cabeça.

— Não. Agora quem está simplificando és tu. Claro que sinto até hoje no traseiro e no amor-próprio a marca daquele pontapé. Mas o que me levou a salvar o menino, além dum gesto natural de solidariedade humana, esse impulso que nos faz às vezes acreditar na nobreza do bicho-homem, foi o chamado, o apelo de todos os heróis da minha mitologia particular, que nasceram no menino e continuaram, em menor ou maior grau, no homem adulto. A voz que ouvi naquele instante, a voz que me incitou foi talvez a de Tom Mix... a de Eddie Polo... a do Herói de Quinze Anos... a de Miguel Strogoff... e quem sabe? do general Osório, de André Vidal de Negreiros...

Por alguns instantes, ficam ambos em silêncio, observando uma criança de seus três anos que se aproxima da fonte, põe-se na ponta dos pés e procura mergulhar os dedinhos n'água.

— Sai daí, porqueira! — grita-lhe a mulata gorda que a segue, evidentemente a sua babá. A criança deita a correr, tropeça, cai e abre o berreiro. A criada ergue-a nos braços e se vai com ela ao longo de um dos passeios.

— No dia em que tiveres com o Velho "a grande conversa", não poderás esquecer essa luz nova que o Tio Bicho lançou cinicamente sobre o drama do quartel. *Não atiraste no Quaresma porque naquele momento desejaste inconscientemente a morte de teu pai.* — Bandeira volta a cabeça para o amigo. — Terás caracu para dizer isso ao teu Velho?

Floriano encolhe os ombros.

— E se disser, que é que se ganha com isso?

— Pois, meu caro, se queres mesmo acabar de nascer tens de encarar com coragem *todos* os dados de teu problema com o marido da tua mãe. Será interessante observar as reações dele. Não negarás que o doutor Rodrigo é um homem inteligente e de coragem. E depois, se ele se sentiu com o direito de te insultar e agredir fisicamente naquela noite, por que não hás de ter agora o direito de dizer-lhe *tudo* quanto pensas sobre o assunto?

Ficam ambos em silêncio por alguns instantes. Um cachorro de pelo negro e lustroso passa pela frente do banco e em seguida se atufa nas hortênsias dum canteiro.

— Ah! — faz Floriano, como quem se lembra de repente de alguma coisa. — Nenhum dos cronistas que escreveram sobre a Revolução de 30 em Santa Fé mencionou, que eu saiba, uma personagem cuja presença dramática perturbou os dias de exaltação patrioteira e preparativos bélicos que vieram depois da noite de 3 de outubro...

— A quem te referes?

— Ao Retirante, o pastor alemão do tenente Quaresma.

— Sim, me lembro.

— No momento em que os sargentos estavam liquidando o seu amo a balaços, o animal encontrava-se fechado na sala da guarda, ganindo, batendo freneticamente com as patas na porta, como se soubesse do que estava acontecendo. Só o soltaram horas depois, quando já tinham sepultado o tenente. O cachorro saltou para fora, farejou o chão bem no lugar em que o Bernardo caíra e depois saiu a uivar e a procurar o dono por todas as dependências do quartel...

— Francamente, não fiquei sabendo de nada disso, pois durante aqueles dias "heroicos" permaneci fechado em casa, neutro, com meus peixes e meus livros.

— Pois bem. Depois de varejar todo o quartel sem encontrar o que procurava, o Retirante desceu para a cidade, entrou na pensão onde Quaresma se hospedava, foi direito ao quarto dele, depois saiu pela casa a choramingar, a olhar para as criadas e para os hóspedes, com olhos tristonhos, como a pedir-lhes notícias do amo.

Floriano ergue-se e planta-se na frente de Bandeira.

— Às duas da tarde, irrompeu no Clube Comercial, entrou na sala de bilhar onde àquela hora o tenente Bernardo costumava jogar, e ali ficou rondando as mesas, farejando o ar, esfregando-se nos jogadores, ganindo... E sabes aonde foi depois? Ao Sobrado. Encontrou a porta aberta, entrou e enveredou para o escritório, onde papai estava mexendo nuns papéis. Ao ver o animal, o Velho empalideceu, como se tivesse visto fantasma. O Retirante aproximou-se dele, lambeu-lhe as mãos. Papai recuou. "Tirem este animal daqui!" Ergueu-se, saiu perturbado da sala e foi fechar-se no quarto. O cachorro andou pela casa toda, com os olhos embaciados de tristeza, e finalmente tornou a sair... É muito difícil separar a verdade da fantasia em tudo quanto se contou a respeito do Retirante nos três dias seguintes...

— Como?

— A cidade inteira começou a sentir a presença incômoda do animal, como a duma espécie de consciência viva. O Retirante parecia estar pedindo contas à população pelo assassínio de seu amo. Recusava o alimento que lhe davam, esquivava-se a todas as carícias. À noite era visto vagueando nas ruas. E começaram então os boatos. Dizia-se que passava horas no cemitério, deitado em cima da sepultura do tenente Quaresma; e que um dia se pôs a cavar a terra como se quisesse desenterrar o amo... Contava-se também que o lobo que morava dentro dele tinha vindo à tona. Mordeu a mão dum soldado que tentou alisar-lhe o pelo. As crianças fugiam dele apavoradas. Quando o encontravam na rua, os homens levavam a mão ao revólver... Uma manhã correu pela cidade a notícia de que o Retirante havia sido morto a tiros durante a noite por guardas da Polícia Municipal. Pura invenção. À tarde o cachorro tornou a aparecer, entrou de novo no clube, rondou a sala de bilhar. Um dos jogadores, assustado, bateu nele com um taco... Uma noite, muito tarde, estava eu lendo na mansarda quando ouvi uns ganidos que pareciam vir de muito perto. Fui até a janela e avistei o Retirante caminhando dum lado para outro, na frente do Sobrado, o focinho erguido, soltando uns uivos tão tristes, que chegavam a me dar calafrios. Sabes de quem me lembrei? Do mastim dos Baskervilles. Lá em casa, na cozinha já se murmurava que o Retirante tinha virado lobisomem. Um dia a Laurinda ameaçou a Bibi: "Se tu não come direito, eu chamo o Retirante". Ouvi dizer que houve uma reunião especial na Intendência (imagina!) para decidirem que fazer com o animal. Porque o Retirante se havia transformado num problema municipal, numa ameaça pública. Meu pai absteve-se de dar qualquer opinião. Mas os outros próceres (acho que essa é a palavra que *A Voz da Serra* costuma usar para esses "pilares da sociedade"), os outros próceres chegaram à conclusão de que a solução mais prática e ao mesmo tempo mais "humana" era dar ao cachorro um pedaço de carne envenenada. Por que não um tiro na cabeça? — propôs alguém. O doutor Terêncio Prates, homem civilizado, achou que o melhor seria prender o "cão fantasma", levá-lo para muito longe e abandoná-lo em pleno campo. Foi então que o velho Babalo, que havia comparecido à reunião sem ter sido convidado, pediu a palavra e disse simplesmente: "Deixem que eu resolvo a questão". E resolveu mesmo.

— De que maneira?
— Tive a sorte de ver a grande cena.
— Sempre da janela da mansarda?
— Era exatamente onde eu estava. Tu te ris porque dou a impressão de que sempre via o mundo do alto da minha janela de solitário. Corri mesmo o risco de passar o resto da vida como um observador remoto e desligado, que olha a Terra dum outro planeta. Pois bem. Eu estava uma tarde sentado no peitoril da janela da mansarda, quando vi empregados da limpeza pública tentando cercar o Retirante no redondel da praça. De repente surgiu em cena o velho Aderbal, que disse alguma coisa aos mata-cachorros e depois se aproximou do animal lentamente, com seu eterno crioulo entre os dentes. O Retirante primeiro fez menção de fugir. Tinha o corpo retesado, uma das patas dianteiras meio erguida... O velho se acercava cada vez mais dele. Por fim acocorou-se a seu lado, afagou-lhe a cabeça e pareceu segregar-lhe qualquer coisa ao ouvido. De onde estava pude ver ou *sentir* que os músculos do Retirante se relaxavam. Um minuto mais tarde, o animal começou a sacudir o rabo alegremente. O velho Babalo fez um sinal para os empregados da Intendência: que fossem embora, pois o problema estava resolvido. Os homens obedeceram. Vovô ergueu-se, bateu a pedra do isqueiro para reacender o cigarro, tudo isso com uma grande calma, e a seguir, sem olhar para trás, pôs-se a caminhar... O cachorro por alguns segundos ficou onde estava, mas depois saiu atrás do velho. No dia seguinte, ficamos todos sabendo que o Retirante estava já integrado na vida do Sutil.

Tio Bicho sorri.

— É curioso — diz. — Acho que teu espírito sempre viveu e ainda vive a oscilar entre dois polos opostos, fascinado igualmente por ambos: teu avô Aderbal, cruza de Mahatma Gandhi e são Francisco de Assis, e teu tio Toríbio, aventureiro e espadachim. — Mudando de tom, acrescenta: — Olha só quem lá vai...

Floriano segue a direção do olhar do amigo e avista Arão Stein, que atravessa o redondel, por trás da fonte. Sai a caminhar acelerado na direção do judeu, gritando:

— Stein! Stein!

O outro volta a cabeça mas não para; pelo contrário: estuga o passo, como a fugir. Floriano, porém, alcança-o e toma-lhe afetuosamente do braço:

— Homem! Parece mentira. Faz mais de um mês que cheguei a Santa Fé e ainda não tinha te visto. Onde andas metido?

— Ah! — Stein entrega-lhe uma mão mole, suada e fria. — Como vais?

A luz duma lâmpada cai em cheio sobre ele. Floriano pode agora ver-lhe claramente as feições. Acha-o extremamente envelhecido. Nas faces lívidas, cresce uma barba de três dias, em que pelos brancos e ruivos se misturam. O chapéu de feltro negro, muito enterrado na cabeça, a cabeleira crescida a cobrir-lhe as orelhas e a cair sobre a gola do casaco, e mais esta roupa negra e sebosa — tudo contribui para dar-lhe o aspecto furtivo de um judeu ortodoxo, desses que nas ruas de Jerusalém fogem dos turistas no santo horror de serem fotografados. E o que mais impressiona Floriano é a expressão dos olhos do amigo: metidos no fundo de órbitas profundas e ossudas, têm um brilho de insânia, mexem-se assustados dum lado para outro.

— Quando vais aparecer no Sobrado? Papai tem perguntado por ti.

— Qualquer dia... qualquer dia — responde o outro, evasivo. Fala baixo, sempre a olhar inquieto dum lado para outro.

— Mas que é que há contigo?

— Eles não me deixam em paz. Vivem me seguindo.

— Eles quem, criatura?

— Querem destruir minha folha de serviços, querem me desmoralizar perante os outros camaradas. Recorrem a todas as infâmias. Tu sabes que fiz sacrifícios pelo Partido. Mas eles exigem a minha cabeça. Não descansarão enquanto não me liquidarem.

Vem de Stein um cheiro de suor rançoso — juros de suores antigos que acabaram capitalizados.

Floriano faz um sinal na direção do banco.

— Não vais falar com o teu velho amigo Bandeira?

— O Bandeira não é mais meu amigo. Está envenenado contra mim. No fundo também acha que estou vendido aos americanos. Mas tu me conheces, Floriano, sabes da minha fé de ofício. Dei meu sangue pelo Partido. Fui ferido na Guerra Civil Espanhola. — Abre a camisa, obriga Floriano a apalpar com o dedo a cicatriz que tem no peito. — Estás vendo? Estilhaço de granada. Estive à morte. Tudo isso eles querem destruir.

Stein aproxima-se mais do amigo e murmura:

— Se o Eduardo te contar alguma coisa a meu respeito, não acredites. É mentira. Ele também está envenenado. Tudo que dizem são infâmias.

— Claro, homem, claro.

— Bom, tenho que ir... Qualquer dia nos vemos. Mas precisamos descobrir um lugar escondido pra conversar. A cidade está minada de espiões. Querem a minha cabeça.

Stein ergue a gola do casaco e acrescenta:

— Estou entre muitos fogos. Os capitalistas me odeiam porque sou marxista. Os da minha raça me desprezam porque sou um renegado. Os comunistas me perseguem porque inventaram que atraiçoei o Partido. Me chamam de Judas Iscariotes. Dizem que vendi minha consciência por trinta moedas de prata aos banqueiros da Wall Street. Tu sabes que não sou Judas. Então passe bem! Não sou Judas, fica tu sabendo. Não sou.

Outra vez a mão viscosa. Stein faz meia-volta e se vai. Floriano torna ao banco.

— Compreendeste agora? — pergunta Tio Bicho. — Outro dia te expliquei a situação do Stein e achaste que eu estava exagerando. Não se trata duma simples neurose, mas já duma psicose. O Stein já morou na minha casa, comeu na minha mesa e agora não me olha nem fala comigo...

— É incrível como esse homem mudou. Está uma ruína.

— Eu vivo dizendo... Comunismo é religião. Já trataste com padre que abandonou o sacerdócio? Fica com a marca da batina para o resto da vida, jamais encontra completa paz de espírito. Assim é o comunista. Uma vez fora do Partido, porque perdeu a fé ou porque foi expulso, porta-se exatamente como um *défroqué*.

— Mas que foi que aconteceu com o Stein? Parecia um comunista exemplar.

— E era. Lá por volta de 43, discordou do Comitê Central e parece que manifestou publicamente sua discordância. Exigiram dele uma autocrítica, mas o nosso amigo se recusou, pois acha que nunca se desviou da mais pura linha marxista-leninista. Foi tachado de trotskista e expulso do Partido. A princípio recebeu o golpe de cabeça erguida, mas aos poucos foi se entregando ao desespero... até ficar reduzido ao que acabas de ver.

— E que é que a gente pode fazer por ele?

— Já fiz a mim mesmo essa pergunta, muitas vezes. Mas não encontrei resposta. Talvez tu consigas descobrir uma...

* * *

Quando Floriano e Bandeira entram no Sobrado, o relógio de pêndulo está terminando de bater as nove horas. Encontram no vestíbulo o dr. Dante Camerino, que acaba de descer do quarto de Rodrigo.

— Hoje o nosso doente está bem-disposto... — diz ele, apanhando o chapéu e preparando-se para sair. — O doutor Terêncio está lá em cima, e quando saí tinham começado a discutir política. Vou pedir uma coisa a vocês. Não deixem o doutor Rodrigo falar demais nem se excitar. E por amor de Deus não lhe deem cigarros, nem que ele ameace vocês com uma pistola. E façam o possível para o doutor Terêncio ir embora antes das onze. Teu pai anda dormindo pouco, Floriano.

Rodrigo recebe-os com alegria:

— Puxa! Até que enfim vocês me aparecem. Pensei que não viessem mais. — Segura o número do *Correio do Povo* que está sobre um dos braços da poltrona. — Eu não disse? De acordo com os últimos resultados, já se pode afirmar que o general Dutra está eleito, e por uma margem larga. E o Getulio também, por mais de um estado!

Depois de roncar um cumprimento na direção do dr. Terêncio Prates, que lhe responde com um vago aceno de cabeça, Tio Bicho vai sentar-se no lugar de costume, ao passo que Floriano fica a andar lentamente ao redor do quarto.

— E essa vitória — acrescenta o dono da casa — deve-se exclusivamente ao apoio que o Getulio deu ao general.

Repoltreado na cadeira, as mãos trançadas sobre o ventre, Roque Bandeira cantarola: *Parabéns, ó brasileiros, já com garbo varonil.* Floriano olha de soslaio para Terêncio, e mais uma vez compreende o quanto deve ser difícil para esse estancieiro letrado e com pretensões de aristocrata suportar as gaiatices e irreverências do Tio Bicho. Trigueiro, as têmporas grisalhas, bem vestido e bem sentado — o chefe do clã dos Prates de Santa Fé evita olhar de frente para o gordo filósofo.

— Quero mostrar a vocês um documento histórico precioso que encontrei hoje numa gaveta — diz Rodrigo, tirando do bolso da camisa um pequeno instantâneo fotográfico e entregando-o ao filho.

Floriano sorri, vendo na foto três gaúchos — chapelões de abas largas com barbicacho, lenços vermelhos, bombachas, botas e esporas — postados à frente do obelisco da avenida Rio Branco e cercados de curiosos.

— Reconheces os heróis?
— Claro. O Neco, o Chiru e o Liroca.

— Queriam por força amarrar os cavalos no obelisco — sorri Rodrigo. — Diziam que era um compromisso sagrado. Não foi fácil tirar a ideia da cabeça deles... Me deram um trabalho danado.

— Mas afinal de contas — pergunta Bandeira — amarrar nossos cavalos no obelisco não foi o objetivo principal da Revolução de 30?

— Não me venhas com as tuas ironias — repreende-o Rodrigo.

— Quer dizer então que o movimento tinha mesmo um conteúdo ideológico?

— Tu sabes que tinha, não te faças de tolo.

Terêncio olha para Rodrigo:

— Confesso que por algum tempo andei iludido, mas ao cabo do primeiro ano de governo provisório compreendi que a revolução tinha sido traída e que todo o sacrifício havia sido inútil. O que se viu foi apenas uma mudança de homens... e para pior.

— Vocês estão todos errados! — exclama Rodrigo.

Terêncio descruza e torna a cruzar as pernas, com um grande cuidado para não desmanchar o friso das calças. A um movimento de seus braços, os miúdos rubis de suas abotoaduras de punho faíscam. E ele sorri um meio sorriso que lhe põe à mostra um canino cor de marfim velho.

— O Rodrigo naturalmente vai defender o amigo...

— O Getulio não precisa de defensores — replica o senhor do Sobrado —, mesmo porque não me consta que ele esteja no banco dos réus...

Floriano sabe que agora vai seguir-se, como de costume, uma longa e franca discussão em torno da personalidade do ex-ditador. Terêncio, hoje um dos mais assíduos frequentadores dos serões do Sobrado, parece ter um prazer todo particular em atacar Getulio Vargas, para provocar e irritar Rodrigo. E Floriano sente fortalecer-se cada vez mais a sua desconfiança de que o estancieiro-sociólogo alimenta uma secreta malquerença com relação a Rodrigo Cambará, uma birra antiga que este lhe retribui com a mesma intensidade.

É curioso — reflete — como um certo tipo de desamor pode manter duas pessoas unidas com uma força quase tão grande quanto a do amor.

— Não compreendo como possas inocentar o teu amigo — diz Terêncio. — Afinal de contas, ele teve nas mãos o poder discricionário pelo menos durante dez anos. Se não é responsável pela situação em que o país se encontra, então não sei quem será...

Junto a uma das janelas, Floriano fica a examinar disfarçadamente o rosto do pai, em cujos olhos descobre esta noite um brilho quase juvenil. Possivelmente Sônia Fraga tornou a passar à tardinha pela frente do Sobrado...

— Vocês querem transformar o meu amigo em bode expiatório...
— A verdade — insiste Terêncio — é que fizemos a revolução para apear do poder um presidente autoritário que queria influir na escolha de seu sucessor. Levamos para o governo um homem que se transformou num ditador e que nem sequer admitiu a possibilidade de ter sucessores. É ou não é um contrassenso?

Tio Bicho chama o enfermeiro, pede-lhe uma dose de sal de frutas em meio copo d'água e, depois de beber o remédio, de soltar um arroto e de pedir desculpas aos presentes, diz:

— A personalidade do doutor Getulio me fascina. O homenzinho está longe de ser simples. Tem vários Getulinhos por dentro. É como essas caixas que encerram outra caixa menor, que por sua vez contém outra e assim por diante até a última...

— Que está vazia... — completa Terêncio. — Como o Dom Quixote, o doutor Getulio beneficia-se das interpretações da crítica. Mas ao contrário da grande obra de Cervantes, ele não passa dum vácuo sorridente, que seus intérpretes enchem dos atributos mais variados e contraditórios, ao sabor de sua fantasia. Não foi o Getulio que disse: "Prefiro que me interpretem a explicar-me?".

— Sei de mil frases atribuídas ao meu querido amigo, mas que na realidade ele nunca pronunciou — replica Rodrigo.

— Mas quando eram frases de espírito ou de alguma sabedoria — intervém Tio Bicho — ele as adotava como suas.

Por um instante, Rodrigo esquece a discussão para concentrar-se na imagem de Sônia, que agora lhe ocupa a mente. Recorda com esquisito prazer mesclado de tristeza as palavras do bilhete que Neco lhe entregou esta manhã.

Meu amor. Estou morrendo de saudade. Quando é que esta tortura vai acabar? Sonho todas as noites que estou nos teus braços. Será que tua saúde não te permite voltares para o Rio, onde temos o nosso ninho? Não suporto mais a separação. Beijos, beijos, beijos da sempre tua S.

Terêncio Prates está com a palavra:
— Tudo nele é mediano, medíocre. Jamais teve o pitoresco dum Flores da Cunha, o brilho dum Oswaldo Aranha, a eloquência dum João

Neves. Não se lhe conhece nenhum gesto desprendido, nenhum impulso apaixonado. É um homem frio, reservado, cauteloso, impessoal. Seu estilo literário é vago e incaracterístico. Seu físico não impressiona.

Rodrigo limita-se a sorrir e a sacudir a cabeça, como quem diz: "Esse Terêncio não tem jeito...".

— Examinemos a carreira desse favorito dos deuses — prossegue o estancieiro. — Foi escolhido para sucessor do doutor Borges de Medeiros entre três candidatos papáveis, não porque fosse o melhor dos três, mas sim porque entre eles era o único que não frequentava o Clube dos Caçadores, centro de jogatina e prostituição elegante, que o doutor Medeiros, homem austero, naturalmente não via com bons olhos...

— Isso tudo é lenda! — exclama Rodrigo.

— Washington Luís, que queria comprar a simpatia e o apoio do Rio Grande, convidou o nosso Getulio para a pasta da Fazenda, apesar de saber que o homenzinho de São Borja não entendia nada de economia ou de finanças. E durante o tempo em que foi ministro, Getulio teve a oportunidade de manifestar-se publicamente contra a anistia e o voto secreto, pontos que viria a incluir mais tarde na sua plataforma de candidato da Aliança Liberal.

— No entanto — interrompe-o Rodrigo —, depois de eleito presidente do Rio Grande, quando o doutor Borges de Medeiros lhe apresentou uma lista de sugestões para a formação de seu secretariado, o Getulio teve um belo gesto de independência, dizendo: "Já convidei meus secretários. E todos aceitaram".

Terêncio quer retomar o discurso, mas Rodrigo fala mais alto:

— Depois de assumir o poder, transforma por completo a vida política e social do Rio Grande. É preciso que vocês não esqueçam isso. Pela primeira vez na história de nosso estado, as vitórias eleitorais da oposição eram reconhecidas. Getulio governou com imparcialidade, à revelia de seu partido. Chegou ao extremo de nomear para postos importantes adversários políticos, libertadores e gasparistas. Era um vento novo e sadio a soprar sobre as coxilhas. A coisa era tão "subversiva" e inesperada, que chegou a causar uma espécie de pânico entre a velha guarda republicana. Se isso não é ter personalidade, então não sei mais nada...

— Ora — replica Terêncio —, Getulio fez todas essas coisas com um olho frio e calculista na presidência da República, esperando congregar republicanos e maragatos num bloco unido que amparasse sua candidatura.

— E quem o pode censurar por isso? — pergunta Rodrigo, inclinando o busto para a frente. — Já viste alguém ganhar eleição sem votos? E o que importa, Terêncio, é que a situação do Rio Grande melhorou. Todos aqueles intendentes e delegados de polícia façanhudos e bandidotes que, à sombra da indiferença ou da cegueira do borgismo, viviam fraudando eleições, espaldeirando e assassinando membros da oposição, todos esses cafajestes se aplacaram... ou foram destituídos de seus postos. Com o governo de Vargas, começou o declínio do caudilhismo e do banditismo oficial no nosso estado.

— Mas não se esqueça — intervém Floriano — que nada disso teria sido possível sem a Revolução de 23.

— Como é que vou esquecer essa revolução, menino, se andei metido nela?

Terêncio olha para Floriano e diz:

— Em maio de 1929, quando o João Neves já havia iniciado na Câmara Federal um movimento em favor dum candidato gaúcho (que seria naturalmente o Getulio, pois era sabido que o velho Borges não aceitava a própria candidatura), o amigo do Rodrigo escreveu secretamente a Washington Luís uma carta que é um primor de insídia e duplicidade. Dizia que estava fechado a qualquer manifestação sobre a sucessão presidencial, para que o senhor presidente da República ficasse com a livre iniciativa quanto ao assunto, quando achasse oportuno. Há um trecho dessa carta que vale como uma frecha envenenada dirigida contra o João Neves, seu amigo, seu colega, líder da bancada de seu partido na Câmara. É o em que Getulio se refere às *intromissões dos mestres de obras feitas, farejadores de candidatos ou pretendidos precursores que queiram jogar com o nome e o prestígio do Rio Grande, inculcando-se mais tarde ao prêmio das recompensas pessoais.*

Rodrigo sorri, abre os braços e exclama:

— Que queres? O Getulio não tinha autorizado ninguém a propor candidaturas em seu nome ou em nome do Rio Grande.

— A carta getuliana — continua Terêncio — dizia também claramente que o presidente da República podia ficar certo de que o Partido Republicano Rio-Grandense não lhe faltaria com o apoio no momento preciso. E coisa não ficou apenas nisso. Getulio encarregou o doutor Paim Filho a tomar na Câmara Federal uma posição de combate a João Neves.

— Vocês falam do Getulio como se ele fosse o único político do mundo a usar de artimanhas. Quantas cartas piores que essas que mencionaste existem na nossa vida política mas nunca foram divulgadas? O Washington Luís, despeitado ao saber mais tarde que o Getulio havia aceito a indicação de seu nome para a sucessão presidencial, mandou publicar a famosa carta de maio de 1929, por um mesquinho espírito de vingança, para indispor seu signatário com amigos e aliados.

Tio Bicho, as mãos sempre trançadas sobre o ventre que repetidos borborigmos agitam, lança um olhar oblíquo na direção de Terêncio. Floriano sabe que Roque sente prazer em contrariar o estancieiro. Esta trégua agora se deve ao fato de que, com relação à personalidade que se discute, as ideias de ambos coincidem em muitos pontos.

Os olhos de Terêncio brilham duma estranha luz — um "rancor esverdeado", pensa Floriano — quando ele retoma a palavra:

— O Washington Luís queria transferir para setembro de 1929 a discussão do problema da sucessão, mas todo o mundo sabia que ele já escolhera como seu sucessor o Júlio Prestes, quebrando a velha norma de fazer que um paulista fosse sucedido na presidência por um mineiro. Ficou também claro desde o princípio do ano que o estado de Minas Gerais estava decidido a opor-se à candidatura oficial. Assim os mineiros fizeram uma consulta ao nosso Maquiavel guasca, que lhes respondeu contando das boas relações que o Rio Grande mantinha com o presidente da República... Em suma, foi uma resposta sutil em que não se comprometia com a gente da montanha mas também não a desencorajava.

— Vocês têm uma memória safadamente parcial — atalha-o Rodrigo. — Só se lembram do que lhes convém. Esquecem, por exemplo, que o doutor Borges, o Flores e o Aranha (estes dois últimos chegadíssimos ao situacionismo paulista) buscaram até a última hora um acordo com o governo federal. E que o Getulio em certa altura da campanha declarou claramente que a Aliança Liberal não estava subordinada a homens, mas a ideias. E que se Júlio Prestes aceitasse o programa da Aliança no todo ou em parte, ele, Getulio Vargas, estaria disposto a abrir mão de sua candidatura.

Sem tomar conhecimento da interrupção, Terêncio prossegue:

— Em junho de 29, João Neves encontra-se no Rio a portas fechadas com emissários de Minas, que lhe declaram estarem dispostos a aceitar um candidato gaúcho, caso o Rio Grande decidisse entrar na luta eleitoral. Foi o próprio João Neves quem me contou a história desse "salto no escuro". Quando os mineiros lhe perguntaram se ele estava autorizado a firmar naquele momento um pacto de aliança entre seu estado e o de Minas Gerais, respondeu que sim, sem hesitar. Seu raciocínio foi este: não havia tempo de consultar o chefe de seu partido. Se não assinasse o documento imediatamente, deitaria a perder a grande oportunidade de levar um gaúcho à presidência, pois os mineiros ficariam desconfiados ante qualquer indecisão... Se assinasse o pacto e depois o doutor Borges de Medeiros não o aprovasse, ele, João Neves, seria o único sacrificado.

— No lugar dele eu teria feito o mesmo — diz Rodrigo. — Mas tudo isso é história antiga e sabida.

— E qual foi a atitude do Getulio ao ter conhecimento do compromisso? Ficou irritado, pois o pacto o obrigava a abandonar a sua trincheira de silêncio. Mesmo assim se conservou mudo por algum tempo, sempre na esperança de que Papai Washington acabasse escolhendo o filhinho obediente para seu sucessor. E como resultado dessa indecisão getuliana, João Neves por algum tempo teve de suportar os olhares desconfiados dos mineiros.

— Não te impressiones — sorri Rodrigo. — O nosso tribuno vingou-se mais tarde de tudo isso escrevendo o "Acuso".

— Ante a pressão dos acontecimentos e do silêncio de Washington Luís quanto à sucessão, o doutor Getulio Vargas não teve outro remédio senão aceitar a sua candidatura oposicionista. E aqui é aonde quero chegar. Foi empurrado pelo João Neves para a Aliança Liberal assim como mais tarde seria empurrado pelo Oswaldo Aranha para a Revolução.

— Afinal de contas — pergunta Rodrigo —, de que pecado acusas o Getulio? De não ter a simpatia de bom moço, a palavra brilhante, a rica fantasia do Oswaldo Aranha? Ou as atitudes de espadachim e os impulsos epileptiformes do Flores da Cunha? Discípulo de Castilhos, Getulio foi sempre o homem da ordem. Não queria lançar o Rio Grande numa luta perigosa. E depois, falemos com toda a franqueza, não conheço ninguém dotado dum amor-próprio mais acentuado que o dele. É natural que tenha sempre procurado evitar situações constrangedoras ou desmoralizadoras para seus brios de homem. Pode alguém censurá-lo por isso?

— O que ele queria com suas negociações por baixo do poncho — insiste Terêncio, inflexível — era, repito, inculcar-se como candidato oficial. Lutou por isso até a última hora, à revelia de amigos e correligionários. Em 1930, já havia começado o tiroteio da revolução e ele se encontrava no Palácio, seguindo em calma a sua rotina, como se nada de anormal estivesse acontecendo...

Com os olhos enevoados de sono, a voz pastosa, Tio Bicho conta:

— Sei duma historiazinha pouco divulgada que ilustra muito bem o caráter do amigo do doutor Rodrigo. Na tarde de 3 de outubro de 1930, no momento exato em que Flores da Cunha, Oswaldo Aranha e um punhado de paisanos e elementos da Guarda Civil atacavam de peito descoberto o Quartel-General da Região, uma dama, esposa de um dos líderes que naquela hora arriscavam a vida no assalto, entrou no gabinete de Getulio Vargas, no Palácio do Governo, e encontrou o nosso homem fumando serenamente um charuto e brincando com o seu angorá branco. Indignada diante daquela atitude de indiferença, explodiu: "O senhor já pensou, doutor Getulio, que se essa revolução fracassar estamos todos perdidos?". Ele ergueu os olhos plácidos para a dama e respondeu sem altear a voz: "Já. Tanto pensei, que trago aqui no bolso um revólver. Vivo, eles não me pegam".

— O Getulio não é homem de suicidar-se! — exclama Terêncio. — Barganhará com a morte até o fim, como tem barganhado com os homens e com a vida.

Rodrigo franze o cenho. Nunca ouviu a história que Bandeira acaba de contar, mas ela lhe evoca um fato que muito o impressionou, ocorrido em 1932, quando parecia que a revolução paulista ia alastrar-se vitoriosa por todo o país. Nos corredores do Catete, correu um dia o boato de que, para evitar a continuação da luta fratricida, os generais iam intimar Getulio Vargas a abandonar o governo. Estava ele, Rodrigo, com Getulio no seu gabinete, quando Góes Monteiro entrou para explicar ao presidente que o movimento de tropas da guarnição do Rio, que motivara o boato, fora autorizado por ele próprio, e que a história do ultimato dos generais não tinha o menor fundamento. Depois que o general se retirou, Getulio voltou-se para o amigo e disse: "Se eles viessem só encontrariam o meu cadáver. Trago sempre no bolso um revólver e uma carta dirigida à Nação". Sorriu e acrescentou: "O Cardeal não me leva daqui como levou o Washington Luís".

— Tudo isso prova — continua Terêncio — que o Getulio detesta, sempre detestou a ideia de estar na oposição, sem o bafejo oficial, não por falta de coragem pessoal, que covarde ele não é, mas por uma certa preguiça mental, e pelo horror de ficar do lado que perde. Toda a sua vida revelou certa ojeriza pelos compromissos irrevogáveis, pelos gestos frontais. O homenzinho cultiva as atitudes oblíquas, influência decerto dos índios missioneiros da região onde nasceu e se criou...

Que pretensão! — pensa o dono da casa. — Que suficiência! Não sei por que estou aqui a escutar esse esnobe e não o mando àquele lugar...

Rodrigo já descobriu que sente uma certa volúpia em procurar argumentos para rebater os ataques que em sua presença se fazem ao homem de quem se considera amigo e que, a despeito dum convívio de quinze anos (convívio sem intimidade, pois quem neste mundo ou no outro é íntimo de Getulio Vargas?), ele ainda não conhece direito. É a volúpia do bom jogador de xadrez diante dum lance complicado, a do verdadeiro alpinista ante uma montanha difícil de escalar ou, melhor ainda, a do advogado que entra num júri para defender um réu a quem ama mas que não só se recusa a lhe fornecer elementos para sua defesa como também parece comprazer-se em irritar e provocar o juiz e os jurados com seu silêncio, seu sorriso e sua indiferença.

Neste mesmo momento, Floriano, que continua seu lento passeio pelo quarto, pensa: "Alguém poderá algum dia dizer a última palavra sobre Getulio Vargas? Ou sobre quem quer que seja? Pode uma personalidade ser descrita em termos verbais? Impossível. E toda a confusão vem disso. Julgado através de seus atos e ditos, no mundo bidimensional e preto e branco das notícias de jornal, o homem pode parecer alternadamente um santo e um demônio, um herói e um bandido, um estadista sério e um pândego. O antigetulismo, como o getulismo, converteu-se hoje numa espécie de neurose coletiva. Mas até que ponto meu pai estará convencido da verdade das coisas que diz em defesa de Getulio? Mas que é a verdade? Talvez o Velho tenha assumido a posição incondicional de amigo e mandado a verdade às favas. O que não deixa de ser uma atitude simpática. E um jeito de defender-se a si mesmo".

— Ó Terêncio — pergunta Rodrigo —, que foi que o Getulio te fez? Que reivindicação ou pedido teu ele deixou de atender? Sim, porque essa tua má vontade para com ele não pode ser gratuita ou puramente acadêmica.

A tez do rosto de Terêncio se faz duma cor de tijolo, os músculos de sua face se retesam, os olhos se apertam, e é com voz engasgada que ele responde:

— Nunca pedi favores ao ditador, tu sabes muito bem. Mas vou te dizer qual é a queixa que não só eu mas milhões de brasileiros têm do Getulio: Ele traiu a Revolução.

Rodrigo solta uma risada e ao mesmo tempo dá uma palmada no braço da poltrona.

— Que estranho tipo de sociologia — indaga ele com uma ponta de ironia na voz — me andaste aprendendo lá pela Sorbonne? Será que teus mestres te ensinaram que um único homem tem o poder de mudar o curso da história dum povo? Ou que um presidente ou mesmo um ditador pode ser responsável por tudo, mas tudo quanto acontece em todo o território que governa? Pelas secas, pelas chuvas, pelas safras, pelos terremotos, pelos humores e maquinações da oposição, pelas oscilações do câmbio? E que me dizes de seus ministros? E dos seus secretários? E dos amigos e parentes que usam seu nome em vão ou, pior ainda, com propósitos interesseiros?

Tio Bicho solta a sua risadinha de batráquio.

— O engraçado — diz ele — é que, quando se trata de enumerar os aspectos positivos da era getuliana, o nosso caro anfitrião dá todo o crédito ao doutor Getulio...

Rodrigo olha fixamente para Bandeira, muito sério.

— Queres saber duma coisa? Vai-te à merda!

O palavrão tem a virtude de aliviar a tensão do ambiente. Tio Bicho e Floriano desatam a rir. Terêncio, apesar de seu horror aos "nomes feios" e às atitudes deselegantes, não consegue reprimir um sorriso. Rodrigo aproveita a trégua para mandar vir bebidas.

Erotildes entra, trazendo numa das mãos uma bandeja cheia de garrafas e copos, e na outra, um balde com gelo.

— Para que tanto gelo? — pergunta o patrão. — A cerveja não está gelada?

— A Frigidaire anda meio encrencada — explica o enfermeiro.

Tio Bicho, que à vista das bebidas despertou por completo, apossa-se duma garrafa de cerveja e dum copo. Terêncio e Floriano servem-se de água mineral.

Erotildes vai passar de largo pelo amo, quando este o interpela:

— Epa! E eu?

O enfermeiro lança um olhar para Floriano, como a pedir-lhe socorro. Rodrigo, porém, puxa-o pela aba da bata e obriga-o a dar-lhe um copo de cerveja, com muito gelo.

— O senhor não devia... — começa o filho.

— Não me amoles! A um moribundo não se nega nada. Algum de vocês ainda tem dúvida? Estou condenado. É questão de tempo. A troco de quê vou me privar das coisas que gosto?

— É que...
— Me dá um cigarro, Roque.

Tio Bicho hesita mas, a um olhar do senhor do Sobrado, encolhe os ombros, mete a mão no bolso, tira dele uma carteira de cigarros e apresenta-a ao amigo:

— Dum condenado pra outro...
— Tu, condenado? Tens uma saúde de touro. Me dá o fogo.

Bandeira risca um fósforo e aproxima a chama do cigarro de Rodrigo, que fica por uns instantes a inalar fumaça e a expeli-la pelo nariz, olhando para o filho com um ar de desafio e alternando as tragadas com largos goles de cerveja. Os cubos de gelo produzem ao bater nas bordas do copo um ruído agradável e evocativo a seus ouvidos. (Uísque e soda, Cassino da Urca, terceira dúzia, coristas americanas de belas pernas, orgias na madrugada... Aquilo era vida!)

Podemos agora entrar noutros assuntos que irritem menos o Velho — pensa Floriano. E prepara-se para perguntar a Terêncio se tem recebido novos livros de Paris. Mas o pai se antecipa:

— Espero que vocês não presumam conhecer o Getulio melhor que eu, que vivi perto dele durante quinze anos...

Bandeira faz uma careta:

— Olhe, às vezes a gente enxerga melhor de longe.

Faz-se um silêncio ao cabo do qual, voltando-se para o filho, Rodrigo diz:

— Naturalmente estás de acordo com o Roque...
— Por que *naturalmente*? Acho seu amigo Getulio uma personalidade fascinante. Mas confesso que ainda não o decifrei direito.
— Não há nada a decifrar — resmunga Roque, cuja voz a cerveja avivou. — Getulio é uma esfinge sem segredo.
— Muitas vezes a sua força vinha da fraqueza moral dos que o cercavam... — opina Terêncio.
— Obrigado pela parte que me toca — murmura Rodrigo.
— Se vais tomar tudo que estamos dizendo pelo lado pessoal, não podemos conversar...
— Podemos. Tenho o couro grosso. Mas por que não te sentas, meu filho? Estás hoje com bicho-carpinteiro no corpo?

Floriano senta-se.

— Eu às vezes penso — diz ele — nos condutores de homens que o Rio Grande tem produzido, e em como eles se parecem em matéria de temperamento. Júlio de Castilhos gerou Borges de Medeiros, que por sua vez gerou Getulio Vargas. O que essas três figuras têm em comum, como um traço de família, é o caráter autoritário, a par duma certa frieza nas relações humanas.

— Aonde queres chegar com o paralelo? — pergunta Rodrigo.

— Há necessidade de chegar a alguma parte?

— Uma atitude tipicamente literária! Vocês caminham, falam, escrevem, tecem fantasias, ficções e hipóteses... para chegarem a parte nenhuma. Que autoridade tens para falar dum homem do qual jamais te aproximaste? Uma vez eu quis te levar ao Guanabara para jantarmos com o Getulio, tu deste uma desculpa e não foste. Era uma oportunidade para veres o homem de perto. Se tivesses chegado a conhecê-lo pessoalmente, terias sentido seu magnetismo.

— Eu acho — diz Floriano — que não podemos estudar o caráter do doutor Getulio Vargas no vácuo. É preciso colocar o homem dentro das coordenadas de tempo e espaço, numa palavra, dentro da história. E se quisermos ser mais exigentes, teremos de situá-lo não só no tempo cronológico como também no psicológico.

— Já me vens com os teus bizantinismos... — resmunga Rodrigo. — Mas continua.

Vendo três pares de olhos postos nele, Floriano sente-se tomado da inibição que sempre o assalta toda a vez que se vê como alvo único de muitas atenções.

— Não quero ser solene nem pedante — prossegue. — E devo dizer que não sou especialista no assunto. Mas acho que nosso problema ficaria mais claro se tratássemos, antes de mais nada, de estabelecer que tipo de sociedade tínhamos no Brasil por volta de 1930...

Lança para Terêncio o olhar de quem pede um aliado: "O senhor, que é doutor em sociologia, deve me ajudar". Mas lá está o estancieiro, silencioso com o ar de quem não se quer ainda comprometer. Tio Bicho parece dormitar, com o copo de cerveja apertado entre as coxas.

— Bom... — prossegue Floriano. — No Brasil as fronteiras entre as classes sociais são elásticas e imprecisas, sem a nitidez que encontramos nas velhas sociedades europeias...

Cala-se, embaraçado, com a impressão de que o truísmo que acaba de pronunciar paira por um instante no ar e depois lhe cai sobre a cabeça como cinza fria e vã. Mas é preciso ir adiante...

— A grosso modo, havia no Brasil, dentro dos quadros dum capitalismo comercial, industrial e financeiro, uma burguesia que se misturava com uma alta burguesia menos numerosa porém mais poderosa.

Ambas dependiam em maior ou menor grau de comércio exterior, e estavam perfeitamente acomodadas à situação semicolonial do país, da qual tiravam o maior proveito possível. Não sei se estou sendo claro...

— Claro, sim — opina Terêncio. — Exato... não sei.

— Bom. Essas duas classes tinham um aliado natural: a aristocracia rural, que nos tempos do Império fazia e desfazia gabinetes e que na República, através principalmente dos fazendeiros de café, continuara a exercer grande influência política e econômica. Foi com o dinheiro produzido pelo café nos seus tempos áureos que o Brasil começou a industrializar-se. E o fato de muitas vezes os capitães de indústria atribuírem nosso emperramento industrial à proteção sistemática que os governos sempre deram ao café em detrimento da indústria, não significa que tenha havido ou haja hostilidade entre fazendeiros e industriais, pois no fim de contas são todos lobos da mesma alcateia.

— Estás falando como o teu irmão comunista — observa Rodrigo.

— Tenha paciência e escute. Do outro lado, tínhamos uma pequena burguesia que cresceu depois da Primeira Guerra Mundial e que, sentindo na pele e no bolso os efeitos nefastos dos maus governos, estava ansiosa por influir na política mas que, dentro de nossa democracia defeituosa, pouco ou nada podia fazer com a única arma de que dispunha: o voto. É natural que essa pequena burguesia se sentisse mais identificada com o proletariado do que com as camadas mais altas. E esse proletariado, depois de 1930, não só aumentou como também começou a ter consciência de classe e a politizar-se, graças principalmente à ação do Partido Comunista. Há até quem afirme que, nas revoluções de 22, 24 e 26, os tenentes se fizeram, consciente ou inconscientemente, os paladinos da causa dessa pequena burguesia, na sua luta contra as oligarquias, a plutocracia e os corrilhos políticos.

Floriano olha para Terêncio, cuja expressão fisionômica agora lhe parece de ressentimento. Já observou que o estancieiro se sente lesado e até insultado toda vez que na sua presença alguém se aventura em divagações sociológicas, por mais modestas que sejam. De certo modo, ele se considera uma espécie de dono da sociologia em Santa Fé e arredores.

Floriano, um tanto perplexo ante o fato de ainda não haver sido interrompido, continua:

— Para melhor julgarmos o doutor Getulio, é necessário situá-lo dentro desse quadro que o movimento de 30 sacudiu, tumultuou, "chacoalhou", como diz o velho Liroca. Estou convencido de que não poderemos compreender os primeiros anos da era getuliana se não levarmos em conta duas poderosas correntes antagônicas, no meio das quais o destino colocou Getulio Vargas como uma espécie de quebra-mar de algodão...

— Isso! — exclama o Tio Bicho, abrindo os olhos. — E nessa qualidade absorvente de algodão residia grande parte da força e da durabilidade do homem de São Borja.

Rodrigo sacode a cabeça num acordo. Terêncio, porém, permanece numa atitude neutra.

— Dum lado — prossegue Floriano — tínhamos os líderes dos partidos que haviam formado a Aliança Liberal. Essa gente estava interessada apenas numa mudança de superfície, de natureza política, numa troca de homens, e não queria por nada deste mundo que se tocasse na estrutura econômica e social do país nem na Constituição de 91, coisas tão convenientes aos interesses das classes dominantes. O doutor Washington Luís estava deposto? Pois bem, o país devia voltar o quanto antes à normalidade. Do outro lado, agitavam-se os tenentes, jovens veteranos de três revoluções. Esses queriam antes que se convocasse uma nova Constituinte, reformas de natureza social e econômica, reformas profundas...

— Profundas demais para meu gosto... — interrompe-o Terêncio. — Vocês se lembram do programa tenentista? Falava em unificar o país e para tanto preconizava medidas que reduziam os presidentes dos estados a tristes zeros à esquerda. Queria organizar sindicatos e cooperativas de produção, promulgar leis de salário mínimo, regulamentar o trabalho das mulheres e das crianças, nacionalizar as minas, as quedas-d'água e até o comércio varejista. Eram reivindicações visivelmente inspiradas na famosa carta de Prestes, de maio de 1930. Em suma, um programa comunista.

— Os tenentes — sorri Floriano — ouviam cantar o galo mas não sabiam onde. Olhavam meio confusos ora para a direita, ora para a esquerda. Num momento pareciam comunistas e noutro, fascistas. Miguel Costa fundou em São Paulo a Legião de Outubro, com tinturas vermelhas, ao mesmo tempo que Francisco Campos criava em Minas Gerais uma outra legião com igual nome mas com camisas cáqui, nitidamente fascista...

— Legião essa — intervém Bandeira — que o ridículo felizmente matou.

— Tudo isso — continua Floriano — revelava o confusionalismo dos tenentes. Não tinham madureza política mas pareciam bem-intencionados. Pelo menos procuravam sintonizar com a hora e o mundo em que viviam.

— Claro — apoia-o Rodrigo. — Também preconizavam a federalização das polícias estaduais para cortar a asa aos caudilhos regionais e a unificação da justiça sob a égide do Supremo Tribunal Federal, o que seria um golpe de morte no coronelismo. Vocês se lembram como o corno do Madruga costumava amedrontar e até espancar juízes de comarca e promotores públicos, para conseguir deles o que queria...

— A luta entre essas duas correntes começou já no primeiro ano do Governo Provisório — prossegue Floriano. — E a maioria dos jornais, controlada pelo grupo reacionário e conservador, atacava com violência o doutor Getulio e os tenentes...

— Como era possível — pergunta Rodrigo — governar direito no meio desse caos?

Terêncio faz um gesto brusco:

— Mas se o próprio Getulio era o mais desconcertante dos fabricadores de caos! Querem loucura maior que a de nomear o capitão João Alberto interventor dum estado da importância econômica e cultural de São Paulo? E entregar os estados do Norte a uns tenentinhos que ainda cheiravam a cueiros?

Rodrigo chupa o cigarro, atira a cabeça para trás e sopra a fumaça para o ar.

— Tu te esqueces — sorri ele, com uma cordura que surpreende Floriano — que o Clube 3 de Outubro tinha uma influência extraordinária. A pressão dos tenentes era muito forte. E, o que é mais importante, Getulio simpatizava com muitas das ideias "tenentistas"...

— Eu cá tenho a minha explicação para a situação de São Paulo — diz Terêncio. — Getulio, que nunca morreu de amores pelos paulistas, tudo fez para quebrar-lhes a castanha. A nomeação de João Alberto foi uma bofetada que o ditador deu na cara do "quatrocentismo". O homenzinho não tem paixões violentas, mas costuma alimentar raivas fininhas e duradouras, o que é pior. Prefiro mil vezes os repentes do Flores da Cunha. Com ele pelo menos a gente sabe a quantas anda. O homem pode ser impulsivo e violento, mas depois de seus desabafos não guarda rancores.

Rodrigo sacode a cabeça:

— Perdeste teu tempo na Sorbonne, meu caro Terêncio, permite que te diga. Para usar uma frase do velho Fandango, os livros passaram por ti, mas tu não passaste pelos livros.

Floriano nota que Terêncio não gostou da brincadeira. Está sério, a pele do rosto esticada sobre os malares, a boca apertada. Ergue-se, dá alguns passos na direção da porta, como se fosse retirar-se, mas a meio caminho estaca e, sem olhar para o dono da casa, murmura:

— Eu preferia que não insistisses tanto no fato de eu ter feito um curso na Sorbonne. Nunca me gabei disso.

Rodrigo faz um gesto de paz.

— Homem de Deus! Ficaste zangado? Senta. És uma sensitiva e no entanto achas que os outros devem ter pele de jacaré. Não te esqueças de que o Getulio é meu amigo particular. Quando o insultas estás insultando também a mim.

— Ora, o Getulio é já uma figura histórica — replica Terêncio —, queiramos ou não. É possível falar dele com franqueza e mesmo rudeza, dum modo... digamos impessoal, como se discutíssemos uma personagem de romance.

— Está bem — sorri Rodrigo. — Sejamos impessoais e continuemos os insultos. Senta, por favor. E não esqueças que estás diante dum homem em artigo de morte. Isso não me dá certos privilégios e imunidades?

O relógio lá embaixo anuncia com um gemido metálico que são nove e meia. Tio Bicho acende um novo cigarro. Rodrigo imita-o. Floriano esboça um protesto, mas o pai imobiliza-o com um olhar. Faz-se um curto silêncio em que se ouve o latido longínquo dum cachorro. Surge a figura de Erotildes emoldurada pela porta.

— Percisa dalguma coisa, doutor?

— Preciso de mais vinte anos de vida — grita Rodrigo. — Podes me conseguir isso?

A cara do enfermeiro está vazia de qualquer expressão, e nesse vácuo sardento e oleoso os olhos claros piscam de imbecilidade.

— Traga mais cerveja — ordena o dono da casa. — Ponha mais gelo no balde. E peça a dona Sílvia que nos faça um cafezinho bem bom.

Ao ouvir o nome da cunhada, Floriano sente um rápido e cálido formigamento percorrer-lhe o lombo.

— Sabem vocês o que me disse uma vez o Getulio naqueles dias brabos da crise paulista? — torna a falar Rodrigo —, quando os "carcomidos" o pressionavam dum lado e os tenentes do outro? "Eu devia andar com um uniforme zebrado." Perguntei: Por quê, presidente? E ele: "Porque o que sou mesmo é um prisioneiro".

— O Getulio foi sempre um humorista... — murmura Terêncio.

— Ah! Isso ele é. — Rodrigo fica um instante pensativo, a sorrir para uma recordação. — Há uma história muito boa... é verídica porque eu me achava presente quando a coisa aconteceu. A crise paulista estava no auge. *O Estado de S. Paulo*, o general Isidoro e o Partido Democrático atacavam violentamente João Alberto e incitavam contra ele o ódio popular. Um dia um grupo de próceres paulistas procurou o Getulio e pediu-lhe que desse uma solução urgente ao problema, pois a coisa não podia continuar como estava. O homenzinho escutava-os em silêncio, caminhando dum lado para outro, fumando sereno o seu charuto, a cara impassível. Os paulistas continuaram a pintar o quadro com as cores mais negras. Num dado momento, julgando que Getulio não compreendia a gravidade da situação, um deles exclamou num arroubo de tragédia: "Se o capitão João Alberto não deixar a interventoria, presidente, ele será fatalmente assassinado". O Getulio parou, soprou uma baforada de fumaça e, sem alterar a voz, disse: "Olhem, aí está uma solução".

Tio Bicho desata a rir. Mas Terêncio observa, sério:

— *Humeur noire*. Não é o meu gênero.

— Qual! — exclama Rodrigo, bonachão. — No fundo tu gostas do homem. Estás na situação daquele Judeu Errante, do Machado de Assis, que julgava odiar a vida. "Ele não a odiava tanto senão porque a amava muito."

Tio Bicho levanta-se com um gemido e encaminha-se para o quarto de banho.

— Uma vez o general Góes Monteiro me disse... — principia Terêncio.

Rodrigo, porém, interrompe-o, impetuoso:

— Ora, o Góes! Que foi que esse confusionista de má morte já não disse? Vivia alarmando a nação com suas entrevistas asnáticas. Enquanto estava ao lado do Getulio, só criou dificuldades para seu governo. E no fim fez o papel de Judas, atraiçoando o homem que o havia tirado do anonimato duma Guarnição Federal em Santo Ângelo para projetá-lo numa grande posição na vida pública nacional. Ora, o Góes!

Terêncio não termina a frase. Fecha-se num silêncio ressentido.

— Vira bem esse ventilador pro meu lado, meu filho.

Floriano obedece. Rodrigo desabotoa a camisa, expondo o peito à corrente fresca que vem do aparelho. Erotildes entra com mais garrafas de cerveja e o balde de gelo.

— O calor está aumentando... — murmura Floriano, passando o lenço pelo rosto úmido de suor.

— Enfim — diz Rodrigo, tornando a encher seu copo — os tenentes deitaram tudo a perder quando empastelaram o *Diário Carioca*, sob a alegação de que o jornal tinha publicado um editorial insultuoso aos brios da "classe"...

Tio Bicho, que neste momento volta para seu lugar, diz:

— A sorte deste país é que os militares mais tarde ou mais cedo cometem uma burrada, metem os pés pelas mãos, não se entendem entre si e assim nós nos livramos da calamidade que seria uma ditadura militar.

— Foi por essa época — lembra Terêncio — que Getulio começou o seu perigoso namoro com o Exército que acabou na boda sinistra de 10 de novembro de 1937.

— É engraçado — diz Tio Bicho. — O Góis agora acusa o Getulio de ter tido sempre uma certa má vontade para com as Forças Armadas...

— No entanto o Getulio — conta Rodrigo — me confessou um dia que quando moço teve uma grande fascinação pela farda e pelas glórias militares...

— Confessou? — repete Terêncio, incrédulo. — Esse verbo jamais poderá ter como sujeito Getulio Vargas. Esse homem fechado e reticente nunca confessou nada a ninguém. Quando fala é só para fazer perguntas.

Rodrigo bebe com gosto um gole de cerveja, solta um ah! de puro prazer, lambe a espuma que lhe ficou nos lábios e depois, como se não tivesse ouvido as palavras de Terêncio, comenta:

— O empastelamento do *Diário Carioca*, essa demonstração de força bruta e todo esse acintoso aparato de metralhadoras e caminhões militares assustaram e alienaram a parte do povo que porventura simpatizasse com a causa dos tenentes. Vocês sabem... o brasileiro detesta a violência, é visceralmente antimilitarista.

— Mas teu amigo nada fez para punir os culpados.

— Não é verdade! Mandou instaurar um inquérito para apurar responsabilidades e ver até que ponto havia oficiais do Exército envolvidos no assalto.

— Pura cortina de fumaça! — replica Terêncio. — O ministro da Guerra se opôs a que os oficiais responsáveis pelo empastelamento fossem punidos. O Getulio não teve coragem de contrariá-lo... Foi então que o ministro da Justiça e o chefe de Polícia se demitiram, desencadeando uma crise ministerial.

— Ora! O Lindolfo Collor, o Maurício Cardoso, o João Neves e o Batista Luzardo andavam mais era ansiosos por descobrir um pretexto para criar uma crise. Estavam atacados do vírus da conspiração. Se eles quisessem mesmo "salvar" a Revolução de 30, teriam ficado no Rio ao lado do Getulio. No entanto optaram pela solução mais dramática. Voltaram para o Rio Grande com ares de vítimas e foram conspirar debaixo das asas agitadas do general Flores da Cunha, sob o olhar benevolente do doutor Borges de Medeiros.

— E assim — resmunga Tio Bicho, abrindo os olhos que o sono começa a empanar — se completou a ruptura da família republicana gaúcha, tão unida desde os tempos do Patriarca. E o Getulio, que se havia rebelado contra Papai Borges, era agora abandonado pelos irmãos...

— Pois aí está — diz Rodrigo. — Como queriam vocês que o Getulio administrasse o país em meio desses entrechoques de paixões partidárias e interesses pessoais? São Paulo clamava por um interventor civil e paulista. O presidente fez-lhe a vontade. Isso resolveu o impasse? Núncaras! A agitação continuou. Populares atacaram e incendiaram a sede da Legião de Outubro; no assalto morreram quatro estudantes que foram imediatamente transformados em mártires, em estandartes da rebelião. Finalmente veio a revolução armada... que São Paulo prefere se chame Guerra Civil... está bem, vá lá! Ao saber da notícia, Getulio filosofou: "Dizem os paulistas que estão lutando pela volta do país ao regime constitucional. Mas eu acho que a razão é outra. Eles devem saber que já nomeei uma comissão para elaborar o anteprojeto da nova Constituição. Não podem dizer que ignoram isso, pois o decreto foi publicado em todos os jornais. Dei também solução ao problema do café... logo não devem ter queixas de meu governo nesse setor. O que eles querem mesmo é me expulsar do Catete".

— Segundo os correligionários de seu filho Eduardo — diz Bandeira —, essa revolução paulista foi apenas uma luta entre dois grupos burgueses de fazendeiros e banqueiros que serviam, um, os interesses do imperialismo americano e, outro, os do imperialismo inglês. Ninguém ignora as ligações de Armando Salles com a alta finança britânica. Afirmam os "comunas" que a Inglaterra não se conformou com a guinada que o Brasil deu para o lado dos Estados Unidos depois de

1930, e procurou, através duma vitória de São Paulo, reaver a colônia perdida.

— Conversas! — exclama Rodrigo. — Fantasias! A coisa é mais simples. O que São Paulo queria era recuperar a hegemonia política nacional que lhe escapou das mãos em 30. E vocês já pensaram que, se essa revolução tivesse sido vitoriosa, o país seria obrigado a adotar a famigerada ortografia do general Bertoldo Klinger?

— Seja como for — diz Terêncio —, foi um belo movimento em que os paulistas deram provas admiráveis de coragem física e moral.

— De acordo — replica Rodrigo —, mas foi uma revolução de grã-finos. A massa operária permaneceu indiferente.

— Houve um momento — intervém Floriano — em que a vitória de São Paulo dependeu do Rio Grande. Até hoje não compreendo como e por que o general Flores da Cunha faltou com seu apoio aos paulistas...

— Muito simples — tenta explicar Terêncio. — O Flores e o Aranha sempre viveram fascinados, hipnotizados pelo Getulio. Na hora da decisão, nosso general ficou com o Bruxo. E com o correr do tempo, o Getulio os triturou e devorou a ambos. Tirou o Flores da interventoria e forçou-o a exilar-se. E quando parecia que o Aranha começava a impor-se como um candidato natural à presidência da República, Getulio mandou-o para Washington como embaixador.

Tio Bicho faz uma careta de incredulidade e diz:

— Essa é a explicação mágica para o gesto de fidelidade do Flores da Cunha em 32. Eu cá me inclino para uma explicação lógica. Getulio usou contra o general Flores da Cunha a sua arma secreta: o Banco do Brasil. O Rio Grande precisava de dinheiro.

— É irritante a maneira parcial e injuriosa como vocês interpretam as pessoas e os acontecimentos! — exclama Rodrigo.

À entrada de Sílvia, que traz uma bandeja com um bule de café, um açucareiro e várias xícaras, faz-se no quarto um silêncio repentino em que os homens se remexem nas suas cadeiras, procurando uma postura mais condizente com a presença duma mulher. Rodrigo abotoa a camisa. Tio Bicho fecha as pernas. Terêncio ergue-se respeitosamente. Mau grado seu, Floriano sente alterar-se-lhe o ritmo do coração. Absurdo! Uma reação de colegial enamorado... Procura uma frase para dizer — algo de casual que mostre aos outros e também a Sílvia que a presença dela não o perturba. Mas continua mudo, os olhos irresistivelmente postos na cunhada. Ela serve primeiro o dr. Terêncio, que recusa açúcar, e depois Tio Bicho, que põe na sua xícara três colheradas.

— Café, Floriano? — pergunta ela.

Ele faz com a cabeça um sinal afirmativo. Sílvia aproxima-se de olhos baixos, e, ao segurar o bule para servir o cunhado, sua mão treme. O perfume e o calor dela envolvem Floriano. E há um momento em que ele tem ímpetos de estreitá-la contra o peito. (Rodrigo observa-os disfarçadamente.)

— Açúcar?

Agora é a mão dele que treme ao tomar a colher do açucareiro. E por um rápido instante os olhares de ambos se encontram, ela sorri dum jeito entre triste e resignado, e ele julga ler nessa expressão uma mensagem: *Eu sei que tu me queres. Tu sabes que eu te quero. Mas nós dois sabemos que não há solução.*

Sílvia faz meia-volta e encaminha-se para a porta.

— E eu, minha flor? — pergunta Rodrigo.

Ela para, lança um sorridente olhar de dúvida para o sogro.

— E o sono?

— Não te preocupes, meu bem. Estou mais perto do que imaginas do Grande Sono.

O chantagista sentimental! — pensa Floriano. É verdade que ele vai morrer, mas por que será que suas palavras soam falso como mau teatro? A verdade é que lá está o Velho, a cara subitamente triste, o olhar brilhante e Sílvia parada na frente dele, com a bandeja na mão, também de olhos piscos.

Rodrigo toma o seu café em três rápidos sorvos e depois rapa com a colher o açúcar que ficou no fundo da xícara e come-o com um prazer infantil. Os outros repõem na bandeja suas xícaras vazias, com os costumeiros elogios e agradecimentos. Sílvia prepara-se para sair quando o sogro lhe pede:

— Um beijo para o padrinho...

Ela lhe oferece o rosto, que ele segura com ambas as mãos, beijando-lhe as faces. Floriano volta as costas à cena. Não aceita a inocência daqueles beijos. Conhece demais a sensualidade do pai para se iludir. E na sua cabeça agora várias imagens se misturam — Bibi, Sílvia, Sônia — num amálgama incestuoso. E ele se irrita consigo mesmo por pensar e sentir essas coisas.

Não vê, apenas *ouve* Sílvia sair do quarto.

É bom aproveitar a pausa — reflete ele — para mudar o rumo da conversa. Vou perguntar ao dr. Terêncio como vai o livro que está escrevendo... Inútil! O estancieiro e o dono da casa estão de novo a discutir a Revolução de 32. E quando, minutos mais tarde, fazem uma pausa, Floriano diz:

— Tenho uma confissão a fazer...

— Que é? — pergunta o pai.

— Durante a revolução de São Paulo, a polícia do Rio proibia à população escutar as notícias irradiadas pelos revolucionários. Lá em casa o senhor reforçou essa proibição, dizendo (eu me lembro claramente de suas palavras) que não queria que nos envenenássemos com as mentiras dos rebeldes. Pois bem. Aqui vai a confissão: este seu filho renegado fechava-se todas as noites no quarto para ouvir em surdina no seu rádio o boletim de notícias das estações paulistas.

Espanto na cara de Rodrigo.

— Mas por quê? Desejavas a vitória dos revolucionários?

Floriano tem um momento de hesitação.

— Tinha as minhas simpatias pela causa...

— Mas por quê? Por quê? Que podias ganhar com a vitória da plutocracia quatrocentista? Não sabias que era uma revolução contra o Getulio, que é meu amigo, e portanto uma revolução contra mim, que sou teu pai?

— Não se esqueça — murmura Tio Bicho — que seu mano Toríbio também lutou do lado de São Paulo.

Rodrigo fecha a cara, e Floriano compreende que Bandeira machucou uma ferida cicatrizada. Lembra-se da reação do pai quando em fins de julho de 1932 recebeu a notícia de que Toríbio estava comandando um batalhão de revolucionários paulistas. "Idiota! Fazer uma coisa dessas sem me consultar! Parece um guerreiro profissional, um mercenário, um homem sem ideais! O que importa pra ele é brigar, dar tiros." Depois, passado o primeiro acesso, tomou ares de vítima. "Parece mentira. O meu irmão, o meu único irmão, de armas na mão contra mim."

Rodrigo continua em silêncio. Um tanto desconcertado, Tio Bicho, para fazer alguma coisa, amassa a ponta do cigarro no cinzeiro, tira outro do bolso, prende-o entre os dentes e acende-o.

Floriano levanta-se e vai debruçar-se à janela. O ar quente e perfumado da noite bafeja-lhe o rosto. Fica a pensar nas noites que tem passado ultimamente, depois que Jango voltou para o Angico e em que a simples ideia de ter a cunhada sozinha a pequena distância de seu quarto o enche dum alvoroço que é a um tempo intenso desejo carnal, apreensão, temor, sentimento de culpa e outra vez desejo ainda mais intenso... Sim, e também expectativa — uma expectativa exasperante que o deixa num estado quase febril, mantendo-o alerta, atento aos menores ruídos —, e assim se passam os segundos, os minutos, as horas, e ele escuta, angustiado, as batidas do relógio grande, e o silêncio volta, e nada acontece e ele fica a revolver-se na cama, sentindo o desejo doer-lhe no corpo, esperando que o sono venha, mas sabendo que não virá ou que, se vier, será uma modorra que não lhe dará repouso, um crespúsculo povoado de sonhos equívocos em que todo o seu sentimento de culpa por desejar a cunhada e toda a sua frustração por não satisfazer esse desejo lhe aparecem disfarçados nas imagens mais estranhas e inquietadoras. O remédio será tomar um comprimido de seconal ao deitar-se. É preciso dormir, pois suas noites de insônia ou de sono perturbado já se lhe estão fazendo visíveis na cara, já começam a afetar-lhe a memória.

Chega-lhe aos ouvidos a voz sonolenta de Tio Bicho:

— Um dos fatos mais portentosos da nossa história foi o doutor Borges de Medeiros ter em 1932 despido a sua sobrecasaca, tirado o seu colarinho duro, envergado seus trajes campeiros e saído para a coxilha de arma na mão, a fim de cumprir o compromisso de honra assumido com os revolucionários de São Paulo e traído pelo Flores da Cunha.

— Um gesto puramente romântico... — diz Rodrigo.

— Mas duma grandeza moral extraordinária! — exclama Terêncio.

— E ao lado do Chimango — continua Tio Bicho —, de lenço vermelho no pescoço, marchavam Batista Luzardo e outros libertadores que em 1923 haviam feito uma revolução para derrubá-lo do poder... revolução essa que permitiu ao Getulio ser eleito governador do estado e mais tarde presidente da República. Não é mesmo uma política surrealista, a nossa?

— Só não posso compreender — fala agora Terêncio — como é que Getulio, depois de derrotar São Paulo, consentiu na convocação duma Constituinte que nunca desejou.

— Ora... — diz Rodrigo — quem explicou o fenômeno com uma clareza cristalina foi o Aranha. Quando um tenente o interpelou a respeito do assunto, respondeu que o país estava diante dum dilema: ditadura ou Constituição. A ditadura administrativa sem a revolução política é a antecâmara da Constituição. Toda a ditadura que não é revolução será caminho do regime legal. Os "carcomidos", que tinham ainda uma grande força, não deixavam Getulio fazer a revolução. Logo...

Floriano torna a sentar-se.

— A Constituição de 1934 — diz Rodrigo —, a carta pela qual vocês democratas tanto suspiravam, não passou dum aborto, um monstrengo híbrido. Aqui esquerdizante, mais adiante fascistizante (para acompanhar a moda), e ainda mais além reacionária, recebeu no fim uma leve e vistosa camada do açúcar cristalizado do liberalismo. Não tinha unidade doutrinária nem técnica. Ora parecia uma Constituição feita para povos verdadeiramente civilizados, como os escandinavos, ora dava a impressão dum estatuto destinado a reger uma comunidade colonial de botocudos. Uma verdadeira salada mista... e com azeite rançoso! Como muito bem disse o Getulio, a nova carta deixava o presidente da República sem recursos para defender-se diante da desenfreada disputa dos estados.

Terêncio ergue a mão em cujo anular brilha também um rubi:

— A coisa é mais simples. O Getulio não sabia mais administrar dentro dum regime legal. Estava viciado em governar por decretos.

Rodrigo sorri. Depois, mexendo com o indicador nos cubos de gelo que boiam na cerveja de seu copo, diz:

— Eu me lembro muito bem do dia em que foram contar ao presidente que a nova carta tinha sido promulgada. Ele ficou impassível e depois me olhou, sorriu, e disse: "Tenho o palpite de que eu vou ser o primeiro revisionista dessa Constituição".

— Revisionista? — repete Tio Bicho. — Que colossal eufemismo!

— E vocês vão concordar comigo — prossegue Rodrigo —, aqueles três anos em que Getulio governou o país como presidente eleito pela Constituinte foram dos mais agitados. Um minuano trágico varria o mundo: golpes de Estado, sabotagens, assassinatos políticos, fermentações sociais de toda a ordem... A chamada democracia liberal perdia terreno assustadoramente. Os regimes totalitários se fortaleciam. Os campos estavam divididos nitidamente em esquerda e direita. E vocês sabem que o Brasil não vivia dentro de nenhuma redoma invulnerável... Fundou-se a Ação Integralista Brasileira, que fez a sua primeira parada com camisas-verdes em 1933, e começou logo a ganhar adeptos... Por sua vez, os comunistas se articulavam à sombra da Aliança Nacional Libertadora. E não preciso lembrar-lhes o que foi a brutalidade daqueles levantes vermelhos de 1935...

— Por falar em 1935 — interrompe-o Tio Bicho. — A visita que o presidente fez ao Rio Grande nesse ano, para assistir às festas do Centenário da Revolução dos Farrapos, parece que deixou bem acentuada a deterioração de suas relações com seu velho companheiro Flores da Cunha.

— Exatamente — diz Rodrigo. — O Flores fez ao presidente toda a sorte de desfeitas imagináveis. Hospedou-o no Palácio do Governo, mas tratou-o como a um desafeto. Segundo me contou o próprio Getulio, o general chegou a violar sua correspondência cifrada para divulgá-la na imprensa.

— Nessa não acredito! — exclama Terêncio. — O Flores tinha muitos defeitos, mas não era homem capaz duma coisa dessas.

— Quem me contou a história foi o próprio Getulio, cuja palavra me merece todo o crédito. E me disse mais: "Tu sabes, o Flores anda obcecado pela ideia da sucessão presidencial. Acha que eu quero me perpetuar no poder. Intromete-se na política dos outros estados. Estou seguramente informado de que anda comprando armas".

— Há um episódio — lembra Tio Bicho — que seu amigo talvez não lhe tenha contado, mas que eu presenciei. Na noite em que essas duas prima-donas políticas visitaram o Cassino Farroupilha, o doutor Getulio entrou primeiro com a sua comitiva e provocou aplausos discretos. Minutos depois entrou o general Flores da Cunha e foi recebido com vivas e palmas, numa verdadeira consagração.

Rodrigo encolhe os ombros.

— Achas que isso magoou o Getulio? Então não o conheces. Ele tem horror às cenas teatrais. Terá as suas vaidades, como todo o mundo, mas elas não são epidérmicas como as do Flores, nem se alimentam de aplausos, vivas e bajulações. E tu sabes muito bem, Bandeira, que essa recepção que o general teve no Cassino foi preparada pelos cafajestes que sempre o cercaram, alguns dos quais exerciam as funções acumuladas de capangas e cáftens.

Há um silêncio, que Rodrigo quebra com uma risada.

— O Getulio merece um livro! — exclama.

— Acho que sou eu quem vai escrevê-lo — ameaça Terêncio.

— E por que não? Só te peço uma coisa. Trata primeiro de conhecer bem o homem.

— Tu o conheces *bem*?

— Bem, *bem* mesmo não posso dizer que o conheça. Ninguém conhece... Só Deus. Mas melhor que tu, ah!, disso tenho a mais absoluta certeza. E se queres, posso desde já te dar umas notas psicológicas sobre o nosso herói...

— Considero-te suspeitíssimo no assunto.

— Mas escuta. Escutem todos vocês. Antes de mais nada, o biógrafo de Getulio Vargas terá de levar em conta certos traços de seu caráter que o tornam uma figura singular neste país, dando-lhe vantagens muito grandes sobre os outros políticos. É um homem calmo numa terra de esquentados. Um disciplinado numa terra de indisciplinados. Um prudente numa terra de imprudentes. Um sóbrio numa terra de esbanjadores. Um silencioso numa terra de papagaios. Domina seus impulsos, o que não acontece com o Flores da Cunha. Controla sua fantasia, coisa que o Oswaldo Aranha não sabe fazer. Se o João Neves usa da sua palavra privilegiada para dizer coisas (e coisas que às vezes o comprometem), Getulio é o mestre da arte de escrever e falar sem dizer nada.

— E tu consideras isso uma virtude? — pergunta Terêncio.

— Num país imaturo como o nosso, considero. Muitas vezes não dizer nada para um político é um gesto de defesa comparável ao de certos animais que por mimetismo conseguem tornar-se da cor do terreno, para ficarem invisíveis e para salvarem a pele.

— Não esqueças que o Getulio se tem revelado o maior corruptor da nossa história... — interrompe-o Terêncio.

— Só se corrompe aquilo e aqueles que são corruptíveis. Como dizia Machado de Assis, a ocasião faz o furto e não o ladrão, porque este já estava feito. Não queiras culpar o meu amigo da vulnerabilidade dos outros políticos brasileiros. Vítimas de suas paixões: mulheres, jogo, cavalos de corrida, luxo e outras fraquezas e vaidades, ficam às vezes à mercê de quem tem a chave do Banco do Brasil e dos grandes empregos.

— Mas o que estás dizendo é algo de monstruosamente cínico!

— Perdão. Eu não inventei este mundinho em que vivemos. Ele existiria mesmo que eu não existisse.

Faz-se um silêncio, ao cabo do qual Floriano se dirige ao pai:

— O senhor afirma então que Getulio é um homem absolutamente sem paixões?

Rodrigo hesita um instante. Depois:

— Não — diz. — Acho que sua grande, talvez a sua única paixão é a do poder.

— Poder para quê? — pergunta Terêncio. — Para nada?

— Talvez poder pelo poder — intervém o Tio Bicho: — *Ars gratia artis*.

— Mas cinquenta milhões de brasileiros não podem ficar na dependência desse capricho pessoal! — exclama Terêncio.

Rodrigo encolhe os ombros.

Novo silêncio. Ouve-se um toque de corneta que parece vir dos confins da noite e que tem o poder de provocar simultaneamente a mesma imagem, tanto na cabeça do pai como na do filho: o ten. Bernardo Quaresma pregado a balaços contra uma parede branca respingada de sangue...

O ventilador zumbe. Tio Bicho boceja. Terêncio olha para o relógio, descruza as pernas, mas Rodrigo o detém com um gesto que quer dizer: "Fica mais um pouco".

Por quê? — pergunta-se a si mesmo num súbito acesso de mau humor. — Não simpatizo com ele. Um esnobe. Um pedante. Um vaidoso. Por que razão desejo que ele venha todas as noites e, quando vem, lhe peço que fique? Tio Bicho... esse é uma espécie de mau hábito antigo. Mas por onde andará o outro, o Stein? Que fim levou o Eduardo? E o Zeca? Uns ingratos. O Liroca não me aparece há séculos! Todos uns mal-agradecidos. Flora bem podia abafar o orgulho cinco minutos por dia e vir conversar comigo. Não sou nenhum criminoso. E Bibi... por que não vem me ver? O Sandoval... já compreendi o que está se passando na cabeça desse canalha. Sabe que estou no fim, quer ficar com o meu cartório. Deve estar rezando para que eu morra. Sacripanta! Talvez todos desejem a minha morte. Será um alívio geral. Uma solução. Cada qual poderá seguir o seu caminho. Cada qual ficará com a sua parte no meu espólio. Mas é desumano. É injusto. É monstruoso! E a Sônia? A poucas quadras daqui, e eu sem poder estar com ela... Talvez também receba a minha morte com uma sensação de alívio. Um amante inválido de nada lhe serve. Como pude acreditar no seu amor? Decerto a esta hora está com um homem na cama. O bilhete que me mandou nada significa, é pura hipocrisia. Sozinho. Estou sozinho. Não conto com ninguém. Nem mesmo com Sílvia. Não duvido da afeição dela, mas já notei que anda cansada. Para essa menina minha morte também vai ser um alívio. Abandonado. Sem ninguém. Floriano, meu filho, tu também não compreendes? Mas não vou dar a vocês o gosto de me verem chorar.

O suor escorre-lhe pelo rosto e pelo torso. Rodrigo pega uma pedra de gelo e começa a passá-la na testa e nas faces. Sabe que quando todos forem embora ele vai ficar sozinho aqui neste quarto. Tem medo da noite. Do silêncio da noite. Da solidão da noite. Da implacável memória da noite. Que fiquem todos comigo até a madrugada. E não apaguem as luzes. Não apaguem as luzes!

Floriano franze o sobrolho:

— Ninguém vai apagar as luzes, papai.

— Hein?

Rodrigo percebe que pensou em voz alta. Sorri e diz:

— Arteriosclerose cerebral, meu filho. Não te espantes, o teu dia também chegará.

Floriano quer desviar a conversa para outro assunto, mas Terêncio inicia nova catilinária contra o golpe de 10 de novembro de 1937. Rodrigo escuta-o agora com uma paciência meio aborrecida e, aproveitando uma pausa do outro, diz:

— Eu explico esse golpe de Estado de outro modo. Escutem. Quando se aproximava o fim do período presidencial iniciado em 34, o Brasil, vocês se lembram, apresentava um quadro alarmante. O Armando Salles era o candidato da plutocracia paulista saudosa do poder. Plínio Salgado candidatava-se em nome dos integralistas, com um programa totalitário. O doutor Goebbels lançava suas redes de espionagem e intriga sobre o Brasil, articulando camisas-verdes com camisas-pardas. Escolhido como candidato oficial à sucessão, José Américo procurava atrair as esquerdas com frases e promessas avermelhadas, e os comunistas já se aninhavam à sua sombra. O Flores da Cunha, que apoiava o Armando Salles, tinha no Rio Grande uns vinte mil homens em armas. Havia até quem pressionasse o Getulio para que ele entregasse o governo aos integralistas, ficando com relação ao Plínio Salgado assim como o general Hindenburg estava com relação a Hitler. De Washington, preso aos encantos desse outro bruxo que era o presidente Roosevelt, Oswaldo Aranha puxava a sardinha brasileira para a brasa americana... A confusão era geral.

— E nesse mar revolto e incerto — diz Tio Bicho —, seu amigo Getulio navegava no seu barquinho de papel, ao sabor do vento e das correntes...

— E como solução para a grande crise — ironiza Terêncio — inventou-se o Plano Cohen.

— Hoje se sabe — diz Rodrigo — que esse documento foi forjado pelos integralistas. O Góes fingiu que acreditava nele...

— O Góes e o Getulio — completa Tio Bicho.

Rodrigo sorri.

— Não. O Getulio deixou que o Góes fingisse por ele. E lavou as mãos.

— Não fez outra coisa durante todo o seu governo senão parodiar Pilatos — diz o estancieiro. — E esse plano fantástico, essa conspiração inexistente foi o pretexto para o golpe de 1937 e para o famigerado Estado Novo!

— O curioso — intervém Floriano — é que já por essa época a atitude e a filosofia getulianas, essa sua neutralidade, essa capacidade de omitir-se diante dos acontecimentos, essa espécie de fatalismo cínico-gaiato do "vamos deixar como está para ver como fica" tinham de tal maneira contaminado o país, que o próprio presidente quase acabou vítima dela. Eu me refiro ao assalto ao Palácio Guanabara em maio de 38. Ninguém pareceu muito interessado em salvar a vida do ditador e de sua família...

Rodrigo varre logo a testada:

— Por desgraça eu estava em Petrópolis nessa noite e só fiquei sabendo da coisa no dia seguinte. Desci imediatamente.

— Os socorros levaram quase cinco horas para chegar — prossegue Floriano —, isto é, o tempo suficiente para que os assaltantes liquidassem Getulio Vargas e boa parte de seu clã. Todos pareciam dispostos a aceitar o fato consumado, com a vantagem de ficarem com as mãos limpas de sangue...

— Por falar em sangue — diz Terêncio —, há um episódio desse golpe que a imprensa não divulgou. Depois que os socorros chegaram e os assaltantes foram dominados, algumas dezenas de prisioneiros foram fuzilados ali mesmo, sumariamente, nos jardins do Palácio.

— Que calor bárbaro! — exclama Rodrigo. E num gesto brusco despe a camisa e atira-a em cima da guarda da cama. Fica a apalpar o ventre e a olhar fixamente para o estancieiro. Depois diz: — Vocês só enxergam o lado negativo do Estado Novo. Dizem que ele suprimiu as liberdades civis, fechou a Câmara e o Senado, instituiu a censura, deu força ao DIP, e mais isto e mais aquilo... Floriano, vai me buscar uma toalha lá no quarto de banho...

Quando o filho lhe traz a toalha, Rodrigo põe-se a enxugar as costas e o peito por onde o suor escorre em grossas bagas.

— Vocês intelectuais vivem enchendo a boca com a palavra *liberdade*. Agora eu pergunto: para que as massas hão de querer liberdade? Para que querem imprensa livre os favelados? O que essa pobre gente deseja mesmo é ter o que comer, o que vestir e onde morar.
— Luiz Carlos Prestes falou pela sua boca... — diz Bandeira.
— Espera, Roque. Me deixa continuar. Este país precisava e ainda precisa dum homem como o Getulio, dum governante paternal capaz de descer ao nível do povo e dar-lhe exatamente o que ele necessita. Reconheço que ao assumir o governo provisório em fins de 30 o Getulio não tinha programa definido, não sabia que fazer, mas depois encontrou duas grandes metas, dois grandes objetivos: melhorar as condições de vida do povo e proclamar a independência econômica do Brasil. Olhem para trás e vejam quanta coisa esse homem extraordinário realizou...

Terêncio mira fixamente a ponta dos próprios sapatos, os lábios encrespados numa expressão de cepticismo.

— Manteve a unidade nacional — continua Rodrigo. — Evitou o caos e a ruína. Se não fosse a coragem e a habilidade do Getulio, o Brasil hoje estaria nas mãos dos comunas do Prestes ou dos galinhas-verdes do Plínio.
— Diz o Eduardo — interrompe-o Tio Bicho — que está nas mãos dos americanos.
— Não sejam bobos. Virem esse disco batido. O país seria vendido aos americanos se o candidato da UDN fosse eleito, o que felizmente não aconteceu. Mas não me interrompam. O Getulio dotou o país duma indústria siderúrgica que faz inveja ao resto da América Latina. Deu aos trabalhadores leis sociais mais avançadas que as da própria União Soviética! Mas de que é que estás rindo, Roque?
— Estou rindo das leis sociais.
— Tu sempre com teu espírito de contradição. Negarás acaso que devemos nossa legislação trabalhista ao Getulio?

Bandeira depõe o copo no chão ao lado da garrafa.

— Devagar com o andor — diz ele. — Quem inventou essas leis sociais foi o Lindolfo Collor, e por sinal custou-lhe muito impingi-las ao Getulio.
— Quem te contou essa mentira?
— Espere e escute. Vou mais longe. O seu presidente relutou muito em criar o Ministério do Trabalho. Foi o Oswaldo Aranha quem a duras penas o convenceu disso. E sabem que foi que o doutor Getulio

disse, depois de assinar o decreto? "Queira Deus que esse 'alemão' (referia-se ao Collor) não vá nos incomodar."

— Mais uma fantasia das muitas que se inventaram em torno do presidente!

— Foi o Marcondes Filho — reforça Terêncio — quem mais tarde abriu os olhos do Getulio para o valor demagógico, a força política desse ministério e das leis do Collor. E assim o seu amigo foi empurrado para o trabalhismo...

Quando, minutos depois, Terêncio põe-se de pé, murmurando "Bom, são horas...", Rodrigo segura-lhe a aba do casaco e diz:

— Senta, homem. Agora é que a conversa está ficando boa. Senta ou então tomo a tua retirada como uma confissão de derrota. Como Napoleão Bonaparte, Getulio Vargas é um assunto inesgotável.

Terêncio volta ao seu lugar. E Floriano, que sente a camisa ensopada de suor — pois o calor aumentou sensivelmente nesta última meia hora —, olha para o estancieiro e pensa: "Esse homem não sua. Jamais se despenteia. Suas calças nunca perdem o friso. O colarinho nunca se enruga. A gravata não sai do lugar. Seu hálito recende a Odol. Seu lenço, a lavanda. Aposto como tem em casa a Enciclopédia de Larousse. E um binóculo francês. E uma *épée de combat*. Seus livros, bem encadernados, cheiram a naftalina. Coitos conjugais semanais, com a luz apagada".

Rodrigo faz um gesto teatral quando diz:

— Vocês não devem tirar a este moribundo o único consolo que lhe resta: prosear. A política é um dos meus vícios. Já que agora não posso fazer política, que me seja ao menos permitido ruminar a que fiz ou a de que fui testemunha. Não bebes mesmo uma cerveja, Terêncio? O Roque não precisa que ninguém o convide... E ali o meu filho é abstêmio, sargento do Exército da Salvação, hein, Floriano?

Ergue mais o busto, ajeita os travesseiros e depois continua:

— Essa história de 29 de outubro não está bem contada. O Getulio aparece nela como o vilão, o ditador que queria a todo custo perpetuar-se no poder. O Góes, o Dutra e os outros generais que o depuseram, querem inculcar-se como heróis que libertaram o país da tirania.

Tio Bicho sorri e murmura:

— Escutemos então o Evangelho segundo são Rodrigo.

— Ó Floriano, dá manivela nesta cama. Quero ficar mais sentado. O filho faz o que o pai lhe pede.

— Nem o pior inimigo do presidente poderá acusá-lo de falta de sensibilidade política... — prossegue Rodrigo. — Depois que a Força Expedicionária Brasileira embarcou para a Europa, o Getulio sentiu que estava na hora de ir trazendo o país gradualmente, sem traumas, de volta ao regime que se convencionou chamar de democrático...

Terêncio esboça um sorriso incrédulo. Tio Bicho crocita a sua risadinha. Sem dar-lhes a menor atenção, o dono da casa continua a falar.

— Pediu a seus ministros que redigissem uma emenda à Constituição de 37 que regulasse o alistamento eleitoral e as eleições para presidente da República, governadores estaduais, Parlamento nacional e assembleias legislativas. Se a memória dos meus amigos não falhar mais uma vez, hão de lembrar-se de que essa emenda foi publicada a 28 de fevereiro de 1945.

— Já então o José Américo — recorda Tio Bicho — tinha dado seu famoso "grito", a entrevista em que pedia claramente eleições. As barreiras do DIP estavam por terra, a imprensa mais séria fazia coro com os que pediam o pleito. Nasceram esses partidos políticos que hoje aí estão em atividade.

— E então? — exclama Rodrigo. — Era ou não era o regime de liberdade em pleno vigor? As eleições estavam marcadas para 2 de dezembro. No entanto, em abril de 45, voltando de Montevidéu, aonde o levara uma comissão diplomática, nosso inefável Góes Monteiro deu uma entrevista à imprensa durante a qual pronunciou uma frase que imaginou fosse abalar *urbi et orbi*: "Vim para acabar com o Estado Novo".

— Não vais afirmar — atalha-o Terêncio — que o Getulio estava feliz com a ideia da emenda...

— Pelo contrário, posso te assegurar que ele a achava absurda. Na sua opinião, que é também a minha, o que se devia fazer antes de mais nada era convocar uma Constituinte, que declararia caduca a carta de 37 e elaboraria uma nova.

— Mas por que, então, o ditador aceitou a sugestão dos ministros?

— Para que não dissessem que ele queria continuar no poder.

Terêncio sacode vigorosamente a cabeça.

— Não! Ele cedeu ante a pressão da opinião pública.

— Ó Terêncio! Que é que chamas de opinião pública? Meia dúzia de politicoides? A embaixada dos Estados Unidos? Um grupinho de generais? Tu sabes que o povo estava com o Getulio.

— Se estava, por que é que teu amigo não renunciou ao poder em tempo de se apresentar candidato à presidência?

— Ora, eu um dia lhe perguntei isso. Respondeu que se sentia cansado, queria voltar para São Borja, para a paz da sua estância.

— Só por isso? Puxa pela memória, Rodrigo. Não havia outra razão?

Rodrigo sorri como um menino surpreendido numa mentira por omissão.

— Bom... ele me disse (e não pediu segredo) que não saberia governar com a Câmara e o Senado abertos.

— Ah! — faz Terêncio. — E não ignorava também que o Exército se oporia terminantemente à sua candidatura.

— Também isso... Mas por outro lado, não ignorava que o povo andava pela rua gritando: "Queremos Getulio!". E que o próprio Prestes tinha adotado a fórmula "Constituinte com Getulio". Se o meu amigo fosse o ambicioso inconsciente que vocês imaginam, teria lançado o país numa guerra civil. E a todas essas a nossa burguesia estúpida não compreendia como não compreende ainda hoje o serviço que Getulio Vargas prestou à nação, encaminhando para o trabalhismo as massas que fatalmente acabariam caindo nos braços do comunismo.

Tio Bicho cabeceia, em cochilos intermitentes. Um galo canta nas lonjuras da noite. Terêncio olha instintivamente para o relógio.

— Por falar em pressão — continua Rodrigo —, é bom não esquecer a norte-americana. Vocês se lembram do discurso que o embaixador Adolf Berle fez em Petrópolis, no banquete que os líderes da UDN lhe ofereceram, e em que o americano encareceu a conveniência da volta do Brasil ao regime democrático... Foi o cúmulo! Durante toda a nossa história, pressões desse tipo se exerciam por via diplomática, militar ou econômica. Agora a coisa era clara.

— Ouvi dizer que o doutor Getulio ficou furioso ao saber desse pronunciamento — observa Floriano.

— Mas sem razão — opina Terêncio —, porque estou informado de que o embaixador americano lhe mostrou o discurso antes de pronunciá-lo. E o Getulio o aprovou.

Rodrigo coça a cabeça.

— Aí está um episódio que nunca cheguei a compreender direito. Me contou o Getulio que não entendeu claro o português do Berle, que parecia falar com uma batata quente na boca. E mesmo na hora em que o americano lhe mostrou o discurso, ele, Getulio, estava cansado, desatento, talvez ansioso por se livrar do homem... Aposto como nem leu o catatau.

Entreabrindo os olhos, Roque Bandeira exclama:

— Qual nada! Foi uma atitude tipicamente getuliana. Aprovou o discurso para se mostrar liberal ou então, o que é mais provável, por preguiça mental de reagir, criticar ou tomar uma atitude frontal contra o embaixador. Mais tarde, observando a reação dos amigos, descobriu que o discurso era uma excelente arma política, uma bandeira nacionalista que ele podia agitar em proveito próprio. "Vejam, uma potência estrangeira está se intrometendo na nossa política interna!", et cetera, et cetera...

— Acorda primeiro — diz Rodrigo —, depois raciocina e finalmente fala. O sono te obscurece a inteligência, ó Tio Bicho.

— E o mais curioso — acrescenta Terêncio — é que estou seguramente informado de que Adolf Berle teria dito a alguém, confidencialmente, que seu país preferia Getulio Vargas, como candidato a presidente nestas eleições, ao brigadeiro, que sempre se mostrou tão difícil e mesmo hostil quando se tratou da concessão de bases aéreas no Brasil aos americanos, durante a guerra.

Rodrigo empina o busto, infla as narinas, parece que vai saltar da cama:

— Mas desde quando temos de consultar os Estados Unidos antes de escolher um presidente? E já que estamos neste assunto, quero contar a vocês uma história que ainda não foi revelada. Numa audiência que o Getulio concedeu ao Berle, o americano teve o topete de perguntar qual era a política que nosso governo ia seguir com relação ao petróleo nacional. O Getulio fechou a cara e disse que não se sentia obrigado a satisfazer a curiosidade de potências estrangeiras, e que o Brasil resolveria o problema como e quando entendesse. O que sei dizer, em resumo, é que a despedida do Berle nesse dia foi das menos cordiais... E que uma semana depois ele era declarado *persona non grata*.

— Foste testemunha desse encontro?

— Não. Não houve testemunhas. O fato me foi contado pelo próprio Getulio.

— Ah! — faz Terêncio, com uma entonação maliciosa.

— Vocês talvez não saibam que pela primeira vez na sua história o Brasil é *credor*... Quando Getulio deixou o governo, sabem quanto tínhamos em divisas ouro? Seiscentos milhões de dólares. Pasmem. Os americanos andavam loucos, como corvos a voejar em torno dessas disponibilidades. Queriam que o Brasil liberasse essas divisas para eles nos impingirem as sobras de seu material de guerra, para nos abarrotarem o mercado com toda sorte de artigos inúteis, essas porcarias de matéria plástica, essas engenhocas inúteis que sua indústria está produzindo todo o dia. E este governo provisório que aí está, e que num mês e pouco deu empregos para mais de mil parentes, amigos e afilhados, cedeu à pressão externa e já liberou as divisas. Escrevam o que vou dizer. Dentro de menos de um ano, estaremos de novo de volta à velha situação de devedores. E falem mal do Getulio, falem!

Terêncio vai abrir a boca, mas Rodrigo o silencia com um gesto.

— O Bernardes governou o país dentro do estado de sítio, com um chicote na mão, mandando seus adversários ora para a geladeira do general Fontoura, ora para o inferno da Clevelândia. Washington Luís, o "Braço Forte", jamais desceu de seu Olimpo, e achava que a questão social era um caso de polícia. Comparem o Getulio com esses dois presidentes e vejam como o nosso homem cresce... Para principiar, foi um ditador benévolo. Não mandou matar ninguém...

— Em última análise — murmura Tio Bicho —, devemos beijar a mão de Getulio e de todos os membros da dinastia Vargas por não nos terem fuzilado, cuspido na cara ou tratado a pontapés no rabo.

— Tu sabes que não é isso que eu quero dizer!

— E não é verdade — intervém Terêncio — que Getulio tenha sido um ditador benévolo. Teve uma das polícias mais cruéis de que se tem notícia, e que em matéria de torturas e brutalidades nada ficava a dever à Gestapo.

— Acusam o ditador — diz Floriano — de muitos pecados que me parecem apenas veniais. A meu ver o seu pecado mortal, o maior de todos, foi o de ter feito vista grossa aos banditismos de sua Polícia.

Rodrigo retesa o busto e exclama:

— Te asseguro que ele não sabia de nada!

— Como podia não saber? — replica Terêncio. — É inadmissível.

— Uma vez — improvisa o dono da casa, absolvendo-se ao mesmo tempo da mentira — cheguei a perguntar ao Getulio se havia algum fundamento nas negras histórias que corriam sobre a Polícia, e ele me respondeu que tinha mandado fazer uma investigação, mas que nada fora apurado de positivo. Disse mais: que tinha entregue inteiramente o setor policial aos tenentes...

— E depois disso naturalmente lavou as mãos... — murmura Tio Bicho.

— Não vais me dizer também — diz Terêncio — que teu amigo não ficou sabendo que seu governo entregou a esposa de Prestes, grávida de muitos meses, à Gestapo, que a mandou para a morte num campo de concentração.

Rodrigo pensa em replicar: "Tratava-se dum complicado caso de direito internacional", mas cala-se, lembrando-se do quanto ele próprio havia ficado revoltado ante o fato.

— A insensibilidade moral de Getulio Vargas — e ao dizer isto a voz de Terêncio está cheia dum surdo rancor — só encontra par na de Luiz Carlos Prestes, que, ao sair da prisão, não hesitou em estender a mão e oferecer uma aliança política ao homem que foi seu carcereiro durante nove anos e, pior ainda, ao homem que havia entregue sua esposa aos carrascos nazistas, tornando-se assim seu coassassino. Encontraram-se os dois monstros num palanque de comício político. O chefe comunista lívido e grave, o ditador rosado e sorridente. Prestes aceitava a situação como um sacrifício imposto pelo seu Partido, em nome duma ideologia, dum programa político definido. E Getulio? Por que se sujeitava à situação constrangedora? Por puro desejo de continuar no poder? Ou apenas como uma consequência da sua supina descrença dos homens e dos valores morais?

Filho duma puta! — pensa Rodrigo. — Cachorro despeitado, não sei onde estou que não te mando a mão na cara. Enfim o culpado sou eu, que insisto em discutir o Getulio com quem não o conhece.

E a indignação de Rodrigo vem um pouco do fato de saber que no fundo Terêncio tem a sua razão, pois ele próprio não pôde aceitar a união política de Prestes com Getulio. Nunca compreendeu como seu amigo se sujeitou àquele encontro...

— Não digas asneiras, Terêncio! — exclama. E torna a passar a toalha pelo pescoço, pelo peito e ao longo dos braços.

Com o "rancor verde" nos olhos, o estancieiro continua:

— Jamais se roubou tanto e tão descaradamente nas esferas governamentais do Brasil como na era getuliana, em que imperou, como nunca em toda a nossa história, o empreguismo, o nepotismo, a advocacia administrativa, o peculato, o suborno, a malversação de fundos públicos... E a imoralidade dos homens de governo e de seus sócios nas negociatas ao fim de algum tempo acabou por contaminar irreparavelmente quase todas as classes sociais.

Rodrigo olha para Terêncio e sorri com indulgência, como se estivesse diante duma criança ou dum débil mental.

— A atitude do ditador, que permaneceu apático, sorridente ou omisso diante de todo esse descalabro moral — continua o outro —, conseguiu anestesiar a opinião pública, que passou a rir do que lhe devia provocar choro e ranger de dentes, aceitando o regime da safadeza e do golpe como norma de tal modo que hoje em dia a palavra *honesto* tem entre nós um sentido pejorativo.

Rodrigo faz um gesto de impaciência:

— Que ideia fazem vocês dum presidente da República? A de que ele é um guarda-noturno? Um ecônomo de sociedade recreativa? Um fiscal? Um mestre-escola de palmatória em punho a castigar os maus alunos? Ou um feitor com um chicote na mão? Como pode um homem sozinho, fechado no Catete, ser responsável por tudo quanto acontece num país do tamanho do nosso? Ora, vocês estão exigindo do Getulio qualidades de mago, de demiurgo.

— Não, Rodrigo — replica Terêncio —, eu me refiro também à patifaria, aos desmandos e às negociatas que se processaram debaixo do nariz do ditador, e que foram praticadas por amigos, parentes e áulicos. Eu não acuso, e ninguém até hoje acusou Getulio de desonestidade pessoal, no que toca aos dinheiros públicos. Mas eu o acuso, isso sim, de ter sido tolerante com os ladrões, de se haver acumpliciado com eles pelo silêncio ou pela indiferença.

Rodrigo dá uma tapa no ar:

— Oitenta por cento dessas histórias de negociatas e panamás não passam de invencionices. Este é o país do *diz que diz que*, uma terra de comadres maldizentes. Se eu te pedisse para apresentares uma prova, uma única prova do que acabas de afirmar, ficarias numa posição difícil, porque não tens nenhuma.

Com voz pesada de sono, Tio Bicho intervém:

— E se o senhor me exigisse agora uma prova da existência de Sócrates ou Pedro Álvares Cabral, isto para não falar na de Deus, eu ficaria numa situação igualmente embaraçosa.

— Num gesto demagógico — prossegue Terêncio —, teu amigo criou os institutos de aposentadoria, que se transformaram num foco fabuloso de ladroagem, corrupção e favoritismo. Se levarmos em conta o vulto da arrecadação desses institutos, o benefício que o operário recebe, em troca do sacrifício de suas contribuições mensais, é mínimo, quase nulo. Os encaixes fantásticos desses institutos foram desviados para empréstimos ilegais concedidos a privilegiados do Estado Novo, que os empregavam em aventuras imobiliárias. Um crime inominável!

— Quem te ouve falar — exclama Rodrigo — imagina que o Rio

antes do governo do Getulio era uma cidade de santos, puritanos e eremitas!

Floriano ergue-se, vai de novo até a janela, a pensar numa maneira de pôr um ponto final nesta discussão. Tranquiliza-se um pouco, porém, vendo na fisionomia do pai que ele parece não estar levando muito a sério as palavras de Terêncio.

— Limpa o peito de todos os rancores — diz Rodrigo com um sorriso generoso. — Não há nada como a gente desabafar. Ó Floriano, me serve mais cerveja. Essa porcaria deve estar morna e choca. Tem ainda gelo no balde?

Tio Bicho agora dorme a sono solto e ronca, a cabeça caída para trás, a boca aberta. Rodrigo lança-lhe um olhar cheio de tolerante simpatia. Terêncio continua tenso, olhando para o dono da casa:

— Há mais ainda. O Getulio usou o Banco do Brasil como meio para comprar adversários, apaziguar amigos descontentes, ajudar amigos fiéis e submeter à sua vontade os governadores dos estados.

— Acho — diz Floriano — que a história deste país poderia ser contada de maneira fascinante através da história do Banco do Brasil.

— Não esqueçam, rapazes — sorri Rodrigo —, que o Banco do Brasil já existia antes do Getulio assumir o governo...

— Sim — retruca Terêncio —, mas não com a força, a importância que o ditador lhe deu. Foi uma maneira que ele descobriu para burlar a Constituição de 34 e cercear a autonomia dos estados. A política econômico-financeira foi centralizada de tal modo que os estados passaram a depender do governo federal, perdendo praticamente sua autonomia política. Com o nosso absurdo sistema fiscal e mais as arrecadações dos Institutos de Previdência, o governo central engorda à custa da sangria dos estados. Todo o dinheiro da nação se concentra no Rio. E os negocistas corvejam em torno dos ministérios e das autarquias.

— O Banco do Brasil tem exercido o que se poderia chamar de "imperialismo interno" — diz Floriano. — É um Estado dentro do Estado.

Rodrigo toma um gole de cerveja e, olhando para Terêncio, sorri:

— Vocês, estancieiros, são muito engraçados. Têm um sagrado horror a qualquer coisa que cheire a intervenção estatal na economia particular, mas sempre que estavam em dificuldades financeiras, iam de chapéu na mão bater à porta do governo, suplicando-lhe que interviesse nos negócios de vocês com medidas providenciais, como empréstimos, moratórias, reajustamentos... Além de incoerentes, são uns ingratos!

— Seja como for — diz Terêncio —, isso que aí está, essa desmoralização dos costumes, essa indecência administrativa que se transformou em norma, esse cinismo diante do erro e do crime que se comunicou à nossa maneira de ver o mundo: tudo isso devemos a Getulio Vargas. Tudo isso aconteceu, começou ou se agravou durante o seu governo...

Floriano aproxima-se de Terêncio, põe-lhe a mão no ombro, mas retira-a imediatamente, sentindo o movimento de repulsa — quase imperceptível — que o estancieiro faz, como para evitar que a mão suada lhe macule a fatiota de tropical bege.

— Não estou de acordo com o senhor. A era getuliana coincidiu com um período particularmente conturbado da história. A moral que imperou entre os gângsteres de Chicago, na década dos 20, passou a ser adotada por estadistas europeus na dos 30. Ninguém mais acreditava na força do direito, mas sim no direito da força. Hitler rasgou tratados. As tropas de Mussolini invadiram a Abissínia. As do Japão atacaram a China. Franco levou soldados argelinos para lançá-los no continente contra a república popular espanhola...

— Que era comunista — interrompe-o Terêncio.

— Que era um governo democraticamente eleito — replica Floriano, prosseguindo: — Mais tarde *El Caudillo* aceitou a colaboração de tropas regulares alemãs e italianas para que elas, com suas armas modernas, massacrassem seus compatriotas. A tábua de valores morais que, bem ou mal, prevaleceu durante o século XIX e que a Primeira Grande Guerra abalou não fora ainda substituída por outra. Era a época do vale-tudo, do cinismo, da violência, da moral da águia e da matança dos cordeiros... Por outro lado, a ciência e a técnica aliadas à indústria produziam como nunca, contribuindo para que se formasse esta nossa civilização de coisas: máquinas, instrumentos, utensílios, objetos que facilitam a vida e nos proporcionam prazer. Coisas, enfim, cuja posse é um símbolo de sucesso. Uma publicidade cada vez mais inteligente, intensa e insidiosamente penetrante tratava de criar nas populações necessidades artificiais. Era o resultado natural do espírito competitivo, da *free enterprise* do sistema capitalista. A fúria de ganhar gerou a fúria de anunciar, que ajudou a fúria de vender e estimulou a fúria de comprar. E é natural que não tenhamos ficado imunes a essas influências que nos vinham não só da Europa como também e principalmente dos Estados Unidos. Depois da Primeira Guerra Mundial, o Brasil começava a despertar de seu sono florestal, mais pelos seus méritos naturais do que pelo esforço e sabedoria de seu povo. Começava a aparecer aos olhos do mundo como o País do Futuro, uma espécie de Terra da Cocanha. Atraía capitais estrangeiros, capitães de indústria, aventureiros, escroques, et cetera, et cetera. Em 1930 o Rio foi varrido pela enxurrada da Revolução vinda de todos os quadrantes do país. Quando as águas voltaram a seu leito natural, ficaram algumas flores e pepitas de ouro às margens da Guanabara, mas o que se via mesmo a olho nu eram detritos. Fazia-se portanto necessária uma operação de limpeza nada fácil de levar a cabo. Não podemos em boa razão culpar um homem por todo esse estado de coisas e de espírito.

Tio Bicho continua a dormir. Rodrigo tem agora a toalha amarrada ao redor do pescoço, os olhos amortecidos de sono. Terêncio olha para o bico dos próprios sapatos, a fisionomia inescrutável.

Floriano prossegue:

— Quanto a Getulio Vargas... acho que, vendo-se perdido numa floresta amazônica, cheia de bichos ferozes ou venenosos, de todos os tamanhos, procedeu como o jabuti das nossas lendas indígenas. Descobriu que, para sobreviver em meio dos animais maiores que ameaçavam devorá-lo, tinha de usar a astúcia e a paciência e jogar com o fator tempo. Começou a lançar um bicho grande contra outro bicho grande, uma cobra venenosa contra outra cobra venenosa, raciocinando assim: "Enquanto eles se entredevoram, eu continuo vivo tocando a minha flauta".

Terêncio ergue vivamente a cabeça:

— Ninguém estava interessado na sobrevivência ou na flauta do Getulio. E a função dum chefe de governo não é essa. Repito que ele é responsável pelo clima de imoralidade que reinou no país durante o tempo em que foi ditador e presidente.

Floriano passa a mão pelos cabelos, com o ar de quem está perdido.

— Bom — replica —, se o senhor insiste nesse problema da culpa, acho que todos somos culpados em menor ou maior grau. Fomos cúmplices do Estado Novo por comissão ou omissão. Quando os carrascos da Polícia queimavam com a brasa dum charuto os bicos dos seios da companheira de Harry Berger, eu estava estendido na areia de Copacabana, lendo Aldous Huxley. E havia outros em situações e posições ainda mais comprometedoras.

— Se te referes a mim — diz Rodrigo —, perdes o teu tempo. Tenho a consciência tranquila. Não pertenço à súcia dos moralistas "ausentes" como tu e outros intelectuais. Ninguém faz omelete sem quebrar ovos. E quem não quer se molhar, que não saia pra chuva...

Terêncio levanta-se, abafando um bocejo.

— Seja como for — diz Rodrigo, erguendo os olhos para o estancieiro e empunhando um exemplar do *Correio do Povo* —, o eleitorado deu a última palavra. O Getulio está eleito deputado e senador. Não há remédio... Vocês o terão de volta à vida pública, queiram ou não queiram.

E, num gesto de terceiro ato, atira o jornal aos pés de Terêncio Prates.

Caderno de pauta simples

Já vejo claro o que vai ser o novo romance. A saga duma família gaúcha e de sua cidade através de muitos anos, começando o mais remotamente possível no tempo. Talvez no Presídio do Rio Grande, no ano de sua fundação, com um soldado ou um oficial do Regimento de Dragões. Não! Tenho uma ideia melhor. Vejo o quadro.

1745. No topo duma coxilha, uma índia grávida, perdida no imenso deserto verde do Continente. O filho que traz no ventre é dum aventureiro paulista que a preou, emprenhou e abandonou.

A criança nasce na redução jesuítica de São Miguel, onde a bugra busca refúgio. A mãe morre durante o parto, esvaída em sangue. A fonte... Porque esse bastardo, um menino, virá a ser um dos troncos da família que vai ocupar o primeiro plano do romance, e que bem poderá ser (ou parecer-se com) o clã dos Terras Cambarás.

Quero traçar um ciclo que comece nesse mestiço e venha a encerrar-se duzentos anos mais tarde.

/

Quando a velha Maria Valéria anda pela casa nas suas rondas noturnas, com uma vela acesa na mão, vejo nela um farol. Estou certo de que a luz dessa vela me poderá alumiar alguns dos caminhos que ficaram para trás no tempo. Vaqueana dos campos e veredas do passado desta família, a Dinda talvez seja a única pessoa capaz de me fornecer o mapa dessa terra para mim incógnita. Ela própria é uma arca atulhada dum tesouro de vivências e memórias. Mas arca fechada e enterrada. Resigno-me portanto à ideia de, à custa de estratagemas verbais, ir arrancando suas moedas, uma por uma. D. Maria Valéria nunca foi mulher de muitas palavras. Para ela o passado é uma sepultura: remexer nele seria sacrilégio. Devemos deixar os mortos em paz, para que eles façam o mesmo conosco.

Nestes últimos dias, temos mantido alguns diálogos: ela balançando-se na sua cadeira, os braços cruzados, os olhos fitos nos seus misteriosos horizontes de cega; eu sentado a seu lado, medindo as palavras com cautela, para que a velha não desconfie de minha curiosidade.

Depois de muitas negaças e silêncios, consigo tirar da arca uma que outra onça de ouro, que fico a revirar entre os dedos, fascinado, pensando já no que posso fazer com ela, mas tratando de não deixar meu alvoroço transparecer na voz. Às vezes o mais que consigo é uma moeda de cobre azinhavrado. Mas isso também me alegra, pois estou convencido de que, para o tipo de história que vou escrever, o cobre talvez seja um metal mais nobre que o ouro.

/

    Tenho tentado, com algum sucesso, que a Dinda me conte causos de sua tia Bibiana, minha trisavó, e de seu marido, um certo cap. Rodrigo, aventureiro, espadachim, mulherengo, homem de coragem extraordinária e apetites insaciáveis, desses que bebem a vida não aos copos, mas aos baldes. A Dinda não o conheceu pessoalmente (o capitão foi morto no princípio da Guerra dos Farrapos), mas noto que estão ainda nítidos em sua memória os ditos e proezas do Falecido, que d. Bibiana costumava contar à sobrinha nas noites de ventania.
    — Por que de ventania? — pergunto.
    — Porque tia Bibiana sempre dizia que era nas noites de vento que ela mais pensava nos seus mortos.
    Procuro saber de outros antepassados mais longínquos, como essa quase lendária Ana Terra, minha pentavó, que a tradição aponta como um dos fundadores de Santa Fé. Desde menino ouço falar nessa brava pioneira que "matou um índio com um tiro nos bofes".
    Depois de muitas hesitações e resmungos, a Dinda me confia a chave do baú de lata em que traz guardadas suas lembranças e relíquias. Encontro nele, de mistura com incontáveis bugigangas (camafeus, medalhões com mechas de cabelo, frascos de perfume vazios, lencinhos de renda, leques), importantes peças do museu da família, como o dólmã militar do cap. Rodrigo, um xale que pertenceu a d. Bibiana e uma camisa de homem, de pano grosseiro e encardido. (É a que meu bisavô Bolívar Cambará vestia no dia em que foi assassinado pelos capangas dos Amarais, e que sua mãe guardou, assim esburacada de balas e manchada de sangue como estava.) Todas essas coisas naturalmente me excitam a fantasia pelas suas possibilidades novelescas, mas concentro a atenção principalmente nas cartas, nos recortes de jornais e nos daguerreótipos que descubro dentro duma caixa de sândalo, no fundo do baú. Dinda permitiu, com certa relutância, que eu trouxesse todas essas coisas para a mansarda. Aqui estou a ler as cartas e as notícias de jornal, e a escrutar os retratos.

/

    Entro num nevoeiro em busca duma figura enigmática de quem não encontro nenhum retrato no Sobrado nem no velho baú. Trata-se de minha bisavó Luzia, mãe do velho Licurgo. Sinto um silêncio terrível em torno de sua pessoa. Digo terrível porque tudo indica que é deliberado, produto duma conspiração talvez tácita do resto da família.

Falo nela à Dinda, que se mantém num silêncio de pedra, mas de pedra antiga, o que torna o silêncio ainda mais sepulcral.

Alguns recortes de jornais fazem referência a essa estranha criatura, que parece ter sido duma beleza invulgar. Encontro nas páginas dum almanaque local um poema assinado por Luzia Cambará, versos mórbidos de quem deve ter lido com paixão Noites na taverna. *Mas a descoberta mais importante que fiz nestes últimos dias foi a das cartas dum certo dr. Carl Winter, natural da Alemanha, que veio para Santa Fé em meados do século passado e aqui se radicou, tornando-se frequentador do Sobrado e médico da família. Seu português, duma fluência admirável, tem acentuado sabor literário. Nessas cartas, dirigidas a Luzia Cambará — a quem ele se refere mais de uma vez como "a minha Musa da Tragédia" —, encontro elementos que talvez me permitam reconstruir a personalidade dessa dama que cultivava a música e a poesia e que, pelo que dá a entender o nosso doutor, foi educada na Corte e vivia nestes cafundós do Rio Grande como um peixe fora d'água.*

Fico até tarde da noite a ler esses papéis. Levo para a cama um cansaço cerebral que me tira o sono. Minha imaginação começa a pintar os mais variados retratos de Luzia Cambará. Coisa estranha, uma bisavó de trinta anos!

/

17 de dezembro. Duas e vinte da madrugada.

Esta noite Bandeira e eu mantivemos um diálogo para mim muito interessante. Vou tentar reconstituí-lo agora tão fielmente quanto possível, antes que seus ecos se percam nos labirintos da memória.

Como o Camerino tivesse proibido o Velho de receber visitas, obrigando-o a dormir cedo, Tio Bicho e eu deixamos o quarto do doente pouco antes das nove e saímos a caminhar rua do Comércio em fora, no nosso passinho de procissão. Ficamos sentados durante uma boa meia hora num café e depois, tangidos por afetuoso hábito, viemos para baixo da figueira grande da praça e ali nos quedamos até as primeiras horas da madrugada.

A noite estava terna e tépida como um pão recém-saído do forno, e a lua me evocava antigos dezembros.

Falei ao Bandeira dos meus planos para o novo livro. Ele me escutou no seu silêncio ofegante e depois observou:

— Acho que esse romance, apesar de todos os elementos de pura ficção que fatalmente terá, vai dar ao leitor a impressão de ser apenas um álbum de família, uma transcrição literal da crônica dos Terras e dos Cambarás, caso em

que por motivos óbvios não o poderás publicar, mesmo que mudes os nomes das personagens e dos lugares.

— Já pensei em tudo isso e estou resignado a deixar os originais do livro indefinidamente no fundo duma gaveta.

— Já avaliaste os perigos que, do ponto de vista artístico e literário, uma história dessa amplitude envolve? Pintar um mural num paredão de tempo assim tão extenso, palavra, me parece uma tarefa não só difícil como também ingrata. Pensa na vasta comparsaria... Terás de usar ora a pistola automática, ora o pincel do miniaturista. Duvido que o efeito de conjunto seja satisfatório. Outra dificuldade danada vai ser a da seleção das personagens e dos episódios, principalmente dos históricos. Enquanto se tratar do passado remoto, tanto do Rio Grande como da tua família, tudo estará bem. A bruma do tempo, a escassez de informações, a qualidade épica daquele período da nossa história... as bandeiras, as arriadas, as guerras de fronteira, a vida rude e simples... tudo isso te ajudará. Ao percorreres os campos e almas do Continente, serás guiado pelo radar da tua imaginação, da tua intuição poética. Mas à medida que te fores aproximando dos tempos modernos, ficarás confundido e desorientado pela abundância de material, pela riqueza de sugestões e informações (livros, jornais, revistas, depoimentos pessoais) e também pelo fato de passares a ser, tu mesmo, uma testemunha da história.

— Já pensei em todas essas dificuldades... e em muitas outras.

— Outra coisa. Terás de enfrentar um dilema dos diabos. Se omitires este ou aquele fato histórico (principalmente os que são objeto de controvérsia), ou se fizeres vista grossa ao lado negativo de certos figurões da política (especialmente os que estão ainda vivos e os que morreram recentemente), dirão que não tiveste nervos para enfrentar a situação, temendo possíveis sanções de grupos partidários ou familiares ou mesmo da própria "vítima". Mas se, por outro lado, para provar que és independente, decidires contar tudo ou quase tudo, acabarás produzindo apenas uma arte menor, sem teres conseguido fazer história de verdade. Já pensaste que, faças o que fizeres, teu livro está condenado?

— Já. Mas preciso escrevê-lo.

— Descobrirás depois que precisas também publicá-lo. É por isso que no teu inconsciente decerto já se fazem secretas negociações em torno de sutis compromissos e transigências que te permitam escrever esse romance de tal forma que sua publicação não venha a arranhar as faces respeitáveis da ética e do civismo.

— Desde quando tens o poder de ver o que se passa no meu inconsciente, homem?

— Desde nunca. Mas... por falar nisso, de que ângulo pretendes contar a história?

— A primeira pessoa me limitaria demais o campo de visão. Usarei a terceira. Como narrador espero colocar-me num ângulo impessoal e imparcial.

— Impossível! Tua parcialidade mais cedo ou mais tarde se revelará até mesmo na maneira de apresentar uma personagem ou um episódio. Tuas idiossincrasias, gostos, birras, implicâncias, simpatias e antipatias acabarão por vir à tona, dum modo ou de outro. Verás que vais gostar mais desta figura humana que daquela, e que terás mais paciência com A do que com B. E que tua indiferença para com C e D fará que estas duas personagens não passem de vagos vultos cinzentos. Outra coisa. Aposto como seguirás nesse romance a tua velha linha.

— Qual?

— A parcialidade para com as mulheres. Tuas personagens do sexo feminino (se não me falha o olho crítico nem a memória) sempre têm melhor caráter que as do sexo masculino. Para resumir o assunto, teus romances são escritos (não te ofendas) dum ponto de vista quase feminino.

— Obrigado pelo quase.

— É por isso que duvido possas pôr de pé com vida e uma verdade... digamos, hormonal, tipos tão acentuadamente machos como esse tal capitão Rodrigo e o teu tio Toríbio.

— Voltemos ao assunto "imparcialidade", que me interessa de maneira especial...

— Nem mesmo o Deus barbudo dos judeus e dos cristãos é imparcial na apreciação deste mundinho que Ele fez (dizem) em seis dias. O Padre Eterno julga os homens de acordo com Suas leis e mandamentos. Como é que tu, mísero mortal, podes aspirar à imparcialidade? Acho que deves ser apaixonadamente parcial. Será melhor para o romance. E para ti mesmo.

— Ando às voltas também com um problema de técnica. Não sei se devo começar a história do princípio, isto é, de 1745, e depois seguir rigorosamente a ordem cronológica... É curioso como esse mistério do tempo sempre me visita quando estou por começar uma narrativa.

— Já pensaste que o Tempo pode bem ser um dos muitos disfarces de Deus? Vou mais longe. Talvez o Tempo seja Deus. Podes usar esse pensamento onde e quando quiseres. É um presente de Natal que o Tio Bicho te oferece... Mas, voltando à vaca fria, que no caso é o teu romance... já começaste mesmo a escrevê-lo?

— A vaca está mais quente do que imaginas. Ainda não comecei a botar o preto no branco, mas sei que já adoeci do romance. Conheço bem a síndro-

me. É uma espécie de febre ondulante. Languidez de membros em contraste com uma crescente excitação cerebral. Sim, e uma esquisita hipersensibilidade epidérmica. Durmo pouco. Sonho muito... e que sonhos! Como sem interesse. Presto uma atenção vaga no que as outras pessoas fazem e dizem a meu redor. Em suma, ausento-me aos poucos do mundo e passo a viver numa ilha mágica, completamente fora da nossa geografia cotidiana...

— *Num providencial desterro que te livra dos problemas e angústias do mundo real, não?*

— *Não é bem isso. O que faço talvez seja transferir para esse feudo do espírito segmentos do mundo chamado real para projetar neles criaturas da minha imaginação.*

— *E nessa ilha em que és rei, como Sancho Pança na Barataria, te sentes senhor absoluto de tuas personagens e de seus destinos...*

— *Puro engano. Às vezes essas criaturas se rebelam contra o criador, escapam das mãos dele e passam a viver vida própria, completamente independentes de seu arbítrio. Aprendi que esse é o melhor sinal de que realmente estão vivas.*

Tio Bicho me olhou de soslaio, sorriu com malícia e disse:

— *É engraçado, mas esse processo de gestação literária, no caso de vocês os ficcionistas, parece-se muito com o da gravidez... Vê bem. A personagem (ou o livro) cresce na tua mente como um feto no ventre materno. Como uma gestante, estás sujeito a momentos de alegria, esperança e plenitude alternados com náuseas, apreensões e crises de nervos. Um dia a criança nasce, depois cresce e já não te pertence mais: passa a ser um pouco dos outros e muito de si mesma. Agora eu só queria saber como é que os contadores de histórias ficam grávidos... Alguns devem ser fecundados pelo pólen da inspiração trazido pelo vento, pelos insetos e pelos passarinhos...*

Ao dizer isto Tio Bicho deu à voz um tom aflautado.

— *Essas eternas virgens de hímen complacente produzem livros delicados, coloridos e perfumados como flores. Mas os outros, os que ficaram grávidos como resultado duma cópula completa, gostosa e sem inibições com o mundo, isto é, dum verdadeiro ato de amor, esses dão à luz filhos sanguíneos, fortes e belos. Não perguntei quem é o pai da tua criança... Sou um homem discreto. Mas... falando sério, será que depois desse parto, que imagino difícil e doloroso, vais te resignar a esconder o bebê no fundo duma gaveta?*

Como única resposta, encolhi os ombros. E na pausa que se seguiu, fiquei atento às vozes e evocações da noite. Um galo cantou longe num terreiro que me pareceu mais do tempo que do espaço. Os grilos continuavam seu monocórdio concerto de vidro.

O Sobrado estava de janelas apagadas. O luar parecia escorrer do telhado, como mercúrio.

— Se meu pai ainda não dormiu — pensei em voz alta — é possível que esta noite morna e perfumada esteja despertando nele uma certa saudadezinha do Rio...

Depois duma breve pausa, Tio Bicho falou:

— É mais provável que ele esteja pensando na amante. Já imaginaste a angústia do Velho? Preso naquele quarto, sabendo que a rapariga está na cidade, a poucas quadras de distância, e ele sem poder agarrar e nem mesmo ver a bichinha...

— Se imaginei? Mais que isso: senti. Sabes como me identifico com o meu pai...

— Te identificas tanto que às vezes te sentes culpado pelas coisas que ele faz. E o culpas por muitas das que fizeste ou deixaste de fazer. Não esqueço o que me disseste ontem, depois do serão, aqui debaixo desta mesma árvore. "O velho Rodrigo atravessou a era getuliana de sexo em riste."

— Ah! Mas foi uma frase caricatural, evidentemente uma brincadeira...

— Não creio. Já notei que essa é a tua maneira de interpretar as atividades de teu pai no Rio. Não te lembras nunca de creditar na conta dele as boas e belas coisas que fez. E as outras que, se não foram belas nem boas, nada tinham de sexuais.

— Exageras. Não sou assim estúpido como imaginas.

— Na apreciação do caráter e da vida do doutor Rodrigo Terra Cambará, tu te portas com a estupidez dos apaixonados. Jamais poderás compreender o homem que ele é (digo o homem integral) se não te livrares desse puritanismo, herdado ou adquirido, que te leva a ver o ato sexual extraconjugal como algo de pecaminoso, reprovável e socialmente nocivo. E o que mais te perturba, irrita e confunde é que, sendo tão sensual quanto o Velho, não tens a coragem de, como ele, dizer sempre sim aos teus desejos.

Estive a ponto de gritar: "Para com o sermão! Já discutimos essas coisas um milhão de vezes". Mas não disse nada. Limitei-me a apanhar um seixo e a atirá-lo contra um arbusto. Tio Bicho percebeu o que se passava comigo e pôs-se a rir baixinho.

— Um homem é dono de seu sexo — disse — e tem o direito de usá-lo a seu bel-prazer. Será lícito censurarmos alguém por usar o nariz para respirar ou a boca para comer? Já te passou pela cabeça a ideia de que a atividade sexual de teu pai bem pode ser algo mais que esse brasileiríssimo priapismo de mico, produto duma comichão incoercível? Às vezes chego a pensar que o doutor Rodrigo, como D. H. Lawrence, chegou muito cedo na vida à percepção *(consciente ou inconsciente, não sei) de que o sexo é uma das mais profundas formas de conhecimento...*

Dessa vez quem riu fui eu. Bandeira continuou:

— Toma um homem como o nosso doutor Rodrigo, um *gourmet* e um *gourmand da vida, coloca-o com todos os seus apetites e audácias dentro daquele ambiente e daquela hora que o doutor Terêncio costuma descrever com tanto fervor apocalíptico, e verificarás que ele não podia deixar de sentir o que sentiu, dizer o que disse e fazer o que fez. Contenta-te com a evidência e não tentes explicar o que talvez seja inexplicável. Resigna-te às contradições e imperfeições do bicho-homem, que são até certo ponto o resultado da luta desigual entre sua poderosa natureza animal e os preconceitos duma educação cristã que nos quer impor uma moral feita mais para anjos que para homens. Vives aí nessa lamúria de menino só porque teu papai não correspondeu à imagem ideal que tinhas dele, e pela qual ele não é responsável...*

— Nesse ponto te enganas. O Velho tudo fez para encorajar nos outros essa idealização de sua pessoa. Nos outros e possivelmente em si mesmo.

— Não o recrimines por isso. Todos nós, em maior ou menor grau, somos uns farsantes, uns dissimuladores. Procuramos mostrar ao mundo as nossas mais belas máscaras, em vez da nossa face natural. Às vezes tentamos até iludir a nós mesmos, em solilóquios diante do espelho. Teu pai faz isso. Eu faço. Tu fazes. Todo o mundo faz. É humano. E outra coisa! É bom não esqueceres que o doutor Rodrigo Terra Cambará, antes de ser uma personagem do romancista Floriano Cambará, é uma pessoa viva, um ser que existe independentemente da tua fantasia, das tuas expectativas e das tuas necessidades.

Bandeira ergueu-se, acendeu um cigarro, soltou uma baforada e depois me convidou a acompanhá-lo até sua casa. Pusemo-nos a caminho pela Voluntários da Pátria.

— E tu... — perguntou ele — como vais entrar no romance?

— Serei uma personagem como as outras.

— Achas que te podes ver a ti mesmo com objetividade?

— Acho, e isso significa que terei de cortar na própria carne.

— Veremos então um espetáculo portentoso: o Floriano moralista escrevendo sobre o Floriano imoral ou amoral. Ou vice-versa... Vai ser uma confusão dos demônios. Quero só ver.

— Não procurarei inocentar-me. Passei boa parte desses quase doze anos de Rio de Janeiro estendido ociosamente nas areias de Copacabana, discutindo com outros "moços de futuro" como eu assuntos como a poesia de Auden e a música de Hindemith.

— Não vejo nisso nada de mau ou de feio...

— Para nós as favelas eram apenas cores na paisagem. Seu fedor não chegava às nossas narinas tão afeitas ao perfume da rosa de Gertrude Stein. Sua dor não conseguia sequer tocar nossos nervos tão sensíveis às dores e angústias das personagens da literatura universal. E eu tinha sempre a meu lado a conveniente bacia de Pilatos para as minhas abluções diárias...

— Asseguro-te que Pilatos no fundo era um bom sujeito. E tão céptico, o coitado!

— Numa manhã de novembro de 1937, eu estava deitado na areia do Posto 3 com a cabeça pousada no ventre de Miss Marian Patterson. O Estado Novo tinha sido proclamado havia pouco, o país mudara de regime da noite para o dia, e tudo isso se processara sem derramamento de sangue. A americana estava perplexa e queria que eu lhe explicasse o fenômeno.

Então eu, de olhos semicerrados, acariciando os ombros da rapariga, murmurei com um sorriso preguiçoso: "É muito simples, darling. O brasileiro é avesso à violência". E passamos a outros assuntos. No entanto é bem possível que naquela mesma hora os "especialistas" da Polícia estivessem aplicando nas suas vítimas seus requintados métodos de tortura. Tu ouviste falar neles... Arrancavam as unhas dos prisioneiros com alicates... esmagavam-lhes os testículos com martelos... aplicavam-lhes pontapés nos rins... Sim, e metiam buchas de mostarda nas vaginas das mulheres dos prisioneiros políticos, ou então as sodomizavam na frente dos maridos... Nós os moços da praia ouvíamos falar nessas brutalidades da Polícia, mas preferíamos achar que tais rumores não passavam duma mórbida ficção, produtos dum sinistro folclore em processo de formação... Recusávamos aceitar essa realidade não poética.

— Assim vais mal, meu filho — disse Bandeira. — Se começas a te sentir culpado por todos os desmandos, arbitrariedades e injustiças que se cometem no mundo ou mesmo neste país, terás um fim triste. Já que não és homem de barricada, acabarás fechado num convento, rezando, batendo no peito o mea culpa e fazendo penitência. É preciso encarar a vida com um certo espírito filosófico, rapaz! Tua responsabilidade para com o próximo é limitada, como não podia deixar de ser.

— Mas tu mesmo vives proclamando a necessidade de nos tornarmos responsáveis por nós mesmos e por nosso destino!

— Ah, meu caro! A responsabilidade que preconizo não é dessas que acabam criando em nós um sentimento de culpa. Nada tem a ver com o catecismo, o Código Civil ou o Exército de Salvação. Não é uma responsabilidade de menino que acaba de tomar a primeira comunhão, mas de adulto que enfrenta tanto a vida como a morte sem ilusões cor-de-rosa.

— Precisarei te repetir que meu sentimento de responsabilidade para com *todas essas injustiças e atrocidades pouco ou nada tem a ver com a moral teológica, mas muito com a moral social? Depois de bater com a cabeça em incontáveis paredes e muros, em busca duma saída para o tipo de liberdade com que sonhava, cheguei à conclusão de que essa liberdade é um mito, e de que o homem deve ser responsável não só por si mesmo como também até certo ponto pelos outros. Não existe o ato gratuito.*

— É bom que tenhas dito "até certo ponto". Porque um sentimento exagerado de responsabilidade para com o próximo bem pode trazer no fundo um grãozinho de messianismo e de paranoia. Cuidado, meu velho. Adolf Hitler julgava-se responsável pela grandeza e pela felicidade da raça germânica...

Dei uma palmada nas costas de Tio Bicho.

— Estás infernal hoje, homem!

Quando paramos à frente de sua casa, na calçada deserta, meu amigo me mirou longamente e depois, com voz quase doce, perguntou:

— Será que algum de nós dois sabe mesmo o que está dizendo?

— Sei lá! Vivemos enredados em palavras.

Roque Bandeira me olhou bem nos olhos — e disse:

— Acho que hoje me compenetrei demais de meu papel de advogado do diabo e não te ajudei nada nessa coisa do romance. Só espero que não tenha te desencorajado muito. Acho sinceramente que precisas botar esse filho para fora o quanto antes.

Ficamos alguns instantes em silêncio.

— Sabes duma coisa? — disse eu. — Descobri um título para ti.

— Qual é?

— Cínico municipal.

— Pois eu tenho outro melhor para ti. Romancista penitente.

Despedimo-nos e eu voltei lentamente para o Sobrado, ruminando a conversa da noite.

Noite de Ano-Bom

I

Na manhã do último dia do ano de 1937, o corpo de Sara Stein foi enterrado no cemitério dos judeus, que fica por trás do campo-santo de Santa Fé. Umas escassas vinte pessoas, membros da comunidade israelita local, formavam o acompanhamento fúnebre.

Era pouco mais de dez horas, o sol brilhava num céu sem nuvens, o ar estava seco e límpido, e uma brisa fresca trazia das coxilhas em derredor um cheiro de grama e queimadas.

A comitiva esperava em silêncio, enquanto os coveiros desciam o rústico esquife ao fundo da sepultura. A quietude do cemitério era quebrada apenas pelo rechinar duma cigarra e pelas lamentações de três senhoras idosas, vizinhas e amigas da defunta, que soltavam exclamações de dor em iídiche, os corpos sacudidos de soluços, as lágrimas a escorrerem pelas faces sofredoras.

A oração fúnebre ia ser pronunciada pelo velho franzino, encurvado e macilento que estava à beira da cova. Tinha longas barbas grisalhas, vestia surrada sobrecasaca negra e trazia na coroa da cabeça um barrete também preto. De braços cruzados sobre o peito, as pálpebras cerradas, parecia imerso em profunda meditação. Houve um momento em que um dos companheiros lhe tocou o braço, chamando-lhe a atenção para quatro homens, evidentemente cristãos, que haviam entrado no cemitério e agora, as cabeças descobertas, faziam alto a uns dez metros da cova, como se tivessem vindo especialmente para prestar uma homenagem à morta. O patriarca abriu os olhos, fitou-os nos recém-chegados, sorriu com satisfação e explicou em hebraico de quem se tratava. O cavalheiro de branco era o dr. Rodrigo Cambará, uma das figuras mais importantes não só de Santa Fé como também da República. Os dois jovens que estavam a seu lado deviam ser seus filhos. O homem de roupa cinzenta? Ah! esse era o dr. Dante Camerino, o médico que assistira d. Sara com a maior dedicação até a última hora. Todos amigos do Arão...

Agora um novo som se juntava ao canto da cigarra e aos soluços das velhas: os coveiros com suas pás atiravam terra sobre o caixão, que soava soturno como um atabaque.

Rodrigo levou o charuto à boca e inalou a fumaça com um prazer um tanto prejudicado pela ideia de que fumar num momento como aquele chegava a ser quase um sacrilégio. Fosse como fosse, mamar um charuto caro diante daquela comitiva de aparência tão pobre não deixava de ser um acinte... Foi, pois, com uma certa discrição que expeliu a fumaça. Pensou em jogar fora o charuto, mas achou que era uma pena, pois o acendera havia menos de cinco minutos. Continuou a fumar.

Ao chegar a Santa Fé no dia anterior, ficara logo sabendo do falecimento da mãe de Arão. Não quisera, porém, ir à casa mortuária não só porque detestava velórios como também porque o espetáculo da miséria o deixava deprimido.

Recordava a criatura infeliz que fora d. Sara, sempre assombrada por temores e preocupações. Sua pele era branca e oleosa, de largos poros, como os queijos da Dinda. Caminhava com dificuldade, gemendo e arrastando as pernas deformadas pela elefantíase. Trabalhava de sol a sol no seu ferro-velho, e muita razão tinha Tio Bicho quando dizia que a mãe do Arão parecia uma personagem de Dostoiévski. Pobre mulher! Seus olhos jamais haviam perdido a expressão de terror que neles ficara dos *pogroms* que presenciara, quando menina, na sua aldeia natal no sul da Rússia.

A atenção de Rodrigo foi despertada pela conversa de dois jovens judeus que se achavam a pequena distância. Aparentavam ter entre dezoito e vinte anos. Um deles, rosado, anguloso, ruivo e sardento, lembrava um pouco o que Arão Stein fora quando rapaz. O outro, moreno e descarnado, tinha algo de levantino na cor azeitonada da pele e no aveludado dos olhos escuros. Falavam em voz baixa mas perfeitamente audível. Dizia este último:

— Não concordo. Ele tinha que ir. Era um dever.

— O dever dele era cuidar da mãe.

— Não. Um homem não pertence apenas à sua família, mas a toda a humanidade. Ou então não é um homem verdadeiro.

— Quem é mau filho não pode ser bom cidadão. O Stein deixou a mãe sozinha, passando necessidades. A velha morreu de desgosto.

— Tu não compreendes mesmo ou não *queres* compreender?

Neste ponto o rapaz moreno percebeu que Rodrigo os mirava de soslaio, aparentemente interessado no diálogo. Sua voz então perdeu a naturalidade, assumindo um tom quase teatral:

— A causa da República espanhola — continuou — é a causa mesma da liberdade e da dignidade humana. É a nossa causa, Moisés. Quando aviões alemães bombardearam Guernica eu chorei. Chorei de pena das crianças, das mulheres e dos velhos indefesos que os bandidos nazistas assassinaram. Mas chorei também de raiva desses carniceiros, e de vergonha por estar aqui de braços cruzados... Palavra de honra, se eu tivesse dinheiro fazia o que o Arão fez. Tomava o primeiro navio para a Espanha e ia me alistar na Brigada Internacional.

O outro olhava para a sepultura e sacudia a cabeça fulva numa negação obstinada. O jovem moreno prosseguiu:

— Não te iludas. Se o nazifascismo ganhar esta guerra, a nossa raça estará condenada. A causa da República espanhola é a nossa causa, tu não vês?

— Pode ser, mas o Arão matou a velha.

— Mesmo que isso fosse verdade (e não é!), que importa a vida dum indivíduo quando se trata da salvação e do bem-estar de milhões de seres humanos através de todo o mundo?

— O Arão matou a mãe, é só isso que eu sei.

O rapaz moreno soltou um suspiro de impaciência e exclamou:

— Não passas dum pequeno-burguês sentimental!

Ao ouvir estas últimas palavras, Eduardo Cambará, que também seguia o diálogo, mas sem olhar para os interlocutores, voltou a cabeça vivamente e seus olhos encontraram os do judeu moreno. Houve um entendimento mútuo e instantâneo: estabeleceu-se entre ambos uma corrente de solidariedade e simpatia. Sorriram um para o outro.

2

O patriarca barbudo começou a ler a oração. Tinha uma voz grave e metálica, mas que no fim das sentenças perdia o brilho e a empostação, esfarelando-se no ar.

Eduardo ruminava as palavras do rapaz moreno. Ele também sofrera na carne, nos nervos, o bombardeio de Guernica. Aprovara com entusiasmo o gesto de Arão Stein. Envergonhava-se de estar ali, inútil, seguro, à sombra do pai, a cabeça metida no solo, como uma avestruz estúpida. Depois que Stein partira para a Espanha, sentira ímpetos de segui-lo. Mantivera um diálogo desagradável com o Velho, havia menos de um mês.

— Estás louco? Não tens nada a ver com essa guerra. Vai cuidar da tua vida.

— O senhor então não compreende que as tropas alemãs e as italianas estão fazendo o povo espanhol de cobaia, experimentando nele as armas e os aviões modernos com que mais cedo ou mais tarde vão agredir o resto do mundo livre? A Segunda Guerra Mundial já começou!

— Que se danem! Não vais. Tira isso da cabeça.

— E se eu for?

— Se insistires nessa besteira, mando te prender. Tu sabes que o chefe de polícia é meu amigo.

— Uma técnica perfeitamente fascista.

— Cala a boca! Não vou permitir que arrisques tua vida por causa duma fantasia insensata. Quando o Arão voltar, vai ter de ajustar contas comigo por te haver metido na cabeça essas caraminholas socialistas.

O fato era — refletia agora Eduardo, tendo como uma espécie de monótona música de fundo a voz do patriarca — que Arão apenas lhe abrira os olhos para uma verdade que mais cedo ou mais tarde ele acabaria descobrindo por si mesmo. A Revelação lhe caíra como um raio sobre a cabeça, deitando por terra o pomposo edifício de mentiras e ilusões que sua imaginação construíra com o auxílio de toda uma literatura burguesa artificiosa, sem raízes na realidade social. Só então é que começara a sentir o sabor de decadência, o que havia de *faisandé* na obra de Marcel Proust, que antes tanto admirava. O marxismo lhe fornecera os instrumentos de que ele necessitava para escalpelar o cadáver moralmente putrefato da sociedade capitalista, dando-lhe ao mesmo tempo o mapa do maravilhoso mundo socialista do futuro, que tudo indicava não estar muito longe no tempo. E aos poucos lhe viera uma crescente vergonha de sua situação familiar, principalmente de sua condição de filho dum figurão da política situacionista, cúmplice (sim, por que não dar nomes aos bois?), cúmplice, pelo menos por omissão, dos crimes da polícia getuliana; cúmplice também (nesse caso por comissão... e gordas comissões!) de mil e uma negociatas — gozador, vaidoso, autoritário, não respeitando no seu priapismo nem as mulheres dos amigos. Isso para não falar em secretárias e datilógrafas...

Ao pensar nessas coisas, Eduardo via com o rabo dos olhos a figura do pai, todo vestido de linho branco, tendo na boca um charuto fálico, dum tipo fabricado especialmente para o ditador. O diabo era que apesar de tudo ele ainda tinha pelo Velho um certo respeito que só podia ser um vestígio do temor que em menino tivera do homem que exercia em casa uma autoridade arbitrária e indiscutível, e que de vez em quando lhe dava palmadas nas nádegas ou puxões de orelha. Se eu não gostasse dele — refletiu — tudo ficaria mais fácil. Sairia de casa e ia viver a minha vida.

Sentia-se constrangido em receber uma mesada do pai para continuar seu curso de direito, uma coisa puramente formal, absolutamente inútil para quem como ele não acreditava mais na justiça capitalista. Começara a sentir esses escrúpulos de menos de um ano para aquela data, depois da Revelação. O que antes era uma situação que aceitava com naturalidade, se havia transformado num problema. Que fazer?

Tornou a olhar para o judeu moreno. Outra vez trocaram um sorriso. Eduardo encaminhou-se então para ele, estendeu-lhe a mão, que o outro apertou.

— Meu nome é Eduardo Cambará.

— O meu é Gildo Rosenfeld.

— Ouvi o que você disse ao seu amigo. Eu também aprovei e invejei o que o Arão fez.

Tomou do braço do novo camarada e conduziu-o para um dos ângulos do cemitério.

3

Floriano Cambará seguiu-os com o olhar e compreendeu o que se havia passado. Tinha ouvido também o diálogo dos dois jovens. Sorriu para si mesmo. Começava a acreditar que um comunista convicto e apaixonado era capaz de emitir fluidos, transmitir mensagens imperceptíveis para o comum dos mortais, e que só podiam ser captadas e decifradas por outro crente. Que maçonaria!

Olhando para o pequeno grupo que rodeava a sepultura recém-fechada, começava a ver a cena dum ângulo plástico. Havia, porém, algo de errado no quadro. Aquele enterro nada tinha a ver com a manhã festiva: pedia, isso sim, um pressago céu de sépia, como o de certas telas de El Greco. As palavras do patriarca, bem como o choro das velhas, perdiam-se na amplidão luminosa. Outro elemento sonoro estranho à cerimônia eram os guinchos dos quero-queros, que de quando em quando cortavam o ar, vindos dos campos adjacentes. E estava perfeitamente claro que a cigarra não cantava para a defunta, mas para o sol. Em suma, o pequeno cemitério judaico — com seus muros sem reboco, suas sepulturas pobres, suas lápides em que se viam estrelas de davi e inscrições em iídiche e hebraico — parecia uma ilha anacrônica perdida num mar de luz e azul, um azul vivíssimo e improvável de cartaz de turismo, um azul pueril e sem memória, que nada parecia saber de diásporas, *pogroms* e guetos, nem da dor, da tristeza e da nostalgia duma raça sem pátria no espaço. Surgiu então na mente de Floriano uma imagem que ele estava habituado a associar àquele tipo de céu e de luz: Marian Patterson saindo das águas do oceano, o corpo enfeitado de gotas cintilantes de sol. Sim, Mandy ameaçadoramente hígida e atraente. Que estaria ela fazendo àquela hora? Floriano olhou para o relógio. Dez e quarenta. Claro que estava estendida nas areias de Copacabana. Será que já me enganou com alguém? Não creio ou, melhor, não quero crer. Nem pensar no assunto. Que direito tenho de lhe exigir fidelidade? Nunca me pediu nem prometeu nada. E é isso que dá à nossa ligação muito da sua beleza... e toda a sua conveniência. Pouco me importa o que Mandy possa estar fazendo agora ou o que vá fazer esta noite. Mentes, velhaco! Bem que a coisa me preocupa. Mas eu me sinto diminuído por me preocupar.

Pensou então na prova que o esperava aquele dia: seu primeiro encontro com Sílvia depois da interrupção da correspondência que haviam mantido... e depois da notícia do noivado dela com Jango. Como tratá-la? Que dizer-lhe? A verdade era que desde que chegara a Santa Fé, havia menos de vinte e quatro horas, sentia-se de novo preso ao sortilégio da amiga, mesmo antes de tê-la visto ou ouvido. É que ela estava inapagavelmente ligada às imagens, aos odores, aos sons, em suma — ao clima do Sobrado. Mais que isso: ela pertencia ao *tempo* do Sobrado. Pela mente de Floriano passaram, no espaço de alguns segundos, as muitas Sílvias que ela fora ao longo dos anos, à sombra do relógio grande de pêndulo e dos calendários da Casa Sol, cujas folhinhas a Dinda arrancava infalivelmente todas as manhãs.

Primeiro, uma criaturinha de pernas finas, que irritava um pouco o menino Floriano, por causa de sua devoção por Alicinha, a quem obedecia e servia como uma escrava, e de sua adoração pelo padrinho Rodrigo, a quem um dia se oferecera como filha.

Depois, a meninota de doze anos que se movia como uma sombra silenciosa pelas salas do casarão, olhando para tudo e todos com olhos cheios de amor, como a suplicar que a aceitassem, e, se não fosse pedir muito, que também a amassem...

Dezembro de 1932. De uma das janelas dos fundos do Sobrado, uma tarde Floriano viu, sem ser visto, a Sílvia de quatorze anos. Estava no quintal, vestida de branco, sentada debaixo dum jasmineiro-manga, as mãos pousadas no regaço, a cabeça um pouco alçada, a expressão séria, como a posar para um pintor invisível. Era a primeira vez que a via, depois duma ausência de dois anos. E a graça da adolescente foi para ele uma surpresa, uma súbita revelação. Ficou a contemplá-la encantado, já pensando em se daquele momento em diante poderia continuar a beijá-la fraternalmente como antes... e ao mesmo tempo lutando consigo mesmo, recusando-se a aceitar a ideia duma Sílvia mulher... No entanto lá estava ela, com a sombra das folhas, ramos e flores da árvore no rosto e nos braços, menina e moça, mais moça que menina. E Floriano fruiu aquele instante como quem entreouve a mais bela frase duma sonata, ao passar por uma janela aberta: um momento inesperado e gratuito... um minuto roubado que se pode deteriorar se o passante inadvertido se detiver para ouvir a sonata inteira.

Outra foi a Sílvia que ele encontrou no vestíbulo do Sobrado ao chegar do Rio, em setembro de 1935, para assistir às festas com que Santa Fé comemorou o Centenário da Revolução dos Farrapos. Teria Sílvia então dezessete anos e era já uma mulher-feita. Foi exatamente por isso que ele a tomou nos braços com um ardor pouco fraternal e beijou-a na face, mas tão perto da boca, que as comissuras dos lábios de ambos se tocaram de leve. Uma vermelhidão cobriu o rosto da moça, que, sem dizer palavra, fugiu para o fundo da casa, enquanto ele, Floriano, também perturbado, abraçava os outros. Ao estreitar contra o peito o corpo seco da Dinda, esta lhe disse significativamente: "Não se esqueça que vacê não está no Rio de Janeiro, mas em Santa Fé, j'ouviu?". E nas duas semanas que passara em sua cidade natal, naquele setembro ventoso, tivera pouquíssimas oportunidades de ficar a sós com Sílvia, por duas razões igualmente poderosas. Primeiro porque Jango cercava a moça com suas atenções de apaixonado, não lhe dando trégua. E depois porque a Dinda exercia uma fiscalização de tal modo rigorosa nos assuntos sentimentais do casarão, que toda a vez que o encontrava em companhia de Sílvia, descobria um pretexto para separá-los. Não raro dizia simplesmente: "Sílvia, o Jango anda te procurando". Gritava em seguida: "Ó Jango, a Sílvia está aqui!". E Floriano sorria, compreendendo que o irmão era o "candidato oficial" do Sobrado à mão da moça. Resignava-se, mesmo porque ele próprio não era candidato a coisa nenhuma. (Ou era e não sabia?)

Outono de 1936. Da janela do apartamento da família, em Copacabana, numa manhã de domingo, ele lia uma carta, fazendo de quando em quando pausas na leitura para contemplar as ondas que rebentavam em espuma. Era estranho — refletiu —, mas Sílvia nunca tinha visto o mar... Entre outras coisas, a carta dizia:

> Sabes por que te escrevo? Se sabes então manda me dizer, porque eu não sei. De repente me veio uma vontade danada de conversar contigo, e aqui estou, me sentindo um pouco sem graça, com a impressão de estar falando sozinha. Porque nem sei se tens tempo ou interesse em manter correspondência com uma "amiga provinciana". Não te julgues obrigado a me responder. Se há coisa que eu detesto é ser tratada com caridade. Acho até que suporto melhor os maus tratos que a piedade, não te esqueças nunca disso. Mas se escreveres, podes ficar certo de que me farás muito feliz. Sei o que estás pensando: "A Sílvia está fazendo a sua chantagem". E eu acho que estou mesmo.

Aquela carta fora o princípio duma correspondência que durara mais de um ano. E uma Sílvia que ele não conhecia e nem sequer suspeitava se foi aos poucos revelando, rica de imaginação, de humor e de substância humana, naquelas cartas escritas em papel de seda, com tinta azul-turquesa, numa caligrafia nítida, de corte tão decidido que não parecia ter sido traçada pela frágil mão daquela morena de olhos amendoados.

4

Terminada a cerimônia fúnebre, Rodrigo foi cumprimentar o patriarca e acabou apertando a mão a todas as outras pessoas que se aproximaram dele.

Eduardo, que ainda conversava a um canto do cemitério com Gildo Rosenfeld, murmurou, como que pensando em voz alta:

— Lá está o Velho cortejando o eleitorado. Todos os políticos são iguais.

O judeu sorriu, sem ousar dizer o que pensava do figurão. Mas Eduardo, para se mostrar liberto de preconceitos, disse:

— Não pense que não sei o que se conta por aí de meu pai. E o pior é que tudo ou quase tudo é verdade. O pretexto desta viagem foi celebrar esta noite num *réveillon* o noivado de meu irmão. Vai haver festança lá em casa, em grande estilo. Bom, mas o que trouxe mesmo o Velho até aqui foi o propósito de convencer alguns amigos relutantes, como o coronel Macedo e o doutor Prates, de que o Estado Novo deve ser aceito e prestigiado, porque dele depende a salvação do Brasil.

— Acha que seu pai acredita mesmo nisso?

Eduardo fez uma careta de dúvida.

— Acho que ele quer acreditar, precisa acreditar. No fundo não deve estar se sentindo muito bem. Passou a vida fazendo demagogia, dizendo-se democrata, civilista e não sei mais o quê, e agora se acumpliciou com os militares para impor ao país um regime fascistoide.

As mãos metidas nos bolsos, Rosenfeld tentava arrancar com a ponteira do sapato um seixo meio enterrado no solo.

— E o Partido? — perguntou sem erguer os olhos.

Eduardo compreendeu o sentido da pergunta.

— Não sou ainda membro, mas simpatizante. Conheço pessoalmente vários camaradas. O Partido faz o que pode na ilegalidade, está se reorganizando, depois do fracasso do golpe de 35. O trabalho de sapa, você sabe, não cessa nunca. E mesmo essa burguesia safada trabalha para nós. Quando voltar ao Rio, quero ver se me inscrevo. Tenho medo que não me aceitem, por eu ser filho de quem sou. — E noutro tom: — Há muitos comunistas por aqui?

Rosenfeld encolheu os ombros.

— Alguns simpatizantes. Nenhum membro do PC, que eu saiba, além do Stein. — Fez com a cabeça um sinal na direção do cortejo fúnebre que começava a dispersar-se. — Quem é o de roupa azul-marinho?

— Meu irmão mais velho.

— É dos nossos?

— Não... Um intelectual indeciso.

— É o que escreve livros?

— É. Vive dizendo que é socialista, mas fica tudo na boa intenção, não faz nada. No tempo da Aliança Libertadora, chegou a assinar um manifesto antifascista, mas acho que se arrependeu. O chefe de polícia telefonou ao meu pai: "Então, não sabia que tinhas um filho comunista, hein?". O Velho ficou furioso, chamou o Floriano, passou-lhe um pito, gritou que a Aliança Libertadora não passava de mais um disfarce dos comunistas.

Eduardo viu o pai fazer-lhe de longe um sinal: uma ordem para que o acompanhasse.

— Bom, o chefe da tribo está me chamando. Afinal de contas, é ele quem financia este parasita social que você está vendo aqui. — Sorriu. — Mais um exemplo da ditadura econômica. Mas não há de ser nada. As coisas logo vão mudar. Mesmo que eu não consiga embarcar para a Espanha, pretendo me atirar na luta dum jeito ou de outro.

Os olhos de Rosenfeld tinham uma doçura quase infantil; suas mãos eram frágeis, seus ombros estreitos. Eduardo ficou a perguntar a si mesmo se seu novo amigo estaria fisicamente qualificado para lutar na Espanha...

— Bom, havemos de nos encontrar outra vez — disse. — Podemos jantar juntos um destes dias. Que tal sábado que vem?

— Está combinado. Onde nos encontramos?

— No café do Schnitzler, às sete em ponto. — Sorriu. — Se entramos no Poncho Verde, correremos o risco de ser linchados...

Apertaram-se as mãos em silêncio. Eduardo encaminhou-se para o portão do cemitério, e Rosenfeld ficou onde estava, de olhos baixos, e ainda tentando desenterrar o seixo.

5

Rodrigo Cambará pôs o panamá na cabeça e, dirigindo-se ao Dante Camerino e aos filhos, disse:

— Vamos agora dar uma olhada no *nosso* cemitério.

Não era um convite, mas uma ordem. Floriano não gostou da ideia, mas seguiu o grupo. O vento trazia-lhe às narinas a aura paterna: fumaça de charuto misturada com eflúvios de Tabac Blond, o perfume com o qual, havia já alguns anos, o Velho "traíra" seu Chantecler. Segundo a opinião de muita gente, não fora essa a sua única traição. Murmurava-se que ele havia "apunhalado pelas costas" o próprio Rio Grande, apoiando o golpe de 10 de novembro, que fechara o Parlamento, rasgara a Constituição de 1934, instituíra a "Polaca" do Chico Campos e determinara a queima das bandeiras estaduais. Isso para não falar de outras traições mais sutis, de natureza não política.

— Eu só queria saber como é que ele se sente, bem no fundo — refletia Floriano, olhando as verdes coxilhas que se estendiam rumo de horizontes largos e luminosos. — Esse ar de homem forte, seguro de si mesmo e dos outros bem pode ser apenas uma fachada para esconder o tumulto que lhe vai no íntimo. Afinal de contas, o povo tem memória. E ele também... Seus discursos liberais de certo modo ainda ecoam nos ares de Santa Fé.

Entraram no cemitério. Rodrigo e Dante tornaram a descobrir as cabeças. Eduardo e Floriano não usavam chapéu, hábito com que Rodrigo não simpatizava. "Em certas coisas sou um homem antigo", dissera ele, não fazia muito. "Há modernismos que não aceito. Essa história de andar na rua sem chapéu, por exemplo... Em outros assuntos considero-me evoluído. Principalmente no terreno das ideias." Sim, a facilidade com que aceitara a falácia do Estado Novo — refletira Eduardo na ocasião — provava bem isso...

Floriano ficou angustiado ao dar os primeiros passos dentro do cemitério. Teve a impressão de que a mão da morte lhe acariciava o peito. E aqueles cheiros (cera e sebo derretidos, flores murchas, terra das covas recém-abertas) e mais a ideia de que debaixo daquele chão jaziam ossadas humanas e apodreciam cadáveres — produziam-lhe uma sensação de náusea.

O cemitério de Santa Fé lembrava-lhe vagamente uma cidade árabe, com cúpulas e minaretes em branco, rosa e azul, com suas casas caiadas e seus becos estreitos e desconcertantes como os do Casbah argelino. (Mais duma vez sonhara que andava perdido naqueles labirintos.) Só alguns dos mausoléus das grandes famílias destoavam do conjunto. O dos Teixeiras, todo de mármore branco, tinha a forma dum templo grego. O dos Prates, em mármore gris, parodiava uma catedral gótica. O dos Macedos era uma miniatura da Basílica de São Pedro, em granito róseo.

O menino que havia ainda em Floriano olhava em torno com olhos supersticiosos e apreensivos, mas o adulto tratou de recorrer ao sarcasmo para tranquilizar a criança.

Não achas absurda a pompa desses mausoléus? E tome mármore e tome bronze, e tome granito! Prefiro mil vezes um cemitério protestante, lápides simples dentro dum parque verde, sem nada de pretensioso ou macabro... Repara na cretinice de certos epitáfios. Ali está o infalível soneto de Camões. *Alma minha gentil que te partiste...* Maminha? Cacófaton! Te lembras de como ríamos no ginásio toda a vez que nos tocava analisar esse verso? Olha só a cara daquele anjo hermafrodita de nádegas carnudas... O que está ajoelhado sobre a lápide, depondo sobre ela uma coroa... Devia ter no rosto uma expressão de melancolia, no entanto por inadvertência ou molecagem do escultor tem apenas um sorriso safado. *Saudades eternas do teu amantíssimo marido.* Aposto como o *amantíssimo* tornou a casar-se. Tome muito cuidado com as palavras, menino, é um conselho que te dou. Se algum dia vieres a ser escritor, como sonhas, põe sentido nas palavras. *Eterno* e *infinito* no fim de contas não querem dizer tanto quanto se pensa. Alto! Aqui chegamos à última morada de d. Vanja. O retrato, como o epitáfio, não lhe fazem justiça. Branquinha e asseada, cercada de rosas frescas, esta sepultura parece-se muito com a defunta. Só lhe falta recender a patchuli. Adiante! Sossega esse peito. Os mortos são inofensivos. O que eles querem é que os vivos os deixem em paz. Ah! O jazigo da família Fagundes... Imagina só o cadáver do cel. Cacique tomando chimarrão todas as manhãs à frente dessa abominável imitação de *palazzo* florentino...

Floriano avistou o túmulo de Sérgio, o Lobisomem, uma das personagens de sua mitologia privada, e de súbito a espada do seu sarcasmo perdeu o fio. O adulto, vencido, entregou-se ao menino, que lhe tomou da mão e o levou a ver o "seu" cemitério, onde Eternidade e Infinito tinham ainda um prestígio e um sentido que seria um sacrilégio, além de uma insensatez, discutir.

Os passos de Floriano o levaram até uma das sepulturas mais famosas. Era toda de tijolos, na forma dum baú antigo, e continha os restos duma mulher que fora assassinada com cinco tiros pelo marido, que a apanhara nos braços de outro homem. O esposo enganado mandara gravar por baixo do nome da morta este epitáfio terrível: *Aqui jaz uma adúltera.*

— Ó Floriano!

Voltou a cabeça. O pai chamava-o. Aproximou-se dele. Apontando para uma pequena sepultura de arenito, Rodrigo perguntou:

— Te lembras do doutor Miguel Ruas?

— Claro.

Lá estava, num medalhão oval incrustado na pedra, o retrato do promotor, de meio corpo, a cara sorridente, os braços cruzados, uma palheta na cabeça, num jeito meio gaiato, o colarinho altíssimo e uma gravata tão fina como um cordão de sapatos. Como aquilo era comovedoramente 1920!

— Morreu nos meus braços — recordou Rodrigo. — E como um homem. Sem soltar um gemido.

Pararam, poucos passos adiante, à frente dum túmulo em que um anjo de asas fechadas tinha o rosto coberto pelas mãos e os cotovelos apoiados numa coluna partida. Sobre a lápide horizontal de mármore cinzento, via-se um livro aberto. De dentro de uma das folhas desse livro, o retrato de d. Revocata Assunção olhava agora para Floriano com olhos autoritários, perguntando-lhe, de cima do estrado de sua Aula Mista Particular: "Em quantas partes se divide o corpo humano?". Floriano ouviu com a memória a voz metálica da velha mestra, chegou a sentir os cheiros da escola. "Ora, professora, o corpo humano que no momento conheço melhor, além do meu, é o de Mandy Patterson. Perdoe-me a insolência, mas, como a senhora sempre dizia, quem fala a verdade não merece castigo, e mais depressa se apanha um mentiroso do que um coxo. Os livros estão cheios de erros crassos. Uma das coisas que a experiência me ensinou é que o corpo humano tem mais de três partes, principalmente o das mulheres."

De novo o homem tentava proteger o menino. Mandy era o antídoto ideal para os pálidos pavores daquele cemitério.

— Mulheres como esta não aparecem mais — murmurou Rodrigo, contemplando com reverência o retrato da professora. — Estão se acabando.

— Já se acabaram — corrigiu Dante Camerino.

— E o mais curioso — disse Floriano, fazendo com a cabeça um sinal na direção da escultura — é que a professora não acreditava em anjos.

— Nem em Deus — ajuntou o médico. E contou que presenciara os últimos momentos de d. Revocata. Um padre se acercara da cama e a exortara a converter-se ao catolicismo. Ela respondera simplesmente: "Deus não existe". Expirou poucos minutos depois. O sacerdote cerrou-lhe os olhos e, voltando-se para as poucas pessoas presentes, murmurou com um sorriso triste: "A esta hora dona Revocata já descobriu o seu engano". E ajoelhou-se ao pé do leito para rezar pela alma da defunta.

6

Rodrigo continuou a andar, dessa vez com passo mais apressado, como se tivesse destino certo. De súbito, porém, estacou, como um homem ameaçado de morte que tem o pressentimento de que o sicário pago para o assassinar está atocaiado na próxima esquina... É que perto da capela grande, para onde seus passos o conduziam, ficava a sepultura do ten. Bernardo Quaresma...

Vou ou não vou? — pensou, mordendo o charuto, quase a ponto de trincá-lo. — O Dante já deve ter percebido a causa da minha hesitação...

— Vamos ver o Bernardo — disse em voz alta, procurando dar à voz um tom casual. Mas Floriano, que ouvira o convite, fez meia-volta e afastou-se rumo do portão do cemitério, num ritmo de fuga que mal conseguia disfarçar.

O epitáfio que o próprio Rodrigo redigira para a tumba do tenente de artilharia, rezava: *Morreu como um Bravo na Defesa de suas Convicções*. A inscrição alinhava-se em letras de bronze sobre uma lápide lisa de granito cor de chumbo, em cujo centro se viam uma espada e um quepe militar gravados em baixo-relevo. Rodrigo notou, indignado, que alguém havia quebrado, possivelmente com um martelo, a palavra *bravo*. Lembrou-se então da torva história que ouvira havia algum tempo. Todos os anos, no Dia de Finados, o pai do sarg. Sertório vinha infalivelmente cuspir sobre a sepultura do homem que lhe matara o filho. No último ano de sua vida, alquebrado e hemiplégico, fora trazido até ali nos braços de parentes e, já sem força para escarrar, atirara-se de bruços sobre a lápide, onde a boca aberta e mole ficara a babujar a pedra. Dum modo geral, porém, aquele túmulo gozava da estima popular, e era até foco de superstições, pois gente havia que, acreditando nos poderes taumatúrgicos do defunto, ia levar-lhe flores, acender-lhe velas, fazer-lhe orações e promessas.

Rodrigo pensava em Bernardo Quaresma com um misto de terna saudade e apagado horror. Porque a imagem do tenente de artilharia era agora para ele a personagem duma horrenda noite de pesadelo e ao mesmo tempo um objeto de remota afeição. Lembrava-se da alegria com que nos bons tempos Bernardo entrava no Sobrado, orgulhoso de ser íntimo da casa: passava a mão pela cabeça de Sílvia, chamando-lhe "minha namoradinha", e tentava, mas em vão, conquistar a Dinda com abraços que ela repelia e com presentes que nem sequer a faziam sorrir. Rodrigo pensou também em Roberta Ladário, a grande paixão de Bernardo. Avistara a professora havia pouco em Copacabana: gorda, grisalha, matronal. E o fato de ter enganado o tenente, dormindo com sua bem-amada, era agora para ele mais um motivo de remorso e mágoa.

Lembrava-se também, sensibilizado, de como o achara pequeno quando vira seu cadáver enrolado naquela lona sórdida...

E aqui estou eu vestido de linho, perfumado, próspero, vivo. Vivo! Se Bernardo me aparecesse e perguntasse "De que serviu minha morte?" — o melhor que eu tinha a fazer era baixar a cabeça e calar. Posso enganar os outros, mas não a mim mesmo. O que aí está não é positivamente o que nós queríamos fazer quando marchamos contra o Rio em 30. De quem a culpa? Minha não é. Sou um homem imperfeito, limitado. Tenho um corpo, nervos, apetites, paixões. Não me culpem pelo rumo que os acontecimentos tomaram... Mas quem é que me acusa? Eu mesmo. Qual! Não ignoro o que se murmura por aí... Esses maldizentes profissionais não sabem da missa a metade. A enxurrada de 30 levou para o Rio o que este pobre país tinha de mais corrupto... ou de mais corruptível. Todos nós fizemos o que foi humanamente possível fazer. No entanto houve momentos em que tivemos de transigir para evitar o pior. Engoli esse Estado Novo, mas a verdade é que não o digeri ainda. Não me agrada a posição de comparsa do Góes Monteiro e de seus generais. O que temos agora é uma ditadura fascistoide. (Por sorte o Getulio é um homem sereno.) Seja como for, o Rodrigo Cambará de 1930 a esta hora já estaria na coxilha, de armas na mão, para derrubar este novo governo. Mas acontece que sou o Rodrigo Cambará de 1937. Há coisas irreversíveis. O tempo, por exemplo. A morte. O remédio agora é levar adiante a comédia, representar a sério. O pano está erguido e os olhos do público em cima de nós. Já decorei o meu papel — o mais difícil da minha vida. Representá-lo direito é no momento a única esperança de salvação.

Bernardo Quaresma estava morto. Aquilo ninguém podia mudar. Mas... a troco de que mexer em feridas cicatrizadas? Que os mortos enterrem seus mortos, como diz a Bíblia. (Ou seria o Alcorão?) E um dia, houvesse o que houvesse, ele, Rodrigo Cambará, também seria trazido para ali, não enrolado numa lona suja, mas dentro dum caixão decente. E então tudo estaria bem. Bem uma ova!

Jogou fora o charuto, passou o lenço pela cara e pelo pescoço.

O calor aumentava, começava a causar-lhe mal-estar. Uma voz vinda da infância gritou: "Vem pra dentro, menino, sai do sol!". (A Dinda achava que o sol era capaz de *fritar* os miolos dum vivente.)

— Não é mesmo uma coisa estúpida? — disse, voltando-se para Dante Camerino, que a seu lado suava e bufava.

O outro sacudiu a cabeça numa lenta afirmativa.

— Tu sabes... — continuou Rodrigo. — Ele atirou primeiro.

— Ora, doutor. Todo o mundo sabe. Ninguém discute.

— Mesmo assim não é nada agradável a gente saber que matou um homem...

— O senhor não pode dizer isso. Eu me lembro que o tenente tinha cinco ou seis balas no corpo...

— Uma delas, a primeira, saiu do meu revólver.

Camerino permaneceu calado.

— Dante, vou te fazer uma pergunta e quero que me respondas com toda a franqueza... com a franqueza que sempre usei contigo. Na tua opinião, o sacrifício da vida do Quaresma foi inútil? Achas que a Revolução de 30 não melhorou em nada este país?

Camerino arrancou a gravata num gesto brusco, desabotoou o colarinho, passou o lenço pelo pescoço, olhando a todas essas para o túmulo.

— O assunto é muito complicado... — começou ele.

— Podes dizer o que pensas. Tenho o couro grosso.

— Ora, doutor. Acho que os revolucionários de 30 pretenderam fazer uma coisa e acabaram fazendo outra. Isso acontece muitas vezes em medicina. Mesmo quando cometemos erros ninguém pode nos acusar de ter procurado matar e não curar o doente...

— Compreendo. A Revolução de 30 provocou no organismo nacional uma infecção mais séria do que a que ela queria combater... e o nosso doente pode morrer da cura.

— Não é bem isso.

Rodrigo sorriu:

— Seja como for, não devemos perder a esperança. Porque nosso paciente tem uma resistência de cavalo. É o que nos vale!

Tornou a olhar para o túmulo:

— Vê só como são as coisas... Esse menino vem lá das Alagoas, estuda no Realengo, sai aspirante, vai servir numa guarnição do Norte, depois é promovido a tenente e transferido para cá. Pensa bem, Dante. Por que não Santa Maria? Ou Cruz Alta? Ou Caixa-Prego? Não, tinha de ser Santa Fé. Chegou aqui, frequentou minha casa, tomou-se de amores por mim, sentou-se à minha mesa, ficou sendo quase uma pessoa da família. Quando o sargento Sertório lhe deu voz de prisão, ele reagiu... trocaram tiros. O sargento errou a pontaria e pagou o erro com a vida, mas se tivesse acertado, eu teria encontrado o Bernardo morto ou ferido quando cheguei ao quartel. Suponhamos também que o policial do tenente não estivesse com ele na sala da guarda... Os sargentos teriam feito explodir uma granada lá dentro e liquidariam o Bernardo antes de irem me chamar... Mas qual! O destino arranjou as coisas de tal modo que eu, eu!, logo eu, o amigo do Bernardo...

Calou-se, meio engasgado e já prestes a chorar. Camerino desviou os olhos do rosto do amigo. Naquele momento o zelador do cemitério saía da capela. Rodrigo chamou-o.

— Seu Amâncio — disse —, vamos fazer uma coisa que há muito já devia ter sido feita. Quero mandar os restos do tenente Quaresma para Maceió, onde ele nasceu. Vou escrever ao prefeito de lá. O senhor tome todas as providências necessárias, se houver algum papel a assinar, eu assino. E todas as despesas naturalmente correm por minha conta. Mandaremos a urna por via aérea.

O zelador sacudiu a cabeça afirmativamente, murmurando:

— Está bem, seu doutor, está bem.

Rodrigo olhou para Dante:

— Vamos embora, está um sol filho da mãe!

Viera-lhe de repente uma ânsia de fugir, de meter-se em casa, tomar um banho, perfumar-se, beber uma cerveja gelada, ouvir música, esquecer o cemitério, a morte, o passado...

Dirigiu-se a passos largos para o portão. Avistou de relance, à sombra dum cedro, o túmulo de Toni Weber, que costumava visitar sempre que vinha a Santa Fé. Não! Já tivera sua dose de tristeza e remorsos... Para um dia só, bastava! Passou de largo pelo próprio jazigo dos Cambarás, já se sentindo culpado com relação ao pai, à mãe, à filha e aos outros parentes lá sepultados. Outro dia! Outro dia! Outro dia!

7

Entrou no Chevrolet azul que o esperava à entrada do cemitério. Sentou-se ao lado do chofer. Dante, Floriano e Eduardo acomodaram-se no banco traseiro.

— Toca, Bento! — ordenou Rodrigo. Depois que o auto arrancou, voltou-se para trás. — As minhas têmporas estão latejando, Dante. Acho que vou ter uma enxaqueca. — E, sem dar tempo para que o outro dissesse o que quer que fosse, perguntou: — Mas como foi essa história da velha Stein?

— Ora, depois que o filho embarcou para a Espanha, a coitada não teve um minuto de sossego. Vivia desesperada, com palpitações e dores no peito, a pressão subindo... Fiz o que pude, mas ela não me ajudava. Parecia até que tinha prazer em ser infeliz, só enxergava o lado negativo das coisas, imaginando sempre o pior. Passava as noites em claro pensando no Arão. Só conseguia dormir à custa de muito Luminal. Um dia alguém teve a infeliz ideia de lhe contar que tinha lido no *Correio do Povo* a notícia de que um moço do Rio Grande, soldado da Brigada Internacional na Espanha, tinha sido ferido gravemente. Tratava-se dum tal Vasco não sei de quê, de Jacarecanga... mas a velha gritou logo: "Estão me enganando! Foi o Arãozinho. Ele morréu! Eu sei. Ele morréu!". Nesse dia teve um derrame cerebral, dos brutos. Faleceu uma semana depois.

— Eu me sinto um pouco responsável por tudo isso — murmurou Rodrigo.

— Ora, por quê?

— Então não sabes? Fui eu quem deu dinheiro para o Arão comprar a passagem para a Espanha. Ele me procurou no Rio e declarou que se não fosse ajudar a defender a República espanhola, morreria de vergonha. E tantas fez e disse, que acabei dando o dinheiro...

— Se o senhor não desse, ele se arranjaria de outro jeito...

O auto descia a colina do cemitério na direção da cidade. Ao olhar para os casebres miseráveis do Purgatório, que se estendiam lá embaixo no canhadão, Rodrigo pensou no seu famoso plano para acabar com a pobreza de Santa Fé. Teve saudade do ingênuo otimista que um dia fora.

Olhou para Bento. Passava-se o tempo e no entanto o caboclo não envelhecia. Ali estava ele, rijo nos seus sessenta e três anos, sem um fio de cabelo branco na cabeça, a pele curtida mas lisa, os olhos limpos e vivos. Suas mãos, que seguravam o guidom, pareciam raízes.

— Então, Bento, que é que se conta de novo por aí?

Sem tirar os olhos da estrada, o caboclo respondeu:

— Nada, doutor. Tudo velho.

— Como vai o Angico?

— Regular pra campanha.

Eta Bento velho! — pensou Rodrigo. Pau para toda obra, tanto em tempo de paz como em tempo de guerra. Pedia pouco, dava muito. Era parco de palavras, sóbrio no comer e no beber. Fazia mais de cinquenta anos que estava a serviço dos Cambarás. Orgulhava-se de ser "gente do coronel Licurgo". Rodrigo contemplava-o com uma afeição temperada por uma absurda pitadinha de inveja. Qual seria o segredo daquele homem? Onde, as fontes daquela tremenda vitalidade, daquela incorruptível capacidade de ser amigo, de servir, de manter-se fiel?

— Doutor — disse o caboclo —, ainda que mal pergunte... que negócio é esse que ouvi falar... o tal de Estado Novo?

Rodrigo não gostou muito da pergunta, mas respondeu como pôde, em termos que Bento pudesse entender. O homem escutou-o com atenção e, quando o patrão terminou, fez nova pergunta:

— Mas carecia mesmo queimar a bandeira do Rio Grande?

Rodrigo ficou desconcertado. E antes que ele achasse uma resposta para a pergunta embaraçosa, Eduardo interveio:

— Isso não é nada, Bento. O doutor Getulio fez coisa pior. Mandou queimar toneladas de café num país onde milhões de pessoas nunca tomam café por falta de dinheiro. E sabes para quê? Para conseguir preços melhores para o produto, a fim de que uns graúdos muito ricos fiquem ainda mais ricos.

Floriano teve ímpetos de acrescentar: "Mas esse café na verdade não foi queimado, e sim desviado e vendido criminosamente no mercado negro por figurões da República". Mas calou-se, intimidado pela presença do pai.

— Já estás tu com teu marxismo de meia-pataca! — exclamou Rodrigo, voltando a cabeça na direção de Eduardo. — Conta o que os teus camaradas fazem na Rússia aos que se desviam da linha política do Partido...

Eduardo ia replicar, mas o pai fulminou-o com um olhar e três palavras: "Cala a boca!".

O rapaz calou-se, fechou a cara, cruzou os braços, ficou olhando para fora. Floriano sorriu amarelo, numa desconfortável neutralidade. Camerino disfarçou seu embaraço num gesto automático: tirou um cigarro do bolso, prendeu-o entre os lábios e acendeu-o.

O auto agora entrava na primeira rua calçada de Santa Fé. Sem voltar-se, Rodrigo disse:

— Vou tomar uma aspirina e me deitar um pouco.

— Ótimo — murmurou Camerino. — Não esqueça que tem convidados para o almoço.

8

Quando em 1933 José Kern comprou o Café Poncho Verde ao seu fundador e proprietário, um ex-tropeiro de Dom Pedrito, a opinião quase geral era a de que a popular casa da praça da Matriz ia perder o seu aspecto nacional e germanizar-se, o que seria uma pena — comentava-se —, pois o café tinha uma tradição que estava ligada ao seu nome, à sua fachada pintada de verde, aos seus móveis, que pouco ou nada haviam mudado naqueles vinte e três últimos anos, e principalmente à sua história. Contava-se que em 1910, numa de suas raras visitas a Santa Fé, o senador Pinheiro Machado entrara no Poncho Verde para comprar um maço de palha de cigarro e uma caixa de fósforos, causando sensação entre os que lá se encontravam. Em 1913 (e quando agora se contava isto a gente nova exclamava: "Essa eu não como!") Theodore Roosevelt, ex-presidente dos Estados Unidos, entrara em carne e osso no café em companhia do intendente municipal e de autoridades militares — imaginem para quê? — para tomar um cálice de cachaça, o que fizera com gosto, estralando a língua e lambendo os bigodes. Os antigos do lugar explicavam o fenômeno. O gringo andava viajando em trem especial pelo Brasil e ao passar por Santa Fé manifestara às autoridades que tinham ido cumprimentá-lo à estação o desejo de conhecer de perto um gaúcho legítimo e observar como ele usava o laço. O trem interrompeu a viagem por quarenta minutos. Levaram o americano para um campinho, atrás da Matriz, e mandaram buscar um tal de Armindo Bocoró, peão dos Amarais e famoso laçador e domador. Durante quase meia hora, o caboclo laçou potrilhos, agarrou à unha e derrubou um novilho de sobreano e, em cima de seu cavalo, fez proezas de burlantim. Roosevelt batia palmas, arreganhava a dentuça e de vez em quando dizia *wonderful!* Quis saber o nome de cada peça dos aperos e da indumentária do gaúcho. Por fim perguntaram ao figurão se queria provar uma cachacinha, a bebida nacional... *Oh si!* — exclamou ele, *Oh si!* E encaminharam-se todos para o Poncho Verde.

Eram histórias como essa que valorizavam o estabelecimento.

Havia no salão principal umas vinte e poucas mesinhas redondas de mármore branco, cercadas de cadeiras de madeira vergada, e cada qual com seu açucareiro geralmente de bocal esclerosado pelo açúcar que, umedecido de café, se solidificava. Pendia do centro do teto um ventilador antigo de longas hélices, como de aeroplano. A intervalos, ao longo das paredes, viam-se caixotes de madeira cheios de areia de ordinário pontilhada de baganas ou então de escarros que ali ficavam com um trêmulo e repulsivo ar de ostras. E os seis espelhos pequenos que se alinhavam em duas das paredes, raramente preenchiam a sua função de espelhar, pois a maior parte do tempo estavam cheios de letreiros pintados com tinta branca, anunciando especialidades da casa ou do dia.

Pervagava geralmente a atmosfera do salão uma mescla de odores: café recém-passado ou velho, sarro de cigarro antigo ou novo, bafio de álcool e um cheiro de suor humano de dois tipos: um já histórico, entranhado nos móveis, nas frestas, no soalho, nos panos, e o outro vivo e atual, produzido pelos fregueses presentes.

No inverno fechavam-se as portas e o ar ali dentro se ia adensando com o bafo da respiração e a fumaça dos cigarros daqueles homens metidos em sobretudos, capas ou ponchos, e todos sempre com os chapéus nas cabeças. Quem chegava, vindo da rua, tinha a impressão de que o café fora invadido por um desses ruços que costumam assombrar os lugares altos. E o vozerio nessas noites de inverno era arranhado de quando em quando por um pigarro, um expectorar ruidoso e agressivo, pois gente havia que procurava afirmar sua masculinidade em escarros homéricos que ou erravam o alvo — os caixotes de areia — ou eram lançados propositalmente no chão, coisa que muito poucas pessoas estranhavam. Havia bronquites crônicas famosas entre a freguesia da casa. E lá vinha o garçom trazendo cálices de caninha com mel e limão para confortar aquelas gargantas e aqueles peitos.

No verão imperavam ali dentro as moscas, que rondavam os bocais dos açucareiros e as cabeças dos fregueses, enquanto o ventilador girava, lerdo e quase inócuo.

Em torno daquelas mesas, várias gerações de santa-fezenses e forasteiros haviam, vezes sem conta, "matado o bicho" e tomado os seus cafés, trocando pedaços de fumo em rama ou cigarros feitos, contando anedotas, falando mal da vida alheia, discutindo seus problemas e os dos outros. E os assuntos mais capazes de provocar dissensões e paixões eram, como sempre, dinheiro, mulheres, política e futebol. A rivalidade entre os clubes esportivos Avante e Charrua continuava encarniçada, separando famílias; e aos sábados, em véspera de partida, e aos domingos, depois desta, o café se enchia de gente, e não se falava noutra coisa. Discutiam-se os lances do jogo, insultava-se o juiz, armavam-se brigas. E o dono da casa andava bonachão por entre as mesas a apaziguar os ânimos.

Sempre que alguma coisa importante acontecia na cidade ou no mundo, era para o Poncho Verde que muitos dos habitantes de Santa Fé corriam, para "comentar o fato". Em 1910, na noite em que apareceu o cometa de Halley, o café esteve quase deserto, pois pelas dúvidas as pessoas ficaram em casa, mesmo as que não acreditavam naquelas histórias de fim de mundo. Apenas dois ou três paus-d'água inveterados foram vistos no salão, diante de seus cálices de caninha e de seus copos de cerveja. E quando, anos mais tarde, chegou a Santa Fé a notícia do assassinato de Pinheiro Machado, o café ficou atopetado de gente, as discussões em torno do crime se acaloraram, dois sujeitos se atracaram a socos e em poucos minutos a briga se generalizou, e foi um entrevero dos demônios.

Junto daquelas mesas, de 1914 a 1918, os estrategistas locais dirigiram os exércitos aliados em mortíferas ofensivas contra os boches. "Se eu fosse o Joffre, mandava uma divisão atacar este flanco..." (Alguns andavam munidos de mapas da Europa.) "Eu acho que o Foch cometeu um grande erro..." Uma noite um castelhano melenudo gritou: "El Kaiser está hodido!". Ouviram-se gargalhadas.

As muitas revoluções que entre 1922 e 1932 agitaram o país encontraram nos frequentadores do Poncho Verde adeptos e inimigos, mas pode-se afirmar que os adeptos eram sempre em maior número, pois aquela gente parecia ter um fraco por qualquer movimento de rebeldia contra o governo. Entre 1924 e 1927, um amanuense com ar de estudioso e olhos de ictérico acompanhou a marcha da Coluna Prestes, riscando a lápis no mármore da mesa o itinerário dos revolucionários através dos sertões do Brasil, explicando sempre por que a seu ver Luiz Carlos Prestes era já uma figura histórica maior que Napoleão, Alexandre e Aníbal, e por que considerava matematicamente certo que o Cavaleiro da Esperança ia acabar derrubando o governo. E quando um dia leu a notícia de que a Coluna se havia internado na Bolívia, dissolvendo-se, o amanuense tomou o maior porre de sua vida e acabou caído no chão, em coma.

Como é natural, o Poncho Verde foi teatro de incontáveis brigas, que na maioria dos casos não passavam de duelos verbais. Uma vez que outra, porém, os contendores chegavam a "vias de fato", como dizia o noticiarista de *A Voz da Serra*. Mas mesmo esses pugilatos a socos e garrafadas geralmente não tinham consequências sérias, e alguns eram até grotescos, como fora o caso do Cuca Lopes, que um dia se pusera a correr apavorado por entre as mesas, perseguido por um "marido ultrajado", o qual, de facão em punho, ameaçava em altos brados de castrá-lo.

A crônica do Poncho Verde, entretanto, registrava histórias trágicas. Em 1920 um moço de Passo Fundo tomava calmamente uma cerveja quando um desconhecido entrou, apunhalou-o pelas costas e, ato contínuo, saiu do café sem que ninguém sequer tentasse detê-lo. Quando os fregueses presentes se refizeram de seu estarrecimento e correram para fora com a intenção de prender o assassino, este já tinha montado no seu cavalo e desaparecido...

Outro caso muito falado foi o dum funcionário da Intendência que se apaixonara sem ser correspondido — por uma das meninas da família Macedo. Numa tarde de primavera, com os cinamomos da praça cheios de flores, os canteiros brancos de junquilhos, o muro da Padaria Estrela-d'Alva roxo de glicínias, um ventinho brando a espalhar por toda a parte a fragrância das flores — o pobre rapaz arrinconou-se num canto do café, escreveu um bilhete a ninguém num pedaço de papel de embrulho, tomou uma dose de cianureto e em menos de três minutos estava morto.

Era também naquele café que um dos filhos do coletor estadual costumava ter ataques epilépticos: caía no chão e ali ficava a estrebuchar e a babujar durante um ou dois minutos. Os forasteiros que porventura se encontrassem no salão ficavam impressionados e até revoltados pela indiferença dos outros ante a cena. É que os fregueses estavam habituados àquilo. Esperavam que o ataque passasse, erguiam o rapaz, limpavam-lhe a roupa, davam-lhe a beber um pouco d'água, e nunca faltava um cristão que lhe tomasse do braço e o conduzisse de volta à casa.

Uma das páginas mais violentas da história do Poncho Verde foi escrita à bala num agosto frio e úmido, por volta das dez da noite. Dois homens que se odiavam e que se haviam ameaçado mutuamente de morte, encontraram-se diante do balcão do café, onde tinham ido beber uma pinga para esquentar o coração. Olharam-se, putearam-se e arrancaram os revólveres. Foi um corre-corre tremendo, mesas e cadeiras tombaram, o salão esvaziou-se em poucos segundos. Ouviram-se oito tiros sucessivos e depois se fez um silêncio sepulcral. E quando um curioso ousou meter a cabeça para dentro da porta, no primeiro momento só viu a sala deserta... É que os duelistas estavam estendidos no chão, mortos, em meio duma sangueira medonha.

E por coisas como essa, afirmava-se com razão que o Café Poncho Verde tinha a sua história.

9

José Kern teve a habilidade de conservar o café tal como sempre fora. Alimentava secretamente a esperança — que por fim se realizou — de que o Poncho Verde acabasse sendo um ponto de encontro natural entre os integralistas e os nazistas de Santa Fé, assim como ele próprio, membro influente de ambos os grupos, era uma espécie de ponte viva entre o fascismo alemão e o indígena.

Fundado em meados de 1933, o núcleo local da Ação Integralista Brasileira ganhara logo muitos adeptos, principalmente entre os teuto-brasileiros e alguns dos descendentes de italianos que na época andavam fascinados pelos discursos de Mussolini e os empreendimentos do fascismo.

As figuras mais importantes do novo movimento, entretanto, pertenciam a famílias tradicionais do lugar. Todos os Teixeiras machos se alistaram na primeira hora. Um filho do dr. Terêncio Prates, o Tarquínio, desiludido com a democracia liberal, atirou-se no integralismo com o zelo e a paixão dum templário. Ele e Jorge Teixeira, engenheiro civil, homem empanturrado de leituras de Alberto Torres e admirador pessoal de Plínio Salgado, eram considerados as melhores cabeças do movimento em Santa Fé.

Depois das revoltas comunistas de 1935, o número dos adeptos do integralismo ali em Santa Fé, como no resto do país, aumentou consideravelmente. As novas adesões locais foram anunciadas pelo *Anauê*, o semanário do Partido: a do vigário, a de três oficiais do Exército, a do juiz de comarca, isso para não contar uns cinquenta jovens que passaram a integrar briosamente a milícia dos camisas-verdes.

Tarquínio Prates fez o que pôde para trazer o pai para a AIB.

— Mas é um partido autoritário! — criticou Terêncio.

— Que era o Castilhos, o seu ídolo, senão um partidário do autoritarismo?

— Mas vocês querem acabar com todos os partidos para ficarem sozinhos!

— E quem lhe disse que a pluralidade de partidos é a solução para os nossos problemas? Pense bem, papai, precisamos acompanhar os tempos. Não olhe para trás, olhe para a frente. O senhor tem horror ao comunismo, não é? Agora me diga, que outra força organizada existe no mundo capaz de erguer-se contra Moscou senão o fascismo?

Terêncio simpatizava com o caráter nacionalista do partido do filho e com o lema "Deus, Pátria e Família"; mas tinha sérias reservas quanto ao corporativismo e não tolerava que um grupo político brasileiro tivesse qualquer semelhança, por superficial que fosse, com o nazismo. Francófilo desde a infância (o Estudante Alsaciano, *ils ne passeront pas*, etc.), não esquecia a humilhação de Sedan nem o bombardeio de Paris durante a guerra de 1914.

Decidiu que ficaria onde estava, com o Partido Republicano e com o dr. Borges de Medeiros. Sorrindo e batendo no ombro do filho, disse: "Com relação a vocês integralistas, prometo manter-me numa neutralidade benevolente...".

Pouco depois que Hitler tomou o poder na Alemanha, fundou-se no Rio Grande do Sul o *Kreis*, o círculo nazista, e tanto na sede do município de Santa Fé como no distrito de Nova Pomerânia foram criados núcleos do Partido Nacional Socialista. Todo esse movimento se processou a princípio com uma certa discrição, quase em segredo, mas à medida que se iam anunciando as vitórias de Hitler e o fortalecimento de seu partido, os nazistas do Rio Grande alçavam a cabeça, faziam as coisas mais às claras e até com uma certa arrogância. Seu plano de expansão estava baseado num trabalho de proselitismo feito nas escolas, nas sociedades recreativas e nas congregações da Igreja Evangélica Luterana, com o auxílio de seus pastores. Por volta de 1935, um dos objetivos mais importantes dos nazistas de Santa Fé foi o de tomar conta da sociedade ginástica, o Turnverein. Para isso, membros dos grupos hitleristas se foram infiltrando em sua diretoria e, quando a ocasião lhes pareceu oportuna, convocaram uma sessão de Assembleia Geral e, por meio da intimidação, da cabala e da fraude, conseguiram que se aprovasse uma moção segundo a qual daquele momento em diante a sociedade passava a ser *propriedade* do Partido. Os poucos que se opuseram a isso — o confeiteiro Schnitzler, dois ou três dos Spielvogel e dos Kunz — foram expulsos do recinto da assembleia, sob vaias. No fim da sessão, foi inaugurado um grande retrato do *Führer*, cantou-se o hino alemão e todos os presentes ergueram o braço na saudação nazista. Idêntico movimento foi posto em prática com igual sucesso no Turnerbund e na Sociedade de Atiradores da Nova Pomerânia, cujo jornal em língua alemã, *Der Tag*, publicava então editoriais em que se mencionavam as "minorias alemãs no Rio Grande do Sul" e se lhes encarecia a necessidade de manter a pureza da "etnia germânica".

O pastor luterano de Nova Pomerânia, um dos nazistas mais fervorosos do município, do púlpito concitava os fiéis a prestigiarem o Nationalsozialistische Deutsche Arbeiterpartei, e a contribuírem todos os anos para o Fundo de Socorros de Inverno como era desejo de "nosso amado *Führer*". E um dia, num arroubo de retórica hitlerista, declarou num sermão que a seu ver a Igreja devia abandonar por completo o Velho Testamento, por ter essa parte da Bíblia origens puramente semíticas. (Conta-se que por causa desse excesso de zelo arianista o pastor foi severamente repreendido pelo Sínodo.)

Nas escolas teuto-brasileiras, onde se ensinava pouco ou nenhum português, a campanha de nazificação da infância se processava livremente. Foi criada a Juventude Hitlerista e, em dias de festas nacionais (alemãs), rapazes e raparigas entre dez e dezoito anos marchavam uniformizados pelas ruas de Nova Pomerânia, conduzindo bandeiras e insígnias nazistas, batendo tambores, tocando clarins e cantando canções do *Vaterland*.

Foi precisamente naquele ano de 1937 que a campanha nazista recrudesceu no Brasil e o integralismo chegou ao seu zênite. No dia 7 de setembro, como de costume, tropas do Exército desfilaram pela frente dum palanque armado numa das calçadas da praça Ipiranga, e no qual se encontravam o coronel-comandante da Guarnição Federal, acompanhado de seu Estado-Maior, o dr. Terêncio Prates, então prefeito municipal, e outras autoridades civis. Depois de passarem o Regimento de Infantaria e o de Artilharia, desfilaram os colégios públicos e particulares. A seguir surgiram os integralistas com suas bandeiras e charangas, garbosos em suas camisas verdes. Fechava a parada uma centúria nazista — o grupo local reforçado de elementos vindos de Nova Pomerânia —, todos impecavelmente fardados: camisas pardas, culotes pretos, botas de cano alto. Uma banda de música também uniformizada tocava dobrados alemães, seguida duma banda de clarins e tambores. Cinco passos atrás desta — altos, louros, musculosos: versões coloniais de Sigfried —, marchavam quatro dos principais atletas do Turnverein, cada qual empunhando a bandeira nazista com a cruz gamada. À frente dos milicianos, o peito inflado, a cabeça erguida, José Kern parodiava como podia um comandante da ss de Hitler em dia de parada. E ao passar pela frente do palanque, gritou em alemão uma ordem a seus comandados, e imediatamente ele e a tropa romperam a marchar em passo de ganso, e duzentos e poucos tacos de botas bateram com um ritmo viril e insolente nas pedras da rua. Ouviram-se aplausos ralos. O comandante da Guarnição, porém, fechou a cara, e nem ele nem os outros oficiais saudaram as bandeiras nazistas. O dr. Terêncio, vermelho de indignação, enfiou o chapéu na cabeça e virou as costas ao desfile. Houve um mal-estar generalizado.

No dia seguinte, *A Voz da Serra* noticiou a parada como tendo sido a mais brilhante e grandiosa da história do município. Amintas Camacho — que começava então o seu namoro com o integralismo — teve palavras de louvor para com a disciplinada milícia dos camisas-verdes e, como temia perder os anúncios que davam a seu pasquim algumas firmas alemãs da cidade, absteve-se de fazer qualquer comentário desfavorável à centúria hitlerista.

A população dum modo geral considerou aquela exibição dos camisas-pardas um acinte. "Parece que estamos na Alemanha", disseram alguns. E outros: "Se não abrimos o olho, qualquer dia o Hitler toma conta desta joça". Um sabido revelou: "Existe na Alemanha um mapa no qual o Rio Grande do Sul aparece como território alemão". Brasileiros germanófilos, entretanto, murmuravam: "Antes Hitler que Stálin". Chiru Mena queria reunir gente para "arrebentar a pleura da alemoada". O Quica Ventura achava aquilo tudo uma palhaçada indigna de sua atenção. O juiz de comarca disse numa roda à frente da Casa Sol que Adolf Hitler, nova encarnação de Constantino, ia livrar o mundo católico das garras de Stálin, o Anticristo. Estava claro — explicava — que a Alemanha nazista se armava para atacar o colosso moscovita e salvar a Civilização Cristã Ocidental.

Em novembro de 1935, pouco depois que se teve notícia dos levantes comunistas, Arão Stein foi uma noite atacado e espancado por três sujeitos que o deixaram atirado numa sarjeta, a deitar sangue pelo nariz e pela boca. "Coisas dos integralistas!", vociferou o Chiru. E dessa vez quis arregimentar alguns companheiros de 23 e 30 para empastelar a sede da Ação Integralista Brasileira e liquidar de vez com os "galinhas-verdes". Mas houve quem dissesse: "Bem feito! Esse judeu é espião dos russos".

Em dezembro de 1935, José Kern entronizou no salão do Café Poncho Verde um retrato de Plínio Salgado e outro de Adolf Hitler.

Quando em 1936 ali chegara a notícia de que o *Führer* repudiara o acordo de Locarno e reocupara a Renânia, Kern mandou distribuir cerveja aos fregueses presentes, por conta da casa. E houve bebedeiras, risadas, vivas, bravatas. Comemorou também naquele mesmo ano a revolta de Franco no Marrocos espanhol e todas as vitórias subsequentes do caudilho em terras de Espanha, bem como havia festejado no ano anterior o massacre dos abissínios pelos soldados de Mussolini. E quando se noticiou que tropas e aviões alemães tinham intervindo na Guerra Civil Espanhola a favor dos franquistas, Kern exclamou: "República espanhola... *kaputt!*". Ao ter conhecimento do bombardeio aéreo de Almería e mais tarde do de Guernica, nem sequer pensou nas populações civis assassinadas, mas elogiou, e com feroz entusiasmo, a eficiência dos pilotos e bombardeiros da Luftwaffe.

Em 1933 alguns dos "magos" que frequentavam o Poncho Verde à hora do aperitivo haviam profetizado a queda do regime comunista na Rússia, mercê da fome provocada pelo fracasso da coletivização das terras. Menos de dois anos depois, naquele mesmo salão, nazistas e integralistas comentaram com alegria e esperança as notícias de que o terrorismo e a sabotagem campeavam nas fábricas e nas minas da União Soviética. E que havia sido descoberta uma tremenda conspiração contra o regime stalinista na qual estavam envolvidas altas personalidades do governo soviético. Trótski, asilado na Noruega, era acusado de estar em entendimentos com agentes nazis. Stálin desfechava uma campanha implacável contra os inimigos internos, e em 1936 Kamenev e Zinoviev eram executados. Tinham começado os famosos julgamentos de Moscou durante os quais Andrei Vichinski, como representante do Estado, havia desmascarado os traidores. Revelou-se então que o próprio Exército Vermelho estava minado de conspiradores. Sabia-se que os dias de homens como Yagoda, Bukharin, Rykov e Tukhachevski estavam contados...

Esses julgamentos públicos, que por mais de dois anos tiveram cabeçalhos sensacionais na imprensa mundial, eram interpretados no Café Poncho Verde como sendo o último ato do drama comunista. O regime stalinista estava prestes a cair, afirmava-se. Já discutiam até o destino que se devia dar à Rússia.

— Sou pelo desmembramento — disse um freguês, depois de tomar um gole de parati.

— Sim — concordou um sujeito de ar truculento que tomava o seu café para "fazer boca para cigarro" —, mas primeiro temos que desmembrar o Stálin.

E a todas essas jogavam "pauzinho", para ver quem pagava a despesa.

10

Entre as figuras exponenciais do integralismo em Santa Fé, a mais colorida era indiscutivelmente a do Vivaldino Vergueiro, que tinha veleidades literárias e se considerava o filósofo do movimento. Os desafetos chamavam-lhe "o mulato Vergueiro". Era um homem alto, magro e encurvado, de idade indefinida. Tinha o rosto anguloso e quase glabro, dum moreno rosado e liso, lábios arroxeados e olhos brilhantes de tísico. Era dentista formado, trajava com grande esmero, manicurava as unhas e perfumava-se com excesso. Bem-falante, sabia ser simpático quando queria, mas geralmente preferia ser sarcástico. Integralista da primeira hora, proclamava aos quatro ventos que era racista e gabava-se de ter correspondência pessoal com o pai da doutrina arianista de Hitler, Alfred Rosenberg, que lhe havia mandado um exemplar com dedicatória de seu livro *Mythus des 20 Jahrhunderts*. Sonhava com "um pogromzinho" em Santa Fé "para limpar o ambiente". Fora o inspirador — segundo se murmurava — do movimento antissemita que irrompera ridiculamente na cidade em princípios de 1937, e durante o qual alguns negociantes de ferro-velho e uns dois ou três tintureiros da rua do Império, o gueto local, foram aparentemente responsabilizados pela pirataria financeira internacional dos Rothschild, dos Lazar Brothers e dos "banqueiros judeus da Wall Street". As paredes e muros de suas pobres casas um dia amanheceram escurecidas de frases escritas a piche: *Abaixo o Judaísmo Internacional! Morte aos apátridas. Morram os detentores do ouro mundial!*

Por essa mesma época, um mascate judeu, popularíssimo em Santa Fé, e que andava de porta em porta a vender gravatas e pentes, foi apedrejado na rua do Comércio, em plena luz do dia, por três rapazotes alourados que tinham o aspecto iniludível de membros da Juventude Hitlerista. Neco Rosa, que estava à porta da sua barbearia, pegou uma navalha, abriu-a e correu na direção dos atacantes, gritando: "Eu capo vocês, bandidos!". Os rapazes precipitaram-se rua abaixo, e o barbeiro, depois de exprimir em altos brados suas dúvidas sobre a honestidade da mãe dos agressores, levou o agredido para dentro da barbearia, onde lhe fez na cara ensanguentada curativos de urgência.

No dia 2 de novembro de 1937, à hora do cafezinho das duas da tarde, Vivaldino Vergueiro provou por a + b aos companheiros que se achavam à sua mesa que a vitória definitiva do integralismo no Brasil estava iminente.

— Ontem no Rio de Janeiro — disse com sua voz fluida como pomada — cinquenta mil camisas-verdes desfilaram pela frente do Chefe Nacional, que tinha a seu lado o presidente da República com ar sorridente e satisfeito. Que é que isso significa, hein?

Os correligionários o escutavam com atenção, no mais absoluto silêncio.

— Significa — continuou Vergueiro — que o governo está procurando o apoio da Ação Integralista Brasileira na sua luta contra o comunismo. O general Gaspar Dutra simpatiza com a nossa causa. O general Góes Monteiro não lhe é adverso. De resto os generais sabem que existe em todo o território nacional um milhão e meio de integralistas disciplinados e dispostos a tudo. É uma força que ninguém pode desprezar ou ignorar.

Acendeu um cigarro, soltou alegremente uma baforada de fumaça e prosseguiu:

— Ontem à noite, falando ao microfone da Rádio Mayrink, Plínio Salgado declarou com sua franqueza habitual que nosso partido não criaria dificuldades aos objetivos das Forças Armadas e estava disposto a colaborar com o governo numa Nova Ordem. Disse também que o integralismo não deve ser confundido com as agremiações políticas de finalidade exclusivamente partidária e de âmbito puramente regional... Agora pensem bem, puxem pelas ideias e tirem conclusões. Está claro que grandes coisas definitivas estão para vir, possivelmente um regime autoritário em que nós integralistas teremos um papel de importância primordial.

Calou-se e procurou ler no rosto dos companheiros o efeito de suas palavras.

— Não confio muito no Getulio... — murmurou um deles com ar céptico.

Vivaldino Vergueiro soltou a sua proverbial risada em escala descendente.

— Não se trata de confiar ou não confiar no presidente — disse. — Ele tanto brincou com fogo que acabou se queimando... Os acontecimentos o colocaram numa situação em que ou ele se apoia em nós ou cai. Vejam bem. A democracia liberal está falida no mundo inteiro, é um chove não molha irritante e ridículo. O comunismo é uma doutrina de bárbaros. Que outro remédio tem o Getulio Vargas senão adotar o regime fascista e dar a Plínio Salgado um alto posto no novo governo? A coisa está clara como água. Há meses que o Homenzinho vem namorando o Chefe Nacional. Escrevam o que estou dizendo. Nossa hora soou.

— Deus te ouça! — exclamou um céptico.

Nove dias depois, Vivaldino Vergueiro entrou glorioso no Café Poncho Verde, que soava como um viveiro de gralhas. Discutia-se — uns com esperançoso entusiasmo, outros com certa apreensão — a grande notícia. Getulio Vargas dissolvera a Câmara dos Deputados e o Senado e promulgara a nova Constituição.

Vergueiro ergueu no ar o jornal que chegara havia pouco pelo avião da Varig e exclamou:

— A nova Constituição é fascista, adota o corporativismo e tem como finalidade principal dar mais autoridade ao governo central para combater o comunismo e promover o progresso e a unidade nacionais!

Sentou-se, pediu um conhaque e discursou:

— Plínio Salgado será o novo ministro da Educação. Dirigida e inspirada por ele, a juventude brasileira será arregimentada e preparada para a luta contra o comunismo e para a aceitação consciente de nossa doutrina!

José Kern andava dum lado para outro, por entre as mesas, risonho, vermelho, gotejante de suor, o cachaço reluzente, os cabelinhos das ventas a esvoaçarem ao ritmo duma respiração agitada. Encheu um copo de cerveja e ergueu um brinde ao Estado Novo.

Jorge Teixeira, porém, não participava do otimismo da maioria dos companheiros. Andava apreensivo, farejando mais uma perfídia do presidente. Getulio Vargas, no discurso da noite de 10 de novembro, em que expusera à Nação as razões e os objetivos do seu golpe de Estado, não fizera a menor referência ao integralismo.

Seguiram-se semanas de indecisão, de dúvida e de boatos. Todos os partidos políticos brasileiros haviam sido abolidos por um decreto do ditador. Sabia-se como certo que um general do Exército simpático ao integralismo obtivera do presidente, antes de 10 de novembro, a promessa de que o novo governo não só permitiria que a Ação Integralista Brasileira continuasse sua atividade, sob o nome de Associação Brasileira de Cultura, como também não se oporia a que as milícias-verdes seguissem organizadas e vigentes.

A promessa, porém, não foi cumprida. Em princípios de dezembro, a Polícia Política fechava truculentamente todos os núcleos integralistas do Rio de Janeiro, e pouco depois o mesmo acontecia nos estados.

Nas rodas não integralistas de Santa Fé, dizia-se entre risotas: "O Baixinho passou uma rasteira no Plínio".

Houve, entre a clientela do Café Poncho Verde, primeiro estarrecimento e a seguir indignação. O Vivaldino Vergueiro, lívido de ódio, pregou e esperou a revolução durante vários dias. Tempo perdido! De todos os quadrantes políticos, vinham adesões ao Estado Novo. Os políticos profissionais, bem como a maioria dos jornais, acomodavam-se à nova situação com raríssimas exceções. E para os inconformados, para os rebeldes, a polícia tinha os seus remédios.

Às onze e meia da manhã daquele último dia de 1937, tomava Vivaldino Vergueiro o seu aperitivo no Café Poncho Verde, em companhia dum correligionário, quando através da janela avistou o Chevrolet azul dos Cambarás, que parava à porta do Sobrado.

— Canalha — rosnou o racista por entre dentes.

O companheiro seguiu-lhe a direção do olhar e viu Rodrigo Cambará no momento exato em que este descia do carro e entrava em casa.

— Volta com a mesma cara... — murmurou.

— Cheio de dinheiro e de empregos, o traidor...

— Bom, mas esse até que não é dos piores...

— Qual! — exclamou Vergueiro, fazendo uma careta. — Os piores são exatamente os que não ocupam cargos administrativos. São os "amigos do Homem", como esse Rodrigo Cambará, os intermediários, os "mascateadores de influência", os que trabalham por baixo do poncho... Estão metidos em todos os negócios, direta ou indiretamente. Sei de boas desse tipo...

Fez-se um silêncio. Vivaldino Vergueiro passou pelo rosto o lenço de cambraia recendente a Maja de Myrurgia. Depois, apertando o cálice com seus longos dedos de fidalgo, lançou um olhar torvo para o Sobrado, resmungando:

— O que este país está precisando, meu caro, é duma boa Noite de São Bartolomeu. Com sangue, com muito sangue...

Pediu mais um aperitivo.

11

Estendido em sua cama, apenas em calção de banho, Floriano ouviu o relógio grande bater meio-dia e pensou, contrariado, que dentro de pouco teria de tornar a vestir-se da cabeça aos pés, apesar do calor. Tinham convidados para o almoço e seu pai exigia que os homens da casa se apresentassem à mesa de paletó e gravata. Era uma exigência absurda, principalmente por partir de alguém que naqueles últimos sete anos vivera numa metrópole semitropical completamente liberta de preconceitos em matéria de indumentária.

As pernas abertas, a nuca assentada sobre as palmas das mãos trançadas, Floriano olhava para cima... De repente não era mais o teto de seu quarto que ele via, mas o céu do Rio. Veio-lhe então uma vaga saudade tátil de Mandy. Lembrou-se das manhãs de Copacabana em que, deitado na areia ao lado da rapariga, ele fechava os olhos e, como um cego voluptuoso, punha-se a passar os dedos pelas pernas e pelas coxas dela, tentando ler o cálido braile daquele corpo que cheirava a gardênia e óleo de bronzear...

Tinha sido num domingo de maio, naquele mesmo ano, que Floriano vira Mandy pela primeira vez. Estava deitado de bruços na areia da praia, relendo uma carta de Sílvia e sentindo no lombo a carícia do sol, quente como um contato humano. De vez em quando, erguia o olhar e ficava a contemplar a variada e numerosa fauna que pululava naquela floresta de para-sóis coloridos. Se entrecerrava os olhos, tinha a impressão de estar diante dum quadro pontilhista, rico de tons amarelos, pardos e dourados, num contraste com o azul do céu e o verde do mar. Erguiam-se no ar bolas, petecas, papagaios e vozes. Aquelas centenas de corpos seminus, reluzentes de óleo e suor, davam-lhe a impressão de bichos — bois, porcos, javalis, pássaros de todos os tamanhos — besuntados de manteiga, postos a assar num enorme forno e destinados a um monstruoso banquete dominical. Alguns estavam já dourados, prontos para serem servidos. Outros — como aquele senhor ruivo e pançudo de meia-idade, ali sentado à sombra dum para-sol, a pele descascada, de aspecto purulento — haviam passado do ponto. A praia oferecia um espetáculo belo e bárbaro, que ia ganhando em ferocidade à medida que o sol se aproximava do meio-dia.

Floriano sorriu para os próprios pensamentos. *O sol aproximar-se do meio-dia...* como se as horas fossem pontos no espaço e não no tempo! De quem era a ideia de que é o tempo que se move? Ora — objetara alguém —, as coisas se movem em velocidades várias relativas a outras coisas, de sorte que necessitam dum tempo no qual se moverem. Assim sendo, o tempo ao mover-se não precisará para isso de outro tempo, que por sua vez exigirá outro tempo e assim por diante, numa hierarquia infinita de tempos?

Tornou a baixar os olhos para a carta e releu sorrindo o seguinte trecho:

> D. Maria Valéria me diverte com suas opiniões e ditos. Um dia destes estávamos comentando umas senhoras santa-fezenses nossas conhecidas que vivem na igreja, desde as cinco da manhã, às voltas com padres, missas e santos, e a Dinda saiu-se com esta: "São umas desfrutáveis. Estão se mostrando para Deus".

Um objeto caiu repentino do alto, roçou a orelha de Floriano, arrancou-lhe a carta das mãos e — pof! — ali ficou sobre a areia, em cima do papel: uma peteca com penas multicores. Ele alçou a cabeça, irritado, mas em seguida dominou o recôndito gaúcho que nele dormia e que a pequena contrariedade acordara — e preparou-se para fazer que seu amável *eu* carioca devolvesse sorrindo a peteca ao dono. Olhou em torno. Uma moça aproximou-se. Óculos de vidros escuros escondiam-lhe os olhos. Ele ergueu-se e entregou-lhe o que ela buscava.

— Desculpe — disse a desconhecida, apanhando a peteca. Tinha um sotaque estrangeiro. Escandinava? Alemã? Talvez americana. Sim, devia ser americana. Merecia uma capa em tricromia num número de verão da *Look*.

Floriano tornou a deitar-se e ficou a contemplar a rapariga que jogava peteca sozinha, a uns dez passos de onde ele se encontrava. Vestia maiô preto, tinha pernas longas, e via-se que o moreno de suas carnes rijas e elásticas (os olhos têm às vezes, quase tão desenvolvido como os dedos, o sentido do tato) não era congênito, mas adquirido. Cobria-lhe as pernas, as coxas e os braços uma penugem dourada que ia muito bem com o tostado da epiderme. Não era possível adivinhar-se-lhe a idade por causa dos óculos, mas Floriano calculava que ela devia ter vinte e pouquíssimos anos. A cada movimento que fazia ao tapear a peteca, sua cabeleira, dum louro-claro, puxando a palha, agitava-se e ele se surpreendia a pensar nas macegas dos campos do Angico batidas pelo vento. Pef! E lá subia a peteca, e a rapariga corria para o ponto onde ela ia cair, e, como adversária de si mesma naquele jogo, pef!, dava-lhe outra tapa e tornava a correr... Seu corpo, de ombros largos e quadris estreitos, reluzia ao sol. Era atraente — concluiu o Cambará que estava agora alerta, esquecido da carta, dos bichos, do forno, de tudo —, tinha movimentos de felino, mas dum felino esportivo, universitário, que não parecia alimentar-se de carne humana, como as tigras latinas, mas sim de cachorros-quentes, hambúrgueres e Coca-Cola. Floriano voltava à sua posição inicial para continuar a releitura da carta, quando viu que a peteca ia cair de novo em cima dele. Pôs-se de pé num pincho (um menino que queria mostrar-se para a americana como as beatas de Santa Fé se mostravam para Deus) e rebateu masculamente a peteca. A rapariga soltou uma risada e tratou de devolvê-la com igual energia ao adversário improvisado. Quando Floriano deu acordo de si, estava no jogo. E aquela coisa colorida, aquele pequeno cocar, começou a andar da mão dela para a dele, enquanto ambos trocavam frases rápidas ou interjeições, mas sem se olharem, a atenção no jogo. Muito bem! — gritou ele, vendo-a ajoelhar-se para rebater a peteca quando esta ia já tocar a areia. *Oops!* — exclamou ela. Ele tornou a bater na peteca, perguntando: "Cansada?", e ela: "Não". Quando, segundos depois, ele errou o golpe, a moça gritou: "Perdeu!", e desatou a rir. Depois ajoelhou-se, ofegante, atirou a cabeleira para trás, alisou-a com ambas as mãos, e sempre de joelhos arrastou-se para a zona de sombra que seu para-sol de gomos amarelos e pardos projetava na areia. Floriano aproximou-se para lhe entregar a peteca.

— Entre no meu oásis e sente-se.

Floriano aceitou o convite e por alguns instantes ficou a contemplar a desconhecida, sem saber por onde começar a conversa. Ela tirou os óculos e pôs-se a limpá-los com a ponta dum lenço de seda. Ele viu então que os olhos dela eram duas esferas dum azul de cobalto. Sim, agora tinha a certeza, a criatura não podia ter mais de vinte e três ou vinte e quatro anos.

— Americana? — perguntou.

— Sim. Como adivinhou? Terei minha nacionalidade estampada na face?

— Mais ou menos.

— E você? Brasileiro?

— Sim. Mas do Sul. Gaúcho.

Surpreendeu-se a dizer isso com orgulho e achou-se tolo. Sempre lhe parecera absurda a empáfia com que seus coestaduanos, que a Revolução de 30 trouxera para os cartórios e cassinos do Rio, viviam a gabar-se de serem gaúchos, como se isso fosse um privilégio especialíssimo.

Fez-se uma pausa. Ela tornou a pôr os óculos.

— Como é o seu nome?

— Marian. Marian K. Patterson. Meus amigos me chamam de Mandy. E o seu?

Floriano disse. Ela achou Cambará um nome engraçado. Havia naquela rapariga — refletia ele — várias *irregularidades* que a tornavam particularmente fascinante. A boca, rasgada e de lábios carnudos, sugeria uma sensualidade de que aqueles olhos metálicos pareciam não ter a menor ideia. A linha da testa prolongava-se quase reta no nariz, numa espécie de paródia de "perfil grego". Sim, e aqueles ombros eram demasiadamente largos em proporção aos quadris de adolescente.

— Falo muito mal o português — sorriu ela. — Você fala inglês?

— Um pouco.

Floriano lia autores ingleses e americanos, era senhor dum vocabulário rico, e ali no Rio uma vez que outra tinha a oportunidade de falar a língua.

— Diga alguma coisa.

— Por exemplo?

— Qualquer coisa.

Estará mangando comigo? — pensou ele. Mas não teve outro remédio senão construir uma frase e dizê-la à melhor maneira do Albion College. Ela riu.

— Engraçado. Você tem sotaque britânico.

— *Sotaque* britânico? Sotaque têm vocês os americanos. Os ingleses são os donos da língua, não se esqueça.

Ele olhava fascinado para as coxas de Marian, pensando nos pêssegos penugentos do quintal do Sobrado.

— Seu sotaque, por exemplo, me diz que você é do Sul dos Estados Unidos. Mississípi? Alabama?

— *Heavens, no!* Texas.

Aquela tarde Floriano escreveu a Sílvia. Ia contar: *Conheci hoje na praia uma americana muito interessante.* Mas conteve-se, pois sentiu que procedia como um adolescente, procurando com aquela notícia despertar o ciúme da amiga. A correspondência entre ambos havia tomado naquelas últimas semanas um rumo acentuadamente sentimental. A palavra amor não tinha sido ainda escrita, não houvera da parte de nenhum dos dois uma declaração formal, mas era evidente que caminhavam para lá. A correspondência agora se processava numa atmosfera de subentendidos, de entrelinhas, de metáforas, de alusões veladas — tímidos, tanto ele como Sílvia, encabulados ante a nova situação, como se achassem difícil transformar uma velha amizade em amor. Sempre que lia as cartas de Sílvia, Floriano ouvia-lhe mentalmente a voz. Sentia que nas últimas semanas o tom dessa voz havia mudado: era o de uma mulher apaixonada. E ao escrever-lhe, ele sentia que seu próprio tom também mudara, abandonando a atitude protetora de irmão mais velho para assumir umas tintas equívocas de... de... nem ele mesmo sabia ao certo de quê. Resolveu não contar nada a Sílvia do encontro com Marian. Mas ao tomar essa decisão, achou-se desonesto, pois a omissão parecia indicar que ele tinha planos para o futuro com relação à americana, isto é, que contava encontrá-la outras vezes, na esperança de que aquele conhecimento fortuito pudesse eventualmente tomar o rumo da alcova.

Na manhã seguinte, voltou à praia e procurou Marian. Ela o recebeu com um *Hello!* natural e esportivo de velha conhecida. Conversaram, trocando dessa vez documentos de identidade. Marian K. Patterson trabalhava como secretária numa grande companhia americana que tinha um escritório no Rio, onde ela chegara fazia quase um ano. Vivia sozinha num apartamento, num daqueles edifícios das cercanias do Posto 3. Ficou muito interessada quando Floriano lhe disse que escrevia livros. Quis saber de que gênero eram, e quando ele respondeu: "Ficção", ela soltou um oh! de alegre surpresa e lhe perguntou se alguma de suas obras já tinha alcançado a lista dos *best-sellers*. Ele não gostou da pergunta, e também não gostou de não ter gostado, pois afinal de contas aquela conversa de praia não tinha a menor importância, e ele não sabia (hipócrita!) se ia ou não ver a americana outra vez. O diabo era que a criatura se lhe tornava cada vez mais atraente.

Marian preferia falar inglês e a sua voz arrastada e musical, sugestiva de melaço e magnólia, parecia pertencer a uma mulata e não àquela loura. Seus lábios como que se esgaçavam ao pronunciarem as longas vogais sulinas, e isso o excitava.

No terceiro encontro, Floriano verificou contrariado que, quando estava com Marian Patterson, era tomado pela mesma sensação de inferioridade que a presença de Mary Lee provocava no menino que ele fora. Embora exteriormente procurasse dar a entender que aceitava aqueles encontros como coisa natural, a sua atitude íntima era dum humilde *non sum dignus* que o rebaixava a seus próprios olhos, e que ele procurava combater. Havia entre ambos longos silêncios: ficavam olhando e ouvindo o mar, numa preguiça boa e irresponsável.

Por ocasião do quarto encontro, Marian lhe disse:

— Você pode me chamar de Mandy.

Parecia dar-lhe esse privilégio como um presente real. Ele sorriu, sacudiu a cabeça e continuou em silêncio.

— Posso chamar você de Floriano?

— Claro. Esse foi sempre o meu nome.

Ela tirou os óculos e fitou nele o seu olhar azul, séria. Depois de alguns segundos disse:

— Você é engraçado.

— Você também.

— Eu? Por quê?

— Ora, porque sim.

Ela o mirava dum jeito como se estivesse tentando decifrá-lo.

Na semana que se seguiu, saíram uma noite juntos e foram dançar e ver o show no Cassino Atlântico. Mandy espantou-se ao descobrir que Floriano não fumava, não bebia nem se interessava por jogo.

— Que virtuoso!

— Tenho vícios horríveis escondidos.

Ela sorriu e continuou a beber. Ele estava inquieto. Descobrira já que não tinha afinidades espirituais com Mandy: o que o prendia a ela era apenas uma atração física. Hígida, alta e esbelta, assim naquele vestido de noite, a americana parecia uma rainha — o que aumentava nele a sensação de não merecê-la. Tudo isso, entretanto, tornava mais inexplicável seu desinteresse pela companhia social da rapariga, pelas coisas que ela dizia... Que era então que faltava a Mandy K. Patterson? Uma pitada de tempero latino? Tolice. Não existia tal coisa. O cassino estava cheio de "latinas" insossas... Santo Deus! A gente vive repetindo lugares-comuns, frases, símbolos que talvez nunca tenham tido correspondentes na vida real. (Quando perguntavam ao velho Liroca se existia lobisomem, ele respondia: "Se existe o nome é porque existe o bicho".) Falava-se em frieza nórdica, fleugma britânica, *salero* espanhol. Ele conhecera uma norueguesa ninfomaníaca, um inglês afobadíssimo e espanholas sem a menor graça.

Tinham pequenas discussões cordiais. Um dia, na praia, vendo uma página de jornal cheia de convites para enterros e missas de sétimo dia, entre grossas tarjas pretas, ela murmurou:

— Vocês latinos são mórbidos.

— Antes de mais nada nós não somos latinos. E depois você precisa ficar sabendo que não costumamos pintar os nossos cadáveres. No Brasil defunto é defunto mesmo e não manequim com ruge nas faces e batom nos lábios.

— Mas quem é que pinta cadáveres?

— Vocês americanos.

— Ah! — e Mandy deu uma tapa no ar. — Coisas da Califórnia...

Uma noite, no Cassino da Urca, conseguiu que Floriano tomasse um uísque. Disse que achava desagradável continuar a beber sozinha, tendo do outro lado da mesa aquele homem que bebericava tônicas com limão e a mirava com olhos de proibicionista. Ele riu, chamou o garçom e pediu um *scotch* com soda e muito gelo. Mandy continuou a falar. Floriano escutava-a com a atenção vaga, olhando para os pares que dançavam na pista. Como bom brasileiro, achava que àquela altura dos acontecimentos a amiga já podia entrar em confidências de natureza íntima: problemas de família, os seus sonhos, os seus planos, sim, a sua vida sexual... por que não? No entanto ela discutia impessoalmente, com uma eficiência irritante, marcas de automóvel, o imposto de renda nos States (era contra o *New Deal*) e raças de cães.

Naquela noite queixou-se da falta d'água no seu apartamento.

— Por que é que as coisas no Brasil nunca funcionam direito?

— Algumas funcionam — respondeu Floriano, sentindo uma tontura boa, que o deixava aéreo e alegre.

— Por exemplo?

Ele pensou: "Nossos aparelhos sexuais", mas não teve coragem de transformar seu pensamento em palavras. Sorriu duma maneira tão maliciosa que ela compreendeu tudo.

— Vocês não pensam noutra coisa... — murmurou, prendendo entre os lábios um novo cigarro. Floriano abriu a carteira de fósforos e acendeu um. E quando Marian se inclinou para aproximar da chama a ponta do cigarro, ele disse:

— Não me venha dizer que nos Estados Unidos os bebês são trazidos pelas cegonhas...

Ela soltou uma baforada de fumaça, atirando a cabeça para trás.

— Claro que não. Mas é que temos mil outros interesses na vida. Olhou em torno.

— O Rio às vezes me dá a impressão dum imenso bordel de luxo à beira-mar.

— O que — replicou ele — sob certos aspectos não deixa de ser mil vezes mais interessante do que a imensa fábrica que é o teu país...

Ele sabia que, como Marian, estava simplificando as coisas: mas o uísque soltava-lhe a língua, fazia-o tomar interesse naquele diálogo que começara tão opaco e ralo.

Mais tarde, discutindo pessoas de suas relações, ela concluiu:

— Os brasileiros são morbidamente sentimentais. Vivem mexendo nas próprias feridas e parecem tirar um grande prazer disso. E os homens são ainda piores que as mulheres.

— Queres saber o que penso das mulheres americanas?

— Quero.

— Posso ser franco?

— Pode.

— Vocês se parecem com essas máquinas de selecionar fichas da International Business Machine. A gente aperta num botão e lá salta a ficha com a informação desejada. Dentro da cabeça de vocês, está tudo catalogado direitinho: sentimentos, preconceitos, frases feitas para as diversas ocasiões sociais, dados estatísticos e informações, muitas informações... Ah! E principalmente fórmulas... fórmulas para conseguir sucesso na vida social, na vida comercial, na vida literária e artística e até na vida eterna.

Ela o escutava sorrindo e soltando lentas, provocadoras baforadas de fumaça propositalmente na direção do rosto dele. Floriano prosseguiu:

— Acho que as mulheres americanas são fabricadas em série, como automóveis ou máquinas de lavar roupa. Espiritualmente vocês pertencem ao sexo masculino. Isso explica o número de divórcios nos States. É que lá homens e mulheres não conseguem entender-se.

Ela bebeu mais um gole de uísque. Ele fez o mesmo. Miraram-se por alguns instantes em silêncio. Depois ela falou.

— Que é que você tem contra as americanas? Alguma delas já o humilhou alguma vez?

— *That's a good question.* Já.

— É segredo ou posso saber como foi?

— Até este momento foi um segredo. Mas como estou meio bêbedo vou contar tudo. Chamava-se Mary Lee, tinha uns treze anos, era loura como você, morava na casa vizinha ao colégio onde eu estava internado. Tive por ela uma paixão distante, desesperançada, impossível, e de caráter absolutamente angélico. Ela nunca se dignou sequer a olhar para o meu lado. Tratava-me como se eu fosse um selvagem. E como selvagem eu me sentia quando estava perto dela.

— Continue.

Floriano sorria, deliciado com a própria história, que nem ele sabia ao certo se era autêntica ou não.

— Há mais ainda... — continuou. — Também tive namoros com a moça cujo retrato aparecia nas páginas do *Saturday Evening Post* sorrindo com belos dentes e fazendo propaganda da pasta dentifrícia Ipana.

— Você é engraçadíssimo.

— Não ria, que é sério. E agora vou lhe contar de outra paixão: Pearl White.

— Quem era?

— Uma artista do cinema mudo, uma heroína de filmes seriados.

— Ah! Acho que já li algo a respeito...

— Foi uma paixão *cabeluda*, como se diz na minha terra. — Ergueu um dedo acusador na direção da amiga. — Você tem uma responsabilidade tremenda, Mandy.

— Eu? Por quê?

— Porque você é hoje para mim a encarnação da trindade ideal da minha infância: Mary Lee, a Ipana *girl* e Pearl White.

— Que é que tenho de fazer?

— Você deve saber melhor que eu. Aperte no botão competente e veja a ficha.

— Não seja bobo. Vamos dançar.

Foram. Ele a enlaçou e ficaram a andar ao ritmo do *blues*, peito contra peito, face contra face, na penumbra daquele salão que, de tão cheio, mal lhes dava espaço para se moverem. Floriano avistou o vulto do pai a uma porta; o Velho devia estar voltando da sala de jogo... Rodrigo também viu o filho e fez-lhe um sinal amistoso. Quando o encontrava nos cassinos, mesmo quando estava em companhia de mulheres suspeitas, procurava tomar com relação a Floriano um ar esportivo, como se fossem irmãos.

— Quem é? — indagou Mandy.

— Meu pai.
— Pai? Tão jovem assim?

Rodrigo pareceu interessado em descobrir quem era a bela fêmea com quem o filho dançava. Abriu caminho por entre o emaranhado de pares e, aproximando-se do rapaz, bateu-lhe no ombro...

— Quem é a deusa?

Sem interromper a dança, Floriano fez as apresentações. A expressão dos olhos do Velho, ao mirar a americana, chegava a ser patética, de tão famélica. Rodrigo tornou a bater no ombro do filho.

— Deus te ajude. — E afastou-se.
— Um belo tipo, o seu *Old Man*.
— Ah!
— Parecidíssimo com você.

Enfim sei o que ela pensa de mim — refletiu ele, lisonjeado, mas ao mesmo tempo um tanto contrariado com a intervenção do pai.

Vinha de Mandy um bafio de uísque misturado com fragrância de gardênia e cheiro quente de mulher moça e limpa. Ela cantarolava o *blues* e seu hálito produzia uma cócega excitante na orelha de Floriano, que a apertou com mais força.

— *Take it easy, boy* — murmurou ela. Ele traduziu mentalmente a frase: *Devagar com o andor, menino.*

Por volta das duas da manhã, Mandy abafou um bocejo. Vamos? Ele fez um sinal afirmativo, chamou o garçom, pediu a conta, pagou. Com voz arrastada Marian recomendou:

— Guarde a nota. Depois acertaremos as contas.

— Está bem — disse ele, contrariado. Mandy tinha o exasperante hábito de querer pagar a sua parte nas despesas. Desde a primeira noite estabelecera condições: só o acompanharia aos lugares públicos se ele consentisse em *to go Dutch*, isto é, fazer as coisas "à holandesa": cada qual pagar a sua despesa. Ele não gostou da ideia. Quis explicar-lhe que na sua terra o cavalheiro... "Não!", interrompeu-o ela. "Não me venha com essa história de cavalheirismo latino. Eu trabalho, ganho um bom salário, não sou sua irmã nem sua mãe nem sua filha." Floriano achou de bom agouro que ela não tivesse dito também "nem sua amante". O remédio tinha sido concordar. Mas mesmo assim a situação o humilhava um pouco.

Saíram. Entraram no carro dela. Floriano possuía um Chevrolet 35, mas Mandy preferia andar sempre no seu Buick 37.

No saguão do edifício onde ela tinha seu apartamento, na avenida

Atlântica, ficaram a contemplar-se em silêncio, enquanto esperavam que o elevador descesse. Mandy tinha o ar lânguido: o sono estava visível em suas pálpebras, como uma coisa física. Floriano, excitado, sentia um desejo terrível dela. Quando o elevador chegou, ele abriu a porta e fez menção de entrar também. Marian, porém, o deteve, sorrindo:

— Não. Você bebeu demais hoje. Está um homem perigoso. Não me arrisco. — Aproximou-se dele e pousou-lhe numa das faces um beijo breve e fresco.

Floriano saiu do edifício irritado. Mandy que não me venha com essa história de beijos fraternais. Não somos irmãos. Nem primos. Ela bem sabe o que eu quero. Pois se acha que estou pedindo demais, que me mande embora, mas não me embrome.

Sentou-se num dos bancos da calçada da avenida e ficou olhando a noite sobre o mar. Marian Patterson tinha de certo modo alterado sua vida, trazendo para ela um elemento de desordem. Ele havia interrompido naquela última semana o trabalho no novo romance... Relaxara a correspondência com Sílvia: suas cartas à amiga agora eram mais curtas e raras... Sim, e talvez menos ternas. Era uma injustiça!

E ali na calçada solitária começou a murmurar coisas para si mesmo. Ah! — tratava ele de se convencer — entre as duas nem há que hesitar... Sílvia é uma pessoa, é *gente*. Comparemos os assuntos de suas cartas com as conversas de Mandy. Sílvia não entende de motores de explosão nem de estatística nem de vitaminas, mas entende de relações humanas. Sílvia tem três dimensões, ao passo que Mandy tem só duas. É uma capa de revista em tricromia, impressa em papel gessado. Mandy é de papel. Isso! De papel. Mas não! Ninguém pode ser tão simples assim. Se ela fosse de papel eu não estaria aqui procurando refrescar na brisa do mar este corpo cheio do desejo que aquela texana me provocou mas não satisfez. Papel coisa nenhuma!

Fosse como fosse, começava a ter saudade do tempo em que ainda não conhecia Marian e em que era senhor de suas horas, de seus desejos, de sua vida. Livre! Disponível. Principalmente isso. Disponível! Mas disponível para quê, meu caro cretino? Para ficar de papo para o ar na praia olhando o céu? Para ler T. S. Elliot e André Gide? Para de vez em quando ir para a cama constrangido e sem prazer, com uma prostitutinha qualquer?

Dormiu pouco e mal aquela noite.

Durante dois dias, não teve notícias de Mandy. Decidira deixar que a sugestão do próximo encontro partisse dela. Uma noite foi ao Cassino da Urca, sozinho, e teve a desagradável surpresa de avistar Marian dançando, cara contra cara, com um sujeito ruivo, alto e espadaúdo — evidentemente americano — e com um jeito entre ingênuo e truculento de *fullback* universitário. Mandy falava muito, e de vez em quando o homenzarrão atirava a cabeça para trás e ria. O primeiro impulso de Floriano foi o de procurar ali mesmo outra mulher, levá-la para uma mesa, depois para a pista de dança e mais tarde para a cama. O essencial era que Mandy o visse aquela noite, feliz em companhia duma fêmea atraente. Qual! Tudo isso era pueril. Retirou-se do cassino antes que Mandy o visse. Estava desgostoso consigo mesmo, pois acabava de descobrir que sua armadura, que sempre julgara de puro e rijo aço, era apenas de lata. Vulnerabilíssima. Imaginem, ele enciumado! Era o fim de tudo...

No dia seguinte não tentou comunicar-se com a amiga. Esta, porém, lhe telefonou.

— Que é feito de você?

— Continuo vivo — respondeu ele. E decidiu pôr à prova a honestidade de Mandy. — Saíste ontem?

— Saí. Tive um encontro com um americano.

— Quem é o herói?

— Um oficial da Marinha dos Estados Unidos. Está passando uns dias no Rio, onde não conhece ninguém. Um amigo meu da embaixada me pediu para o entreter.

Entertain! Até que ponto teria ela levado esse dever cívico de entreter um compatriota perdido numa terra de botocudos?

— Divertiu-se?

— Oh! Tivemos *lots of fun*.

Outra frase corriqueira da vida americana: *lots of fun*, pensou Floriano com amargor. E o fato de não ter podido surpreender Mandy numa mentira, longe de deixá-lo orgulhoso dela, aumentava-lhe a exasperação. Sim, porque a naturalidade com que a criatura lhe contara a história chegava a ser um insulto. Então ela não compreendia que...?

— Alô! Que foi?

— Estou perguntando — disse ela escandindo as sílabas — se você tem compromisso para esta noite.

— Não. Por quê?

— Vamos então sair juntos. Está combinado?

— Está — murmurou ele, já se desprezando por entregar-se sem condições.

— Encontraremos o *crowd* no bar do Copacabana Palace.

O *crowd*! Como ele odiava aquela palavra e tudo quanto ela representava! O *crowd* era a turma, o grupo, o pessoal. E o *crowd* de Mandy, que Floriano tivera lá de aguentar tantas vezes em noitadas intermináveis, era formado de dois secretários da embaixada americana, com suas pequenas, uns altos funcionários da Standard Oil e da Texaco, com suas esposas, e uns dois ou três moços ricos brasileiros que gostavam de parecer americanos: compravam suas roupas em Nova York, fumavam cachimbo e falavam inglês com sotaque ianque.

Naquela noite Floriano aborreceu-se mortalmente. Irritou-o a maneira como alguns daqueles "projetos de magnatas" analisavam a situação mundial e comentavam Hitler e Mussolini, como se a política internacional fosse apenas uma partida de beisebol. Um deles, funcionário da Esso, declarou-se simpático aos ditadores do tipo de Trujillo e Baptista, pois lhe parecia que países subdesenvolvidos de mestiços, como eram os da América do Sul, não estavam ainda preparados para o sufrágio universal.

— Claro — replicou Floriano. — Para as companhias de petróleo e para a United Fruit Co. é mais fácil e barato comprar um ditador que todo um Congresso.

O funcionário soltou uma risada, bateu no ombro de Floriano e perguntou-lhe esportivamente se ele era comunista.

— Não. E você é fascista?

O outro tornou a rir, achando a piada muito boa. E a conversa derivou para cavalos de corrida e mais tarde para marcas de uísque.

E das dez da noite às três da manhã, o *crowd* andou de bar em bar, de cassino em cassino (ia tendo baixas pelo caminho), numa espécie de via-sacra profana. Mandy quis ficar até o fim. Estava se divertindo muito. E sempre que Floriano lhe sugeria que fossem dormir, ela lhe pegava o queixo e murmurava maternalmente: "*Silly boy*". E ficava.

Um dia Floriano analisou a sério seus sentimentos com relação a Marian K. Patterson. Concluiu que não a amava desse amor que nos leva a desejar a companhia permanente do objeto amado (*objeto* era palavra que descrevia melhor Mandy que Sílvia) — desse amor cheio de ternura que torna enormes as coisas aparentemente simples: ouvirem juntos, de mãos dadas, o quarteto *Opus 132*, de Beethoven; ou contemplarem em silêncio um quadro num museu; ou saírem simplesmente a caminhar lado a lado, sem necessidade de se dizerem nada, numa noite de luar... ou mesmo sem lua, que diabo! Jamais pensara ou desejara fazer qualquer dessas coisas com Marian. Ele a cobiçava fisicamente, gostava de sua carne, mas sua companhia não lhe era *poeticamente* agradável. Havia mais ainda. Ao lado da americana, ele era perturbado por um sentimento quase permanente de inferioridade, que lhe vinha duma série de coisas... Quando calçava sapatos de salto alto, Mandy ficava uns cinco centímetros mais alta que ele. Era uma excelente nadadora, ao passo que ele não sabia nadar. Uma tarde, como estivessem ambos em trajos de banho perto da piscina do Copacabana Palace, debaixo dum para-sol, Mandy ergueu-se de súbito, atirou-se n'água e saiu a nadar. E ele, Floriano, ficou entre divertido e encafifado a pensar numa história de Monteiro Lobato — a dum galo capão de pintos que criara maternalmente sob suas asas um patinho...

Quando jogavam tênis um contra o outro (haviam feito isso umas duas ou três vezes naquelas últimas semanas), não raro Mandy ganhava as partidas. Tinha uma grande agilidade e, pernilonga, cobria a cancha com facilidade. Muitas vezes Floriano estava tão absorto na contemplação do bailado que aquela garça atlética lhe proporcionava, lá do outro lado da rede, que se esquecia de rebater as bolas que ela lhe atirava com uma violência quase masculina.

Mais de uma vez procurara ter para com Marian — como fizera com Sílvia, por carta — uma atitude protetora de macho forte. A americana, porém, recusava-se a ser protegida. Ultimamente parecia querer transformar-se numa espécie de musa inspiradora. Perguntava-lhe pelo romance que ele estava escrevendo, queria saber pormenores a seu respeito, principalmente o *plot*, o enredo. Repetia-lhe que ele tinha de escrever um *best-seller* que fosse no Brasil o que *...E o vento levou* fora nos Estados Unidos. Floriano reconhecia que ela dizia aquelas coisas sem malícia nem ironia, com a melhor das intenções. Mas nem por isso deixava de ficar irritado. Mãe... me basta uma! — pensava.

Concluiu, ao cabo de todas essas reflexões, de todo esse amargo ruminar de situações passadas, que só havia um território no qual poderia impor-se, afirmar-se e submetê-la: a cama. Era também por isso que ansiava pela oportunidade, que nunca chegava, de tê-la como... amante. (A palavra *amante* repugnava-o, fazia-o pensar na linguagem da cozinha do Sobrado, onde Laurinda cochichava sobre peões que tinham *amásias*.)

Agora Mandy e Floriano beijavam-se na boca ao se despedirem à noite. Mas era o tradicional *good-night kiss* americano. Ele tentava torná-lo profundo e ardente, mas ela se obstinava em mantê-lo superficial e frio, como algo de fraternal ou, pior ainda, de impessoal.

O Cambará que havia nele aconselhava-o a agarrá-la à unha. Ele achava o projeto fascinante, mas temia o ridículo em que ficaria se ela o repelisse.

Chegou-lhe uma carta de Sílvia que o deixou sensibilizado e tomado dum profundo sentimento de culpa.

Que é que há contigo? Sinto que já não és o mesmo. Tuas cartas estão ficando cada vez mais curtas, mais raras e mais frias. Longe de mim a ideia de te forçar a uma correspondência que não te dá prazer, mas eu queria que me dissesses que é que se está passando no teu espírito, na tua vida. Seja o que for, conta a verdade. Eu sentiria muito, mas muito mesmo, se deixasses de ser meu amigo, mas quero que saibas que se tal acontecer eu não morrerei. Ficarei triste, isso sim, mas saberei sobreviver como tenho sobrevivido a tantas outras coisas desagradáveis que me têm acontecido na vida. Digo-te essas coisas para que não fiques desde já com remorsos. Sou mais forte do que imaginas ou do que meu físico faz supor. Portanto, trata de compreender. O que te peço não é caridade nem sequer justiça, mas franqueza.

Floriano recriminou-se, fez propósitos de mudar a situação e, sem perda dum minuto, escreveu a Sílvia uma carta carinhosa que, relida, lhe pareceu forçada. Mandou-a, porém, como estava, e quando, uma semana depois, lhe chegou a resposta, percebeu, encabulado, que não conseguira enganar a amiga.

Obrigada pelo esforço que fizeste na tua última carta para voltar ao tom antigo. Apesar da tua negativa, agora eu sei que há alguma coisa mesmo. Não faz mal. Continua me escrevendo, se isso não te for muito difícil. Um dia terás a coragem de contar tudo.

Aquela noite ao saírem dum cinema, Marian declarou-lhe que não estava *in the mood* para ir ao Cassino da Urca, como haviam projetado, e convidou-o a subir até o seu apartamento, para um *drink*. Era a primeira vez que fazia um convite dessa natureza. Subiram. Logo ao chegar, ela preparou uma água tônica com uma rodela de limão para Floriano e um *highball* para si mesma.

Sentaram-se lado a lado no sofá. Ele olhou em torno. Uma papeleira em estilo Chippendale. Quadros na parede: pássaros pintados por Audubon. Poltronas confortáveis cobertas de chitão estampado em cores alegres. No chão um tapete oval, rústico, em cinco cores. Tudo como em anúncios que ele vira nas páginas do *Ladies Home Journal*: alegre, confortável e impessoal.

Floriano apontou para um retrato que estava sobre uma mesinha, enquadrado numa moldura de metal prateado: um casal de meia-idade, ambos de óculos, os dentes expostos num sorriso que originalmente tinha sido dirigido para a câmara fotográfica, mas que agora parecia dedicado especialmente àquele brasileiro que ali estava em companhia de sua filha.

— Quem são?
— Papai e mamãe.
— Ah!

Daddy, uma rosa branca na botoeira, o ar próspero, parecia sentir-se *like a million dollars*, a imagem viva do sucesso. *Mom*, de tão doméstica, parecia trescalar a *apple pie* e *ice cream* de baunilha.

Mandy ergueu-se, pôs a eletrola a funcionar em surdina. Gershwin, como Floriano havia previsto. Depois apagou a luz do lustre e acendeu a lâmpada ao lado do sofá. Tornou a sentar-se. Floriano sorriu para si mesmo, pois lhe parecia que a americana se portava como um homem do mundo que prepara o ambiente para conquistar a mocinha que conseguiu atrair ao seu apartamento... Esperou, com a respiração um tanto alterada. Nada, porém, aconteceu nos minutos que se seguiram. Mandy continuou a falar com o ar neutro de sempre, contou incidentes do escritório e repetiu a última anedota carioca que ouvira aquela manhã. De vez em quando, fazia uma pausa para perguntar a Floriano se queria mais gelo, ou então para trautear trechos do *An American in Paris*.

— Queres comer alguma coisa?
— Não. Obrigado.
— Como vai a novela?

— Assim assim.

Ela então lhe pregou um pequeno sermão sobre a necessidade de ter força de vontade e método. Lera no *Reader's Digest* que Thomas Mann, Somerset Maugham e Ernest Hemingway mantinham horários rígidos de trabalho: escreviam geralmente das nove da manhã à uma da tarde. Por que Floriano não os imitava? Ele encolheu os ombros, mexeu distraído com a ponta do indicador os cubos de gelo de seu copo. Houve um silêncio.

Mandy deixou o sofá e aproximou-se da janela. Ele fez o mesmo. Ficaram ambos olhando a noite e a lua sobre o mar. Lá de baixo, das ruas, vinham ruídos de vozes humanas, buzinas de automóveis, o chiar dos pneumáticos que rolavam no asfalto, cujo cheiro empoeirado, de mistura com o de gasolina queimada e maresia, subia até aquele sexto andar. Olhando para as favelas iluminadas num morro próximo, Mandy murmurou:

— Nenhum país que se considere civilizado pode permitir uma coisa dessas.

Não era a primeira vez que ela se referia à miséria do Rio. Floriano não lhe deu resposta. Mas ela insistiu:

— Por que é que o governo brasileiro não acaba com essa vergonha?

— Ora, vocês nos Estados Unidos têm a pior favela do mundo...

— Nós? Favela? Onde?

— Eu me refiro a essa monstruosa favela moral que é a segregação em que vivem os negros.

As luzes dum letreiro neon em três cores refletiam-se alternadamente no rosto de Mandy, que agora estava tocado de vermelho. Foi a essa luz que Floriano viu a expressão de fúria que desfigurava o semblante da americana.

— Estava tardando que me atirasses na cara a discriminação racial! — exclamou ela, as narinas palpitantes, a voz alterada.

Floriano contemplava-a, meio apreensivo. Estava claro que tinha apertado no botão de alarma daquela bela máquina.

— Vocês, brasileiros, como amam os negros, não podem compreender a nossa situação...

E com aqueles reflexos no rosto — verde, violeta, encarnado — Marian K. Patterson continuou a falar com uma fúria surda na voz. Já que ele provocara o assunto, ia desabafar... Achava o Rio a cidade mais bela do mundo, quanto a isso não havia dúvida. Os brasileiros eram encantadores, ninguém podia negar... Ah! mas havia coisas no Brasil que ela simplesmente detestava. Não suportava a presença constante do negro e do mulato na vida carioca, nem a tolerância com que a população branca os tratava. Não havia nada que a enojasse mais que a promiscuidade racial. No Rio via negros e mulatos por toda a parte, misturados com brancos: na rua, nos cafés, nos cinemas, nos teatros, nos ônibus, nas salas de espera, nas lojas... negros! negros! negros! Achava-os sujos, malcheirosos, insolentes, metidos. Nas repartições públicas, encontrava funcionários mulatos — empafiados, pedantes, com ares de senhores do mundo. Na rua mais de uma vez um preto lhe dirigira olhares lúbricos, um até chegara a dizer-lhe uma obscenidade. E por fim, soltando a voz, quase num apelo, perguntou:

— Vocês não compreendem que com essa tolerância estão impedindo o Brasil de ser um dia uma grande nação?

Floriano escutava-a em silêncio. E quando ela fez uma pausa, perguntou:

— Já desabafou?

— *I am sorry.*

— Não se desculpe. Você disse apenas o que sente. Agora vou lhe fazer uma pergunta. Como é que você concilia seus ideais cristãos de presbiteriana com essa fúria antinegra?

— A religião nada tem a ver com o assunto.

— Então que é que tem?

— A decência, o respeito pelos nossos corpos, pelo nosso sangue, pelos nossos filhos. O desejo de evitar que nossa raça se abastarde. Vocês não podem compreender. É preciso ter vivido no Sul dos Estados Unidos para sentir esse problema na carne e nos nervos. Nós não maltratamos os nossos negros. Pelo contrário, damos a eles todas as oportunidades para se educarem e para fazerem uma carreira na vida. Na minha terra há negros doutores, técnicos, milionários até. De que serve a famosa tolerância racial dos brasileiros se os negros aqui dificilmente conseguem sair da favela?

Floriano debruçou-se na janela e ficou olhando para o pavimento da rua, que também refletia as cores do letreiro de neon. Mandy parecia um caso perdido como tantos outros americanos que ele conhecia e, apesar de tudo, estimava. Suportavam passavelmente que se criticasse Roosevelt, a Corte Suprema e o *American way of life*, mas quando se tocava no problema negro, perdiam a compostura, exaltavam-se. E ficavam então hediondos.

Marian debruçou-se também na janela e explicou com voz serena que estava arrependida, não das coisas que dissera, mas da paixão com que se expressara. Ele continuou calado. Ficou olhando a luz duma boia que pisca-piscava no mar. Depois de alguns instantes ela perguntou, quase terna:

— Ficou zangado comigo?

— Claro que não. Como pode a gente zangar-se com uma pessoa por ela ser asmática ou tuberculosa?

— Quê?

— Acho que vocês americanos estão doentes. Herdaram esse ódio aos negros como poderiam ter herdado outra doença qualquer.

— Não seja bobo.

Novo silêncio. Veio lá de baixo, duma rua próxima, o som duma buzina que reproduzia os primeiros compassos d'*A viúva alegre*.

— Não sei como não te envergonhas de seres vista na companhia dum homem moreno como eu. Já pensaste que posso ter nas veias sangue negro? Neste país nunca se sabe...

— *Don't be silly*.

Outra vez o silêncio. Que dizer? — pensava ele. — Que fazer? Continuava a olhar o mar e a ruminar as palavras da amiga. E aos poucos lhe vinha um desejo malvado de violentar aquela bela fêmea, de rebaixá-la, de conspurcá-la com seu esperma de mestiço...

Fez meia-volta, encaminhou-se para a porta, as mãos metidas nos bolsos.

— Bom — murmurou. — Acho que vou andando.

Apanhou o copo e bebeu, sem vontade, um gole de tônica. Sentiu então que Mandy se aproximava dele e lhe pousava ambas as mãos nos ombros. O hálito dela bafejou-lhe a nuca.

— Fica.

Floriano voltou-se brusco, tomou-a nos braços, apertou-a contra seu próprio corpo, beijou-lhe violentamente a boca.

— Espera... — murmurou ela.

E descalçou os sapatos para que ficassem da mesma altura. E como a mão de Floriano já estivesse a mexer-lhe nas roupas, aflita, ela disse:

— Devagar. Temos tempo.

Desvencilhou-se dele, fechou a porta à chave e, sem dizer palavra, dirigiu-se para o quarto. Ele ficou, meio estonteado, onde estava, o corpo inteiro a pulsar de desejo. Que fazer agora? Segui-la até o quarto? Ouviu o ruído do chuveiro. Compreendeu o que se passava. Sen-

tou-se no sofá, pegou o cinzeiro e ficou a rodá-lo nervosamente nas mãos. Alguns minutos depois, ouviu a voz da amiga:
— Floriano!
Encaminhou-se para o quarto de dormir e parou à porta. A luz lá dentro estava apagada, mas o luar entrava pelas janelas com o som do mar. Olhou para a cama e viu (ou sentiu?) que Mandy estava toda nua sob o lençol. Pensou vagamente em tomar também um banho, antes de deitar-se com ela, mas havia tamanha urgência em seu desejo, que mandou a ideia para o diabo. Tirou o casaco, desfez o nó da gravata, arrancou-a fora, desabotoou a camisa — tudo isso num açodamento de ginasiano.
— Não vais tomar um chuveiro? — perguntou ela.
— Era o que eu ia fazer...
Achou a insinuação indelicada. E o tom natural com que ela sugerira aquela coisa também tão natural, de certo modo quebrava o sortilégio do momento.
— Leva o meu roupão...
Ele aceitou a ideia. Tomou um banho rápido, enxugou-se às pressas, enfiou o roupão, voltou para o quarto e foi direto para a cama. Mandy havia jogado fora o lençol e agora ali estava completamente nua. Floriano deitou-se e enlaçou-a. Aquele corpo bicolor — cobre nas partes que ela expunha ao sol da praia e leite nas estreitas zonas que o maiô protegia — deu-lhe uma curiosa sensação de ser ao mesmo tempo cálido e fresco. Ela se deixava beijar, mais que o beijava, enfurnava os dedos nos cabelos dele, dizia-lhe coisas ternas em surdina, começava a chamar-lhe *boyzinho*. Mas os minutos passavam e ela parecia não querer sair daquele prelúdio de carícias superficiais. Permanecia de coxas trançadas, defendendo-se como uma virgem medrosa. Quando Floriano tentou penetrá-la, ela resistiu. Já quase agastado, ele lhe perguntou:
— Que é que há contigo?
— Nada. Tem paciência...
Contou-lhe que, como tantas outras moças americanas, fora desvirginada nos tempos de *high school* por um colega sem a menor experiência sexual. A coisa toda fora dolorosa e constrangedora, deixando-a com um misto de medo, frustração e vergonha.
— E depois disso... — quis ele saber — nunca mais?
— Nunca mais.
Era incrível — pensava ele. Mandy, a máquina eficiente. Mandy, a

superior. Mandy, a imperturbável, ali estava agora como uma menininha atemorizada. Floriano afrouxou o abraço e ficou a contemplar a amiga como a um objeto raro. Teria de ir embora levando a frustração do ato tão desejado mas não realizado? Havia algo que ele não compreendia ainda. Era a facilidade com que ela decidira aquela noite ir para a cama com ele, a naturalidade com que se despira e fizera todos os outros preparativos, como uma cortesã experimentada.

— Comigo vai ser diferente... — segredou-lhe ao ouvido.

Tornou a abraçá-la, dessa vez com uma fúria agressiva. Meteu o joelho como uma cunha entre as pernas da texana e surpreendeu-se por não encontrar nenhuma resistência. Marian K. Patterson abriu-se toda como uma flor. E Floriano sentiu que seu furor se aplacava um pouco, se tingia de ternura, e ele passava a tratá-la como a uma flor, temeroso de magoá-la física e psicologicamente, desejoso de fazer que ela tirasse daquela ligação o máximo de gozo. Curiosamente, passaram-lhe pela cabeça, num relâmpago, fragmentos de histórias que Don Pepe García contava ao menino Floriano sobre touradas e toureiros, dando uma importância capital a *el momento de la verdad* — em que o toureiro mata o touro com uma estocada certeira.

Mandy teve naquela noite pela primeira vez na vida o seu "momento da verdade". O prazer que sentiu foi tão intenso, que a projetou espasmodicamente em alturas vertiginosas para depois depô-la em suave desmaio num sereno vale de sonolenta ternura — o que a fez desatar um choro manso e agradecido.

Floriano veio vê-la no dia seguinte, curioso de saber como a encontraria. Ficou decepcionado e até meio desarvorado quando, ao abrir-lhe a porta, antes mesmo de beijá-lo, ela o censurou:

— Devias ter telefonado antes.

Maldita ordem ianque! — pensou. Fórmulas para tudo. Não terão um momento de espontaneidade? Mas quem sou eu para falar em espontaneidade? Um homem inibido, um...

Marian abraçou-o, entregou-lhe os lábios, um pouco passiva, fez-lhe nos cabelos uma carícia rápida.

— Olha, antes que me esqueça... — começou ela, preparando um *highball*. — Temos que fazer um contrato.

— De compra e venda?

— Não. Estou falando sério.

Deu-lhe um copo com água mineral.
— É a respeito do que aconteceu ontem...
— Ah!
Sentaram-se no sofá.
— Artigo primeiro — disse ela. — Não devemos *comentar* o assunto. De acordo?
— De acordíssimo.
— Artigo segundo: não me deves nada, não te devo nada, está bem? — Ele sacudiu afirmativamente a cabeça. — A nossa vida seguirá como antes, quero dizer, cada qual com a sua liberdade.
— Ótimo!
Aquela situação lhe convinha à maravilha. Duas ideias existiam que ele repelia com igual veemência. Uma era a de casar-se com Marian; a outra, a de não tornar a dormir com ela.

Saíram juntos aquela noite, reuniram-se ao *crowd* no Cassino Atlântico. Depois do terceiro uísque, Mandy tomou-lhe da mão por baixo da mesa, a seguir saíram a dançar, muito apertados um contra o outro, e ela não protestou quando em plena pista ele lhe beijou o lóbulo da orelha. Mas quando voltaram para o apartamento dela e Floriano quis entrar, ela o deteve. Estava cansada, alegou. "Outra noite, *boyzinho*, sim?" Ele se resignou.

Na noite seguinte, porém, ela tornou a entregar-se. E durante o resto da semana encontraram-se no mesmo apartamento todos os dias. Ficavam a ouvir música e a conversar. E pensando em *el momento de la verdad*, ele agora achava menos difícil suportar os "assuntos" de Mandy. Uma noite, como ele a beijasse dum jeito que não deixava dúvidas quanto ao que queria, ela o empurrou sem violência mas com decisão:

— *Boyzinho*, você não pensa noutra coisa. Tenha moderação. Você disse que nós americanos somos máquinas, não foi? Pois os homens brasileiros é que são verdadeiras máquinas de fazer amor.

— Basta apertar num botão... — sorriu ele, esforçando-se por encarar o assunto com espírito cínico-esportivo. Mas na realidade a coisa toda o perturbava um pouco. Dificilmente conseguia ir para a cama com Mandy sozinho: levava sempre consigo quase toda a gente do Sobrado. Lembrava-se de Sílvia com remorso. Pensava na mãe, que já andava desconfiada de tudo. Pensava na Dinda, cujo fantasma muitas vezes surgira acusador ao pé do leito da americana. E pensava principalmente em si mesmo, no outro Floriano da "época pré-Marian".

* * *

Era julho, as praias andavam desertas e o vento que vinha do mar à noite trazia um mal escondido arrepio de inverno.

Marian um dia decidiu que não deviam escravizar-se ao hábito de se encontrarem todas as noites. Marcaram dias para se verem. Floriano não gostou da ideia, mas submeteu-se ao trato. Afinal de contas, que direito tinha de exigir dela o que quer que fosse?

Nos dias em que não via a amiga, não sabia que fazer. Não conseguia concentrar-se no trabalho. Se pegava um livro para ler, a atenção lhe fugia. Acabava saindo e dirigindo-se para os lugares onde poderia encontrar Marian. Mais de uma vez a viu em companhia de outros homens. Ela lhe explicava depois que sua embaixada continuava a pedir-lhe para "entreter" compatriotas mais ou menos ilustres que visitavam o Rio sozinhos. Mandy parecia fazer aquilo com naturalidade e até com gosto, o que deixava Floriano enciumado.

A todas essas, ele andava picado de remorsos, pois havia interrompido por completo a sua correspondência com Sílvia. Um dia, ao receber uma carta em cujo envelope reconheceu a letra dela, teve medo de abri-la. Ficou com ela no bolso durante várias horas. Finalmente abriu-a. Dizia:

> O teu silêncio (ou devemos como bons brasileiros continuar culpando o correio?) tem uma eloquência maior que a mais franca das confissões. Ele me revelou tudo quanto se está passando contigo. Pensei que fosses suficientemente meu amigo para confiar em mim. E por falar em confiança, vou te fazer agora uma consulta cujo sentido mais profundo espero e desejo que compreendas. Presta atenção. Jango, teu irmão, continua a dizer que quer casar comigo. Tu sabes o que acontece quando ele quer uma coisa... Ninguém mais obstinado que ele. A Dinda faz gosto no casamento e sempre que apareço no Sobrado me prega grandes sermões, me dá conselhos, etc. Padrinho Rodrigo me escreveu uma carta muito carinhosa dizendo, entre outras coisas, que ficaria muito feliz se eu me tornasse sua nora. Eu quero Jango como a um irmão, tu sabes, e às vezes chego a pensar que está a meu alcance fazer o rapaz feliz, e que o amor (e quem repete isto é a Dinda), o amor mesmo virá depois do casamento, com o convívio. Também pergunto a mim mesma se não será egoísmo meu continuar a dizer não à única pessoa que pa-

rece me querer de verdade. Enfim, não sei explicar a minha situação sentimental. Confio em que, com tua intuição de romancista, possas achar uma resposta certa à consulta que te vou fazer. Devo casar-me com Jango ou esperar que o homem a quem realmente amo, mas cujos sentimentos a meu respeito ignoro, um dia me queira também? Fica certo de que só tu podes dar uma resposta decisiva a essa pergunta. E o que quer que digas estará bem. Preciso me libertar duma vez por todas dessa dúvida.

Floriano leu e releu a carta, numa confusão de sentimentos em que se mesclavam, em quantidades impossíveis de dosar, surpresa, ternura, decepção, piedade, constrangimento, gratidão, remorso... e alarma. A necessidade de tomar uma decisão definitiva deixava-o conturbado.
Seria que amava Sílvia dum amor suficientemente profundo para resistir, incólume, à burocracia conjugal?
Naquele dia dialogou consigo mesmo, como costumava fazer quando queria resolver problemas de composição literária. Estava à janela de seu quarto, que dava para o mar.
— Se amasses Sílvia de verdade, esse caso carnal com a americana não teria tido força para te fazer perder o interesse nela, a ponto de interromperes por completo a correspondência...
— Tu sabes que se Sílvia estivesse fisicamente perto de mim a coisa teria sido diferente.
— Não creio que sintas uma verdadeira atração física por Sílvia. Teceste em torno da figura dela uma fantasia poética como uma espécie de antídoto para o veneno da vida que aqui levas. E talvez ames menos Sílvia do que a *ideia de amar a menina de olhos amendoados que te ama*. Melhor ainda: Sílvia é um espelho em que tu te miras e te amas a ti mesmo.
— Minha ligação com Mandy não pode conduzir a coisa nenhuma. Na posição horizontal, nos entendemos cada vez melhor. Na vertical temos sempre conflitos e atritos.
— Em que ficamos então?
— Se eu fosse um sujeito decente e decidido, embarcaria amanhã mesmo para Santa Fé e livraria Sílvia desse casamento desastroso. Jango não é o homem para ela. Tu sabes.
— Deves reconhecer também que o fato de Sílvia ter mencionado a possibilidade de casar-se com Jango te deixou enciumado e irritado. Porque a ideia de ter em Santa Fé uma mulher bonita, inteli-

gente e terna que pensa em ti com amor, te era e te é muito agradável. Confessa...

— Não é bem assim.

— É. Tu sabes. Roubam o teu espelho. Pior que isso: embaciam o teu espelho.

— E que queres que eu faça? Que me case com Sílvia e depois não lhe possa dar uma vida material decente? Que é que tenho para lhe oferecer? Não sou nada. Ainda não fiz nada. Arrasto-me num emprego passável para um homem solteiro... um emprego que me envergonha pelo seu caráter de sinecura. No mais, sou apenas um parasita que de certo modo ainda depende do "papai". Essa é a triste verdade, a grande contradição no homem que tanto deseja ser livre.

— Corta então esse cordão umbilical. Há quanto tempo vens prometendo isso a ti mesmo?

— Mas como é que se começa?

— Tu mesmo tens que descobrir.

— E o pior é que neste exato momento já estou pensando com certo alvoroço de colegial na hora em que vou ter Mandy nua nos meus braços, esta noite.

— É o puritano que mora dentro de ti te censura por isso.

— Eu me irrito porque essa dependência da americana está se tornando uma ameaça à minha liberdade. Sinto-me diminuído por depender tanto do prazer que ela me dá.

— A tua famosa liberdade! Sabes de que me lembra? De certas famílias antigas de Santa Fé, como a do barão de São Martinho, que passam necessidades e até fome, mas recusam-se a lançar mão da baixela de prata com o monograma do senhor barão e das joias lavradas da senhora baronesa. De que te serviu até hoje essa "joia guardada" que é a tua liberdade?

— Seja como for, se eu me casar com Sílvia, deixarei também de ser livre.

— Só espero que não venhas a descobrir um dia que essa pedra preciosa que entesouraste com tanto zelo não passa duma imitação sem valor.

— Mas vamos aos fatos... Que fazer?

— Mandy, tu sabes, volta para os Estados Unidos em meados do ano que vem. Ofereceram-lhe um bom emprego em San Francisco...

— Pois assim o meu problema com ela terá uma solução natural. Mas... e Sílvia?

Fez meia-volta, sentou-se à frente da máquina de escrever (sua correspondência com a amiga distante tinha sido toda manuscrita) e começou a bater uma carta, tratando de convencer-se de que aquilo era apenas um rascunho, um balão de ensaio, talvez uma mensagem mais para si próprio do que para Sílvia.

Recebi, li e reli tua carta. O homem que amas — se é quem penso — tem uma imensa ternura por ti e muitas vezes lhe passaram pela cabeça fantasias matrimoniais em que eras sempre a esposa eleita. Mas não te iludas. Ele não é um bom homem. Pelo menos não é o homem que te convém, capaz de te fazer feliz. É um desajustado, debate-se numa contínua dúvida sobre si mesmo, é um ausente da vida, um marginal. Tu me compreendes. Pediste um conselho e eu te dou o melhor, o mais sincero, o mais coerente que me ocorre. Casa-te com o Jango. Tu o farás muito feliz e com o tempo também serás feliz. Ele te dará uma vida tranquila e segura. É um gaúcho sólido, com os pés firmemente fincados na terra, a cabeça limpa. Casa-te com o Jango. Já não é mais um conselho, mas um pedido. O Sobrado precisa de ti.
Perdoa a quem quer continuar a merecer sempre a tua amizade, haja o que houver.

Veio-lhe de repente uma ânsia de livrar-se do assunto. Assinou a carta assim como estava, meteu-a num envelope e sobrescritou-o. Andou com ele no bolso durante dois dias, sem coragem de remetê-lo à destinatária. Precisava reformar a carta — dizia-se a si mesmo —, fazê-la mais longa, menos brusca, mais carinhosa, de maneira que Sílvia compreendesse que, apesar de tudo, ele ainda a amava. Toda a vez, porém, que apanhava o envelope com a intenção de rasgá-lo e tirar-lhe a carta de dentro, sentia-se inibido, bem como nas poucas ocasiões em que se imaginara na cama com Sílvia, na noite nupcial.
Um dia entrou numa agência postal, selou a carta e deixou-a cair na caixa, com uma sensação de alívio e ao mesmo tempo de vergonha.

Em outubro corriam no Rio boatos de que a ordem seria perturbada. Comentava-se claramente que as eleições presidenciais não se realizariam, como se vinha anunciando. Floriano notava que o pai andava excitado, na expectativa de grandes acontecimentos.

— Prepare-se para a bomba, meu filho! — disse ele um dia, enigmaticamente.

Quando Mandy soube que se preparava "um golpe", quis saber de onde viria. Dos comunistas? Dos integralistas? De ambos? Diante da política brasileira, vivia em permanente estado de perplexidade.

— Talvez do próprio Getulio — disse Floriano.

— Mas não compreendo, *boyzinho*! Como pode um presidente dar um golpe no seu próprio governo?

— Espera e verás.

E quando se noticiou que Getulio Vargas havia fechado o Congresso e proclamado o Estado Novo, Marian K. Patterson felicitou o amigo pela "profecia".

— É preciso ter nascido neste país — explicou ele — para compreender o que se passou. Aqui toda a ciência dos sociólogos e dos economistas estrangeiros cai por terra. Toma nota do que te digo. O Brasil não é um país lógico, mas um país mágico.

A discussão nessa noite não prosseguiu, pois estavam ambos lado a lado na posição horizontal que, contrariando uma definição de d. Revocata — sorriu Floriano para si mesmo —, não seguia naquele caso a direção das águas tranquilas.

Em meados de novembro, num encontro fortuito entre pai e filho, Rodrigo disse a Floriano:

— Sabes da grande novidade? O Jango e a Sílvia vão contratar casamento. Já escrevi a eles pedindo que transfiram o contrato oficial para a noite de 31 de dezembro. Quero dar uma festa de arromba no Sobrado.

Aquela tarde Floriano encontrou Mandy na praia.

— Por que estás com essa cara tão triste, *boyzinho*?

— Nada.

Deitado ao lado da americana, Floriano de olhos cerrados passava-lhe lentamente os dedos pelas pernas e pelas coxas.

O relógio do Sobrado bateu uma badalada. Floriano ergueu-se da cama com alguma relutância, enfiou o roupão, pegou algumas peças de roupa branca e uma toalha, e encaminhou-se para o quarto de banho.

No quintal pregavam-se os últimos pregos no estrado de madeira onde aquela noite se dançaria. O ruído das marteladas ecoava pela casa. Na cozinha, onde havia também grande atividade, a Dinda dava ordens, com seu jeito autoritário.

Floriano caminhava ao longo do corredor quando a voz de Sílvia chegou até ele, produzindo-lhe um estranho arrepio de epiderme e alterando-lhe o ritmo do coração. Teve então a certeza de que ainda a amava.

Entrou no quarto de banho, perturbado. Tirou o roupão, postou-se debaixo do chuveiro e abriu a torneira como um suicida que abre o gás.

12

Depois do almoço, Rodrigo levou seus dois convidados para o escritório e ofereceu-lhes charutos. As damas acomodaram-se na sala de visitas. Laurinda serviu café a todos.

Terêncio Prates apanhou um havana, rolou-o entre os dedos, cheirou-o, mordeu-lhe uma das pontas e depois prendeu-o entre os dentes. O dono da casa aproximou-se sorrindo, com o isqueiro aceso.

— Espero que este seja o "cachimbo" da paz.

— Mas não estamos em guerra... — murmurou Terêncio, depois de acender o charuto.

— Passamos o almoço inteiro brigando.

— Uma diferença de opinião não é necessariamente uma briga.

Juquinha Macedo recusou o havana e preparou-se para fazer um crioulo. Rodrigo reconheceu a faca que o outro tirava da bainha de prata. Era a mesma que o amigo tivera consigo durante toda a campanha de 23. Servia para tudo: para cortar churrasco, picar fumo, limpar as unhas... Duma feita, devidamente passada pelo fogo, fizera as vezes de instrumento cirúrgico, desalojando a bala que se encravara, não muito fundo, na perna dum companheiro.

Rodrigo repoltreou-se numa poltrona e começou a saborear o seu Partagás. Tinha comido bem, talvez demais... Sentia-se enfartado, com um peso no estômago. O Mateus *rosé* e o Liebfraumilch eram responsáveis por aquela tontura — nada desagradável — e por aquele peso nas pálpebras. Pensava numa dose de bicarbonato de sódio e numa boa sesta. O bicarbonato não oferecia nenhum problema; quanto à sesta, bom, teria de esperar que os convidados fossem embora, e isso ia levar ainda algum tempo... Olhou discretamente para o seu relógio-pulseira. Passava das duas. Reprimiu um bocejo. Era o diabo que estivesse assim sonolento na hora em que mais ia precisar duma cabeça clara. Prometera apresentar aos dois amigos provas irrefutáveis de que havia no país uma Grande Conspiração que justificava plenamente o novo regime. Juquinha Macedo, depois de alguma relutância e duns resmungos saudosistas de maragato, aceitara a situação. De resto todos os partidos do Rio Grande — menos naturalmente a ala florista do Partido Liberal — tinham decidido colaborar com o Estado Novo. Mas o cabeçudo do Terêncio, aquela vestal do castilhismo, ao saber do golpe de Estado, depusera seu cargo de prefeito nas mãos do interventor federal e mandara um telegrama insolente ao chefe da nação... Passara bom tempo, durante o almoço, a dar as razões (teorias, teorias e mais teorias!) por que não podia aceitar a nova ordem.

Ali estava ele agora, a cabeça atirada sobre o respaldo da poltrona, fumando em silêncio e soprando lentamente para o teto a fumaça de seu charuto, através dum ridículo orifício formado pelos lábios franzidos em bico. Não envelhecia, o filho da mãe. Raspara ultimamente o bigode onde os primeiros fios brancos apareciam. As têmporas levemente tocadas de prata lhe davam um ar *distingué*. Apesar de estar já beirando os cinquenta anos, conservava um corpo de bailarino andaluz, sem o menor vestígio de barriga. Aprendera esgrima em Paris e, dizia-se, todas as manhãs ali em Santa Fé tinha duelos de florete com o filho. *En garde! Touché!* Que grande besta! E frugal, por cima de tudo. Resistira aos quitutes da Laurinda, o monstro! Ao almoço contentara-se com umas verdurinhas, uns pálidos legumes, um pouco de arroz... Recusara os vinhos, o puritano! Para que quereria ele aquele corpo, se não o usava com plenitude? Não tinha aventuras amorosas extraconjugais... pelo menos não se sabia de nenhuma. Vivia para a família, para a estância e para os livros. Fazia anos que trabalhava numa monografia que todos os seus amigos (todos menos Rodrigo Terra Cambará) esperavam viesse a ser a obra definitiva sobre o Rio Grande. Defendia com unhas e dentes o que possuía — terras, gado, prédios, apólices — e odiava tudo e todos quantos pudessem pôr em perigo a sua condição social e econômica. Se um dia chegasse a ser ditador, mandaria fuzilar sumariamente todos os comunistas e todos os socialistas, inclusive os moderados. E no domingo seguinte iria à missa com a mesma cara. (Depois dos namoros que na mocidade tivera com o positivismo, convertera-se ao catolicismo.)

Foi Terêncio Prates quem quebrou o silêncio.

— Não. Não. Não — disse, sacudindo obstinadamente a cabeça. — Respeito a tua opinião, mas não posso aceitar essa coisa que aí está...

Rodrigo endireitou o busto, inclinou-se depois para a frente numa atitude confidencial e, num tom grave, murmurou:

— Talvez mudes de ideia quando eu te puser ao corrente da verdadeira situação nacional...

Juquinha Macedo palmeava o fumo, olhando fixamente para o dono da casa, dum jeito meio vago e desinteressado.

— Vocês sabem o que é esse tal Plano Cohen? — perguntou Rodrigo. — Mas sabem direito nos seus pormenores, nas suas sinistras intenções? Pois trata-se dum documento apreendido pelo Estado-Maior do Exército e contendo o plano dum *Putsch* de caráter por assim dizer científico, baseado na experiência revolucionária comunista no mundo inteiro. O objetivo desse *Putsch* era derrubar o nosso governo de maneira rápida e fulminante, dando um golpe certeiro na cabeça do país, usando para isso dum mínimo de gente. Grupos de comunistas devidamente treinados e "especializados" assaltariam o Catete e ao mesmo tempo ocupariam os ministérios, tomariam as estações de rádio, as usinas elétricas, o edifício dos Correios e Telégrafos, a Companhia Telefônica... A cidade ficaria em poucos minutos inteiramente paralisada. Atos de sabotagem e de terrorismo criariam o pânico na população, dificultando ou impossibilitando mesmo uma reação do governo.

Rodrigo ergueu-se e começou a andar dum lado para outro, na frente dos interlocutores.

— E vocês já pensaram no que aconteceria se esse plano fosse posto em prática e triunfasse? Já imaginaram o que seria o Brasil em poder dos comunistas? — Estacou na frente de Terêncio e pousou-lhe uma das mãos no ombro, aliciante. — Mesmo que essa vitória fosse de curta duração, teríamos por dias ou talvez semanas o reino da anarquia e do terror, com fuzilamentos sumários, incêndios, vinganças... o caos enfim!

Terêncio Prates olhava reflexivamente para a ponta do charuto. Juquinha Macedo perguntou:

— Mas tu *viste* esse documento?

Rodrigo, que não esperava a pergunta, ficou espinhado, mas conseguiu dominar-se a tempo.

— Vi! — mentiu, fazendo imediatamente uma reserva mental.

Era *preciso* acreditar naquele plano, era *indispensável* amparar o novo regime ou então tudo estaria perdido. Ele não sabia nem queria saber se o documento era autêntico ou se havia sido forjado pelos integralistas, como se murmurava. O importante era ter em mente a gravidade da hora nacional.

— Vocês sabem que os comunistas são capazes de tudo — continuou, depois duma pausa dramática. — Quanto a isso, o golpe de 35 não deixou a menor dúvida.

Novo silêncio no escritório. Da sala de visitas, vinham as vozes das mulheres, principalmente a de d. Marília Prates.

— Que calor filho da mãe! — exclamou Rodrigo tirando o casaco e convidando os amigos a fazerem o mesmo.

Macedo aceitou a ideia. Terêncio continuou como estava.

Agora recomeçavam as batidas de martelo no quintal. Rodrigo teve a impressão de que um carpinteiro infernal pusera-se a pregar-lhe cravos nos miolos.

— Há outro problema talvez mais sério ainda — prosseguiu, afrouxando o nó da gravata e desabotoando o colarinho. — É o perigo nazista. Tu não ignoras, Terêncio, que existe um velho plano pangermanista que abrange o Brasil. A coisa vem, se não me engano, de 1740, do tempo de Frederico II...

Apanhou a pasta de couro que estava em cima da escrivaninha e tirou de dentro dela alguns livros e folhetos.

— Aqui está — disse, segurando um volume — a obra que Wilhelm Sievers, professor da Universidade de Giessen, escreveu em 1903. Chama-se *A América do Sul e os interesses alemães*. Sua tese é a de que a Alemanha deve colocar sob o seu protetorado os países sul-americanos.

Dois pares de olhos um tanto incrédulos — observou Rodrigo, meio agastado — estavam postos nele. Pegou outro volume.

— Este é o *Hitler me disse*, de Rauschning, ex-presidente do estado de Dantzig. Ouçam o que diz o *Führer* — abriu o livro numa página marcada por uma tira de papel e leu:

— *Edificaremos uma nova Alemanha no Brasil. Ali encontraremos tudo que for necessário.*

Sentia o suor escorrer-lhe pelo peito e pelas costas. E agora, para cúmulo de males, começara a azia: subia-lhe do estômago à garganta como que uma fita amarga de *fogo*. E Terêncio, ali, branco, imaculado e plácido como um lírio...

Rodrigo agarrou um folheto e ergueu-o:

— Tenho aqui a tese dum tal Rudolf Batke, membro, notem bem, membro do Círculo Teuto-Brasileiro de Trabalho, fundado há uns dois anos por brasileiros de origem germânica que estudaram na Alemanha. Diz esse calhorda que o conceito "alemães-brasileiros" deve ser prescrito, pois na sua opinião todos os teuto-brasileiros fazem parte da etnia alemã... são alemães no sangue, na espécie, na cultura e na língua. Mais adiante o tipo nega a existência de "um povo brasileiro". O que há, diz ele, é um Estado brasileiro, dentro do qual vivem alemães, lusitanos, italianos, japoneses e mestiços... Vocês compreendem — acrescentou, baixando a voz e lançando um rápido olhar na direção da sala —, na opinião desse sujeito o Brasil é uma espécie de cu de mãe joana, com o perdão das excelentíssimas famílias... — Mudando de tom, acrescentou: — Vocês não estão com sede? Eu estou.

Gritou para a cozinha que trouxessem água gelada. E quando, pouco depois, entrou uma chinoca, cria do Angico e nova na casa, trazendo três copos d'água numa salva de prata, Rodrigo lançou para as ancas da rapariga um olhar avaliador de macho, que não passou despercebido a Juquinha. Rodrigo esvaziou seu copo dum sorvo só. Macedo fez o mesmo. Terêncio bebericou a sua água com método.

O dono da casa bateu a cinza do charuto em cima dum cinzeiro:

— Pois bem. Essa gente toda se organizou. O sul do Brasil está minado de núcleos nazistas que contam até com tropas de assalto, como na Alemanha de Hitler. Seu Terêncio, ouça o que lhe digo, a situação é grave, temos um cavalo de Troia dentro de nossos muros!

— Sim — começou o outro —, mas...

Rodrigo interrompeu-o:

— E o pior é que os nazistas contam aqui dentro com o apoio dos integralistas.

Terêncio entesou o busto e protestou:

— Essa é que não! Asseguro-te que isso não é verdade.

— Quem foi que te disse?

— Meu filho, o Tarquínio, como sabes, é membro da Ação Integralista Brasileira. Ele me garante, sob palavra, que tal ligação não existe e nunca existiu. É pura invenção dos comunistas. Pode haver entre os dois movimentos algumas semelhanças de superfície. Não te esqueças de que o integralismo é antes de mais nada uma doutrina política basicamente cristã, ao passo que o nazismo é pagão.

Rodrigo tornou a sentar-se.

— Acredito na sinceridade do teu filho. Mas é que esses entendimentos se processam em segredo, são do conhecimento apenas dos dirigentes mais altos do partido. E depois, meu caro, é preciso ser cego para não ver. As semelhanças saltam aos olhos. O caráter totalitário de ambos os movimentos. A saudação fascista. O culto do *Führer* lá e o do

Chefe Nacional aqui. Dum lado as camisas pardas e do outro as camisas verdes. A cruz gamada e o sigma. Ora, Terêncio, não és nenhum ingênuo...

Veio lá da sala, com repentina nitidez, a voz de d. Marília Prates, que se queixava ao dr. Camerino. "Tenho tido umas *migraines* terríveis..." Depois que voltara de Paris tinha *migraines* em vez de dores de cabeça, como as demais santa-fezenses.

Juquinha pitava o seu crioulo em silêncio, esperando que Rodrigo continuasse o seu trabalho de catequese.

— E não é só isso — continuou o senhor do Sobrado. — Todo o mundo sabia que o Armando Salles e o Flores da Cunha articulavam um movimento revolucionário contra o governo. O nosso general tinha aqui no Rio Grande mais de vinte mil homens em armas. Que é que vocês queriam que o Getulio fizesse numa conjuntura dramática como essa? Que renunciasse? Que entregasse o país ao Plínio Salgado? Ou ao Luiz Carlos Prestes?

— Podia ter pedido o estado de guerra ao Congresso — replicou Terêncio. — Era o que bastava para fazer frente à situação.

— Ora, tu sabes como são esses deputados e senadores. Embromam, falam demais, atendem primeiro seus interesses pessoais e partidários para depois pensarem no Brasil... quando pensam. O momento exigia uma medida drástica. E o fato de não ter havido nenhuma reação violenta, nenhuma manifestação contrária da parte do povo, significa que a medida correspondeu a um anseio geral.

Tornou a erguer-se e deu alguns passos na direção da janela. Olhou com olhos entrefechados para a grande claridade da tarde. Subia das pedras das ruas e das calçadas um bafo de fornalha. O ar estava parado. A praça, deserta.

Tornou a aproximar-se dos amigos:

— O Getulio raciocinou assim: ou nos adaptamos às circunstâncias do momento ou perecemos. A Constituição de 1934 deixou o governo amarrado, incapaz de se defender.

— E sob o pretexto de evitar que o país caísse nas mãos do extremismo integralista ou do extremismo comunista, o teu amigo instituiu o extremismo getulista.

— Não nego, o que temos aí é um governo de força — replicou Rodrigo com bonomia. — Mas vocês têm de reconhecer que sua finalidade não é entregar o Brasil à Rússia ou à Alemanha, mas a si mesmo, ao seu grande destino. O Estado Novo visa preservar a ordem e a unidade nacionais, acabando com os regionalismos perniciosos. Que outra coisa era o Flores da Cunha senão um barão feudal que tinha o seu exército particular, suas veleidades de influir na política de outros estados em benefício de seus caprichos, vaidades de mando e interesses pessoais? Caudilhos como ele têm custado caro demais ao país. Não! As oligarquias tinham de acabar. De certo modo o Getulio repetiu as "salvações" do Pinheiro Machado, só que desta vez a salvação foi drástica e geral.

Terêncio fitou nele um olhar duro.

— Pois com todos os defeitos que possa ter, o general Flores da Cunha é um homem leal e corajoso, de cuja palavra nunca tive razões para duvidar. Já não sei se posso dizer o mesmo do doutor Getulio Vargas.

Rodrigo sentiu o sangue subir-lhe à cabeça, que de resto já lhe começava a latejar e doer. Teve ímpetos de gritar: "Cala essa boca! Tu mesmo não passas dum senhor feudal. Pensas que não sei que manténs a tua peonada com salários de fome? E que teus empregados raramente comem carne? E que só te falta exigir que eles te beijem a mão?".

Mas conteve-se, sorriu e disse:

— Ora, Terêncio, tu que és um castilhista convicto, devias ser o primeiro a aceitar a nova situação. O que aí temos é castilhismo da melhor qualidade.

O outro ergueu-se, brusco.

— Mas isso é uma heresia! Não queiras comparar a carta modelar que era a Constituição de 14 de julho, com esse feto monstruoso, fruto do conúbio adulterino do Getulio com o Chico Campos, e partejado pelo Góes Monteiro. Ah!... essa é que não!

Juquinha Macedo abafou um bocejo.

— Qual é a essência do castilhismo? — perguntou Rodrigo. E ele próprio respondeu: — É o governo autoritário que não só administra como também legisla, sem os estorvos, as demoras e os bizantinismos dos regimes parlamentares, tão onerosos aos cofres públicos. Que liberdade política teve o Rio Grande durante a ditadura castilhista e borgista, hein?

— Pouca — concordou Terêncio —, mas tínhamos liberdades civis, que o teu Estado Novo agora nos nega.

— Aaah! — fez Rodrigo. — Estás vendo as coisas negras demais. O que tens de pensar é isto: o Estado Novo representa uma vitória do Rio Grande. Getulio Vargas acaba de realizar o grande sonho da sua vida: projetou o castilhismo no plano nacional!

— Mas para encenar essa paródia ridícula — replicou Terêncio —

ele destruiu o verdadeiro espírito castilhista, transformando-se numa espécie de anti-Bento Gonçalves. Os Farrapos lutaram dez anos em prol duma república federativa. O doutor Júlio de Castilhos e seus adeptos continuaram a luta pela autonomia dos estados. Teu amigo agora deita tudo isso por terra com um decreto...

Rodrigo soltou um suspiro, aproximou-se do armário de livros, tirou dele uma brochura amarelada, abriu-a e ficou por alguns segundos a procurar uma página:

— Vou te refrescar a memória — disse. — Aqui está o que o doutor Júlio de Castilhos pensava da democracia. Escuta: ... *é vão e inepto o empenho daqueles que através da expressão numérica das urnas pretendem conhecer as correntes que sulcam profundamente o espírito nacional*, tererê e tal, como dizia o finado coronel Cacique... ah! Aqui está: *O voto não é nem pode ser o verdadeiro instrumento capaz de determinar precisamente o profundo trabalho da formação das opiniões, operado fora da preocupação eleitoral, que se desliza nas correntes partidárias.*

Fechou a brochura e jogou-a para cima da escrivaninha.

— Mas os tempos mudaram! — exclamou Terêncio. — E tu não me vais comparar a personalidade de Júlio de Castilhos com a de Getulio Vargas.

— Ah! Comparo. Por que não?

— Numa coisa o doutor Getulio se parece com o doutor Castilhos — interveio Juquinha Macedo. — ... cá na minha opinião de maragato. O doutor Castilhos venceu os gasparistas na revolução de 93 graças à ajuda do Exército nacional, que ele tanto cortejou. A vitória dos republicanos no Rio Grande foi uma vitória do marechal Floriano, quer dizer, dos militares. Agora o doutor Getulio, para se manter no governo, recorre ao Exército, dando assim um novo alce ao militarismo. Isso é que me parece perigoso.

— Castilhos tinha pensamento filosófico e político — insistiu Terêncio — e um plano definido de governo. O Getulio não tem.

Rodrigo soltou uma risada um pouco forçada.

— Estás muito mal informado, Terêncio. Essa balela de que o Getulio não tem pensamento filosófico nem político é pura invencionice de inimigos. O homenzinho sabe o que faz.

— Mas que foi que fez até hoje, depois de sete anos de governo? — perguntou Macedo.

Rodrigo olhou longamente para o amigo, em silêncio. Depois respondeu:

— Olha, Juquinha, eu vou te dizer... Durante estes sete anos, o Getulio apenas conseguiu *sobreviver*... Os politiqueiros não o deixaram administrar. Ele tateou, aprendeu a conhecer os homens com quem trabalhava e o país que lhe tocou governar. No princípio não conseguia ver a floresta por causa das árvores que o cercavam. (Conheço muita aroeira que tem dado sombra ao presidente...) Digamos que estes sete anos foram um período de aprendizado, de limpeza do terreno... Sim, de pesca aos pirarucus que atravancavam as águas. Ele arpoava esses peixes grandes, dava-lhes corda para que tivessem a ilusão de estarem livres e ilesos, e esperava... esperava com calma: os pirarucus iam se esvaindo em sangue e morriam... Só agora é que o Homem vai poder cumprir o programa da Revolução de 30.

Juquinha Macedo remexeu-se na cadeira e, sem tirar o cigarro da boca, disse:

— Não sei por quê, mas esse Estado Novo me cheira a tenentismo.

Rodrigo deu de ombros.

— Até certo ponto... talvez. Mas um tenentismo amadurecido, adulto. De resto é natural: os tenentes de 30, 31 e 32 hoje são majores e coronéis... — Mudando de tom e dirigindo-se a Terêncio, ajuntou: — O Getulio chegou à conclusão de que um país como o nosso, onde impera o pauperismo e o analfabetismo, não se pode dar o luxo de ter o sufrágio universal. Seus deputados e senadores jamais serão os representantes do povo, mas sim das oligarquias municipais e estaduais. O que nossa gente precisa é dum governo paternalista que cuide dela como de uma criança, que a alimente, que lhe dê roupa, casa, trabalho com bom salário e principalmente a sensação de que está segura, protegida. O doutor Getulio acha, como eu, que sem democracia econômica não pode haver democracia política.

— Mas isso é uma tese comunista! — bradou Terêncio, quase em pânico.

— E é fascista também, meu caro — respondeu Rodrigo, tomando a dose de bicarbonato com água que mandara buscar havia pouco. — Para mim o que importa é que seja uma tese certa. E é!

Tornou a lançar um olhar interessado para as nádegas da rapariga que lhe trouxera o remédio e que agora se retirava num bamboleio um tanto provocador de ancas.

— Tudo vale, tudo serve quando se quer tomar ou conservar o poder — murmurou Terêncio num tom quase funéreo.

13

Rodrigo dormiu uma sesta longa, da qual despertou um pouco estonteado. Um chuveiro frio, entretanto, clareou-lhe as ideias e tirou-lhe o torpor do corpo.

À tardinha debruçou-se numa das janelas do fundo da casa e ficou a observar o que se passava no quintal. O estrado, um quadrilátero de quinze metros de comprimento por dez de largura, ficara finalmente pronto. Havia pouco, uma das chinocas da cozinha andara a salpicar-lhe as tábuas com raspa de vela de espermacete, para tornar a pista mais leve para as danças. E por falar em danças, quem era aquele sujeito espigado, de ademanes femininos, que lá estava a mover-se dum lado para outro, rebolando as nádegas? Vestia calças dum azul-celeste, camiseta amarela de mangas curtas, muito justa ao torso. Deslizava sobre o tablado com uma graça de bailarino, punha-se na ponta dos pés para prender lanternas japonesas nos galhos das árvores e depois recuava para olhar o efeito — tudo isso ao ritmo duma música inaudível para os outros mortais. Houve um momento em que, talvez excitado pela presença de tantos homens (rapagões louros, empregados do restaurante do Turnverein, preparavam as mesas para a noite), o dançarino num gesto brusco arrancou um pêssego dum pessegueiro e mordeu-o com uma furiazinha coquete. Depois, com a fruta entre os dentes, tornou a cruzar o estrado, fingindo que patinava, os braços estendidos, como um acrobata que se equilibra no arame...

Rodrigo observava-o, divertindo-se. E quando Jango veio debruçar-se a seu lado, perguntou:

— Onde foi que vocês me arranjaram esse beija-flor?
— É o vitrinista da Casa Sol. Tem muita fama.
— Fama de quê?
— De decorador.
— Ah! Como se chama?
— Elfrido.
— O nome, de tão bom, chega a ser descritivo.

Elfrido, que desaparecera por alguns minutos, de novo entrava em cena — sim, porque o tablado era para ele um palco, e a ideia de estar sendo observado pelo dono da casa deixava-o com fogo nas vestes. Dessa vez trazia nas mãos um longo barbante do qual pendiam bandeirinhas triangulares de papel, em muitas cores. Leve como uma sílfide, cruzou o estrado, tornou a saltar para o chão, encaminhou-se para a escada que estava apoiada no tronco duma árvore e começou a galgar-lhe os degraus como quem executa os passos dum bailado.

— Ó moço! — gritou Rodrigo.

O decorador voltou a cabeça.

— Me chamou, doutor?

Tinha uma voz de saxofone contralto.

— Chamei. Que negócio é esse?

— Bandeirolas.

— Eu sei, mas que é que vai fazer com elas?

O artista explicou que ia estender os barbantes com as bandeirinhas de maneira que eles passassem em duas diagonais sobre o tablado.

— Essa é que não! Isto não é clube de negro.

— Mas vai ficar muito chique, doutor.

Rodrigo tinha começado o diálogo por puro espírito de galhofa, mas tais trejeitos de boca, braços e mãos estava fazendo o vitrinista, que ele começou a impacientar-se.

— Já disse que não quero saber de bandeirolas. Vá já guardar essas porcarias.

Elfrido obedeceu. Dessa vez contornou o estrado, de crista caída, e dirigiu-se para uma das portas do porão.

— Ora já se viu? — murmurou Rodrigo. — Vocês me arranjam cada tipo!

Jango limitou-se a soltar uma risada gutural e breve. Depois olhou para o céu e disse:

— Estamos com sorte. Vamos ter bom tempo.

Lá embaixo, marcial e enérgico como um sargento prussiano, o chefe dos garçons vociferava ordens em alemão para seus pupilos, que obedeciam, rápidos, sem discutir. Pequenas mesas achavam-se colocadas ao longo dos quatro lados do tablado, de modo a deixar um amplo espaço livre para as danças. O início da festa estava marcado para as nove da noite. Às dez haveria o que d. Marília Prates insistia em chamar de *buffet froid*.

— Me contaram — disse Jango — que o pessoal da diretoria do Comercial está furioso com a gente.

— Ué? Por quê?

— Porque nossa festa vai fazer concorrência ao *réveillon* do clube. Acham que todo o mundo vem pra cá...

Rodrigo segurou afetuosamente o braço do filho.

— Para mim esta festa é mais que um *réveillon* de 31 de dezembro:

é a noite de teu contrato de casamento com a Sílvia. Tu sabes, esse foi sempre o meu sonho...

Jango suava, encabulado, sem encontrar o que dizer.

— Vocês têm todas as condições para serem felizes... — murmurou Rodrigo, pensando no lamentável estado de suas relações com Flora. Lembrou-se dos maus momentos que passara à mesa do almoço. Não sabia exatamente por quê, mas os convivas pareciam estar ali por obrigação, sem nenhum prazer. A conversa arrastara-se, com hiatos de silêncio, sem a menor espontaneidade, por mais que ele se esforçasse para animá-la. Flora não lhe dirigira sequer uma palavra ou um olhar. No rosto de Sílvia — estranha noiva! — não vira nenhuma expressão de alegria. Talvez a menina estivesse tristonha por causa da doença da mãe... O Jango — coitado! — portava-se como um noivo da roça, tomado dessa felicidade alvar que leva a gente a rir sem motivo; e o mambira parecia não saber que fazer com as mãos. E depois, a Dinda... Desde que ele, Rodrigo, chegara, a velha se fechara num silêncio exasperante, como se com isso quisesse castigá-lo por ter educado mal a Bibi (que se recusara a comparecer à mesa, sob o pretexto de que os convidados eram "uns chatos"), de ter feito a infelicidade de Flora e de haver permitido que Eduardo se tornasse comunista... E durante todo o almoço, ele tivera diante de si aquela mulher seca e séria, de olhos quase completamente tomados pela catarata, mas que parecia enxergar tudo e todos, enxergar até demais, desconfortavelmente demais... O Dante Camerino comera como um abade, e depois ficara empachado jiboiando num silêncio sonolento e estúpido. O Juquinha, de ordinário tão conversador, estava num de seus piores dias. As mulheres trocavam impressões rápidas sobre acontecimentos triviais — vestidos, fitas de cinema, o calor —, mas tudo numa conversa chocha, sem real interesse da parte de ninguém. Terêncio limitara-se a atacar o Estado Novo e Eduardo só abrira a boca duas ou três vezes para agredir Terêncio. E envolvendo aquela gente e aqueles silêncios — o calor, o ar espesso e meio oleoso, as moscas importunas que se colavam nas caras e nas mãos dos convivas, que pousavam na comida ou caminhavam pela beira dos pratos. Sim, havia ainda Floriano, o grande ausente, o demissionário da vida — pensativo, distraído, com seu eterno ar de réu. Um verdadeiro desastre, aquele almoço! Queira Deus que a festa desta noite não seja a mesma coisa!

— Para quando marcaram o casamento? — perguntou.

— Para abril ou maio do ano que vem.

— Para isso não se espera a safra, hein? Bom, quanto mais cedo, melhor. O Dante me disse que o estado de saúde da mãe da Sílvia piora de dia para dia. Parece que a coitada não vai longe... Seria bom que antes de morrer visse a filha casada...

— Tio Toríbio não apareceu até agora... — disse Jango depois duma pausa. — Que terá acontecido?

Rodrigo encolheu os ombros. Estava também preocupado com a demora do irmão. Ao chegar a Santa Fé no dia anterior, encontrara um bilhete escrito a lápis numa folha de papel quadriculado:

Rodrigo. Uma coisa te peço. Quando nos encontrarmos, não me fales nesse teu Estado Novo, senão eu vomito. Podes empulhar os outros, mas a mim não empulhas. É uma sorte o velho Licurgo estar morto, porque assim ele não vê o filho feito cupincha dos milicos e lacaio do Getulio. O melhor é a gente não falar. Já que a merda está aí mesmo, vou fechar a boca, tapar o nariz e pedir que não façam onda. Quem gostar da porcaria que coma. Bio.

— Acho que teu tio vai nos estragar a festa... — murmurou Rodrigo.
— Ora, por quê?
— É um intolerante. Não quer aceitar a situação política. Tu sabes como ele é: oito ou oitenta. Não tem meias medidas.
— Mas que é que ele pode fazer?
— Se pudesse fazia uma revolução. Como não pode, vai ficar por aí insultando e provocando meio mundo. Palavra que estou apreensivo. Conheço bem o Bio. Seria até melhor que ele ficasse no Angico...

Não estava sendo sincero. Na realidade ardia por tornar a ver o irmão, por ouvi-lo contar suas últimas aventuras, as eróticas e as outras. Aos cinquenta e três anos, Toríbio revelava uma predileção cada vez mais acentuada por mulatinhas de menos de vinte. A coisa tinha assumido tais proporções, que várias sociedades recreativas de gente de cor — das quais Bio era sócio benemérito — haviam proibido sua entrada nos seus salões em noite de baile.

Rodrigo soltou um suspiro.
— Que calor medonho! Tomei um banho há menos de meia hora e já estou todo encharcado de suor.

Elfrido tornou à cena, fez uma pirueta em cima do tablado, deu um piparote numa das lanternas, soltou uma risadinha nervosa e depois olhou em torno para ver a reação dos garçons.

— Esse tipo merecia uma boa surra — resmungou Rodrigo por entre dentes.

14

Toríbio chegou ao anoitecer. Depois de abraçar as mulheres da casa, que estavam concentradas na cozinha, às voltas com problemas de copa, forno e fogão — perguntou à Dinda, com uma maldade não de todo destituída de afeto:

— Onde está o doutor Rodrigo Vargas?

— Não conheço ninguém com esse nome — replicou Maria Valéria.

— Ora! O seu sobrinho. O amiguinho do general Góes, do general Dutra, do general Rubim. A mascote do regimento.

— Não provoque — aconselhou a velha. — É melhor não falarem em política. Pelo menos hoje, que é noite de Ano-Bom.

— Ó Flora... por falar em Ano-Bom — disse Toríbio, entrando na sala de jantar —, manda preparar o meu terno de brim claro... Ou será que a festa vai ser de gala?

Rodrigo, que naquele instante saía do escritório, exclamou jovial:

— Gala coisa nenhuma, major! Então não me conheces?

Toríbio parou, mirou o irmão, como se o tivesse visto na véspera, e disse:

— Pois pensei que te conhecia, mas vejo agora que não te conheço.

Rodrigo precipitou-se para ele e abraçou-o efusivo. Toríbio apenas se deixou abraçar.

— Não te encostes muito em mim — murmurou. — Suei pra burro na viagem. Estou fedendo.

O outro estava desapontado. Nunca, mas nunca em tempo algum o irmão o recebera com aquela indiferença. Sempre que se encontravam, mesmo depois de ausências curtas, davam um verdadeiro espetáculo: abraçavam-se e ficavam numa dança de tamanduás, a se darem palmadas um nas costas do outro, e a se dizerem desaforos carinhosos.

— Que é que há contigo, hombre?

— Comigo? Nada. Vou tomar um chuveiro.

Enveredou pelo corredor, entrou no seu quarto, apanhou uma muda de roupa branca, uma toalha e um sabonete e depois dirigiu-se para o quarto de banho. Rodrigo seguiu-o.

Toríbio despiu-se em silêncio, coçou distraído a cabelama do peito, abriu o chuveiro, postou-se debaixo dele e começou a ensaboar-se freneticamente, como se não tivesse dado ainda pela presença do irmão.

— Bio, deixa de representar! Não sejas teimoso!

Apertando repetidamente com o braço a mão ensaboada contra a axila, Toríbio agora se comprazia em produzir sons que semelhavam o grasnar dum pato.

— Pelo menos escuta o que vou te dizer...

— Se vais me falar nessa bosta que o Getulio e os militares inventaram...

— Espera! Deixa ao menos que eu me justifique. Não sejas intolerante, arre!

Por alguns minutos falou sem ser interrompido: repetiu o que havia dito àquela tarde ao Terêncio e ao Juquinha: dramatizou como pôde a situação.

— A mim vocês não empulham... — resmungou Toríbio, erguendo a cabeça para receber o jorro d'água em pleno rosto.

— Abre pelo menos um crédito ao novo governo, dá-lhe um prazo de tolerância.

— Prazo? Sete anos não bastaram? Sete anos de desmandos, roubalheiras, safadezas, negociatas?

— Mas que é que tu sabes de positivo, se nunca viste a coisa de perto? Repetes o que te contam os maldizentes profissionais, o que lês nos jornais da oposição.

O rosto ensaboado, os olhos cerrados, uma pasta de cabelo colada na testa, Toríbio ergueu o dedo:

— Bota a mão na consciência e me diz... Mas fala com franqueza. Não sou repórter de jornal nem microfone de rádio, sou teu irmão, estamos na nossa casa, ninguém nos escuta... Tu aceitas mesmo essa porcaria que aí está? Não acredito. Se acreditasse, era o fim de tudo.

Rodrigo tinha acendido um cigarro e agora fumava sentado num mocho, num canto do quarto aonde não podiam chegar os respingos daquele banhista estabanado que não parava de agitar os braços e de bufar. Toríbio parecia-lhe mais gordo, mais ventrudo do que na última vez em que o vira. Assim nu lembrava-lhe um lutador japonês de sumô.

Houve um silêncio. Toríbio tornou a ensaboar-se. Rodrigo observava-o taciturno, ansioso já por abrir-se com o irmão e dizer-lhe o que realmente sentia.

— Às vezes um homem tem que transigir... — murmurou, sem muita convicção.

O outro fechou o chuveiro, apanhou a toalha e começou a enxugar-se.

— Eu sei. Transijo cem vezes por dia, com os outros e comigo mesmo, mas em pequenas coisas. Nunca transigi com a patifaria, com a opressão, com a ladroeira, com a mentira. Mas pelo que vejo, teu nariz já se habituou a toda essa fedentina.

O quarto de banho recendia a sabonete: uma fragrância leve e inocente, que nada tinha a ver com aquele homem másculo, rude e musculoso que ali estava a esfregar-se com fúria, e em cujo corpo o suor já começava de novo a escorrer.

— Por exemplo... — tornou ele a falar, enfiando a camisa — ... essa barbaridade que o Getulio fez com o general Flores da Cunha... Cercou o homem, acuou-o de tal maneira que o obrigou a emigrar para salvar a pele. E por quê? Porque teu amigo tinha medo do nosso caudilho, porque sabia que ele ia se opor a um regime ditatorial e a essa Constituição de borra...

Rodrigo olhava para o irmão sem dizer palavra. O suor empapava-lhe as roupas, escorria-lhe pelas faces. Ergueu-se, jogou no chão o cigarro e começou a despir-se, primeiro devagar, mas depois com uma urgência tão grande, que chegou a rasgar a camisa. Correu para o chuveiro e abriu a torneira, como se um banho fosse a solução para todos os seus problemas.

15

Cerca das onze da noite, no dizer de José Lírio "a coisa pegou fogo". Foi quando o Jazz Rosicler, aboletado num coreto ao pé do marmeleiro, começou a tocar sambas e marchinhas do último Carnaval, e o Chiru Mena saiu a pular, puxando um cordão improvisado no qual se misturavam casados e solteiros. O tablado soava como um tambor às batidas ritmadas daqueles passos.

Muitos dos convivas ainda comiam, sentados ao redor de mesinhas. Os garçons moviam-se dum lado para outro, com bandejas carregadas de garrafas e copos, fazendo prodígios de equilibrismo. Andava no ar um cheiro de galinha temperada e um bafio de cerveja e vinho — tudo isso de mistura com o perfume que se evolava das mulheres. A guerra de serpentinas entre as mesas continuava: as fitas de papel desenrolavam-se coloridas por cima das cabeças dos que dançavam. Soprava uma brisa morna, bulindo com as lanternas e as folhas das árvores.

Rodrigo, que havia encarregado Jango e Sílvia de receberem os convidados, aproveitara as primeiras horas da noite para deitar-se e repousar, e só agora começava a cumprimentar os amigos e conhecidos. Conhecidos? Era incrível, mas tinha a impressão de que, com exceção da Velha Guarda, já não conhecia mais ninguém em Santa Fé. Metido numa roupa de tropical azul-marinho, camisa de seda branca, gravata cor de vinho, percorria as mesas, com um charuto apagado entre os dedos, e acompanhado de sua aura de Tabac Blond.

Cumprimentara já várias gerações de Macedos, Prates e Amarais. Verificara, alarmado, que meninas de ontem eram agora mães de família, o que o fazia sentir-se um pouco avô. (Os Amarais — reparava ele — tinham o mau hábito de se casarem entre primos.) Ali estavam também algumas das "caboclinhas" do falecido cel. Cacique, hoje gordas senhoras peitudas que suavam no buço e se abanavam com leques. Uma delas o achou "cada vez mais moço e bonitão".

Ach du lieber Gott! Júlio Schnitzler bateu os calcanhares, fez uma continência e depois envolveu-o com seus braços rijos de halterofilista. Quando Rodrigo chegou à mesa dos Spielvogel, só reconheceu ali o chefe do clã. O mesmo aconteceu com o grupo dos Schultz, com o dos Kunz, com o dos Lunardi e com o dos Cervi. Dirigiu um galanteio (insincero) à mulher deste último; e ela lhe pagou com um "o senhor também está muito conservado". "Conservado é a vó!", exclamou ele mentalmente.

Foi com um certo mal-estar que apertou a mão fria e úmida do Amintas Camacho. (Por que teriam convidado aquela pústula?) Passou a outras mesas, abraços e exclamações. Trepado numa cadeira, Cuca Lopes jogava confete na cabeça dos dançarinos. E à música implacável da charanga, que emendava sambas com marchinhas, marchinhas com frevos e frevos de novo com sambas — uniam-se agora os ruídos produzidos pelos apitos, guizos, chocalhos, cornetinhas, gaitas, pandeiros e reco-recos que os garçons acabavam de distribuir pelas mesas. Rodrigo teve a impressão de estar perdido numa floresta tropical quente e úmida, cheia de bichos grandes (os convivas), de insetos (o confete), de lianas (as serpentinas) — uma floresta amazônica que ele havia inventado e financiado, e que agora começava a devorá-lo.

Um homem surgiu diante dele, de braços abertos.

— Liroca velho de guerra!

— Meu querido!

Abraçou o veterano, que tinha já os olhos cheios de lágrimas.

— Estás cada vez mais jovem, major!

— Qual, menino! Na minha idade é um perigo a gente andar vivo.

Rodrigo franziu o cenho. Não era possível... Até o Zé Defunteiro estava na festa! Sentado a uma mesa, Pitombo lutava com a carcaça duma galinha, a beiçola lustrosa de banha, a luz duma lanterna a refletir-se-lhe na calva morena. Ao ver o dono da casa, ergueu-se, de guardanapo amarrado no pescoço, limpou apressado os dedos na ponta da toalha da mesa e exclamou:

— O meu caro doutor!

Abraçaram-se. E como estivesse se sentindo muito bem, Rodrigo se concedeu o luxo duma brincadeira negra:

— Então, Zé? E o caixão que fizeste especialmente pra mim? Tu ainda o tens? Olha que te prometi vir morrer aqui em Santa Fé para te evitar o prejuízo...

— Esse doutor Rodrigo sempre pilhérico!

— Como vai a vida?

— Pois, meu caro, aqui estou sempre nos meus conciliábulos com a morte.

— Volta à tua galinha. Depois conversaremos.

Bateu, de passagem, no ombro do Neco, com quem conversara aquela tarde, quando o caboclo lhe viera fazer a barba; e a seguir enfrentou o Chiru, que, sem parar de dançar, o abraçou exclamando:

— Que festa, menino! O Sobrado nunca negou fogo!

Mariquinhas Matos esperou-o com um bico armado à Gioconda. Rodrigo fez um esforço e elogiou-lhe a elegância, o *aplomb*. Mas da cara não teve coragem de dizer nada.

Ah! Ali estava na mesa seguinte o dono do Hotel da Serra com a mulher. Como era mesmo o nome dela? Dormira com a criatura uma meia dúzia de vezes, lá por 1929, nos seus tempos de intendente. Era uma morena ardente, que na hora do orgasmo soltava gritos tão desesperados que ele tinha de tapar-lhe a boca com a mão para evitar um escândalo. Quando a abandonou (a coisa estava dando na vista de todo o mundo), ela o ameaçara com o suicídio. Encontrara, porém, consolo na cama dos vários caixeiros-viajantes que frequentavam o hotel do marido. E ali estava agora, mais gordinha, menos louçã, mas ainda com restos da antiga boniteza, e sempre com aqueles olhos ávidos de devoradora de homens.

— Mas que prazer!

Ela lhe reteve a mão num aperto longo e quente. Depois, mostrando o marido com o leque, perguntou:

— Lembra-se do Paco?

— Mas como não!

O hoteleiro, um homem gordo e nédio, tinha na cabeça um fez egípcio de cartolina vermelha e, sob o nariz carnudo, bigodes postiços, de guias longas e negras.

— Querido, esse é o doutor Rodrigo... te lembras?

— Ah!

O paxá ergueu-se e estendeu a mão pequena e mole, que Rodrigo apertou. Nesse exato instante, Jango aproximou-se do pai, tomou-lhe do braço e levou-o até uma mesa ocupada por "pessoas gradas". Fez as apresentações: o juiz de comarca... o promotor público... o fiscal do imposto de consumo... Estavam todos com as esposas (opa! uma delas, uma *fausse maigre* com olhos de pantera, pareceu-lhe bem interessante...) e então disseram-se que tinham muita honra... e que linda festa!... o promotor era do Paraná... estava um pouco quente, sim... bem, com licença, esta é a vossa casa, fiquem à vontade... estão sendo bem servidos?... mas claro! ... está tudo perfeito!

Rodrigo chamou Jango à parte.

— Não vi ainda o Eduardo. Por onde andará?

— Me disse que ia ao baile da União Operária.

— Guri besta. Anda agora com essa mania de proletário.

Acenou para os Carbone, que passavam dançando, muito agarrados. D. Santuzza, mais alta que o marido, parecia carregar a cabeça deste em cima dos seios... Rodrigo riu, pensando em Salomé e no João Batista decapitado.

Toríbio e Roque Bandeira bebiam, conversavam e riam, sentados a uma mesa colocada estrategicamente perto dum barril de chope. Por artes de Bibi, Tio Bicho tinha na cabeça uma cartolinha tricolor com um barbicacho de elástico e Toríbio, um chapéu cônico chinês. Rodrigo notou — preocupado por causa do irmão — que os dois amigos não cessavam de beber: esvaziavam rapidamente os copázios de chope que de instante a instante lhes entregava o garçom que, em mangas de camisa, suava ao pé do barril. Ao avistar Rodrigo, Bandeira gritou:

— Como o senhor vê, doutor, o produto vem diretamente da fábrica para o consumidor!

Rodrigo acendeu o charuto, deu duas ou três tragadas e ficou a olhar o pandemônio. Avistou Flora, que andava de mesa em mesa, com a compostura duma grande dama, a falar com um e outro. Estava linda aquela noite, e dava gosto vê-la fresca e serena no meio da "selva". Teve então uma súbita esperança... Talvez à meia-noite, à hora comovida dos abraços e votos de felicidade, ele a pudesse apertar contra o peito, beijá-la na boca (quanto tempo!), pedir-lhe que tudo perdoasse e esquecesse... suplicar-lhe que concordasse em começar com ele uma vida nova. Talvez à meia-noite...

Voltando a cabeça para trás, divisou os vultos dos sogros recortados dentro do retângulo iluminado de uma das janelas do Sobrado. Haviam ambos recusado descer para o quintal. O velho Aderbal alegara que "não tinha roupa", e mesmo morreria sufocado se fosse obrigado a botar colarinho e gravata. Lá estava o grande teimoso em mangas de camisa, de bombacha de riscado e chinelos, fumando o seu crioulo. Quanto a d. Laurentina, "tinha quizila de festa"; desde que chegara ao Sobrado, aquela tarde, andara dum lado para outro a suspirar e a gemer, e quando Flora lhe perguntara se estava doente, a velha respondera que não: é que todo aquele exagero de comidas e bebidas, todos aqueles gastos lhe doíam na alma.

Numa das janelas do segundo andar, Rodrigo viu outra silhueta: Maria Valéria. Lembrou-se comovido de que, à tarde, quando ele lhe perguntara: "Dinda, vai à festa?", a velha sacudira negativamente a cabeça, dizendo: "Não. Mas vou espiar da janela do meu quarto". Espiar... coitadinha! Praticamente cega, mal conseguia perceber o vulto das pessoas quando estas passavam entre seus olhos e um foco de luz.

A orquestra rompeu num frevo. Com gritos e empurrões, Chiru Mena conseguiu fazer que os pares que atopetavam o tablado parassem de dançar e abrissem uma clareira para que no centro dela Bibi Cambará fizesse sozinha "o passo", mostrando àquelas mambiras como era o legítimo frevo pernambucano. A menina descalçou os sapatos e, empunhando um guarda-sol imaginário, saiu a dançar, movendo os braços, inclinando o busto ora para a frente, ora para trás, trançando as pernas, dando saltos e desferindo pontapés no ar... Ao redor dela homens e mulheres a incitavam com gritos, risonhos, suados e excitados, requebrando-se também ao ritmo contagiante da música.

E quando a rapariga se acocorou e fez um passo que lembrava o de uma dança de cossacos — o que exigia certa habilidade acrobática —, o aplauso foi geral. Por fim, exausta, Bibi atirou-se no chão, braços e pernas abertos, o vestido sungado até a metade das coxas nuas. E, ainda sob gritos, risadas e assobios, ali se deixou ficar, os olhos fechados, os seios arfantes, a boca entreaberta, dando a impressão de que esperava (assim pensou Rodrigo, num mal-estar, ao vê-la naquela posição), convidava mesmo, qualquer daqueles machos a atirar-se em cima dela. Aproximou-se da filha e obrigou-a a erguer-se. Apertou-lhe o braço com força e rosnou-lhe ao ouvido:

— Sua desavergonhada! Então isso é coisa que se faça?

16

Havia já algum tempo que Floriano andava a caminhar sozinho sob as árvores, no fundo do quintal, gozando e ao mesmo tempo sofrendo e achando ridícula, absurda e talvez um pouco orgulhosa a sua solidão, a sua incapacidade de convívio social. Repetidas vezes, naqueles últimos anos, sentira nostalgias do *homem que poderia ter sido*: espontâneo, gregário, extrovertido, *engagé*. Vinham-lhe de quando em quando impulsos de misturar-se com os *outros*; confundir-se no grupo, pertencer a alguma coisa ou a alguém. Eram, porém, sentimentos débeis que desapareciam ante o seu horror a compromissos definidos que pudessem redundar numa perda de liberdade. Falava-se com frequência na tirania das ditaduras policiais, mas nunca suficientemente na tirania da comunidade chamada democrática que nos exige um padrão determinado e rígido de comportamento, palavras, gestos e até sentimentos certos na hora apropriada, e mais o uso de fórmulas consagradas: uma espécie de burocratização pragmática da hipocrisia.

Mas afinal de contas — perguntara a si mesmo muitas vezes — para que desejava ser livre? Ora... para mover-se... ou ficar imóvel, de acordo com seus interesses, desejos ou caprichos. Para fazer o que entendesse... ou para não fazer nada. Sim, e principalmente para ter direito aos seus silêncios. Era horrível falar apenas porque isso é uma obrigação quando se está em sociedade. Não deixava, entretanto, de achar estranho e até suspeito o seu quietismo, a sua fome de silêncio e imobilidade. Seria um candidato natural à ioga... ou à catatonia? E era preciso não esquecer que seus silêncios estavam cheios de diálogos, não apenas o eterno solilóquio interior mas também longas conversas hipotéticas que mantinha com as outras pessoas e que às vezes lhe pareciam tão reais. Passara boa parte daquela tarde no quarto a imaginar um diálogo com Sílvia: uma conversa franca em que lhe contaria, sem omitir o menor detalhe, toda a sua aventura com Marian Patterson.

Um dia, procurando analisar a essência do seu desejo de solidão, ele se submetera a um teste. Imaginara-se sozinho numa ilha deserta onde contasse com todo o conforto: boa casa, água e comida fácil, uma eletrola com seus discos prediletos, uma grande biblioteca... tudo, enfim, menos gente. Cerrara os olhos e tratara de *sentir-se* nesse exílio... e a ideia acabara por causar-lhe pânico. Concluíra que sua solidão só tinha sabor e sentido se — ilha também — fosse cercada de seres humanos. Ficara claro que seu retraimento não tinha o menor traço de misantropia. Gostava de *gente*, interessava-se pelas pessoas, queria saber como *eram* por dentro e como viviam. Satisfazia essa curiosidade lendo... e escrevendo romances. Reconhecia o caráter juvenil e masturbatório dessa maneira de viver por procuração. Uma vez escrevera um conto no qual, em vez de apresentar diretamente as personagens e os acontecimentos, ele os mostrara vagamente refletidos no vidro dum espelho avoengo. Haveria nele a tendência a interessar-se menos pelas coisas do que pelo seu reflexo? E a metáfora e o símbolo seriam para ele mais importantes que as próprias coisas que representavam? Essas reflexões lhe tinham sido de grande utilidade, pois tomara consciência do perigo que esse *espelhismo* constituía não só para a sua literatura como também e principalmente para a sua vida.

Que haveria então no fundo de seu retraimento? Um desejo de autenticidade? Ou pura timidez? Talvez fosse o medo de não ser socialmente aceito, amado ou admirado na medida de suas ambições mais recônditas. Considerava-se sensível à amizade, envolvia o gênero humano numa espécie de ternura. Era, porém, uma ternura desconfiada, ressabiada, de alguém que, tendo sido um dia profundamente agredido por outrem, hoje se encolhe no temor de novas agressões e decepções. Mas por mais que vasculhasse na memória, não conseguia descobrir quando, onde e por quem fora tão seriamente ferido. O episódio com Mary Lee — que agora ele transformara num conto de seu folclore particular — não poderia ser responsável pelo seu comportamento de adulto.

Havia pouco Bibi dançara sozinha na frente de várias dezenas de pessoas: sem a menor inibição, livre, espontânea, autêntica, um pouco despudorada. Despudorada? Lá estava o moralista que ele não queria ser, mas que era, apesar de tudo. Invejava essa capacidade, que a irmã possuía em alto grau, de não depender da opinião alheia e que no fundo era a mais completa forma de liberdade. Quando ele tinha de falar em público (as poucas conferências que fizera haviam sido uma tortura!), o seu eu se dividia em dois. Um permanecia na plataforma a discursar e o outro sentava-se na primeira fila... não! sentava-se em todas as filas, em todas as cadeiras e ficava a mirá-lo com um olho de Terra, morno, fixo, crítico, pronto a achá-lo ridículo, artificial ou aborrecido, principalmente aborrecido, como se isso fosse o maior dos pecados sociais.

Encostado a uma árvore, numa zona sombria, Floriano contemplava agora o tablado que — resplendente de luzes, cheio de alegres seres humanos e de música — parecia um barco de prazer ancorado ali no quintal do Sobrado.

Quando chegasse a meia-noite, ele ia ter a oportunidade de abraçar e beijar a cunhada. Por que não? Não fazia isso todos os anos, na noite de Ano-Bom? Só que desta vez queria dar ao abraço e ao beijo um calor especial... transmitir a Sílvia uma mensagem que ela pudesse entender com o espírito e com o corpo. Uma despedida... Mas não! Era pueril. Era cretino. E também criminoso. Já que não tivera a coragem de vir quando ela lhe pedira socorro, o melhor, o mais decente que tinha a fazer agora era deixá-la em paz.

Encaminhou-se para o portão e saiu. Parou debaixo dum combustor e olhou o relógio. Onze e quarenta. Podia-se sentir a pulsação do corpo da cidade na expectativa da grande hora. Passavam pela rua autos em grande velocidade. Nas calçadas pessoas falavam e riam, numa alegria nervosa. Em ruas distantes, alguns insofridos começavam já a dar tiros. Quase todas as janelas das casas que davam para a praça estavam iluminadas. Havia no ar como que a expectativa dum grande acontecimento...

Floriano foi sentar-se no banco debaixo da figueira grande e de lá ficou a olhar para o Sobrado. Pensou no dia em que da janela da mansarda vira num daqueles bancos o estranho quinteto: o pai, Roberta Ladário, Ladislau Zapolska, o ten. Quaresma e o Retirante... Sorriu para seus pensamentos. Quanta coisa havia acontecido depois de 3 de outubro de 1930! Afinal de contas, ali estava ele, sete anos após a noite mais angustiosa de sua vida... Quem era? Que procurava? Por que ou por *quem* esperava? Era preciso tomar uma decisão antes que fosse tarde demais. Não podia continuar naquela dependência do pai nem a manter-se naquele emprego que o rebaixava moralmente, que o envergonhava...

Seus livros por outro lado não podiam permanecer naquela zona cinzenta e morna, naquele vago esteticismo sem sangue nem nervos, medroso da vida, sestroso da realidade.

Olhando para a fachada da Matriz, Floriano tentou provocar aquela espécie de transe místico que na sua noite de terror e vergonha tivera o poder de erguê-lo no ar, dando-lhe um vislumbre da eternidade e da salvação. Inútil. O milagre (e usava essa palavra por falta de outra) não se repetia. E o pior era que a tentativa tinha um caráter puramente literário... inautêntico. Olhando a cruz da torre da igreja, pensou em Zeca e achou engraçado que um filho de seu tio Toríbio estivesse a estudar num seminário... Um Cambará irmão marista parecia-lhe a coisa mais improvável deste mundo...

17

Faltavam poucos minutos para a meia-noite quando Floriano se encaminhou para casa. Ao chegar ao portão, o Ano-Novo entrava... (Outra vez a ideia do tempo que se move.) O sino da Matriz começou a badalar como num alarma de incêndio. Dos fundos do Sobrado, subiam rojões que espocavam no alto, derramando lágrimas luminosas em várias cores. Soavam reco-recos, apitos, pandeiros, cometas, guizos, chocalhos, pratos. A orquestra tocava um galope. De muitas ruas vinham detonações de revólveres, explosões de foguetes. No quintal as pessoas se abraçavam freneticamente, em meio de gritos, risadas, serpentinas e confete. Pensando em Sílvia, Floriano aproximou-se do estrado. Apertá-la nos braços, beijá-la... Já agora estava dominado por essa ideia — não seria este um novo transe místico? —, alheio a qualquer perigo, indiferente a qualquer problema de ética.

Foi abraçado primeiro por Dante Camerino. Depois caiu nos braços da mãe, que, de olhos úmidos, beijou-lhe ambas as faces. Mas onde estaria Sílvia? Alguém o puxou na aba do casaco. Voltou-se: era o Cuca Lopes, de braços abertos.

— Guri, tu não sabes como eu te quero bem!

Desvencilhou-se do oficial de justiça, mas caiu de encontro ao peito quente e suado do Chiru. Desconhecidos o abraçavam, lhe desejavam "boas entradas". Igualmente! Muito obrigado! Igualmente! Mas onde estaria Sílvia? Avistou o pai a abraçar Jango. Estava começando a ficar tonto no meio da balbúrdia. Levava encontrões, era empurrado dum lado para outro. Alguém lhe pisou no pé. Uma senhora desconhecida puxou-o contra os seios moles, num silêncio patético. Quem era? Mas que me importa? Sílvia! Era como se estivesse numa casa em chamas, aflito, procurando salvar uma pessoa querida... E de súbito avistou a cunhada. Correu para ela, estreitou-a contra o peito, beijou-lhe ternamente a face, os cabelos, murmurando:

— Minha querida, minha querida...

Tinha esquecido onde estava. O desejo de levar Sílvia dali para qualquer parte da noite foi tão forte, que quase chegou a verbalizá-lo. Era como se estivesse embriagado com o perfume que vinha dela, pelo calor do seu corpo, pelo seu contato... Mãos fortes agarraram-lhe os ombros, obrigando-o a fazer meia-volta.

— Deus te dê um ano feliz, meu filho.

Era o pai. Abraçaram-se. Mas Rodrigo largou-o para receber nos braços a mulher do hoteleiro, que se atirava para ele com uma espécie de fúria antropofágica. Floriano olhou em torno. Sílvia tinha desaparecido.

Trepado numa cadeira, o Chiru erguia os braços e gritava, pedindo silêncio. Levou uns cinco minutos para conseguir o que queria. A orquestra cessou de tocar. As vozes aos poucos se aquietaram. Abriu-se no tablado, graças à intervenção do Neco Rosa, uma nova clareira, no centro da qual Rodrigo, com uma taça de champanha na mão, fez um sinal para Jango e Sílvia, que se aproximaram de braços dados.

— Meus amigos... — começou o dono da casa. Fez uma pausa. Floriano notou que a comoção embaciava a voz do pai. — Meus queridos amigos e conterrâneos! Este é o momento mais feliz da minha vida.

Floriano não pôde evitar que o seu eu crítico exclamasse interiormente: "Mascarado!" — "Mas não", protestou o Outro, "tu sabes que ele está mesmo comovido." — "Sim, mas não era preciso exagerar, dizendo que este é o momento mais feliz da sua vida." — "Intolerante!"

— Tenho o prazer e a honra de comunicar aos presentes o contrato de casamento de meu filho João Antônio com a minha afilhada Sílvia... — E, já com lágrimas nos olhos, acrescentou: — ... que também é cria do Sobrado...

Aproximou-se da futura nora, enlaçou-lhe a cintura e beijou-lhe a testa. Abraçou demoradamente o filho, depois ergueu a taça e pediu que todos bebessem um brinde à felicidade dos noivos. Romperam os aplausos. Jango e Sílvia viram-se envolvidos por amigos que os abraçavam e lhes davam parabéns. De novo Chiru pedia silêncio, explicando que Amintas Camacho ia propor "o brinde de honra". As atenções voltaram-se para o diretor-proprietário d'*A Voz da Serra*, o qual, lambendo os beiços, ergueu a taça.

— Ao chefe da nação! — exclamou, solene. — E ao Estado Novo!

Nesse momento Toríbio ergueu-se com tamanho ímpeto que sua mesa quase virou; os copos que estavam sobre ela rolaram, caíram e se partiram. Jogando fora o chapéu caricato que tinha na cabeça, encaminhou-se para Amintas Camacho e gritou-lhe na cara:

— Patife! Canalha! Cachorro! Capacho! Sabujo!

O outro recuou, apavorado.

— Ninguém vai beber à saúde do Getulio nem do Estado Novo, estás ouvindo, cretino?

— Bio! — vociferou Rodrigo, segurando o braço do irmão.

Toríbio desvencilhou-se dele, olhou em torno, vermelho, as narinas palpitantes, uma paixão a incendiar-lhe o olhar.

— Vocês todos são uns covardes! O Getulio esbofeteia o Rio Grande, queima a nossa bandeira, rasga a nossa Constituição, submete o país a uma ditadura sórdida e vocês ainda vão beber um brinde a esse pulha?!

— Cala a boca! — gritou Rodrigo.

O outro voltou-se para ele.

— Tu também! O que eu disse pra essa lesma serve também pra ti.

— Estás bêbedo!

— E tu? Tu estás podre por dentro, o que é muito pior!

Rodrigo deu um passo à frente, ergueu o punho para bater no irmão, mas Chiru interveio, envolveu-o com os braços e arrastou-o para longe dali, ao mesmo tempo que o Neco tentava persuadir Toríbio a que se retirasse. Jango, aparvalhado, não sabia que fazer nem dizer. Sílvia tremia. Flora, pálida, olhava do marido para o cunhado, atarantada. Alguém gritou: "Música!". E o Jazz Rosicler atacou o "Mamãe eu quero".

Toríbio aproximou-se de Floriano, disse-lhe "Vamos", e puxou-o pelo braço. Saltaram do estrado para o chão de terra batida e dirigiram-se para o portão.

Que será que ele quer comigo? — pensava Floriano. O tio caminhava de cabeça baixa, em silêncio, soprando forte. Pararam no meio-fio da calçada, à frente do casarão. Toríbio soltou um assobio, chamando o automóvel de aluguel que estava parado junto à calçada da praça. Entraram nele e sentaram-se no banco traseiro.

— Sabes onde é o Buraco do Libório? — perguntou Toríbio ao chofer.

— Quem não sabe, seu Bio?

— Pois toca pra lá.

O carro arrancou. Floriano ainda não se refizera do choque causado pelo conflito que presenciara havia pouco. Toríbio tocou-o no joelho e disse:

— Não estou bêbedo. Sei o que digo. E não me arrependo do que disse. É uma tristeza, mas teu pai perdeu a vergonha no Rio. E tu sabes disso melhor que ninguém...

Floriano continuou calado, olhando para fora. O auto descia agora a rua do Comércio. As calçadas estavam cheias de gente alegre. Na maioria das casas, as janelas se achavam abertas e iluminadas. Um bêbedo cantava, agarrado a um poste. Havia um ajuntamento (briga?) na frente da Confeitaria Schnitzler. Na praça Ipiranga, retardatários descarregavam seus revólveres para o ar.

— O Rodrigo não tem mais jeito — continuou Toríbio em voz baixa. — Mas tu! Por que não abandonas aquela miséria? Vem pro Rio Grande. Vem respirar este ar puro. Temos muita porcaria por aqui, eu sei, mas em geral a coisa ainda não está tão podre como lá em cima.

— Eu tenho pensado... — murmurou Floriano.

— Mas não basta pensar. É preciso decidir a coisa duma vez, antes que seja tarde demais. Safadeza, desonestidade é doença contagiosa, dessas de micróbio... Eu avisei o teu pai a tempo. Ele me chamou de exagerado. Mas eu vi o Rodrigo adoecer devagarinho... de ano a ano ia mudando, piorando. É uma tristeza, uma pena... uma bosta!

O auto entrou na rua do Faxinal. Floriano tinha ouvido dizer que o Buraco do Libório, famoso por seus bailes de Carnaval e de Ano-Bom, era frequentado pela pior gente de Santa Fé e arredores. E agora ele pensava no curioso tipo de moralidade de Toríbio Cambará. Segundo o seu código particular, permitia-se a um homem a satisfação de todos os seus caprichos e desejos sexuais: podia cometer adultério, indiscriminadamente, até com a mulher do melhor amigo; tinha o direito de deflorar chinocas como as do Angico e até fazer-lhes filhos... O que importava para um macho era não ser covarde, ladrão ou vira-casaca em matéria de política.

— Larga essa tua sinecura... — prosseguiu Toríbio. — Sei que não gostas da estância, não és homem de campo. Está bem. Mas vai para Porto Alegre, procura lugar num jornal, escreve... Escreve contra essa cambada. Quem me dera o teu talento! Tu sabes que sou um casca-grossa. Depressa com essa gaita! — gritou para o chofer. E, tornando a baixar a voz: — O importante é a gente não se entregar. Não te preocupes com dinheiro. Eu te ajudo, se precisares. Mas larga aquela porcaria o quanto antes. Tenho esperança em ti.

Pensei que ele me desprezasse por causa do que aconteceu "aquela noite" — refletiu Floriano.

O carro entrou na zona do Purgatório e, depois de andar aos solavancos por bibocas e ruelas escuras, estacou à frente dum prédio de alvenaria com aspecto de garagem.

— É um baile de chinas — explicou Toríbio, sorrindo. — Vais ver que gente "distinta" frequenta esse frege-moscas. — Deu uma palmada nas costas do sobrinho. — É uma boa experiência para um romancista, hein? Desce.

18

Entraram na espelunca. Um cheiro cálido de corpos suados e loção barata bafejou-lhes as caras. Uma orquestra estridente, composta quase exclusivamente de instrumentos de metal e de percussão, infernizava o ambiente. Guirlandas de papel crepom em várias cores pendiam do teto.

Libório veio ao encontro dos recém-chegados. Era um negrão alto, desempenado, de dentes alvos, carapinha já um pouco amarelada pela idade. Tinha a imponência dum potentado africano. Recebeu Toríbio com abraços e palavras de carinho.

— Quanta honra pro meu tugúrio! Ah! Este então é o filho do doutor Rodrigo? Muito prazer. É! Esta casa é sua, moço, é... Mas vamos arranjar uma mesa pros amigos... é... Ah! Antes que me esqueça... estão armados? Não é por mim, mas a polícia exige. Não? É. Está bem. Por aqui...

Toríbio e Floriano seguiram Libório por entre aquele emaranhado de homens e mulheres que se agitavam numa espécie de acesso epiléptico ritmado e alegre. Floriano achava estranho, improvável mesmo o simples fato de ele *estar* ali. E olhava para as caras, fascinado. Via gente de todos os tipos imagináveis: brancos, mulatos, cafuzos, sararás, negros retintos, caboclos, índios... Lembrou-se dum livro que gostava de folhear quando menino, e no qual havia uma página com gravuras mostrando espécimes de tipos étnicos, sob o título: *Raças humanas*.

O calor ali dentro era quase insuportável. Floriano sentia o suor escorrer-lhe por todo o corpo. Axilas passavam-lhe perto do nariz, perigosamente. Batiam nele braços, cotovelos, ancas, nádegas... Vislumbrava caras patibulares: homens de queixadas largas e quadradas, olhos de bicho, testas curtas. De quando em quando, num contraste, surgia-lhe no campo de visão, para desaparecer segundos depois, uma face quase angélica como a da menina magra de olhos inocentes que agora ali passava, com ar de primeira comunhão. As prostitutas, mascaradas de pó de arroz com estrias de suor e rosas malfeitas de ruge nas faces, deixavam-no ao mesmo tempo assustado e enternecido.

Chegaram por fim a um dos cantos do salão onde Libório mandou colocar uma mesa tosca de pinho, sem toalha. Toríbio e Floriano sentaram-se junto dela, em cadeiras com assento de palha trançada.

A gritaria agora era de tal maneira intensa, que da música Floriano só ouvia os roncos ritmados da tuba, marcando a cadência dum samba. Os pares dançavam colados, peito contra peito, ventre contra ventre, coxa contra coxa. Havia algo de resvaladio, de repugnantemente seboso e ao mesmo tempo azedo naquelas caras, naqueles corpos, naquela atmosfera.

— Que é que vão beber? — indagou Libório, antes de deixá-los.

Toríbio pediu uma pinga e duas cervejas.

Inclinando-se sobre o tio e praticamente berrando as palavras no ouvido dele, perguntou:

— E agora... como vai ser? Me refiro às suas relações com o Velho... depois do que aconteceu há pouco.

Toríbio encolheu os ombros, olhando distraído em torno, como à procura de alguém.

— Sabes por que escolhi este antro? É porque aqui às vezes aparecem umas mulatinhas do outro mundo...

Floriano insistiu:

— Mas é uma pena que dois irmãos tão unidos desde meninos...

Toríbio pousou-lhe a mão no ombro, interrompendo-o:

— O Rodrigo que brincou comigo... o companheiro de banhos da sanga... de farras nessas pensões... esse não existe mais. Morreu. O outro eu já não entendo. Não fala a minha língua.

O empregado trouxe as bebidas. Toríbio encheu ambos os copos de cerveja e empurrou um deles na direção do sobrinho, dizendo:

— Bebe ao menos hoje, pra festejar a noite de Ano-Bom.

Bebeu a pinga num único sorvo e depois começou a tomar lentamente a cerveja. Floriano olhava pensativo para dentro do copo.

— Ânimo, rapaz! Bebe e esquece!

Floriano bebeu. A cerveja estava morna e com gosto de sabão.

— Mas o Velho pode ainda voltar ao que era antes — disse, sem muita convicção. — Acho que esse seu eu novo é apenas uma casquinha, um verniz...

Toríbio sacudiu a cabeça, numa negativa obstinada.

— Qual! Cachorro que come ovelha uma vez... só matando.

— Mas não será intolerância sua?

— Antes fosse... E o pior é que toda a família está contaminada. Tua mãe... tua mãe continua a ser uma mulher decente, honesta, prendada, não nego, mas também mudou.

— Em que sentido?

— Não gosta mais de Santa Fé nem do Angico... Habituou-se à vida de cidade grande... alta sociedade, festas... tu sabes. Já não é mais *nossa*.

Floriano ficou pensativo. Ele também sentia que a mãe tinha mudado. Admirava-se, porém, de o tio haver percebido isso, ele que parecia sempre desatento a tudo que não fosse de seu interesse pessoal, material e imediato.

— Tua irmã vai em mau caminho. É uma pena, mas vai. E a culpa não é minha. Mas não vamos falar em coisas tristes...

Começou a olhar com insistência pra um grupo que se encontrava a uma mesa próxima.

— Olha só aquela mulatinha... É o meu tipo.

Floriano olhou. A rapariga era benfeita de corpo, tinha feições delicadas e atraentes, nariz fino, cabelo corrido.

— Não me digas que não gostas dessa fruta... Olha bem. É uma flor... Pele cor de rapadurinha de leite. Acho que não tem nem vinte anos. Feita sob medida..

A mulatinha sorria, toda caída para um rapaz franzino, do tipo sarará, que se achava a seu lado. À mesma mesa, estava também um quarentão melenudo, de má catadura, abraçado com uma mulher gorda, com um dente de ouro, muito pintada, e com tanto óleo de mocotó nos cabelos, que o ranço dele chegava até as narinas sensíveis de Floriano. A quinta figura era um mulato corpulento, com a cara marcada de bexigas, nariz chato, beiçola sensual, olhos de quelônio. Floriano notou de imediato que havia algo de equívoco naquele quinteto. A mulatinha e o sarará pareciam encantados um no outro. A gorda apoiava dengosa a cabeça no ombro do "cabeleira", que por sua vez não tirava os olhos da mulatinha. O mulatão apertava com o joelho a perna do sarará, lançando-lhe olhares suspeitos.

Toríbio fez um sinal para o dono da casa, que se aproximou, atencioso.

— Ó Libório, quem são? — Fez com a cabeça um sinal na direção da mesa vizinha.

— O bexiguento não conheço, é novato aqui. O melenudo é o famigerado Severino Tarumã, nunca ouviu falar? Bandidaço. Tem umas três ou quatro mortes na cacunda. Homem perigoso.

— O que me interessa é a mulatinha, homem!

— Ah! É uma de tantas. Uma piguancha de vinte mil-réis. É. O sarará ao lado dela é um sapateiro da Sibéria. É...

— Mas ele não merece aquela joia...

O negrão arreganhou os dentes.

— É como diz o outro: "Não hai justiça neste mundo". É.

O soalho gemia ao peso dos dançarinos, que agora pulavam e cantavam ao compasso do "Mamãe eu quero". Toríbio continuava a namorar a rapariga. Floriano olhava fixamente para Severino Tarumã, sentindo nele uma espécie de epítome vivo de todos os bandidos e degoladores que haviam assombrado sua meninice. Era decerto por isso que o encarava com aquela raiva crescente, imaginando — com uma violência de que ele próprio se admirava — o prazer que sentiria em quebrar-lhe a cara com um soco. O melenudo continuava a cocar a mulatinha. O mulato tinha agora a mão na coxa do sarará, que parecia achar isso muito natural.

Percebendo que estava sendo observado, Severino Tarumã cerrou o cenho e encarou Floriano, que desviou o olhar e ficou a raspar disfarçadamente com a unha o rótulo duma das garrafas. Toríbio, que tudo fizera naqueles últimos dez minutos para atrair a atenção da rapariga, ergueu-se e disse: "Vou dançar", aproximou-se dela e segurou-lhe o braço. O sarará levantou-se e tocou no ombro do intruso, dizendo-lhe algo que Floriano não conseguiu ouvir. Toríbio meteu a munheca aberta na cara do rapaz e empurrou-o com tanta força, que ele caiu de costas. O mulato ergueu-se de inopino. Era um homem de quase dois metros de altura, senhor de bíceps assustadores. As duas mulheres também se levantaram, afastando-se da mesa, encolhidas e alarmadas. Severino Tarumã recuou três passos, levou a mão ao bolso e ficou nessa posição, como a esperar que o companheiro liquidasse o intrometido. Tenso, Floriano assistia à cena, com um aperto na garganta, um frio nas entranhas, a respiração arquejante. O mulato saltou sobre Toríbio, mas como este quebrasse o corpo e lhe passasse uma rasteira, o homenzarrão tombou de bruços no soalho, produzindo um ruído surdo. E estava já a erguer-se quando Bio lhe golpeou a cabeça com uma cadeira. O gigante soltou um gemido e tornou a cair com a cara no chão, já fora de combate. Toríbio voltou-se para o melenudo, que agora tinha na mão uma navalha aberta. Tentou aproximar-se dele mas não pôde, pois o sarará, de joelhos, enlaçava-lhe uma das coxas, impedindo-o de caminhar.

Floriano não desviava o olhar do "cabeleira". Todos os pavores da infância agora se concentravam nele, dando-lhe um ímpeto agressivo... Agarrou uma garrafa pelo gargalo e, com fúria cega, investiu contra Severino Tarumã, que, brandindo a navalha, gritou "Cuidado, menino, que eu te corto a cara!". Floriano aplicou-lhe uma garrafada no braço, fazendo-o largar a arma. E, antes que o outro tivesse tempo para apanhá-la, cerrou os dentes e, com toda a força de que era capaz, bateu com a garrafa na cabeça do bandido, que soltou um gemido e caiu de borco no soalho, e ali ficou, imóvel. Floriano voltou-se e viu então algo que no primeiro momento não compreendeu... O sarará, sempre de joelhos, dava a impressão de que mordia o ventre de Toríbio, cujo rosto se contraía numa expressão de dor. A charanga continuava a tocar, uns poucos pares tinham cessado de dançar e olhavam a briga, mas ninguém intervinha. Toríbio pegou o sapateiro pelo gasnete e ergueu-o. Nesse instante Floriano viu cair das mãos do rapaz uma pequena faca ensanguentada. As calças de Toríbio começavam a tingir-se de vermelho à altura de uma das virilhas. Alguém gritou:

— Para a música! Lastimaram um homem! Chamem o Libório!

Mas a banda e o coro continuavam, frenéticos:

> *Mamãe eu quero!*
> *Mamãe eu quero!*
> *Mamãe eu quero mamar!*

Bio, que agora apertava a garganta do sarará com a mão esquerda, com a direita agarrou-lhe os testículos. O sapateiro soltou um urro. Floriano assistia à cena com um horror mesclado de fascinação. Viu Toríbio erguer o adversário acima da própria cabeça, dar alguns passos cambaleantes e por fim atirá-lo para fora, por uma das janelas.

— Alguém mais? — gritou o Cambará, voltando-se e olhando em torno.

A música havia parado. Libório apareceu e viu os dois homens estendidos no soalho. Ergueu depois os olhos para Toríbio, que, amparado agora na mesa, uma das pernas das calças já completamente empapada de sangue, sorria, murmurando:

— Não é nada, Libório... não é nada...

— Chamem um médico depressa! — exclamou Floriano. Mas ninguém se moveu. O círculo de curiosos ao redor deles cada vez engrossava mais.

— Se arredem! — pediu o dono da casa em altos brados. — Se arredem! Que siga o baile! Música! Se arredem!

Segurou Toríbio por baixo dos braços, enquanto Floriano lhe erguia as pernas. Levaram assim o ferido para um quarto dos fundos, onde o depuseram em cima duma cama de ferro. Libório mandou um de seus empregados chamar um auto a toda pressa.

Floriano desceu as calças do tio. O sangue saía aos borbotões dum talho na virilha esquerda. "Femoral seccionada", pensou ele, horrorizado.

— Não é nada... — balbuciava Toríbio. Sorriu para o negro, murmurando: — Uma vez... dormi com uma china, nesta cama... hein, Libório?

O sangue continuava a manar do ferimento. Se o talho fosse mais embaixo, na coxa — refletiu Floriano —, ele poderia tentar um torniquete. Mas assim... que fazer, meu Deus, que fazer? A cabeça lhe doía, uma náusea lhe convulsionava o estômago. Agarrou uma toalha e amarrou a parte superior da coxa do ferido com toda a força. Inútil. O pano ficou em poucos segundos empapado de sangue.

— Temos que levar este homem daqui! — gritou. — Precisamos dum médico o quanto antes!

Toríbio estava já duma palidez cadavérica. "Ele vai morrer", pensou Floriano. Correu para um canto do quarto e pôs-se a vomitar. Quando, poucos segundos depois, tornou a aproximar-se da cama, notou que o tio movia os lábios, como se quisesse dizer-lhe alguma coisa. Inclinou-se sobre ele.

— Um piazinho de merda... — sussurrou Toríbio. — Com uma faquinha de sapateiro... xô... xô égua!

A música, as danças e os gritos haviam recomeçado no salão. Floriano tremia todo, da cabeça aos pés, mole de fraqueza, as mãos e os pés gelados.

Libório, que havia saído por um instante, voltou.

— Não é nada, seu Toríbio. Aguente a mão que o auto já vem.

O ferido cerrou os olhos. O dono da casa olhou para Floriano de tal jeito, que este compreendeu que ele também achava que estava tudo perdido.

Do salão vinham as vozes e as pancadas ritmadas dos passos dos dançarinos. *Mamãe eu quero! Mamãe eu quero!* O lençol se tingia aos poucos de vermelho. *Mamãe eu quero mamaá!* Sentado na beira da cama, Floriano passava os dedos trêmulos pela testa do tio, rorejada dum suor frio. *Dá a chupeta! Dá a chupeta! Dá a chupeta pro nenê não chorá mais!*

Finalmente ouviu-se uma voz.

— O auto! O auto chegou!

Levaram Toríbio para dentro do carro e fizeram-no deitar-se no banco traseiro. Floriano ajoelhou-se junto dele. Libório sentou-se ao lado do chofer.

— Depressa! Pro hospital.

— Que hospital?

— O da praça da Matriz.

— Não! — lembrou-se o preto. — O militar fica mais perto!

— Pois toque! — gritou Floriano. — O mais depressa possível. E acendam a luz.

O chofer obedeceu. Toríbio estava lívido, os olhos entrecerrados, a respiração estertorante. O sangue continuava a manar do talho, em torno do qual Floriano, num desespero, apertava mais e mais a toalha.

A um dos solavancos do carro, Toríbio abriu os olhos, fitou-os no sobrinho e balbuciou:

— O melenudo... Tu... tu liquidaste... o... ban... bandido... 'to bem. Teu pai vai... vai... vai ficar contente... Cambará não nega fogo...

Floriano segurava a mão do tio, cujo sangue ele sentia agora, morno, no próprio corpo: no ventre, no sexo, nas coxas...

Houve um momento em que Toríbio pareceu recobrar as forças. Abriu bem os olhos e, com um meio sorriso, disse audivelmente:

— Um piazinho de merda...

E não falou mais. Seu peito cessou de arfar. Seus olhos se vidraram.

Quando o automóvel parou na frente do hospital, Toríbio Cambará estava morto.

Reunião de família VI

16 de dezembro de 1945

Ah! — exclama Rodrigo ao ver Floriano entrar no quarto. — Ao menos tu me apareces. Estou aqui que nem cachorro sem dono. Onde estão os outros?

— É muito cedo ainda. Oito e dez.

Semideitado na cama, Rodrigo tem na mão um espelho oval de cabo, no qual se mira atentamente. Sem desviar os olhos da própria imagem, pergunta:

— Já viste os jornais? O Dutra leva uma vantagem de mais de um milhão de votos sobre o brigadeiro. Está eleito. Quanto ao Getulio, nem se fala... — Faz uma careta. — Estou hoje com a cara amarrotada. Me sinto meio bombardeado...

— Alguma dor?

— Dor propriamente não. — Passa a mão espalmada pelo peito, por baixo da camisa. — Uma opressão... um mal-estar...

— Quer que eu chame o Dante?

— Não. De qualquer maneira ele vai aparecer à hora de costume. Não é nada sério. Talvez seja essa atmosfera pesada. Acho que está se armando um temporal...

O Velho está contrariado — refletia Floriano — porque a Bibi embarcou hoje para o Rio.

Como se houvesse lido o pensamento do filho, Rodrigo exclama:

— Não podia ter esperado um pouco mais? Que necessidade tinha de ir com tanta urgência? Que o "sujeito" fosse, está bem. Mas ela! Não sabe que estou gravemente doente, que posso morrer duma hora para outra?

Floriano aproxima-se da janela e olha para o céu. Por entre nuvens escuras, a lua em quarto crescente parece um fruto mordido. Relâmpagos de quando em quando clareiam o horizonte, para os lados do poente.

— Eu sei o que aquele corno foi fazer no Rio... — continua Rodrigo. — Foi entender-se com a gente do Dutra, tratar de garantir para ele o meu cartório, estás ouvindo? O *meu* cartório! Como se eu já estivesse morto, enterrado e podre...

Floriano põe-se a folhear distraído a antologia poética que apanha de cima da cômoda. Rodrigo põe o espelho sobre o mármore da mesinha de cabeceira.

— A Sílvia hoje de tarde esteve me lendo poemas desse livro. Diz que vai me ensinar a gostar do Drummond, do Vinicius, do Bandeira, do Quintana... Podes me chamar de conservador, de antiquado, do que quiseres... Mas continuo sendo fiel ao Bilac, ao Raimundo Corrêa e ao Vicente de Carvalho. Estou velho demais para mudar. Mas... a minha filha não me quer bem... — acrescentou num tom de queixa.

— Não diga isso, papai. Cada pessoa tem seu jeito de querer bem. Uns demonstram, outros escondem. Outros ainda querem bem duma maneira meio estabanada, como a Bibi.

— Qual nada! Tua irmã é uma egocêntrica, uma fútil, uma vaidosa. Nunca levou nada a sério. Tem a mentalidade duma menina de doze anos. Só pensa em vestidos, automóveis, festas... Contei as vezes que ela subiu até aqui para me ver, desde que chegamos. Oito. Só oito em mais dum mês!

Floriano está certo de que o pai exagera.

— E o Eduardo... que fim levou?

— Foi à União Operária. Vão eleger hoje a nova diretoria. Parece que três facções organizaram chapas: os comunistas, os anarquistas e os outros, isto é, o grupo composto de getulistas, de membros dos novos partidos e principalmente de apolíticos. Está claro que o Eduardo foi trabalhar pela chapa vermelha.

— Ganham os comunistas. Queres apostar? Os anarquistas são uma minoria anárquica. Os comunistas fatalmente fazem uma aliança com os getulistas e acabam empolgando o poder. Aposto o que quiseres. Vai se repetir o que aconteceu a semana passada no Comercial. Os libertadores, como sempre, tiveram candidato próprio, mesmo sabendo que iam perder. A UDN e o PSD apresentaram cada qual a sua chapa. Ora, os getulistas se aliaram aos esquerdistas e aos tais que o Prestes chama de *progressistas* e juntos acabaram ganhando a parada.

— E assim, pela primeira vez na história do clube, vamos ter uma diretoria populista sem a participação de nenhum estancieiro. Para muitos isso deve ser o fim do mundo.

— E é! — exclama Rodrigo, alçando a cabeça. — Pelo menos é o princípio do fim dum determinado mundo... Em vez de termos na presidência do Comercial um Teixeira, um Amaral, um Prates...

— ... ou um Cambará... — ajunta Floriano, sorrindo.

— Sim, ou um Cambará... em vez de um representante do patriciado rural, temos um Morandini, filho dum napolitano que começou a vida em Santa Fé vendendo verdura de porta em porta, na sua carrocinha puxada por uma mula...

O olhar de Floriano cai sobre um poema de Cecília Meirelles, no volume aberto:

> *Minha vida bela,*
> *minha vida bela,*
> *nada mais adianta*
> *se não há janela*
> *para a voz que canta.*

— Por falar em comunismo — pergunta Rodrigo —, que fim levou o Stein? O ingrato ainda não me apareceu...

— Eu já lhe disse, o Stein está muito doente. Ainda há pouco, encontrei-o na praça, sentado no banco debaixo da figueira. Quando me viu, quis fugir. "Espera aí, homem!", gritei. Puxei-o pelo braço e obriguei-o a sentar-se. E então ele desandou a falar com uma loquacidade nervosa. Me contou como e por que tinha sido expulso do Partido Comunista.

— Mas então foi mesmo expulso?

— Da maneira mais espetacular. Intimado a comparecer em Porto Alegre a uma espécie de assembleia geral de camaradas, presidida por membros do Comitê Estadual, foi acusado de ter traído o Partido, de entregar-se a atos de "diversionismo" e de haver desobedecido à direção do PC. E o pior de tudo, o que mais lhe doeu foi a acusação, feita também em público, em altos brados, de que quando ele lutava na Espanha, como soldado da Brigada Internacional, estava já a soldo do capitalismo, era, portanto, um espião, um traidor.

— Não me diga!

— O Stein defendeu-se como pôde, invocou os serviços prestados à causa, durante mais de vinte anos: prisões, espancamentos, privações... Mas a maioria votou pela expulsão. Stein saiu do plenário debaixo duma tremenda vaia. Um de seus antigos camaradas gritou-lhe na cara: "Judas!". O Arão me contou tudo isso com lágrimas nos olhos.

— São uns fanáticos — murmura Rodrigo —, uns fanáticos... Mas qual é a situação do Stein agora?

— Está se desintegrando aos poucos. Acho que entrou numa psicose.

— E que é que a gente pode fazer por esse rapaz?

— Interná-lo num sanatório. Mas não acredito que ele aceite a ideia.

— Mandamos agarrar o judeu à unha. É para o bem dele.
— Talvez seja a solução. Mas temos que fazer isso o quanto antes.
— E o Eduardo... que diz de toda essa história?
— Não toca no assunto. Cortou relações com o Stein.
— É incrível! Foi o Arão quem lhe meteu o comunismo na cabeça.

Rodrigo fica olhando pensativo através da janela. Vêm-lhe à mente dois versos de um dos poemas que ontem Sílvia leu em voz alta ao pé de sua cama:

La muerte me está mirando
desde las torres de Córdoba.

Agora ele divisa a torre da igreja e recorda... Durante o cerco do Sobrado pelos maragatos, em 1895, havia sempre um atirador inimigo naquela torre. Um deles matou o homem que seu pai mandara buscar água ao poço, no fundo do quintal... Naquelas frias noites de junho, atocaiada numa das torres da Matriz, a morte espreitava o Sobrado. "Decerto agora a Megera lá está a me mirar", reflete Rodrigo, fazendo mentalmente uma figa na direção da torre, "a Grande Cadela, como diz Tio Bicho, a prostituta desavergonhada e insaciável!".

Floriano senta-se junto do leito e olha para o pai.

— A noite passada acordei de repente, de madrugada — diz este último com voz lenta e baixa —, e fiquei ouvindo duas coisas impressionantes: o silêncio da casa e as batidas do meu coração. E, não sei se foi porque estava estonteado de Luminal, me pus a pensar e a fazer bobagens... Tomei meu próprio pulso, escutei o sangue batendo nas fontes, e de repente pareceu que o coração me crescia dentro do peito... Então pensei: e se este bicho estoura? Adeus, tia Chica!

— Se tivéssemos de todos os nossos órgãos a consciência que temos do coração, a vida seria um prolongado pânico, uma coisa insuportável.

— Depois do edema, o pulmão também me preocupa... vivo no pavor de morrer asfixiado... Se tusso, fico alarmado. Às vezes tenho a impressão de que *vejo* o pulmão inflar e desinflar como um fole. Vejo e ouço. E assim se passam os minutos, as horas. Meio que durmo de novo, e não sei também se as coisas que penso são mesmo pensamentos ou já sonho... De repente desperto como se alguém tivesse gritado por mim, me ergo da cama, assustado... e esse cavalo do enfermeiro, que tem ouvido de tuberculoso, acorda, salta do catre e vem saber que é que estou sentindo. Mando-o lamber sabão e fico, encharcado de suor, olhando para a janela, querendo mais ar, amaldiçoando o verão... É por isso tudo que hoje vou tomar uma dose dupla de Luminal. Mas não me contes isso ao Dante, estás entendendo?

Ouve-se um ruído de passos no corredor, e poucos segundos depois José Lírio entra, arrastando as pernas, praticamente nos braços de Roque Bandeira e do Irmão Toríbio.

— Liroca velho de guerra! — exclama Rodrigo afetuosamente.

— É muito amor... — balbucia o veterano, ofegante. — Subir... to-todas essas esc-escadas... pra... pra te ver... É muito amor!

Inclina-se sobre o amigo e abraça-o.

— Sentem-se. A tua cerveja já vem, Bandeira. E tu, que é que bebes, Zeca? Cerveja também? Bueno. Ó enfermeiro!

Erotildes surge à porta.

— Vá buscar bebidas. O de costume. E traga muito gelo. Floriano, me liga o ventilador. Então, Roque, que é que há de novo por esse mundo velho?

— Só calamidades — murmura Tio Bicho, depondo sobre a cômoda a sua palheta amarelada. — O Dutra está eleito.

— Isso eu já sabia — diz Rodrigo.

— O Brasil está perdido.

— Isso é velho — sorri Floriano.

Sentado numa poltrona, Liroca procura recobrar o fôlego. Irmão Toríbio e Floriano a um canto conversam sobre a situação de Arão Stein.

Minutos mais tarde, precedido por uma aura de alfazema, o dr. Terêncio Prates entra no quarto. Rodrigo aperta-lhe a mão efusivamente, pensando: "Por que será que quando ele chega eu me alegro e, cinco minutos depois, sua presença já me irrita? E por que é que, apesar disso, não quero que ele vá embora?".

Terêncio cumprimenta os outros e senta-se. Floriano percebe nos olhos de Roque Bandeira um brilho de malícia e conclui: "O Tio Bicho está hoje com o cão no corpo. Temos briga".

A provocação não tarda.

— Vocês se lembram do Novembrino Padilha? — pergunta Bandeira. — Um caboclo retaco e bigodudo, antigo capataz dos Amarais, e que andou metido em contrabando de pneumáticos durante a guerra...?

Rodrigo faz um sinal afirmativo com a cabeça.

— Pois o Novembrino hoje de manhã baleou um homem num bolicho da Sibéria.

— Por quê? Questão de mulher? Jogo de osso? Rinha de galo?

— Nada disso. O contrabandista estava tranquilamente sentado, tomando sua cachacinha, quando um desconhecido, que bebia de pé junto do balcão com dois amigos, pôs-se a olhar para ele com muita insistência. O Novembrino ficou queimado e perguntou: "Por que é que está me olhando, moço?". O homem não respondeu. Sorriu e desviou o olhar. Mas pouco depois tornou a fincar o olho em Novembrino. Nosso herói não teve mais dúvida. Ergueu-se, tirou o revólver da cintura e meteu dois balaços no corpo do outro. O primeiro entrou no baixo-ventre e o segundo nos testículos. O homem perdeu muito sangue e está à morte.

Faz-se um silêncio. Bandeira remexe-se na cadeira, enlaça as mãos sobre a pança.

— Querem ouvir uma profecia? — pergunta. — Se o Novembrino for a júri, será absolvido.

— Por que estás tão certo disso? — indaga Rodrigo. — Já se acabou o tempo em que no Rio Grande os bandidos matavam impunemente.

— Ouçam a minha tese... — diz Tio Bicho. — Mas não me atirem pedras antes de eu terminar. E esse pedido é dirigido especialmente ao doutor Terêncio, cujos brios gauchescos conheço. Bom. Cá na minha fraca opinião, por trás dessa permanente necessidade que o gaúcho sente de demonstrar em público que é viril e tem coragem pessoal, está o temor de que pensem que ele é um maricas, um pederasta.

Irmão Zeca e Floriano entreolham-se, sorrindo e entendendo-se.

Terêncio ergue a cabeça vivamente e exclama:

— Não diga tamanha barbaridade!

— Calma, doutor — pede Bandeira. — Calminha. Ficou no inconsciente coletivo gaúcho esse temor, que vem dum tempo em que no Continente havia uma escassez tremenda de mulheres. Conheço histórias de mil brigas que começaram porque um sujeito se pôs a olhar com insistência para outro. Que significa isso para um homem não muito certo de sua masculinidade? Ele raciocina assim: "Esse cachorro está me *namorando*, logo pensa que sou efeminado". E não há para o gaúcho insulto maior que esse. Ora, se ele estivesse mesmo seguro de seu machismo, a coisa não teria a menor importância. Mas não está. Lá nos refolhos da alma (com o perdão aqui do nosso Irmão Zeca), no inconsciente do "monarca das coxilhas", mora a negra suspeita. E então ele vira bicho e agride o "sedutor" para provar a este e ao mundo que não há nem deve haver a menor dúvida quanto à sua masculinidade.

— Cala a boca! — diz Rodrigo. — Estás bêbedo.

— Ainda não estou, doutor. Ficarei. Paciência. Ficarei. Mas... voltando à minha história: as testemunhas confirmarão que a vítima estava olhando com impertinência para o acusado. E o júri, possivelmente composto de homens que devem ter os mesmos problemas e dúvidas, absolverá o réu...

— Sua tese é suja, insultuosa e falsa! — exclama Terêncio. — Sem a menor base científica. É o resultado de leituras mal digeridas de Freud e de outros charlatães vienenses.

Tio Bicho começa a rir miúdo e baixo, murmurando: "Freud, charlatão vienense... essa é boa, muito boa!" — e todo ele treme: bochechas, papada, ventre... Começa a tomar a cerveja que Erotildes acaba de servir-lhe.

— O Bandeira é um caso triste — suspira Rodrigo, com fingida seriedade. — Perdi a esperança com ele há mais de quinze anos. É o profissional do sarcasmo e da ironia. As muitas leituras o confundem.

— Qual! — diz o velho Liroca. — O Roque é um gaúcho degenerado. No entanto o pai dele foi dos legítimos. Pobre do finado Eleutério! Quem havia de dizer que o filho ia dar para essas coisas...

— Que coisas? — pergunta Bandeira.

— Ora, viver às voltas com livros e peixes, e essas ideias de gente louca. E não gostar da vida campeira nem saber andar a cavalo. Isso até nem é normal.

Tio Bicho continua a rir baixinho. Terêncio fecha a cara. Rodrigo bebe lentamente sua cerveja. Irmão Toríbio põe-se a andar dum lado para outro, com o copo na mão.

— Se o destino do Rio Grande tivesse dependido de gaúchos da marca do Roque Bandeira — diz Terêncio —, nosso estado estaria hoje incorporado ao Uruguai ou à Argentina. Esta terra foi conquistada e mantida por homens de verdade, capazes de lutar e de morrer pela pátria.

Bandeira encolhe os ombros:

— Não tenho a menor necessidade de provar aos outros que sou valente, viril ou patriota.

Irmão Toríbio intervém:

— Conheço bem o Roque, doutor Terêncio. A tese que ele nos expôs não passa de mais uma brincadeira, produto de seu espírito de contradição.

— Espírito de porco — corrige Rodrigo.
— Espírito e corpo — sorri Tio Bicho.
— Eu não disse isso. Sabes que te admiro e quero bem. Só te acho às vezes irritante. Mas não te levo a sério. Ninguém leva. Nem tu mesmo.
— É engano, doutor. Sou um homem muito sério. O doutor Terêncio, que me compreende, sabe disso.

Ouve-se, vindo de longe, o troar dum trovão. Liroca lança um olhar inquieto na direção da janela. Rodrigo volta-se para Terêncio:

— E o livro, como vai?
— Bastante adiantado. Mas tenho ainda uns seis meses de trabalho pela frente...
— Seis? Então não estarei mais aqui quando a obra for publicada. Acho que não duro nem três meses.
— Não diga isso! — acode Irmão Toríbio. — Vai durar mais vinte anos. Aposto.
— Não apostes porque perdes. Mas, ó Terêncio, conta-nos agora qual é a tese do teu ensaio. A outra noite começaste a me falar nele, mas fomos interrompidos...

Terêncio pigarreia, cruza as pernas, olha de soslaio para Bandeira, torna a pigarrear, mas continua silencioso. É evidente que a presença de Tio Bicho o perturba.

— Querem ouvir mesmo? — pergunta, alguns segundos depois.
— Claro, homem! — encoraja-o o dono da casa.
— Bom. O título, como sabem, é *Tradição e hierarquia*. Faço inicialmente um esboço da história política, social e econômica de nosso estado, para depois traçar um paralelo entre o Rio Grande de ontem e o de hoje. A conclusão a que chego é, em suma, a de que nossos costumes estão sendo modificados, deturpados, abastardados não só sob a influência da colonização alemã e italiana como também do cinema e duma literatura nefasta que nos vem de fora, principalmente dos Estados Unidos. Por outro lado, nosso sentido de hierarquia e tradição vem sendo solapado aos poucos pelas ideias socialistas de igualdade, pelo comunismo ateu, numa palavra, pelo populismo, que procura nivelar a sociedade por baixo.

Faz uma pausa e encara Bandeira, com uma expressão de desafio, como a esperar um protesto. Tio Bicho, porém, está de olhos semicerrados, com o copo de cerveja apertado entre as coxas. Liroca dormita. Os outros escutam com atenção.

— Procuro mostrar — continua Terêncio — que o caminho da salvação para nós não é, não pode ser o da socialização, o da reforma agrária e o da abolição das classes, mas sim o da volta à tradição da estância, à tutela do estancieiro patriarcal, ao culto das qualidades mestras da nossa raça: coragem pessoal, firmeza de caráter, cavalheirismo, desprendimento, franqueza... Precisamos para isso buscar inspiração no passado, resistir moralmente ao gringo nos dias de hoje como nos velhos tempos resistimos fisicamente ao castelhano invasor. Formar um dique contra ideias, hábitos e atitudes mentais alheios à nossa índole, à nossa história, à nossa natureza. Evitar que nossa indumentária campeira tradicional se transforme numa ridícula imitação da do caubói das fitas de faroeste. Reviver as nossas danças, as nossas cantigas, o nosso folclore. Enfim, ter um corajoso orgulho do que é nosso. Precisamos também restabelecer o primado do espírito, seguir a religião de nossos avós, o catolicismo, repelindo o protestantismo germânico e anglo-saxônico, bem como os cultos africanos e o espiritismo. Não sei se falei claro.

— Claríssimo — resmunga o Tio Bicho. — Cristalino.

Faz-se um silêncio em que Rodrigo fica alisando o lençol e pensando em Sônia com uma quente saudade tátil do corpo da rapariga. Floriano tem na mente a imagem de Sílvia tal como a viu à tarde a caminhar no quintal olhando para a própria sombra no chão de ocre avermelhado.

— Falar em primado do espírito — diz Bandeira — fica muito bonito para quem anda de barriga cheia, mora em boa casa e tem dinheiro no banco. Precisamos levar em conta que essa é a situação apenas duma minoria no Rio Grande. A maioria vive mal, tanto na cidade como no campo. O meu caro doutor Terêncio já pensou no gaúcho que não tem cavalo nem terra, e que raramente ou nunca come carne?

— Você não conhece o assunto! — exclama o estancieiro. — Está jogando com dados e fatos inventados e divulgados pelos comunistas. O Rio Grande é um dos estados de nível de vida mais alto em todo o Brasil!

— O que não quer dizer — replica Tio Bicho — que esse nível não seja ainda muito baixo. Mas voltemos à obra... Pelo que entendi, o doutor considera a propriedade um dom divino, inalienável...

— E é! Abra um livro de história universal. Verá que sempre existiram os grandes proprietários e as aristocracias, como inevitáveis expressões do direito natural. Uma sociedade, como disse Charles Maurras, pode tender para a igualdade, mas em biologia a igualdade só existe no cemitério.

— Charles Maurras! — exclama Tio Bicho. — Credo! Nossa Senhora!

— No meu entender — continua Terêncio, sem tomar conhecimento da interrupção —, os doutores da Igreja deixaram esse ponto bem claro, e aqui está o Irmão Toríbio que me pode corrigir, se estou errado... Os proprietários de terras são depositários de bens que lhes foram confiados por Deus, para que eles os administrem num espírito de justiça e de caridade, tendo em vista o bem-estar geral.

— Caridade? — torna a vociferar Bandeira. — Mas o que o senhor quer é uma volta à Idade Média! Ó Zeca, não permitas que o doutor Terêncio use o nome do Senhor teu Deus em vão.

Irmão Toríbio limita-se a um sorriso contrafeito. Rodrigo torna a apanhar o espelho e mirar-se nele.

— Eu sei — prossegue Terêncio —, os estancieiros do Rio Grande em sua grande maioria são egoístas e gananciosos, só pensam em engordar o gado, vendê-lo a bom preço e botar seu rico dinheirinho no banco. Esses na minha opinião traem o mandato divino.

Floriano não se contém e pergunta:

— Mas o senhor está mesmo falando sério?

— Claro! E por que não? Considero minha atividade de estancieiro como uma espécie de apostolado, que tudo faço para honrar. Quanto aos outros senhores de terras, precisam ser reeducados para compreenderem que como proprietários eles não devem ter apenas privilégios, mas também e principalmente obrigações. Que me diz a isso, Irmão Toríbio?

O marista coça a cabeça, hesita por um instante e finalmente fala:

— Bom, eu acho que... bom, são Tomás de Aquino dizia que a propriedade é um *mal* necessário... Que autoridade temos nós para afirmar que Deus põe o seu selo de aprovação em algo que, embora necessário, é mau? E não foi Cristo quem disse que é mais fácil um camelo passar pelo fundo duma agulha do que um rico entrar no Reino de Deus?

Os malares do estancieiro saltam, seus lábios e seus olhos apertam-se.

— Eu não podia esperar que um marista entendesse de teologia... — diz, com voz também apertada.

Uma súbita vermelhidão cobre o rosto de Irmão Toríbio. Floriano sente o potro escarvar no peito de Zeca, quando este replica, agressivo:

— A que ordem religiosa pertence o senhor? Com quem estudou a sua teologia? E onde está a carta de sesmaria que Deus lhe deu?

Rodrigo solta uma risada. Liroca abre os olhos. Tio Bicho pega a garrafa de cerveja e, sorrindo, torna a encher seu copo.

Terêncio, com uma luz de paixão nos olhos mosqueados, continua a falar, como se não tivesse escutado as palavras do marista.

— Repito que falta aos nossos estancieiros o verdadeiro espírito cristão. É uma pena. O regime socialista para o qual estamos lamentavelmente descambando é o da ditadura duma minoria de ateus armados sobre uma maioria inerme. No regime patriarcal que preconizo, os ricos associarão os pobres às suas empresas. Faremos pela persuasão o que no regime comunista se faz pela coação. Trataremos de doutrinar as massas, mostrando-lhes que, como disse certo pensador francês, o socialismo exprime necessariamente um ressentimento contra Deus e contra tudo quanto existe de divino no homem. Consciente de sua baixeza, o "proletariado moral" trata de rebaixar os que lhe são superiores.

Rodrigo olha para a janela e vê um relâmpago clarear o horizonte. Seu mal-estar aumenta: é um aperto no peito, a sensação de que não pode respirar fundo. "Por que esse tratante do Camerino não me aparece? E por que o Terêncio está agora me apontando com um dedo acusador?"

— Em nome duma demagogia criminosa — diz este último — o Estado Novo começou a destruir a propriedade no Brasil...

— Deixem o Getulio em paz! — grita Rodrigo.

— Tu sabes disso melhor que eu — prossegue Terêncio. — Já não somos mais donos do que era nosso. Os impostos nos debilitam, a burocracia nos cria percalços, o estabelecimento do "preço-teto" e do salário mínimo é uma terrível ameaça ao nosso futuro.

— Por favor — pede Floriano —, não vamos voltar a discutir o Estado Novo. Eu quero é saber a razão da animosidade do doutor Terêncio contra os brasileiros de origem alemã e italiana.

— Eu explico. Parto do princípio (e isto ninguém me tira da cabeça) de que o território duma pátria pertence ao povo que o conquistou e manteve com seu suor, suas lágrimas e seu sangue, para usar da expressão do grande Churchill. Lá de repente nos chegam imigrantes da Itália e da Alemanha, aboletam-se nas nossas terras e querem impor-nos a sua maneira de ser, de pensar, de viver e até de falar.

— Vamos então devolver o Brasil aos bugres! — exclama Bandeira.

— Não me interrompa! — vocifera Terêncio. — Aprenda a ouvir. Ouça e depois replique. Mas... como eu dizia, vêm esses estrangeiros e querem repartir entre si o que é de domínio puramente nacional. Na América somos demasiadamente tolerantes para com os imigrantes, dando-lhes todas as facilidades e oportunidades, inclusive a de poderem seus descendentes da primeira geração eleger-se para cargos administrativos ou legislativos.

— E que mal há nisso? — pergunta Irmão Toríbio.

— Só não vê quem não quer. Um gringo desses, antes de ser completamente assimilado, de compreender o espírito, a alma, a história da terra de adoção de seus pais, já nos pode governar. E, como resultado disso, a nossa continuidade e a nossa identidade históricas estão correndo o risco de serem interrompidas. O Rio Grande aos poucos se agringalha, se estrangeiriza. Estamos perdendo a primazia política. Esse também é o drama do Paraná e de Santa Catarina. Se não tomarmos cuidado, em vez de assimilarmos os colonos e seus descendentes, seremos assimilados por eles!

— Ora, não vejo nenhuma desvantagem nisso... — resmungou Bandeira.

— Ó Roque — intervém Rodrigo —, não sejas exagerado. Concordo que o Terêncio é um tanto reacionário nas suas ideias, mas devo confessar que eu também tenho cá as minhas reservas com relação ao elemento alemão e italiano. Sempre tive.

— Na minha opinião — diz Floriano —, o fenômeno sociológico mais importante da história do Rio Grande, nestes últimos cinquenta anos, é o declínio da aristocracia rural de origem lusa e o surgimento duma nova elite com raízes nas zonas de produção agrícola e industrial onde predominam elementos de ascendência alemã e italiana. Neste meio século, processou-se a marcha do colono da picada para a cidade, da pequena plantação para o comércio e para a indústria. Antigamente o produtor menor e o assalariado não podiam nem sequer sonhar com uma carreira política. Agora a situação está mudando. O estancieiro perde seu poder econômico e político, e os nossos deputados, senadores e governadores já não são mais, digamos assim, eleitos pela força do boi. Hoje os candidatos se chamam também Spielvogel, Greenberg, Lunardi, Schmidt, Kunz, Kalil.

De cabeça baixa, fazendo passar o friso da calça entre o polegar e o indicador, Terêncio escuta com expressão triste, como se o escritor estivesse pronunciando uma oração fúnebre.

— Se folhearmos, por exemplo, o catálogo telefônico de Porto Alegre — prossegue Floriano —, descobriremos uma grande, expressiva quantidade de médicos, advogados, engenheiros, professores, comerciantes e industriais com nomes alemães, italianos, sírio-libaneses, polacos, judeus... E as listas dos estudantes que todos os anos entram ou saem nas nossas escolas superiores revelam o mesmo fenômeno. Estamos saindo da era mesozoica da nossa história, isto é, da idade de ouro dos grandes répteis. Em breve não veremos mais dinossauros na nossa paisagem política, pois o caudilho urbano, tão bem tipificado por Pinheiro Machado e continuado até nossos dias por homens como Flores da Cunha, pertence a uma espécie praticamente extinta. Com o desaparecimento dos "répteis" maiores, automaticamente se extinguem os menores, os chefetes locais.

— E o senhor acha isso bom, bonito ou auspicioso? — pergunta Terêncio. — Com todos os seus possíveis defeitos e limitações, os políticos do Império, os da primeira República e os poucos que sobraram na segunda tinham *pedigree*, qualidades intelectuais indiscutíveis, charme, nobreza...

— Sabiam falar francês — interrompe Bandeira —, o que lhes facilitava o comércio com as cocotes elegantes que importávamos da França. Conheciam vinhos, comiam caviar, recitavam Victor Hugo no original, e eram muito pitorescos, não resta a menor dúvida, pitoresquíssimos. Mas caros demais para os cofres públicos.

— Pertenciam — continua Terêncio, sem tomar conhecimento da interrupção — a uma sociedade em que havia hierarquia, classes definidas. Porque, como os países europeus, o Brasil possuía uma tradição, uma consciência de *rang* que pouco ou nada tinha a ver com assuntos de produção e com a situação econômica do indivíduo. Não devemos esquecer que a posição social do homem europeu não está condicionada, como nos Estados Unidos, à sua capacidade de produzir, à sua situação financeira. Existem no Velho Mundo as elites profissionais amparadas em valores de ordem moral e tradicional.

— O senhor fala como um monarquista! — exclama Irmão Toríbio.

Floriano de novo toma a palavra:

— A mim me parece tão absurdo querer italianizar ou germanizar o Rio Grande como pretender ignorar a grande contribuição que o imigrante alemão e o italiano trouxeram para a nossa vida. Acho que temos de aceitar essa contribuição com alegria e esperança. Só poderemos lucrar com isso. A vantagem começa pelo tipo físico que aqui se está formando, como resultado dessa mistura de raças.

— Isso não discuto — diz Rodrigo. — Estou de acordo com Floriano. Em que outra parte do Brasil vocês encontram mulheres mais bonitas e saudáveis que as do Rio Grande? Espero que não me neguem autoridade no assunto.

— A raça portuguesa — replica Terêncio — é das mais belas da Europa. Se degenerou no Brasil foi por causa da mistura com o índio e o negro.

— E que me diz do prodigioso progresso de São Paulo? — pergunta Irmão Toríbio. — Não se deverá em grande parte ao imigrante italiano e seus descendentes?

Terêncio volta para o marista o seu olhar de templário.

— O senhor esquece, Irmão, a contribuição básica do elemento tradicional, do paulista de quatrocentos anos, sem cujo apoio o imigrante pouco ou nada poderia ter feito. A indústria paulista não se teria aguentado sem o amparo duma agricultura forte. E, depois, não nos devemos entregar a essa febre de industrialização provocada pelos comunistas, que tudo fazem para criar no Brasil um proletariado urbano que lhes será fácil manejar politicamente de acordo com os interesses da Rússia soviética.

— Estranho o seu entusiasmo pela agricultura... — observa Tio Bicho com malícia. — A outra noite, o senhor defendia a pecuária e atacava a agricultura como sendo uma expressão "gringa"...

— Ah! Mas o caso do Rio Grande é diferente. A pecuária constitui a espinha dorsal de nossa economia, além de ser uma expressão sociológica. Se nos entregarmos à agricultura em larga escala, não teremos mais campos de boa qualidade onde criar nossos bois, e como consequência disso produziremos menos carne, o que seria desastroso sob todos os pontos de vista. Desbovinizar nossas estâncias é o mais nefasto dos erros. Não formo na legião dos partidários da plantação de trigo em larga escala no Rio Grande.

— Mas, ó Terêncio — diz Rodrigo —, agora estou pensando em tudo quanto disseste... Tu te contradizes, homem! Sempre atacaste o Getulio porque na tua opinião ele liquidou a democracia no Brasil, e no entanto todas as ideias que estás expondo com tanto fervor me parecem a negação mesma do espírito democrático. Tu és, permite que te diga, um aristocrata monarquista. Teu livro devia chamar-se *Saudade de d. Pedro II*.

Todos desatam a rir, menos Terêncio, que fixa o olhar duro no dono da casa, replicando:

— Sou um republicano castilhista, e tu sabes bem o que isso significa. Continuarei a repetir que o Getulio abriu no Brasil todas as comportas que continham as águas populistas e com elas inundou, talvez irreparavelmente, a nossa vida política, econômica e social, deixando-nos à beira do comunismo.

Por um momento a conversa deriva para outros rumos. Liroca indaga sobre a saúde de Rodrigo e aproveita a oportunidade para enumerar suas dores e achaques. Floriano leva Irmão Toríbio para um canto do quarto e ali fica a estudar com ele a maneira mais prática de conseguir a internação de Arão Stein num sanatório para doenças mentais. Terêncio folheia distraído a antologia poética. Tio Bicho, os olhos semicerrados, sorri para seus pensamentos. Depois de alguns instantes, diz:

— Eu cá tenho a minha teoria sobre as causas do atraso do Rio Grande com relação a São Paulo...

Leva algum tempo para conseguir a atenção dos outros.

— Os fatores são muitos, e eu vou enumerar alguns... — continua depois que sente cinco pares de olhos postos nele, com as expressões mais variadas: irritada impaciência nos de Terêncio; fatigada indiferença nos do dono da casa; sono e incompreensão nos de Liroca; expectativa divertida nos de Zeca e Floriano. — Cessadas as lutas de fronteira e as duas grandes guerras, a dos Farrapos e a do Paraguai, entrou o Rio Grande num período de reconstrução, agitado mais tarde pela propaganda republicana. Proclamada a República, a direção da política estadual foi empolgada por Júlio de Castilhos, e a influência do positivismo começou a fazer-se sentida entre nós. Tivemos então um governo autoritário, conservador e, até certo ponto, castrador. Borges de Medeiros, herdeiro de Castilhos, exerceu durante um quarto de século a "ditadura científica". Mercê de sua curteza de visão e de suas superstições positivoides, transmitiu aos seus discípulos e colaboradores um certo horror ao progresso e ao risco, contaminando-os com o vício da cautela e do conservantismo. Em princípios deste século, o doutor Borges de Medeiros não quis nem sequer examinar a *possibilidade* de aceitar o milhão de dólares que a Fundação Rockefeller oferecia ao seu governo com a finalidade de criar em Porto Alegre uma faculdade de medicina. Recusou-se a promover a eletrificação do estado quando uma oportunidade admirável para isso se apresentou. E, como não contávamos com energia elétrica abundante e barata, não conseguíamos atrair novas indústrias, que por motivos óbvios iam instalar-se em São Paulo.

Terêncio escuta com impaciência, cruzando e descruzando as pernas, puxando de quando em quando pigarros hostis.

— Por outro lado, nossos estancieiros (e esses na maioria dos casos não eram positivistas nem mesmo borgistas, mas gasparistas federalistas) revelavam-se também conservadores, atrasados, egoístas, sem o menor espírito público. Pagavam mal à peonada, que dormia no galpão em cima dos arreios.

— E os poetas — interrompe-o Floriano — cantavam esses peões e sua fidelidade canina aos patrões, procurando tirar efeitos poéticos e épicos do desconforto e da miséria em que viviam, pois achavam que isso era uma prova da fibra da raça.

— Exatamente — concorda Tio Bicho, continuando: — Esses peões não tinham escolas para os filhos nem assistência médica. Não lhes davam os patrões oportunidades de melhorarem de vida, de tirarem o pé do lodo... Bom. Mas o tempo passou. Vieram outros governos que se caracterizaram quase sempre por uma grande falta de imaginação e de coragem criadora. Nossas casas bancárias, por sua vez, não facilitavam o crédito, e ao menor sinal de crise retraíam-se, fechando as carteiras de desconto e limitando-se a cobrar, implacavelmente. Sim, e, num outro plano, não devemos esquecer também a qualidade de nosso clero. A Igreja nunca teve influência na nossa política enquanto Borges de Medeiros se manteve no governo: essa justiça eu lhe faço. Mas depois de 1928, o clero ergueu a cabeça, um clero formado de elementos em geral saídos da zona colonial italiana e alemã: homens pouco inteligentes, intolerantes, duros, sem o menor senso de humor. E esse clero passou a dominar a crescente massa eleitoral do interior, principalmente das colônias.

— Não diga asneiras! — exclama Terêncio.

— Digo. Também tenho esse direito, doutor. Mas... deixem-me terminar o bestialógico. Outro mal que nos aflige é o nosso sebastianismo farroupilha, o nosso *bentogonçalvesismo*, que até hoje nos tem mantido separados psicologicamente do resto do país, alimentando o nosso permanente ressentimento. Nossos compatriotas lá de cima chegam às vezes a pensar que pertencemos à órbita platina.

— Isso não é verdade! — protesta Rodrigo.

Tio Bicho, imperturbável, continua:

— Creio que a timidez e as limitações dos ilhéus dos Açores e mais os temores e cautelas do imigrante italiano e alemão (um pouco assustados com a terra, os bugres, as guerras e as revoluções) são os responsáveis remotos pela mediocracia em que vivemos, por esta nossa economia de pé-de-meia, pela nossa falta de ousadia no domínio da empresa comercial, pela nossa incapacidade de jogar longe a lança do otimismo e de fazer ou semear coisas grandes. E como é que procuramos compensar essas deficiências? Com gritos, com ameaças truculentas, com patas de cavalo. E por todos esses motivos, meus caros paroquianos, o gaúcho entra na era atômica montado na carcaça do cavalo de Bento Gonçalves e empunhando uma bandeira de charque!

Terêncio ergue-se, como se lhe fosse impossível suportar sentado sua indignação. Avança dois passos na direção de Bandeira e quase a encostar-lhe no nariz o indicador enristado, exclama:

— Você acaba de dizer um amontoado de barbaridades, de inexatidões e de injustiças!

Tio Bicho dá de ombros.

— E o senhor, montado no cavalo do general Osório, e de lança em riste, investe agora contra mim, achando mais fácil me assustar com gritos do que me convencer com argumentos. Sente-se, recobre a calma e conteste o que eu disse. Está com a palavra...

Liroca olha para os contendores com os mesmos olhos entre divertidos e alarmados com que costuma assistir a rinhas de galo.

— Antes de mais nada — diz o estancieiro, sempre de dedo erguido —, tudo quanto você apresenta como sendo "defeitos" da nossa gente são qualidades, grandes qualidades. O que você chama de mediocracia é uma democracia racional, baseada numa política "filha da sã moral e da razão". O que você classifica como "economia de pé-de-meia" é uma economia sólida, que anda devagar mas com passos firmes, uma economia, enfim, de cidadãos responsáveis e não de gananciosos aventureiros arrivistas. E quem foi que lhe disse que nós queremos progredir industrialmente como São Paulo? Quem nos garante que progresso industrial seja igual a felicidade social? E a nossa austeridade, a nossa seriedade na vida política e econômica deve-se ao espírito de Júlio de Castilhos, continuado por Borges de Medeiros. Olhe para o panorama político de nossos dias. Quem se salvou desse grande naufrágio moral? Quem nesta República de negocistas, peculatários e demagogos continua ainda de pé, como um exemplo de honorabilidade, discrição e sabedoria senão Antônio Augusto Borges de Medeiros?

Rodrigo pensa: "E que me importa tudo isso se estou condenado à morte?". Despe a camisa num gesto brusco, sentindo um súbito desejo de saltar da cama, sair para a rua e enfrentar aqueles céus e ares de tempestade, que no momento ele considera como os seus piores inimigos.

— Reconheço — continua Terêncio — que o clero gaúcho não é intelectualizado como o da França. Mas é um clero virtuoso, dedicado, limpo e capaz de sacrifícios. E quanto ao que você chama de *bentogonçalvesismo*, é apenas respeito e amor à tradição, ao culto dos nossos maiores. Porque nenhum povo que se preze pode jogar fora um passado heroico e glorioso como o nosso, só para agradar a Joseph Stálin e a seus lacaios no mundo inteiro. E que autoridade tem para falar de estancieiros e estâncias quem como você recebeu um pedaço de terra, como legado paterno e portanto sagrado, e em vez de cuidar dele arrenda-o a um estranho?

Tio Bicho sorri sem ressentimento.

— Perdão. Neste caso, existem em mim duas personalidades distintas. Uma é a do que possui um campo e o arrenda. A outra a do que critica o arrendador e o arrendamento. Esta última é a que se encontra aqui agora. E depois, meu caro doutor, não considero um pedaço de terra (que nem sei se foi bem ou mal havido) uma herança "sagrada". Tanto que, se amanhã vier a reforma agrária...

— Reforma agrária? — exclama Terêncio, com uma expressão de horror. — Mas quem é que pode pensar nesse absurdo senão os comunistas, os judeus e os maçons, que querem o desmantelamento da nossa ordem social?

— Eu não esperava mesmo que o senhor fosse favorável à ideia... — sorri Bandeira.

Transfigurado pela cólera, o estancieiro alteia a voz:

— Só pode ser favorável à reforma agrária quem não entende do assunto ou quem quer deliberadamente servir os interesses das esquerdas. Ou então os inocentes úteis, mocinhos do asfalto que não conhecem o problema e acham muito bonito, muito nobre, muito "avançado" preconizar essa reforma.

Floriano e o marista entreolham-se. Rodrigo olha para a janela, desinteressado da discussão.

— A pequena propriedade entre nós — continua Terêncio em voz mais baixa mas ainda apaixonada — é o regime da miséria. Temos no Rio Grande mais de quatrocentos e cinquenta mil pequenos proprietários, e isso talvez explique as nossas frequentes crises econômicas.

— Ora — diz Floriano —, abandonados pelos governos e permanentemente arrastados na onda inflacionária, o mais que os pequenos proprietários podem conseguir é uma medíocre sobrevivência. Mas isso nada prova contra a necessidade de uma divisão racional da terra.

— A divisão racional é a que aí está: a natural — replica Terêncio. — Se, com essa tal reforma que os demagogos tanto apregoam, dermos aos pequenos proprietários nossas terras mais férteis, onde iremos criar nosso gado? Quem irá produzir carne?

Ergue-se, passa pelo rosto úmido de suor um lenço de cambraia, dá alguns passos até a janela, olha para fora e depois, voltando a aproximar-se do interlocutor, torna a falar.

— Se um dia (que tal Deus não permita) se fizer essa divisão de terras romântica e insensata, dentro de pouco tempo os pequenos proprietários, impotentes diante dos obstáculos inerentes à economia do minifúndio, se verão na contingência de vender suas terras, e de novo teremos as coisas de volta ao seu estado anterior, isto é, às grandes propriedades que vocês tão injustamente atacam. E digo mais. A existência do pequeno proprietário depende de nós, os grandes, que estamos constantemente a tirá-los de aperturas, dando-lhes sementes, empreitando-lhes vacas, cavalos e instrumentos agrários.

— Pois essa função paternalista — retruca Floriano — pode ser exercida com mais eficiência e sem o espírito de caridade pelo Estado.

— Lá me vem o senhor com o Estado todo-poderoso!

— Já lhe disse muitas vezes que detesto o Estado totalitário, esse que intervém na vida privada do indivíduo, cerceando-lhe a liberdade, ditando-lhe o que deve ler, o que deve escrever, como deve pensar, falar e mover-se, a que igreja deve ou não deve ir. Mas pense bem. Quantas vezes nossos fazendeiros e homens de negócio pediram a intervenção providencial do Estado para salvá-los da falência? Não seria mais sensato pedir essa intervenção antes, na forma dum planejamento de produção?

— Mas isso é monstruoso!

— Escute. Cheguei à conclusão (com relutância, confesso) de que a economia não pode mais ser totalmente livre como tem sido até agora. O sistema competitivo capitalista leva a crises periódicas e a guerras que se vão fazendo cada vez mais destruidoras, a ponto de nos dias de hoje a gente já acreditar na possibilidade da extinção completa da raça humana, promovida pelo engenho dos homens de ciência, combinado com a estupidez dos homens de Estado.

— O senhor está sofismando.

— Pode parecer paradoxal — continua Floriano —, mas estou quase convencido de que uma economia planejada, não só na esfera nacional como na internacional, poderá assegurar ao homem as outras liberdades que me parecem tão mais importantes que as de acumular dinheiro ou mesmo as de comprar o supérfluo.

— Não estou de acordo. Só pode haver planejamento sob um governo de força, e sob um governo de força não pode haver liberdades civis.

— Quero deixar claro — diz Floriano, depois de pequena pausa — que não preconizo uma reforma agrária à la Robin Hood, isto é, tirar dos ricos para dar aos pobres. Se fizéssemos isso, nossa produção agropastoril cairia verticalmente da noite para o dia. Para mim o problema não é apenas econômico, mas também moral. Não é preciso ter olho de sociólogo para ver o tremendo desnível que existe entre a população urbana e a rural. A legislação trabalhista do Estado Novo esqueceu o homem do campo. Nos Estados Unidos, dois terços dos agricultores são donos de suas terras. No Brasil menos de um décimo de nossos trabalhadores agrícolas tem propriedades. Sua maioria é formada de assalariados muito mal pagos. Qual! Alguns nem salário têm, são párias no mais puro sentido da palavra. Constituem a mendicância rural.

— O senhor está falando como um comunista! — vocifera Terêncio.

— E o senhor está usando dum raciocínio primário quando me acusa de ser o que não sou.

Estampa-se no rosto de Terêncio uma expressão malaia — olhos apertados de ódio, zigomas saltados — que apaga por alguns segundos a do homem civilizado. Mas antes que o estancieiro torne a atacar, Floriano prossegue:

— Sei que o problema é terrivelmente complexo. É preciso não esquecer a praga dos intermediários, homens que nunca encostaram o dedo na terra, mas que acabam ficando com a parte do leão na produção agrícola. Há toda uma gangue envolvida nesse processo de obtenção de créditos ou mercados, de estabelecimento de preços, de facilidades de transporte... E que dizer dos monopólios? Sim, a reforma agrária supõe a destruição dessa numerosa e fortíssima quadrilha, com todas as suas ramificações nos ministérios, nas autarquias e no Banco do Brasil. Sei que não vai ser fácil desmontar a máquina. Mas isso terá de ser feito, mais cedo ou mais tarde.

— E o senhor pensa resolver o problema agrário com um decreto governamental? — pergunta Terêncio. — Ou com um passe de magia?

Floriano encolhe os ombros.

— Acho que a terra é um bem comum e que uma lei constitucional poderia regular sua propriedade. Está claro que não haveria apenas um tipo de reforma agrária, mas muitos, de acordo com cada região do país. Para descongestionar as zonas urbanas e povoar as rurais, temos de tornar o campo tão confortável e interessante quanto a cidade, ou mais...

— Com cinemas e teatros? — pergunta Terêncio, tentando o sarcasmo, mas em vão, pois persiste em sua voz apenas o tom rancoroso. — Com clubes?

— Com condições de vida decentes — replica Floriano. — Com escolas, hospitais, facilidades de crédito, cooperativas, assistência técnica e social, máquinas agrárias usadas num espírito coletivista, estradas para o escoamento da produção, et cetera, et cetera. E por fim com cinemas e clubes, por que não?

— O senhor é um visionário.

— Claro. Meu raciocínio está condicionado à minha profissão como o seu está subordinado à sua condição de latifundiário. Nunca esperei que nos pudéssemos entender nesse assunto...

Faz-se um silêncio difícil, dentro do qual só se ouve o zumbido do ventilador.

— A pressão barométrica deve estar muito alta — murmura Irmão Toríbio.

— Eu que diga... — murmura Rodrigo. — Meu barômetro está aqui — acrescenta, espalmando a mão sobre o peito. — Este não nega fogo.

Volta-se para o chefe do clã dos Prates e diz:

— O melhor é vocês pararem com o assunto, porque não vão chegar nunca a uma conclusão. Fica tranquilo, Terêncio, ninguém vai tocar nos teus campos. E tu, Floriano, continua a sonhar. Mas seria melhor que em vez de ficares a fazer teorias na cidade, fosses um dia visitar as nossas estâncias, para conheceres o problema mais de perto. Talvez mudasses de ideia. Não sei. O que sei é que eu daria todos os campos do Angico em troca de mais dez anos de vida. Ó Zeca, me traz alguma coisa gelada pra beber.

Pouco depois, já com o copo na mão, volta-se para Terêncio Prates e, para dar outro rumo à conversação, pergunta:

— Que tens lido ultimamente?

Sem muito entusiasmo, Terêncio conta de suas últimas leituras a Rodrigo, que o escuta sem nenhum interesse. Floriano ouve o estancieiro pronunciar a palavra *filósofo*... Imediatamente uma figura se lhe desenha na memória: a do prof. Mark Kendall.

Que foi que lhe veio primeiro à mente: a imagem ou o nome do homem? Talvez ambos tenham chegado simultaneamente. Floriano almoçou muitas vezes com o prof. Kendall no Faculty Club da Universidade da Califórnia. Mas neste momento pensa num certo almoço especial, no inverno de 1943. Seus olhos focaram interessados o professor de filosofia e, em alguma parte da câmara fotográfica que era o seu cérebro, as impressões daquele lugar e daquela hora se haviam gravado numa chapa sensível que tinha o poder não só de fixar imagens, cores e movimentos como também odores, sons e até sensações de temperatura. E agora ele tem diante dos olhos do espírito essa "chapa", talvez já um pouco alterada pelo tempo: o professor sentado do outro lado da mesa, apertando a haste do cachimbo entre os dentes: cinquentão, sólido, a cabeçorra lembrando na forma a de Oswald Spengler, olhos cor de lápis-lazúli no rosto rosado, o padrão sal e pimenta do casaco de *tweed* combinando com o grisalho dos cabelos e das sobrancelhas bastas e híspidas... A fumaça do cachimbo com uma fragrância doce e morna de mel e guaco... A atmosfera superaquecida... O gosto da galinha ao molho de caril... Uma reprodução de *O vaso azul* de Cézanne na parede... E a voz de pelúcia do filósofo. Ah! Com que clareza Floriano a "escuta" agora: "*Human behavior, my dear Cambará, is symbolic behavior*". Mark Kendall, leitor e admirador de Alfred Korzybski, passou todo o tempo do almoço a dissertar sobre a necessidade de estudar-se o comportamento humano à luz da semântica geral.

Um trovão faz estremecer as vidraças do casarão. Liroca murmura:

— Santa Bárbara, são Jerônimo! — E sem mudar o tom de voz: — A chuva não demora... Como é que o velho José Lírio vai pra casa?

Terêncio volta a cabeça para o veterano e tranquiliza-o:

— Não se impressione, major, o meu carro está lá embaixo.

Piscando o olho para Tio Bicho, Floriano encara o estancieiro e faz também a sua provocação:

— A mim me parece, doutor, que nós no Rio Grande temos vivido todos estes anos às voltas com alguns... *equívocos semânticos*... digamos assim...

— Como? — pergunta Terêncio, franzindo o cenho.

— Bom. Suponhamos que eu esteja pensando em voz alta... Longe de mim a ideia de apresentar estas minhas observações e conclusões meio improvisadas como absolutas. Se fizesse isso, estaria também cometendo um grave erro semântico...

Liroca solta, com um suspiro, esta pergunta:

— Que língua esse menino está falando?

— Para principiar... somos mais dependentes do que pensamos dos hábitos de linguagem de nosso grupo social. Nosso ajustamento ao mundo real é feito por meio de palavras. Vejam bem... Nosso comportamento está condicionado aos símbolos, mitos e metáforas vigentes na linguagem da sociedade em que vivemos.

— E daí? — pergunta Rodrigo.

— No Rio Grande — continua Floriano —, há gente que ainda permanece na ilusão de que possuímos o monopólio da coragem e da audácia no Brasil. Daí expressões como "centauro dos pampas", "monarca das coxilhas", "fazer uma gauchada", et cetera.

— Não me venhas... — começa Rodrigo. Mas não termina a frase. Não vale a pena — reflete —, porque esses intelectuais são um caso perdido. Transformam suas deficiências em virtudes e suas inclinações em leis. Floriano, como o velho Aderbal, nunca foi de briga, logo, procura negar o valor da coragem física.

— Outro mito — continua o escritor — é o da indumentária. Muito gaúcho procede como se bombacha, botas e esporas fossem símbolos de hombridade, desprendimento, nobreza de caráter.

Terêncio e Rodrigo entreolham-se. Irmão Toríbio, que nos últimos minutos esteve junto da janela, a escrutar o céu, aproxima-se de Floriano, que continua com a palavra:

— O Bandeira há pouco falou de nosso *bentogonçalvesismo*. Existem ainda gaúchos que não conseguem examinar o Rio Grande e sua gente objetivamente, quero dizer, sem *verbalizações épicas*. Não procuram ver o que somos, temos e fazemos *hoje*, não enxergam a nossa realidade (para usar uma palavra perigosa), porque, por uma exigência de seu formidável superego, precisam acreditar nesse Rio Grande idealizado pela poesia, pela epopeia e pela mitologia.

— Estava tardando a entrar em cena o Freud... — ironiza Rodrigo.

— No momento em que escrevemos ou pronunciamos a palavra *gaúcho* ou *Rio Grande*, nas coxilhas e pampas do nosso espírito, surge Garibaldi com seus lanceiros de 35... Chico Pedro e suas califórnias... Pinto Bandeira tomando o forte de Santa Tecla... E daí por diante entramos em transe, começamos a ter um comportamento um tanto parecido com o do esquizofrênico.

— O senhor está fazendo apenas um jogo de palavras! — exclama Terêncio.

— Estão vendo? A emoção, a indignação que minhas ideias provocam no doutor Terêncio de certo modo provam a minha tese. Mas... continuando com o perigo das metáforas, dos símbolos e dos mitos... A Alemanha nazista viveu recentemente um dos mais trágicos enganos semânticos de todos os tempos. Seu povo aceitou como verdades provadas uma série de mitos, superstições e metáforas que Hitler lhes impingiu em discursos repetidos e histéricos: a superioridade da raça ariana, do *Herrenvolk*, sobre as outras raças da terra... o *Führerprinzip*, o Protocolo dos Sábios de Sion... a ideia de que o marxismo, a finança internacional e a maçonaria são invenções dos judeus, na sua campanha para a dominação do mundo... et cetera, et cetera. Essa ilusão semântica, se me perdoam a simplificação, custou vários milhões de vidas.

— É estranho — observa Terêncio — que logo um escritor aí esteja a desprezar, a atacar os símbolos, as metáforas e os mitos. Como seria possível gerarem-se e manterem-se civilizações sem o uso de símbolos? Como poderia o homem transmitir a cultura aos seus descendentes, através dos séculos, sem os símbolos?

— Estou absolutamente de acordo com o senhor — replica Floriano. — Como poderia haver arte literária sem símbolos? Como poderia existir arte poética sem palavras, símbolos e metáforas? Mas quero que me entendam... A linguagem figurada pode ser perfeitamente inocente, além de bela e *necessária*. Mas o perigo começa quando o povo toma ao pé da letra, como verdades absolutas, os símbolos e metáforas políticas e sociais engendrados de acordo com o interesse imediato de quem os emprega.

— E é nisso — intervém Bandeira — que reside a força dos demagogos. Eles procuram fazer que o povo reaja, sem a menor crítica, às suas metáforas e mitos, de maneira automática, imediata e apaixonada.

— Essa é a técnica que usamos — acrescenta Floriano — não só para conseguir votos e levar o povo à guerra como também para vender sabonetes, cigarros, medicamentos, et cetera. A publicidade moderna alimenta-se duma série de hábeis prestidigitações verbais.

— Ela cria necessidades falsas — reforça Tio Bicho — e também "vergonhas" e "indignidades" convencionais. A vergonha de não possuir o último tipo de refrigerador ou de automóvel... A vergonha de não usar desodorante... A inconveniência de não comprar todos os anos uma cesta de Natal... e assim por diante, até o último dia do mês, em que se vencem as prestações e se acentuam as angústias.

— Por tudo isso — torna Floriano — devemos concluir que a linguagem não é apenas o instrumento que usamos para transmitir nossos pensamentos, pois na verdade ela acaba determinando o caráter da realidade cotidiana. E assim vivemos quase todos num mundo de abstrações metafísicas, dogmas, crendices... E por causa dessas abstrações, às vezes matamos, morremos e adquirimos úlceras gástricas.

Rodrigo faz um gesto de impaciência:

— Mas que é que o Rio Grande tem a ver com tudo isso?

Floriano sorri:

— Repito que muitos gaúchos alimentam ainda uma bela ilusão, acreditando num Rio Grande que já não existe. Confundem o tradicional com o apenas velho. O autêntico com o puramente pitoresco. Parecem não ter compreendido que bombacha não é adjetivo qualificativo, mas substantivo comum.

— Nosso comportamento político e social — intervém Tio Bicho — tem sido muitas vezes condicionado pela nossa mitologia e por nossos hábitos verbais. Quando nos vemos diante dum problema que exige habilidade técnica, política ou diplomática, viramos centauros e metemos as patas.

Irmão Toríbio solta uma risada.

— Mas afinal de contas — pergunta Rodrigo —, que é que vocês querem? Rasgar a nossa história? Abolir o nosso passado?

Depois de beber um gole de cerveja, Bandeira exclama:

— Queremos tocar DDT nos nossos mitos! Fazer o gaúcho apear desse cavalo simbólico no qual está psicologicamente montado há mais de dois séculos!

Terêncio rebate:

— E substituir nossas tradições gloriosas e nossa fé em Deus por símbolos da Rússia soviética?

Tio Bicho encolhe os ombros. Floriano, porém, responde:

— A Rússia soviética, doutor, também vive seus equívocos semânticos e alimenta seus mitos, como a ditadura do proletariado, a sociedade sem classes, a onipotência da história, et cetera. Quanto aos mitos americanos, são mais que sabidos: a liberdade da iniciativa privada, o *American way of life*, a ideia de que um dia poderemos resolver todos os problemas do corpo e do espírito por meio de engenhocas, dessas em que se apertam botões...

Terêncio parece estonteado.

— Mas é assustador! — exclama. — Os senhores destroem tudo, não acreditam em nada e em ninguém! Se nós os gaúchos jogamos fora os nossos mitos, que é que sobra?

Floriano olha para o estancieiro e diz tranquilamente:

— Sobra o Rio Grande, doutor. O Rio Grande sem máscara. O Rio Grande sem belas mentiras. O Rio Grande autêntico. Acho que à nossa coragem física de guerreiros devemos acrescentar a coragem moral de enfrentar a realidade.

— Mas o que é que o senhor chama de *realidade*?

— O que somos, o que temos. E não vejo por que tudo isso deva ser necessariamente menos nobre, menos belo ou menos bom que essas fantasias saudosistas do gauchismo com que procuramos nos iludir e impressionar os outros.

— Não estão falando a minha língua — murmura o Liroca, que tem estado a dar cochiladas intermitentes.

— Os mitos sempre existiram — prossegue Floriano — como expressões da irreprimível força do cosmos refletidas nas culturas humanas. E mesmo no âmago das religiões, das filosofias, das manifestações artísticas e até mesmo da ciência, existe um remoto núcleo mítico. E é curioso que muitos dos mitos e símbolos das civilizações primitivas continuam a aparecer, sob os mais variados disfarces, nos sonhos do homem moderno. O que me parece absurdo é essa nossa mitologia fabricada por uma literatura duvidosa e feita sob encomenda. É desse civismo convencional de grupo escolar que nos devemos livrar. Nunca preguei nem desejei a destruição ou a difamação dos heróis da nossa história. O que sempre achei absurdo foi a projeção desses homens no plano ideal, com prejuízo de sua humanidade, de sua autenticidade, de sua verdade existencial.

Terêncio sacode a cabeça lentamente, os olhos no chão, e murmura:

— Não compreendo, palavra de honra, não compreendo...

— A mim me impressiona muito menos uma carga de cavalaria dos Farrapos — continua Floriano — do que a coragem das mulheres desses guerreiros que ficaram em suas casas esperando os maridos, os filhos e os irmãos que tinham ido para a guerra. As mulheres que durante horas incontáveis de agonia ficaram ouvindo o uivar do vento no descampado e o lento arrastar-se do tempo.

— Mas sem esses guerreiros — intervém Rodrigo, subitamente interessado na conversa — essas mulheres teriam sido violadas ou assassinadas pelo invasor. Sem esses guerreiros o Rio Grande não seria hoje território brasileiro.

— Está bem — replica Floriano —, mas sem mulheres como a velha Ana Terra, a velha Bibiana e a velha Maria Valéria (isso para citar só gente de casa) não existiria também o Rio Grande. Elas eram o chão firme que os heróis pisavam. A casa que os abrigava quando eles voltavam da guerra. O fogo que os aquecia. As mãos que lhes davam de comer e de beber. Elas eram o elemento vertical e permanente da raça.

— Estás inspirado hoje, menino! — sorri Rodrigo, voltando-se para o filho e encarando-o dum jeito como se o estivesse vendo pela primeira vez.

— A mim não me inquieta o futuro do Rio Grande — diz Floriano. — Tenho esperança nele. Não temo a *agringalhação* da nossa gente, como o nosso doutor Terêncio. O que resultar desse amálgama de raças no tempo e no espaço será ainda Rio Grande. Teremos o nosso jeito peculiar de falar, de gesticular, bem como um jeito de ser, de pensar, de amar e de odiar, de cantar e dançar, de trabalhar e de sonhar... E os mesmos misteriosos laços de solidariedade e amor (apesar de nossos ressentimentos periódicos de irmão que se sente esquecido ou injustiçado) continuarão a nos prender ao resto do Brasil.

Neste momento rompe um aguaceiro furioso. Rodrigo solta uma exclamação de triunfo. Liroca abre os olhos, espantado. Irmão Toríbio corre a fechar as janelas. E por alguns segundos ficam todos em silêncio a escutar a chuva que bate nas vidraças.

Dante Camerino entra, instantes depois, com a roupa toda respingada.

— Até que enfim! — exclama Rodrigo. — Se essa tempestade não desabasse, acho que eu estourava. Ó Dante, vem ver como está este coração e estes bofes.

O médico aproxima-se da cama, com o estetoscópio ajustado aos ouvidos, e põe-se a auscultar o paciente.

Floriano, que há pouco recomendava a necessidade de encarar a realidade, desmascarando os mitos e evitando o pensamento mágico, entrega-se a uma de suas fantasias favoritas. Imagina-se a caminhar abraçado com Sílvia pelas ruas, sob a chuva...

Sorri indulgente para a própria incoerência.

Caderno de pauta simples

Como e até que ponto as coisas que pensei, senti e me aconteceram nos Estados Unidos devem ser incorporadas ao romance que estou projetando? Questão a discutir.

Tenho aqui o diário que mantive, embora irregularmente, durante minha estada naquele país. Vou catar agora, para recompor mais tarde se necessário, os trechos que me parecem mais significativos.

/

Fim de meu primeiro semestre em Berkeley.
Voluptuosa sensação de liberdade. Longe da família, do Estado Novo, de seu DIP e de sua Polícia Especial. Livre para dizer, escrever e fazer o que entendo.

Ninguém parece esperar muito de mim. Ninguém interfere na minha vida nem no meu trabalho. Ninguém me faz perguntas. Todos me tratam cordialmente, mas de longe, sem nunca forçarem intimidades.

Duas aulas por semana. Matéria fácil e vaga, prestando-se a digressões e fantasias.

/

Fiz já várias conferências públicas. Nas primeiras procurei divertir as amáveis senhoras que me escutavam. (Digo senhoras porque estas formam aqui o grosso do público das conferências.) À medida, porém, que fui vencendo certas inibições, passei a criticar a vida e os costumes americanos num tom de condescendente ironia, como se eu fosse um cidadão da Utopia. As damas continuaram a me escutar com sorridente interesse.

Confesso que mais de uma vez temi que uma delas se levantasse para me interpelar:

Ó moço! Perdi dois filhos nesta guerra. Que é que você faz aí nas suas roupas de civil? Não sabe que um leão está nas ruas?

/

Passeio minha disponibilidade de corpo e espírito pelo verde parque da universidade. Este jovem sol californiano sempre presente e este cálido ar tocado duma névoa que trescala a feriado convidam a gente a um ócio irresponsável. Deitado na relva dos canteiros, converso sobre temas acadêmicos com colegas latino-americanos.

O perfil dos edifícios de San Francisco esfuma-se longe, do outro lado da baía. Aviões de guerra cruzam os céus, rumo do Pacífico, do inimigo e da morte.

Discutimos o barroco espanhol.

Pelas calçadas e alamedas, passam estudantes, rapazes e raparigas, sobraçando livros. Centenas deles vestem o uniforme da Marinha, estão sendo preparados tecnicamente para a guerra.

Dialogamos sobre Góngora.

O carrilhão do Campanile marca com música a passagem do tempo
misturando Mozart com Stephen Foster
Debussy com hinos patrióticos e religiosos
Händel com nursery rhymes
Bach com Irving Berlin.

Passo longas horas na biblioteca, onde praticamente tenho todos os livros que possa desejar.

Não era esta a vida, o limbo que eu tanto desejava?

Mas é inútil tentar convencer-me a mim mesmo de que sou feliz. Ou de que pelo menos estou tranquilo. Às vezes, quando caminho pelos corredores destes edifícios, pelos relvados e bosques deste campus, pelas ruas desta cidadezinha universitária, sinto-me sem substância, como uma sombra.

Tento escrever mas faltam-me motivações. Surpreendo-me vazio, inclusive de passado. Sou um fugitivo do tempo. Transparente e bidimensional, não passo duma projeção do meu eu verdadeiro, feita por uma lanterna mágica da infância nesta luminosa tela sul-californiana. E isso me angustia.

Começo a desconfiar de que me tornei prisioneiro da minha própria liberdade. Que no fim de contas não é uma liberdade autêntica, mas uma fútil paródia.

/

A sensação de "não ser", de "não estar" e de "não pertencer" apodera-se de mim principalmente quando almoço no Faculty Club.

Meu olhar se perde numa floresta erudita de cabeças, em sua maioria grisalhas, faces marcadas, testas altas, óculos, casacos de tweed... *Cachimbos defumam aromaticamente o ar, criando aqui dentro uma réplica do* fog *que envolve San Francisco na distância.*

Quem é o velho que lá está, de barba e cabelos completamente brancos, e que tanto me lembra o nosso cel. Borralho, veterano do Paraguai? É o prof. S., exilado da Itália fascista. Sentado na sua poltrona, um jornal esquecido sobre os joelhos, o pincenê na ponta do nariz, dorme sua breve sesta, como um vovô qualquer. À tarde dará aulas de história da civilização a esses rapagões atléticos de olhos límpidos que aqui estão sendo preparados para o matadouro.

Quem é o senhor de face rubicunda e olhos claros? O descobridor da vitamina K.

E o outro, o de terno gris, com aspecto de caixeiro-viajante?

O inventor do ciclotron, o esmagador de átomos. E eu, quem sou?

Digo a mim mesmo que em vez de fazer perguntas como essas devo gozar com plenitude o momento presente, colhendo o que ele me pode oferecer aos sentidos e à fantasia. Não tenho por que estar com este ar de quem se desculpa, o chapéu na mão e a cabeça baixa, como um camponês que desavisadamente trespassou a propriedade do sr. Barão.

/

Súbita saudade de Sílvia. Penso em escrever-lhe mas hesito. Uma carta minha poderia causar-lhe dificuldades domésticas. Jango não compreenderia.

Mas escrevo assim mesmo, impelido por uma necessidade de confissão. É como se, após ouvir a enumeração de meus pecados, S. tivesse autoridade para dizer: Ego te absolvo... Mas em nome de quem? De quê? De minha terra, de onde me exilei voluntariamente? Duma velha amizade que atraiçoei?

Procuro ser franco nessa carta. Não é fácil. As palavras têm tamanha força, que as regras de seu jogo (inventadas por nós mesmos, e nisso está a ironia da coisa toda) são capazes de engendrar verdadeiras camisas de força para as ideias e os sentimentos. Se não tomamos cuidado, a linguagem acaba comandando nossos pensamentos e nossas vidas, tornando quase impossível a comunicação entre as criaturas humanas.

Ponho a carta no correio, antes que me arrependa de havê-la escrito.

/

Férias de Natal em Los Angeles. O Menino e o Adolescente me levam a Hollywood.

Ruas de cenário, com casas que só parecem ter fachadas.
Pessoas que dão a mesma impressão.

Turistas ávidos à caça de estrelas de cinema.
Pederastas rebolando as ancas ao longo de Hollywood Boulevard e de Vine Street.
De vez em quando, um caubói de drugstore *encostado num poste, lendo o* Los Angeles Times *enquanto espera o ônibus.*
Reduzido a um punhado de cinzas, ó pobre Mona Lisa, teu Rodolfo Valentino repousa num panteão de mármore, num destes festivos cemitérios locais.
O Menino, decepcionado, descobre que Pearl White jamais viveu em Hollywood.

À noite me embrenho numa selva de gás neon. Faço uma peregrinação, que mais me estonteia que diverte, por estes cabarés. Não sei ao certo o que busco.
Madrugada. Estou no bulevar, parado a uma esquina, quando uma mulher se aproxima de mim, toma-me do braço e sussurra-me ao ouvido: What's on your menu for tonight, honey?.
A pergunta vulgar me aborrece, mas a rapariga me interessa. Bela cara, belo corpo. Uns vinte anos no máximo.
Vamos para um hotel. Como de costume, o recepcionista não faz perguntas embaraçosas. Assinamos o registro como Mr. e Mrs. Tom Brown.
(A vida não será um pouco isso — um repetido mudar de identidade, numa tentativa de despistamento dos outros e de nós mesmos? Quantos pseudônimos e máscaras usamos no decorrer duma existência?)
Apanhamos a chave dum quarto e entramos no elevador. O fantasma de minha mãe e o de S. entram também. A velha Maria Valéria, essa já está à minha espera no quarto, sentada ao pé da cama, um xale sobre os ombros, os braços cruzados contra o peito. Suas pupilas esbranquiçadas fitam-se em mim, acusadoramente.
Dispo-me, contrafeito. A rapariga é do Texas. Conta que está há mais de um ano em Hollywood, onde espera ser descoberta por um diretor de cinema. Procura convencer-me de que não é uma prostituta profissional, e que se faz estas coisas é porque precisa "manter corpo e alma juntos", enquanto a grande oportunidade não lhe aparece.
Porta-se com uma fria eficiência de máquina. Sua face maquilada se mantém impassível como a dum manequim. O Cambará sente-se insultado. Mas Mr. Tom Brown encara a situação esportivamente.

/

Termina o ano escolar. A universidade me oferece uma prorrogação de contrato por mais dois anos. Aceito. Mas por quê, se a sensação de inanidade e tempo perdido continua a me perseguir?

Ora, vou me deixando ficar por uma espécie de dourada inércia propiciada por esta luz, este ar de paisagem de Corot... Sim, e por estas facilidades, confortos e pequenos prazeres cotidianos de drugstore.

Bom, é preciso não esquecer que quase sempre temos na Bay Area boa música: solistas, quartetos, orquestras sinfônicas... (A profecia de Tio Bicho se cumpre: entrei no meu período bachiano.)

Às vezes, quando tento racionalizar a decisão de ficar, trato de convencer-me a mim mesmo de que talvez não tenha para quem ou para onde voltar. A situação política do Brasil não se modificou. A doméstica — percebo nas entrelinhas das discretíssimas cartas de minha mãe — permanece inalterada. Ou pior.

Não raro me sinto inclinado a dramatizar o caso. Sou o homem que destruiu todas as pontes que ficaram para trás. Meu drama, porém, não me convence mais que as ficções que Hollywood produz em massa.

Sei que minhas pontes de importância vital permanecem intactas. E que talvez muitas delas sejam indestrutíveis.

Isso me conforta. E ao mesmo tempo me ajuda a ficar.

/

S. me escreve com regularidade. Numa de suas últimas cartas, encontro algo que me faz pensar:

Não pode existir verdadeiro amor no coração dum homem que se exilou da família humana.

A carapuça traz a medida exata da minha cabeça.

/

Desde que cheguei a este país, há pouco mais de um ano, tenho pensado algumas vezes em Marian Patterson, com um leve desejo (ou curiosidade) de revê-la. Nada fiz, entretanto, para localizá-la. Sabia que estava casada com um homem de negócios e morava em Chicago. Ou Detroit.

Tive ontem a surpresa de receber um chamado telefônico de Mandy. Conseguiu meu endereço no Consulado Geral do Brasil, em San Francisco, onde agora vive. Perguntei-lhe pelo marido. Contou que estavam divorciados. Mental cruelty. *Quando ouvi esta expressão convencional, que pode ter um conteúdo terrível, mas que na maioria dos casos não significa nada — tive ímpetos de desligar o telefone, pois numa fração de segundo me voltou à mente, numa súmula mágica, nosso exasperante convívio no Rio.*

Marcamos um encontro para o primeiro sábado à noite, no saguão de um desses grandes hotéis de San Francisco. Fico surpreso por encontrar M. no uniforme azul — que de resto lhe senta muito bem — do corpo feminino auxiliar da Marinha. É uma WAWE.

Vamos jantar num cabaré de Chinatown. Mandy me parece mais amadurecida. Os olhos perderam a inocência esportiva da jogadora de peteca da praia de Copacabana. Noto-lhe já no rosto algumas marcas de vida.

Pede-me que conte minhas andanças e vivências nestes últimos cinco anos. Resumo o assunto em cinco minutos. Depois é a sua vez de contar as suas.

M. bebe um burbom duplo. Sua voz começa a ficar pastosa e meio arrastada. A embriaguez a princípio a torna sentimental. Pega-me do queixo e murmura palavras carinhosas. Mas à medida que continua a beber vai ficando excitada, e acaba por me convidar claramente: Let's go to bed.

Passo a noite em seu apartamento. No dia seguinte tomamos um breakfast *tardio e triste, diante duma janela aberta sobre a baía.*

Tudo isso se enquadra à maravilha dentro deste esquema de inanidade e meios-prazeres do qual me sinto prisioneiro voluntário e não de todo infeliz.

Continuamos a nos encontrar nas noites de sábado, numa espécie de burocracia sexual. Quando não estamos na posição horizontal, discutimos a guerra, o comunismo, os problemas deste país. Com frequência me surpreendo a criticar, nem sempre com muita convicção, o American way of life. *E percebo, alarmado, que faço isso com a intenção de agredir M.*

Uma noite ela me atira na cara esta pergunta:
Por que não estás também em uniforme?

/

As aulas... Nada mais estúpido e sem sentido que falar sobre o romantismo na literatura brasileira nesta hora em que morrem milhões de criaturas humanas na mais medonha guerra da história. Roterdã, Coventry, Lídice... são nomes que me perseguem, como íncubos destas minhas luminosas vigílias californianas.

> Oh! que saudades que tenho
> Da aurora da minha vida,
> Da minha infância querida
> Que os anos não trazem mais!

Agora que as tropas aliadas vão penetrando vitoriosamente em território alemão, o mundo começa a descobrir, estarrecido, os horrores e crueldades dos campos de concentração nazistas.

Hitler e seus cúmplices levam a cabo metodicamente o plano de liquidação dos judeus. A diabólica alquimia totalitária transforma as pessoas em números. Para os burocratas do Partido encarregados da "solução definitiva", deve ser mais fácil condenar à morte algarismos do que seres humanos. Podem depois, em relativa paz de espírito, ouvir o seu Wagner e ler o seu Goethe.

Os prisioneiros chegavam a Auschwitz em vagões de carga, como animais. Muitos morriam na viagem.

Repreendido por seus superiores por só ter matado oitenta mil em seis meses, o comandante do campo tratou de aprimorar o processo de extermínio.

Os condenados — homens, mulheres e crianças — despiam-se atrás dum valo: duzentos e cinquenta de cada vez. Eram depois encerrados num salão hermeticamente fechado, para dentro do qual se atiravam, por um buraco engenhosamente aberto na parede, duas latas de Cyclon B, um composto de ácido prússico.

Calcula-se que cada condenado levava pouco mais de dez minutos para morrer asfixiado.

Abriam-se as portas meia hora depois. Os cadáveres eram levados para fora, amontoados dentro dum poço, e ali cremados, mas não antes de os guardas terem tido o cuidado de tirar deles os dentes de ouro e os anéis.

Herr Kommandant, *porém, era um homem exigente: queria chegar à perfeição de matar e cremar dois mil prisioneiros em apenas doze horas.*

Um de meus alunos me pergunta de que morreu Gonçalves Dias. Outro me pede um espécime de sua poesia. Lá vou eu para o quadro-negro:

> Minha terra tem palmeiras,
> Onde canta o sabiá;
> As aves, que aqui gorjeiam,
> Não gorjeiam como lá.

A menina de Oklahoma quer saber se Mr. Dias teve algum de seus livros traduzidos para o inglês. Não, que eu saiba.

Um diligente Obersturmführer *inventou uma nova maneira de matar. Fazia a vítima sentar-se numa cadeira, ordenava a dois outros prisionei-*

ros que lhe imobilizassem os braços e a um terceiro que lhe vendasse os olhos. Depois, enfiando no peito do condenado uma longa agulha, fazia-lhe uma injeção de fenol. Em pouco mais de um minuto, o paciente estava morto.

Calcula-se que uns vinte e cinco mil tenham sido liquidados dessa maneira.

Mas havia os afortunados. Esses morriam com relativa rapidez, enforcados, fuzilados ou com um balaço na nuca.

Em Buchenwald era uma prática comum castrar os prisioneiros, afogá-los em esterco ou quebrar-lhes os ossos com pedras.

A esposa do comandante do campo de concentração de Dachau, dama de fino gosto artístico, mandava fazer abajures para suas lâmpadas e encadernações para seus livros com as peles dos prisioneiros mortos. Preferia, por motivos óbvios, as que tinham tatuagens.

Em Buchenwald médicos e estudantes de medicina usavam os prisioneiros judeus como cobaias. Não só os adultos, como também crianças de cinco a doze anos de idade.

Para apaziguar os pequeninos, davam-lhe doces e brinquedos. Uma cuca de mel pelos teus pulmões.

Uma bola colorida pelos teus olhinhos.

Uma barra de chocolate pelo teu coração.

/

Saio para a tarde de abril. As árvores de Berkeley estão floridas e tranquilas. Deitados na relva, de mãos dadas, os namorados olham para o céu. O carrilhão do Campanile toca a "Pequena fuga" de Bach.

Caminho de cabeça baixa, observando minha sombra na calçada. A uma esquina compro um número do San Francisco Chronicle. Subo depois para meu apartamento. Estas salas vazias de humanidade e esta ausência de retratos de amigos estão começando a me angustiar. Sento-me e abro o jornal.

Os nazis não parecem interessados apenas na liquidação física de seus inimigos. Comprazem-se em aviltá-los, reduzi-los a bichos, vermes, amebas.

Em Belsen, onde os prisioneiros morriam de fome, alguns deles, desesperados, entregavam-se à antropofagia, comendo pedaços dos cadáveres dos companheiros.

Centenas de outros, atacados de disenteria e não tendo forças para irem até as latrinas, defecavam onde estavam e acabavam morrendo de *inanição em cima do próprio excremento. Milhares deles foram dizimados pelo tifo.*

/

Se leio, releio e rumino quase obsessivamente essas histórias de atrocidades, é talvez pela simples mas perturbadora razão de que elas não me horrorizam, não me ferem tão visceralmente como deviam. Parece-me que não basta sentir um repúdio intelectual por essas brutalidades. É preciso, por um milagre do espírito, sentir um pouco na própria carne as dores, mutilações e misérias desses milhões de injustiçados. Temo que, passada a guerra e o tempo, o mundo esqueça os crimes nazistas. O mundo e eu com ele. Esta ideia me preocupa, dando-me um antecipado sentimento de culpa.

/

Recordo as palavras de Roque Bandeira em uma de suas cartas críticas:
Na minha opinião, tua mais séria deficiência como romancista vem de tua relutância em tomar conhecimento do lado bestial do homem. Ficas dançando uma valsinha medrosa à beira do abismo da alma humana, sem coragem para o salto que te poderia levar às profundezas...

/

Almoço frequentemente com o prof. K., do departamento de filosofia da universidade. Ontem falei-lhe intensamente sobre a barbárie nazista. Ele me escutou em silêncio e depois sorriu, dizendo:
— E diante de tudo isso, meu caro Cambará, você continua pacifista? Claro, também participo de seu horror à violência, mas acho que há momentos, como este que agora estamos vivendo e sofrendo, em que é absolutamente necessário empregar a violência contra a violência, para conseguir que sobrevivam na face da Terra certos princípios (e entre eles o da própria não violência) que são essenciais à nossa vida de homens civilizados. Ou acha que devíamos ter cruzado os braços, deixando que Hitler e seus exércitos transformassem o mundo num vasto campo de concentração?
Penso na negra noite de Ano-Bom em que este pacifista se precipitou sobre um homem e golpeou-lhe furiosamente a cabeça com uma garrafa.
Inquieta-me a suspeita de que naquele momento de ódio desejei matá-lo.

/

Encontro numa página do meu diário estas anotações avulsas:

Precisamos aprender a viver melhor com nossas próprias contradições, com as dos outros e com as da vida.

A neutralidade é impossível. Na hora em que nasce, o homem entra inescapavelmente na história. Desde o primeiro minuto de vida, começa a sentir pressões de toda a sorte. O ato de nascer é um engagement. *Um compromisso que outros assumem tacitamente em nosso nome, e do qual jamais poderemos fugir nem mesmo pelo abandono voluntário da vida, pois o suicídio seria um compromisso terrível com a eternidade.*

/

A Alemanha rendeu-se incondicionalmente. Na hora em que chega a grande notícia, o carrilhão do Campanile rompe a tocar o "God Bless America".

Aqui estou em cima do estrado, na frente de meus alunos. Prometi falar-lhes hoje em Machado de Assis, e no entanto surpreendo-me a fazer-lhes um discurso que não premeditei.

A guerra na Europa terminou. Tudo indica que o Japão não tardará muito a render-se.

Os Estados Unidos sairão desse conflito como a nação mais poderosa da Terra. Já pensastes no que isso significa?

Que tendes a oferecer ao mundo, além de máquinas, produtos manufaturados, fitas de cinema e ajuda financeira e técnica?

Já revisastes vossos valores éticos e morais?

Direis que um latino-americano como eu, que ficou à margem da guerra, em conforto e segurança, não tem o direito de vos falar assim. Mas falo. Uma das liberdades pelas quais lutastes foi a de pensamento e palavra. Além disso, não deveis esquecer que me dirijo a vós como amigo.

A humanidade contraiu para convosco e para com os ingleses, os russos e os outros aliados uma dívida incalculável, por terdes juntos livrado o mundo da barbárie e da escravidão nazista.

Ninguém imaginava que vós — alegres meninos ricos e mimados, mascadores de goma e dançadores de boogie-woogie *— vos pudésseis* *transformar em bravos e eficientes soldados, capazes de enfrentar a técnica militar prussiana e o fanatismo japonês.*

Festejai a vossa vitória. Mas permiti que eu vos fale em coisas que vossos jornais, vossos livros escolares e vossos hinos patrióticos não vos ensinam, mas que precisais saber.

Vivemos num sistema político, social e econômico que está sendo devorado por suas próprias contradições.

Boa parte das armas e munições com que os nazistas mataram vossos irmãos e vossos aliados foi financiada pelas potências ocidentais, que encorajaram o rearmamento da Alemanha nazista, na certeza de que, forte e remilitarizada, um dia ela fatalmente viesse a atacar a Rússia soviética, sua inimiga natural.

Os aviões japoneses que bombardearam Pearl Harbor usaram gasolina americana; e suas bombas foram feitas com metais extraídos do solo deste país.

O capital acende uma vela a Deus e outra ao diabo. Se a transação lhe for financeiramente vantajosa, o homem de negócios será capaz de vender ao pior inimigo a arma com que este amanhã o poderá matar.

Vós os moços tendes sido sempre o melhor combustível para as caldeiras da guerra. O big business, *através de sua complicada rede de influências e pressões, jogará com vossas vidas com a mesma frieza com que costuma manipular os algarismos de sua contabilidade industrial.*

Encanta-me e ao mesmo tempo assusta-me a ideia de que vós, os meninões que cantavam e jogavam bola no parque, fostes chamados pelo destino a dirigir o mundo.

Que sabeis da vida e das gentes para além de vosso playground*?*

Gosto de vossas caras
admiro vossa cordialidade
o vosso otimismo construtor
vosso desejo de jogo limpo
vossa perene mocidade de espírito
vossa vocação salvacionista
vosso talento para inventar e fabricar coisas...
Mas deploro vossa incapacidade de entender os outros povos
vosso conceito pragmático de sucesso
vosso injustificável orgulho racial.
Sob aspectos formais, sois talvez o povo mais religioso da terra, mas muitos de vós querem meter à força um capuz da Ku-Klux-Klan na ca-

beça de Jesus. Outros sonham com um Cristo Babbitt e imaginam que suas ceias com os apóstolos eram como alegres reuniões rotarianas.

Tendes de aprender que não podemos entregar às máquinas eletrônicas a solução dos problemas de relações humanas;

e que uma pessoa é mais que uma ficha perfurada;

e que amor nada tem a ver com estatística.

Calo-me. Quem me encomendou este sermão? Que direito tem de falar assim quem como eu vem dum país tão cheio de defeitos, contrastes e contradições?

Os alunos permanecem silenciosos. Um deles pigarreia. Ouve-se um vago arrastar de pés. A ruiva de Oklahoma fita em mim os olhos de jade. O marinheiro magro ergue perplexo uma sobrancelha. Uns três ou quatro estudantes parecem tomar notas em seus cadernos. Estão todos sérios. Não sei como reagiram à minha arenga. Só sei que me sinto terrivelmente encabulado. Procuro disfarçar, dizendo:

Bom, agora vamos conversar um pouco sobre Machado de Assis.

/

Cinco da tarde. Saio do edifício da biblioteca e ponho-me a caminhar por uma destas alamedas que recendem a murta. O carrilhão toca uma melodia que me evoca alguma coisa, não sei bem quê. De repente meu cérebro funciona como uma máquina eletrônica selecionadora de fichas. É como se a música dos sinos tivesse apertado num botão... Vejo saltar uma fotografia colorida e animada: a Guardadora de Gansos sentada à beira da fonte do fauno, riscando a água com o dedo e cantando o "Home on the Range".

Continuo a andar, já agora com uma coleção de instantâneos do passado a se misturarem e superporem no campo da memória. Fixo-me principalmente num dos quadros: o Adolescente entregando uma rosa a Mary Lee, que a recusa com um desdenhoso encolher de ombros. Ouço sua voz de vidro e água a dizer-me coisas cruéis.

Ocorre-me então (e essa ideia me faz estacar) que meu discurso desta manhã bem pode ter sido uma resposta, tardia mas nem por isso menos apaixonada, que o "negro boy" deu à loura americana que o mandou voltar para seu lugar. E por que não? Decerto era também a Mary Lee que inconscientemente eu me dirigia quando, de minha plataforma de conferencista, criticava com manso sarcasmo as instituições americanas. Levando o raciocínio mais longe, pode bem ter sido a Guardadora de Gansos quem até certo ponto deter-

minou meu comportamento para com Marian Patterson. Toda esta hipótese pode estar errada, mas uma coisa agora me parece evidente. Nestes últimos três anos, tenho estado tentando provar alguma coisa...

/

Termina o ano escolar e o meu contrato com a universidade. Pretendo fazer uma longa viagem através dos Estados Unidos, antes de voltar para o Brasil.

Despeço-me de M. em seu apartamento. Ao anoitecer ficamos longo tempo em silêncio junto da janela, vendo o fog *cobrir aos poucos a cidade e a baía. Quando as luzes se acendem, M. murmura:*

— So this is the end of the line...

E para minha surpresa e embaraço, põe-se a chorar de mansinho.

Pouco depois me leva no seu carro até a estação, onde tomo o trem para Berkeley. Seu último beijo sabe a neblina.

Não terá sido esse o gosto de toda a nossa história?

Do diário de Sílvia

1941

24 de setembro

Chove sem parar faz três dias. Devagarinho, miudinho, como para azucrinar os que gostam de sol, como eu. Um céu baixo cor de ratão oprime a cidade. E aqui estou, tristonha, arrepiada de frio, como um passarinho molhado empoleirado num fio de telefone.

O vento hoje anda correndo e uivando como um desesperado por céus, ruas e descampados. Atrás de quem? Talvez do tempo. Diz a Dinda que o vento e o tempo têm uma briga antiga, que vem do princípio do mundo.

Maneira esquisita de começar um diário. Decerto um jeito de dizer a mim mesma que não estou levando a sério este negócio. Mas estou, e muito. Preciso escrever certas coisas que venho pensando e sentindo. A quem mais posso me confessar senão a mim mesma? Isso prova que, como todo o mundo, tenho dupla personalidade. Agora sou a que escreve e depois serei a que lê. Qual! Tenho muitas Sílvias dentro de mim. Cada vez que eu reler estas páginas, serei outra. E cada uma dessas outras será diferente da que escreveu. E mesmo a que escreveu não foi sempre a mesma, mas várias. Isso tudo me alarma um pouco.

Comprei este diário a semana passada na Lanterna de Diógenes. Era o único que existia na casa. Tipo álbum, fecho de metal, uma gaivota dourada na capa de plástico azul imitando couro. Ridículo! Senti necessidade de explicar à empregada da livraria que eu queria o álbum para dá-lo de presente a uma mocinha. Bom, não foi uma mentira completa. Porque na realidade dei o diário à *jeune fille* que em parte ainda sou. Agora só falta o amor-perfeito seco entre duas páginas. Não, isso não se usa mais. Mas que é que se usa hoje em dia? Angústia. Tio Bicho fala no *Angst* de seus filósofos alemães. Minha angústia é menor. Angustiazinha nacional e municipal. Tem um mérito que é ao mesmo tempo um inconveniente. É minha. Em certos momentos, chegamos a ter até um certo orgulho de nossas tristezas e infelicidades, e usamos essas "desgraças" para comover os outros e arrancar deles piedade ou amor. (Não quero piedade, quero amor.) Em suma, uma chantagem. Um caso parecido com o da Palmira Pepé, que há anos anda pelas ruas da cidade manquejando, choramingando e mendigando. Quando os médicos querem curar-lhe o defeito da perna, a Palmira recusa, alegando que, se sarar, não terá mais razão para pedir esmolas.

Não quero usar o truque da Palmira. É por isso que vou desabafar neste livro. É mais decente lamber as próprias feridas na solidão, a portas fechadas. Mas o certo mesmo é curá-las.

Ouço as goteiras. É a musiquinha do tédio, esse "inimigo cinzento", como costuma dizer o Floriano.

Não contava escrever esse nome tão cedo. Ia esperar um intervalo decente... o que prova que ainda não tenho intimidade com o diário.

Preciso fazer exercícios de franqueza. Para começar, pergunto a mim mesma se Floriano não terá sido o *motivo* deste jornal. Sim, foi, mas não o único. Nem mesmo o principal, apesar da grande importância afetiva que ele tem na minha vida. Surgiu um novo "possível amor" no meu horizonte espiritual: Deus. Através da correspondência que mantivemos entre 1936 e 1937, Floriano com seu agnosticismo muito fez (inconscientemente, claro) para afastar de mim esse possível rival. Meu amigo cessou de me escrever, mas Deus continuou onde estava.

Afinal de contas, onde está mesmo Deus? Não sei. Sinto que ainda não o avistei. Se Ele me conceder a graça da Sua presença, estou certa de que minha vida mudará para melhor. Em suma, *necessito* que Deus exista.

28 de setembro

Continua a chuva. Mas não comprei este livro para fins meteorológicos. Preciso ter uma conversa muito sincera comigo mesma. Botar as cartas na mesa. Olhar de frente umas certas situações que me inquietam. São problemas que se apresentam na forma de pessoas: minha mãe, Floriano, Jango, padrinho Rodrigo... Mas essas quatro pessoas se fundem numa só. Está claro que meu problema maior sou eu mesma.

Cada vez mais, me convenço da utilidade deste jornal. Ele me pode ajudar muito na exploração desses poços insondados que temos dentro de nós, e que tanto nos assustam por serem escuros e parecerem tão fundos. Por outro lado, talvez eu possa deixar nestas páginas, de vez em quando, discretamente, um bilhetinho a Deus. O endereço? Posta-restante. Estou convencida de que um dia, dum modo ou de outro, Ele me responderá...

29 de setembro

Acabo de fazer uma importante descoberta. No inferno o castigo não é o fogo eterno, mas a eterna umidade, o que é muito mais terrível. Neste quinto dia de chuva ininterrupta, sinto que cogumelos me brotam no cérebro. Um bolor esverdeado me forra a alma. Sou um vegetal.

6 de outubro

Oito da manhã. Acabo de dar café ao meu marido, como uma esposa que se esforça por ser exemplar. A comédia continua. Represento como posso. Mas não posso muito. Não tenho talento de atriz. Não consigo decorar o meu papel. Falo e me movimento no palco sem convicção. Não presto atenção nas deixas de Jango. Isto é: não digo nem faço no momento exato as coisas que em geral uma boa esposa diz e faz. E não é por falta de hábito, pois esta peça já está no cartaz há mais de três anos... De vez em quando tento improvisar, sair fora do papel, dizer o que sinto, o que penso *mesmo* de certas situações. Jango então me olha admirado, como se estivesse me vendo pela primeira vez. E não diz nada. Fala pouco. Não tem o talento nem o gosto do diálogo. Está habituado a gritar ordens aos peões. Para me dar a entender que seus silêncios e casmurrices não significam que deixou de me querer, ele frequentemente me abraça, me beija e parece ficar seguro de que isso resolve tudo. Muitas vezes tentei entabular com ele conversas francas e sérias, dessas capazes de mudar a vida dum casal ou pelo menos deixar uma janelinha aberta para melhores perspectivas. Mas ele recusa obstinadamente aceitar a realidade desse outro mundo em que tais problemas se apresentam e tais conversas são possíveis e necessárias. Essa teimosia em negar a existência das coisas que estão fora dos limites de seu mundo, de suas necessidades, gostos e conveniências não deve ser apenas egocentrismo, mas insegurança: esse medo que temos de visitar um país estrangeiro cuja língua não falamos nem entendemos. Jango acha que eu invento, imagino coisas que na realidade não existem. Mais duma vez esquivou-se de perguntas que lhe fiz sobre nossas relações dizendo apenas: "Foi o que ganhei por ter casado com uma professora".

É um homem sólido e prático, incapaz de sonhos e fantasias. Como pode acreditar em feridas da alma quem vive tão preocupado com as bicheiras dos animais do Angico? Se eu lhe contar meus problemas espirituais, temo que me receite creolina. Como tudo seria mais fácil na vida (deve refletir ele) se pudéssemos juntar todos os nossos parentes, amigos e dependentes que têm problemas de consciência, e atirá-los como se faz com o gado, dentro dum banheiro cheio de carrapaticida...

Jango é um homem bom e decente. O que acabo de escrever sobre ele é grosseiro e injusto. Resultado dum acesso de mau humor. Estou pensando em rasgar esta página. Mas não rasgo. Um diário não é apenas um escrínio onde a gente guarda as raras joias que a vida nos dá. É também uma lata de lixo onde despejamos a cinza de nosso tédio, o cisco de nossas tristezas, a aguada bile de nossos odiozinhos e birras de cada dia.

15 de outubro

Temos a tendência de classificar as pessoas como os naturalistas classificam as borboletas, feito o que as espetamos com um alfinete contra um quadro... e pronto!, passam a ser peças do nosso museu particular. Acho que foi isso que Jango fez comigo. Não quero fazer o mesmo com ele. Duma coisa, porém, tenho certeza: não nascemos para ser marido e mulher. Somos psicologicamente antípodas. Um realista diria que o mundo de Jango *é*, ao passo que o meu *seria*. Considero-me irmã gêmea de Floriano. Se eu me tivesse casado com ele, teríamos cometido um incesto espiritual. Mas casando com Jango, que sempre considerei um irmão, desde o tempo em que éramos crianças, estou cometendo um incesto carnal, que me repugna e que me dá um permanente sentimento de culpa.

Nestes últimos meses, tenho feito mentalmente a necropsia de nosso casamento. Qual foi a sua *causa mortis*? Atribuir toda a culpa do fracasso a mim mesma seria dar uma explicação fácil demais ao caso. Eximir-me de qualquer responsabilidade seria injusto, insincero.

Pergunta essencial: "Por que casei com Jango?". Respostas que me ocorrem: Porque ele insistiu com uma fúria apaixonada. — Porque desejei despeitar Floriano por ele me ter recusado. — Porque sabia que minha mãe estava para morrer e a ideia de ficar sozinha no mundo me apavorava. — Porque queria a qualquer preço vir morar no Sobrado...

Mas não teria havido também da minha parte uma certa inércia, uma espécie de covardia moral, receio ou preguiça de dizer não, de lutar contra todos e gritar que não me podia casar com Jango pela simples razão de que não o amava como homem, embora lhe quisesse bem como a um irmão?

Não sei. Talvez eu me deva fazer justiça e reconhecer que também tive pena do rapaz. Ele vivia repetindo que precisava de mim e que eu lhe "estragaria a vida" se continuasse a dizer não. Lembro-me duma frase de minha mãe: "Que é que te custa fazer esse moço feliz?". Naqueles meses de 1937, eu estava confusa e desolada. Tinha chegado à conclusão de que Floriano não me amava. E isso me doía. Por essa ocasião recebi uma carta de meu padrinho que foi decisiva.

> Quero-te como a filha que perdi. Tu me darias uma imensa alegria se casasses com o Jango, que tanto te ama. Pensa que está ao teu alcance tornar esse bom e leal campeiro um homem venturoso. O Angico precisa dele, e ele precisa de ti.

Na noite em que Jango e eu contratamos casamento, na hora em que os convidados começaram a chegar para a festa, senti de repente uma espécie de pânico. Fiquei de mãos trêmulas e geladas. Floriano havia chegado do Rio no dia anterior, mas eu ainda não o tinha visto. Não sabia que dizer ou fazer quando o encontrasse. Temia trair meus sentimentos ali na frente de toda aquela gente. Houve um instante em que me encolhi num canto da sala de visitas e fiquei olhando fixamente para o retrato de meu padrinho. Nesse momento tio Toríbio entrou, com aquele seu jeitão de boi manso e bom, me olhou bem nos olhos, me acariciou a cabeça, como se eu fosse ainda uma criança, e perguntou: "Tens a certeza de que não vais cometer um erro? Pensa bem. Ainda é tempo". Eu quis dizer alguma coisa, mas não consegui pronunciar a menor palavra. E à meia-noite, quando no centro do estrado, no quintal, Floriano me abraçou, me beijou os cabelos e o rosto, murmurando "Minha querida... minha querida...", tive a impressão de que subia às estrelas. Floriano me amava, não havia a menor dúvida! O que eu devia ter feito naquele instante era agarrar-lhe o braço e gritar: "Eu te amo também! Vamos embora daqui, já, já!... antes que seja tarde demais!". Mas qual! O respeito humano, a minha timidez, e principalmente esse sentimento de obediente inferioridade que sempre senti diante da "gente grande" do Sobrado, de mistura com gratidão e afeto — tudo isso fez que eu ficasse muda e paralisada... Perdi Floriano de vista em meio do tumulto.

E naquela madrugada terrível, quando velavam o corpo de tio Toríbio na sala de visitas, e quando eu já tinha chorado todas as lágrimas que existiam dentro de mim — inclusive lágrimas antigas e reprimidas, de outros choques e desgostos —, fiquei a olhar para as mãos que me tinham acariciado a cabeça havia poucas horas. "Tens a certeza de que não vais cometer um erro?" O erro já estava cometido. Mas aquelas mãos pálidas pareciam falar: "Mas não! Ainda há tempo. O Floriano está ali no canto, olhando para ti, te pedindo alguma coisa". Impossível, tio Toríbio! Sou ainda a filha da pobre modista, a menina de olhos assustados que nunca ousou contrariar o senhor do Sobrado.

Exatamente no momento em que eu pensava essas coisas, Jango aproximou-se de mim, abraçou-me e pôs-se a chorar, com a sua cabeça encostada na minha.

18 de outubro

Continuemos a necropsia.

Neste quarto ano de casados, onde estamos? Como nos sentimos um com relação ao outro? Só posso responder por mim, e assim mesmo não com absoluta segurança. O que eu esperava e desejava — isto é, que o convívio no tempo me fizesse amar o Jango — não aconteceu. É um erro o casamento entre irmãos. (Frase horrível, mas fica.) Quando estou na cama com meu marido e ele me abraça e acaricia com gestos que dizem claro de sua intenção, sinto algo difícil de descrever: pânico misturado com repugnância... e uma certa vergonha, como se eu fosse uma prostituta e estivesse me submetendo àquilo tudo por dinheiro. É horrível quando Jango cresce sobre mim com a segurança e a naturalidade patronal com que costuma montar nos seus cavalos. Seus ardores me ferem tanto o corpo como o espírito. Meu marido tem um animalismo que deve ser normal e sadio, mas que nem por isso me desagrada menos. Fui muito mal preparada para essas coisas. Quando aos treze anos fiquei mulher, minha mãe, depois de grandes rodeios, com voz dorida e olhos tristes, me pediu pelo amor de Deus que eu tivesse cuidado com os homens. Eram todos uns porcos e só procuravam as mulheres para fazerem com elas as suas sujeiras. E quando me casei — coitada! —, imaginando que apesar de meus vinte anos de idade — quatro dos quais passados na Escola Normal, em Porto Alegre — eu ainda não conhecesse "os fatos da vida", deu-me instruções pré-conjugais. Escutei-a, contrafeita. O ato físico do amor — disse-me ela — era uma coisa sórdida mas infelizmente necessária. O mundo é assim. Que é que a gente vai fazer?

Não me considero uma mulher frígida, mas não concebo sexo sem amor. Por outro lado, sou suficientemente normal para não ficar sempre insensível às carícias de meu marido. E esses desejos provocados mas não satisfeitos me deixam com um sentimento de frustração e angústia que às vezes dura dias e dias.

Não creio que eu satisfaça Jango de maneira completa, pois nesses minutos de contato carnal permaneço numa espécie de estado cataléptico. Ele, porém, nunca se queixou. Jamais discutiu, nem mesmo indiretamente, o assunto. O que ele parece querer mesmo é que na hora em que me deseja eu esteja a seu lado, submissa. Um cavalo sempre encilhado à porta da casa, pronto para qualquer emergência...

Certas noites, na estância, chego a desejar que ele volte tão cansado das lidas do dia que ao deitar-se durma imediatamente e me deixe em paz.

Há horas em que Jango está eufórico e outras — mais frequentes — em que fica tomado dos seus "burros", como diz a Dinda. "O gênio do finado Licurgo", explica a velha. As coisas do Angico o preocupam de maneira obsessiva. Trabalha sem cessar de sol a sol. Suas mãos são ásperas e cheias de calos. Sua pele está ficando cada vez mais curtida pelo sol e pelo vento. Gosta de mandar. E, como acontece com a maioria dos patrões, acha que ninguém sabe fazer nada, que os peões são "uns índios vadios". É por isso que às vezes quer fazer tudo pessoalmente. Não descobri ainda por que trabalha tanto. Não creio que enriquecer seja o seu objetivo principal. O poder político não o seduz. O social muito menos. Que é que busca, então? O Bandeira me deu sua interpretação: "Para o Jango, o trabalho do campo é uma religião, com seus sacramentos, seus pecados, seu ritual e seu calendário de santos e mártires. Ele se entrega ao seu culto com um fervor ortodoxo e quase fanático. O Angico é a sua grande catedral. Lá estão as imagens de santa Bibiana, são Licurgo, são Fandango...". Tio Bicho soltou uma risada e disse mais: "Esse Savonarola guasca considera pagãos os que não gostam da vida campeira. Não se iludam: ele já nos queimou a todos na fogueira do seu desprezo".

1º de novembro

Floriano escreveu a Jango dizendo que virá fazer-nos uma rápida visita em fins deste mês, antes de partir para os Estados Unidos. A ideia de que ele vai encontrar-se com a sua americana desperta em mim um leve e tolo ciúme, do qual me envergonho. Afinal de contas, Floriano é um homem livre. Faço o possível para esquecer certas coisas, mas é inútil. Relembro uma tarde do verão passado em que, num dos raros momentos em que a Dinda afrouxou sua vigilância sobre nós, Floriano me contou sua aventura com essa estrangeira. Eu não lhe havia perguntado coisíssima alguma. Falávamos na guerra e na possibilidade de os Estados Unidos entrarem no conflito... De repente Floriano desatou a língua e, com essa coragem meio cega que às vezes os tímidos têm, me narrou sua história com a americana em todos os seus pormenores, inclusive os de alcova. Eu gostaria de ter visto minha cara num espelho naquele momento. Acho que corei. A coisa me tomou de surpresa. Não me foi fácil encarar F. enquanto ele falava. Ao cabo de alguns minutos, me refiz do choque e acho que me portei como uma mulher adulta e "evoluída". É quase inacreditável que uma pessoa de tanta sensibilidade e malícia como Floriano tenha caído na armadilha que lhe preparou a vaidade masculina. Fez questão de me dizer — e mais tarde repetir — que havia satisfeito plenamente a amante como homem. Talvez estivesse inconscientemente procurando me despeitar com a narrativa de suas proezas sexuais. Era como se dissesse: "Estás vendo agora o que perdeste por teres casado com o Jango e não comigo?". Depois que nos separamos, pensei melhor no assunto e compreendi que no fundo daquela confissão o que havia mesmo era um homem pouco seguro de si mesmo e de seus objetivos. E mais uma grande solidão agravada pela certeza de que aquela aventura de praia não tinha nenhuma profundidade. Tive pena dele. Tive pena de mim. Perdoei-o e me perdoei... não sei bem por quê.

19 de novembro

Sou agora uma espécie de confidente do Arão Stein. Está claro que não me custa ouvi-lo. Pelo contrário, faço isso com interesse. Esse homem tem levado uma vida rica de aventuras e paixão. Ponho *paixão* no singular porque ele só tem uma: a causa do comunismo. O diabo é que não consigo apenas escutar. Lá pelas tantas, entro a sofrer com o meu confidente, a sentir nos nervos e na carne, bem como no espírito, suas dores e misérias. Minha tendência para querer bem às pessoas (estou aqui de novo modestamente lembrando a mim mesma como sou boa, generosa e terna) abre muitas frestas no aço ou, melhor, na lata da armadura de egoísmo com que em geral costumo andar protegida.

Stein nos apareceu em fins de abril do ano passado. Era a primeira vez que eu via um fantasma ruivo. Em 1937 chegou-nos a notícia de que ele tinha sido morto em combate na Guerra Civil Espanhola. A história depois foi desmentida, mas no ano seguinte correu como certo que ele havia morrido de gangrena, num campo de concentração. Bom, mas a verdade é que o nosso Stein lá estava à porta do Sobrado, apenas com a roupa do corpo — velha, sebosa e amassada — e um livro debaixo do braço. Trazia uma carta do padrinho Rodrigo, contando que tinha tirado aquele "judeu incorrigível" do fundo duma "cadeia infeta" do Rio, onde ele fora parar depois de repatriado da Espanha. No primeiro momento, não o reconheci. O pobre homem estava esquelético, "pura pelanca em cima da ossamenta", como logo o descreveu a Dinda. A cara marcada de vincos, pálido como um defunto, encurvado como um velho, e com uma tosse feia. Na sua carta, meu padrinho pedia que déssemos um jeito de hospedar Stein. Mas Jango disse que não. "A troco de que santo vou abrigar um inimigo debaixo do meu teto?" Tio Bicho salvou a situação, acolhendo o velho companheiro em sua casa. Dentro de poucas semanas, com as sopas do Bandeira e os remédios do dr. Camerino, Stein pareceu ressuscitar. A tosse parou. Suas cores melhoraram. Quanto às marcas que o sofrimento lhe havia cavado na cara, essas ficaram.

Arranjou um emprego de revisor numa tipografia, onde lhe pagam um salário de fome. Aos sábados à noite aparece com Tio Bicho nos serões do Sobrado. A Dinda continua a tratá-lo com a aspereza dos velhos tempos, e com sua ironia seca e oportuna, mas desconfio que a velha tem pelo "muçulmano" uma secreta ternurinha. Sempre que o vê, a primeira coisa em que pensa é alimentá-lo com seus doces e queijos. Stein nunca recusa comida. Parece ter uma fome crônica. O Jango, como eu esperava, trata-o mal, faz-lhe todas as desfeitas que pode. Retira-se da sala quando ele entra, não responde aos seus cumprimentos e jamais olha ou solta qualquer palavra na direção dele.

Foi em algumas dessas noites de sábado do outono e do inverno passados que Arão Stein me contou suas andanças na Espanha, como legionário da Brigada Internacional. Tomou parte em vários combates. Ferido gravemente por um estilhaço de granada, esteve à morte num hospital de Barcelona. Depois da derrota final dos republicanos, fugiu com um punhado de companheiros para a França. Foi internado num campo de concentração onde passou horrores. Andava coberto de muquiranas, mais de uma vez comeu carne podre, quase morreu de disenteria e quando o inverno chegou, para abrigar-se do vento gelado que soprava dos Pireneus, metia-se como uma toupeira num buraco que cavara no chão, e que bem podia ter sido sua sepultura. Finalmente repatriado, ficou no Rio, onde se juntou aos seus camaradas e começou a trabalhar ativamente pelo Partido. Preso pela polícia quando pichava muros e paredes, escrevendo frases antifascistas, foi interrogado, espancado e finalmente atirado, com trinta outros presos políticos, num cárcere que normalmente teria lugar, quando muito, para oito pessoas.

"Queriam que eu denunciasse meus camaradas", contou-nos Stein uma noite. Estendeu as mãos trêmulas. "Me meteram agulhas debaixo das unhas. Me queimaram o corpo todo com ferros em brasa. Me fizeram outras barbaridades que não posso contar na frente de senhoras. Me atiraram depois, completamente nu, numa cela fria e jogaram água gelada em cima de mim. Mas não me arrancaram uma palavra. Mordi os beiços e não falei."

20 de novembro

Relendo o que escrevi ontem, penso no inverno de 1940, do qual guardo tão vivas recordações. Vejo com a memória o Zeca, recém-chegado a Santa Fé, feito irmão marista, muito compenetrado na sua batina negra... e meio encabulado também, talvez temeroso de que ninguém o levasse a sério. Achei-o tão parecido fisicamente com o pai, que tive vontade de me rir, pois a última coisa que a gente podia esperar na vida era ver o major Toríbio Cambará metido no hábito duma ordem religiosa. Pois lá estava o nosso Zeca a passear na frente do rádio, indignado, a perguntar: "Mas e esse famoso Exército francês não briga? Que faz o Gamelin? Onde está o Weygand?". Tio Bicho encolheu os ombros. "A França está podre", disse ele. Jango replicou: "Podre coisa nenhuma! Quando vocês menos esperarem os nazistas estão cercados". Mas a situação era realmente negra. Em abril os exércitos de Hitler tinham invadido e conquistado a Dinamarca e a Noruega. Em maio, a Bélgica, a Holanda e Luxemburgo. Nesse mesmo mês, as divisões blindadas alemãs rompiam as linhas francesas em Sedan.

As noites que me ficaram mais intensamente gravadas na memória foram as de 28 de maio a 3 de junho: as da nossa "vigília de Dunquerque". Escutávamos em silêncio as notícias da catástrofe e seguíamos, com o coração apertado, a narrativa da operação de retirada das tropas inglesas, sob o fogo inimigo. Aquilo para nós era um fim de mundo. Jango estava alarmado, sentindo instintivamente que os alicerces de seu mundo começavam a desmoronar. Vivia então (como até agora) numa espécie de ambivalência, porque, se por um lado a guerra oferece o perigo remoto da vitória final do nazismo, por outro apresenta oportunidades imediatas de bons negócios aos estancieiros, ao comércio e à indústria.

O Liroca vinha muitas noites trazer-nos sua solidariedade de aliado. Ficava no seu cantinho, olhando de um para outro, como esperando que alguém lhe desse uma injeção de ânimo. O dr. Carbone andava desinquieto, cofiava a barba, cabisbaixo, envergonhado de saber que sua pátria pertencia ao Eixo e podia a qualquer momento apunhalar a França pelas costas, o que de fato aconteceu dias depois. Suplicava que não julgássemos o povo italiano por aqueles "porcos fascistas". D. Santuzza, essa vivia com lágrimas nos olhos, pensando nos seus oito irmãos que estavam na Itália, todos em idade militar.

Eu sentia um frio na alma, um minuanozinho particular soprava dentro de mim, gelando as minhas esperanças. Só duas pessoas pareciam indiferentes aos acontecimentos. Uma era a Dinda, que se recusava a levar a sério o que ela chamava de "guerra dos outros". As guerras dela tinham sido a do Paraguai, a Revolução de 93, a de 23, a de 30 e as outras, isto é, os "barulhos" em que gente de sua família se tinha metido. Por que haveria ela de preocupar-se com "briga de estrangeiro"? O outro era o Stein, que não cansava de repetir: "É uma guerra de capitalistas. Nós os comunistas nada temos com o peixe. Eles que se entredevorem!". Um dia Jango gritou-lhe que calasse a boca, Stein calou. Sentou-se ao meu lado, como um menino que levou um pito do pai e vem queixar-se à mãe. Cochichei: "Fique quieto. Guarde essas suas ideias para você mesmo. E não fica bonito a gente tocar flauta no funeral dos outros".

Uma noite o dr. Terêncio Prates e sua senhora vieram visitar-nos. Chegaram de cara triste, falando baixo, como se tivessem vindo para um velório. As notícias continuavam péssimas. Os nazistas estavam senhores de quase toda a Europa Ocidental. Dentro de poucos dias, poderiam entrar em Paris. O dr. Terêncio sentou-se, soltou um suspiro e disse: "Quando os boches atacaram Ruão, não sei por quê, tive a doida esperança de que o espírito de Joana d'Arc ressurgisse para guiar os exércitos da França na expulsão do invasor". Tio Bicho soltou a sua risadinha cínica: "As *panzer Divisionen*, meu caro doutor, foram construídas à prova de milagre".

No dia em que Paris caiu, o dr. Terêncio ficou tão abatido que foi para a cama, com uma pontinha de febre. Uma semana depois, recebi uma carta do padrinho, que dizia:

> É o fim de tudo. Se tivermos de viver num mundo dirigido por esse alemão louco e sanguinário, então o melhor é morrer. Mas esta parece não ser a opinião de certos generais de nosso Exército, que festejam as vitórias de Wermacht na embaixada alemã, com champanhadas.

Foi por aquela época que, num dos nossos serões, Tio Bicho leu em voz alta o discurso que Getulio Vargas fizera recentemente a bordo do couraçado *Minas Gerais*. O presidente afirmava que marchávamos para um futuro diferente de tudo quanto conhecíamos em matéria de organização econômica, social ou política, e sentíamos que os velhos sistemas e fórmulas antiquadas entravam em declínio. Um dos trechos desse discurso me assustou de tal maneira, pelo que tinha de extremista e imprevisto, que cheguei a decorá-lo:

> Não é, porém, como pretendem os pessimistas e os conservadores empedernidos, o fim da civilização, mas o início tumultuoso e fecundo de uma era nova. Os povos vigorosos, aptos à vida, necessitam seguir o rumo de suas aspirações, em vez de se deterem na contemplação do que se desmorona e tomba em ruína. É preciso,

portanto, compreender a nossa época e remover o entulho das ideias mortas e dos ideais estéreis.

Terminada a leitura, o Bandeira disse: "É um discurso nitidamente fascista. O presidente vê a balança da vitória pender para o lado dos nazistas e já está preparando a sua adesão ao Eixo...".

Que pensaria padrinho Rodrigo de toda aquela história? Dias depois recebemos outra carta sua. Dizia:

> A princípio pensei em romper com o Getulio por causa de seu discurso visivelmente pró-Eixo, a bordo do *Minas Gerais*, mas acontece que estou aprendendo a conhecer o nosso homem, ele é muito mais sutil do que seus atos e seu próprio estilo oratório dão a entender. A princípio me pareceu que, com esse pronunciamento fascistoide, ele se preparava para atrelar o Brasil ao carro do nazismo. O discurso foi aparentemente uma resposta indireta ao que o presidente Roosevelt havia pronunciado no dia anterior... Comecei a perceber que o nosso homenzinho está apenas marombando, "bombeando" a situação mundial. No momento precisa contentar alguns de nossos generais, que parecem fascinados pelos feitos militares do exército alemão. Mas não se iludam! O Getulio também confabula secretamente com os americanos por intermédio do Aranha, que é aliadófilo. Fiquem certos de que, na hora da decisão, nosso presidente fará o que for melhor para o Brasil.

"Santa boa vontade!", exclamou o Tio Bicho, quando lhe mostrei a carta. "O presidente é um felizardo. Pode fazer ou dizer todos os absurdos que não faltará nunca um intérprete benévolo que o explique e justifique."

23 de novembro

Ainda Stein. Essa criatura de Deus me preocupa. Deve estar sofrendo uma crise de consciência, algo de muito sério que ele não revela nem a esta sua confidente. Quando Trótski foi assassinado, ficou num desconsolo, num abatimento que durou semanas. Tio Bicho lhe perguntou então: "Tens alguma dúvida de que foi teu patrão Stálin quem mandou assassinar o Trótski?". Stein não respondeu. Sentou-se no seu canto, os cotovelos fincados nas coxas, as mãos cobrindo a cara. Permaneceu nessa posição quase uma hora, sem dizer palavra. Tio Bicho me contou que em 1939 Stein ficou também chocado e desiludido com o pacto nazi-soviético que resultou no sacrifício da Polônia, mas, soldado disciplinado do Partido, engoliu a amarga pílula em silêncio. Continua a afirmar que o Império Britânico está em agonia e que sua morte é questão de meses. Mas o fervor com que diz isso é apenas aparente. No fundo me parece meio desorientado, cheio de dúvidas.

Não esquecerei nunca mais a noite em que Stein nos contou, exaltado, o que sentiu quando viu e ouviu *La Pasionária*, num dos primeiros anos da Guerra Civil Espanhola. Ela tinha vindo especialmente para dirigir a palavra aos legionários da Brigada Internacional. Falou do alto duma colina. Sentados ou reclinados a seus pés, os soldados a escutaram. Entardecia, e um sol fatigado de fim de verão descia no horizonte. O que Stein nos disse foi mais ou menos o seguinte: A voz da *Pasionária* primeiro me remexeu as entranhas e fez que eu me sentisse homem como nunca em toda a minha vida. Era o privilégio dos privilégios, a honra das honras, a beleza das belezas estar ali naquele lugar, naquela hora e com aquela gente. Tínhamos vindo de várias partes do mundo para defender a Espanha republicana e com ela a ideia universal dos direitos do homem. E quando *La Pasionária*, com sua voz inesquecível, declarou que nós éramos a flor da terra, a consciência do mundo; quando nos agradeceu por estarmos ali como *hermanos*, ajudando o povo espanhol e a causa da liberdade e da justiça social, senti que tinha atingido o momento mais belo, mais glorioso da minha vida. A brava guerreira estava de pé no alto da colina, e seu corpo recebia em cheio a luz do sol. Ah!, mas nós sentíamos que uma luz mais forte e mais clara nascia de seu ventre, de seus olhos, de sua boca, de seus seios, de seu coração. E essa luz nos purificava! Nós éramos todos irmãos e *La Pasionária* era a nossa mãe. Não tenho vergonha de confessar que chorei. Chorei de alegria, de orgulho, de... de fraternidade. E então senti que morrer uma vez só por aquele ideal era pouco. Desejei ter cem vidas para entregá-las todas à causa republicana.

Assistimos todos a esse arroubo quase místico em respeitoso silêncio. Irmão Zeca pareceu-me comovido. Eu não vou negar que também estava. Quando o Stein se calou, Tio Bicho mirou-o por alguns instantes e depois soltou a sua farpa. "Como vocês veem, tenho razão quando afirmo que mais cedo ou mais tarde tudo acaba virando religião. Arão Stein, nosso materialista dialético, teve, naquela colina da velha Espanha, a sua visão de Nossa Senhora."

25 de novembro

Quando em fins de junho deste ano os exércitos nazistas invadiram a Rússia, a atitude de Stein mudou por completo. O que para ele tinha sido até então uma luta de interesses capitalistas, passou a ser uma guerra santa. Com a cara coberta pelas mãos torturadas, escutava taciturno as notícias das primeiras vitórias alemãs em terras da União Soviética. Uma noite Liroca acercou-se dele e disse: "Não se impressione, moço. Lembre-se de 1812. Se Napoleão Bonaparte não pôde com a Rússia, como é que o Hitler, esse cabo de esquadra vagabundo, vai poder?".

Numa outra ocasião em que o Stein falava na fatalidade da socialização do mundo, declarando que achava legítimos todos os sacrifícios de hoje para garantir a felicidade da humanidade de amanhã, eu lhe sussurrei: "Posso te dizer uma coisa? Amas tanto a humanidade que não te sobra muito amor para dares aos indivíduos". Ele me lançou um olhar perdido. E em seguida, atribuindo a minhas palavras uma intenção que eu não lhes quis dar, desandou a falar na mãe, justificando-se por tê-la deixado só e desesperada em Santa Fé, quando fora para a Espanha. Tratei de tranquilizá-lo: "Mas eu sei! Eu sei! Não precisas explicar nada. Eu compreendo...". Ele, porém, continuou a falar. Recordou sua infância com essa riqueza de minúcia (principalmente para os fatos dolorosos) que em geral o judeu intelectualizado possui mais que ninguém. Relembrou, numa espécie de autoflagelação, todos os sacrifícios que a mãe fizera por ele, todas as provas de amor que ela lhe dera — tudo isso para declarar no fim que não se arrependia de havê-la abandonado para atender a um chamado de sua consciência de comunista.

Levantou-se bruscamente e, sem dizer boa-noite a ninguém, deixou o Sobrado.

26 de novembro

Floriano chegou. Tudo foi mais fácil do que eu esperava. Como tem acontecido sempre que ele volta, encontramo-nos no vestíbulo. Abraçamo-nos, ele me beijou de leve a testa e os cabelos. Não tivemos tempo de trocar mais de duas frases. ("Fizeste boa viagem?" — "Perfeita.") Porque a Dinda interveio, puxou F. pelo braço e levou-o consigo para o fundo da casa.

E desde essa hora nos tem vigiado como um cão de fila. Tudo faz para que nunca fiquemos a sós. Noto que Jango também não se sente muito à vontade com a presença do irmão no Sobrado. Como consequência de tudo isso, F. se mostra um tanto contrafeito. Disse que ficará em Santa Fé apenas uns quatro ou cinco dias, e que desta vez não irá ao Angico.

28 de novembro

Hora inesquecível com Floriano, ontem, debaixo dos pessegueiros do quintal. Uma conversa muito calma e amiga. Sentamo-nos no banco, lado a lado. Eu tinha comigo um prato e uma faca. Apanhei alguns pêssegos maduros e comecei a descascá-los. Nada mais natural. Notei que F. estava inquieto. Eu não me sentia lá muito tranquila, mas acho que sabia dissimular melhor que ele. Havia na tarde quente algo de perturbador. A terra parecia uma pessoa que desperta lânguida duma sesta tardia. O sol descia ao encontro da noite.

Eu sabia que não íamos ter muito tempo para o nosso diálogo. E era tão bom ter F. ali sentado ao meu lado! Sua presença tem para mim um poder ao mesmo tempo excitante e sedativo. Seu sensualismo deve estar escondido a sete chaves, pois o que lhe aparece nos olhos é uma ternura muito humana e tímida, como que envergonhada de si mesma. Nunca encontrei ninguém que temesse mais que ele as situações grotescas ou ambíguas. F. talvez não saiba, mas descubro nos seus silêncios uma grande eloquência.

Ofereci-lhe um pêssego. Ele o aceitou e deu-lhe uma dentada distraída. Comecei a comer o meu, e durante alguns instantes de silêncio pareceu que estávamos ali só para comer pêssegos.

Foi F. quem falou primeiro. Procurou analisar as razões que o tinham levado a aceitar o contrato que lhe oferecera a Universidade da Califórnia. Perguntei: "Mas é preciso haver uma razão? Não bastava a curiosidade pura e simples de ver outras terras e outros povos? Ou o mero desejo de variar?". F. replicou que sentia que outros motivos, além dos que eu mencionara, o impeliam para os Estados Unidos. "É talvez uma viagem à infância e à adolescência, uma volta aos filmes da Triangle e da Vitagraph... às revistas ilustradas do reverendo Dobson... sim, e a *O último dos moicanos*..."

Ficou de novo calado, decerto mastigando lembranças junto com pedaços de pêssego. Perguntei perigosamente: "Não seria também o desejo de reencontrar aquela moça... como é mesmo o nome dela?".

Curioso, o mecanismo dessas nossas mentirinhas e hipocrisias cotidianas. Ele funciona movido pelo combustível de nossas vaidades, medinhos, vergonhas, orgulhos e também pelo hábito mecânico de dissimular. Eu bem que me lembrava de todo o nome da americana: Marian K. Patterson, Mandy para os íntimos. Conhecia o desenho de seu rosto, o formato de seus seios e de suas coxas, o sabor de seus beijos, o tom de sua voz e de seus olhos. Não me estimei por me ter portado como uma namoradinha despeitada.

Floriano respondeu apenas: "A ligação terminou em 1938. Mandy está hoje casada. Não existe mais nada entre nós".

Apanhei outro pêssego, como para mudar de assunto. Eu temia que alguém ou alguma coisa viesse perturbar nosso colóquio, e me admirava de nada ainda ter acontecido. O casarão parecia morto.

Floriano me falou de sua vida, de sua carreira, de suas dúvidas, de sua insatisfação com tudo quanto havia escrito até então. Contou-me também de seu novo romance, cujos originais acabara de entregar ao editor: *O beijo no espelho*.

Eu esperava que F. me falasse também de seus problemas, dos resultados de sua busca de raízes sentimentais e de liberdade. Fiz sugestões nesse sentido, mas ele desconversou e entrou a desenvolver uma teoria, que me pareceu interessante, a respeito das relações dos homens de sua família com a terra, isto é, com Santa Fé e o Angico. O que disse foi mais ou menos o seguinte:

"Suponhamos que esta terra, esta cidade, esta querência seja uma mulher... Pois bem. O Jango casou-se legitimamente com ela, ama a esposa com um amor arraigado, calmo e seguro de si mesmo. Não tem olhos para as outras mulheres, por mais belas que sejam. Seus erros como marido são mais de omissão que de comissão. Se não dá muito à esposa, é porque foi criado na ignorância de que um esposo pode e deve também dar e não apenas receber. Tem um agudo senso de hierarquia. Acredita que há bem-nascidos e malnascidos, e sabe vagamente que Cristo disse que sempre haverá gente pobre na terra. É um marido autoritário, ciumento, exclusivista e conservador. Não quer que a esposa converse com outros homens nem que fume ou acompanhe a moda. Exige dela o recato das damas de antigamente. Com isso quero dizer que repele com paixão não só a ideia da reforma agrária como também a de qualquer inovação nos hábitos de trabalho do Angico".

Fez um parêntese para esclarecer que eu, Sílvia, não entrava na alegoria como esposa do Jango. Ele se referia mesmo à terra. Sorriu e não disse palavra. O retrato de Jango como "meu" marido estava saindo perfeito. F. continuou:

"Já o velho Rodrigo é diferente. Casado com esta terra, sua enorme vitalidade, sua imaginação, e seus apetites o impedem de manter-se fiel à esposa legítima. Vive com os olhos e os desejos voltados para as outras mulheres. Teve desde a primeira mocidade uma amante espiritual e longínqua: Paris. Mas sua grande traição, seu grande adultério se consumou quando ele abandonou a esposa para ir viver com uma bela e ardente morena, tão inconstante e sensual quanto ele: a cidade do Rio de Janeiro. Sem romper de todo com a esposa legítima, entregou-se à amante e está sendo aos poucos destruído por ela... Mas sempre que se sente cansado dos ardores, enganos e exigências da concubina, volta para a esposa legítima, que aqui está, paciente e silenciosa, a esperá-lo sempre de braços abertos. E em seu verde regaço, ele retempera o corpo e o espírito... para voltar depois para os braços trigueiros da amante".

F. calou-se. Perguntei: "E o Eduardo?".

"Ah! Esse é o jovem, imaturo apaixonado da terra. Sabe que seu amor é ilegal perante as leis vigentes, mas decidiu enfrentar a situação com coragem, e está esperando que se lhe apresente a oportunidade de arrebatar a mulher dos braços do marido chamado legítimo, mas que para o Edu não passa dum usurpador. Todo o seu procedimento está condicionado a essa permanente ideia de ilegalidade. Sabe que a qualquer momento pode ser agredido pelo esposo, que tem a seu favor a Lei e a polícia. Não sabe nem sequer se a mulher o ama, mas está disposto a fazer tudo, inclusive arriscar a própria vida, para conquistá-la."

Floriano ficou algum tempo pensativo, revolvendo na boca um caroço de pêssego. Depois disse:

"O velho Babalo, esse é ao mesmo tempo marido, pai, filho e irmão da terra, que ele ama com um fervor quase religioso, sem jamais ter a necessidade de proclamar ao mundo esse amor e essa fidelidade. É um poeta à sua maneira rude. Um são Francisco de Assis leigo. Sim, e dotado dum senso de humor, coisa que parece ter faltado ao santo".

Creio que foi nesse momento que a Dinda apareceu a uma das janelas do casarão e olhou para o quintal. Não nos pode ter visto, porque está praticamente cega. Mas tenho a impressão de que sentiu nossa presença, ouviu nossas vozes. Continua a exercer sobre nós uma vigilância tão implacável, que chego às vezes a sentir-me culpada de coisas que não fiz. Eu ia escrever *ainda não fiz*. Não. De coisas que *nunca* farei, haja o que houver.

Enquanto a velha permaneceu à janela, Floriano e eu ficamos calados, quase contendo a respiração, como duas crianças que não querem ser descobertas pelo dono do pomar onde foram roubar frutas. Depois que a Dinda desapareceu, murmurei: "Falta um Cambará na tua história". F. sorriu: "Ah! Esse é o forasteiro. O homem sem passaporte. Sente que amar, compreender e contar com o apoio dessa *mulher* é algo de essencial para a manutenção de sua identidade e para a sua *salvação* como artista e como homem. Não sabe ao certo se a ama nem se é amado por ela. Só tem uma certeza que ao mesmo tempo o anima e perturba: a necessidade desse amor".

Parti um pêssego pelo meio e dei uma das metades a F. Pusemo-nos ambos a comer. Era uma comunhão. Um ato de puro amor.

2 de dezembro

Floriano voltou para o Rio. O Sobrado de repente ficou vazio.

7 de dezembro

A notícia, ouvida através do rádio, tem quase a força duma bomba. Aviões japoneses atacaram Pearl Harbor de surpresa e destruíram vários navios de guerra americanos que estavam ancorados no porto. Penso imediatamente na viagem de Floriano. Agora que os Estados

Unidos foram empurrados para a guerra, o convite que lhe fizeram para dar um curso na Universidade da Califórnia talvez seja cancelado. Não sei se essa possibilidade me entristece ou alegra. Em todo o caso, fico desgostosa comigo mesma por estar dando mais importância à viagem de F. do que ao ataque a Pearl Harbor e às consequências inevitáveis desse ato de traição.

25 de dezembro

Natal triste numa casa sem crianças. Jango não quis passá-lo conosco na cidade. Deve estar se estonteando de trabalho no Angico.

Alguns amigos aparecem. Comemos melancolicamente nozes, amêndoas, avelãs e passas de figo e uva. Bebemos um Moscatel. Penso nos tempos em que todos os anos, nesta noite, cintilava um pinheirinho na sala, e os Schnitzler vinham cantar-nos suas canções.

Stein me dá uma surpresa: traz-me um presente, um belo livro com reproduções em cores de quadros célebres. Passo-lhe um pito afetuoso, porque ele ganha pouco e o livro deve ter custado caro. Stein está excitado. Vem nessa exaltação desde o começo da batalha de Stalingrado. Atravessou um período de negro pessimismo e desânimo. Temi que ele caísse numa psicose maníaco-depressiva. (A terminologia é do Tio Bicho, não minha, porque não entendo direito dessas coisas.) Hoje nosso comunista está conversador, ri com espontaneidade, bebe, propõe um brinde ao Exército Vermelho. Bebemos todos, menos a Dinda, que não gosta de vinho e declara que nada tem a ver com a Rússia. Stalingrado ainda resiste, mas a batalha de Moscou terminou com a vitória das tropas soviéticas. "Stálin em pessoa comandou a defesa", repete Stein com orgulho.

"Olhando" para o pinheirinho enfeitado que minha imaginação armou no centro da sala, penso seriamente em adotar uma criança. Mas já sei que Jango não vai aceitar a ideia. Essa adoção poderia parecer aos outros uma confissão de impotência. E isso é coisa que nenhum Cambará (nem mesmo o Floriano) jamais admitiria.

1942

4 de fevereiro (no Angico)

Sonhei a noite passada com F. Como sempre, um sonho de frustração. Estávamos os dois, de noite, num grande jardim que era ao mesmo tempo um labirinto. Um buscava o outro, mas não nos podíamos encontrar. De repente caí numa cisterna (?) e estava me afogando quando acordei de repente, assustada.

São nove da manhã. Jango saiu para o campo antes de clarear o dia. A Dinda está na cozinha dando à cozinheira instruções para o almoço. Caminhando dum lado para outro debaixo dos cinamomos, na frente da casa da estância, esquadrinho a memória, buscando fragmentos do sonho. Não me lembro nunca de ter ouvido a voz de quem quer que fosse num sonho. É cinema mudo. Pura imagem. E é fantástico como essas imagens são fluidas, como se fundem umas com as outras, mais indefiníveis e inconstantes que nuvens em dia de vento. No sonho uma pessoa pode ser duas ao mesmo tempo e juntas serem ainda uma terceira. Num certo momento, Floriano era o dr. Rodrigo — o que me intrigava — e então eu não queria que ele me visse, pois o padrinho sabia que eu estava no jardim para me encontrar com F. E eu me lembrava agora do medo e do sentimento de culpa que sentia por estar ali àquela hora (alta madrugada) para me encontrar com um homem que não era o meu marido. Pensava em desculpas: "Mas não, padrinho, ele é mesmo meu irmão". E então de novo via Floriano, e ele me avistava, e nos aproximávamos um do outro, mas lá vinha um nevoeiro e os dois acabávamos outra vez perdidos e separados. Os momentos mais aflitivos do sonho eram aqueles em que eu percebia que F. *fugia* de mim propositadamente. Desde os dias da minha infância, F. foi sempre para mim "o que vai embora". Quando todas as crianças do Sobrado estavam reunidas, brincando, ele cruzava sem nos olhar e subia para a água-furtada. Depois veio a época do colégio em Porto Alegre. F. passava as férias de verão no Sobrado ou no Angico, e depois de novo voltava para o internato. Isso aconteceu muitas vezes... Em 1930 ele se mudou para o Rio com o resto da família. Não me lembro de ter chorado tanto na minha vida como nesse dia. Finalmente, de todos os meus companheiros de infância, os únicos que ficavam em Santa Fé era a Alicinha e eu. Ela morta no seu mausoléu. Eu triste na minha casa, que de certo modo era também um túmulo.

(Aqui estou de novo manquejando como a Palmira, pedindo piedade e esmolas a mim mesma.)

Nos meus seis, sete, oito e nove anos, o que eu tinha vontade de dizer a Floriano era: "Fica pra brincar com a gente". Quando comecei a ficar mocinha, meu ímpeto era de lhe gritar: "Fica! Fica *comigo*!". Acontece que gozo da reputação, talvez merecida, de ser uma pessoa silenciosa. Tenho pago um preço alto pelos meus silêncios.

Agora me lembro dum grande dia. 1932. Eu tinha quatorze anos. F. chegara a Santa Fé, acompanhando a família, que vinha para as férias de verão. Botei o meu melhor vestido, pintei-me às escondidas de minha mãe, e me toquei para o Sobrado. Faltou-me coragem para ir diretamente abraçar Floriano. Preferi que ele me encontrasse por acaso. (Nesse tempo eu lia Delly, Ardel e Chantepleure.) Fui diretamente para o quintal, sentei-me num banco, debaixo duma árvore, e ali fiquei numa pose de retrato, esperando que alguma coisa maravilhosa acontecesse. E aconteceu! F. surgiu a uma das janelas dos fundos da casa e ficou me olhando por muito tempo. Fingi que não o tinha visto, mas observava-o com o rabo dos olhos. Um calor me subiu às faces, me formigou no corpo inteiro. Senti-me meio suspensa no ar. "Meu Deus!", dizia eu para mim mesma, "meu Deus, não deixe que este momento acabe. Um pouco mais, só um pouco mais!" Acho que foi nessa hora que avaliei o quanto amava Floriano. Ah!, mas eu o considerava inatingível. Era um homem de vinte e um anos e eu, uma menina de quatorze.

18 de fevereiro (ainda no Angico)

Por que escrevo todas estas coisas que ninguém, mas ninguém mesmo, deverá nem poderá ler a não ser as outras Sílvias? Aqui no Angico trago este diário escondido numa cômoda antiga, da qual só eu tenho a chave. No Sobrado este livro fica guardado no fundo de outra cômoda, dentro duma caixa cuja chave por sua vez trago presa ao pescoço por uma corrente, como um escapulário. Se Jango chegasse a ler estas confissões, eu estaria perdida. A ideia me assusta e ao mesmo tempo fascina. Ficar completamente perdida não será o começo da salvação?

Tenho uma amiga torturada por problemas conjugais que me confessou ter secretamente guardado um vidro de seconal. Diz ela: "Quando a situação ficar insuportável, engulo vinte e cinco comprimidos da droga e está tudo resolvido". Não creio que jamais ela tente o suicídio. Mas a ideia de ter a chave da porta da liberdade deve ser-lhe esquisitamente agradável. Suicidar-se para ela seria também um meio de vingar-se do marido, que lhe atormenta a vida.

Até que ponto escrevo este diário num desafio ao meu marido, num obscuro desejo de que um dia ele o descubra e leia, e a coisa toda se precipite sem que eu tenha a responsabilidade completa pelo desfecho? Até que ponto este diário é o meu veneno?

Mas eu já não escrevi que Deus é o motivo principal destas páginas?

7 de março

Eu gostaria de compreender melhor as outras pessoas. Seria um modo indireto de me compreender a mim mesma. Gosto de gente. Desejo que os outros gostem de mim. A minha vida não teria sido, toda ela, uma busca de amor? Quando penso nos dias da infância, me vejo uma menininha de pernas finas a caminhar pelas salas do Sobrado atrás de alguém, pedinchando que me aceitassem... Se havia coisa que eu temia era não ser querida. Às vezes me envergonho um pouco dessa atitude canina: o vira-lata em busca dum amo.

Por muito tempo, d. Flora me deu as roupas e sapatos que iam ficando pequenos demais para a Alicinha. Coisas de segunda mão. De certo modo, a menina pobre sentia que o amor que lhe davam era também de segunda mão.

Tudo quanto ficou escrito acima é um produto deste dia cinzento, que parece aumentar a sensação de vácuo que esta casa, que tanto amei noutros tempos, agora me dá.

8 de março

Gostamos de nos imaginar bons e generosos. Mas se nos debruçássemos sobre o poço de nossos sentimentos e desejos mais secretos, esse túnel vertical onde se escondem nossas maldades, mesquinhezas, egoísmos e misérias — estou certa de que não reconheceríamos a nossa própria face refletida na água do fundo.

De vez em quando, faço a experiência e sinto vertigens. Estou agora debruçada nas bordas do meu poço, fazendo uma sondagem no tempo.

Quando Alicinha morreu, chorei a perda da amiga. Mas no momento mesmo em que derramava as minhas lágrimas sinceramente sentidas, dentro de mim uma voz diabólica me segredava: "Agora vais ser a filha predileta do teu padrinho. E ficarás com todos os brinquedos e roupas da Alicinha". Esses pensamentos, que aparentemente aceitei sem remorso no momento em que me vieram à mente, me fazem mal *hoje*. Lembro-me de algo ainda mais terrível. Se eu invejava Alicinha, não era apenas por ela ser filha de Rodrigo Cambará, morar no Sobrado e ter todos aqueles vestidos bonitos e a boneca grande que falava. A menina Sílvia invejava também a beleza de sua amiga, que toda a gente elogiava. E quando a viu no seu esquife, lívida, esquelética, horrenda, não pôde evitar este pensamento: "Agora sou mais bonita que ela".

Todas essas lembranças me deixam perturbada. Se as menciono aqui não é por masoquismo, mas com a intenção de fazer exercícios de sinceridade... e de coragem. O poço deve ter outras revelações igualmente terrificantes. Se eu ficar por muito tempo debruçada nas suas bordas, olhando para o fundo, posso acabar no desespero. Mas sei que será um erro tentar entulhar o poço. Outro erro igualmente grande seria "cultivá-lo" morbidamente. A solução é iluminá-lo com a luz de Deus. E então suas águas ficarão puras. Espero que um dia isso aconteça.

26 de março

Um sonho, que se repete com variantes, me tem perseguido e angustiado nestes três últimos anos. Em essência é isto: Homens que não conheço estão empenhados em demolir uma parede. Eu, imobilizada por inexplicável pavor, fico a olhar o trabalho, com o coração aos pulos. De repente compreendo por que estou apavorada. Emparedado entre aqueles tijolos está o cadáver duma mulher que "ajudei" a assassinar. Procuro chamar-me à razão. Não sou uma criminosa. Não seria capaz de matar ninguém. Não me *lembro* das circunstâncias do crime, mas *aceito o fato da minha cumplicidade* e sinto que estou perdida. Acordo alarmada e não consigo mais dormir. Levo algum tempo para me convencer de que tudo não passa dum sonho. A sensação de culpa, porém, permanece dentro de mim durante quase todo o dia seguinte.

A noite passada o sonho se repetiu. Voltei a uma casa que se parecia um pouco com a pensão onde vivi quatro anos em Porto Alegre, quando fazia o curso da Escola Normal. Uma velhinha encurvada, com um xale sobre os ombros, aproximou-se de mim com um papel na mão, dizendo: "Aqui está a conta que você se esqueceu de pagar". Olhei o papel: era uma importância absurdamente elevada. Respondi: "Mas eu já liquidei essa conta! Estou certa que não lhe devo nada". A velhinha sacudiu a cabeça tristemente. Depois me convidou a ir até o quarto que eu ocupara no tempo em que fora sua hóspede. Fui. Reconheci os móveis. De repente meu coração começou a bater com mais força, porque me *lembrei*(?) de que, debaixo das tábuas do soalho, jazia o corpo mutilado duma mulher para cujo assassínio eu tinha contribuído duma maneira para mim obscura. Como sempre, eu não me lembrava dos pormenores do crime, mas *aceitava a minha culpabilidade.* Acordei quase em pânico. Creio que este foi o mais desagradável de todos os sonhos pelo que teve de claro, e também pela intensidade de meu sentimento de culpa.

20 de maio

Passei a tarde no Sutil com os velhos. Como os invejo! Levam a vida que pediram a Deus. Sem compromissos mundanos, sem ambições, e possivelmente sem temores. Decerto aguardam a morte tranquilamente, como quem espera a visita duma velha comadre. Amam o pedaço de terra onde vivem, cercados de árvores, flores e bichos... Sem telefone, sem rádio, em suma, sem essas máquinas que o velho tanto detesta. A guerra não chega a tocá-los. Babalo segue o noticiário dos jornais com certa curiosidade, mas noto que não acredita na metade das coisas que lê. Um dia me disse: "É impossível que exista no mundo tanta gente louca e malvada".

Durante a visita pensei frequentemente em Floriano, por muitas razões, mas especialmente por causa da luz da tarde. Meu amigo dá sempre um jeito de meter nas suas histórias o outono, sua estação favorita. Enquanto eu caminhava ao lado do velho Aderbal pelo Sutil, frequentemente era a voz de F. que eu ouvia. "Que luz macia! A paisagem parece estar dentro dum enorme topázio amarelo. A gente vê ou sente que há também uns toques de violeta na tarde, mas não sabe exatamente onde estão." Babalo me mostrou uma grande paineira, no alto duma coxilha, tranquila no ar parado, pesada de flores rosadas. O velho percebeu o meu enlevo e disse: "Sabe o nome dessa árvore? Bibiana Terra". Mostrou-me depois um jequitibá alto e ereto: "Esta é a velha Maria Valéria". Levou-me a ver um ipê ainda novo: "Esta é a Sílvia". Olhou-me bem nos olhos e acrescentou: "Venha na primavera para ver como você fica bonita, toda cheia de flores amarelas".

Mas a mais bela de todas as coisas era a própria figura do velho Aderbal, com suas grandes mãos vegetais mas ao mesmo tempo tão humanas, sua pele tostada irmã da terra, e aqueles olhos que, de tanto olharem os largos horizontes da querência, pareciam cheios de distâncias, saudades e histórias. A gente custa a acreditar que Aderbal Quadros tenha sido o estancieiro mais rico da Região Serrana. Dizem que perdeu tudo que possuía por falta de competência administrativa misturada com falta de sorte e excesso de confiança no próximo. A meu ver, quem explica melhor o fenômeno é o Floriano. "O velho nunca se sentiu bem como homem de grandes posses. Sempre achou o lucro indecente e a distribuição de terras injusta. Tinha a vocação da pobreza. Foi ele mesmo que, talvez inconscientemente, *trabalhou* para a própria ruína."

Quando voltávamos para a casa, um crepúsculo grave pintava de vermelho e púrpura o horizonte. A tarde parecia afogar-se em vinho. O velho Babalo caminhava ao meu lado, mas calado, compreendendo decerto o que aquele momento significava para mim.

O ar era um cristal quase frio. Eu sentia o silêncio não só com os ouvidos mas também com os olhos, o tato e o olfato, porque o silêncio tinha um corpo, uma cor, uma temperatura, um perfume...

— Como vai essa tal de guerra? — perguntou o velho quando já entrávamos em casa.

Contei-lhe que a ofensiva russa em Krakov continuava vitoriosa. Ele sacudiu a cabeça lentamente. D. Laurentina me presenteou com um cesto cheio de bolinhos de milho. Quando se despediu de mim, deu-me a ponta dos dedos. Seu Aderbal me beijou a testa.

Bento me esperava no automóvel, à frente da casa. Voltei para o Sobrado com a alma limpa. Floriano costuma dizer que existem dias de duas, três e até quatro dimensões. Nos de duas, quase morremos de tédio. Nos de três, amamos a vida, vislumbramos o seu sentido, fazemos e criamos coisas... Nos de quatro... bom, os de quatro são pura magia. Passamos a fazer parte da paisagem, quase atingimos a unidade com o cosmos.

Tive hoje um dia quase quadridimensional. Que Deus abençoe esses dois velhos. E não Se esqueça muito de mim.

1º de junho

Estive relendo o que escrevi sobre minha visita ao Sutil, e me recriminando por viver tão longe da terra. Tenho feito esforços para amar o Angico. Jango insiste em dizer que eu detesto a estância. Não é verdade. O campo me encanta: as coxilhas verdes, o cheiro da grama, os claros horizontes, a sombra fresca dos capões, a sanga com a cascatinha, a sensação de desafogo que o descampado me dá... Mas quando começa a anoitecer fico tomada duma tristeza e dum sentimento de solidão tão grandes, que quase me ponho a chorar. Além disso, não tenho positivamente vocação para mulher de estancieiro.

A ideia dessa minha separação da terra não me é nada agradável, e me dá a sensação de ser uma "filha ingrata".

Curioso: minha mãe tinha uma pele um pouco cor de terra. Ela mesma era uma terra triste e seca, que produzia frutos escassos e amargos.

Por que escrevo essas coisas impiedosas? Elas me saem da pena espontaneamente. Não foram premeditadas nem desejadas. Não me deixam nada orgulhosa de mim mesma. Pelo contrário, me assustam, fazendo-me ver as víboras que se retorcem no meu poço interior. Luto com o desejo de arrancar fora esta página. Mas não. A página fica. É preciso desmascarar a Sílvia angélica. A imagem que pintei de mim mesma quando adolescente não corresponde à verdade. Devemos ter a coragem de examinar de quando em quando a coleção de faces que não usamos em público. A ideia da bondade me embriaga tanto quanto a da beleza. Não me considero uma criatura má. Mas quisera ser melhor, muito melhor. Fico alarmada ante o aparecimento súbito e indesejado dessa Sílvia capaz de escrever uma página como esta.

Aqui estou de novo a remexer no passado, a pensar num assunto que me tem preocupado muito nestes últimos cinco anos.

Minha mãe era viúva e muito pobre. Ganhava a vida como modista. Meu pai morreu quando eu tinha apenas três anos de idade e não deixou "nada a não ser dívidas", como mamãe não cansava de repetir. Cresci entre nossa meia-água e o Sobrado. O casarão dos Cambarás, com todos os seus moradores, divertimentos e confortos, me fascinava. Para falar a verdade, eu passava mais tempo aqui do que na minha própria casa. Isso irritava minha mãe, embora no fundo ela talvez tivesse um certo orgulho de ver a filha amiga dos filhos de um dos homens mais importantes de Santa Fé. Um dia ela me disse: "Teu pai gostava tanto dos ricos e dos poderosos, que não se sofreu de convidar o doutor Rodrigo para teu padrinho".

Era uma mulher triste e amarga, de pele oleosa e voz lamurienta. Teria sido preferível que gritasse comigo, que batesse em mim, a viver choramingando suas queixas, falando em morrer e ameaçando-me com o abandono da orfandade completa. Não me lembro de jamais tê-la visto sorrir. Costumava soltar longos suspiros que terminavam num "Ai-ai, meu Deus do céu!". Pedalava o dia inteiro, encurvada sobre a sua Singer, e em geral entrava noite em fora a trabalhar. "Estou ficando cega", dizia às vezes. "São estes panos pretos que me estragam a vista. Mas como é que pobre vai comprar óculos?" Essas coisas me doíam, e também me exacerbavam, fazendo que eu detestasse cada vez mais minha própria casa.

Lembro-me especialmente dos dias de chuva, em que eu andava dum lado para outro, com bacias e panelas na mão para aparar a água das goteiras. Nesses dias úmidos e cinzentos, eu ficava encolhida num canto, como um rato assustado, olhando para minha mãe, querendo pedir-lhe licença para ir ao Sobrado brincar com Alicinha, mas temendo a resposta negativa. O som da chuva, o ruído da máquina de costura, o cheiro de bolor da casa, os olhos da minha mãe... Que tardes inesquecíveis! Às vezes eu ia para a janela, encostava a cara na vidraça fria e ficava olhando o rio vermelho e encapelado que corria na sarjeta. Soltava nele meus navios de papel imaginários, pensando nos "meninos do Sobrado", e sentindo aos poucos o frio gelar-me os ossos.

Releio o que escrevi. Até aqui parece que nessa história toda só existe uma "vítima": a menina Sílvia. Só ela sofria. Só ela era incompreendida. Esforço-me para sentir piedade pela minha mãe — e não essa fria, calculada piedade intelectual, resultado da consciência dum dever —, mas uma piedade humana, quente, capaz de conduzir à compreensão e ao amor. Procuro meter-me na sua pele, sofrer nas minhas costas as dores que a lancinavam de tanto ficar encurvada sobre a máquina. Penso nas noites de solidão dessa mulher, viúva aos vinte e cinco anos, dessa criatura dotada dum temperamento ácido, que uma vida difícil agravara. Mas não posso evitar de pensar que às vezes ela me impedia de ir ao Sobrado por pura birra. Não *quero* pensar isso, mas penso. Mais duma vez, padrinho Rodrigo ajudou minha mãe com dinheiro, cuidados médicos e remédios. Foi ele quem custeou os meus estudos na Escola Normal. Minha mãe recebia mal todos esses favores. (Só percebi isso mais tarde, quando adolescente.) Sempre que Alicinha me dava um de seus vestidos ou um par de sapatos já usados, mamãe olhava para essas coisas e murmurava: "É triste a gente viver das sobras dos ricos".

Só Deus sabe como eu desejaria ter outras lembranças da minha mãe. Só Ele sabe como anseio por amá-la sem a menor reserva, de todo o meu coração.

Mas... vamos adiante. Tudo na minha casa me parecia pobre, triste e feio. Os bicos nus de luz elétrica pendiam do teto na ponta de fios que no verão se cobriam de moscas. As paredes caiadas ficavam manchadas de umidade no inverno. Não havia nessas paredes um único cromo. A cama de ferro desengonçada, coberta por uma colcha de retalhos de cores escuras ou neutras, mal cabia no cubículo que era o meu quarto de dormir. Lembro-me de outras coisas: a tábua de cortar carne da cozinha, toda lanhada de talhos e sempre recendente a cebola. O fogareiro Primus, onde minha mãe aquentava à noite as sobras do meio-dia. (Ah! Como eram patéticas as suas açordas!) As panelas de alumínio amassado. As tábuas largas do soalho, com grandes frestas por entre as quais a gente ouvia o ruído dos ratos à noite.

Para a criança que eu era, naquela casa só existia uma coisa bonita e luminosa: a fotografia de meu pai, que eu tinha perto da cabeceira da cama. Papai não devia ter mais de trinta anos quando tirou aquele retrato, pouco antes de morrer. Eu o achava um homem maravilhosamente belo. Tinha um sorriso cativante, uma testa alta, uma cabeleira negra e abundante, olhos meio enviesados e escuros, e um bigode preto. Eu o achava tão parecido com John Gilbert, que comecei a colar num caderno todas as fotografias desse ator de cinema que eu encontrava em revistas. Às vezes pedia a mamãe que me contasse histórias sobre meu pai. Ela não respondia ou então resmungava: "Boa bisca", e não dizia mais nada. Essa expressão não tinha nenhum sentido para a menina de seis anos. Por volta dos onze, encarreguei-me de suprir com a imaginação a biografia que mamãe me negava. Meu pai era marinheiro (sempre tive fascinação pelo mar, que até hoje não conheço), viajava principalmente no Mediterrâneo, tinha amigos em Malta, Creta e Chipre, usava um brinco na orelha e vendia belos panos de brocado de ouro, e pedras preciosas. Um dia, caçando na Índia, caiu do seu elefante e foi devorado por um tigre de Bengala. Eram histórias como essa que eu contava às minhas colegas na escola. Mas não ousava repeti-las aos "meninos do Sobrado".

Certa vez acordei em plena madrugada e ouvi o ruído da Singer. De repente a máquina cessou de rodar e um outro som me chegou aos ouvidos e me cortou o coração. Mamãe chorava aos soluços. Era inverno, o vento entrava pelas frestas das portas e janelas, e fazia muito frio dentro de casa. Cobri a cabeça com a colcha e comecei a chorar de pena de minha mãe.

Entre os "moradores" de nossa casa, havia um que me intrigava. Era o manequim em que mamãe ajustava os vestidos que fazia. Aquela "mulher" sem braços, sem pernas nem cabeça me assustava um pouco. Acho que esse medo me vinha da história que eu ouvira contar recentemente dum homem que matara e esquartejara a própria esposa, metendo seus pedaços dentro duma mala. O manequim na minha imaginação passou a ser a mulher esquartejada.

Jesus! Mas como foi que não pensei nisto antes? Aqui está talvez a explicação de meu sonho da outra noite. Claríssimo como um dia de sol! A *pensão* para onde voltei era a minha própria casa. A velha que me cobrava a dívida era a minha própria mãe, pois ficou em mim a ideia de que ela sempre me considerou uma filha ingrata, achando que não lhe *paguei* por tudo quanto fez por mim. Naturalmente eu também acho que a dívida não foi inteiramente paga, pois do contrário o sonho não me teria deixado um tamanho sentimento de culpa. Tenho vivido todos estes anos preocupada pela ideia de não ter retribuído com amor à minha mãe pelos seus "sacrifícios" (a expressão era dela, e eu a ouvi mil vezes). "Quando nasceste, tive eclâmpsia, quase fiquei aleijada." — "É pra te sustentar que me mato em cima desta máquina."

Agora que entrei nestas funduras, o melhor mesmo é ir até o fim. É bem possível que, nos últimos anos de sua vida, quando ela estava em cima duma cama, paralítica da cintura para baixo, choramingando, queixando-se, exigindo constantemente a minha presença — é bem possível que nessas medonhas canhadas do espírito, nesses infernos que estão dentro de nós, eu estivesse alguma vez desejando que minha mãe morresse e que toda aquela horrível situação terminasse. A mulher morta dos meus sonhos, para cujo "assassínio" eu de algum modo havia contribuído, era a minha própria mãe. Quando adolescente devo tê-la enterrado simbolicamente nas paredes sepulcrais de nossa casa. (Li aos treze anos o *Gato preto* de Poe.) Ou debaixo das tábuas do soalho. (Ainda Poe: *O coração revelador*.) E agora me ocorre que a mulher mutilada era o manequim, que tantas vezes identifiquei com minha própria mãe.

Estou confusa e comovida. Para um dia só, basta! Faz horas e horas que estou escrevendo, e a mão me dói. Só a mão?

4 de junho

Quando mamãe morreu, meus olhos permaneceram secos. Eu, que me comovo com facilidade com as histórias tristes imaginárias que leio em romances ou vejo no cinema, não tive lágrimas para chorar a morte da criatura que me deu o ser. O que senti foi uma espécie de alívio, mas um alívio doloroso, desses que dilaceram o peito. Tudo isso, como é natural, aumentou meu velho sentimento de culpa, que se agravou mais tarde quando verifiquei que não sentia falta dela. Foram dias terríveis, aqueles! Jango fez o que pôde para me ajudar, mas meu marido é desses homens que só têm soluções para problemas práticos e concretos. Nesse tempo eu estava grávida de três meses. Rezava para que a criança nascesse perfeita e fosse uma menina. Ia por-lhe o nome de mamãe: Elisa. Trataria de dar à criaturinha, em dose dobrada, o que eu devia ter dado mas não dera à minha mãe. Mas perdi a criança. Vi nisso um pronunciamento divino. Foi no nevoeiro desse período crítico da minha vida que Deus tornou a desaparecer.

6 de junho

A noite passada, tive uma conversa privada com Irmão Toríbio. Contei-lhe de meus sonhos e da interpretação que lhes dei. Ele fez uma careta, encolheu os ombros e disse apenas: "Pode ser...". E em seguida, tratou de me consolar. "Mas, Sílvia, eu sei, todo o mundo sabe que foste incansável com tua mãe. Não saías do lado dela. Passavas noites em claro à sua cabeceira. Que mais pode uma criatura humana fazer por outra?"

Consegui resumir meu problema numa frase: "Eu queria ter feito por amor o que só fiz por um sentimento de dever. É isso que me dói".

O Zeca me olhou intensamente e depois perguntou: "Há quanto tempo não te confessas?". Respondi: "Eu tinha dezesseis anos a última vez". — "Por que não te confessas agora?" — "Com o padre Josué? Acho que o coitadinho não ouve direito o que a gente diz. E se ouve não entende." Irmão Toríbio apalpou o seu crucifixo: "Alguém mais estará também te escutando. E esse Alguém ouve e entende...".

Ficou algum tempo em silêncio, com os olhos cobertos pelas mãos. Depois, em voz muito baixa e lenta, disse: "Eu também tenho cá os meus problemas. A ti posso contar... Sinto remorsos do modo como sempre tratei a minha mãe. Eu me envergonhava de ser filho duma lavadeira... E quando descobri que era filho natural, revoltei-me contra ela e não contra meu pai. E agora que compreendo melhor a situação, a velha não está mais aqui para eu lhe pedir perdão, para lhe dar o carinho que ela merecia e que eu lhe neguei. O que me levou para a Sociedade de Maria deve ter sido o desejo de ser filho da mais pura das mães".

Olhei para o Stein e pensei comigo mesma: "Três matricidas".

1º de julho

A história de minha mãe volta a me perseguir. Irmão Toríbio vem almoçar conosco. As laranjas e bergamotas do Sobrado estão maduras. Convido o velho amigo a descer ao quintal para apanhar umas frutas. A princípio ele franze a testa, decerto achando estranho o convite. Depois, compreendendo a minha intenção, sorri e me segue. Levamos um pequeno balaio e começamos logo a trabalhar, dando a impressão de que discutimos apenas bergamotas e laranjas. Conto a Zeca algo que ainda não contei a ninguém.

Eu idolatrava meu pai, que para mim era uma fotografia e uma fantasia dourada. Um dia minha mãe me fez algo de cruel. Foi em fins de 1931, creio... Como eu lhe tivesse dito que meus sapatos estavam com as solas furadas e que naturalmente precisávamos comprar um par novo, ela fez um sinal com a cabeça na direção do retrato e, com fel na voz, disse: "Vai pedir ao teu maravilhoso pai que te dê dinheiro. Vai... Ele é o bom, o bonito, o inteligente, o tudo. Estás com treze anos, acho que já é tempo de saberes quem foi mesmo esse homem". Pôs as mãos na cintura e me encarou. Recuei para um canto, encolhida, com medo de ouvir o que ela ia dizer. "Pois era um vadio sem serventia pra nada. Escolheu a profissão de caixeiro-viajante pra poder andar na vagabundagem, de cidade em cidade, nas suas farras. Passava meses sem aparecer em casa. E se tu pensas que me mandava algum dinheiro para te sustentar, te comprar roupas, estás muito enganada. Gastava tudo que ganhava com essas ordinárias, nas pensões. Devia ter uma amante em cada cidade."

Eu tremia, queria pedir a mamãe que não dissesse mais nada, mas a emoção me amarrava a língua. Ela continuou a me martelar sem piedade: "Ah! Todo o mundo achava teu pai simpático. Tinha lábia, falava bonito, sabia contar anedotas, recitava poesias, tocava violão, trajava como um dândi. A antipática era eu, que vivia me massacrando em cima da máquina de costura. Pois fica tu sabendo que teu pai não prestava pra nada!".

Fez-se um silêncio. Quando pensei que a história tinha acabado, veio o golpe maior: "Antes que venhas a saber da coisa por outra pessoa, é melhor que eu te conte.... O teu pai deu um desfalque na firma. Não foi pra cadeia graças ao doutor Rodrigo Cambará, que reembolsou o dinheiro à companhia. Teu belo pai era um ladrão!".

Saí correndo da sala, desfeita em pranto.

Irmão Toríbio escutou a história em silêncio. Durante toda a minha narrativa, não tínhamos parado de trabalhar. O balaio estava quase a transbordar de laranjas e bergamotas. Voltamos com ele para casa, devagarinho. Paramos por um instante ao pé da escada de pedra e eu disse: "Desde aquela hora não quis mais a fotografia de papai perto da minha cama. Um dia o retrato desapareceu. Acho que mamãe se encarregou de dar o sumiço nele. Não é mesmo uma coisa triste? O que eu não daria hoje para encontrar essa fotografia!".

Zeca sacudiu a cabeça: "Santo Deus, as coisas que a gente não sabe nem imagina! Pensei que tivesses tido uma infância feliz".

Tornei a falar: "O curioso é que não sofri *demais* por causa daquela revelação. Tu sabes, estava ficando mocinha, pensando em mudar o penteado, pintar o rosto, calçar sapatos de salto alto... E não te esqueças de que já então eu me considerava filha do doutor Rodrigo Cambará. Quem poderia desejar um pai melhor?".

"Mas achas que essa coisa não te deixou nenhuma marca?", perguntou Zeca.

Respondi: "Um talho pode não doer muito na hora em que é produzido, mas deixa uma cicatriz que, bem ou mal, a gente carrega vida em fora... Uma cicatriz que em certos dias comicha e nos leva a pensar na pessoa que nos feriu".

"Ainda com rancor?"

"Não, Zeca, mas com uma enorme tristeza. Porque não podemos deixar de perguntar a nós mesmos se a ferida era *necessária*."

23 de julho

A conversa que tive com Irmão Toríbio esta manhã me deixou pensativa. A coisa se passou assim: como eu tivesse criado coragem suficiente para lhe dar a entender que padrinho Rodrigo de certo modo me havia decepcionado, depois de sua mudança para o Rio, Zeca me disse: "Há dias me contaste como tua mãe destruiu a imagem ideal de teu pai que tinhas no coração. Agora me contas de tua desilusão com o teu pai adotivo... Está claro que desde menina tens andado em busca dum pai. Viste no doutor Rodrigo o pai quase perfeito, tanto física como moralmente. Será preciso que te abra os olhos para o fato de que durante toda a tua vida o que tens buscado mesmo é Deus? Está claro que precisamos de pais no tempo e no espaço deste mundo. Porém mais cedo ou mais tarde, por uma razão ou por outra (ou sem nenhuma razão), eles nos decepcionam... E não os podemos censurar por isso, porque no fim de contas são humanos como nós...". Irmão Toríbio ergueu-se, me olhou firme com aqueles olhos que numa hora são doces e meio tristes e noutra quase selvagens, e exclamou: "Não compreendeste ainda que o único pai que jamais te abandonará e jamais te decepcionará é Deus? Pensa nisso! Pensa nisso!".

25 de julho

Recebi ontem um exemplar do livro de Floriano, que acaba de ser publicado. A dedicatória é simples, mas para mim diz muito: *Para a Sílvia, velha amiga, afetuosamente*. Velha amiga. É isso que quero ser. Agora e sempre. Amiga no sentido mais profundo da palavra.

Já comecei a ler a novela com o encanto com que leio tudo quanto F. escreve. Não posso ser uma crítica imparcial duma pessoa que estimo tanto. Enquanto leio a história, tenho a impressão de estar ouvindo a voz do autor. E fico assim meio apreensiva, como uma mãe que vê o filho recitar em público. Medo de que ele esqueça o verso. Medo de que "faça feio". Medo de que os outros não gostem...

27 de julho

Terminei de ler *O beijo no espelho*. É a história dos amores apaixonados dum homem por quatro mulheres (uma de cada vez) em diversas idades: aos quatorze anos, aos dezoito, aos vinte e quatro e aos trinta e dois. O autor procura mostrar que todos esses amores foram sinceros. Parece querer provar que todo o amor é basicamente narcisista. O homem está sempre em frente do espelho. E quando beija a sua amada é a si mesmo que ele beija. A história foi inspirada por um poema de Mário Quintana que lhe serve de epígrafe.

Perguntas que me faço: será que Floriano acredita mesmo na sua própria tese? Até que ponto o romance é autobiográfico?

28 de julho

Ontem à noite discuti o livro de F. com Tio Bicho, que também já o leu. Pergunto-lhe que achou da história e da tese. Resposta: "Gosto mais do poema do Quintana".

Nunca sei quando o Bandeira está falando sério ou apenas fazendo blague. Digo-lhe que gostei do romance. Tio Bicho encolhe os ombros e declara que achou as personagens falsas: títeres sem sangue, sem vida própria, bonecos que apenas movem a boca. A voz que se ouve é sempre a do autor. E depois — acrescentou — essas personagens aparecem num vácuo, fora do tempo e do espaço.

Repliquei que não concordava com sua crítica. Ele sorriu, dizendo: "Está claro. Toda a crítica, quando favorável, é também um beijo no espelho".

Essas palavras me deixaram perturbada. Quis pedir uma explicação, mas não tive ânimo, temendo o que pudesse vir. E mesmo porque, a essa altura de nosso diálogo, o Jango tinha começado a prestar atenção no que dizíamos.

Mais tarde, Bandeira voltou ao assunto: "Queres saber qual é o problema do Floriano como escritor? É proprietário duma rica mina, mas não a explora em profundidade. Trabalha a céu aberto, contentando-se com o medíocre minério da superfície. Se ele cavasse nas entranhas da terra, estou certo de que encontraria os mais ricos metais. Talvez nem ele mesmo possa avaliar a riqueza de sua mina. Seu medo das cavernas, dos labirintos escuros das almas, o mantém na superfície da vida e dos seres. O nosso querido amigo é o homem do sol".

Fui dormir pensando nessas palavras.

30 de julho

Irmão Zeca me trouxe recortes de jornais e revistas católicos com críticas sobre *O beijo no espelho*. Os críticos são unânimes em condenar o que chamam de "preocupação erótica do autor". Um deles chega a classificar a história como pornográfica. Zeca, que leu o romance, está indignado. "Quando é que esses imbecis vão compreender que o pecado da carne não é o mais grave aos olhos de Deus? E que um escritor não pode fechar os olhos a esses problemas do sexo, que são uma das fontes mais infernalmente ricas de dramas, conflitos e neuroses? Infelizmente essa também é a atitude de grande número de sacerdotes católicos. Parecem achar que basta a uma pessoa não cometer adultério e não pecar contra a carne para ter sua entrada garantida no Reino dos Céus." (Nas suas horas de indignação, Zeca, mais que nunca, fica parecidíssimo com o pai.) "Conheço verdadeiros monstros que são castos. Famigerados bandidos que nunca traíram as esposas. E depois, olhem o estado do mundo. O grande pecado do século é a maldade, a violência, a crueldade do homem para com o homem, o genocídio... As massas vivem na miséria e nós aceitamos pacificamente essa situação. Hitler mata milhões de criaturas inocentes e nós nos indignamos menos com tudo isso do que com a atividade sexual das personagens duma novela! Os campos de concentração na Europa estão cheios... O extermínio frio e calculado dos judeus continua... Por que nossos sacerdotes e nossos líderes católicos leigos não se preocupam mais com essas monstruosidades do que com o erotismo na literatura?"

Tio Bicho interrompeu-o: "Porque a Igreja, meu caro, quer estar sempre do lado dos vencedores, numa neutralidade que lhe torna possível a sobrevivência dentro de qualquer regime político". Zeca saltou: "A Igreja não! Alguns de seus príncipes, sim. Conheço cardeais, arcebispos e bispos que não considero verdadeiros religiosos, mas sim políticos, na pior acepção do termo. Têm a volúpia dos uniformes, das paradas, das condecorações, dos banquetes, do prestígio social, das honrarias mundanas... Babam-se de gozo na presença de presidentes, senadores, milionários, generais, comendadores... Têm verdadeiro horror ao povo, à plebe. E a todas essas se afastam cada vez mais de Cristo".

2 de agosto

Que é que a Dinda pensa de mim? Que é que sente por mim? Nunca vi essa criatura seca de corpo, de palavras e gestos acarinhar qualquer dos sobrinhos. Quando eu era menina, ela me tratava como às outras crianças da casa, nem melhor nem pior. Estava sempre mais pronta a me criticar do que a me elogiar. "Sunga esses carpins, menina!" — "Vá lavar essa cara!" — "Não coma tão ligeiro!"

Num destes últimos serões de sábado, vendo d. Maria Valéria atravessar a sala, tesa e de cabeça erguida, Roque Bandeira cochichou ao meu ouvido: "Lá vai a Pucela de Santa Fé...", e eu terminei a frase: "... na sua armadura negra".

Discutimos depois a Dinda em voz baixa. Tio Bicho, que parece ter uma grande ternura pela Velha, definiu-a numa frase que para mim foi uma revelação. "Para dona Maria Valéria, amar é sinônimo de servir."

Depois falamos sobre as relações da Dinda com o Tempo. Acho que em sua cabeça o tempo do relógio e o do calendário se misturam com o atmosférico e juntos formam uma entidade fantástica e poderosa, que dirige a nossa vida, os nossos atos cotidianos e até o nosso destino. É a Dinda quem acerta o relógio grande de pêndulo e lhe dá corda. Agora que não enxerga mais, faz isso pelo tato. Uma vez me disse que o relógio é o coração da casa, e se ele parar o Sobrado morre. Claro que pronunciou essas palavras quase a sorrir, mas desconfio que no fundo é isso mesmo que ela pensa ou, melhor, sente. Fala do relógio grande como duma pessoa, a mais antiga da casa — um patriarca, um tutor, um juiz. É ele que diz quando é hora de comer, hora de trabalhar, hora de descansar, hora de dormir, hora de levantar da cama.

A Dinda está sempre atenta às passagens das estações. Há o tempo de ir para o Angico. O tempo de voltar do Angico. Tempo de fazer pessegada. Tempo de comer pessegada. Tempo de plantar. Tempo de colher.

Um dia, fitando em mim aqueles olhos cujos cristalinos a catarata velou por completo (e que parecem duas ostras mortas nas suas conchas abertas), ela me disse: "Acho que o relógio e o calendário se esqueceram do meu tempo de morrer".

Conto a Bandeira uma fascinante teoria da Dinda. Na verdade a ideia é da velha Bibiana. Mais ou menos assim: O tempo é como um barco a vela. Nos dias em que o vento sopra pela popa, o tempo anda depressa. Mas quando o barco navega contra o vento, então as horas parecem semanas e os meses, anos.

Tio Bicho gostou da teoria, sorriu e prometeu escrever um ensaio a respeito. Citando a velha Maria Valéria, naturalmente...

10 de agosto

Nosso grande Liroca aparece todos os sábados à noite no Sobrado e, como um namorado lírico, me presenteia sempre com uma flor.

Irmão Toríbio, que também não falta aos serões semanais, não vem nunca de mãos vazias. A flor que ele me traz é invisível para os outros. Como um moço de recados de Deus, ele deposita no meu regaço a rosa mística da fé.

23 de agosto

O Brasil declarou guerra às potências do Eixo. A cidade está agitada. Estouram foguetes. Grupos andam pelas ruas com bandeiras, cantando hinos, gritando vivas e morras. A coisa toda começou como um carnaval, mas à medida que as horas passavam, se foi transformando em algo de sério. Duma das janelas do Sobrado vejo, horrorizada, um grupo de populares atacar o Café Poncho Verde com cacetes, pedras e barras de ferro. Os guardas municipais assistem à cena de braços cruzados. Os manifestantes começam partindo as vidraças das janelas, depois entram no café e põem-se a quebrar espelhos, cadeiras, mesas — tudo isso em meio duma gritaria selvagem. A praça está cheia de gente. Os moradores das casas vizinhas vieram para suas janelas. O quebra-quebra dura mais de meia hora. Alguns assaltantes saem de dentro do café com braçadas de garrafas de cerveja e vinho, latas de compota, presuntos, salames... Ficam a comer e a beber no redondel da praça.

Contaram-me depois que a multidão desceu pela rua do Comércio e foi quebrando pelo caminho as janelas de todas as casas pertencentes a famílias de origem alemã. Nem os Spielvogel nem os Kunz — que são reconhecidamente antinazistas — foram poupados. Alguém sugeriu que empastelassem a Confeitaria Schnitzler. Ouviu-se uma voz: "Não! O Schnitzler é dos nossos!". "Qual nada!", berrou outro. "É alemão e basta." A multidão começou a entoar o Hino Nacional e a dar morras ao nazismo. O café foi invadido. Schnitzler mal teve tempo de fugir pelos fundos da casa com a família. Seus móveis foram tirados para fora e amontoados no meio da rua. Alguém jogou em cima deles o conteúdo duma lata de querosene e depois prendeu-lhes fogo. Dentro da confeitaria não ficou um vidro intato. Ao anoitecer os manifestantes ainda andavam pelas ruas, em pequenos grupos. Dizia-se que procuravam o Kern, o chefe nazista local, para dar-lhe uma sumanta.

Jango aprovou todos esses atos de violência. Justificou-se: "Eles puseram a pique os nossos navios, mataram patrícios nossos". Não me contive e repliquei: "*Eles* quem? Os Kunz? Os Schnitzler? Os Spielvogel?". Jango, excitado pelo "cheiro de pólvora" que andava no ar, perdeu a paciência: "Tu não entendes dessas coisas. Cala a boca". Ficou ainda mais irritado quando desatei a rir (um riso forçado de atriz amadora) e lhe disse: "Tu me mandas calar a boca ditatorialmente e no entanto detestas o Hitler porque ele é um ditador".

Pouco depois apareceu-nos o Stein. Lamentou todas aquelas violências sem propósito prático, toda aquela energia agressiva do povo tão mal dirigida. Contou que constava na cidade que José Kern havia fugido para a Argentina.

Só à noite é que patrulhas montadas da polícia saíram à rua para restabelecer a ordem na cidade. A batalha de Santa Fé estava terminada.

26 de agosto

Trecho de conversa dum serão de inverno. Garoa lá fora. Vidraças embaciadas. Estamos na sala de jantar. Dinda sentada na sua cadeira. Jango lendo um jornal junto da mesa. Uma panela cheia de pinhões cozidos em cima dum braseiro. Uma estufa de querosene, com uma chaleira com água fervendo em cima, para tirar a secura do ar. Enquanto os outros tomam licor de butiá e discutem a guerra, Irmão Toríbio e eu, a um canto da sala, conversamos sobre os problemas da fé. Falo-lhe de meus momentos de dúvida e desesperança. Ele me escuta em silêncio, a testa franzida, mastigando um pinhão e olhando para as suas botinas pretas de bicos esfolados. Quando me calo, ele diz: "O fato de acreditarmos em Deus não elimina necessariamente todas as nossas dúvidas a respeito da vida e mesmo do próprio Criador. Eu cá tenho as minhas 'diferenças' com Deus. Qual é o filho que não briga de vez em quando com o pai? Isso significa que ele deixa de amar o Velho? Ou que cessa de acreditar na sua existência? Ou na sua bondade? Está claro que não. E vou te dizer outra coisa importante".

Levantou-se, aproximou-se da panela, apanhou outro pinhão, descascou-o e ficou a comê-lo com ar distraído, como se tivesse esquecido do que ia dizer. Depois tornou a sentar-se a meu lado e disse baixinho: "Olha. Os grandes arranha-céus têm a capacidade de oscilar com o vento... Sabias? Pois é. Se não oscilassem, viriam abaixo. Assim é a fé. Uma fé dura e inflexível pode transformar-se em fanatismo ou então quebrar-se. A fé que se verga como um junco quando passam as ventanias, essa resiste intata. Portanto, não te preocupes. Continua a duvidar. Deus está acostumado a essas nossas fraquezas".

14 de setembro

O vento da primavera soprou para Santa Fé outro fantasma do passado: Don Pepe García, o pintor espanhol, autor do retrato do padrinho. Está uma ruína. Bateu à nossa porta e, com ar dramático, pediu uma côdea de pão e um púcaro d'água. A Dinda deu-lhe um *puchero* suculento e uma garrafa de vinho. O castelhano contou-nos sua odisseia através do Brasil, desde que deixara Santa Fé, em fins de 1920. Atravessou o Mato Grosso e Goiás, pintando a fauna e a flora dessas regiões. Esteve prisioneiro dos xavantes, que quase o mataram. "O que me valeu foi eu ter comigo meus pincéis e minhas tintas. Conquistei o chefe da tribo pintando seu retrato." (Jango acha que tudo isso é pura invenção.) Ao cabo de todas essas aventuras, velho e cansado, não tendo recursos para voltar à Espanha, o artista decidira vir morrer em Santa Fé. "Mas não aqui em casa!", disse a Dinda, mais que depressa. O pintor a encarou com olhos graves e respondeu: "Não, madama, fique tranquila. Morrerei em qualquer sarjeta, como um cão".

Pediu-nos que o deixássemos sozinho por alguns instantes na sala de visitas, na frente do Retrato. Fizemos-lhe a vontade. Dentro de poucos minutos chegaram até nós os sons de seus soluços. Mais tarde seus passos soaram leves na escada. Ouvimos a batida da porta da rua ao fechar-se. E por vários dias não tivemos mais notícias do homem.

Tio Bicho nos contou depois que Don Pepe está trabalhando, mas sob protesto, para o Calgembrino do Cinema Recreio, para o qual pinta cartazes e — humilhação das humilhações! — tem de carregá-los às costas para colocá-los nas esquinas.

3 de novembro

O primeiro a chegar para o serão é o velho Liroca. Vem alvorotado, nem nos diz boa-noite. Atira logo a notícia: "A ofensiva do Montgomery no Egito está vitoriosa. Os ingleses estão expulsando a alemoada a pelego!".

Senta-se, queixa-se de que passou um dia mau, com o "diabo da asma". Entram pouco depois Tio Bicho e Stein, ambos muito animados. Mando servir cafezinhos. Eles me acham abatida. Que é que tenho? Respondo que não tenho nada. Mas na realidade tenho tudo. A semana passada fui ao consultório do dr. Carbone, e ele me assegurou que eu estava grávida. Dei logo a boa-nova a Jango, que exultou. No entanto hoje minhas esperanças morreram, afogadas numa onda de sangue mau.

Jango está no Angico. Não sei como dar-lhe a triste notícia.

O vento da dúvida sopra de novo. Minha fé se curva como um junco sobre a água, para não se quebrar. O tempo amanhã pode melhorar.

1943

5 de fevereiro

Depois dum cerco que durou um ano e quatro meses, Stalingrado está livre. Os alemães, vencidos, se retiraram. Foi uma das mais ferozes e longas batalhas desta guerra. Stein afirma que a combatividade, a eficiência e o heroísmo dos soldados soviéticos são a prova mais eloquente das verdades e excelências do regime comunista. Tio Bicho encolhe os ombros e replica: "Nessa mesma linha de raciocínio, podemos também afirmar que o nazismo é o melhor regime político que existe no mundo pois os exércitos do *Führer* em poucos meses conquistaram quase toda a Europa". Stein não reage. Noto que anda preocupado, inquieto. Contou-me que foi repreendido pelo Comitê Central do Partido por causa dum artigo polêmico que publicou em torno de problemas específicos do comunismo no Brasil. O que mais lhe doeu foi um dos jornais do PCB ter-se referido a ele como a "um membro disfarçado da canalha trotskista". Stein passa o resto do serão num canto, silencioso e abatido. Parece um bicho acuado e cansado, que desistiu de lutar. Julgo ver em seus olhos uma expressão de medo.

28 de fevereiro

Faz uma semana, Stein voltou de Porto Alegre, aonde fora a chamado do Comitê Estadual do PC. Ainda não nos apareceu. Que teria havido com ele? Tio Bicho me conta uma história que me deixa embasbacada. Stein foi expulso do Partido como traidor. Pergunto sobre seu estado de espírito. Bandeira responde: "Está um trapo humano. Um saco vazio". Explica-me que essa expulsão implica a destruição completa de sua folha de serviços à causa do comunismo. "É toda uma vida de lutas e de sacrifícios que se vai águas abaixo. Pior que isso: que é eliminada, como se nunca tivesse existido." Mando pelo Tio Bicho um recado ao Stein. Peço-lhe que venha ao Sobrado. Na realidade não tenho vontade de *vê-lo*, mas quero ajudá-lo de alguma maneira. Mas como? Desgraçadamente não tenho nenhum bálsamo para as suas feridas.

30 de março

Com a escassez de gasolina, quase todos os automóveis de Santa Fé desapareceram da circulação. Apenas umas quatro ou cinco pessoas instalaram gasogênio em seus carros.

Hoje de manhã vi no nosso quintal uma cena cômica: o Bento de ventarola em punho avivando as brasas do aparelho de gasogênio de nosso Chevrolet.

Quando me viu, disse: "Pois é, sia dona, tenho feito de tudo na vida. Fui piá de estância, peão, tropeiro, carreteiro, boleeiro de carro e de jardineira... Quando o doutor inventou de comprar automóvel, tive de virar chofer. Primeiro foi um carro alemão. Depois veio um Ford de bigode, e depois um Ford sem bigode. Mais tarde, um Chevrolet. Agora... estou aqui que nem cozinheira, querendo acender este fogareiro".

Bento esqueceu modestamente de mencionar as outras coisas que tem sido, na paz e na guerra, e que são incontáveis. É o homem dos sete instrumentos. Sabe fazer tudo, e faz bem. Pessoas existem que cometem um único e grande ato de heroísmo e passam para a história da sua comunidade, de seu país ou da humanidade. O Bento é um tipo de herói cuja presença e valor ninguém nota, porque ele atomizou, fragmentou seu heroísmo em dezenas de milhares de pequenos gestos e atos cotidianos através de toda a sua vida, de tal maneira que eles não deram e não dão na vista.

Apesar de conhecê-lo desde menina, não sei qual é o seu sobrenome. Para mim ele sempre foi simplesmente o Bento, parte dos móveis e utensílios do Sobrado e do Angico. E isso me bastava. Mas é triste. Prova o quanto somos descuidados e ignorantes em matéria de relações humanas.

1º de abril

Releio o que escrevi anteontem sobre o Bento. Aceitamos as pessoas e as situações porque elas *estão aí*. Por puro hábito. E acabamos não as vendo nem sentindo mais. Um exemplo é a maneira como nos resignamos com a pobreza (dos outros), a miséria e as injustiças da sociedade em que vivemos, ao mesmo tempo que continuamos a nos considerar bons cristãos e a viver nossas vidas como se a ordem social vigente fosse um ato irrevogável de Deus. Absurdo! Cristo foi um revolucionário. Derrubou um império e instituiu uma nova ordem social.

O Purgatório, o Barro Preto e a Sibéria nada mudaram desde meu tempo de menina. Muitos ou, mais precisamente, quase todos os habitantes dessas zonas da cidade vivem em regime de fome crônica. É a miséria do pé no chão. A miséria do molambo. A mortalidade infantil entre essa pobre gente é aterradora. Praticamente não há inverno em que alguém não morra de frio nesses sinistros arrabaldes de Santa Fé.

Às vezes me ponho a pensar nessa situação e chego à conclusão de que sou uma pessoa inútil e covarde. Tenho tentado fazer alguma coisa, no meu âmbito familiar. Mantenho no Angico uma escolinha para filhas e filhos de peões, agregados, posteiros não só de nossos campos como também das estâncias vizinhas. Dou-lhes todo o material escolar de que necessitam. Faço isso durante dois meses no verão, dois no outono e um na primavera. É um prazer ensinar essas criaturinhas a ler e a fazer as quatro operações. Dou-lhes também algumas noções de geografia, astronomia e história do Brasil. Sim, e de higiene. Tenho uns três ou quatro alunos excepcionais. Um deles — um piá de tipo indiático — tem um talento especial para a aritmética. Faz contas de cabeça como uma pequena máquina, rápido e certo. Chamo-lhe "o Einstein do Angico". Uma neta da Antoninha Caré faz desenhos com lápis de cor que causariam inveja a muito pintor primitivo. A neta do Bento, uma guria de olhos vivos e inteligentes, mas quieta e arisca, modela em silêncio seus bonecos de barro com uma habilidade e com um bom gosto que me deixam comovida. A maioria dessas crianças não tem a menor ideia do que existe para além dos horizontes daquelas campinas.

Nas horas de aula, sinto-me feliz, tenho a sensação de estar fazendo alguma coisa decente, humana no melhor sentido. Mas isso é tão pouco! Penso em iniciar na cidade algum movimento com o fim de melhorar a vida de nossos marginais, mas as esposas dos nossos comerciantes e estancieiros acabam transformando tudo em "festas de caridade", oportunidades para exibirem seus vestidos e terem seus nomes nos jornais. Tudo isso me desencoraja e faz recuar.

Estou de acordo com Stein num ponto. Não é com *caridade* que se vai conseguir melhorar a vida dessa pobre gente, mas com uma reforma social de base. Na minha opinião, porém, a solução não está nos métodos stalinistas. Alguém escreveu que o mal de nossas revoluções é que elas começam com a violência, para imporem um ideal, mas depois o ideal fica esquecido e permanece apenas a violência.

E como é fácil recorrer à brutalidade! Como é *natural*! Como isso está de acordo com a nossa condição animal. Parece fora de dúvida que a violência goza de mais popularidade que a persuasão. Floriano me disse um dia que nos seus tempos de menino o público que ia ao cinema torcia unanimemente pelo mocinho e detestava o bandido, o "cínico" (em geral um sujeito de bigode). Mas duns tempos para cá a situação mudou. Para principiar, o bigode já não indica mais nada do caráter da personagem. Depois que começaram a aparecer os filmes sobre os gângsteres de Chicago, é comum a gente se surpreender a torcer pelo criminoso, a desejar que ele leve até o fim o seu plano de assassínio, ou o roubo do banco tão engenhosamente planejado. Não é mesmo horrível? Conheço pessoas aqui em Santa Fé que admiram Hitler e seus métodos, dizendo: "Ah! Com ele é pão, pão, queijo, queijo". É muito comum ouvir-se dizer: "O que o Brasil precisa é dum banho de sangue". Não há nada que perturbe mais Floriano do que frases como esta. "É pura magia negra!", disse-me ele certa vez. "E sujeitos aparentemente sensatos e pacatos repetem essa monstruosidade. Eu poderia citar mil casos na história em que esses famosos banhos de sangue não curaram nenhum mal social. Pelo contrário, em geral agravaram os já existentes, criando mais ódio. Os partidários do 'banho de sangue' deviam procurar imediatamente um psiquiatra."

23 de abril

Uma surpresa! Uma carta de Floriano. Sinto-me como que iluminada por dentro. É bom tornar a ouvir a voz dum amigo ausente. E principalmente palavras como estas: "Escrevo-te porque preciso desabafar com alguém que eu sei que me compreende". Quatro páginas datilografadas em que ele me conta de suas "ensolaradas angústias californianas".

30 de abril

Irmão Toríbio me visitou ontem à noite. Chovia, e ele veio enrolado no seu capote preto, que lhe dava o ar duma personagem de romance de capa e espada. Nenhum dos outros amigos apareceu.

O vento soprava a chuva contra as vidraças. A Dinda permaneceu no seu quarto. Laurinda nos trouxe café com bolinhos de polvilho.

Zeca me falou em Deus, em voz baixa, como quem conta um segredo. De todas as coisas que me disse, as que me ficaram mais vivas na memória são as que seguem.

*

A solidão e o tédio são as duas mais graves doenças de nossa época. Podem levar o homem ao desespero e ao suicídio. (Quem foi mesmo que escreveu que é o tédio que leva as nações à guerra?) São enfermidades do espírito a que estão sujeitas principalmente as pessoas sem fé. Porque não pode sentir-se só quem conta com Deus, a mais poderosa e confortadora presença do Universo. Não pode sucumbir ao tédio quem sabe apreciar em toda a sua riqueza, beleza e mistério o mundo e a vida que o Criador lhe deu.

*

Um homem pode matar-se das mais variadas maneiras. Uma delas é negar Deus. Quem nega a existência do Criador logicamente está negando a vida da criatura.

*

A solidão e o tédio podem arrastar uma pessoa não só ao suicídio violento como também ao lento, por meio da bebida e dos entorpecentes. Outra forma de suicídio — essa no plano moral — é a promiscuidade sexual, que, em última análise, é o desejo diabólico de degradar o próprio corpo e o corpo dos outros.

*

Não tenho paciência com esses fariseus que têm medo até de pronunciar a palavra sexo. O ato sexual realizado com verdadeiro amor só pode ser agradável aos olhos de Deus. Não devemos ter vergonha de nossos corpos. Mas não podemos esquecer que há um tipo de união sexual que significa vida e outro que significa morte.

*

Por fim Irmão Toríbio me falou numa carta que recebeu de Floriano, datada de Berkeley, Califórnia. Comentando-a, disse: "O nosso querido amigo parece estar começando a preocupar-se com dois problemas. Um é o da sua ansiedade diante do Nada, do não-ser, da morte. O outro, o da extensão e natureza de sua responsabilidade para com as outras criaturas humanas. Respondi-lhe que me alegrava sabê-lo às voltas com essas cogitações, mas na minha opinião esses dois problemas, apesar de terem uma importância enorme, não passam de subsidiários do supremo problema, isto é, o da situação do homem perante Deus".

Ao despedir-se, Zeca sorriu e disse: "Deus tem de existir nem que Ele não queira. Porque está comprometido conosco, não, Sílvia?".

2 de março (no Angico)

Acordei antes do raiar do sol. Jango tinha já saído para o campo. Levantei-me e fui olhar o nascer do dia. Que espetáculo! Os galos encarregaram-se do acompanhamento musical. Quando o sol apontou no horizonte, sua primeira luz se refletiu nas folhas do coqueiro torto, no alto da coxilha onde estão as sepulturas do velho Licurgo e do velho Fandango.

Como é que vou descrever o cheiro das manhãs do campo? Só me ocorre compará-lo com o dum bebê. Algo de fresco e úmido, recendente a leite e à vida que começa. Não posso deixar de sentir que o cheiro da grama é verde. A névoa parece ter um aroma próprio, bem como a terra molhada de orvalho.

Quem me pegou este vício de sentir o mundo pelo olfato foi Floriano. Não conheço ninguém mais sensível que ele a cheiros. Quando um resfriado lhe tira o sentido olfativo, costuma dizer que a vida perdeu para ele uma dimensão importante.

No céu pálido, algumas estrelinhas opiniáticas insistiam em fingir que ainda não tinham percebido que já era dia. O sol a princípio tinha o ar dum convalescente, mas depois ganhou força, se fez homem e as campinas entregaram-se a ele em amoroso abandono.

Pensei no dia da Criação. Cerrei os olhos e imaginei que o hálito de Deus me bafejava o rosto. Tudo isso e mais a sensação de fraqueza que me vinha de ter o estômago vazio, me puseram tremuras no corpo.

Ao pé da mangueira, bebi um copo de leite que trazia ainda o calor dos úberes da vaca. Em casa a Dinda me esperava com um café e uns bolinhos de coalhada. Encontrei junto da minha xícara um pacote envolto em papel de seda. Li o cartão que o acompanhava. Dizia apenas: *Feliz aniversário, minha querida. Beijos do Jango.* Ele não esqueceu, pensei com satisfação. Abri o pacote. Era um belo relógio com brilhantes. Comecei a chorar como uma colegial. Dinda naturalmente não viu minhas lágrimas. Apertou-me a mão rapidamente e disse: "Parabéns". As ostras mortas dos olhos fitaram-se em mim. Levantei-me e beijei o rosto da velha, que resmungou: "Ué! Que bicho le mordeu?".

Boa pergunta. Que bicho me teria mordido? Pode-se comparar a fé a um bicho? Talvez. Um pássaro... Mas não tenho medo de ser bicada por ele. Pelo contrário, quero pegá-lo, prendê-lo numa gaiola. Mas trata-se dum animal arisco. É por isso que nestes últimos tempos ando caminhando na ponta dos pés e falando baixo, para não espantá-lo.

Lá fora está um dia de ouro e esmeralda. A imagem pode ser vulgar, mas é a melhor que encontro. Ouro, esmeralda e porcelana azul.

Resolvi que Deus não pode deixar de existir. Porque eu preciso d'Ele. Porque o mundo precisa d'Ele. Duas boas razões, não é mesmo?

Já sei o que vou fazer daqui a pouco: procurar um lugar onde haja paz e sombra para meditar. O Capão da Jacutinga, por exemplo. Bom para um encontro com Deus. Espero que Ele não falte.

Olho para a folhinha, na parede. Não é mesmo engraçado? Estou completando hoje um quarto de século de existência.

15 de junho

Carta de madrinha Flora. Como sempre serena, amiga e contida. Eis uma pessoa que não se abre com ninguém. Não pode deixar de sofrer com o comportamento do marido, que parece piorar de ano para ano. No entanto ela nada diz a esse respeito. Mais de uma vez esperei dela uma confidência, uma palavrinha que fosse, assim como uma espécie de senha para entrarmos no "assunto". Nada. Nunca. Não vou esconder de mim mesma que sempre gostei mais de meu padrinho que dela, embora a ame também e goste de sua presença fresca e sedativa. Durante todo o tempo em que vivi no Sobrado, como menina e como adolescente, d. Flora sempre me tratou com um carinho discreto, nunca me fazendo sentir como uma estranha à família. Padrinho uma que outra vez perdeu as estribeiras e gritou comigo, o que me deixou primeiro assustada e trêmula e depois chorosa e sentida.

Por falar a verdade, a minha verdadeira "sogra" tem sido a Dinda. Mas não temos conflitos. Desde meu primeiro dia de casada, entreguei à Velha — com alegria, confesso — a direção da casa. É ela quem determina o que se deve comprar no armazém, o que se deve fazer para o almoço ou para o jantar. É ela quem dá ordens às criadas. A esta altura da vida, quem quererá ou poderá tirar esse cetro das mãos da Velha?

Desde que a família se mudou para o Rio, minha madrinha tem sido uma espécie de turista no Sobrado. Volta todos os verões, mas passa a maior parte de janeiro e fevereiro no Angico.

Ao primeiro exame, d. Flora parece uma criatura simples, duma transparência de cristal. Não teve mais que uma educação elementar, mas seu bom senso, sua inteligência natural, e essa admirável escola do velho Babalo contribuíram para fazer dela uma grande dama. Está claro que o convívio com o marido melhorou suas letras.

Não. Madrinha Flora não é um cristal. O que ela tem é essa transparência ilusória da porcelana. No fundo seu silêncio deve ser uma liga de pudor e amor-próprio, que produz um metal duma resistência extraordinária. Está habituada à vida do Rio e já não poderia mais viver feliz em Santa Fé. A princípio não compreendi bem por quê. Um dia ela me contou que seus primeiros três anos na capital federal, como mulher dum político de certa importância — com todas essas obrigações de tomar parte em recepções, coquetéis, jantares, campanhas de caridade —, foram para ela difíceis e cansativos. Um dia decidiu pôr fim a tudo isso e viver a sua vida, de acordo com seu temperamento. Foi então que descobriu que é mais fácil ter uma vida privada no Rio de Janeiro do que em Santa Fé...

Que ela e padrinho Rodrigo não vivem como marido e mulher, não é mais segredo, embora o assunto seja tabu na família. Tio Toríbio no último ano de sua vida andava preocupado com as "mudanças" da cunhada. Dizia: "Como é que uma gaúcha de boa cepa como a Flora, cria do velho Babalo com a velha Laurentina, pode gostar tanto do Rio a ponto de esquecer nossa terra?". Confesso que nunca me preocupei com essa situação. Como é o caso de tantas outras damas do Rio Grande que para lá se mudaram com os maridos depois de 30 (e a esposa do presidente parece ser um exemplo), acho-a incorruptível.

Há um problema que me preocupa há muito, mas sobre o qual não tenho querido pensar e muito menos escrever: padrinho Rodrigo.

Mas hoje não! Fica para amanhã. Ou para depois de amanhã. Ou para o dia de são Nunca.

20 de julho

Quem me contou a primeira história desagradável a respeito de meu padrinho foi minha própria mãe. Por muito tempo, reprimi essa lembrança, que agora me volta com uma intensidade inquietante. Eu devia ter quase quatorze anos. Os Cambarás estavam em Santa Fé, tinham vindo para passar o verão de 1932-1933.

Uma tardinha voltei para casa alvorotada, contando o que vira e ouvira no Sobrado. Estava encantada com os presentes que meus padrinhos me haviam trazido: um vestido de organdi cor-de-rosa e um par de sapatos de salto alto. Mamãe olhou para todas essas coisas sem muito entusiasmo. Soltou um de seus suspiros profundos e continuou a pedalar a Singer.

Olhei para um número d'*A Voz da Serra* que estava em cima duma mesa. Na primeira página, vi a notícia da morte duma mocinha do Purgatório, que tomara veneno por ter sido desonrada por um homem casado, cujo nome o jornal ameaçava revelar, caso o "sedutor" não confessasse seu crime espontaneamente. Li apenas os cabeçalhos. Nunca simpatizei com aquele jornal mal impresso em papel áspero, com seus clichês borrados e as enormes tarjas negras dos convites para enterro, que deixavam as mãos da gente sujas dum pretume macabro. Mas minha mãe, percebendo que eu tinha lido o título da notícia, murmurou: "Aposto como o bandido é um desses graúdos de colarinho duro". Eu nada disse. Estava cheia da luz e do calor humano do Sobrado, e principalmente de meu amor por Floriano. Mamãe, porém, não me deu trégua: "É bom a gente não se iludir com os homens. São todos iguais. Todos!". A conversa podia ter parado aí, porque eu não disse palavra. Não consigo compreender — por Deus que não consigo! — por que minha mãe levou o assunto tão longe. Que secretas reservas de ódio ou ressentimento teria ela para com o dr. Rodrigo, para dizer o que disse depois? Eis suas palavras cruéis: "Teu padrinho mesmo, que parece tão direito, não é diferente dos outros... Um dia fez mal para uma moça e a coitada se matou". Gritei: "É mentira!". Minha mãe me olhou, espantada: "Morde essa língua, desaforada!". Saí da sala e me meti no quarto. Mamãe, porém, me seguiu: "Se achas que estou mentindo, pergunta às pessoas que sabem. Foi em 1915. Tu nem eras nascida, mas eu me lembro. A moça era alemoa ou coisa que o valha. Uma família de músicos. Tomou veneno. Toda a cidade ficou sabendo". Eu não queria escutar. Estendida na cama, com a cabeça debaixo do travesseiro, tapava os ouvidos com as mãos. Minha mãe, percebendo decerto que tinha se excedido, calou-se. Depois, passando a mão de leve pelo meu ombro, murmurou, já com voz lamurienta, como se ela fosse a única vítima em tudo aquilo: "Se te contei isso, foi para o teu bem, para estares preparada. Teu padrinho é uma boa criatura, mas não é nenhum santo. É um homem como os outros. Agora que estás ficando mocinha, tens de aprender essas coisas tristes e feias da vida".

À noite, na cama, pensei, ainda perturbada, na história de Toni Weber. Conhecia sua sepultura muitíssimo bem. Todos os anos, no Dia de Finados, eu costumava levar flores ao jazigo dos Cambarás, ao túmulo do ten. Quaresma e ao da suicida.

No dia seguinte, a história me saiu quase por completo da cabeça. E por uma razão muito forte. Eu estava concentrada numa ideia: fazer-me bonita para me apresentar de novo a Floriano.

22 de julho

Curioso. Depois da perturbadora história que minha mãe me contou, passei a encarar o nome Toni Weber de outra maneira. É fantástico como só agora me lembro disso. Comecei a pensar na suicida com uma pontinha de ciúme. Recusava culpar meu padrinho pelo que tinha acontecido. Preferia responsabilizar a moça por tê-lo "seduzido". E pensando naquela tragédia amorosa, eu me compadecia não só de madrinha Flora como de mim mesma. Ambas tínhamos sido vítimas duma intrusa que um dia tentara nos roubar a afeição do homem que amávamos.

Não quero exagerar, mas penso que já no Dia de Finados do ano seguinte não visitei a sepultura de Toni Weber. Quando levaram os restos do ten. Quaresma para a sua terra natal, meus "interesses sentimentais" naquele cemitério concentraram-se exclusivamente no mausoléu dos Cambarás.

Agora mesmo neste momento em que, mulher-feita, tento reexaminar o assunto e "reabilitar" (se tal é o caso) a memória de Toni Weber, sinto-me ainda um pouco inibida. Move-me a curiosidade e ao mesmo tempo o temor de saber toda a verdade sobre essa triste história.

Mas voltemos aos vivos. Meu padrinho foi sempre o meu herói. O mais belo homem do mundo. O mais valente. O mais justo. O mais inteligente. O mais generoso. Se era possível a um ser humano atingir a perfeição, padrinho a tinha atingido. Era assim que eu pensava e sentia quando menina e adolescente. Era cega, *queria* ser cega a tudo quanto tendesse a manchar ou desmanchar essa imagem ideal. Refugiava-me no castelo fortificado de minha devoção, fechava as portas, erguia as pontes levadiças e resistia a todas as tentativas que o mundo fazia para me destruir o belo sonho. Mas como foi que o inimigo penetrou nas minhas muralhas? Era fácil resistir aos ataques frontais, fogo contra fogo e ferro contra ferro. Mas era quase impossível evitar a entrada de agentes secretos. Hoje toda uma quinta-coluna está irremediavelmente instalada dentro do castelo. Já não sou mais senhora de minha cidadela. Recolho-me a uma torre, último reduto que estou decidida a defender a qualquer preço. É a torre do amor. Do amor que não julga, que não pede explicações nem definições. Do amor que se basta a si mesmo.

25 de julho

Creio que só lá pelos meus dezoito anos é que comecei a me interessar um pouco pela política nacional, isto é, a prestar atenção nas personalidades e nas notícias, relacionando umas com as outras a ponto de ter pelo menos uma ideia vaga da situação geral. Eu sabia que meu padrinho era o que se chamava um "figurão da política", um dos "homens do Catete". Isso me dava um grande orgulho e uma satisfação especial, porque, como a maioria das meninas da minha geração, que atingiram a adolescência no princípio da era getuliana, eu tinha uma pronunciada simpatia pelo presidente Vargas. Gostava até mesmo de seu físico, que era a negação da estampa clássica do herói. Sentia-me atraída pelo seu sorriso aberto, e por um certo ar de serenidade e limpeza que envolve sua pessoa. É um homem que impõe respeito sem precisar fechar a cara nem levar a mão ao cabo do revólver. Consegue ser um humorista sem jamais correr o risco de se transformar em palhaço, o que não deixa de ser uma proeza. Não tem a menor pressa em fazer seu autorretrato, definir-se, explicar aos outros como é ou como não é. Creio que não vive, como aquela personagem de Raul Pompeia, na obsessão da própria estátua. Sempre apreciei as histórias que correm de boca em boca sobre suas picardias políticas. (O dr. Terêncio, que não o suporta, me disse um dia que um presidente da República é eleito e pago pelo povo para governar e não para ser personagem de anedotas ou para exibir sua maestria como capoeirista na arena política.) Seja como for, eu gostava e gosto do Gegê. E agradava-me a ideia de saber que o dr. Rodrigo era seu amigo.

Lembro-me de meu padrinho em várias etapas de sua "transformação". Eu estava na estação de Santa Fé, com lágrimas nos olhos, naquele dia de outubro de 30 em que ele entrou no trem de Getulio Vargas e seguiu para a frente de operações. A multidão que o cercava não permitiu que eu lhe desse um beijo de despedida, e isso agravou minha tristeza e minha sensação de abandono.

Só tornei a vê-lo em dezembro de 1931, quando ele voltou com a família para passar um mês no Angico. O fato de ele haver aceito um cartório tinha causado escândalo na cidade. Eu ouvia murmúrios, embora não entendesse bem por que aquela coisa era tão séria. Muitas vezes vi padrinho Rodrigo conversar no escritório com tio Toríbio sobre o novo governo. (Minha memória auditiva é muito melhor que a visual.) Estava exaltado. Lembro-me duma frase sua: "Te juro como desta vez endireitamos este país, ou então eu não me chamo mais Rodrigo Cambará". Doutra feita ouvi tio Toríbio perguntar: "Mas quanto tempo o Getulio pretende governar sem Congresso?". Meu padrinho, irritado, respondeu: "Estás doido? Fazer eleições agora seria o mesmo que abrir a porta para a volta de toda essa canalha que tiramos do poder há pouco mais de um ano!".

Meses para mim inesquecíveis foram os do verão de 1932-1933. Havia terminado a Revolução de São Paulo com a vitória do governo central. Tio Toríbio, que tinha lutado ao lado dos paulistas, voltou para casa. Todos nós temíamos o momento em que ele se encontrasse com o irmão. Esperava-se um atrito. Não houve nada disso. Caiu um nos braços do outro e puseram-se ambos a chorar e a rir como crianças. Depois foram beber no escritório e lá dentro cada qual falava mais alto. Recordo-me de ter ouvido meu padrinho perguntar: "Mas por quê? Por quê? Logo tu, meu irmão, meu amigo, companheiro de 23 e de 30! Querias que o Getulio arrumasse em menos de dois anos o que os carcomidos da velha República desarrumaram em quarenta?". Não ouvi a resposta de tio Toríbio. Mas me lembro, isso sim, de que por aqueles dias entreouvi uma conversa dele com Tio Bicho. Disse este: "Duas coisas deixaram magoado e perplexo o nosso amigo Rodrigo. A primeira foi a notícia de que estavas lutando ao lado de São Paulo. A outra foi a de ver que os paulistas brigavam como homens. Teu irmão não acreditava que aquela 'revolução de meninos ricos', como ele a chamava, tomasse tais proporções. Nem que aquelas flores do patriciado rural e intelectual paulista fossem capazes de atos de coragem física. O doutor Rodrigo se sentia um pouco agravado ante tudo isso, porque para ele a coragem era e é uma espécie de monopólio da gente do Rio Grande". Tio Toríbio disse depois: "O Flores da Cunha nos roeu a corda. Foi a maior decepção da minha vida. Se o Caudilho tivesse apoiado a revolução, como esperávamos, a esta hora o Getulio estava no chão e o país tomava outro rumo". Está claro que repito aqui com palavras minhas uma conversa ouvida há mais de dez anos. (Estive há poucos dias "conferindo lembranças" com Tio Bicho.)

Em janeiro de 1936, meu padrinho voltou para Santa Fé indignado com os comunistas por causa do levante de novembro do ano anterior. "Um verdadeiro banditismo! Os oficiais revoltosos assassinaram friamente a tiros os seus companheiros de caserna! Se a coisa dependesse de mim, eu mandava fuzilar sumariamente esses bárbaros." Quando padrinho saiu da sala, pronunciadas essas palavras, Bandeira puxou um pigarro, olhou para tio Toríbio e resmungou: "É engraçado... Em 1930 mataram aqui o Quaresma. Se mais dez oficiais tivessem resistido da mesma maneira, os dez teriam sido mortos. A diferença dos casos é apenas técnica... A Revolução de 30 foi vitoriosa e o golpe de novembro de 35 falhou". Não cheguei a ouvir a resposta de tio Toríbio porque saí da sala indignada. Não queria, nem mesmo pelo silêncio, participar daquela "traição" ao meu padrinho. Quando Tio Bicho mencionou o assassínio do ten. Bernardo Quaresma, foi como se ele me tivesse machucado, por pura malvadez, a cicatriz duma ferida antiga e esquecida. Porque, por um passe de prestidigitação psicológica, eu conseguira fazer desaparecer do meu passado aquele incidente dramático. Sim, eu sabia que meu padrinho tinha participado do "fuzilamento" do ten. Quaresma. Portava-me como uma testemunha que recusa dizer a verdade porque deseja salvar o réu. Não será isso um sinal de que está convencida de sua culpabilidade?

26 de julho

Releio as páginas anteriores. Já que comecei esse assunto para mim tão desagradável, acho que devo continuar. Passei os anos letivos de 1933 a 1936 em Porto Alegre, fazendo o curso da Escola Normal. Nos corredores dessa escola e na sala de refeições da pensão onde me hospedava, ouvi muitas vezes mencionarem o nome do dr. Rodrigo Cambará, nem sempre ou, melhor, quase nunca acompanhado de referências lisonjeiras. Era ele em geral apresentado como um dos muitos "heróis" do Rio Grande que em outubro de 1930 se haviam lançado numa "carga de cavalaria contra os cartórios e as sinecuras do governo federal".

Certa vez o dono da pensão, sem saber de minhas relações com a família Cambará, disse à hora do almoço, glosando uma notícia lida nos jornais da manhã: "Contam que esse tal de Rodrigo Cambará está ganhando horrores com a advocacia administrativa. A coisa começou o ano passado, quando o Aranha inventou essa história de reajustamento econômico". Baixei a cabeça, com as orelhas ardendo, um formigueiro no corpo, uma vontade de gritar que tudo aquilo era mentira, pura invencionice de invejosos.

Foi ainda em 1936 que ouvi falar na "amante peruana" do dr. Rodrigo. Contava-se que era uma mulher duma beleza exótica, descendente (as tolices que se inventam!) dum príncipe inca. Andava muito bem vestida, toda reluzente de joias caríssimas, e tinha um Cadillac com chofer uniformizado. "E tudo é o coronel que paga."

Durante as férias de verão, eu examinava a fisionomia de meu padrinho, atenta às suas palavras e gestos. Por mais que quisesse concluir que ele era o mesmo, a evidência me derrotava. Havia nos seus olhos qualquer coisa indefinível que me assustava sem deixar de me fascinar. As ideias que agora expunha eram a negação do Rodrigo romântico, liberal e desprendido de antes de 1930.

Nas férias de 1936-1937, eu o ouvi queixar-se pela primeira vez de seu amigo, o presidente da República. "O Getulio é um ingrato", disse ele um dia ao irmão. "Há mais de dois anos, prometeu me mandar para a Europa numa comissão, talvez como embaixador em Lisboa... Mas qual! Esqueceu-se. Ou então algum dos bobos de sua corte lhe encheu os ouvidos com mentiras a meu respeito."

Foi também naquele verão que, ouvindo alguém elogiar o trabalho de Oswaldo Aranha como embaixador do Brasil em Washington, meu padrinho fez a respeito desse homem, de quem eu o julgava amigo incondicional, alguns comentários que me pareceram pouco simpáticos. Numa de suas cartas daquela época, Floriano me fez sobre o pai uma observação que de certo modo me esclareceu essa atitude:

> Sempre que vê pela frente um homem bonito e forte, a tendência natural do Velho é de considerá-lo sumariamente um competidor. E a sua reação diante dele pode ir da simples implicância à hostilidade aberta, dependendo tudo das circunstâncias. E quando o "antagonista", além das qualidades físicas positivas, é também inteligente e brilhante, o nosso dr. Rodrigo parece sentir-se roubado, diminuído, insultado. Isso explica a sua má vontade para com homens como Oswaldo Aranha e Flores da Cunha. Estou certo, porém, de que no fundo dessa animosidade encontraremos um certo elemento de relutante admiração e — quem sabe? — até de amor. É extraordinário como certos tipos indiscutivelmente másculos possam revelar características tão femininas. Getulio Vargas tem a seu redor vários "namorados" que lhe disputam o afeto. Cada qual quer ser o favorito do sultão. Entredevoram-se, cordiais e brincalhões, numa atmosfera de intimidade escatológica.

Em 1938 o que se murmurava era que o dr. Rodrigo andava metido em grandes empreendimentos imobiliários. Durante as férias, no fim daquele ano, ouvi meu padrinho falar com entusiasmo em construir prédios de apartamentos, promover o loteamento de terrenos, conseguir com o governo desapropriações... Tinha adquirido o hábito de fumar grandes charutos, desses que a caricatura e o cinema apresentam como símbolo da prosperidade econômica e da negação dos valores espirituais. Eu quase não o reconhecia.

Uma noite procurei discutir o assunto com Jango, mas o meu marido me arrasou com poucas palavras: "Vamos cuidar da nossa vida, o que já não é pouco". E a nossa vida não ia lá muito bem. Piorou consideravelmente em 1940, quando perdi a criança no terceiro mês de gravidez. Acho que Jango nunca ficou completamente convencido de que eu não tive nenhuma culpa desse insucesso.

Notei um tom de mágoa e também de censura (ou estarei exagerando?) na voz de meu padrinho quando ele disse: "Então, Sílvia, não é desta vez que me dás um neto...". Contou-me que Bibi evitava filhos e que seu casamento fora um fracasso. Fiquei com a impressão de que eu era culpada também de Bibi não querer filhos e de não viver feliz com o marido.

Nas férias de 1942-1943, achei meu padrinho tristonho. Uma noite ficamos sozinhos um na frente do outro, na sala. Ele olhou para o seu próprio retrato de corpo inteiro, namorou-se por alguns instantes e por fim murmurou: "Estou envelhecendo, Sílvia". Eu sabia que o que ele queria mesmo era um elogio. "Qual! O senhor parece um quarentão, quando muito. Nenhuma ruga. Pouquíssimos cabelos brancos!" Não me enganei. Ele sorriu, satisfeito, me bateu na mão e depois acendeu um charuto. E o homem do charuto não era o mesmo que tinha olhado triste para o retrato.

Como é que uma pessoa muda? Por quê? Ou será que tudo se passa dentro das nossas cabeças? A culpa não será nossa, por esperarmos dos outros o que eles não nos prometeram ou não nos podem dar? Tomemos o caso de Floriano. Padrinho quis fazer dele primeiro um advogado e depois um diplomata. Zeca deseja convertê-lo ao catolicismo. Eduardo acusa-o de conformismo e acha que o dever do irmão é entrar para o Partido Comunista. Tio Bicho quer tê-lo sempre ao seu lado, na legião dos cépticos. E eu, que é que espero dele?

O melhor é não esperar nada de ninguém. Nunca. Assim dói menos viver...

28 de julho

Nova carta de Floriano, da Califórnia. É pueril, absurdo, mas aguardo essas cartas num alvoroço de namorada. E também numa espécie de susto. Acho que Jango não aprova essa correspondência, apesar de ele ainda não me ter dito nada claramente. Noto que fica contrariado toda vez que vê chegar um envelope debruado de azul e vermelho endereçado a mim. Faço questão de mostrar-lhe as cartas, para que ele veja que elas não contêm nada de "mau". Ele as lê por alto, com impaciência, e habitualmente diz: "Vocês literatos!".

Floriano continua um agnóstico, mas repete que sente "a nostalgia duma religião que nunca teve". Curioso, não conheço ninguém mais preparado que ele para aceitar Deus. Acho que tem na sua alma um belo nicho vazio, à espera duma imagem. Talvez pense que entregar-se a Deus seja um compromisso demasiado sério para quem como ele tanto deseja ser livre. Mal sabe o meu querido amigo que a aceitação de Deus é a suprema liberdade.

26 de setembro

Depois das derrotas dos nazistas na Rússia e na África, e do desembarque de tropas americanas na Sicília e em Salerno, não há mais dúvida: os aliados venceram a guerra. O fascismo se esboroou. Badoglio prendeu Mussolini. O resto agora é uma questão de tempo.

E a gente fica triste por saber que esse tempo vai ser ainda marcado pela morte e pela destruição.

Passei dois meses sem abrir este diário. Algo de muito importante se passou comigo durante estes últimos tempos. A "campanha interior" terminou com a minha capitulação. Fui conquistada pelos exércitos de Deus. É possível que na minha hinterlândia os soldados do diabo ainda continuem na sua atividade de guerrilhas. Mas o importante é que sou uma terra ocupada por Deus. Todas as praias. Todos os portos. Todas as cidades. Todas as planícies, montanhas, florestas, vales... Isso transformou por completo a minha vida. Acho que posso agora enfrentar com mais coragem as minhas dificuldades e resolver melhor os meus problemas. Já não tenho mais receio das minhas noites nem acho longos nem vazios os meus dias.

Por que não contei nada disso a Floriano nas minhas cartas? Não sei, um estranho pudor ainda me tolhe. Qualquer dia.

4 de dezembro

Entardecer no Angico. Estou parada, sozinha, na frente da casa da estância, olhando para o poente. O sol parece uma grande laranja temporã, cujo sumo escorre pelas faces da tarde. O ar cheira a guaco queimado. Um silêncio de paina crepuscular envolve todas as coisas. A terra parece anestesiada. Raras estrelas começam a apontar no firmamento, mais adivinhadas que propriamente visíveis. Sinto um langor de corpo e espírito. Decerto é a tardinha que me contagia com sua doce febre. Tenho a impressão de estar suspensa no ar... E de que alguma coisa vai acontecer. Cerro os olhos e fico esperando o recado de Deus.

Encruzilhada

I

Na madrugada de 18 de dezembro de 1945, Arão Stein enforcou-se num dos galhos da figueira da praça da Matriz. Quem encontrou o corpo, já sem vida, foi um empregado da Estrela-d'Alva, que andava distribuindo pão na sua carrocinha. Contou a história assim:

— O dia estava amanhecendo quando dei com aquela coisa dependurada na figueira. Pulei da carroça e vim olhar. Conheci logo o judeu. Estava completamente pelado, a cara roxa, a língua meio de fora, o pescoço quebrado. Vai então fui chamar o delegado, que já estava chimarreando na frente da casa. O homem tirou da cama o médico da polícia, vieram examinar o enforcado e viram que ele tinha esticado mesmo. Cortaram a corda com uma faca e o corpo caiu — pôf! — como uma jaca das grandes que se esborracha no chão.

Pouco antes das sete da manhã a polícia deu por terminadas as formalidades que o caso exigia e esperou que algum membro da família do morto viesse reclamar o corpo. Ninguém veio. Arão Stein não tinha parentes vivos em Santa Fé.

Dante Camerino, que passara a noite em claro na sua casa de saúde, à cabeceira dum doente, foi dos primeiros a saberem do suicídio. Correu a acordar Tio Bicho, o que só conseguiu com muita dificuldade. Por volta das oito da manhã, ainda estremunhado de sono, mas já com um crioulo aceso entre os dentes, Roque Bandeira compareceu à delegacia.

— Vim buscar o defunto — disse. — Acho que o Stein me pertence por usucapião.

O corpo do suicida foi levado para a casa do amigo. Bandeira comprou um caixão barato na armadora do Pitombo. O defunteiro queria fazer "um velório em regra", mas Tio Bicho repeliu a ideia.

— Nada de crucifixos, castiçais e velas. O homem era ateu. — Pitombo tentou puxar uma discussão sobre a imortalidade da alma, mas o outro virou-lhe as costas, dizendo simplesmente: — Me mande a conta.

Pouco antes das nove da manhã, a sala principal da casa de Roque Bandeira estava transformada em câmara mortuária. O primeiro amigo que apareceu foi o dr. Camerino.

— Pensei que tinhas ido dormir — disse-lhe Tio Bicho, que então tomava seu café.

O médico abriu a boca num bocejo, atirou-se numa cadeira e resmungou:

— Estive no Sobrado tomando providências para evitar que o doutor Rodrigo venha a saber desta história. Agora vim ver se precisas de mim para alguma coisa...

— Não. Obrigado. Queres um cafezinho?

— Boa ideia.

O dono da casa entregou-lhe uma xícara fumegante.

— Açúcar?

— Não. Estou fazendo dieta para diminuir estas banhas.

Tomou um gole de café e depois indagou:

— Onde foi que encontraram as roupas e os sapatos dele?

— Em cima do banco, debaixo da figueira.

— Pobre do Arão! Eu vi que essa coisa toda ia terminar mal...

— Mal? Acho que até terminou bem. Há muito que o Stein não era mais o mesmo homem. É mil vezes preferível a gente ter uma morte violenta mas rápida a ficar se acabando aos poucos no fundo dum hospício. E, seja como for, o nosso hebreu arranjou um "*finale*" em grande estilo, digno de sua condição de personagem de Dostoiévski.

Camerino tornou a bocejar.

— Teu café estava ótimo. Vou andando...

Dirigiu-se de novo para o Sobrado e entrou sem bater no quarto de Floriano. Este acordou num sobressalto, soergueu-se na cama e perguntou, alarmado:

— O Velho?

— Não. O Stein. Enforcou-se esta madrugada na figueira da praça.

Floriano quedou-se por alguns instantes a olhar para o médico. Surpreendia-se por não se sentir chocado pela brutal notícia. Era como se tivesse tido a intuição de que aquilo mais cedo ou mais tarde tinha de acontecer. Ou então como se já tivesse vislumbrado no seu inconsciente a cena do enforcamento do Stein, como parte inevitável do romance que ainda ia escrever.

— Onde está o corpo?

— Na casa do Bandeira.

— O Velho já sabe?

— Não sabe nem vai saber. Já tomei todas as medidas. Conto também com a tua discrição.

— Natural.

Floriano sentou-se na beira da cama, ficou por algum tempo a passar a mão pelos cabelos e a olhar fixamente para o soalho.

— Vou me barbear, tomar um banho rápido e depois toco pra casa do Roque.
— Não tem pressa. O Arão agora pode esperar.

2

À mesa com as mulheres, Floriano não tocou no pão. Bebeu apenas café preto, em silêncio. Sílvia tinha os olhos um pouco avermelhados. Uma resignada tristeza anuviava a face de Flora. Nenhum dos quatro fez a menor referência ao acontecimento da madrugada. Só Maria Valéria, mas assim mesmo de maneira indireta e breve. Num certo momento suspirou: "Pobre do João Felpudo!".

Ao sair de casa, Floriano teve a impressão de que recebia no rosto o bafo duma fornalha acesa. Se àquela hora da manhã fazia um calor assim, que se poderia esperar do resto do dia? Tirou o casaco e a gravata, desabotoou o colarinho e atravessou a praça, procurando a sombra das árvores. Encontrou um conhecido, que lhe perguntou:

— Então, já sabe?

Ele fez que sim com a cabeça e continuou a andar. O outro o acompanhou durante alguns passos.

— Deixou alguma carta?

Floriano encolheu os ombros.

— Não sei de nada, desculpe, não sei.

Achou mais prudente descer pela Voluntários da Pátria, para evitar as rodinhas que fatalmente àquela hora estariam comentando "o prato do dia", à frente da Casa Sol, da Farmácia Humanidade, do Clube Comercial e da Confeitaria Schnitzler.

Floriano estava um tanto ofuscado ante o esplendor de cores da manhã. Por cima dum muro caiado, as flores dum pé de hibisco respingavam de vermelho o azul do céu. As árvores, dum verde profundo, ganhavam lustroso relevo contra a brancura das paredes das casas, que reverberavam a luz do sol. Aquilo parecia um quadro saído da palheta dum pintor convencional — refletiu Floriano. As tintas estavam ainda frescas, e ele próprio fazia parte da tela. O suor que começava a escorrer-lhe pelo corpo contribuía para aumentar-lhe a sensação de ser uma figura recém-pintada.

Os alto-falantes da Rádio Anunciadora inundavam o bojo luminoso da manhã com a música metálica e petulante dum dobrado. Floriano caminhava pensativo, sem poder conciliar a alegria ostensiva da paisagem e da hora com o suicídio de Stein.

Ao aproximar-se da casa de Bandeira, viu que curiosos — homens, mulheres e crianças — amontoavam-se na calçada. Descalço, suando em bicas, a camisa empapada, Tio Bicho gritava da porta:

— Vão embora! Isto não é circo de cavalinhos nem feira pública! O homem se matou porque quis. A vida era dele. Não é da conta de ninguém. Vão embora!

Alguns afastaram-se, contrafeitos. Outros, porém, insistiam em espiar para dentro, através das janelas escancaradas. O Cuca Lopes destacou-se do grupo, avançou lampeiro, com ares de íntimo do Bandeira, mas este lhe barrou a entrada:

— Alto lá, Cuca! Se queres assunto pros teus mexericos, vai procurar noutra parte. Na minha casa, não!

O oficial de justiça recuou dois passos, cheirou a ponta dos dedos, surpreso e aflito:

— Que é isso comigo, Roque? Tu sabes que eu era amigo do Arãozinho...

— Amigo coisa nenhuma. Raspa daqui!

Ao avistar Floriano, Tio Bicho exclamou:

— Ó homem! Estava à tua espera...

Floriano entrou. A primeira coisa que viu foram os pés do defunto, metidos em velhas botinas de solas esburacadas.

— Não achas que devíamos comprar uns sapatos mais decentes para o nosso amigo? — perguntou.

— Qual nada! Raciocinas com o formalismo do pequeno-burguês. Não vês, então, que para um campeão do proletariado esses buracos são condecorações?

Floriano colocou o casaco sobre o respaldo duma cadeira e depois ficou a enxugar com um lenço o suor do rosto e do pescoço. Um pano branco cobria a cabeça do morto.

— Queres ver a cara desse idiota? — perguntou Tio Bicho.

— Não.

— Eu já esperava essa resposta. Fazes bem. O Stein nunca foi nenhuma beleza, e a forca não lhe melhorou o focinho...

— É verdade que ele estava completamente nu quando se matou?

— É. E isso prova que sua cabeça funcionou direito na hora do suicídio. Um homem deve morrer nu como nasceu. Assim fica completo o grande ciclo: do ventre materno ao ventre da terra. Uma trajetória entre duas mães.

Floriano sentiu que Tio Bicho estava em grande forma e que aquela manhã prometia muito. Viu o amigo meter-se na cozinha e voltar de lá empunhando uma garrafa de cerveja gelada, o cigarro aceso preso entre os dentes.

3

— Pobre Raskolnikov! — exclamou Bandeira, aproximando-se do esquife. — Acabou assassinando a dona da casa de penhores! Racionalmente ele justificava o crime, mas emocionalmente repudiava-o. Seu sentimento de culpa levou-o à autopunição.

— Mas achas que sua expulsão do Partido Comunista não teve nenhuma influência nisso tudo?

— Teve, é claro, e como! Stein cometeu matricídio para ajudar seus irmãos em Marx. Por fim esses irmãos ingratamente o declararam renegado e o expulsaram da família, acusando-o de traidor. O golpe não podia ter sido mais cruel. Nosso Raskolnikov gritava que estava com a razão nas suas divergências com a direção do Partido, mas na noite em que o expulsaram, um dos camaradas o chamou de traidor, de Judas, e esse cretino tomou a coisa tão ao pé da letra, que acabou parodiando o Iscariotes. Claro que tinha de ser numa figueira! Tens ainda alguma dúvida quanto à força diabólica dos símbolos e dos mitos?

Floriano sacudiu a cabeça.

— Eu mesmo estou me sentindo um pouco culpado desse suicídio, porque se ontem...

— Eu sei! — interrompeu-o Tio Bicho. — Eu sei! Não podias perder a oportunidade de entrar no drama... Ah, não! Sempre achamos um jeitinho de dobrar finados por nós mesmos quando nossos amigos morrem de morte natural ou se matam. Achamos bonito sentir na própria carne as feridas e as dores alheias. É nobre. É purificador. É um alimento para nossa necessidade de autocomiseração. Somos uns porcarias, seu Floriano. Não queremos curar nossas chagas e viver com saúde. Preferimos ser crucificados pela humanidade. Somos uns "cristinhos" muito vagabundos, na pior, na mais barata das imitações.

Tio Bicho fez uma pausa, levou o gargalo da garrafa à boca, bebeu um largo gole de cerveja e disse:
— Por falar em Cristo, lá vem o filhote de urubu.

Irmão Toríbio entrou, sério, sem dizer palavra, acercou-se do esquife, ajoelhou-se e ali ficou a rezar.

— Não adianta — murmurou Roque Bandeira. — Segundo a teologia de vocês, o Stein a esta hora está no inferno. O melhor, Zeca, é rezares pelos vivos. Por exemplo, pelo Floriano, que sofre no seu inferninho particular em que ele é ao mesmo tempo diabo e alma condenada.

— A que horas é o enterro? — perguntou o Irmão, pondo-se de pé.

— Pedi ao Pitombo que me mandasse o carro às dez e meia. Precisamos observar primeiro um intervalo decente, para esse filho de Israel não pensar que estou louco pra me livrar dele. E depois, que diabo!, devemos gozar um pouco mais da sua agradável companhia. Hoje, como não pode falar, o Stein está mais brilhante que nunca. Para não quebrar um velho hábito, continuo a discordar até das coisas que ele não diz. Ó Zeca, se estás com sede, vai buscar uma cerveja no refrigerador...

O marista aceitou a sugestão e dirigiu-se para a cozinha. Floriano pôs-se a andar dum lado para outro, na sala. Esforçava-se por não sentir muita pena de Stein, por consolar-se com a ideia de que agora pelo menos o amigo cessara de sofrer.

Aquele era o compartimento maior da casa, um misto de gabinete de trabalho e sala de jantar e de visitas. Ali estava contra a parede uma pesada escrivaninha de tampo corrediço, sobre a qual se viam um tinteiro e várias canetas de tipo antigo, meia dúzia de lápis de cor, uns dois ou três livros abertos e uma folha de papel almaço pautado, sobre a qual negrejava um pedaço de fumo em rama. Junto da escrivaninha, uma cadeira giratória, pesada e escura, dava ao conjunto um ar de escritório comercial. Em cima duma pequena mesa auxiliar, amontoavam-se números do *National Geographic Magazine* e algumas obras sobre oceanografia. As paredes estavam cobertas de estantes cheias de livros em várias línguas, em sua maioria brochuras. E no soalho encerado e sem tapetes viam-se livros espalhados, de mistura com peças de roupa branca sujas, latas de conserva vazias, paus de fósforo e tocos de cigarro. Num aquário cúbico, peixes ornamentais nadavam serenamente.

— Não sei se o Stein aprovaria este cenário para o último ato de seu drama — disse Tio Bicho ao marista, quando este voltou com uma garrafa de cerveja numa das mãos e um copo na outra. — Quero dizer, a presença de todos estes produtos da literatura capitalista...

Irmão Zeca agora contemplava o defunto, sacudindo a cabeça e murmurando:

— Mas por quê? Por quê? Por quê?

— Eis uma boa pergunta — disse Bandeira — *Pourquoi? Warum? Perché? Why?*

O marista olhou para Floriano:

— Se tivéssemos agarrado o Stein ontem à tarde, ele não teria cometido esse ato de loucura. Uns meses num sanatório em Porto Alegre poderiam ter feito dele um homem novo. Enfim... ninguém sabe dos desígnios divinos.

— Se vocês que se correspondem com Deus não sabem, que dirá um ateu como eu?

O calor aumentava. Caras apontavam na janela, passantes paravam por um momento diante da porta aberta e lançavam olhares ávidos para dentro. Tio Bicho afugentava os curiosos com a irritação de quem espanta moscas.

— Que calor medonho! — exclamou, tirando a camisa e jogando-a no chão. O suor escorria-lhe por entre a cabelama do peito e dos braços. Seu torso reluzia, nédio como o duma foca.

4

Pouco antes das nove e meia, três velhas senhoras judias bateram à porta, identificaram-se como amigas da mãe do morto, entraram e durante longos minutos ficaram ao redor do esquife, a rezar e choramingar. Suas vozes a princípio soavam vagamente como um triste arrulhar de pombas, mas à medida que o tempo passava foram perdendo o tom íntimo de oração para se transformarem finalmente em lamentações ricas em erres guturais e que pareciam ora invocações a Jeová, ora interpelações ao defunto.

Antes de se retirarem, ficaram por uns três minutos a confabular em voz baixa com Tio Bicho, a um canto da sala. Falavam as três ao mesmo tempo. O dono da casa limitava-se a sacudir a cabeça afirmativamente. Depois que elas se foram, enxugando os olhos e fungando, Floriano perguntou:

— Que era que queriam?

Bandeira encolheu os ombros:

— Não entendi patavina.

De novo foi até a cozinha, abriu o refrigerador, apanhou mais uma garrafa de cerveja, pegou um cubo de gelo e pôs-se a passá-lo pelo rosto, pela papada, pelos braços e pelo peito. Quando tornou a entrar na sala, Floriano terminava uma frase:

— ... então a vida não passa de um jogo.

— Mas não um jogo pueril e inconsequente — replicou o marista.

— É um jogo sério em que empenhamos a alma.

— E quem estabeleceu as regras desse jogo?

— Deus, naturalmente.

— Se assim é, estamos sempre em situação desvantajosa. Ele conhece todas as cartas, ao passo que nós...

— Mas não! Tu te enganas. Não estamos jogando contra Deus, mas contra o diabo.

— Tu acreditas mesmo na existência do diabo?

— Não vamos entrar nisso agora. Podes dar ao diabo o nome que quiseres... O Mal... A Besta... A Treva...

— Estamos perdidos de qualquer maneira — insistiu Floriano, sorrindo —, pois Deus deu ao Sujo as melhores cartas...

— Outro engano teu. O diabo, o grande trapaceiro, joga com cartas marcadas, mas em compensação Deus deu ao homem o que negou ao resto dos animais: uma inteligência e uma sensibilidade capazes de distinguir o Bem do Mal.

— Eu só não compreendo é o *porquê* do jogo. Deus precisa dele para existir?

Tio Bicho interveio:

— Acho que em última análise o Universo não passa dum *hobby* do Todo-Poderoso.

Floriano olhou para o morto. Pobre Stein! Ali estava ele com seu corpo marcado de equimoses, queimaduras e cicatrizes. Sobrevivera a todas as brutalidades da polícia, mas sucumbira a uma palavra pronunciada por um camarada.

Naquele momento Irmão Toríbio dizia alguma coisa, mas Floriano não lhe prestava muita atenção. Só ouviu claro o final duma sentença: "... do teu ateísmo". Voltou-se para o marista e disse:

— Já te repeti mil vezes que não sou ateu, Zeca, mas agnóstico. Confesso-te que me sinto emocionalmente inclinado a desejar a existência dum Papai Grande sob cuja proteção, caso eu me comporte direitinho na Terra, minha alma poderá gozar as delícias interrmináveis e indescritíveis da Eternidade. Mas minha razão repele essas fábulas, tu sabes... o Gênesis segundo as Escrituras, a Santíssima Trindade, essa história de Céu, Purgatório, Inferno, et cetera, et cetera. Não posso conceber um Deus vingativo e cruel que cria o homem do nada para depois colocá-lo (a meu ver sem a menor necessidade) num mundo em que, em virtude de sua própria condição animal, essa criatura tem noventa e nove probabilidades de transgredir os Dez Mandamentos contra uma apenas de obedecer rigorosamente a eles. E se o desgraçado peca no plano do Tempo, Deus o condena à danação eterna. Será possível que não percebeste ainda que, atribuindo ao Criador esse tipo de "justiça", vocês o estão insultando? Na minha opinião, se Deus existe, deve ser muito mais magnânimo do que vocês o pintam...

Tio Bicho meteu-se na conversa:

— E esse ser todo-poderoso, o movedor inamovível, o causador sem causa, o princípio e o fim de todas as coisas... esse Deus criador das galáxias, do sistema solar e de outras enormidades não pode, cá no meu fraco entender, estar interessado em saber o que faço com os meus órgãos genitais, se como ou não carne às sextas-feiras ou se vou à missa todos os domingos.

Bebeu um gole de cerveja, soltou um arroto e ficou sorrindo, a olhar ora para Floriano, ora para o marista, que estavam frente a frente, tendo a separá-los o cadáver do suicida.

— Uma coisa que nunca pude compreender — murmurou Floriano — foi a morte da Alicinha... Por que razão a criança sofreu daquela maneira? Que crime ou pecado estaria expiando?

O marista apalpou o crucifixo que trazia pendurado ao pescoço e por alguns instantes pareceu não saber que responder. Depois, olhando para o amigo com uma ternura fraternal, disse mansamente:

— A gente tem de aceitar ou rejeitar *totalmente* o catolicismo, meu caro. Não há meios-termos possíveis... Segundo a revelação cristã, são os inocentes, os justos e os santos que pagam pelos outros. Este é um dos mistérios do cristianismo. Não devemos esquecer o Sermão das Bem-Aventuranças. E depois, Floriano, pensa bem em que a vida na terra é uma breve passagem, ao passo que a Eternidade...

— Pode bem ser apenas uma metáfora na mente de Deus — completou o outro, sorrindo, sem entender muito claro o que estava dizendo.

Tio Bicho fez nova excursão ao refrigerador, e quando tornou à sala, com outra garrafa de cerveja, Floriano estava com a palavra.

— Dizes que religião é revelação, algo independente da razão... em suma, um estado de graça. Ora, se o Espírito Santo desce sobre algumas pessoas e não sobre outras, então é porque existe uma discriminação, isto é, outra injustiça...

Bandeira soltou uma risada. O marista animou-se:

— Isso é sofisma! — exclamou. — A graça desce sobre os eleitos de Deus, mas pode descer também sobre todos aqueles que estiverem preparados para recebê-la, que a desejam de todo o coração. Temos de estar com as janelas da alma abertas para o Céu e com nossas antenas espirituais dirigidas para Deus. Ele pode nos mandar uma mensagem a qualquer momento.

— Não sou radioamador — resmoneou Tio Bicho.

— Não é pelos orgulhosos caminhos da razão — prosseguiu Irmão Toríbio — que chegamos a Deus, mas pelas veredas do coração, do sentimento, da nossa capacidade de amar. O resultado do pensamento e da ciência sem Deus é esse nosso mundo frio e desumano de máquinas. A ciência no século XIX proclamou que Deus estava morto. No século XX, ajudada pela técnica, ela está ameaçando de morte o homem.

O dono da casa foi dar de comer aos seus peixinhos. Houve um colorido e harmonioso tumulto de bailado dentro do aquário.

— Acho que estes salafrários sabem mais do que parece — disse Bandeira, contemplando seus peixes com um olhar afetuoso. — Será que concebem a existência dum Ser Superior, para além das águas? A propósito... estou traduzindo um poema de Rupert Brook cujo tema é exatamente esse.

O marista olhava obsessivamente para Floriano.

— Vocês escritores e artistas têm uma obrigação tão grande quanto a dos sacerdotes — disse ele. — A de salvar o humano que está sendo esmagado sob o peso das máquinas.

— Achas que Deus é o único caminho?

— Na minha opinião é. Os outros nos levam todos à adoração do homem, à glorificação do mundo e do sucesso material. Só a aceitação de Deus é que pode dar à criatura humana um absoluto de ordem moral e um sentimento de verdadeira responsabilidade para com sua própria vida e para com a do próximo. Sem Deus, nossos valores passam a ser apenas projeções de nossos apetites e ambições. O bem será tudo quanto desejamos, e o mal tudo quanto não nos agrada ou não nos convém. Assim, o mundo nada mais será do que a arena em que nossos egoísmos se entrechocam. O resultado de tudo isso é a violência, a crueldade, o caos.

Naquele momento Tio Bicho precipitou-se para a janela, gritando:

— Raspa, cambada! Raspa!

Vieram da calçada sons de passos apressados e risadas de crianças. Floriano olhou para o dono da casa e compreendeu que ele estava gostando daquele jogo.

5

Cerca das dez horas, Don Pepe García entrou com a boina na mão. Naquele corpo descarnado e envelhecido, o único vestígio de mocidade estava nos passos lépidos de toureiro. O pintor acercou-se do corpo de Stein, descobriu-lhe o rosto e murmurou:

— Bem feito, imbécil! Eu te disse que não te metesses com esses cachorros dos stalinistas...

Tornou a cobrir a cara do morto e depois foi cumprimentar os amigos.

— Que temos para beber, Roquesito?

— Água.

— Não. Falo em sério. Tens aí uma caninha?

Tio Bicho apontou para uma das estantes:

— Escondi uma garrafa ali atrás do Aulete. É tua, em memória do Stein. Pega um copo na cozinha.

O pintor saiu esfregando as mãos. Minutos depois estava instalado a um canto da sala, em esplêndido isolamento, tendo a seus pés um litro de cachaça de Morretes. Um pouco mais tarde, chegou Chiru Mena, com uma barba de três dias, metido numa roupa preta de casimira, amassada e lustrosa.

— Peguei um resfriado medonho — disse. — Bom dia para todos! — Olhou para o cadáver. — Que barbaridade! Por que é que esse menino foi fazer uma coisa dessas? Tens uma cafiaspirina por aí, Bandeira?

O dono da casa apontou para um pequeno envelope de papel encerado que estava em cima dum aparador.

— Queres um pouco d'água para tomar o comprimido? — perguntou, zombeteiro.

Chiru fungou, assoou o nariz num lenço encardido, produzindo um ruído de trombeta. Foi só então que deu pela presença do castelhano. Fez-lhe um aceno cordial.

— Ó Pepe!

— Salud! Está na mesa — disse o outro, mostrando a garrafa com um sinal de cabeça.

Chiru aproximou-se.

— Ah! — exclamou. — Uma branquinha especial. Acho que vou tomar uma talagada...

— Quanto a isso, Chiru — disse Tio Bicho —, ninguém tinha a menor dúvida.

O marista conduziu Floriano para junto da janela que dava para o pátio.

— Segundo Bernanos — murmurou ele —, o maior pecado de todos é o pecado contra a esperança. Não devemos matar essa flor tão rara na aridez moral da nossa época. Mas o que me assusta, Floriano, é que nunca como nos nossos dias houve menos mensagens de esperança ou alegria na literatura e na arte. Os pintores fogem da figura humana, perdem-se em abstrações que, quando não refletem o inferno e o caos, parecem-se com máquinas ou amebas. Vocês romancistas cultivam uma literatura negra, em que procuram mostrar de preferência o lado animal do homem. Espero que nos teus próximos livros não esqueças tua obrigação de contribuir para que a esperança não morra.

Roque Bandeira aproximou-se dos dois amigos.

— O que o Zeca deseja, Floriano, é que te dediques a contos de fadas. — Limpou com as mãos espalmadas o suor que lhe rolava pelo peito. — Repito que temos de nos habituar a tomar nossas decisões sem contar com a ajuda divina e sem pensar no castigo ou no prêmio, numa outra vida. Nossa vida é aqui e agora. Esse tal radiograma Western que vocês vivem esperando do Altíssimo nunca chega.

Voltou as costas e foi até o outro canto da sala apaziguar Don Pepe e Chiru Mena, que àquela altura de suas libações já tinham começado a se desentender e descompor.

6

Floriano olhou para Zeca e perguntou:

— Como posso dar aos meus leitores o que não tenho? Refiro-me à fé em Deus...

— Mas é impossível que não tenhas mais coisas dentro de ti além do que tens dado em teus livros até agora...

O marista calou-se e suas orelhas ficaram de súbito afogueadas. Floriano percebeu que, sem querer, o amigo pronunciara um julgamento moral de sua obra.

— Quero dizer... — balbuciou Zeca, procurando emendar.

Floriano deteve-o com um gesto.

— Espera. Há um ditado muito bom no Norte do Brasil: "Boca não erra". Não precisas te desculpar... Reconheço que tenho dado muito pouco de mim nos livros que escrevi até hoje.

— Mas não foi isso que eu quis dizer.

— Está bem, mas me deixa falar. Não estou satisfeito com minha própria literatura. Realmente não tenho usado nela nem um terço de minhas reservas. A razão? Timidez, inibição, pudor de me desnudar em público... Sei lá! Estou certo de que meus livros não deram nem sequer uma pálida ideia de meu amor pela vida, da minha ternura (um pouco ressabiada e arisca, reconheço) pelas pessoas, de meu desejo de me aproximar delas, tentando compreendê-las e... se possível, querê-las mais. Não expressei ainda em nenhum livro a convicção que tenho de que o homem, por seus próprios meios, sem contar com o apoio de forças sobrenaturais, pode melhorar a sua vida e a de seus semelhantes na terra.

O marista sacudiu a cabeça numa lenta negativa.

— Não podes negar — prosseguiu o outro — que a obra da inteligência e do engenho humano é formidável. — Sorriu. — Mas precisamos fazer essa escrituração com honestidade, Zeca. Debitamos na conta do homem todos os seus fracassos, estupidezes, crueldades, violências e incoerências, mas esquecemos de levar a seu crédito todas as suas realizações positivas, seus inventos, descobertas, criações artísticas...

— De acordo, mas...

— Não negarás também que o homem tem povoado a Terra de muitas expressões de beleza e verdade. Dizer que tudo quanto é bom e belo vem de Deus e tudo quanto é mau e feio é obra do homem, tem paciência, é má-fé.... sem trocadilho.

— Pelo que vejo estás enquadrado no neo-humanismo, posição dos que não têm a humildade suficiente para aceitar a existência dum Ser Superior... dos que consideram religião coisa para mulheres e crianças.

— Neo-humanismo? Detesto os rótulos, Zeca. Porque eles são estáticos, ao passo que as criaturas humanas estão em constante devir.

— Os rótulos têm uma utilidade enorme. Sem eles, correríamos o risco permanente de tomar veneno por engano.

— Está bem. Podes dar qualquer nome à minha maneira de ver e sentir o mundo e a vida. Neo-humanismo, humanismo poético, estético... o que quiseres.

— Acreditas então na perfectibilidade do homem?

— Não. Acredito, isso sim, na sua *capacidade de melhorar*. Quem pode, em sã consciência, traçar um limite para o progresso da medicina, da física, da bioquímica, que tanto têm contribuído para melhorar nossas condições de vida? Por outro lado, quem poderá dizer até onde nos conseguirá levar o progresso da educação?

Foram interrompidos pelos gritos de Don Pepe, que, em cima duma cadeira, com a garrafa de cachaça na mão, fazia um discurso sobre a necessidade de salvar o mundo, fazendo explodir quatro bombas: a primeira debaixo da cama do papa, a outra na cara de Stálin, a terceira debaixo da cadeira de Truman e a última — a maior de todas — "no rabo de Franco".

Foi nesse momento que Neco Rosa entrou, bufando de calor e passando o lenço pelo rosto suarento. Abraçou Zeca, Floriano e o dono da casa, fez um aceno para o orador e para Chiru, que naquele exato instante, possesso, ameaçava agredir fisicamente o espanhol. Depois olhou para o morto e disse:

— Mas esse freguês não tinha mais nada que fazer? Por que foi, Bandeira? Amor mal correspondido?

— Isso! — exclamou o dono da casa, radiante. — Amor mal correspondido. Não é essa, em última análise, a causa de todos os suicídios, mesmo que os próprios suicidas não saibam? Ó Neco, ganhaste o teu dia. Vai buscar uma cervejinha pra ti.

O barbeiro despiu o casaco, atirou-o em cima duma cadeira e dirigiu-se para a cozinha, de onde voltou minutos depois, mamando numa garrafa de cerveja. Estralou os beiços, limpou-os com a manga da camisa e, olhando para Floriano, disse:

— Teu pai amanheceu muito bem-disposto hoje. Indagorinha fiz a barba dele.

— Espero que não tenhas contado ao Velho do suicídio do Stein.

— Estás doido? Antes mesmo da tua mãe me prevenir, eu já tinha resolvido não contar nada.

Irmão Toríbio puxou Floriano pelo braço e levou-o para o pátio. Fora, o calor parecia ter um corpo, um peso específico, bem como uma certa qualidade oleosa. Cigarras rechinavam, escondidas na folhagem das árvores. Galinhas ciscavam o chão, e uma delas, que havia subido para a tampa do poço, estava empoleirada nas bordas dum balde cheio d'água. Moscardos dum verde metálico zumbiam rútilos ao redor de pêssegos e peras que apodreciam no solo de terra batida, dum róseo arroxeado de gemada com vinho.

Por alguns instantes, Zeca ficou a passar o lenço entre o pescoço e o colarinho. Floriano perguntou:

— Não acreditas que a arte pode contribuir para melhorar os seres humanos, sendo como é o contrário da violência?

Tio Bicho, que da porta da casa ouvira estas últimas palavras, exclamou:

— Hitler amava a música. Goering gostava tanto de pintura que enriqueceu sua galeria particular saqueando os melhores museus da Europa. Ninguém nos tempos modernos cometeu maiores crimes e violências que esses "amantes da arte".

— Se pensas que vou aceitar tua provocação e entrar numa polêmica sobre a "sensibilidade artística" desses dois patifes, estás muito enganado. Quero terminar esta conversa com o Zeca. — Voltou-se para o marista. — Acredito sinceramente que a arte pode contribuir para a eliminação da violência do coração do homem. Creio que foi Platão quem disse que a arte pode ter um efeito moral não apenas como persuasão mas também como ação.

— Sim, mas uma arte sem Deus não passará nunca dum mero jogo de imagens, palavras e sons. Estou convencido de que a religião é a mais pura e alta expressão artística de que o homem é capaz.

Floriano ficou por alguns segundos a observar Tio Bicho, que continuava parado à porta da casa. Que figura! O sol batia-lhe em cheio na cara congestionada. Lentas bagas de suor escorriam-lhe pelo peito de mamicas intumescidas e pelas pregas das gordas carnes que lhe cobriam o estômago e o ventre. Suas calças estavam de tal modo puxadas para baixo da linha (imaginária) da cintura, que lhe punham o umbigo à mostra. Seus pés, pequenos como os de um menino de quatorze anos, tinham uma brancura encardida de cogumelo.

Irmão Toríbio apanhou uma folha de laranjeira e ficou a mordiscá-la por alguns instantes. Depois perguntou:

— Acreditas então que as massas têm noção do que seja arte?

— Acho que de certo modo têm... Observa com atenção o homem do povo... Conheço analfabetos capazes de atos de bondade que são, a meu ver, verdadeiras obras de arte. Porque arte não é apenas beleza, mas também bondade... e um tipo de verdade. A vida do velho Aderbal, por exemplo... A arte, como o amor, pode ser uma forma de conhecimento tão legítima quanto a ciência e a filosofia. Mas aqui me ocorre uma pergunta. Que direito temos nós os membros da chamada "elite intelectual" de esperar atos de bondade ou beleza dessa pobre gente que vive na miséria, mais no plano animal do que no humano? São perguntas como esta que têm levado muitos romancistas, principalmente em nossos dias, a fazerem incursões, bem-intencionadas do ponto de vista humano, mas raramente bem-sucedidas artisticamente, pelo campo da política e da sociologia. Um sentimento de responsabilidade os impele a denunciar em seus livros o farisaísmo, a exploração do homem pelo homem, as ditaduras, o genocídio...

— Mas se essas incursões são em geral malsucedidas, como tu mesmo reconheces, não será porque as árvores da história impedem o escritor de ver a floresta da Eternidade?

— Sei lá, Zeca! Trata-se talvez duma espécie de camicase literário... Estou começando a me convencer de que o romance é uma forma espúria de arte, incapaz dessa pureza de voz, dessa síntese cristalina que só a grande poesia nos pode dar... isso para não falarmos na música, que está tão mais alto e é tão mais livre do que qualquer outra expressão artística. Mas vamos para dentro, que o calor aqui está ficando bárbaro...

Encaminharam-se para a casa. Floriano segurou o braço do amigo e disse:

— Não sou muito amigo de fórmulas... mas estou tentado a te dizer que a solução ideal para nosso tempo seria "Ciência e técnica aplicadas com amor".

— E estaria resolvido o problema da humanidade! — exclamou Tio Bicho quando os dois amigos passaram por ele. — Tão fácil! Tão bonito! Ó Floriano, por quanto me vendes essa fórmula?

Ouviu-se o baque dum corpo seguido dum grito. Correram os três para a sala, Pepe García estava estendido no chão, a vociferar, e Chiru, montado nele, tentava estrangulá-lo. Neco ergueu Chiru nos braços, arrastou-o para o pátio, até o poço, e meteu-lhe a cabeça dentro do balde cheio d'água. Enquanto isso, o pintor se erguia, lançava em torno um olhar cheio de indignação e saía cambaleando na direção da porta da rua.

Tio Bicho, imperturbável, olhou para o relógio:

— Está chegando a hora do enterro, minha gente! Vou me preparar.

Meteu-se no quarto de dormir e voltou pouco depois para a sala, exatamente no momento em que José Lírio entrava, arrastando os pés e apoiado no bengalão. Estava vestido de brim pardo e trazia enrolado no pescoço o lenço maragato. Aproximou-se do defunto e depôs-lhe sobre o peito um ramilhete de rosas vermelhas.

— São do meu jardim... — murmurou, como se estivesse falando com Stein.

Voltou-se para o dono da casa e desculpou-se por ter chegado tão tarde. Bandeira, que vestira uma camisa branca e metera os pés sem meias numas sandálias de couro, aproximou-se do cadáver:

— Está na hora, Arão velho, tem paciência. — Olhou em torno. — Alguém sabe cantar a Internacional? Bom, não faz mal. O Stein morreu excomungado pelo Partido. Ó Zeca, tua Igreja não encomenda suicidas, não é? Pois então o remédio é encaixotar o defunto e mandá-lo para a Eternidade, sem endereço, frete a pagar. Vamos embora! Ó Neco, me ajuda a fechar esta joça.

Atarracharam a tampa do esquife. Floriano e Zeca seguraram as alças da cabeceira; Roque e Neco, as dos pés.

— Devagarinho! — exclamou Tio Bicho. E rompeu a cantarolar, imitando o som dum trombone. Voltou a cabeça para Floriano: — Sempre achei este *allegretto* da *Sétima* de Beethoven a mais bela das marchas fúnebres. E é um *allegretto*! Opa! Cuidado, não me arranhem a porta. Como é mesmo que um defunto deve sair de casa? Primeiro os pés... ou a cabeça? Não importa. Vai rachando!

7

Naquele mesmo dia, cerca das três da tarde, armou-se um desses rápidos mas violentos temporais de verão. O céu cobriu-se de nuvens cor de ardósia, a atmosfera se tornou opressiva e, sob o calor que a umidade agravara, não só as pessoas como também a cidade inteira pareciam ter adquirido uma flacidez de papelão molhado.

Rodrigo, que dormia a sesta, sentiu o temporal e a trovoada num pesadelo. Estava — não sabia ao certo onde e quando — sob um bombardeio, caído debaixo dos escombros duma casa. Uma pesada trave apertava-lhe o peito. Gritava por socorro, mas o ribombo dos canhões lhe abafava a voz. Acordou quase em pânico, sentou-se na cama, a respiração ofegante, o corpo lavado em suor, e ficou a olhar em torno, atarantado. Foi nesse momento que o temporal se desfez numa pancada d'água duma violência diluviana, que durou quase meia hora, inundando as sarjetas, despejando as nuvens e aliviando não só a atmosfera como também o peito do senhor do Sobrado.

Quando, pouco depois das cinco, Sílvia entrou no quarto de seu padrinho, sobraçando os discos que ele lhe pedira pela manhã (tinha mandado trazer lá de baixo a eletrola grande), ela o encontrou sorridente, de semblante tranquilo, respirando com regularidade. Erotildes tinha acabado de dar-lhe um banho e de mudar-lhe a roupa, bem como os lençóis da cama. O ar recendia a água-de-colônia.

— Ah! — exclamou Rodrigo. — Primeiro um beijo para o seu padrinho.

Sílvia ofereceu-lhe o rosto. Depois colocou a pequena pilha de discos sobre a mesinha de cabeceira. Rodrigo pôs-se a ler os rótulos. Eram gravações da Victor, algumas delas feitas antes da Primeira Guerra Mundial.

— *As alegres comadres de Windsor*... A abertura do *Egmont*... A barcarola dos *Contos de Hoffmann*... A *Siciliana* pelo Caruso. — Olhou com uma ternura particular para um dos discos menores, aproximou-o do nariz, cheirou-o demoradamente. — O *Loin du Bal*! Toca este primeiro.

Sílvia colocou o disco cheio de arranhões no prato da eletrola, pondo esta a funcionar. Por trás duma cortina de ruídos rascantes, ouviram-se os sons foscos e sem relevo duma longínqua orquestra de salão a tocar uma musiquinha buliçosa e feliz.

— Que tal?

Sílvia encolheu os ombros.

— Bom... o senhor está escutando a música no espaço e no tempo. Eu, apenas no espaço. O gosto tem de ser diferente.

— Tens razão. Essa música me traz muitas recordações. Os meus vinte e quatro anos...

Quando o diafragma da eletrola chegou à última estria, a orquestra desapareceu e ficaram apenas as crepitações que a agulha produzia sobre o rótulo do disco. Mas a melodia continuou na mente de Rodrigo na forma de imagens do passado.

— E agora? — perguntou Sílvia.

— Esse *pot-pourri* de *La Vie parisienne*.

A música rompeu num cancã frenético. Rodrigo reclinou a cabeça no travesseiro e sorriu para alguém ou alguma coisa que não estava fisicamente ali no quarto.

— E eu que nunca fui a Paris?! Parece mentira.

Fez o anular e o indicador da mão direita correrem sobre o lençol ao som do galope, imitando os movimentos das pernas das coristas que dançavam em seus pensamentos.

— Por quê? — perguntou em voz alta, talvez mais para si mesmo do que para a nora. — Por quê? Há razões que, analisadas agora, parecem fracas, absurdas, pueris até, mas que na época tiveram a sua força...

Sílvia o mirava em silêncio, prestando atenção no que ele dizia, mas ouvindo suas palavras contra um fundo de imagens trágicas: o corpo nu de Stein a balouçar-se como um pêndulo, pendurado num galho da figueira.

— Mas não é mesmo uma coisa ridícula? — tornou Rodrigo. — Quando eu era moço, sempre que falava em ir a Paris meu pai fechava a cara, queixava-se da crise da pecuária, da falta de dinheiro... que sei eu! O velho Licurgo era contra as viagens ao estrangeiro, como se elas fossem uma indecência, além dum desperdício de dinheiro.

Sílvia sorriu:

— Jango herdou essa mentalidade...

— Depois de 23, pensei outra vez em ir a Paris. Estava com tudo pronto quando a Alicinha adoeceu... tu te lembras. Depois vieram todas aquelas revoluções em que andei envolvido... e que só terminaram em 28. Nesse ano o Getulio me escreveu, pedindo-me que aceitasse a minha candidatura à Intendência de Santa Fé. Caí na asneira de dizer que sim e acabei me sentando na cadeira do Laco Madruga... o que não é a mesma coisa que sentar a uma mesa no Moulin Rouge... Em 29 veio a campanha da Aliança Liberal. Depois, a Revolução de 30, e fomos todos bater com os costados no Rio. E como é que eu ia viajar para o estrangeiro naqueles primeiros anos de reconstrução do país? Em 32 comecei a pensar de novo em Paris, mas bumba!, estoura a revolução em São Paulo...

La Vie parisienne terminou num outro cancã ainda mais vibrante que o primeiro.

— 34 foi o ano da Constituição. 35, o do Centenário da Revolução Farroupilha. Eu podia ter ido a Paris em 36 ou em princípios de 37, e se me perguntares agora por que não fui, eu não te saberia responder...

Sílvia sorriu, pensando: "Eu sei. A peruana...".

— No segundo semestre de 37 — prosseguiu Rodrigo —, começaram a se amontoar as nuvens de tempestade que rebentaram no golpe de 10 de novembro. O Getulio precisava de mim e eu não podia nem pensar em sair para fora do país... A situação estava ainda incerta. Em 38, o Guanabara foi atacado e o presidente por pouco escapou de ser massacrado com a família. Depois, veio a guerra... e adeus, Europa! E agora, que eu poderia começar de novo a pensar nessa sonhada viagem, aqui estou nesta situação que vês...

— Talvez o ano que vem... — arriscou Sílvia, sem muita convicção.
— Qual! Estou liquidado, minha filha. Não me iludo.

Ela esboçou um gesto de protesto, mas ele retomou a palavra:

— A França de hoje é uma nação dividida contra si mesma. Seu povo está amargurado e cheio de ódios. Paris deve guardar lembranças negras dos tempos da ocupação nazista. Estou certo de que eu não reconheceria a cidade de meus sonhos...

Sílvia ergueu-se e foi virar o disco. Voltou depois para junto do sogro.

— Pois é. O senhor não foi a Paris e eu ainda não vi o mar...
— Por culpa tua. Durante todos estes anos, te convidei mil vezes para ires ao Rio passar uma temporada conosco.

Ela fez um gesto de resignado desalento.

— Ora, o senhor se lembra de como era a minha mãe. Sempre que eu falava em dar um passeio ao Rio, ela começava a sentir suas dores de cabeça e a dizer que ia morrer. Melhorava quando eu desistia da viagem.

— Tua mãe era uma mulher infeliz. Coitada! Desconfio que nunca simpatizou muito comigo...

Sílvia não teve a coragem de contradizê-lo. Continuou:

— Depois, quando ficou paralítica, queria que eu estivesse sempre a seu lado.

— Faz mais de quatro anos que dona Elisa morreu. Durante esse tempo, poderias ter ido nos visitar muitas vezes...

— O senhor sabe muito bem que o Jango se recusa a ir ao Rio. Sempre se recusou, como se essa viagem significasse uma traição ao Rio Grande. Poderíamos ao menos ter ido passar alguns dias de verão nestas nossas praias do Atlântico, mas o meu marido, como a maioria dos gaúchos do interior, tem uma certa implicância com o mar.

A música cessou.

— Agora vamos fazer uma pausa — disse Rodrigo. — Senta-te aqui na cama.

Ela fez o que o sogro pedia. Este lhe tomou da mão.

— Sílvia, tu és uma mulher inteligente. Acho que contigo posso abrir meu coração.

Ela ficou um pouco alarmada, imaginando o que estava para vir.

— Vou te perguntar uma coisa. Quero que fales com toda a franqueza. É o maior favor que podes fazer a este teu padrinho que te quer tanto. — Calou-se por alguns segundos e olhou-a bem nos olhos. — Tu sabes do meu caso com... com essa moça do Rio?

— Sei.

— Naturalmente isso te escandaliza...

— Não.

— Não me reprovas, não me censuras?

— Censurar por quê? Essas coisas simplesmente acontecem. São um sinal de que o senhor está vivo.

Rodrigo olhava para a nora, agradavelmente surpreendido.

— E que é que se diz por aí desse meu caso?

— Por aí?

— Nesta casa.

— Nada. O assunto é tabu.

— Mas que é que teu marido pensa?

— Nunca me disse. Nem dirá.

Por um instante, ele voltou a cabeça para a janela e ficou a olhar para o céu límpido.

— Sei que sempre fui um mau marido, quanto a esse assunto de fidelidade conjugal. No mais minha consciência não me acusa de nada. Nunca deixei de respeitar minha mulher. E minha ternura por ela continua intata, como no dia de nosso casamento.

Sílvia não sabia que dizer.

— Mas a atitude da Flora está me ferindo profundamente. Ela se porta como se eu não existisse. Sei que não tenho o direito de exigir nada. A presença dessa menina em Santa Fé... compreendo que é uma humilhação para a Flora. E ela sabe que eu fui visitar a Sônia no hotel. — Rodrigo falava agora com a voz embaciada pela emoção. — Acho que não ignoras que eu e a Flora há muito não vivemos como marido e mulher. Que diabo! Não sou propriamente um velho... nem um monge. Enfim... é uma situação muito delicada, eu sei. Mas se ao menos a Flora se sentasse aqui a meu lado... e conversasse comigo, me deixasse contar, explicar certas coisas... ou pelo menos me desse uma oportunidade para lhe pedir perdão por todo... todo o sofrimento e a humilhação que lhe tenho causado... Mas não. Ela não toma conhecimento da minha existência. É cruel. Será que não sabe que vou morrer? Não, Sílvia, posso suportar tudo, menos a ideia de que minha própria mulher me despreza ou me odeia...

Lágrimas brotaram-lhe nos olhos e escorreram-lhe pelas faces.

— Sempre achei um espetáculo ridículo um homem chorar na frente de outras pessoas. Não contes nada a ninguém.

— Fique tranquilo. Não sou do tipo que conta.

Enxugou os olhos do padrinho com um lenço. Depois acariciou-lhe a mão e, usando quase o tom de quem fala com uma criança, disse:

— Antes de mais nada: o senhor não vai morrer. E depois... quem sabe?... amanhã as coisas podem melhorar. Deus é grande.

Rodrigo sorriu tristemente.

— Só falei de mim. Me conta alguma coisa de ti.

— Não tenho nada a contar. Quero dizer, nada de especial.

— Vou te perguntar mais uma vez. És feliz?

— Sou, eu já lhe disse.

— Estás sendo sincera?

Ela hesitou por uma fração de segundo.

— Estou.

— Não acredito.

— Por quê?

— Vejo na tua cara, nos teus olhos, na tua voz... em tudo. E eu me sinto um pouco culpado dessa situação. Tu casaste com o Jango porque eu insisti...

— Não pense nisso. Tudo está bem agora.

— Por que *agora*?

— Porque nestes últimos tempos aconteceram coisas muito importantes. Quero dizer, dentro de mim.

— Vejo que cometi um grande erro. Não compreendi que o Jango, apesar de ser um homem de bem, não era o marido que te convinha. Como foi que não enxerguei isso em tempo? Decerto porque tive pena do rapaz. E também porque temia que casasses fora da família Cambará.

Sílvia mal podia disfarçar seu embaraço. Seu olhar desviou-se para a eletrola.

— Quer que eu toque mais alguma coisa?

— Não. Quero que fales a verdade.

Ela forçou um sorriso.

— Vai me obrigar a dizer que não sou feliz?

— O marido ideal para ti teria sido o Floriano...

Ao pronunciar estas palavras, Rodrigo olhou intensamente para o rosto da nora, cujos lábios palpitaram. Ela esboçou um movimento de fuga, mas Rodrigo segurou-lhe a mão, detendo-a.

— Existe alguma coisa entre vocês dois?

Ela fez que não com um movimento de cabeça.

— Somos apenas amigos. Não há nem haverá nada mais entre nós, além duma amizade fraternal.

— Confio em ti, minha filha. O Floriano vai voltar logo para o Rio, e tudo ficará mais fácil... para os dois. O Jango precisa de ti. As mulheres têm uma capacidade de renúncia maior que a dos homens. É por isso que elas são mais fortes que nós.

Sílvia ergueu-se e saiu do quarto sem dizer palavra.

8

Floriano estava na água-furtada, deitado no divã, ouvindo a peça de Bach que sua eletrola portátil reproduzia. De olhos fechados, tentava conseguir o que o dr. Kendall tantas vezes lhe recomendara: "a disciplina do silêncio", isto é, ouvir música sem verbalizá-la, procurando desligá-la por completo das coisas do mundo, recebê-la na sua pureza essencial. Para isso era indispensável esquecer a pessoa do compositor, o fato de que a música estava sendo produzida por seres humanos, e principalmente ficar surdo ao que a melodia pudesse significar como voz que conta uma história ou descreve uma paisagem ou uma situação terrenas. Floriano escutava um prelúdio de *O cravo bem temperado*. As notas do instrumento — que soava ora como uma caixinha de música, ora como um alaúde — pareciam traçar no ar coloridos desenhos abstratos. Por alguns instantes, ele saboreou o prazer intelectual que a peça lhe proporcionava. Que admirável unidade dentro da diversidade e da liberdade de composição! Que riqueza de invenção! O prelúdio fluía perfeito, sem repetições de frases ou temas.

E se fosse possível viver a vida sem verbalizá-la? Sim, tocar seu cálido e enorme coração que pulsa, aflito e quase abafado, por baixo duma crosta de convenções, superstições e prejuízos... Libertar a vida, o mundo, o homem de sua prisão de palavras!

Tornou a concentrar-se no prelúdio duma maneira não verbal. Continuava de olhos fechados, procurando exorcismar uma série de imagens que lhe vinham à mente — a figura adunca de Wanda Landowska encurvada sobre o clavicórdio... a *Fête galante* de Watteau na Galeria Nacional de Washington... um poema de Verlaine que sempre lhe soava na memória quando ele contemplava o quadro... e a cabeça dum velho peão do Angico, que ele achava parecida com a do poeta... Por fim seu espírito entrou numa zona crepuscular que não era mais vigília mas que ainda não pertencia ao território do sono. Teve a impressão de que seu corpo flutuava no ar, como se o sortilégio do prelúdio houvesse abolido a força da gravidade. Essa sensação, porém, durou apenas alguns segundos. O poder subterrâneo do mundo se fez sentir, e na mente de Floriano a voz do clavicórdio passou a ser apenas um pano de fundo sobre o qual apareciam, se superpunham e fundiam lembranças daquele dia — o horrendo carro fúnebre do Pitombo, com seus anjos barrocos de olhos revirados para o céu, como num orgasmo místico... o corpo de Stein com seus sapatos de solas furadas... o ventre lustroso de Tio Bicho... Chiru barbudo, recendendo a cachaça... a poeira da estrada, no caminho para o cemitério, sob a soalheira... E de repente a figura luminosa de Sílvia lhe surgiu, ofuscando as outras. Ela dançava nua num cabaré de Chinatown, com um balão amarelo sobre o sexo. Floriano revirou-se no divã, conturbado. Era estranho, mas apesar das emoções do dia — ou talvez por causa delas — sentia seu desejo carnal exacerbado.

De novo procurou concentrar a atenção na música, apaziguar-se nas frescas águas daquela melodia límpida e assexuada.

A música cessou. Ele se ergueu e apagou a eletrola. Depois ficou um instante junto da janela, olhando as árvores da praça, imóveis na morna placidez da tarde.

O que eu preciso mesmo é dum banho — resolveu. Desceu, tomou uma ducha fria, vestiu-se e ficou no quarto de dormir, a andar desinquieto dum lado para outro, sem saber aonde ir. Tornou a pensar no romance. Sentia que suas personagens clamavam por nascer. Não poderia contê-las por muito mais tempo. Ultimamente surpreendia-se a pensar em termos de ficção nas pessoas em cujo meio vivia. Podia estar fisicamente com elas, dando-lhes pelo menos em parte sua atenção, mas dentro de sua cabeça o novelista estava a *escrever* aquela cena, a reproduzir aquele diálogo (já transfigurado, já "outra coisa") e não mais no presente do indicativo, mas no passado perfeito. Durante o grotesco velório de Stein, mais de uma vez ficara a descrever mentalmente o ambiente e as figuras humanas, como elementos dum capítulo de seu futuro livro...

Parou junto da pia e olhou-se no espelho. Sempre que isso acontecia, vinham-lhe dois impulsos: o de escovar os dentes e o de lavar a cara. Não raro fazia essas coisas distraído, várias vezes por dia.

Passou a mão pelo rosto e decidiu barbear-se de novo. Pôs-se a ensaboar lentamente as faces, perdido em pensamentos. Ocorreu-lhe uma ideia, um tanto à maneira de *scherzo*: "Serei o senhor do destino das personagens de meu romance. Posso salvar a vida do Velho... evitar o fim trágico de Stein... e casar-me com Sílvia!".

A voz de Tio Bicho soou-lhe implacável na mente: "Vejo que aos trinta e quatro anos ainda não abandonaste o vício solitário. Te contentas com ficções e faz de contas e não percebes que a vida, como uma fêmea, está te provocando, de saias erguidas".

Barbeou-se com uma pressa nervosa, pensando em Sílvia e desejando-a com uma intensidade impaciente. Esfregou água-de-colônia na pele irritada das faces, que lhe arderam como se estivessem queimadas. Um monge na sua cela entregue à mórbida delícia do cilício... *Delícia do cilício*. Ficou a repetir mentalmente essas palavras.

Vou visitar o Velho — decidiu. Deu o nó na gravata, enfiou o casaco e aproximou-se da porta. Abriu-a no momento exato em que Sílvia saía do quarto contíguo. Ao vê-lo, ela teve um movimento de hesitação, como que surpreendida e alarmada ante uma presença inimiga. O coração de Floriano rompeu a pulsar com uma força desesperada. O mundo como que se apagou ao seu redor e ele só teve consciência da imagem daquela *mulher* que tanto amava e desejava, e que ali estava na sombra do corredor deserto, na casa silenciosa... Sentia o calor e o perfume que se exalavam daquele corpo moreno, via seus seios arfarem... Um desejo violento incendiou-lhe as entranhas, aboliu-lhe a capacidade de raciocinar... Precipitou-se para Sílvia, tomou-a nos braços, estreitou-a contra o peito e pôs-se a beijar-lhe furiosamente a face, os cabelos... No primeiro momento ela se entregou, desfalecida, soltando um gemido. Os lábios dele buscavam os dela, famintos e aflitos. Mas Sílvia, de cabeça voltada para um lado, negava-lhe a boca:

— Não, não... pelo amor de Deus!

De súbito retesou o corpo, empurrou Floriano com força, desvencilhou-se do abraço, entrou no seu quarto e fechou a porta à chave.

Ele ficou onde estava, ofegante, uma névoa nos olhos, o desejo insatisfeito a doer-lhe na carne. Sentiu, mais que viu, outra presença no corredor. Maria Valéria aproximava-se sem ruído, como uma sombra.

— Quem é? — perguntou, parando a pequena distância dele.

Floriano permaneceu em silêncio, procurando conter a respiração. Suas têmporas latejavam. O suor escorria-lhe pelo peito e pelo lombo.

— É o Floriano? — insistiu a velha.

Não havia outro remédio senão responder. Era impossível que ela não estivesse ouvindo o seu resfolgar de animal acuado.

— Sim, Dinda, sou eu.

— Quem mais estava aqui?

— Ninguém.

Os olhos mortos da velha, fitos nele, pareciam ver toda a sua frustração, toda a sua vergonha, toda a sua miséria.

— Quando é que você vai voltar para o Rio?

Aquela pergunta era um indício de que ela sabia de tudo. Floriano não disse mais nada. Saiu a caminhar pelo corredor, atravessou o vestíbulo, desceu a pequena escada e ganhou a rua. Tinha a impressão de estar sujo duma sujeira viscosa e repulsiva, visível a toda a gente. Estava envergonhado e arrependido do que fizera.

Havia ferido gravemente Sílvia no corpo e no espírito. Se ao menos seu gesto tivesse sido de pura ternura... Mas não! Portara-se como um animal. Rebaixara-se aos olhos dela. Atraiçoara uma velha amizade. Atraiçoara o irmão. Atraiçoara a família inteira. Atraiçoara-se a si mesmo. Mais que nunca, compreendia agora que possuir Sílvia fisicamente não era tão importante como conservar sua amizade, sua confiança e seu respeito. Chegava a essas conclusões com o cérebro, mas sua carne ainda gritava pela da cunhada...

Entrou na rua do Comércio e tomou a direção do norte, rumo dos trilhos. Amolentava-lhe o corpo uma canseira dolorida, como se ele tivesse sido esbordoado. Doíam-lhe principalmente a nuca e os rins. Sentia a boca seca e uma ardência na garganta.

Que fazer? Que fazer? O remédio era mesmo voltar para o Rio... A Dinda tinha razão. Mas como explicar aos outros membros da família o porquê daquela decisão de ir-se assim de repente?

Parou a uma esquina e ficou a contemplar o casario da Sibéria, na encosta da coxilha, à luz daquele fim de dia. E sentiu então, com uma pungência quase insuportável, a enormidade de sua solidão.

Só voltou para o Sobrado muito tarde, quando todos estavam já recolhidos. Meteu-se logo no quarto, onde passou uma noite inquieta e insone. Tentou ler, mas não conseguiu interessar-se em nenhum dos quatro livros que tinha à cabeceira da cama. Seu pensamento voltava constantemente para Sílvia. A cena do corredor vinha-lhe à mente com frequência, e ele a ruminava numa mistura de remorso e gozo.

Tentava ressentir agora, em relativa calma, as sensações daquele abraço, daquele convulsivo contato de corpos, e ao mesmo tempo se recriminava por entregar-se a essas lembranças.

Levantou-se várias vezes para lavar o rosto e principalmente para deixar a água fresca da torneira da pia cair-lhe sobre os pulsos — operação essa que lhe recordava as vigílias da adolescência. Finalmente, já alta madrugada, conseguiu dormir.

Acordou com o sol na cara e a sensação de que passara a noite inteira em claro. Tomou a sua ducha, barbeou-se, olhou para a própria imagem no espelho e refletiu. "Eis o grande moralista, o severo juiz do doutor Rodrigo Cambará."

Passarinhos cantavam nas árvores do quintal. Laurinda conversava com o verdureiro na calçada. As flores amarelas das alamandas pareciam entretidas num diálogo com os jasmineiros da padaria vizinha, que se debruçavam por cima do muro. Stein apodrecia na sua sepultura. Como era possível entender aquele mundo?

Quando uma das chinocas da cozinha veio bater à sua porta, anunciando que o café estava servido, Floriano gritou:

— Diga que não vou. Estou sem fome.

Saiu de casa sem ser visto. O dia estava morno, o céu limpo, o ar parado. Pôs-se a andar lentamente, descendo a Voluntários da Pátria. Suas pernas, com alguma cumplicidade da cabeça, o levaram para a casa do Bandeira. Encontrou-o sentado à escrivaninha, inclinado sobre um livro, com um lápis na mão.

— Olá, Floriano! Entra. Estou traduzindo o tal poema de Rupert Brook sobre os peixes. É muito curioso. Tomas alguma coisa?

— Aceito um café.

Tio Bicho foi até a cozinha e voltou de lá com a cafeteira na mão.

— Não te assustes: é café recém-passado... Mas onde te meteste ontem de noite que não apareceste no quarto de teu pai? Ele notou a tua ausência...

— Andei caminhando por aí...

— Em boa companhia?

— Péssima. Comigo mesmo.

— Deixa de fita. Tu te amas. Eu me amo. Todos nós nos amamos e nos achamos muito interessantes...

Floriano teve de sorrir.

— Algum problema?

— Sempre há problemas...

— Algo que um batráquio possa saber?
— Não.
— Então deve ser coisa muito séria. Aposto como é assunto de mulher.

Floriano ficou quase em pânico, temendo que o outro acabasse acertando no alvo, mesmo no escuro.
— Volto para o Rio dentro de poucos dias.
— Opa! Quando tomaste essa decisão?
— Ontem.

Roque Bandeira encarou o amigo com um ar inquiridor, mas Floriano apressou-se a dizer:
— Por favor, vamos falar noutra coisa.

Muito depois, quando terminavam de tomar café, Bandeira disse:
— O Camerino me contou ontem que nestes últimos dois dias teu Velho tem tido uma melhora tão grande que ele está inclinado a mandá-lo para o Rio.
— De quem partiu a ideia?
— Do teu próprio pai. E eu a acho sensata. No Rio há mais recursos médicos.

E essa situação da Sônia se resolve, quero dizer... não fica essa menina metida no hotel, servindo de assunto aos mexericos locais. O passeio dela, todas as tardes às seis pela frente do Sobrado, já se tornou um dos "programas" da cidade. Quase todas as comadres das vizinhanças vêm para a janela aquela hora, para verem o espetáculo.

A manhã está linda. Podemos dar uma caminhada por aí... Se eu tivesse nascido na Grécia antiga, estou certo de que teria sido um filósofo peripatético.
— Apesar dos joanetes?
— Apesar de tudo. Vamos. O poema pode esperar.

Almoçaram juntos no Schnitzler. Cerca das duas da tarde, Bandeira declarou solene:
— Esta, meu velho, é a hora sagrada da sesta. Uma sesta completa, com sonhos, pesadelos e roncos. Obrigado pelo almoço. Nos veremos logo à noite.

Separaram-se. Floriano rondou o Sobrado por alguns minutos e por fim entrou, conseguindo chegar ao quarto sem encontrar ninguém no caminho. Deitou-se e dormiu quase imediatamente. Acordou muitas horas depois, suado e azedo, e com uma sensação de peso na cabeça. Pensou logo no chuveiro... Era curioso como um banho às vezes tinha o poder de melhorar não só a sua situação física como também a psicológica. Tio Bicho lhe dissera um dia: "Isso prova, meu velho, que teus problemas são apenas epidérmicos".

A hidroterapia aquela tarde não falhou. Floriano deixou o quarto de banho aliviado. Trocou de roupa e preparou-se para sair. Não tinha dado mais de meia dúzia de passos no corredor quando ouviu a voz de Sílvia pronunciar seu nome. Fez alto e voltou-se. Ela estava junto da porta do próprio quarto.

— Preciso falar contigo... — disse em voz baixa.
— Onde?
— No quintal. Desce e me espera. Daqui a pouquinho estarei contigo.

Floriano obedeceu. A calma e a naturalidade — sim, e também a ternura — com que Sílvia lhe falara o deixavam perplexo.

9

Sentou-se no banco debaixo dum dos pessegueiros. O sol se havia escondido por trás da torre da Matriz, e uma sombra morna e trigueira cobria o quintal. Temperava o ar a fragrância veludosa dos pêssegos maduros, mesclada com a das madressilvas e dos jasmineiros. Floriano olhou para o relógio. Não teriam muito tempo para conversar em paz, pois dentro de menos de meia hora a velha Maria Valéria como de costume desceria de mangueira em punho para regar suas plantas. Era admirável como podia fazer isso mesmo na sua cegueira. Sabia exatamente o lugar de cada arbusto, de cada árvore, de cada flor.

Floriano estava a olhar fixamente para uma lesma que se arrastava sobre a beirada de tijolos dum canteiro, deixando para trás uma esteira viscosa — quando Sílvia apareceu à porta da cozinha. Vestia uma blusa de seda creme e uma saia de linho azul. Trazia debaixo do braço dois livros e na mão um prato e uma faca. Caminhava com a cabeça um pouco projetada para a frente e apertando os olhos, como se fosse míope. Floriano ergueu-se. A expectativa punha-lhe no peito uma espécie de mancha de apreensão. Sentia um leve aperto na garganta. Fez um esforço para dominar a emoção.

Sentaram-se lado a lado em silêncio. Ela apanhou o pêssego que pendia dum galho, pouco acima de sua cabeça, e começou a descascá-lo.

— Não vejo razão — disse sorrindo — para a gente não conversar com toda a franqueza sobre o que aconteceu ontem. Afinal de contas, não somos mais crianças...

Ele sacudiu a cabeça afirmativamente, não ousando encará-la.

— Sílvia, não vou procurar me justificar. Só quero que me perdoes... e esqueças, se possível...

— Mas não! — exclamou ela, alçando o olhar. — Foi bom que tivesse acontecido.

— Bom?

— Sim. Teu gesto esclareceu muitas coisas. Tive a certeza de que me queres, e de que eu também te quero. Por outro lado, acho que chegamos os dois à conclusão de que o nosso caso não tem remédio. Fiquei mais que nunca convencida de que jamais serei capaz de atraiçoar o Jango. Respeito o meu marido mais do que imaginava. Compreendi também que, se eu o enganasse, estaria me enganando a mim mesma. E a ti também, Floriano. E então teríamos perdido o que possuímos de melhor. Não te esqueças de que somos suficientemente sensíveis para nos sentirmos feridos quando ferimos os outros.

Ele sacudiu a cabeça, concordando.

— Mas mesmo assim não me perdoo pelo que fiz. Destruí a imagem ideal que eu tinha de mim mesmo, e (vou ser sincero) que queria que tivesses de mim...

— Não te preocupes. Se eu disser que de certo modo secreto e muito difícil de explicar eu desejei que aquilo acontecesse... isso te tranquilizaria?

A franqueza dela o contagiava.

— Sim, talvez. Mas essa ideia também me excita um pouco como homem. E de novo me envergonho por causa desse sentimento carnal. É um círculo vicioso infernal...

— Aí está o teu engano. Ninguém deve envergonhar-se do que sente. Não somos responsáveis pelo que nosso corpo deseja, mas sim pelo que fazemos com ele.

Deu-lhe o pêssego que acabava de descascar. Era um molar pequeno de polpa branca, macia e sumarenta. Floriano meteu-o inteiro na boca e teve a impressão de que ele se derretia, doce e saboroso.

Sílvia tornou a falar:

— A renúncia para mim não teria sentido se eu não tivesse encontrado Deus. Mas encontrei, Floriano. Não sei por que não te havia contado isso antes...

— Eu desconfiava que alguma coisa importante tinha acontecido na tua vida.

Tirou da boca o caroço de pêssego e, num impulso juvenil, chutou-o para longe. Depois disse:

— O fato de teres encontrado Deus torna o meu gesto ainda mais grosseiro.

— Ora, não leves a coisa tão a sério. Não sou nenhuma Teresinha de Jesus. Sou uma mulher como as outras. Cheia de defeitos, vulnerável, capaz de pecar e me arrepender, e de pecar de novo...

— Dizes isso por pura caridade, para me apaziguar a consciência.

— Estás enganado. É o que eu penso mesmo. Ninguém pode viver impunemente. Existir é estar aberto a todas as paixões do mundo e às suas consequências...

Agora era ela que comia o seu pêssego. De quando em quando, Floriano lançava rápidos olhares na direção da casa.

— A ideia de que não és feliz — disse ele — me deixa perturbado e também infeliz.

— Eu era infeliz. Já não sou mais, quero dizer, *permanentemente* infeliz como antes. Tenho os meus momentos de dúvida, sofro ainda ataques do "inimigo cinzento"... mas são meros acidentes sem maior importância. O conhecimento e o amor de Deus me deram olhos para descobrir um desenho coerente, um sentido na vida.

— Mas não é justo que tu sejas sempre quem tem de renunciar. Tens obrigações para contigo mesma e não apenas para com os outros.

— Ora, um dia vais compreender que essa separação entre *nós* e os *outros* não é tão nítida como parece. Não descobriste ainda que para os outros nós somos os outros?

Ele se surpreendia e maravilhava de vê-la e ouvi-la falar assim, com aquela serena segurança de si mesma e ao mesmo tempo com um jeito tão despretensioso e autêntico.

— Outro pêssego?

Ele aceitou.

— Desde que cheguei, Sílvia, tenho pensado muito em ti. Considero-me responsável pela tua situação matrimonial. Em 1937 me portei como um idiota. Devia ter corrido para te suplicar que casasses comigo. Agora estou pagando caro o meu erro.

Ela sorriu.

— Para um homem que não acredita em Deus, tens um sentimento um tanto exagerado de responsabilidade moral.

Ele encolheu os ombros. Tornou a olhar para a lesma, que se arrastava lerda e paciente sobre os tijolos, e lembrou-se das crueldades do menino Zeca, que gostava de deitar sal de cozinha sobre aqueles bichos, para vê-los se retorcerem em agonia.

— Repito que não deves levar toda essa história tão a sério — tornou Sílvia. — Ninguém, a não ser tu e eu, sabe do que se passou ontem. Vamos fazer um trato: não aconteceu nada. Atrasamos os nossos relógios e recomeçamos tudo desde o momento em que saí do meu quarto e te encontrei no corredor. Eu te sorri, tu me sorriste, trocamos duas palavras e eu continuei o meu caminho. Está feito?

— Como me sinto pequeno perto de ti!

— Por favor, não me idealizes. Prefiro que me vejas como sou, se tal coisa é possível.

Pegou os dois livros de capa azul que estavam a seu lado, sobre o banco.

— Sabes o que é isto? É o meu diário íntimo... intimíssimo, começado em 1941... Confesso que passei boa parte da noite pensando se devia ou não te deixar ler essas coisas tão pessoais... essas confissões que a gente às vezes tem pudor de fazer até a si mesma. Acabei concluindo que devia. O assunto está resolvido e não quero pensar mais nele.

Floriano a escutava, comovido.

— E sabes por quê? — prosseguiu ela. — Porque quero que me conheças melhor... que tenhas a medida das minhas imperfeições, e não te recrimines pelo que possas sentir com relação a esta tua amiga. Ah! Tenho duas condições importantes a impor. A primeira é que não deves de maneira alguma deixar estes volumes caírem nas mãos de outra pessoa. Isso é fundamental. Eles contêm explosivos suficientes para ferir muita gente, principalmente o Jango... e a mim mesma. Acho que tu também vais sair dessa leitura com algumas escoriações, mas nada de grave... Bom, agora vem a segunda condição.

— Qual é?

— Seja qual for a tua impressão da leitura do meu diário, quero que me devolvas estes dois livros em silêncio, sem o menor comentário. Estamos entendidos?

Floriano sacudiu a cabeça afirmativamente. Ela lhe entregou os dois volumes, sorrindo:

— O conteúdo é um pouco melhor que as capas, isso eu posso te garantir. Mas põe essas coisas no bolso, antes que alguém veja...

Ele obedeceu, murmurando:

— Obrigado.

— Quero que aceites este meu gesto como uma prova (a maior que te posso dar) de confiança e de afeto... Por que não dizer sem medo a palavra exata? De amor... Sim, amor, por que não?

Por alguns segundos, ficaram a contemplar-se num silêncio grave e enternecido.

— Ah! — fez ela. — Chamo a tua atenção para a última página do diário. Foi escrita ontem. Explica muita coisa. Inclusive talvez o meu futuro.

Deu-lhe outro pêssego, que ele mordeu, olhando para os lábios dela.

— Sempre viveste procurando a liberdade... — disse Sílvia. — Descobri que a verdadeira, a grande liberdade é a aceitação dum dever, duma responsabilidade. Não há no mundo ninguém menos livre do que o egoísta... ou o homem *detaché*. É um perigo a gente pensar que liberdade é sinônimo de solidão.

— Cheguei à mesma conclusão por outros caminhos. — Ele sorriu: — Sempre me senti responsável por ti e, como te disse, isso me perturbava. Agora que encontraste Deus, estou tentado a entregar-te a Ele, que tem as costas mais largas...

— Suficientemente largas para aguentar todos os problemas do mundo, inclusive os teus. Vou rezar por ti. Outro pêssego?

— Sim, o último.

— Por quê? Espero que haja outros no futuro. Os pêssegos da amizade. A nossa páscoa.

Novo silêncio.

— Que pensas fazer agora? — perguntou ela.

— Escrever outro romance.

— Sim, mas fora da literatura?

— Estamos numa encruzilhada. O mundo. Este país. Esta família. Eu.

— Mas a gente não está sempre a cada passo encontrando encruzilhadas? Só um cavalo com tapa-olho não as enxerga...

Naquele momento Maria Valéria assomou a uma das janelas do fundo do casarão. Sílvia e Floriano levantaram-se e ficaram frente a frente.

— Aqui nos despedimos — murmurou ela. — Acho que não teremos outra oportunidade para uma conversa como esta. Cuida do diário. Cuida de ti. Vai com Deus.

— Posso te dizer o que estou pensando?
— Claro. Seja o que for.
— Neste momento estou te abraçando — sussurrou ele —, te beijando os cabelos, os olhos, a face, a testa, os lábios, com a maior ternura.

Ela cerrou os olhos e disse:
— Sou a tua imagem no espelho.

A voz da velha soou áspera na calma pastoral da tarde.
— Floriano!
— Que é, Dinda?
— Teu pai está te chamando.

10

Antes de subir ao quarto do pai, Floriano entrou no seu próprio e guardou o diário numa das gavetas da velha cômoda, debaixo de suas camisas e, ao sair, fechou a porta à chave.

Rodrigo recebeu-o com uma cordialidade triste e preocupada. Ai-ai-ai... — pensou Floriano — que terá acontecido?

— Enfermeiro! — chamou o senhor do Sobrado. Erotildes imediatamente apareceu à porta. — Daqui por diante não recebo mais ninguém, seja quem for.

— Nem o doutor?
— Nem o bispo. Floriano, fecha essa porta com o trinco... Isso! Agora te senta aqui perto de mim.

Floriano arrastou uma cadeira para junto da cama, sentou-se e esperou o pior. O pai mirou-o por alguns segundos em silêncio e depois disse:

— Temos um negócio muito sério a discutir.
— Que coincidência! Há dias que venho pensando em ter uma longa conversa com o senhor...
— Sobre quê?
— O meu assunto é muito comprido. Vamos primeiro ao seu.
— A pergunta que vou te fazer não é fácil nem agradável. Trata-se duma situação muito delicada, que me tem trazido preocupado... Tens de me falar com toda a sinceridade, mas *toda*, estás compreendendo?

Nada de subterfúgios: quero respostas diretas. Posso contar com tua franqueza?

— Pode.

— Está bem. Não farei rodeios. É a respeito de Sílvia... Que é que há entre vocês dois?

Floriano sentiu a pergunta no peito com o impacto dum murro.

— Nada — respondeu automaticamente.

— Palavra de honra?

Floriano ergueu-se, postou-se aos pés da cama, agarrou-lhe a guarda com força, com ambas as mãos.

— Não nego que sempre gostei da Sílvia e que fui um idiota por não ter casado com ela.

— Mas ela gosta de ti? Vamos, responde!

Floriano hesitou. Teria o direito de revelar os sentimentos da cunhada? Não acreditava que o pai pudesse compreender a verdadeira situação... Refletiu: "Qual seria a melhor maneira de eu me exercitar para a desejada conversa com o Velho senão começando desde já a usar a mais brutal das franquezas?".

— Ontem de tardezinha, encontrei a Sílvia no corredor... Estávamos os dois sozinhos. Eu me portei como um canalha: abracei-a e tentei beijá-la...

Rodrigo abriu a boca num espanto.

— Tu? Não respeitaste a mulher do teu irmão?

Floriano encarou o pai e, sem rancor mas com firmeza, perguntou:

— Quantas vezes o senhor desrespeitou esta casa... e as mulheres dos outros?

Arrependeu-se imediatamente dessas palavras, porque Rodrigo soergueu-se brusco, vermelho de cólera, os olhos chispantes, como se quisesse levantar-se para agredi-lo fisicamente. Tornou, porém, a deixar cair a cabeça sobre o travesseiro. As pregas da testa se desfizeram, a boca perdeu a rigidez e os olhos recuperaram a sua quente simpatia humana. Ficou a olhar fixamente para o filho, num silêncio magoado.

— Quer me bater na cara? — perguntou Floriano, tornando a sentar-se. — Bata se isso lhe faz bem. Mas vamos continuar a ser francos um com o outro. Se me chamou para me repreender como se eu fosse ainda um menino, não chegaremos a parte nenhuma. Mas se quer ter comigo um diálogo franco de homem para homem, poderemos ir longe. E eu quero ir muito longe. Refiro-me a outros assuntos...

Em voz agora baixa, num tom que era quase de queixa, Rodrigo perguntou:

— Por que fizeste isso, meu filho?

— Ora, foi um desses impulsos de que o raciocínio não participa. O senhor não negará que teve centenas deles na sua vida...

— Mas logo com a mulher do teu irmão!

— Naquele momento a Sílvia era para mim apenas uma mulher. Sem rótulo... As coisas são mais complicadas do que parecem à primeira vista.

— Como foi que ela reagiu?

— Está claro que me repeliu. E eu saí de casa envergonhado do que tinha feito, furioso comigo mesmo, desejando me sumir...

— Mas não me vais negar que ela gosta de ti...

— Que importância pode ter agora esse pormenor?

Por alguns segundos, Rodrigo ficou a sacudir a cabeça lentamente, dum lado para outro.

— Acho que devias voltar para o Rio o quanto antes.

— Estou de acordo.

— Logo tu! Tu, o tímido, o retraído... Sempre te censurei por não usares esse corpo. Vivia te dizendo que era bom soltar de vez em quando o Cambará que tens dentro de ti, preso pelos Terras e pelos Quadros. Mas não com a tua cunhada, evidentemente. Há milhões de outras mulheres bonitas no mundo. A troco de que tinhas de escolher a Sílvia?

Floriano nunca ficou sabendo por que chegou a dar voz a um pensamento perverso que lhe veio à cabeça, nem como teve coragem para tanto:

— Se fosse a Sônia Fraga, o senhor teria ficado menos chocado?

Rodrigo tornou a soerguer-se bruscamente.

— Por que te lembraste dela?

— É mulher, é atraente e está na cidade.

— Estiveste com ela?

— Não. Nunca. Nem pretendo estar.

— Eu sabia que mais cedo ou mais tarde ias puxar esse assunto. Pois fica sabendo que eu faço o que entendo e não tenho de dar satisfação a nenhum calhorda. Fui ao hotel e dormi com ela. Não nego. Se não estivesse aqui esculhambado nesta cama, eu voltaria lá hoje mesmo, estás ouvindo? E ia fazer isso às claras, na cara de todos esses maldizentes e hipócritas de Santa Fé.

— Está no seu direito. A sua vida é sua. Esse corpo é seu.

Floriano agora sorria. Falar franco era mais fácil do que ele imaginara. A franqueza era um vinho capitoso. Tinha chegado finalmente a desejada hora de seu acerto de contas com o Velho. Aquela tarde no quintal, ele aprendera com Sílvia uma grande lição de sinceridade.

Rodrigo lançou-lhe um olhar enviesado em que o tom de hostilidade não passava duma paródia.

— Confessa... Subiste aqui resolvido a falar na Sônia. Queres que eu mande a menina de volta para o Rio. Sempre foste do lado da tua mãe...

— Está enganado. Meu assunto é outro. Muito mais complexo.

— Desembucha então.

Floriano hesitava.

— Como é que vou falar franco se o senhor se exalta quando digo coisas que não lhe são agradáveis?

— Deixa de bobagem. Não sou nenhuma sensitiva.

— Discordo. O senhor é uma das maiores sensitivas que conheço.

— Dizes isso porque não escondo o que sinto, não recalco nada. Se um palavrão me vem à ponta da língua, eu não engulo, solto.

— Está bem. Diga todos os nomes feios que quiser. Mas me escute e trate de me compreender. Não espero nem quero que concorde com tudo quanto lhe vou dizer.

— Vamos, então.

— O assunto é comprido. Está mesmo disposto a ouvir?

— Naturalmente, homem.

— Está bem. — Floriano tornou a erguer-se, deu uma volta pelo quarto e depois parou ao pé da cama. — Talvez não seja de seu conhecimento, mas o senhor tem sido um dos maiores problemas da minha vida.

— Eu? Por quê?

— Quando menino inventei um pai ideal, exemplar, e esperei que o senhor correspondesse a essa fantasia, o que não aconteceu.

— Não estou te entendendo... Troca isso em miúdos.

— À medida que eu crescia, fui aos poucos descobrindo suas fraquezas, seus pontos vulneráveis, em suma, seus *defeitos*, para usar da terminologia dos moralistas, que não aceito com a razão mas à qual me habituei emocionalmente.

— Que é que esperavas que eu fosse? Santo Antão Eremita? Santo Agostinho?

— Talvez. E mais são Jorge no seu cavalo branco. E Ricardo Coração de Leão. E Mirabeau. E Tom Mix. E Rui Barbosa... Tudo isso num homem só: meu pai.

— Que tenhas imaginado todas essas besteiras quando menino, compreendo. Só não entendo como é que até hoje essas coisas possam ainda te preocupar.

— Temos de começar pelo princípio da história. E afinal de contas, o menino continua a morar no homem...

Rodrigo estava intrigado. Tirou um cigarro do bolso do casaco do pijama e prendeu-o entre os lábios. Floriano apressou-se a acendê-lo com o isqueiro que estava em cima da mesinha.

Escurecia aos poucos. Da rua vinham vozes humanas de mistura com a algazarra dos pardais que àquela hora voltavam para as árvores da praça.

— Uma vez no Capão da Jacutinga (eu teria os meus quinze anos), vi o senhor em grande atividade em cima duma das caboclas do Angico.

Floriano não saberia como descrever a expressão do rosto do pai naquele instante: um misto de surpresa, malícia, orgulho, saudade...

— Eu desconfiava disso. Te vi saindo do capão aquela tarde. Foi pouco antes da tua entrada para o Albion College... E se te interessa saber o nome da chinoca, era a Antoninha Caré. Satisfeito?

— Depois... havia aquelas incontáveis caboclinhas que vinham aqui para casa. O senhor vivia metido com elas pelos cantos, erguendo-lhes as saias, apalpando-as, dizendo-lhes segredinhos...

Rodrigo soltou uma risada:

— Que memória!

— Não vim pedir que o senhor se declare arrependido de todas essas coisas ou que me peça desculpas. Quero só que pense na minha situação. Eu via o mundo através dos rígidos princípios de moral das damas do Sobrado, mas sentia-o com o meu corpo de Cambará. Meu pai era um pouco o meu rival. Por outro lado, eu temia que minha mãe (de quem eu sentia uma pena enorme) o apanhasse numa dessas escapadas eróticas e viesse a sofrer com isso.

— Mas por que é que essas coisas todas ainda te preocupam vinte anos depois?

— Espere. Lembra-se da Amelinha Bernardi?

Rodrigo franziu a testa.

— Vagamente.

— Vou lhe refrescar a memória. Filha dum relojoeiro italiano das vizinhanças. Uma menina corada, crescida para os seus quatorze anos, já com os seios apontando, uns olhos vivos e escuros, uma voz meio rouca...

— Ah... acho que agora me lembro.

— Foi durante as férias de verão, depois de meu primeiro ano de internato. A Amelinha era minha namorada... um desses amoricos duma adolescência livresca: mescla de lirismo e sensualidade... talvez mais lirismo que outra coisa. Muito bem. Na véspera de Natal, mamãe convidou a Amelinha para vir à noite ao Sobrado. Ficamos os dois conversando ou, melhor, olhando um para o outro a um canto da sala. Havia muita gente na festa. Na hora em que todos foram para a mesa, notei que minha namorada havia desaparecido. Saí a procurá-la pela casa, com um mau pressentimento, e o meu instinto me levou para o escritório. Abri a porta e vi uma cena que me deixou siderado... A Amelinha estava sentada no seu colo, o senhor lhe mostrava as gravuras dum livro, uma de suas mãos estava inteira em cima do seio esquerdo da menina e a outra lhe apertava a coxa, por baixo do vestido... Lembra-se?

Floriano julgou perceber uma tonalidade amarela no sorriso do pai.

— E por que eu não podia estar mesmo mostrando figuras à menina? Então tu imaginas...

Floriano interrompeu-o com um gesto.

— É inútil disfarçar... A coisa estava clara. Eu não o censuro por ter feito aquilo. Nem discuto o seu *direito* de fazer... Mas quero que pense um pouco em mim. A Amelinha era a minha namorada, e o senhor sabe o que é uma paixão dos dezesseis anos. Quando me viu entrar no escritório, ela ficou com o rosto ainda mais vermelho que de costume. Saltou para o chão. O livro caiu. Eu voltei as costas e fugi correndo... me meti na água-furtada e não saí mais de lá senão depois que o último convidado foi embora. É desnecessário dizer que nunca mais olhei para a filha do relojoeiro. Nem para o senhor, pelo menos por algumas semanas...

Rodrigo sacudia a cabeça, como que relutando em acreditar no que acabara de ouvir.

— Tens a certeza de que não estás fantasiando?

— Absoluta.

— Se não me engano, essa Amélia Bernardi está hoje casada e mãe de filhos. Já vês que as minhas apalpações não lhe fizeram nenhum mal...

— Mas fizeram a mim. Me deixaram uma marca. Prepare-se, porque não vai gostar do que vem agora...

Rodrigo estendeu o braço e acendeu a lâmpada de cabeceira.

— Vamos usar a técnica dos romances antigos — prosseguiu Floriano — e dizer que se passaram nove longos anos. Estamos no Rio, no Cassino da Urca, numa noite de fins de 1935. O senhor não compareceu para fazer a sua fezinha na roleta porque estava no Palácio Guanabara, numa vigília cívica ao lado do presidente. (Isso foi dois dias depois do levante comunista da Praia Vermelha.) Nessa noite eu me encontrava no *grill-room*, entre orgulhoso e chateado da minha solidão, quando avistei a mulher que todo o mundo apontava como sendo a amante do doutor Rodrigo Cambará. A peruana, lembra-se?

— Como é que não vou me lembrar, homem? A Amparo Garcez. Grande fêmea.

— Achei a criatura atraente e resolvi convidá-la para dançar. Havia dezenas de outras mulheres no salão, mas eu só via uma: a peruana que era a amante de meu pai. Contra meu hábito, tomei duas doses de uísque, para criar coragem, e fui...

— É incrível! Tu?

— Eu.

— E ela aceitou o convite?

— Por que não? Saímos a dançar. Eu estava meio no ar...

— Ela sabia quem tu eras?

— Descobriu logo. *Yo sé quien eres. Te pareces mucho con tu papá.*

Rodrigo estava de novo sentado na cama, tenso, o cigarro colado ao lábio inferior.

— E depois?

— Sugeri com a maior delicadeza de palavras que fôssemos para a cama.

— Ela foi?

— Está com ciúme?

— Foi ou não foi? — gritou Rodrigo.

— Não foi. Perguntou se eu não tinha vergonha na cara.

— E tu insististe?

— Insisti.

— Mas por quê? Por quê?

— Eu podia dizer que o namorado enganado se vingava, mas isso seria simplificar demais o problema. Havia outros motivos... muitos outros. Por exemplo, um sentimento de identificação... Naquela noite eu *era* o doutor Rodrigo Cambará. É possível também que o menino Floriano estivesse tentando roubar do pai a rival da mãe. Sei lá!

Fez-se um silêncio ao cabo do qual Rodrigo perguntou:
— A Amparito não dormiu mesmo contigo?
— Não.
— Palavra de honra?
— Palavra de honra.
— É engraçado... Ela nunca me contou esse fato. Nem disse que te conhecia pessoalmente...

Floriano encolheu os ombros. Rodrigo tornou a falar:
— Não sei ainda aonde queres chegar com todas essas histórias.
— Tenha paciência. Entre outras coisas, quero lhe mostrar como era imoral este moralista.
— É fantástico!
— E fascinante. Há tempos que ando com estas coisas atravessadas na garganta, com um desejo danado de botá-las para fora na sua frente. Nunca imaginei que fosse tão fácil falar com esta franqueza. Nem tão gostoso.

11

Era já quase noite fechada. Rodrigo acendeu outro cigarro.
— Terminaste? — perguntou.
— Não. Agora vem talvez a parte mais séria para mim. Trata-se dum acontecimento que me marcou para o resto da vida.

Rodrigo fez uma careta que exprimia ao mesmo tempo perplexidade, dúvida e uma vaga impaciência.
— Noite de 3 de outubro de 1930 — murmurou Floriano, olhando para o pai bem nos olhos.

Rodrigo ergueu vivamente a cabeça.
— Se vais me falar no Quaresma, desde já te previno que atirei nele em legítima defesa. Tu mesmo foste testemunha. O rapaz fez fogo primeiro e me feriu o braço. Depois, ninguém pode afirmar que foi o meu tiro que o matou. Os sargentos o crivaram de balas. Foi um fuzilamento.

Enquanto o pai falava, Floriano sacudia a cabeça numa lenta, paciente negativa.

— Não me refiro a isso, mas ao que aconteceu depois.

— Depois?

— O filho do doutor Rodrigo Cambará não teve a coragem de erguer a sua arma e atirar no oficial. O pai, furioso, deu-lhe um pontapé no traseiro e gritou: "Covarde! Não és meu filho! Vai pra baixo da saia da tua mãe, maricas!".

Havia uma expressão de espanto na cara de Rodrigo. Era como se estivesse ouvindo uma história fictícia.

— Ora, Floriano, tu sabes... Eu estava com os sentidos perturbados. Tinha sido obrigado a atirar num amigo, estava ferido, perdendo sangue. Tens de levar em conta todos esses fatores...

— Está bem. Mas não negue que estava envergonhado por ter visto seu filho fazer papel feio na frente dos sargentos. Meu ato de covardia de certo modo o atingia, papai, o diminuía. Foi por isso que o senhor se apressou a me renegar ali no pátio do quartel. Preste bem atenção nas suas palavras: "Não és meu filho!".

— Me deixa explicar...

Floriano ergueu o braço:

— Por favor, não se justifique. Escute. Passei o resto da vida com a marca daquele pontapé nas nádegas. Sabia que tinha perdido a sua estima e isso me doía. Fiz uma autoanálise tão rigorosa quanto me foi possível na época, e concluí que tenho um horror visceral à violência. Matar o Quaresma ou qualquer outro homem teria sido para mim uma espécie de suicídio. A bala que o atingisse me teria também atingido, irremediavelmente. Que fazer então? Decidi que devia resignar-me à ideia da minha falta de coragem física. É preciso um certo tipo de coragem para admitirmos que temos medo. Mas a coisa toda não é tão simples assim. Quando pensei que havia aceito definitivamente essa condição, me surpreendi várias vezes a querer provar a mim mesmo que eu não era nenhum poltrão. Não vou descrever todas as tentativas que fiz nesse sentido. Vou contar apenas uma, talvez a mais estúpida de todas. Treze anos depois daquela noite de outubro, eu estava na cidade do Panamá em férias, sentado a uma mesa, num café do *bas-fond* e me divertindo a olhar os tipos internacionais que bebiam e conversavam ao redor daquelas mesas: panamenhos, hindus, chineses, malaios, americanos, turcos, alemães, antilhanos... Tomava mentalmente as minhas notas, com a ideia de mais tarde escrever sobre aquela cidade, aquele café e aquele momento. Pois bem. Lá pelas tantas, armou-se entre dois marinheiros uma briga que acabou se generalizando.

Foi o que em inglês se chama um *free for all* e que, traduzido livremente para a língua gaúcha, é um "pega pra capar". Uma coisa infernal... gritos, mesas caindo, garrafas, copos e cadeiras voando dum lado para outro... indivíduos com caras patibulares de navalha ou faca em punho... Mais da metade da freguesia do café, especialmente o elemento feminino, fugiu espavorida. Meu primeiro impulso foi o de sair também correndo para a rua, mas me veio de repente uma necessidade de ficar, de provar a mim mesmo que não estava com medo. Fiquei onde estava, segurando o meu copo e tratando de não ser atingido pelos objetos que passavam zunindo no ar. Vi um homem rolando no chão, com as mãos segurando o ventre de onde o sangue esguichava. Eu estava rígido, com o coração batendo descompassado, um frio nas tripas, a boca seca... Houve um momento em que senti novo ímpeto de disparar, mas ouvi mentalmente a sua voz, doutor Rodrigo, sim, a sua voz: "Fica sentado, covarde!". Fiquei. Um gesto temerário e perfeitamente insensato. Eu estava me mostrando para mim mesmo. Sim, e um pouco para o senhor... isto é, para a sua imagem que estava na minha mente me dando pontapés nas nádegas. Não é cômico?

— E eu que nem sequer suspeitava disso! — exclamou Rodrigo. — E dizer-se que com uma frase eu poderia ter te evitado todas essas complicações!

— Não. Nada de generosidades. Num caso como esse, elas só servem para retardar ou impedir a solução do problema. Não se trata de perdoar nem de esquecer, mas sim de meter fundo o bisturi e tratar de arrancar o tumor inteiro, com raiz e tudo. E é mais fácil fazer isso agora, que o tempo anestesiou o paciente.

— Mas quem é o paciente... eu ou tu?

— Eu. Pelo menos fui eu quem sentiu a necessidade desta intervenção cirúrgica.

— Nesse caso és o operador e ao mesmo tempo o operado.

— Nisso é que está o estranho da coisa toda. Ninguém é bom cirurgião quando opera no seu próprio corpo. Ou não corta o suficiente ou corta demais. Mas talvez isto não passe duma frase...

Fez-se um novo silêncio. Rodrigo olhou para o filho:

— Tu te fazes uma grave injustiça, esquecendo outra noite de tua vida. Refiro-me a 31 de dezembro de 1937. Um covarde não faria o que fizeste, investir contra um bandido armado de navalha...

— Bom, naquela noite o que fiz foi o que todo o homem mais cedo ou mais tarde tem de fazer, se quiser ficar completamente adulto: matar os espectros da infância. Aquele melenudo era a encarnação dos ogres, lobisomens e fantasmas que assombraram a minha meninice. Tentei liquidá-los todos com uma garrafada. Está claro que a motivação imediata foi evitar que o bandido matasse o tio Toríbio com uma navalhada. Mas a força, a fúria com que me atirei pra cima dele e lhe quebrei a cabeça vieram dos meus terrores infantis.

— Não sei se aceito tua interpretação. Por que complicar as coisas?

— E por que simplificá-las? Não sou nenhum herói. Disso tenho a certeza. Esse ato de violência me provocou náusea. A ideia de que eu podia ter matado aquele homem me deixou gelado, me perturbou por muito tempo. Repito que tenho horror à brutalidade. Um horror profundo tanto do corpo como do espírito. Tio Toríbio morreu praticamente nos meus braços. Seu sangue escorreu pelo meu ventre, pelos meus órgãos genitais, pelas minhas pernas. Eu quisera que essa espécie de batismo tivesse tido a virtude de transmitir-me a coragem extraordinária daquele homem. Nada disso aconteceu. Continuo a ser o que sempre fui. *E é assim que o senhor tem de me aceitar ou repudiar.*

— Te dou a minha palavra de honra — mentiu Rodrigo, caridosamente — que há muito tempo me saiu da lembrança essa noite de 3 de outubro de 1930.

— Não esteja tão certo disso. Mas quero lhe dizer algo mais. Prometi dizer tudo, mesmo que lhe doesse. Está preparado?

— Claro, homem, toca pra frente!

— O Bandeira uma noite destas ofereceu outra interpretação para o meu comportamento aquela noite. O meu gesto não foi de pura covardia. Minha mão ficou imobilizada *porque eu não estava interessado em salvar a sua vida.*

— Ora vai-te à merda! — exclamou Rodrigo entesando bruscamente o busto. — Não atiraste no tenente porque eras amigo dele, porque tinhas dezenove anos... porque não é fácil matar um homem. Mas não me venhas com Freud. Ah, essa não! A troco de que santo havias de desejar a morte do teu pai?

— Eu sabia que sua reação ia ser essa. É duro para um pai ouvir o que acabei de dizer... Também é duro para um filho *dizer*... Mas não se esqueça que o Bandeira se refere a um desejo *inconsciente*. E eu não lhe disse que aceito a hipótese...

— Se não aceitas, por que a mencionaste?

— Esta é a hora da verdade. Quero desabafar... e não tocar mais, nunca mais, nesses assuntos.

— Vocês literatos!

Rodrigo apanhou o copo d'água que estava em cima da mesinha de cabeceira, tomou um gole, olhou para o filho e, resserenado, perguntou:

— Já terminaste?

— Não. Temos ainda o capítulo do Rio de Janeiro.

— Teu romance está ficando comprido demais.

— Meu romance? Não. *Nosso* romance.

Rodrigo sorriu.

— Seja. Mas é bom esclarecer a situação. Tu escreves e eu *vivo*.

— De acordo. Queira ou não queira, o senhor tem sido a minha personagem principal. O meu "pai pródigo". Seu comportamento no Rio me intrigou, me inquietou, me decepcionou, me fascinou... tudo isso alternadamente ou ao mesmo tempo, não sei...

— Mas por quê? Que esperavas de mim?

— Talvez o cumprimento das promessas de seus discursos revolucionários: a regeneração de costumes, a salvação da República... enfim, todas aquelas frases heroicas pronunciadas antes e durante a famosa "arrancada de 30".

— Achas também que "traí" a Revolução?

— Não. Achei (note que uso o verbo no passado), achei que o senhor havia traído a mim, o seu filho, por não se portar de acordo com o seu retrato romântico que o menino e o adolescente haviam pintado na minha mente com as tintas da fantasia.

— Tu não podes me acusar...

Floriano interrompeu-o:

— Por favor, não use essa palavra. Eu não o estou acusando de nada, estou apenas...

Rodrigo não o escutava mais. Sentado na cama, com o dedo quase a tocar o nariz do filho, dizia:

— Não sou santo, graças a Deus. Sou dos que comem quando têm fome e bebem quando têm sede sem se preocuparem com o que possa dizer a Bíblia, o vigário ou a opinião pública. Se alguma vez me contradisse, foi porque estava vivo. Nem Cristo se livrou das contradições. Um dia recomendava que oferecêssemos a face direita a quem nos tivesse batido na esquerda, e no outro expulsava os vendilhões do templo a chicotadas. E ele era santo. Eu sou um homem. E tu, que és romancista, deves saber tão bem ou melhor que eu o que era ser um *homem* no Rio de Janeiro, entre 1930 e 1945...

Floriano escutava, sorrindo. Quando o pai fez uma pausa, ele tornou a falar.

— Os livros de história e as antologias que lemos na escola foram todos escritos ou preparados do ponto de vista do menino e do adolescente, quero dizer, são uma glorificação, uma idealização da figura do Herói e do Pai. Se as vidas de nossos homens públicos tivessem sido contadas sem censura, em toda a sua extensão e profundidade humana, veríamos que essas criaturas tinham defeitos, falhas de caráter: cometiam erros e se contradiziam. O que ficou de suas vidas e de suas personalidades nesses livros escolares que nos prepararam tão mal para a vida, foi uma síntese dourada, por assim dizer *pasteurizada*, para efeitos cívicos. Nem mesmo os santos foram perfeitos. A santidade não é uma soma absoluta de parcelas de perfeição, mas uma espécie de luta entre o Débito e o Crédito, o Mal e o Bem, e da qual ficou um saldo considerável a favor do bem. O adulto hoje sabe disso, mas o menino e o adolescente, que são meus inquilinos crônicos, insistiam em cultivar, manter imaculado na parede de suas casas o retrato ideal do pai. A culpa, portanto, doutor Rodrigo Cambará (e *culpa* não é a palavra exata), não foi sua. Era isto que eu tinha a lhe dizer.

Rodrigo contemplava agora o filho, entre sensibilizado e perplexo.

— E eu que pensei que não representava nada para ti!

— Há pessoas que continuam vida em fora presas às mães por um cordão umbilical psicológico. Comigo se passou o contrário. Esse cordão me prendia a meu pai.

Rodrigo riu alto.

— O que estou tentando fazer com esta conversa — explicou Floriano — é cortar definitivamente esse cordão. Para meu bem, está entendendo?

— Acho essa coisa toda muito literária e rebuscada... mas compreendo.

— Fiz minha primeira tentativa nesse sentido em 1938. Lembra-se? Pedi demissão de meu emprego público e quis sair de casa. Eu precisava liquidar certas contradições de minha vida. Não podia continuar criticando uma engrenagem da qual eu era parte, nem atacar o parasitismo quando eu próprio era um parasita.

Rodrigo cruzou os braços, ficou alguns instantes a olhar o pedaço de noite que a janela emoldurava, e depois disse:

— Nunca tive preferência por nenhum de meus filhos... Bom, talvez pela Alicinha, quando vocês eram pequenos. Mas depois não. Reparti entre vocês todos o meu afeto, em partes iguais. Mas eu mentiria se negasse que sempre tive por ti um certo *beguin*, não sei, decerto por causa da nossa parecença... Parecença só física, porque em matéria de temperamento tu és Terra e Quadros até a raiz dos cabelos. É verdade que naquela noite de outubro, no quartel de Artilharia, fiquei furioso contigo. Tudo quanto te disse naquele momento foi sentido, sincero. Mas depois, quando esfriei, confesso que me arrependi. Havia uma coisa maior que tudo: a minha afeição pelo meu filho. Eu quis te falar, mas tu te fechaste no teu refúgio, não quiseste me ver, não foste à estação para te despedires de mim. Isso me magoou. E se mais tarde não toquei no assunto, foi para não reabrir a tua ferida, estás compreendendo? Depois... bom, depois te foste afastando de mim aos poucos, sempre mais chegado à tua mãe, o que é natural... Sempre foste um homem reservado, retraído, difícil. Estou admirado de como te abriste hoje...

Fez uma pausa, atirou o toco de cigarro no cinzeiro e prosseguiu:

— Reconheço que tenho sido um pai autoritário, exclusivista, absorvente, talvez um pouco egocêntrico, não sei... Mas que diabo! Ninguém pode viver de acordo com livros ou almanaques, e sim com seus nervos, suas glândulas, suas vísceras, seu temperamento, seu corpo... Foi bom termos tido esta conversa. Muita coisa fica esclarecida.

Pousou a mão no joelho do filho, encarando-o.

— Nunca te esqueças do que vou te dizer agora. Vocês literatos escrevem romances, poesias e ensaios. Os filósofos interpretam a vida e o mundo. Os cientistas e os técnicos inventam ou descobrem coisas e procuram domar a natureza, pondo-a a serviço do homem. Mas para fazer uma civilização não bastam os literatos, os filósofos, os santos, os profetas, os cientistas e os técnicos. É preciso também homens de ação e paixão como o teu trisavô, o capitão Rodrigo, e como o teu tio Toríbio, homens que não têm medo de sujar as mãos de barro, nem mesmo de sangue, quando necessário. Sem esse tipo de gente, a roda da história não anda...

Floriano sentou-se na beira da cama, apertou a mão do pai e murmurou:

— Quanto àquele outro assunto, fique tranquilo. A Sílvia é da fibra das Anas Terra, das Bibianas, das Marias Valérias e das Floras. E a minha promessa está de pé. Irei embora para o Rio o mais depressa possível.

— Estou tranquilo. Tua palavra me basta.

Floriano olhou para seu relógio de pulso.

— Bom. Acho que não é demais tentar de novo esclarecer o que procurei com toda esta conversa. Foi um cordial, honesto acerto de contas. Aceite-me como sou e eu o aceitarei como é. Sem idealizações, sem ilusões, com todas as nossas qualidades e defeitos. E sem outros compromissos um com o outro além desse enorme compromisso de nos entendermos e querermos como seres humanos.

— Que conversa, seu Floriano!

— Estamos então completamente quitados, de recibos passados?

— Sim, e devidamente selados, firmas reconhecidas em cartório — sorriu Rodrigo.

— Pois acho que hoje vou festejar o meu nascimento.

— Tens cada ideia! Para mim toda essa coisa era muito menos complicada do que a fizeste. Sou desses que não reprimem nada. Deixo escapar o vapor, alivio o peito e esqueço. E se amanhã eu te prender de novo um pontapé no rabo, quero que saibas desde já que isso não significa que não te quero bem. Pelo contrário, é uma prova de afeto. E um sinal de que não estamos mortos nem inválidos.

Floriano sacudiu afirmativamente a cabeça.

— O senhor não imagina como este desabafo me fez bem. Tirei um peso do peito. Espero que não lhe tenha feito mal.

— Mal? Pelo contrário. Eu andava louco por conversar contigo. Tu é que me fugias.

Depois de breve hesitação, Floriano disse:

— Pois vou fazer uma coisa que há muito ando querendo fazer mas não fazia por pudor. Pois o pudor que vá para o diabo. E se o senhor reprovar o meu gesto, também pode ir para o diabo. É isto.

Segurou o pai pelos ombros, inclinou-se sobre ele e deu-lhe um beijo no rosto. Depois ergueu-se como que um pouco envergonhado de tudo.

Rodrigo, os olhos brilhantes de lágrimas, olhou para o filho e, com uma profunda e máscula ternura na voz, murmurou:

— Esse filho da puta...

Floriano fez meia-volta e aproximou-se da porta, já meio em ritmo de fuga, para que o pai não visse a comoção que o dominava. Quando ele estava já com a mão na maçaneta, Rodrigo gritou:

— Mas não te esqueças, rapaz, de vez em quando solta o Cambará!

12

Grande dia! Enorme dia! — pensou Floriano ao sentar-se à mesa para jantar em companhia do resto da família. Os diálogos que mantivera com Sílvia e com o pai o haviam deixado de tal modo embriagado, que agora ele sentia uma espécie de ressaca daquelas orgias confessionais. Uma sensação de canseira lhe quebrantava o corpo, ao mesmo tempo que uma excitação cerebral lhe dava uma lucidez nervosa, uma loquacidade quase frenética. Era como se ele tivesse tomado uma dose maciça de benzedrina.

A princípio foi só ele quem falou: o suicídio do Stein, a música de Bach, a tirania da linguagem, o resultado das eleições, a bomba atômica... Sentada do outro lado da mesa, Sílvia o escutava, surpreendida ante aquela verbosidade.

Num dado momento, entraram ambos a dialogar sobre a poesia de García Lorca. À cabeceira da mesa, Maria Valéria ficou atenta e tensa a escutá-los, naturalmente sem entender o que se diziam, e talvez já a imaginar que trocassem frases de amor numa linguagem secreta, só deles conhecida.

Flora parecia mais apreensiva que de costume. E Eduardo, que se manteve quase todo o tempo em silêncio, só abriu a boca para dizer que, com o novo governo, o Brasil teria pela frente cinco anos de reação e repressão.

Pouco depois das nove horas, Floriano apanhou os diários de Sílvia, subiu para a água-furtada, fechou a porta, depôs os dois volumes em cima da mesa e ficou a olhar para eles de longe, numa ambivalência em que a curiosidade de ler aquelas páginas secretas entrava em conflito com seu pudor de violar a intimidade da amiga. Por alguns segundos, portou-se como um noivo na noite de núpcias, hesitante à porta do quarto, ardendo de desejo pelo corpo da esposa mas ao mesmo tempo temeroso de feri-lo no ato dilacerante do desvirginamento.

Sentou-se por fim à mesa, pegou os livros, cheirou-os (recendiam a sândalo) e apalpou-os amorosamente, como se eles fossem partes do corpo de Sílvia. Fez correr as folhas de um e outro volume entre o polegar e o indicador: lá estava em tinta roxa a letra nítida e bem desenhada, que ele tão bem conhecia. Pensou em ler a última página do segundo livro, mas resistiu a essa tentação e começou pelo princípio.

Doía-lhe a cabeça e não lhe era fácil concentrar a atenção na leitura. O açodamento com que procurava *devorar* o que naquelas folhas estava escrito prejudicava-lhe o entendimento, e mais de uma vez, depois de ter lido uma página inteira, teve de voltar à primeira linha.

De instante a instante, fazia pausas, como para pôr ordem no caos que lhe ia dentro do crânio. Erguia os olhos doloridos, fitava-os em parte nenhuma e ficava pensando nas coisas que havia lido — sementes mágicas que no solo de sua fantasia rapidamente germinavam, cresciam, fazendo-se árvores, flores e frutos duma variedade e riqueza estonteantes.

O tom humorístico e menineiro das primeiras páginas do jornal o fez sorrir. Como ele compreendia aquele truque! Temendo levar-se demasiadamente a sério, Sílvia voltava contra si mesma o estilete da ironia. Mas quando ela começou a dissecar o *cadáver* de seu casamento, Floriano foi de novo tomado dum sentimento de culpa e remorso, pois considerava-se cúmplice daquele *assassínio*. Imaginou Jango *cavalgando* Sílvia e ferindo-a com as esporas de sua lubricidade. Houve um momento em que, com sua empatia de romancista, ele se meteu no corpo e no espírito de Sílvia e sentiu com ela o constrangimento, a repugnância e o susto daquela hora carnal sem amor e estranhamente perturbada pelo horror do incesto. Mas em seguida, se viu no lugar do irmão e ficou a imaginar, com um desejo meio cansado, mais da mente que do corpo, o que poderiam ter sido suas noites com Sílvia.

Ergueu-se, acercou-se da janela, como numa busca da companhia da noite, e ali se quedou por alguns minutos a olhar o luar sobre os telhados da cidade. Voltou a sentar-se à mesa, e ao ler o trecho em que Sílvia recordava as confidências que ele, Floriano, lhe fizera de suas intimidades com Mandy, um prurido de vergonha arrepiou-lhe a epiderme e pôs-lhe as faces e as orelhas em fogo. Como é que ele — logo ele! — não havia sentido o ridículo da situação? Portara-se como um ginasiano tolo e pretensioso. E o curioso, o absurdo — e novamente o ridículo! — era o ressentimento que agora lhe vinha para com Sílvia, mau grado seu, por ela ter *percebido* a sua intenção inconsciente de gabar-se como macho e despeitá-la, sim, e também por ter registado e comentado o fato no diário. Tratou de rasgar simbolicamente aquela folha, apagando-a da memória.

Em muitas passagens, Floriano se via a si mesmo como num espelho. Mais que nunca, sentia uma profunda afinidade espiritual com a mulher que amava, e isso lhe aumentava a pena de havê-la perdido. Havia momentos em que sorria: era quando Sílvia "pagava para ver" seus próprios blefes. Divertiu-o particularmente a confissão que ela fizera de ter fingido esquecer o nome de Marian Patterson.

Ficou impressionado ao descobrir que a cunhada tinha com ele aqueles sonhos de frustração em que ambos se procuravam sem poderem encontrar-se. Mais de uma vez, em sonhos aflitivos, ele andara pelos salões e corredores dum imenso casarão sombrio, deserto e silencioso, em busca de Sílvia, sentindo misteriosamente a sua presença, mas não conseguindo nunca encontrá-la...

Sentia-se lisonjeado e ao mesmo tempo enternecido por ver a frequência com que seu nome aparecia naquele diário. Mas não podia deixar de ficar contrariado e enciumado (e reagia contra esses sentimentos) toda a vez que Sílvia falava no *padrinho* e em seu amor e sua admiração por ele. Surpreendeu-se também a sentir uma espécie de ciúme ou inveja de Irmão Toríbio, por ter este penetrado em recantos do espírito e do coração de Sílvia a que ele, Floriano, no seu agnosticismo nunca tivera e talvez jamais teria acesso. Leu e releu, com uma reverência e uma simpatia não de todo isentas de um frio espírito crítico, as páginas em que Sílvia tratava de suas relações com Deus. Ficou-lhe de tudo isso a impressão de que, de certo modo, Sílvia *obrigara Deus a existir*.

As horas passavam. De vez em quando, o relógio lá embaixo batia. Floriano continuava a ler e a reler e a pensar. Erguia-se a intervalos, caminhava pelo quarto, procurando refazer-se do espanto, da alegria ou da apreensão que algum trecho do diário lhe causava, e depois tornava a sentar-se à mesa. A confissão de Sílvia com relação à morte de Alicinha provocou-lhe um calafrio. Era fantástico: Então *Sílvia também* tinha ciúme da menina por ela ser a preferida do pai?

A história de Tony Weber chocou-o um pouco, e ele se sentiu vagamente como um comerciante que descobre haver-se esquecido de fazer um lançamento de importância vultosa no débito dum freguês a cuja dívida acabara de dar quitação completa. Lembrava-se das muitas vezes em que, ao pé da sepultura da suicida, ele pensara em escrever sua história. Jamais, porém, lhe passara pela cabeça a ideia de que seu pai pudesse ter sido personagem daquele drama. Ali estava outra folha do diário que ele mentalmente devia rasgar...

A última página trazia a data do dia anterior. Continha simplesmente estas palavras:

> Fui hoje ao médico. Desta vez parece
> não haver a menor dúvida: estou grávida.
> Este filho vai dar um novo sentido à
> minha vida. É o melhor presente que o Céu
> me poderá mandar. Olho agora para o futuro
> com alegria e esperança. Deus é grande.
> Deus é bom.

Floriano fechou o volume. Suas mãos tremiam. Seus olhos estavam úmidos, e ele procurava explicar a si mesmo que não se tratava de lágrimas de emoção, mas de efeitos daquela leitura prolongada a uma luz tão precária.

Compreendia agora em toda a sua profundidade o sentido do gesto de Sílvia ao confiar-lhe aquele jornal. Equivalia a uma entrega completa, não só de espírito como também de corpo.

Sentou-se no peitoril da janela e ali ficou a olhar para fora. Havia um morno mistério na noite. Da padaria vizinha lhe chegava, como um recado da infância, um cheiro de pão recém-saído do forno.

Como era que a menininha de pernas finas e olhos ariscos podia ter-se transformado na esplêndida mulher que escrevera aquelas páginas belas, tão honestas e tão corajosas? Pensou na criatura que crescia no ventre de Sílvia. *Filho do Jango? Não. Porque no momento do ato físico em que essa criança foi concebida, Sílvia de olhos fechados pensava em mim. Esse filho espiritualmente é meu.*

Cerrou os olhos, cansado. Precisava dormir, mas sabia que era inútil tentar. Estava demasiadamente excitado.

Estendeu-se no divã, cruzou os braços e ficou a recordar passagens do jornal. E assim se escoaram as horas e, sempre insone, ele viu através da janela um novo dia nascer.

Naquela mesma manhã, devolveu a Sílvia, sem dizer palavra, os dois volumes do diário. Ela os recebeu também em silêncio. Trocaram um longo olhar e se separaram.

13

Eram nove da manhã. Terminada a auscultação do paciente, Dante Camerino repunha na maleta o esfigmômetro e o estetoscópio.

— Doutor Rodrigo, o senhor tem uma constituição privilegiada. Seu coração está se portando com grande bravura. A auscultação dos pulmões não acusa nada que nos possa inquietar. A pressão está boa e a frequência do pulso também. Estou certo de que pode fazer a viagem tranquilo.

— Ótimo! Que dia do mês é hoje?

— Vinte.

— Podemos fretar um avião para o dia vinte e seis.

— Por que esperar mais seis dias?

— Ora, Dante, pra te falar a verdade eu até preferia embarcar amanhã. Mas a noite passada tive um sonho que me deixou impressionado...

Calou-se.

— Posso saber que foi?

— Sonhei que a Alicinha entrou aqui no quarto, sentou-se naquela cadeira, me olhou com ar triste e perguntou: "Papai, por que não ficas para passar o Natal comigo?". Engraçado... ela não era mais uma menina, mas uma mocinha... Te confesso que a coisa me deixou pensativo.

Não quis contar o resto do sonho: a filha desatou num choro convulsivo, exclamando: "Eu sei, tu vais passar o Natal no Rio, com a outra!".

Camerino coçou a cabeça, embaraçado.

— Doutor, compreendo e respeito seus sentimentos, mas como seu médico insisto que o senhor aproveite essa melhora excepcional e embarque o mais cedo possível.

Rodrigo ficou por alguns instantes num silêncio reflexivo. Depois disse:

— Está bem. Quando então?

— Depois d'amanhã.

— E o avião?

— Como o senhor me havia autorizado, telefonei à direção da Varig. Vão mandar um aparelho pequeno dia 22. Em Porto Alegre, o senhor será transferido para um Douglas DC-3, que seguirá imediatamente para o Rio, em voo direto.

Rodrigo sorriu.

— Estás louco para te livrares de mim, não? Confessa...

— Para lhe ser sincero, estou mesmo. Antes de mais nada, sou seu amigo. No Rio o senhor vai ter melhor assistência médica e todas as vantagens dum hospital de primeira ordem.

— Está bom, Dante. Agora descansa o peito. Não terás de assinar o meu atestado de óbito.

— Telegrafei ao Hospital do Nazareno, pedindo que lhe reservem um apartamento. E que mandem uma ambulância ao aeroporto.

— Ah! Telegrafa também para o doutor Alberto Romero, ao cuidado do hospital. Diz que faço questão que ele tome conta de mim. Além de meu amigo, o Romero é o homem que mais entende de coração neste país.

— Fique tranquilo. Farei tudo hoje mesmo. E não preciso lhe dizer que vou acompanhá-lo pessoalmente até o Rio...

— Obrigado, Dante. Eu já contava com isso.

Camerino apanhou a maleta e aproximou-se da cama.

— E agora, doutor, pelo amor de Deus, não faça nenhum excesso. Não abuse de comida. Durma cedo. E trate de não ficar muito excitado com essa viagem.

— Vou te pedir um favor — disse Rodrigo, sorrindo. — Depois que eu for embora, manda fuzilar esse enfermeiro. Mas primeiro vou dar uma boa gratificação a esse cretino.

O médico lançou para o paciente um olhar afetuoso.

— Quer mais alguma coisa?

— Não, obrigado.

— Até mais tarde, então.

— Dante Carnerino — murmurou Rodrigo, como se se dirigisse a uma terceira pessoa invisível — *bello bambino, bravo piccolino, futuro dottorino.*

O outro voltou-lhe as costas e saiu do quarto com os olhos cheios de lágrimas. Encontrou Floriano no andar inferior, deu-lhe boas notícias do doente, mas acautelou-o:

— Não tenham muitas ilusões. Essa melhora não exclui os perigos de que te falei na noite do edema...

Floriano sacudiu a cabeça, em silêncio.

Neco Rosa apareceu pouco antes das dez e começou o seu ritual de todas as manhãs: colocou seus petrechos em cima da mesinha de cabeceira, amarrou uma toalha ao redor do pescoço do amigo, fez espuma no pequeno pote de alumínio, passou a navalha no assentador...

— Embarco depois d'amanhã para o Rio, Neco.
— Não diga!
— Vou deixar esta prisão que estava me matando lentamente. Não sou homem de ficar em cima duma cama, fechado dentro dum quarto, principalmente numa hora em que tanta coisa está acontecendo e por acontecer no país. Leste os jornais? O Dutra já está falando num gabinete de coalizão. O Góes Monteiro recomeçou suas entrevistas asnáticas. Esses meninos queremistas ouvem cantar o galo, mas não sabem direito onde. Um partido não se organiza apenas com entusiasmo cívico e com amor e dedicação a um chefe. É preciso um programa definido capaz de atrair as massas. Cuidado, homem! Tua navalha está braba hoje. Que foi que houve? Andaste degolando alguém? Passa de novo esse facão no assentador...

O barbeiro obedeceu, mostrando os dentes amarelados, num ricto.

— Precisamos preparar o caminho para a volta do Getulio à presidência da República, dessa vez eleito pelo povo. Aposto como vai ser uma barbada. E depois, Neco, tenho uns negócios meio encrencados lá no Rio. E também essa história da Sônia...

— Pois vou sentir falta de ti. Podes encontrar barbeiros melhores que eu na capital federal. Mas nenhum vai ter o carinho que tenho por essa cara. Apesar de todos os teus desaforos.

— Ninguém me escreve — queixou-se Rodrigo, depois duma pausa. — Fiquei todo este tempo completamente sem ligações políticas. O Getulio, esse ingrato, não respondeu à minha carta.

— Ora, o homem tem andado ocupado. Os jornais dizem que a Estância dos Santos Reis nestes últimos tempos tem sido uma verdadeira Moca.

— Meca, homem! Moca é um tipo de café árabe. Mas Meca ou Moca, o homem podia ter me escrito pelo menos um cartão. Seja como for, estou disposto a aplicar nele um tipo novo de golpe: o da fidelidade.

Rodrigo fez uma pausa, olhou para a torre da igreja e murmurou:

— Acho que ainda não é desta vez que a Torta me leva.

— Não te disse que ias passar a perna na bicha?

— Aposto o que quiseres como no Rio o doutor Romero me bota de pé em duas semanas. E sabes que mais? Eu estava com medo de desmentir aquele ditado, "Cambará macho não morre na cama".

Neco aproximou-se da janela para atirar fora o cigarro. Passava naquele instante pela frente da casa um colono de Nova Pomerânia, conduzindo uma carroça cheia de pinheirinhos de Natal. Estava sem chapéu e o sol parecia incendiar sua cabeleira ruiva.

O barbeiro olhou para o céu limpo e disse:

— Vais pegar um dia lindo pra viagem...

— Neco, meu velho, preciso de ti para uma outra "operação secreta". Escuta. Vou te dar dinheiro para comprares uma passagem para a Sônia, daqui até o Rio.

— Pra quando?

— Pra amanhã.

Quando Neco terminou de barbeá-lo, Rodrigo apanhou uma folha de papel de carta e a caneta-tinteiro, e escreveu:

Minha querida: Como te contei na carta de ontem, a situação mudou para melhor. Estou me sentindo tão bem, que os médicos acham que posso voltar para o Rio. Sigo dia 22. Imagina as oportunidades que teremos lá de nos encontrarmos! Vou me internar no Hospital do Nazareno, onde poderás me visitar quando quiseres. Não é mesmo uma beleza? Agora presta atenção no que vou te dizer. Quero que voltes imediatamente para o Rio, para o nosso ninho. Sei o que tens passado aqui nesta cidade esquecida de Deus, nesse hotel infame, sujeita à curiosidade e à indiscrição dos intrigantes municipais. Não sei como te agradecer por todos os teus sacrifícios. O Neco vai providenciar a tua passagem no avião de amanhã. Peço-te que hoje, à hora de costume, não deixes de passar pela frente da minha casa, para eu te ver mais uma vez. É uma despedida, minha flor. Mas desta vez a separação vai ser curta.

        Abraça-te e beija-te com muito carinho o teu
        R.

Dobrou o papel, meteu-o num envelope e, sorrindo, entregou-o ao barbeiro:

— Capitão Neco, aqui está a mensagem. Veja se consegue passar as linhas inimigas... Se for preso, engula a carta. Viva o Brasil!

Neco Rosa perfilou-se, bateu os calcanhares e fez uma continência.

14

Na manhã da véspera do embarque de Rodrigo, Sílvia subiu ao quarto de seu padrinho para fazer-lhe as malas. Sentado na cama, excitado como uma criança, o senhor do Sobrado fumava e falava sem cessar.

— Mas onde está esse meu neto que ainda não dá sinais de vida?
— Tenha paciência — sorriu ela. — É cedo ainda. Tudo tem de seguir seu curso normal. A natureza não abre exceções nem mesmo para um neto do doutor Rodrigo Cambará.
— Quem diria, hein? Eu... avô!

Pegou o espelho oval de cabo, mirou-se nele, passou a mão pelas têmporas e murmurou:

— Um avô relativamente moço, não achas?
— E com muito boa pinta...
— Quando teu marido souber da novidade, vai dar pulos.
— O Jango não é homem de pulos...
— Isso é verdade. Mas por dentro vai ficar louco de contente, te garanto. — Tornou a mirar-se no espelho. — Que é que preferes? Homem ou mulher?
— O que vier vem bem.
— Pois eu prefiro homem.
— Não era preciso dizer. Eu já imaginava. No Rio Grande, mulher é criatura de segunda classe. Não. De terceira. Em primeiro lugar está o homem. Em segundo, o cavalo.
— Não digas isso, Sílvia minha querida. Nós falamos grosso e nos damos ares de patrões para esconder o fato puro e simples de que são vocês as mulheres que realmente mandam...

Sílvia escancarou a porta do guarda-roupa.

— Que fatiota vai usar na viagem?
— A de tropical cor de cinza.
— E estas duas mil gravatas... vão todas?
— Não. Só a azul, a cor de vinho, a prateada, a verde com quadrinhos brancos... deixa ver, sim, aquela listada também. Essa! As outras dá para o Jango.
— O senhor sabe que a coisa que ele menos usa é gravata. E este sobretudão?
— Cruzes! Com o calor do Rio? Deixa esse monstro na naftalina.
— E a roupa branca?
— Mete nas malas o que couber.

— Que sapataria! Aqui está um preto, um cor de chocolate, um bicolor... chii! Oito pares!

— Enfia todos no saco de viagem.

— Até os de verniz?

— Livra! Isso é sapato de defunto. Joga fora.

Por alguns instantes, ela trabalhou em silêncio, enquanto Rodrigo falava sem cessar. Depois de ter enchido por completo duas malas, Sílvia abriu a primeira gaveta da cômoda.

— Não sabia que o senhor usava Fleurs de Rocaille...

— Qual nada! Isso é extrato de mulher. Gostas?

— Não.

Sílvia compreendeu o que significava aquele frasco ali na gaveta. Vira mais duma vez Sônia Fraga passar pela frente do Sobrado e a rapariga lhe parecera o tipo exato de mulher para usar aquele perfume furta-cor.

— Deixa o vidro onde está. Estás vendo aquela roupa ali no canto? Está novinha. Só usei umas duas ou três vezes. Não gosto muito dela. Dá pro Jango.

— Não serve. Ele é mais alto que o senhor.

— Dá então pro Bandeira.

— Também não serve. É mais baixo e mais corpulento. Acho que quem tem as suas medidas é o Eduardo.

— Mas tu pensas que um líder do proletariado vai aceitar um presente deste mísero representante da plutocracia? Deixa a roupa aí mesmo...

Rodrigo apagou o toco de cigarro contra o fundo do cinzeiro e acendeu outro.

— O senhor está abusando do fumo — repreendeu-o Sílvia.

— Qual! Este é um grande dia.

— E está também muito excitado. Olha que a viagem vai depender de seu estado de saúde...

Ele se pôs a assobiar jovialmente o "Loin du Bal". Depois disse:

— Toca um disco, Sônia.

Não percebeu que tinha trocado o nome da nora. Sílvia fingiu não ter dado pelo lapso.

— Não. Nada de disco. Cada vez que ouve essas músicas, o senhor fica todo comovido. Ainda pouco toquei o *Rêverie* de Schumann e só lhe faltou chorar...

— Tu nem imaginas o que essa melodia me evoca... Um dia ainda vou te contar... Mas me traz umas cartas que estão na segunda gaveta da cômoda. E uma bacia lá do quarto de banho. E um vidro de álcool.

A nora obedeceu. Rodrigo rasgou as cartas, deitou seus pedaços na bacia, respingou-os de álcool e prendeu-lhes fogo.

— Não preciso te dizer de quem são essas cartas e bilhetes... Engraçado! Foi esta a bacia que o Camerino usou quando me fez a sangria...

Sílvia lançou-lhe um rápido olhar enviesado.

— Essa "fogueira" tem algum sentido simbólico?

Rodrigo esteve a ponto de dizer uma mentira. Hesitou um instante e por fim sacudiu a cabeça:

— Não. Nenhum. Eu gostaria de poder afirmar que está tudo acabado entre mim e essa menina. Mas não está. Mandei a Sônia hoje para o Rio. Na minha idade, não é fácil romper essas ligações... tu compreendes.

Sílvia desconversou:

— E estes trezentos e oitenta e quatro pares de meias?

— Atocha tudo nas malas. Mas descansa um pouco, menina. Não paraste um instante desde que entraste neste quarto. Senta. Vamos conversar. Olha que manhã linda... Nenhuma nuvem no céu. E essa brisa fresca não é mesmo uma beleza?

Ela se sentou. O suor rorejava-lhe a pele, entre o lábio superior e a ponta do nariz. Seus seios arfavam docemente. Rodrigo contemplou-a com ternura.

— Sabes duma coisa? Às vezes penso que tudo isto que está acontecendo não é verdade. Parece que todos estão me enganando. Quantas vezes fiquei aqui sozinho pensando na morte, atento às batidas do coração, com medo até de respirar? Quantas noites acordei pensando que tinha chegado o fim? E de repente tudo muda... há uma esperança...

— Deus sabe o que faz.

Rodrigo deixou cair o cigarro no cinzeiro, e quando quis acender outro, Sílvia deteve-o, segurando-lhe o pulso.

— Agora chega. Não é um pedido. É uma ordem.

No quarto contíguo, Flora também fazia as malas. Estava triste e apreensiva. Recebera aquela manhã um telefonema anônimo: "Então, que foi que houve? A china do doutor Rodrigo embarca hoje... Quebraram os pratos ou a rapariga vai esperar o coronel no Rio?". Era uma voz áspera e perversa de mulher. Flora desligou o aparelho, tomada dum súbito nojo, dum desejo de sumir-se, de não existir... No dia anterior, acontecera-lhe chegar por acaso a uma das janelas da casa, à tardinha, bem no momento em que uma mulher jovem vestida de verde, os olhos protegidos por óculos escuros, passava na calçada fronteira, com a cabeça ostensivamente voltada para o Sobrado... Compreendeu imediatamente de quem se tratava. Seu primeiro impulso foi o de fugir, mas recuou apenas um passo e escondeu-se atrás duma das venezianas, de onde podia ver a rua sem ser vista, e ali ficou a olhar para a rapariga, que caminhava firme, os seios empinados, consciente de sua mocidade e de seu magnetismo de fêmea. Os homens voltavam a cabeça para vê-la passar e depois ficavam a olhar longamente para suas pernas e para suas nádegas, que bamboleavam ao ritmo da marcha. Flora sabia que àquela hora muitas das comadres da vizinhança estavam debruçadas nas suas janelas, naturalmente a olharem ora para Sônia Fraga, ora para Rodrigo Cambará, cuja cama devia estar agora junto de uma das janelas de seu quarto. Flora sentia o ridículo da sua própria posição, ali a espiar a amante do marido — mas assim mesmo continuou onde estava, incapaz de um movimento, como que enfeitiçada. Viu a outra voltar a cabeça para trás, ao passar pela frente da igreja, e então os cabelos dela, lustrosos e pesados, moveram-se num balanço gracioso de onda. Seus óculos relampejaram, subitamente apanhados numa réstia de sol — e foi como se os próprios olhos da rapariga irradiassem fogo, como os dum belo monstro mitológico.

Sentada diante da mala aberta, Flora recordava essas coisas. Do quarto do marido vinha um rumor de vozes que as grossas paredes abafavam.

E agora? — perguntou ela a si mesma, sentindo-se mais só do que nunca em toda a sua vida. Pensou no velho crucifixo que estava pendurado numa das paredes da casa da estância: o Cristo sem nariz, ao pé do qual ela se ajoelhara tantas vezes, em tempo de paz e em tempo de guerra, para pedir pela saúde e felicidade de sua gente e pela sua própria. Aquela imagem de madeira carcomida de caruncho, na nudez da parede caiada, dava-lhe uma tamanha sensação de abandono e tristeza (os olhos do Cristo pareciam fitar perdidos o descampado, através da janela) que ela lhe chamava intimamente de Nosso Senhor da Solidão.

Flora via agora o seu futuro como uma imensa planície cinzenta, vazia de calor humano. Rodrigo e ela continuariam a viver como dois estranhos. Jango pertencia ao Angico e à Sílvia. Bibi não a amava. Eduardo era um rebelde, dedicava-se por inteiro a suas ideias políticas. Ela poderia contar com Floriano, tinha a certeza disso, mas era-lhe insuportável a ideia de vir a ser uma carga excessivamente pesada na vida do filho mais velho.

Ficou por alguns instantes a olhar para a mala, sem muito ânimo para continuar os preparativos para a viagem. De súbito lhe veio à mente um pensamento que a reconfortou. Avistava uma luz remota na desolação da savana. Em setembro voltaria a Santa Fé para assistir ao nascimento do filho de Jango e Sílvia. Um neto! A ideia de ser avó a comovia. Pensou: "Agora tenho o direito e a obrigação de começar a envelhecer". E ficou a sorrir para a imagem daquela criatura que ainda não existia.

15

Jango chegou pouco antes do meio-dia, mas Floriano, que tinha ido almoçar fora com Tio Bicho, só o encontrou à tardinha. Abraçaram-se.

— Já sabes da novidade? Vou ser pai.

— Parabéns, hombre.

Como aquilo era de Jango! Não era Sílvia que ia ser mãe: era ele que ia ser pai.

— Tomara que seja um machinho!

— Bom, a gente nunca sabe. Mas se nascer uma menina e tu não quiseres ficar com ela, manda-a pelo correio para o tio Floriano.

Jango deu uma palmada cordial nas costas do irmão e começou a subir a escada grande.

— Vou ver o avô do guri!

O velho Aderbal e d. Laurentina apareceram também aquela tarde. Como sempre, ela trouxe um cesto com ovos frescos, broas de milho e queijos caseiros. Babalo chamou Floriano à parte e perguntou-lhe, com seu jeitão pachorrento:

— Mas tu achas mesmo que teu pai pode viajar de avião?

— Os médicos dizem que sim. Mas sei que o senhor não confia em aviões...

— Nem em médicos.

Babalo subiu ao quarto de Rodrigo e lá ficou durante muito tempo a um canto, pitando o seu crioulo em silêncio e olhando para o genro com olhos ternos e tristonhos, como se o estivesse vendo pela última vez na vida.

À noite os amigos apareceram para a prosa habitual. O dr. Terêncio, vestido de linho branco imaculado, contou que terminara aquele dia o capítulo de sua obra em que refutava a ideia, que o resto do país parecia alimentar, de que o Rio Grande pertence culturalmente à órbita platina. Olhou num desafio para Bandeira, esperando uma frechada que não veio. Tio Bicho estava macambúzio. Floriano atribuiu isso à emoção da despedida. Irmão Toríbio não quis sentar-se. Enquanto os outros falavam, ele caminhava inquieto dum lado para outro, brincando com seu crucifixo.

Liroca também apareceu, arrastando os pés. Acercou-se da cama, tocou o ombro do amigo e, com olhos lacrimejantes, disse:

— Quando voltares no outro verão, não vais me encontrar mais aqui. Chegou a minha hora. Acho que o Generalíssimo lá em cima vai me convocar...

— Mas que é isso, Liroca velho de guerra? Hoje a Laurinda me entrou aqui choramingando, dizendo também que não vou encontrá-la quando voltar... Por que é que todo o mundo só pensa na morte? Temos que pensar na vida! Para a Magra o que eu dou é isto. — Dobrou o braço com violência, fazendo uma figa. — Ó Tio Bicho, vamos comemorar a minha viagem com uma cervejinha.

Camerino, que voltava nesse instante do quarto de banho, interveio:

— Nada disso. Entramos hoje em regime de lei seca. E o senhor, doutor, apague esse cigarro. E fique quieto. Os outros que falem.

Rodrigo soltou um suspiro de impaciência.

— Que é que há de novo por aí, Bandeira? — perguntou.

— Tudo velho.

— Como vai o nosso Stein?

Tio Bicho teve uma pequena hesitação.

— No mesmo.

— Por que não aproveitamos o meu avião para levar o rapaz para Porto Alegre, para um bom sanatório?

Fez-se um silêncio de embaraço.

— Desaprovo a ideia — declarou Camerino. — O Stein anda muito agitado, pode nos causar complicações a bordo. É melhor que vá depois.

— Mas quero que vocês me prometam cuidar dele — exigiu Rodrigo. — Temos que curar esse rapaz. É teimoso como uma mula, mas gosto dele. Errado ou certo, é um homem de coragem e de convicções. E depois, considero esse judeu cabeçudo um dos muitos filhos que tenho espalhados por este mundo. Meu filho, toca um disco.

Floriano, que estava perto da pilha de discos, leu o rótulo do primeiro deles.

— Offenbach serve? — perguntou.

— Ótimo. *Allez oup!*

A música alegre do *Galope infernal* inundou o ar. Rodrigo acompanhava a melodia, assobiando. Floriano, que achava o velho demasiadamente excitado, trocou um olhar com Camerino.

— Mas por que é que vocês todos estão com essa cara de velório? — perguntou Rodrigo, sentando-se na cama. Olhou em torno e, parodiando um diretor de circo, exclamou: — Respeitável público! Tenho a honra de comunicar que o Jango e a Sílvia vão me dar um neto! — Voltou ao tom natural para acrescentar: — Está claro que vai ser homem. Alguém precisa levar para diante o nome de Rodrigo Cambará. O nome e uma certa outra coisa que vocês sabem...

Os amigos murmuraram parabéns. Tio Bicho disse com ar reflexivo:

— Já imaginou o mundo em que seu neto vai viver? Maravilhas eletrônicas, cérebros mecânicos, energia atômica...

Por um instante, Rodrigo ficou com um ar sonhador, pensando no neto e murmurando, num enternecimento que lhe adoçava o olhar e a voz:

— Esse filho da mãe... esse grandessíssimo filho da mãe...

Lá embaixo, o relógio bateu uma badalada. A música havia cessado. Floriano apagou a eletrola.

— Nove e meia — disse Dante Camerino. — Não quero ser um desmancha-prazer, mas o nosso homem precisa dormir cedo. Portanto acho bom irmos todos embora... Mas nada de despedidas. Faz de conta que é um "até amanhã".

O dr. Terêncio foi o primeiro a despedir-se. Apertou a mão do doente, dizendo:

— Meu velho, desejo que tudo te corra bem. Espero te visitar no Rio em princípios de abril. Desculpa, mas não vou poder ir amanhã ao aeroporto, porque...

Antes que ele terminasse a frase, Camerino interrompeu-o:

— Eu ia pedir mesmo que ninguém fosse ao aeroporto... É melhor assim.

Roque Bandeira disse apenas: "Até logo, doutor", voltou as costas e se foi. O velho Liroca hesitou um instante, lançou um olhar amoroso para o amigo e também saiu, amparado no braço de Irmão Toríbio. Estavam todos no corredor quando o dono da casa lhes gritou:

— Nos veremos de novo quando dom Rodrigo Cambará III nascer!

Camerino tirou seus aparelhos da bolsa e tornou a examinar cuidadosamente o paciente. Floriano, calado, observava-os dum canto do quarto.

— Está tudo bem — disse o médico, terminado o exame. — Já tomou o seu Luminal?

— Não.

— Pois então faça o favor de tomar. E veja se dorme pelo menos umas sete horas. Vamos, Floriano?

— Me espera lá embaixo. Vou te acompanhar até a tua casa.

Quando pai e filho ficaram a sós, este último perguntou:

— Não precisa de mais nada?

— Não, meu filho. Mas espera um pouco... Sabes que tenho pensado muito na nossa prosa do outro dia? Pois fica tu sabendo que ela me fez um bem danado. E quanto mais penso nas coisas que dissemos um para o outro, mais compreendo a tua intenção. Foi uma pena que eu nunca tivesse tido uma conversa assim com o meu pai.

— Acha que teria sido possível?

Rodrigo fez uma careta de dúvida.

— Teu avô era um homem difícil, da escola antiga. Mas... mudando de assunto, já aprontaste a tua mala?

— Quase...

— E que me dizes da "novidade"?

— A ideia de ser tio me encanta.

— Engraçado... de repente tudo muda para melhor. É como diz a Sílvia, Deus sabe o que faz. Bom, mas tu não acreditas em Deus.

Floriano sorriu:

— Estou principiando a pensar que é Deus que não acredita em mim...

— Por que não procuras ter com Ele uma conversa franca como a que tiveste comigo?

— Porque Deus, como o velho Licurgo, se fecha nos seus silêncios. O remédio é eu continuar falando sozinho, como de costume. O Irmão Zeca me disse o outro dia que as pessoas que falam sozinhas na verdade estão conversando com Deus, mesmo sem saberem... Mas o senhor precisa dormir. Tome o seu Luminal.

Alcançou-lhe um comprimido e um copo d'água.

— Agora trate de dormir e ter bons sonhos. — Pousou a mão no ombro do pai. — Boa noite, amigo velho.

— Boa noite, meu filho.

16

Floriano deitou-se pouco depois da meia-noite e ficou por algum tempo de olhos abertos, a rememorar os acontecimentos daqueles últimos dias. De quando em quando, tomava consciência do fato de que Jango e Sílvia dormiam no quarto vizinho, na mesma cama, e isso o deixava inquieto, com a confusa sensação de que Sílvia, *sua esposa e mãe de seu filho*, o estava traindo com outro homem.

"Vamos deixar o mundo da ficção", pensou, "e voltar ao da realidade." Imediatamente lhe vieram à mente as figuras ainda meio nebulosas de seu romance.

É a hora antes do sol nascer, num dia do ano de 1745. Na Missão de São Miguel, um jesuíta espanhol desperta na sua cela, perturbado pelos sonhos da noite. Tem um rosto longo e descarnado, a barba põe-lhe uma sombra azulada na face dramática, seus olhos ardem como carvões... (Estou *inventando* ou *recordando* essa cara? Claro! É a dum monge pintado por Zurbarán que vi no Metropolitan Museum, em Nova York.)

Estamos agora na sala do Sobrado, em meados do século XIX. Luzia Cambará dedilha a sua cítara, seus olhos (verdes ou azuis?) têm uma luz fria, e o desenho de sua boca sugere crueldade. O dr. Winter fuma o seu cigarro (por que não cachimbo?) e contempla-a com curiosidade (por que não amor?). Sentada a um canto, Bibiana lança para a nora um olhar corrosivo. E Bolívar? Que cara, que alma teria essa trágica personagem?

Floriano revolveu-se na cama, pensando em como teriam sido Rodrigo e Toríbio quando meninos, ao tempo do cerco do Sobrado pelos maragatos. Era junho, devia fazer frio, os alimentos na casa escasseavam, Alice Cambará estava para ter um filho e ardia em febre... Licurgo repelia com orgulhosa obstinação a ideia de pedir uma trégua ao inimigo, para permitir que o dr. Winter entrasse no Sobrado...

... Ali estavam muitas possibilidades dramáticas.

Cerrou os olhos e procurou *ser* o menino Rodrigo, deitado na sua cama, encolhido sob as cobertas, transido de frio e medo, atento aos ruídos da noite, esperando que dum momento para outro rompa de novo o tiroteio... É madrugada, e, no casarão silencioso, o único ruído que se ouve é o tantã ritmado da cadeira da velha Bibiana, num balanço de berço... balanço de berço... balanço de berço...

Embalado por esses pensamentos, Floriano adormeceu, e dentro de seus sonhos as figuras de sua imaginação, sombras de sombras, misturaram-se com vagas projeções de imagens da realidade. E ele continuou a ser o menino Rodrigo, sono adentro... E sentiu que um inimigo saltava pela janela para dentro do quarto, aproximava-se da cama, o vulto dissolvido na escuridão... Floriano-Rodrigo quis gritar mas não teve voz, tentou fugir, mas estava paralisado... O desconhecido sentou-se em cima de seu peito, apertou-lhe o coração e a garganta, impedindo-o de respirar, e ele então ficou a debater-se na agonia da morte por sufocação...

Acordou alarmado, levantou-se, acendeu a luz, aproximou-se automaticamente da pia, abriu a torneira e molhou a cabeça e o rosto, e depois ficou a olhar-se no espelho, com um espanto nos olhos, como se não reconhecesse a própria face.

"Um pesadelo", refletiu, procurando tranquilizar-se. "Eu estava dormindo de costas." Mas a sensação de desastre, de perigo iminente continuava — uma espécie de sino longínquo a tocar alarma dentro dele. Levou a mão à garganta, como se lhe faltasse o ar. Debruçou-se na janela e respirou fundo. Teve de súbito a impressão de que alguém tinha mesmo entrado no Sobrado... um inimigo, como o do sonho. "Quem sabe se fui acordado por um ruído de passos?" Ficou à escuta... O silêncio continuava. Olhou o relógio, em cima da mesinha de cabeceira: quase quatro da madrugada. Os olhos pesavam-lhe de sono, doloridos, mas o coração parecia recusar ao corpo licença para dormir, como se estivesse tentando preveni-lo de algum perigo iminente. Que seria?

Sem saber ao certo aonde ia, deixou o quarto, descalço como estava, e saiu a caminhar ao longo do corredor, na ponta dos pés, como um ladrão. O silêncio persistia. O luar entrava pelas bandeirolas das janelas. Floriano ficou um instante no vestíbulo, andando à roda de si mesmo, ainda meio estonteado, e depois começou a subir a escada... Quando chegou ao primeiro patamar, divisou no segundo o vulto de Maria Valéria, que tinha na mão o castiçal com uma vela acesa.

— Quem é? — sussurrou ela.

A luz da vela projetava-lhe nas faces sombras que a escavavam ainda mais.

— Sou eu, o Floriano.
— Você também ouviu?
— Ouviu quê?
— Uma pessoa entrar...

Floriano não respondeu. Subiu os degraus que o separavam da velha e segurou-lhe o braço.

— Vamos ver o papai...

Caminharam lado a lado em silêncio, rumo do quarto do doente. Estendido no catre, o enfermeiro dormia e ressonava. A porta estava aberta. Entraram.

Rodrigo achava-se deitado em decúbito dorsal, com o busto levemente erguido, como de costume. Não era possível ver-se-lhe claramente a face, naquela penumbra.

— Está dormindo — ciciou Floriano.

Maria Valéria deu alguns passos na direção da cama e ergueu a vela. Foi então que Floriano viu, horrorizado, que os olhos do enfermo estavam abertos e vidrados. Uma náusea contraiu-lhe o estômago, fazendo-o vergar-se. Segurou o pai pelos ombros e sacudiu-o, gritando como um menino: "Papai! Papai!". Rodrigo continuava imóvel. O filho inclinou-se sobre ele e auscultou-lhe o coração. Não batia mais.

— Enfermeiro!
— É tarde — disse a velha. — Seu pai está morto.

Rompia a alvorada e os galos cantavam quando José Pitombo atravessou a rua sobraçando um grande crucifixo de prata. Dois homens o seguiam, conduzindo nos ombros o negro e pesado esquife de jacarandá lavrado que havia muito o defunteiro tinha reservado para o senhor do Sobrado.

17

Rodrigo Cambará foi sepultado às seis e meia da tarde daquele mesmo dia. Terminada a cerimônia, seus filhos voltaram para casa no carro da família, que Bento dirigia com os olhos enevoados. Ninguém pronunciou a menor palavra no trajeto do cemitério ao Sobrado. Floriano sentia a cabeça latejar de dor, e uma canseira nervosa derreava-lhe o corpo. Sentado a seu lado, o rosto coberto pelas mãos, Eduardo soluçava como uma criança. Jango, no banco da frente, tinha os olhos injetados; uma barba cerrada escurecia-lhe as faces. Notava-se nas fisionomias daqueles homens uma expressão que não era apenas de pesar, mas também de constrangimento, quase de vergonha. Pareciam três assassinos principiantes e arrependidos, que voltavam de matar seu primeiro homem.

Durante todo o percurso, Floriano pensou em fazer um gesto amigo para com Eduardo — abraçá-lo ou pelo menos pousar a mão sobre seu joelho. Um pudor incoercível, porém, o tolhia. Não havia derramado uma lágrima sequer durante todo o dia. Essa incapacidade de desabafar no choro agoniava-o. Era como se toda a dor que a morte do pai lhe causava se houvesse acumulado dentro da caverna do peito, onde estivesse a crescer de minuto para minuto, como um enorme cogumelo maligno, apertando-lhe o coração, comprimindo-lhe a garganta, dificultando-lhe a respiração.

Ouvindo agora os soluços do irmão mais moço, ele pensava nos ferozes pronunciamentos públicos do rapaz contra o pai. Tudo aquilo no fundo era amor, concluía ele — um amor desiludido, despeitado, rebelde —, mas amor em todo o caso. Porque o amor está mais perto do ódio do que a gente geralmente supõe. São o verso e o reverso da mesma moeda de paixão. O oposto do amor não é o ódio, mas a indiferença...

O auto parou diante do Sobrado. Jango, o primeiro a saltar para a calçada, ajudou Eduardo a descer e conduziu-o para dentro da casa. Floriano deixou-se ficar onde estava, sem coragem para enfrentar o Sobrado e seus habitantes.

Bento voltou a cabeça para trás, soltou um suspiro e disse:

— Nunca esperei ver o doutor morto... Este mundo velho está todo errado. — Enxugou com a ponta dos dedos as novas lágrimas que lhe brotavam nos olhos. — Dês que me conheço por gente, nunca vi um enterro mais concorrido — acrescentou, com triste orgulho. — Miles e miles de pessoas. Todo o mundo queria bem o doutor.

Floriano entrou finalmente em casa. Viu uma bonina caída no soalho do vestíbulo. Lançou um olhar relutante para a sala de visitas, que servira de câmara-ardente. Pitombo havia já retirado os panos pretos, o crucifixo, a essa e os castiçais, mas andava ainda no ar aquele cheiro adocicado de flor misturado com o de cera derretida, e que desde menino Floriano associava ominosamente a velórios.

Dirigiu-se para o escritório, onde encontrou Dante Camerino, que não tinha ido ao cemitério para poder ficar olhando pelas mulheres. A primeira coisa que Floriano lhe perguntou foi:

— Como está a Sílvia?

— Aguentando muito bem. É uma menina de fibra. Entrei no quarto dela para a consolar e foi ela finalmente quem me consolou...

— E essa... essa emoção pode prejudicar a marcha da gravidez?

— Não. Fica tranquilo. A Sílvia está bem. Irmão Toríbio tem estado com ela todo o tempo. — Camerino sorriu tristemente. — Eu pensava que tinha fé, seu Floriano... Mas fé, fé mesmo têm esses dois... Dizem eles que a morte não é o fim, mas o princípio. Levei um calmante para a Sílvia, mas ela recusou. Quem acabou tomando fui eu.

— E a mamãe?

Flora havia desmaiado no momento em que fechavam o esquife.

— Está dormindo. Dei-lhe uma injeção sedativa. Podes ficar tranquilo, que estarei aqui quando ela acordar.

— E a Dinda?

— Ah! Essa é um rochedo. Auscultei-a há pouco. Que coração! Não te preocupes com ela. — Fez uma pausa, acendeu um cigarro e depois acrescentou: — Desde que o corpo do doutor Rodrigo saiu de casa, a velha tem andado a caminhar dum lado para outro, como quem procura alguma coisa. Sabes o que ela me disse? Que não se surpreendeu com a morte do sobrinho porque sentiu quando a Magra entrou no Sobrado. Perguntei: "Como, dona Maria Valéria?". E ela: "Tenho vivido tanto, que já conheço a morte até pelo cheiro".

Floriano contou ao amigo seu pesadelo e seu pressentimento de desastre, concluindo:

— Foi como se o Velho e eu tivéssemos morrido ao mesmo tempo. Senti no meu corpo um pouco da angústia que ele deve ter sofrido na hora de expirar...

Camerino sacudiu a cabeça:

— Não creio que teu pai tenha tido o menor sofrimento. Resvalou do sono para a morte sem sentir...

Floriano lembrou-se de que ele mesmo havia cerrado os olhos do morto. Mas nada disse.

18

Foi para o quarto e deitou-se, vestido como estava, sem ao menos tirar os sapatos. Tio Bicho entrou poucos minutos depois, sentou-se na beira da cama e olhou para o amigo:
— Se preferes que eu te deixe em paz... fala franco.
— Não. Fica. Preciso conversar com alguém.
— E a cabeça?
— Ainda está doendo.
— Queres uma aspirina?
— Não. Já tomei cinco.

Como quem rememora um sonho mau, Floriano pensava nos momentos em que ficara a ajudar o Neco Rosa a vestir o morto, aquela manhã. O barbeiro fungava, os olhos cheios de lágrimas, mas ele, Floriano, não conseguia chorar, e isso lhe dava uma impaciência, uma exasperação que cresceu a ponto de se transformar em desespero no instante em que tentou, mas em vão, dar o nó na gravata do defunto. Seus dedos estavam como que anestesiados, e ele não se lembrava mais de como se fazia o laço... Foi o Neco quem resolveu o problema. Floriano narrou a cena ao Tio Bicho e comentou:
— Compreendes o que quero dizer? Num momento grave como aquele, eu estava preocupado com um detalhe fútil... o nó da gravata, como se aquilo fosse duma importância transcendente... Era, em suma, a última concessão que meu pai, por meu intermédio, fazia ao mundo e às suas estúpidas convenções.

Cerrou os olhos e continuou:
— Houve um instante em que tive a impressão (podes achar a coisa falsa, rebuscada, literária), tive a sensação de que estava vestindo o meu próprio cadáver.

Roque Bandeira sorriu:
— Estás fantasiando, desculpa que te diga. Por um sentimento de remorso, que vem de estares vivo quando teu pai já morreu, queres participar de algum modo da morte dele. E é claro que a participação verbal, simbólica é a mais conveniente, a mais *barata*... Se pensas que vou alimentar esse teu sentimento de autopiedade, estás muito enganado.

— Mas o terrível, Bandeira (e isto mostra o lado hediondo do intelectualismo, o meu condicionamento à literatura e às suas fórmulas e convenções), é que a despeito do meu pesar, da minha dor, eu não conseguia ficar indiferente aos aspectos grotescos daquela cerimônia.

Já vestiste defunto alguma vez na tua vida? É uma operação tragicômica. Vestir-lhe as roupas de baixo, por exemplo... e as calças. Outra coisa que não posso esquecer é o Neco barbeando o morto, ensaboando-lhe a cara e dizendo-me, com lágrimas nos olhos: "Esta é a primeira vez que teu pai fica quieto, não me diz nomes nem reclama da minha navalha". E eu ali, estupidificado, procurando não olhar a cena com olho crítico, querendo ter consciência apenas daquela enormidade, que era a perda de meu pai... e chorar, aliviar o peito, chorar sem constrangimento, livremente, como um ser humano autêntico...

Floriano abriu os olhos e fitou-os no amigo:

— Depois que o corpo estava completamente vestido, como para uma festa, veio um momento (passageiro mas terrível) em que me pareceu que aquele homem nada tinha a ver comigo. Sua imobilidade e seu silêncio faziam dele um estranho.

— Espera mais um dia ou dois, e verás como vais te sentir mais perto de teu pai que nunca. Morto, ele passará a ser o que tua amorosa imaginação e a tua saudade fizerem dele. Nossa memória é dotada dum filtro mágico cuja tendência é deixar passar para a consciência apenas as boas lembranças dos dias vividos e das pessoas mortas. E é justamente essa inocência da memória que nos torna possível continuar vivendo sem desespero. E é ainda por causa disso que custamos tanto a aprender a viver... quando aprendemos.

Floriano ergueu-se, tirou o casaco, arrancou fora a gravata e foi lavar o rosto e as mãos na água da torneira.

Tio Bicho sorriu:

— Pelo que vejo, continuas com teu complexo de Lady Macbeth...

O outro enxugava-se em silêncio, como se não tivesse ouvido as palavras do amigo.

— Haverá coisa mais bárbara e sinistra que um velório? — perguntou. — É um verdadeiro show de sadomasoquismo. Ficam todos ansiosos à espera da cena culminante do drama: a hora de fechar o caixão, quando os membros da família do morto vêm despedir-se dele. É o famoso "último adeus". Muitos ficam na ponta dos pés para não perderem nada do momento sensacional... — Sacudiu a cabeça. — Talvez isso não seja mais monstruoso que o fato de eu, nessa hora, ter-me sentido como uma *personagem* e notado a presença dum *público*, que esperava de mim um certo tipo de expressão facial, de gesto e até de discurso. Seja como for, a história toda chega a ser indecente. Morrer é a coisa mais íntima e mais pessoal que pode acontecer a uma criatura. É mais pessoal até que nascer. E no entanto um cadáver fica exposto à curiosidade geral. Qualquer vagabundo que passa pela rua pode entrar na casa mortuária, bisbilhotar, ficar olhando despudoradamente para a cara do defunto, que ali está de mãos e pés amarrados, completamente indefeso... É como se uma pessoa depois de morta caísse em domínio público.

Tio Bicho sorriu:

— *Viver* em sociedade é estar também em domínio público. Não há por onde escapar, meu velho.

Floriano agora caminhava dum lado para outro, como um animal enjaulado. Tinha a impressão de ver seu cérebro funcionar e *doer*. A opressão no peito continuava.

— E que cenário pomposo o Pitombo armou na sala! Foi o grande dia da sua vida, a hora que ele estava esperando fazia anos... Espetáculo de gala, completo. E as flores, Bandeira, as flores? Chegavam às toneladas, iam-se acumulando ao redor do esquife, pelos cantos, por toda a parte... Pareceu-me que eu ia ficar sepultado debaixo daquelas coroas, buquês, ramos... Pensei várias vezes em fugir, esconder-me... Mas qual! Tinha de ficar no palco, representando o meu papel de herdeiro do trono, ouvindo frases convencionais, recebendo pêsames, palmadas nas costas e todos os hálitos municipais... O calor aumentava e o cheiro das flores se misturava com o de suor humano. E lá estava o espelho grande a duplicar o velório. E a sala a encher-se cada vez mais... Num certo momento, saí desesperado para o quintal, mas o quintal também estava cheio de gente, e a luz do sol agravou meu mal-estar e a dor que me partia o crânio. E as pessoas que lá estavam (em sua maioria gente que eu não conhecia mas que parecia saber quem eu era) me olhavam com uma curiosidade mórbida, como se quisessem verificar se eu estava de fato sofrendo, talvez estranhassem por não me verem chorar...

— Estás exagerando, rapaz. Mas se o desabafo te faz bem, continua!

— Bem? Sei lá! Sinto que estou me portando como um idiota. Talvez esta seja a minha maneira de chorar... Conservo um resto de juízo crítico suficiente para ver que as coisas que estou dizendo agora são generalizações, exageros, quase caricaturas da realidade... mas não posso deixar de dizê-las. Sei que amanhã vou me rir deste... deste meu ataque histérico.

Parou junto da janela, de costas para o amigo, e continuou:

— O doutor Terêncio me perguntou hoje de manhã se eu tinha alguma objeção a que ele fizesse um discurso no cemitério. Respondi que tinha, que preferia que ninguém falasse. Não sei se fiz bem ou mal. Só sei que fiz, e não me arrependo.

— Tenho a certeza de que teu pai não gostaria de ser saudado e "despedido" por aquela flor do reacionarismo indígena, com quem não simpatizava muito e que no fundo também não simpatizava com ele.

— No entanto, quando parecia que o sepultamento ia se processar com decência e discrição, surge a besta do Amintas, pálido, trêmulo, com um calhamaço na mão, e nos gagueja aquele discurso enorme, cheio de lugares-comuns, exageros e insinceridades.

Floriano sentou-se na cama, plantou os cotovelos nos joelhos, apoiou o queixo nas mãos em concha e ali ficou a olhar para o soalho, em silêncio, como que de súbito esquecido da presença do outro.

— Desde menino — disse Tio Bicho — tens um horror doentio a velórios e enterros. Curioso! Raro é o romance teu em que não apareça um enterro ou um velório... ou ambos. É uma espécie de marca registrada do autor. Não notaste isso?

— Claro que notei. E me critico por não evitar essas repetições obsessivas. É que as cenas se impõem com uma tamanha força de verdade e necessidade, que não as consigo eliminar.

— Tua preocupação com os aspectos, digamos assim, exteriores e formais da morte talvez seja um meio inconsciente que usas para desviar o espírito do sentido mais profundo e terrível do não-ser.

— Achas?

— Desconfio... É a ideia mágica de que, se não houvesse todo esse cerimonial macabro, o terror da morte perderia o seu ferrão... Mais duma vez, tu te lembras, concluímos que o fim ideal para o homem seria desintegrar-se, pulverizar-se de repente no ar... O vento se encarregaria do resto. É evidente que falávamos do ponto de vista dos vivos. Porque para o defunto pouco importa que o vistam de santo Antônio ou de palhaço, que lhe deem exéquias solenes à nossa moda convencional ou que transformem seu enterro num carnaval, à maneira dos pretos de New Orleans. Estou convencido de que os mortos não têm nada a ver com a morte. A morte é assunto exclusivo dos vivos.

Floriano ouvia não apenas a voz do amigo, mas também o surdo pulsar de seu próprio sangue nas fontes. Tio Bicho chupou forte o cigarro, numa tragada profunda que lhe provocou um convulsivo acesso de tosse. Ergueu-se e ficou a andar dum lado para outro, encurvado, aflito, apoplético. Quando o acesso passou, tornou a sentar-se na cama, ofegante, com lágrimas a escorrer-lhe dos olhos.

— Tenho a impressão — disse Floriano — de que este foi o dia mais longo de toda a minha vida... No entanto, de vez em quando me parece que tudo se passou depressa demais. Um homem chamado Rodrigo Cambará, uma consciência, uma presença, um feixe de nervos, de desejos, paixões, lembranças... de repente cessa de existir... Seu quarto fica vazio. Restam suas roupas, os objetos que lhe pertenceram, as cartas que escreveu... e a lembrança de sua imagem, sua voz, seu jeito de ser, de amar, de odiar, de falar, de tratar as outras pessoas... de amá-las, de magoá-las, de fazê-las felizes... Sim, e os retratos. E mais a ideia que os parentes e amigos guardam dele na memória. Mas se compararmos os depoimentos de dez pessoas sobre Rodrigo Cambará, veremos que haverá entre eles grandes e pequenas discrepâncias, pois cada qual terá sentido e interpretado esse homem à sua maneira. E nós ficaremos sem saber ao certo qual foi o verdadeiro Rodrigo...

— Diz o Zeca que esse só Deus conhece. Mas me parece que o que te importa a ti é a *tua* lembrança de teu pai. E não te esqueças de que tiveste tempo de fazer as pazes com ele. Poucos homens podem gabar-se de proeza igual.

Tio Bicho pousou a mão no ombro do amigo e ajuntou:

— Acho que agora já começaste a te sentir como se fosses o teu próprio pai...

— Sim, e portanto o meu próprio filho. Só queria saber se sou melhor pai do que filho.

— Isso não tem a menor importância.

Vinha da cozinha um cheiro de bife encebolado. Como podia alguém ter vontade de comer! — refletiu Floriano. Mas Tio Bicho evidentemente pensava o contrário, porque disse:

— Espero que não me consideres grosseiro ou irreverente se eu te confessar que estou com uma fome braba... — Ergueu-se. — Vou te deixar. Sabes do que é que estás precisando? É de aliviar esse peito. Chora, rapaz. Mas chora de verdade, chora grande, bota pra fora essas lágrimas antigas que estão estagnadas dentro de ti, produzindo mosquitos e febres. E chora também lágrimas novas. Se conseguires chorar sem te envergonhares disso, terás dado mais um passo (e muito largo) no caminho da tua completa humanização. Tu te criaste ouvindo dizer que homem não chora. Besteira. Só chora quem é homem de verdade. Solta esse pranto. Até amanhã.

Era já noite fechada quando Floriano saiu a andar pela casa deserta. A mesa do jantar estava posta, mas os outros membros da família continuavam recolhidos a seus quartos, como que temerosos de se encontrarem uns com os outros.

Floriano ouviu um ruído vindo da cozinha e encaminhou-se para lá, imaginando já o que fosse. Parou à porta e olhou em torno da peça mal iluminada. Divisou a um canto, junto do fogão ainda aceso, o vulto de Laurinda. A velha estava sentada num mocho, muito encolhida, chorando de mansinho. Ouvindo os passos de Floriano ergueu os olhos, e um súbito espanto contraiu-lhe o rosto enrugado, fazendo-a piscar, como que ofuscada.

— Credo! — murmurou. — Até pensei que fosse o finado Rodrigo...

Floriano aproximou-se dela, ajoelhou-se, abraçou-a ternamente e de súbito rompeu a chorar um choro solto e convulsivo enquanto a velha criada acariciava-lhe a cabeça, resmungando palavras de consolo com sua voz áspera e noturna.

Minutos depois Floriano voltou para o quarto. Sentia-se aliviado, leve, renascido. Despiu-se, estendeu-se na cama e dormiu imediatamente um sono profundo e sem sonhos.

Dois dias depois, Bibi Cambará e o marido chegaram a Santa Fé. Ela desceu do avião vestida de branco, os olhos protegidos por óculos escuros, o rosto pesadamente maquilado.

A presença de Marcos Sandoval criou a princípio uma certa atmosfera de mal-estar no Sobrado. Mas por ocasião da missa de sétimo dia, o "simpático cafajeste de Copacabana" — como lhe chamava cordialmente o Neco Rosa — portou-se como se fora o primogênito de Rodrigo Cambará. Metido numa roupa de alpaca azul-marinho muito bem cortada, uma pérola na gravata preta de malha, recebeu, correto e compenetrado, os pêsames de centenas de pessoas. Para cada uma tinha palavras de simpatia e gratidão, que pronunciava com seu jeito afetuoso, dando aos que o cumprimentavam pela primeira vez a impressão de ser um velho amigo. Durante toda a cerimônia, ficou ao lado de Flora Cambará, solícito, e saiu da igreja de braço dado com ela, causando a melhor das impressões, principalmente numas senhoras de meia-idade, que murmuravam: "Que simpatia de moço! Tão bem-educado. Logo se vê que é de cidade grande".

Durante aqueles dias, Marcos Sandoval foi por assim dizer a alma da casa. Andava dum lado para outro, atencioso para com todos. Trazia no bolso e mostrava a toda a gente, orgulhoso, o expressivo telegrama de condolências que Getulio Vargas passara à viúva e aos filhos de Rodrigo Cambará. Foi ele quem primeiro se lembrou de mandar imprimir cartões de agradecimento em nome da família às pessoas que haviam comparecido ao funeral. Foi pessoalmente à redação d'*A Voz da Serra* não só para agradecer de viva voz ao Amintas Camacho pelo belo necrológio que seu jornal publicara na primeira página, com clichê, como também para encomendar a impressão dos cartões, cujo texto ele mesmo redigiu.

À hora das refeições, era Sandoval quem procurava animar a conversa. Jango mirava-o de soslaio, com olho ainda desconfiado, mas evidentemente já menos hostil.

No dia 31 de dezembro, Sílvia e o marido foram para o Angico. Floriano tratou de passar o dia fora de casa, para não ter de se despedir da cunhada.

Flora e Maria Valéria ficaram enfrentando, impávidas, as visitas de pêsames, interminavelmente longas. Bibi recusava-se a aparecer na sala nessas ocasiões, mas lá estava Marcos Sandoval para salvar a situação, facilitar os diálogos, pôr todo o mundo à vontade.

19

Cerca das dez horas daquela noite de Ano-Bom, Floriano, Bandeira e Irmão Toríbio estavam sentados no banco debaixo da figueira da praça.

— Não posso mais olhar para esta árvore sem me lembrar do pobre do Stein — disse o primeiro.

— De acordo com um velho almanaque local — informou Zeca —, desde a fundação da cidade até 1912, pelo menos sete pessoas se enforcaram nesta figueira.

Tio Bicho ergueu os olhos:

— Pois às vezes fico pensando se a solução para meus problemas físicos e metafísicos não estará numa corda de poço e num desses galhos...

— Nem diga isso! — protestou o marista.

O outro soltou uma risada:

— Estou brincando. Lutarei até o fim. Contra a bronquite, contra a insuficiência cardíaca e contra o *Angst*. Três contra um. É uma luta desigual mas eu a aceito com gosto.

— Vamos caminhar um pouco — propôs Floriano.

Os outros aprovaram a ideia. Atravessaram a praça lentamente. Floriano contou o incidente desagradável ocorrido no Sobrado aquela manhã. Depois de muitos rodeios, em que usara toda sua lábia, Sandoval tocara no assunto melindroso de inventário. Achava que se devia tratar dele sem tardança, pois Bibi estava ansiosa por voltar para o Rio. Jango fechou a cara, mas Eduardo declarou: "Acho bom mesmo resolver logo esse negócio, porque eu tenho cá os meus planos".

— Três das quatro mulheres presentes a esse conselho de família — disse Floriano — mantiveram um silêncio digno. Bibi naturalmente apoiou o marido em toda a linha. Eu me desinteressei do assunto, confesso que encabulado... Fiquei pensando em outras coisas e, quando dei acordo de mim, estava travada uma discussão violenta entre o Eduardo e o Jango...

— Imagino o que possa ter sido — murmurou Bandeira.

— O pomo da discórdia naturalmente foi o Angico. O Jango propôs arrendar a parte do campo que vai caber a cada herdeiro, para que as coisas na estância possam continuar como estão. Mas o Eduardo não concordou: "A minha eu não arrendo. Vou transformá-la numa granja coletiva-piloto". O Jango saltou como um tigre. "Estás louco? Dividir a nossa terra? É ridículo! Que é que tu entendes de granjas e estâncias?" A coisa se esquentou de tal maneira, que lá pelas tantas eu me levantei e gritei: "Calem a boca! Respeitem ao menos as mulheres. Discutam isso com bom senso e não como dois idiotas!". Eu mesmo me admirei depois de meu rompante autoritário. Naquele momento senti que eu *era* o velho Rodrigo Cambará, o chefe do clã. Para encurtar a história, o Eduardo e o Jango baixaram a crista.

Bandeira soltou uma risada.

— E depois? — perguntou.

— A discussão terminou aí. Quando os outros se retiraram do escritório, a Dinda me disse: "Que vergonha! Não esperaram nem que o cadáver do pai esfriasse...".

Tio Bicho segurou o braço de Floriano:

— Olha, na minha opinião, o dinheiro provoca nas pessoas as reações mais variadas, entre as quais vejo duas, antagônicas, que me parecem igualmente absurdas. A primeira é a do avarento, que adora o dinheiro pelo dinheiro, como um fim em si mesmo. A outra é a do homem que tem vergonha de falar em dinheiro e de reconhecer que precisa dele. São ambas reações patológicas. Tu pertences ao segundo tipo, Floriano. Vives acautelando os outros contra o perigo de os símbolos passarem a ter uma importância maior que as coisas que representam, e no entanto não conseguiste te libertar ainda do sortilégio desse supersímbolo. Dás ao dinheiro um valor moral que ele não tem. Um inventário, meu velho, é uma imposição da lei. Tratar dele hoje não é mais nem menos decente que tratar dele amanhã ou depois. O dinheiro é um instrumento de troca, e uma necessidade inescapável dentro do sistema econômico em que vivemos. Amá-lo ou odiá-lo, venerá-lo ou envergonhar-se dele são a meu ver reações neuróticas...

Havia alguns minutos que os três amigos desciam pela rua do Comércio, cujas calçadas estavam cheias de homens e mulheres aos quais a expectativa do Ano-Novo parecia dar uma animação um tanto nervosa. Na maioria das casas, as janelas estavam abertas e iluminadas, e de dentro de muitas delas vinha a música de rádios ou eletrolas. Carros passavam levando pessoas que iam para o baile do Comercial, de cujo edifício os três amigos cada vez se aproximavam mais. As danças não haviam ainda começado, mas uma orquestra de nome, vinda de Porto Alegre especialmente para o *réveillon*, estava já tocando no grande salão. Floriano fez menção de atravessar a rua, para não passar sob as janelas do clube, mas Tio Bicho deteve-o:

— Espera. Acho que posso te proporcionar uma lição viva de sociologia.

Postaram-se os três num desvão da parede do edifício, a poucos passos da entrada que uma possante lâmpada elétrica iluminava. Famílias chegavam, desembarcando de automóveis. Os homens trajavam *smoking* e as mulheres, compridos vestidos de gala. Um Cadillac de modelo antigo (ainda movido a gasogênio) parou junto do meio-fio da calçada, e de dentro dele desceram primeiro um homem alto e magro, seguido duma senhora corpulenta apertada num vistoso vestido de lamê dourado, com uma orquídea artificial sobre os peitos matriarcais. Emanava-se do casal um perfume de Mitsouko.

— É o Morandini, o novo presidente do Comercial que toma posse hoje — murmurou o Bandeira ao ouvido de Floriano. — O pai era um verdureiro napolitano analfabeto. O filho não tem muitas luzes, mas é um bom sujeito, e muito ativo. Ah! Olha só quem está ali na porta...

Floriano olhou. Era o Quica Ventura.

— Estás vendo? Nesta noite em que todo o mundo que vem ao

clube enverga suas roupas de gala, o Quica está de quilotes, botas e chapéu na cabeça. É decerto o seu jeito de afirmar-se e de protestar nem ele mesmo sabe contra quem ou contra quê... Protesto pelo amor do protesto. — Apertou o braço do amigo. — Presta agora atenção naquele grupo...

Homens e mulheres descem dum Chevrolet.

— Estás vendo a moreninha peituda? A de azul... É filha dum sírio, dono duma loja de sedas, com a filha do Arrigo Cervi, o da sapataria. O rapaz louro que está segurando o braço dela é um dos quinze ou vinte netos do velho Spielvogel. Recém-casadinhos. Vê só que mistura: sírio, italiano e alemão. É o Rio Grande novo, "o Rio Grande agringalhado" que tanto assusta e contrista o nosso inefável doutor Terêncio.

Floriano sentia-se pouco à vontade ali naquela espécie de tocaia, temendo ser reconhecido.

— Vamos andando... — convidou.

Irmão Toríbio, que até então se mantivera entrincheirado atrás dos dois amigos, também insistiu para que continuassem a marcha. A orquestra naquele momento tocava o samba que na opinião dos entendidos ia ser o maior sucesso do próximo Carnaval.

— Um momento! — disse Tio Bicho. — Olhem a tropilha que está descendo daquele outro carro... É o Nathan Grinberg e sua tribo. Acompanhei a marcha desse judeu dum ferro-velho da rua do Império para a melhor casa de roupas feitas da rua do Comércio... duma meia-água miserável do nosso gueto para um palacete na praça Ipiranga. Há vinte e poucos anos, o Nathan vendia gravatas e quinquilharias de porta em porta... Hoje é sócio do Comercial. — Soltou uma risadinha. — Quem foi que contou a vocês que eu só me interesso por peixes? Mas vamos andando, se preferem...

Um Fiat de modelo antigo passou de tolda arriada, muito perto da calçada.

— Que figurão! — exclamou Tio Bicho.

Floriano vislumbrou no banco traseiro do carro italiano um homem que aparentava menos de quarenta anos, a cara morena e carnuda, o queixo voluntarioso, cabelos lisos e negros, lustrosos de brilhantina.

— Quem é?

— É o homem do momento — respondeu Bandeira. — O Teócrito Pinto Pereira, mais conhecido como o Pereirão. O pai começou a vida como piá de estância, fez fortuna e acabou proprietário de quinze léguas de campo bem povoadas. O Pereirão fez um curso de capatazia rural. Dizem que está introduzindo métodos modernos na estância e que vai fazer experiências com inseminação artificial. É um pelo-duro legítimo, simpático e vivaracho. Falei com ele umas duas ou três vezes. Esse caboclo sabe o que quer. Tem ambições políticas, é trabalhista e ainda acaba deputado, aposto o que quiserem...

A música da orquestra ainda chegava aos ouvidos dos três amigos, que agora se acercavam da praça Ipiranga.

— Se fosse noutra época — refletiu Irmão Toríbio em voz alta —, esse baile teria sido transferido por causa da morte do doutor Rodrigo...

— Ora, a gente compreende... — disse Tio Bicho. — Os tempos mudaram. As gerações novas nem sabem direito quem foi Rodrigo Cambará. E se eu disser agora *sic transit gloria mundi*, vocês têm todo o direito de me bater na cara.

Pararam a uma esquina. Bandeira continuou:

— No entanto não há recanto desta cidade, Floriano, que não me lembre de teu pai. O calçamento destas ruas foi ele quem mandou fazer... E a rede de esgotos... E dezenas, centenas de outros melhoramentos... Numa destas esquinas, o doutor Rodrigo se atracou com um guarda municipal que estava espancando um pobre homem. Foi uma quixotada bonita. E parece que a coisa aconteceu numa noite de Ano-Bom... Mais tarde, na frente da Confeitaria Schnitzler, teu velho deixou sem sentidos um bandido que o Madruga tinha mandado buscar para "dar um susto no mocinho do Sobrado". Estão vendo aquela casa? Sim, a amarela... Pois uma noite eu vi, não me contaram, vi com estes olhos, o doutor Rodrigo pular uma das janelas para ir dormir com a mulher do promotor. — Soltou uma risada. — E não foi essa a única janela que o nosso herói pulou, nem a única mulher que ele fez feliz... Houve muitas outras, centenas, sei lá quantas! Muitas vezes eu o vi descer esta rua ostentando suas belas fatiotas e gravatas, todo perfumado, provocando o olhar enamorado das fêmeas e a admiração (em muitos casos invejosa) dos machos. E, digam o que disserem, o doutor Rodrigo teve gestos...

Apontou para a casa de negócio cujo nome se lia no letreiro de neon que, num apaga-e-acende bicolor, corria ao longo da parede, logo abaixo da platibanda.

— Foi ele quem salvou o Kunz da falência. Foi ele quem deu a mão ao Lunardi. Botou fora uma fortuna ajudando os outros. Sim, e foi ele também quem derrubou o império do Madruga.

Floriano admirava-se e ao mesmo tempo comovia-se ante aquele inesperado assomo de entusiasmo do amigo. Retomaram a marcha. Bandeira tornou a falar:

— Aposto como hoje no clube não haverá um único homem que valha o dedo mindinho de Rodrigo Cambará. Eu me lembro dos velhos tempos, quando nos *réveillons* de 31 de dezembro teu pai marcava a *polonaise* envergando um belo *smoking*, com um cravo vermelho na lapela e recendendo a Chantecler. Pois, amigos, o canto desse galo fez muitas vezes o sol nascer sobre este burgo miserável!

Floriano caminhava de cabeça baixa, pensando no pai. Tio Bicho segurou-lhe o braço.

— Com o doutor Rodrigo não morre apenas um homem. Acaba-se uma estirpe. Finda uma época. O que vem por aí não sei se será melhor ou pior... só sei que não será o mesmo. Mas que teu pai era um homem inteiro, Floriano, isso era. Que diabo! — Agarrou também o braço do marista. — Quem foi que inventou que somos anjos? Por que havemos de nos envergonhar de nossa condição humana? Por que reprimimos nossas paixões, abafamos os nossos desejos? Eu não tolero santos, desculpa que eu te diga, Zeca. Os santos cheiravam mal. E eram uns chatos. Mas vamos tomar alguma coisa ali no Schnitzler, que por sinal chorava como um bezerro desmamado no enterro do doutor Rodrigo...

Desistiram, porém, da ideia porque a confeitaria estava atopetada de gente e o barulho lá dentro era insuportável. Retomaram caminho.

— Zeca! — exclamou Bandeira. — Perdeste a língua?

O Irmão sorriu.

— Não. Estou pensando...

Tio Bicho voltou-se para Floriano:

— Sabes duma coisa? Eu te invejo, palavra.

— Ora, por quê?

— Primeiro porque tens vinte anos menos que eu. Depois porque escreves romances. Sou muito ruim nessas coisas que dependem de sensibilidade e imaginação. Mas tu, rapaz, tu agora podes trazer teu pai de volta à vida no teu livro, e sei que vais fazer isso. Não só teu pai, mas muita gente que viveu ao redor dele e antes dele... E se aguentas mais um conselho deste teu amigo filosofante, impertinente e meio pedante: nunca uses a arte como um cavalo de asas para, montado nele, fugires da vida. Usa-a antes como uma capa vermelha para atrair o touro. O essencial, como te tenho dito tantas vezes, é agarrar o bicho à unha.

Podes evocar toda uma época... mostrar o que fomos, o que somos, o que fizemos, sofremos, sonhamos... Mas perde esse teu medo às pessoas e às palavras... E faz o que teu pai te aconselhou no fim da grande conversa que vocês dois tiveram. *De vez em quando solta o Cambará!*

Pararam de novo, dessa vez à esquina da praça.

— Acho que hoje vou chafurdar um pouco — tornou Tio Bicho. — Com o perdão aqui do Zeca, convidei uma distinta prostituta desta praça para ir à minha casa. Festejaremos a entrada do Ano-Novo na cama. Beberemos juntos uma garrafa de champanha francesa. Faremos o amor no escuro, para que a moça não veja esta cara de batráquio. Depois lhe pagarei o dobro do preço de tabela por ter dormido com o homem mais feio de Santa Fé e arredores. Bom. Aqui nos despedimos. Está chegando a hora do meu encontro. E mesmo eu não poderia acompanhar vocês de volta à praça da Matriz, porque estou com os cascos em petição de miséria. Boa noite, meninos. E feliz Ano-Novo!

Floriano e Zeca voltaram sobre seus próprios passos, lado a lado.

— Achas que o Bandeira acredita mesmo nas coisas que diz? — perguntou Irmão Toríbio, depois dum silêncio que durou quase uma quadra inteira. — Ou será que só quer nos escandalizar?

Floriano encolheu os ombros:

— Esse gordo não sabe como vou sentir falta dele...

— E não tem a menor ideia do bem que lhe quero. É engraçado, às vezes ele me lembra um pouco o meu pai.

Quando atravessavam a praça da Matriz, na direção do Sobrado, um vaga-lume lucilava na ponta do nariz do busto de d. Revocata Assunção, que parecia olhar duramente para a herma do cabo Lauro Caré. Duma das casas vizinhas, cujas janelas estavam abertas e iluminadas, vinha a música dum piano, de mistura com alegres vozes juvenis.

Os dois amigos pararam no centro do redondel e ficaram por algum tempo a olhar para as estrelas.

— E tua mãe? — perguntou o marista. O outro compreendeu a extensão da pergunta.

— Tivemos hoje uma longa conversa. Muito discretamente, como é de seu feitio, e até com uma pontinha de encabulamento, ela me perguntou se não seria *muito sacrifício* para mim viver em sua companhia. Prometeu não ser uma carga pesada, não se meter na minha vida, dar-me, enfim, toda a liberdade... Disse que seria um absurdo eu ir viver noutra parte, quando temos no Rio um apartamento tão grande e confortável...

— Que foi que respondeste?

— A princípio confesso que fiquei vagamente alarmado. Parecia que ela estava, mesmo sem saber, tentando me prender de novo pelo cordão umbilical. Mas depois me ocorreu uma ideia que ao primeiro exame pode parecer absurda, mas que sinceramente acho engenhosa.

Calou-se. O outro esperava, apalpando o crucifixo.

— Respondi que estava claro que ela podia contar comigo, mas que tínhamos primeiro de fazer um contrato. Ela me olhou, intrigada. Contrato? Declarei que ficava estabelecido que daquela data em diante ela não seria mais minha mãe, mas *minha filha...*

— Não te entendo...

— Ela também não entendeu. Tentei explicar... mas não foi fácil. É uma situação muito sutil. À primeira vista parece apenas um truque semântico... mas se eu conseguir criar um ambiente em que na realidade eu me possa sentir com responsabilidades de pai para com dona Flora e ela apenas com responsabilidades de filha para comigo, estou certo de que nossas relações serão quase perfeitas...

Ficaram ambos olhando para o Sobrado, em silêncio.

— Quando é que vocês voltam para o Rio?

— Não tenho ideia. Talvez dentro duma semana, no máximo.

— Não quero perder contato contigo. Posso te escrever de vez em quando?

— Mas claro, homem!

— Está bom. Eu me recrimino por não ter conversado contigo mais frequentemente sobre questões de fé. Tu sabes, sou um homem tímido, tenho horror de me meter na vida dos outros. Mas agora estou resolvido a seguir teus passos como um cão, lamber tuas mãos, te perseguir com meus latidos. Podes me atirar pedras e dar pontapés, mas eu voltarei. Sim, como um cachorro fiel — acrescentou, sério e quase triste —, o vira-lata de Deus.

Floriano sorriu.

— Sempre tive uma ternura particular pelos vira-latas.

Novo silêncio.

— Voltas nas férias do verão que vem? — indagou o marista.

— Não creio.

— Que é que vais fazer agora?

— Primeiro trabalhar nesse livro de que te falei o outro dia. Espero que o simples ato de escrevê-lo seja uma catarse... Depois, continuar a dança com máscaras até encontrar minha face verdadeira. Não me angustiar demais com minhas imperfeições e contradições e procurar, na medida de minhas possibilidades, mas sempre *cum grano salis*, construir pontes de comunicação entre as ilhas do arquipélago... Bom, e esperar que um dia me seja dada a graça de poder amar, mas amar de verdade, com esse amor que nos permite tocar o coração mesmo da vida...

— Pois eu vou continuar rezando por ti. Estás mais perto de Deus do que imaginas. Não sei se por orgulho, preguiça ou *medo de crer*, ergueste entre tua alma e o Criador uma parede feita de livros e preconceitos. Mas é uma parede tão frágil que qualquer dia os ventos da vida vão derrubá-la...

— Por que Deus não sopra esse vento hoje, agora?

O marista ficou por alguns segundos calado e pensativo.

— Não sei. Há momentos em que não entendo o Pai. Seus silêncios me desconcertam e assustam. A grande proeza do homem de fé é manter sua crença através de todos esses silêncios que para muitos podem às vezes significar a morte de Deus.

— Zeca, então *vocês* também duvidam?

— A dúvida, como tenho repetido tantas vezes à Sílvia, é um dos ingredientes da fé. Quando eu era menino e via a Dinda fazer seus bolos, ficava intrigado por ver que eles levavam também uma pitada de bicarbonato... — Sorriu. — Pois, mal comparando, a dúvida é o bicarbonato no bolo da fé.

Continuaram a andar rumo do Sobrado. Pararam finalmente na calçada fronteira.

— Zeca, vou te fazer um pedido. Olha pela Sílvia.

A luz dum combustor caía em cheio no rosto do marista, e Floriano percebeu que seu pedido deixava o outro perturbado.

— Acho que ela necessita da amizade duma pessoa como tu... — acrescentou.

— Fica descansado. Agora a Sílvia não precisa mais de mim. Sua solidão terminou. Ela encontrou Deus. E vai ter um filho...

"Tu talvez precises dela..." — pensou Floriano. Mas não disse nada.

Separaram-se com um aperto de mão.

20

Às nove horas daquela noite de Ano-Bom, algumas moças reuniram-se no palacete dos Teixeiras para eleger a nova diretoria do Clube das Fãs de Frank Sinatra, que devia tomar posse solene "ao raiar esperançoso de 1946", numa das salas do Comercial. O diário local durante a semana dera amplo e entusiástico noticiário a respeito.

No Purgatório e no Barro Preto (zonas que a reportagem d'*A Voz da Serra* não cobria), naquela mesma noite, muitas crianças choraram de fome e três morreram de infecção intestinal. Um maloqueiro assassinou a mulher com quem vivia. Uma viúva solitária fugiu com um guarda-freios da Viação Férrea, casado e pai de cinco filhos. E na Pensão Veneza, uma prostituta que estava na vida, mas sem vocação, havia apenas uma semana, suicidou-se tomando veneno de rato.

Na casa dum operário da firma Spielvogel & Filhos, na rua das Missões, Eduardo Cambará confabulava com um grupo de camaradas, entre os quais se encontrava um neto do cel. Cacique Fagundes recém-inscrito no Partido Comunista. Era um rapaz de tipo indiático, de pouco mais de vinte anos. Aquela reunião, que tinha todo o ar duma conspiração, deixava-o excitado.
Fazia calor. A mulher do operário serviu guaranás. Eduardo tirou o casaco, deixando à mostra o punhal que, como de hábito, trazia preso à cinta. O jovem Fagundes pediu para ver a arma. Revolveu-a nas mãos, olhou o lavor do cabo de prata, passou os dedos pela lâmina e por fim perguntou se aquele era o famoso punhal que, segundo rezava a tradição, estava com a família Terra Cambará havia quase duzentos anos. Eduardo deu-lhe uma resposta breve e distraída. Estava examinando com interesse uma lista de nomes de pessoas da cidade e do município que simpatizavam com a causa do comunismo e que, dum modo ou de outro, poderiam ajudá-la. Por fim, reclinando-se contra o respaldo da cadeira, disse:
— Bom, precisamos estar preparados para o que vem por aí. Estou convencido de que o novo governo vai pôr o Partido fora da lei.
O neto de Cacique Fagundes, que tinha ainda na mão o punhal, escutava-o fascinado, com uma expressão febril nos olhos oblíquos.

* * *

Foi também naquela noite que Laco Madruga, que estava gravemente enfermo, havia semanas, teve um padre à sua cabeceira, confessou-se, arrependeu-se de seus pecados, comungou e morreu antes do amanhecer, em paz com Deus e a Igreja.

O velho relógio de parede que pertencera ao senhor Barão batia dez horas quando Mariquinhas Matos terminou de vestir o vestido de rendão preto que mandara fazer especialmente para o *réveillon* de 1928, nos bons tempos em que ainda frequentava o Comercial. Ficou depois mais de meia hora diante do espelho a pintar-se, ensaiando de quando em quando o seu sorriso de Mona Lisa. Terminada a operação, sentou-se a uma mesa e pôs-se a folhear nostalgicamente velhas revistas. Tinha a coleção completa do *Fon-Fon* e da *Revista da Semana* desde 1919. Quando o relógio tornou a bater a hora, a Gioconda ergueu-se e encaminhou-se para o piano com um aprumo de concertista que entra no palco, diante dum grande público. Ajustou o banco giratório, sentou-se, estralou as juntas e começou a tocar um noturno de Chopin, mas com hesitações e muitas notas em falso. O gato preto saltou para cima da tampa do piano e ali ficou a mirá-la. O gato fulvo enroscou-se nas suas pernas. O cinzento ficou indiferente a um canto sombrio da sala, onde suas pupilas verdes fuzilavam. De repente a Gioconda cessou de tocar. Os dedos não obedeciam ao comando do cérebro. A memória a atraiçoava. O piano estava desafinado, soava como um tacho, e algumas de suas teclas haviam perdido o marfim. Houve um momento em que, sentindo o vácuo de sua solidão, Mariquinhas Matos desatou a chorar. Longas lágrimas negras de bistre escorreram-lhe pelas faces mal pintadas de bruxa de pano.

Não muito longe dali, àquela mesma hora, José Lírio, sentado na cama na quietude de seu quarto, lutava com a asma, ronronando como um gato velho e cansado. Seus olhos passearam em torno, demoraram-se um instante no retrato do conselheiro Gaspar Martins que pendia da parede. Até mesmo através da gravura amarelada pelo tempo podia-se sentir a força magnética do olhar daquele titã com barbas de profeta. Depois Liroca lançou um olhar afetuoso para a velha

Comblain que pendia de outra parede — a companheira fiel de 93 e 23. Por fim ficou a contemplar ternamente o retrato de Rodrigo Cambará, que conservava à cabeceira da cama, numa moldura de madeira. A dedicatória, datada de setembro de 1924, dizia: *Ao meu Liroca velho de guerra, esta lembrança do seu, de todo o coração, Rodrigo Cambará.*

José Lírio apagou a luz, deitou-se, pensando no amigo, soltou um suspiro e murmurou, comovido: "Eta mundo velho sem porteira!".

Sozinho no seu quarto de solteirão, no fundo da barbearia, Neco Rosa não tinha nenhuma vontade de ir para a cama e muito menos de sair para a rua. Pegou o violão, fez uns ponteios, lembrou-se de Rodrigo e das serenatas de antigamente, sentiu um nó na garganta, largou o violão em cima da cama, acendeu um cigarro, debruçou-se na janela e ali ficou a olhar a grande noite estrelada, a pitar e a pensar no amigo morto.

Era a imagem desse mesmo amigo que Chico Pais tinha na mente quando, aquela noite, tirou a sua primeira fornada de pão. Lágrimas rebentaram-lhe nos olhos e, à guisa de consolo, ele se pôs a comer um pão d'água numa espécie de comunhão com Rodrigo, Toríbio, Licurgo e toda aquela boa gente do Sobrado, que havia tanto tempo ele servia e amava.

No terraço do Clube Comercial, as mesas estavam todas tomadas. Homens e mulheres bebiam e conversavam, em alegre algazarra, esperando o Ano-Novo, que não tardaria, enquanto no salão as danças animavam-se cada vez mais.

A uma das mesas, o Pereirão, centro de todas as atenções, pagava champanha para alguns amigos. Em certo momento, dando já à voz um tom de comício político, exclamou:

— Escrevam todos o que vou dizer! O próximo prefeito de Santa Fé vai ser aqui o degas das macegas. Vocês vão ver como se dá uma injeção de óleo canforado numa cidade morta. Precisamos trazer indústrias para cá, atrair capitais para a nossa comuna! Santa Fé tem um grande futuro, como o resto do Rio Grande. Mas precisamos trabalhar. Porque tudo depende de nós. Isso de viver se queixando que as coisas andam mal é mania de brasileiro. Pois se andam mal, então vamos fazer alguma coisa pra melhorar! Votem em mim. — Alteou a voz. — Sou um filho da terra, um homem do povo!

Sentado à outra mesa, o Veiguinha da Casa Sol bebia a sua cerveja e olhava para o Pereirão com ar céptico. A seu lado, o Calgembrino do Cinema Recreio, apertado num *smoking* muito mal cortado e velho, também escutava a demagogia do capataz rural.

— Olha só essas caras, Calgembrino — murmurou o Veiguinha. — Só gringos, alemães, judeus, turcos... Onde está a gente antiga, gaúchos de boa cepa? Os Macedos, os Prates, os Cambarás, os Amarais, os Fagundes... E os Azevedos? E os Silveiras? Houve um tempo que este clube era uma fortaleza. Barramos duas vezes a entrada dos oficiais do Batalhão da Polícia Baiana. Duma feita um juiz de comarca assinou uma proposta pra sócio e levou bola preta. Não era qualquer um que entrava neste clube. Hoje... é isso que estás vendo aqui. Qualquer lhe-guelhé com dinheiro no bolso pra pagar a joia entra. Sabes duma coisa? Vou pedir demissão desta joça!

Naquele momento o Quica Ventura, de chapéu na cabeça e mãos nos bolsos das calças, assomou a uma das portas, lançou sobre o terraço um olhar sobranceiro e até meio provocador, e depois fez meia-volta e tornou a desaparecer.

Pouco antes da meia-noite, Irmão Toríbio entrou no seu quarto, no Colégio Champagnat. Era um compartimento pequeno em que havia apenas uma cama de ferro, uma mesa de pinho com uma cadeira, uma estante cheia de livros e uma velha cômoda.

O marista acendeu a luz, fechou a porta, abriu a janela que dava para o jardim e ali se quedou a contemplar a noite por alguns minutos. Em vários pontos da cidade, já estouravam tiros. Um foguete subiu no ar, para as bandas da estação.

Irmão Toríbio despiu-se devagarinho, enfiou o pijama, entrou no quarto de banho, escovou os dentes e tornou a voltar para o quarto de dormir. Abriu uma das gavetas da cômoda, tirou de entre sua roupa branca um instantâneo em que Sílvia aparecia sentada no banco do quintal do Sobrado contra um fundo de flores de alamanda. Contemplou o pequeno retrato por alguns instantes e depois, num repente, rasgou-o em muitos pedaços e lançou-os na cesta de papéis.

Ajoelhou-se ao pé da cama e, como fazia todas as noites, rezou uma oração em intenção à alma do pai. Depois pediu a Deus pelo descanso eterno de Rodrigo Cambará, orou pela conversão de Floriano e Eduardo e por fim suplicou à Virgem, com um fervor que lhe trouxe lágrimas aos olhos, que o ajudasse a ser-lhe fiel até o fim.

No escritório do Sobrado, Bibi e Sandoval bebiam uísque, num silêncio entediado.

— Quando é que achas que podemos voltar para o Rio? — perguntou ela, erguendo o copo contra a luz.

Ele fez um gesto de incerteza.

— Não sei ainda, meu bem. Precisamos deixar essa história do inventário encaminhada. Mais um pouco de gelo?

— Não.

Ela bocejou. Sandoval olhou para o relógio-pulseira.

— O remédio é a gente ir dormir... — disse, bocejando também.

Foi também naquela noite que um bisneto de Alvarino Amaral — rapaz de dezoito anos, pálido, magro e de ar triste — fez o seu primeiro poema. Tratava-se duma invocação à lua, *luminosa Diana caçadora de estrelas/ com seu arco de ouro e suas flechas de prata*. Ficou a andar pela praça como um sonâmbulo, a repetir mentalmente os versos e a pensar já na publicação dum livro. Tinha até o título: *Querência iluminada*.

Ao passar pela frente do Sobrado, avistou um vulto parado a uma esquina e reconheceu nele Floriano Cambará, cujos romances ele lia e admirava. Veio-lhe então um alvoroçado desejo de aproximar-se do escritor, dar-se a conhecer, contar-lhe que gostava de literatura, pedir-lhe conselhos e, se a tanto se atrevesse, mostrar-lhe o poema... Mas não teve coragem. Passou de largo e se foi, rua em fora, embriagado pelo seu grande sonho.

Floriano entrou em casa depois da meia-noite, quando já haviam cessado nas ruas os ruídos das comemorações, e a noite se preparava para ser madrugada. No silêncio do casarão, só ouviu o tique-taque do relógio de pêndulo e, vindo do andar superior, o surdo bater da cadeira de balanço de Maria Valéria.

"O Sobrado está vivo", pensou, sorrindo. Entrou na sala de visitas, acendeu uma das lâmpadas menores e ficou por algum tempo a olhar afetuosamente para o retrato de corpo inteiro do pai. Depois subiu para a água-furtada, acendeu a luz, fechou a porta e olhou em torno, como que já a despedir-se daquele ambiente. Na véspera havia feito várias tentativas frustradas para iniciar o romance. Para ele o mais difícil fora sempre *começar*, escrever o primeiro parágrafo. O papel lá estava na máquina, mas ainda completamente em branco.

Tirou o casaco, aproximou-se da janela, sentou-se no peitoril e ali se deixou ficar, como a pedir o conselho da noite. Viu o cata-vento da torre da igreja, nitidamente recortado contra o céu, e pensou nas muitas histórias que ouvira, desde menino, sobre a Revolução de 93. Uma havia segundo a qual, durante o cerco do Sobrado pelos federalistas, na noite de São João de 1895, o Liroca tinha ficado atocaiado na torre da igreja, pronto a atirar no primeiro republicano que saísse do casarão para buscar água ao poço. Por que não começar o romance com essa cena e nessa noite?

Sentou-se à máquina, ficou por alguns segundos a olhar para o papel, como que hipnotizado, e depois escreveu dum jato:

Era uma noite fria de lua cheia. As estrelas cintilavam sobre a cidade de Santa Fé, que de tão quieta e deserta parecia um cemitério abandonado.

FIM

Praia de Torres (RS, Brasil) — Janeiro de 1958
Alexandria (Virginia, EUA) — Março de 1962

Cronologia

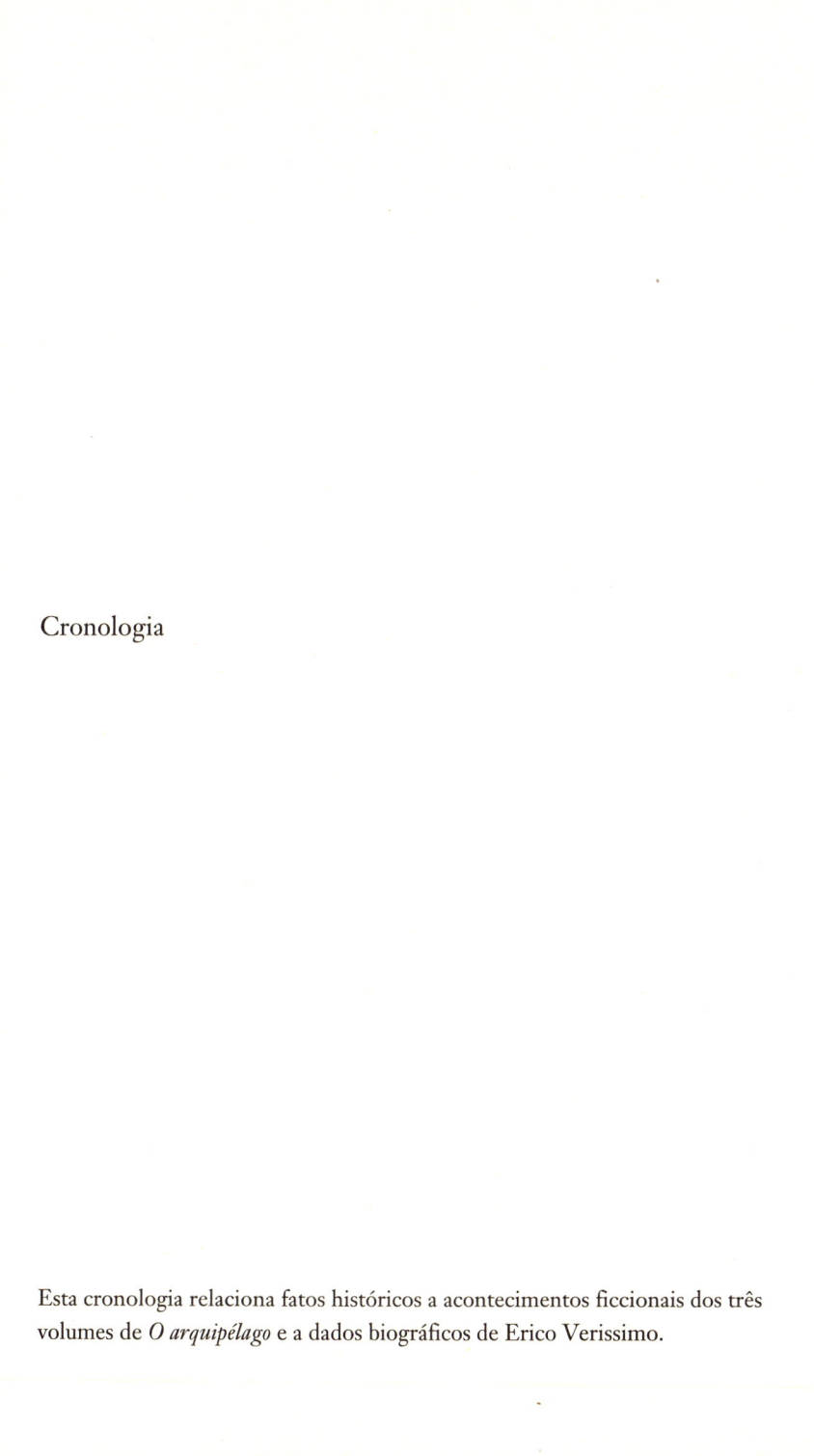

Esta cronologia relaciona fatos históricos a acontecimentos ficcionais dos três volumes de *O arquipélago* e a dados biográficos de Erico Verissimo.

O deputado

1917
O Brasil declara guerra à Alemanha.
Em 11 de novembro, ocorre a Revolução Comunista na Rússia. Começo da formação da União Soviética.
Na Europa, levantes de soldados e marinheiros do Exército alemão forçam a Alemanha a pedir armistício. A paz é assinada a seguir e funda-se a Liga das Nações Unidas.
No Rio Grande do Sul, Borges de Medeiros é reeleito para mais um mandato.

1922
Em fevereiro realiza-se a Semana de Arte Moderna no Teatro Municipal, em São Paulo.
Em julho, em meio às revoltas tenentistas, eclode a revolta do Forte de Copacabana.
Fundação do Partido Comunista do Brasil (PCB).
Início do governo de Artur Bernardes.
Na Itália, ascensão do fascismo.
No Rio Grande do Sul, para as eleições do

1916
Nascimento de João Antônio Cambará (Jango), filho de Rodrigo e Flora.

1918
Nascimento de Eduardo Cambará, filho de Rodrigo e Flora. Nascimento de Sílvia, afilhada de Rodrigo, que se casará com Jango.

1920
Nascimento de Bibi Cambará, filha de Rodrigo e Flora.

1922
Em fim de outubro, Licurgo afasta-se do Partido Republicano por não concordar com a política de Borges de Medeiros para os municípios.
Rodrigo e Flora retornam de uma viagem ao Rio de Janeiro.
Rodrigo renuncia ao cargo de deputado estadual pelo Partido Republicano.
Rodrigo participa ativamente da campanha oposicionista.

1917
Erico Verissimo vai para o internato do Colégio Cruzeiro do Sul, em Porto Alegre.

1922
Em dezembro, Erico vai passar as férias em Cruz Alta, mas com a separação dos pais não volta ao colégio. Começa a trabalhar no armazém do tio. Nessa época, seu escritor brasileiro preferido era Euclides da Cunha.

governo estadual,
o Partido Federalista e
os dissidentes do Partido
Republicano fundam
a Aliança Libertadora
(que depois origina
o Partido Libertador)
e lançam a candidatura
de Joaquim Francisco
de Assis Brasil.
Borges de Medeiros
vence as eleições, em
meio a acusações
de fraude.

Lenço encarnado

1923
Inconformados,
federalistas e dissidentes
começam uma rebelião
armada. Os republicanos
seguidores de Borges de
Medeiros passam a ser
conhecidos como
"chimangos".
Os federalistas
(maragatos) passam
a ser chamados de
"libertadores". A luta
armada se expande por
todo o estado.
Em 7 de novembro é
assinado um armistício
entre federalistas.
Em 14 de dezembro,
paz definitiva com o
acordo conhecido como
Pacto de Pedras Altas.
A paz foi assinada no

1923
Licurgo, Rodrigo e
Toríbio organizam a
Coluna Revolucionária
de Santa Fé e partem
para o interior do
município e adjacências.
No inverno, Licurgo
é morto em combate,
num tiroteio contra os
inimigos governistas.
Com o acordo de paz,
Rodrigo e Toríbio
voltam ao Sobrado.

1923
Alguns tios e pelo
menos um primo de
Erico se engajam no
conflito, do lado dos
federalistas.

castelo de Assis Brasil, na presença do ministro da Guerra, gen. Setembrino de Carvalho.
Morre Rui Barbosa.

Um certo major Toríbio

1924
Em julho, Revolução Tenentista em São Paulo. As forças legalistas atacam a cidade, usando até aviões. Sob o comando do gen. Isidoro Dias Lopes, os rebeldes se retiram para oeste, chegando ao norte do Paraná.
Em outubro eclodem revoltas nas guarnições militares da região das Missões, no Rio Grande do Sul. Perseguidos, os rebeldes se movem para o norte, iniciando a Coluna que levaria o nome do cap. Luiz Carlos Prestes.
Reúnem-se às colunas revolucionárias de São Paulo e começam a marcha que durou dois anos e percorreu 24 mil quilômetros pelo território nacional.

1924
Morre Alicinha, a filha predileta de Rodrigo. Desolado, Rodrigo abandona definitivamente a profissão de médico, vende a farmácia e o consultório.
Em dezembro, Toríbio sai de Santa Fé e se junta à Coluna Prestes.

1925
Floriano vai para um colégio interno em Porto Alegre.

1924
Os Verissimos tentam, sem sucesso, mudar-se para Porto Alegre.

1925
Os Verissimos retornam a Cruz Alta.

Em abril, a Coluna Prestes avança para o norte, incitando as populações locais a reagir contra as oligarquias.
Morre Lênin.

1926
Fim do governo de Artur Bernardes. O paulista Washington Luís é indicado para substituí-lo na presidência.

1927
A Coluna Prestes se desfaz e os principais líderes refugiam-se na Bolívia.

1926
Erico torna-se o sócio principal de uma farmácia em Cruz Alta, mas o negócio não prospera.

1927
Toríbio, feito prisioneiro, escapa de ser fuzilado. Localizado pela família no Rio de Janeiro, retorna a Santa Fé.

1927
Erico dá aulas de inglês e literatura.

O cavalo e o obelisco

1928
Getulio Vargas é eleito governador do Rio Grande do Sul.

1929
Quebra da Bolsa de Valores de Nova York. Colapso da economia

1928
Rodrigo Cambará torna-se intendente de Santa Fé.

1929
Floriano decide tornar-se escritor.

1928
Erico Verissimo publica seu primeiro conto, "Ladrão de gado", na *Revista do Globo*. Começa a namorar Mafalda Volpe, a quem cortejava desde o ano anterior.

1929
Noivado de Erico Verissimo e Mafalda Volpe em Cruz Alta.

cafeeira no Brasil.
Paulistas e mineiros se desentendem sobre a sucessão presidencial. O gaúcho Getulio Vargas e o paraibano João Pessoa, como vice, lançam-se candidatos pela oposição. Vitória eleitoral de Júlio Prestes, candidato dos paulistas, em meio a acusações de fraude.

1930
Inconformadas, as oligarquias dissidentes resolvem assumir o comando de uma conspiração contra o governo.
Em 30 de julho, João Pessoa é assassinado no Recife. Embora o crime tenha motivos pessoais, deflagra enorme comoção política, favorecendo a revolta.
Em 3 de outubro, eclode a revolta no Rio Grande do Sul. Em seguida, oposicionistas insurgem-se no Nordeste, sob o comando de Juarez Távora, e em Minas Gerais. Ocorrem tiroteios sangrentos em Porto Alegre, que logo cai em poder dos rebeldes.
Na iminência de uma guerra civil, os chefes militares depõem o

1930
Rodrigo arregimenta forças oposicionistas em Santa Fé e invade o quartel do Exército, obrigando o filho mais velho, Floriano, a participar da luta. Morre o ten. Bernardo Quaresma, amigo da família, que defendia a posição legalista. Rodrigo aceita o convite de Getulio Vargas, chefe da revolução vitoriosa, e viaja ao Rio de Janeiro no mesmo trem que o novo presidente.

1930
Em Cruz Alta há tiroteio e um tenente legalista de sobrenome Mello é morto depois de matar um sargento rebelde. Apesar de simpatizar com os revolucionários, Erico decide acompanhar o enterro do tenente. No caminho enfrenta a ira de um sargento que ameaça matá-lo.
O episódio é retratado no livro com algumas mudanças, no caso do ten. Quaresma.
A Farmácia Central, de que Erico era sócio, abre falência.
Em 7 de dezembro, Erico e Mafalda mudam-se para Porto Alegre, onde ele trabalha como secretário da *Revista do Globo*.

presidente Washington Luís. Em 3 de novembro, Getulio Vargas assume o governo provisório do Brasil.

Noite de Ano-Bom

1930-1931
Para resolver a crise financeira da família, Rodrigo aceita um cartório no Rio. Flora e os filhos mudam-se para o Rio de Janeiro.

1930
Erico trabalha na *Revista do Globo* e frequenta a roda dos intelectuais de Porto Alegre. Conhece, entre outros, Augusto Meyer.

1931
No começo do ano, Erico conhece Henrique Bertaso. Em 15 de julho, Erico e Mafalda casam-se. Para melhorar o orçamento, Erico começa a traduzir livros.

1932
Em São Paulo, insatisfação contra o governo. Exigência de nova constituição para o Brasil.
No Rio Grande do Sul, Borges de Medeiros adere ao movimento. Em 9 de julho, começa a luta armada em São Paulo. Após três meses

1932
Em Santa Fé, Toríbio apoia a revolta.

1932
Erico publica *Fantoches*, seu primeiro livro de contos com forma teatral.

de guerra civil, os rebeldes rendem-se às forças federais.
Formação da Ação Integralista Brasileira (AIB), liderada por Plínio Salgado.

1933
Ascensão do nazismo na Alemanha.

1934
Promulgação da terceira Constituição brasileira, que estabeleceu avanços como o voto secreto e o voto feminino. Getulio Vargas permanece na presidência.

1935
Criação da Aliança Nacional Libertadora (ANL). Luiz Carlos Prestes, líder da Coluna e membro do PCB, é eleito presidente de honra do partido.
Em 11 de julho, o governo federal decreta o fechamento dos núcleos da ANL.
Em 27 de novembro, eclodem revoltas militares de inspiração comunista, sobretudo no Rio de Janeiro e em Natal, onde se forma um governo provisório.

1933
Erico traduz *Contraponto*, de Aldous Huxley, e publica *Clarissa*.

1934
O romance *Música ao longe* ganha o prêmio Machado de Assis, da Cia. Editora Nacional, junto com romances de Dionélio Machado, João Alphonsus e Marques Rebelo.

1935
Em 9 de março, nasce Clarissa, primogênita de Erico e Mafalda. Publicação dos romances *Música ao longe* e *Caminhos cruzados*, que ganha o prêmio da Fundação Graça Aranha. Publicação de *A vida de Joana d'Arc*. *Caminhos cruzados* desperta a ira de críticos de direita — esse livro, e o fato de ter assinado um manifesto antifascista, leva Erico a ser fichado como comunista na polícia.

O movimento não obtém apoio popular e logo é sufocado. No país todo sucedem-se prisões em massa de esquerdistas, entre elas a do escritor Graciliano Ramos.

Erico vai ao Rio de Janeiro pela primeira vez.

1936
O gen. Franco se insurge contra o governo republicano na Espanha. Início da Guerra Civil Espanhola.
Os falangistas (partidários de Franco) recebem armamento e ajuda militar dos fascistas italianos e dos nazistas alemães. Os republicanos recebem apoio da União Soviética. Formam-se Brigadas Internacionais de apoio aos republicanos. Cerca de 30 mil combatentes acorrem do mundo inteiro para lutar contra os falangistas. Entre eles vão dezesseis brasileiros: dois civis e catorze militares.

1936
De Santa Fé, Arão Stein, amigo de Rodrigo, parte para a Espanha para juntar-se às Brigadas Internacionais.
O mesmo faz Vasco, personagem do romance *Saga*, de Erico Verissimo.

1936
Em 26 de setembro, nasce Luis Fernando, filho de Erico e Mafalda.
Publicação de *Um lugar ao sol*.

1937
Preparativos para as eleições presidenciais de 1938. Getulio Vargas consegue apoio de dois generais, Góes Monteiro e Eurico

1937
Começa o romance de Floriano com a norte-americana Marian (Mandy) Patterson. Rodrigo, figura política influente do governo

1937
Erico publica *As aventuras de Tibicuera*. Convidado por Henrique Bertaso para ser conselheiro editorial da editora Globo,

467

Gaspar Dutra. Em 10 de novembro, o Congresso é fechado, alguns comandos militares são substituídos e o *Diário Oficial* publica uma Constituição outorgada, chamada de "Polaca". Em dezembro, todos os partidos políticos são extintos. Implantação do Estado Novo.	Vargas, vai a Santa Fé para tentar convencer os amigos da legitimidade do golpe. Enfrenta a oposição de seu irmão, Toríbio. Em 31 de dezembro, festeja-se o noivado de Jango e Sílvia, afilhada de Rodrigo. Rompimento entre os irmãos Rodrigo e Toríbio. Toríbio vai a uma festa num bar e é morto durante uma briga.	Erico cria com ele a coleção Nobel, que influenciaria muitas gerações de leitores.

Do diário de Sílvia

1938 Os integralistas tentam derrubar Getulio Vargas, mas são derrotados. Plínio Salgado exila-se em Portugal. 1939 Os republicanos são derrotados na Espanha. Muitos membros das Brigadas Internacionais se refugiam na França, onde permanecem em campos de concentração. Em 1º de setembro, a Alemanha invade a Polônia. Início da Segunda Guerra	1938 Floriano e Mandy se separam. Ela vai para os Estados Unidos. 1939 Arão Stein refugia-se na França. O personagem Vasco, de *Saga*, faz o mesmo. 1940 Em abril, Arão Stein volta a Santa Fé. Antes, repatriado ao Brasil, fora preso e torturado no Rio como comunista.	1938 Erico publica *Olhai os lírios do campo*, seu primeiro grande sucesso nacional. 1940 Erico faz sua primeira sessão de autógrafos em São Paulo. Publica *Saga*, romance sobre a Guerra Civil

Mundial. Em 17 de setembro, a União Soviética também invade a Polônia. Partilhando esse país, alemães e soviéticos celebram um pacto de não agressão.
De 28 de maio a 3 de junho, a França é derrotada. Soldados ingleses e franceses que não aceitam a derrota são evacuados para a Inglaterra na Retirada de Dunquerque, um dos episódios mais dramáticos da Segunda Guerra. Os alemães começam o bombardeio da Inglaterra pelo ar.

1941

Em junho, a Alemanha invade a União Soviética, pondo fim ao pacto de não agressão. Em dezembro, os alemães são derrotados em Moscou, mas continuam lutando em Stalingrado, numa batalha que dura um ano e quatro meses.
Em 7 de dezembro, os japoneses atacam de surpresa a base norte-americana de Pearl Harbor. Desenham-se definitivamente as grandes formações da Segunda Guerra: de um lado, os Aliados e a

Espanhola, parcialmente inspirado no diário de um combatente brasileiro nas Brigadas Internacionais.

1941

Em 24 de setembro, Sílvia começa a redigir um diário, no qual reflete sobre o fracasso amoroso de seu casamento. Registra também como o grupo do Sobrado vive os acontecimentos da Segunda Guerra.
Em 26 de novembro, Floriano passa alguns dias no Sobrado, antes de seguir para os Estados Unidos como professor convidado na Universidade da Califórnia.

1941

Erico visita os Estados Unidos pela primeira vez, a convite do Departamento de Estado norte-americano. Publica *Gato preto em campo de neve*, sobre essa viagem.
Em maio, Erico presencia o suicídio de uma mulher que se joga de um edifício no centro de Porto Alegre. O infeliz episódio o inspira a escrever o romance *O resto é silêncio*, algum tempo depois.

União Soviética; do outro, o Eixo, com Alemanha, Itália e Japão.

1942
Em 23 de agosto, diante do torpedeamento de navios brasileiros, o governo declara guerra ao Eixo.

1942
Em julho, Floriano publica o romance *O beijo no espelho*.
Em Santa Fé, como em cidades brasileiras reais, há quebra-quebra em lojas e empresas cujos proprietários são alemães ou seus descendentes.
Em 14 de setembro, o pintor Pepe García retorna a Santa Fé.

1943
Os alemães são derrotados em Stalingrado, na União Soviética, em janeiro.
Em 13 de maio, os alemães e italianos são derrotados no Norte da África.
Em 11 de junho, os Aliados iniciam a invasão da Itália.
Em 26 de novembro, Roosevelt, Churchill e Stálin reúnem-se em Teerã.

1943
Nos Estados Unidos, Floriano reencontra Mandy.
Arão Stein é expulso do Partido Comunista sob acusação de ser trotskista.

1943
Erico publica o romance *O resto é silêncio*, no qual registrou o primeiro projeto de *O tempo e o vento* sob a forma de uma visão do escritor Tônio Santiago.
Vai para os Estados Unidos para dar aulas na Universidade da Califórnia, em Berkeley.

1944
Em 6 de junho, os Aliados desembarcam na França. Em 16 de julho, chega a Nápoles, na Itália, a Força Expedicionária

1944
Em Monte Castelo o cabo Lauro Caré morre ao enfrentar sozinho uma patrulha alemã. Torna-se herói de guerra.

1944
Depois de encerrar o ano letivo em Berkeley, Erico permanece na Califórnia e dá aulas no Mills College, em Oakland.

Brasileira para lutar ao lado dos Aliados. Em setembro a FEB entra em ação, seguindo para o Norte da Itália.
De 29 de novembro de 1944 a 20 de fevereiro de 1945, Batalha de Monte Castelo, entre tropas brasileiras e alemãs. Vitória dos brasileiros.

Reunião de família e Caderno de pauta simples

1945
Em 8 de maio, a Alemanha se rende aos Exércitos Aliados e à União Soviética, e põe fim à guerra na Europa. As tropas brasileiras que estão na Itália retornam ao Brasil.
Em 6 de agosto, os Estados Unidos lançam uma bomba atômica sobre Hiroshima, no Japão.
Em 9 de agosto, lançam uma bomba atômica sobre Nagasaki. O Japão se rende incondicionalmente. Fim da Segunda Guerra Mundial.
Em 29 de outubro, no Rio de Janeiro, golpe

1945
Floriano Cambará, que está na Universidade da Califórnia como professor convidado, prepara-se para voltar ao Brasil.

1945

Em setembro, Erico Verissimo, que estava nos Estados Unidos, volta ao Brasil e vai morar na rua Felipe de

militar para derrubar o presidente Getulio Vargas. Vargas renuncia em 30 de outubro e segue para o Rio Grande do Sul. No começo de dezembro, o gen. Eurico Gaspar Dutra é eleito para a presidência da República e Getulio Vargas para o Senado.	Doente, com problemas cardíacos, Rodrigo volta para o Sobrado com a família. Sônia Fraga, jovem amante de Rodrigo, também o acompanha. Rodrigo sofre um edema agudo de pulmão.	Oliveira, em Porto Alegre. Já tem planos para escrever um romance sobre a história do Rio Grande do Sul. Inicialmente, o título desse romance seria *Encruzilhada*.

Encruzilhada

1945
Em 1º de dezembro, inauguração de um busto em homenagem ao cabo Lauro Caré na praça da Matriz. Floriano comparece, representando o pai.
Em 18 de dezembro, Arão Stein se enforca diante do Sobrado.
Em 22 de dezembro, durante a madrugada, Rodrigo sofre novo infarto e morre como não queria: na cama. É enterrado no mesmo dia.
Na noite de Ano-Bom, Floriano começa a escrever o romance da saga de uma família gaúcha através da história: *O tempo e o vento*.

Crônica biográfica

Erico Verissimo escreve *O arquipélago*, terceira parte de *O tempo e o vento*, entre janeiro de 1958 e março de 1962. Foram mais de 1600 páginas datilografadas, num processo extremamente difícil de criação, segundo depoimento do escritor no segundo volume de *Solo de clarineta*, seu livro de memórias. *O arquipélago* foi publicado em três volumes: os dois primeiros no final de 1961 e o terceiro no ano seguinte.

O Retrato, a segunda parte da trilogia, fora lançado em 1951. Há um longo período entre a publicação da segunda e da terceira parte de *O tempo e o vento*. Durante esse intervalo, em 1953, Erico escreve *Noite*, novela que lembra o conto "O homem da multidão", de Edgar Allan Poe. No mesmo ano muda-se com a família para os Estados Unidos, onde permanecerá até 1956, como diretor do Departamento de Assuntos Culturais da União Pan-Americana, secretaria da Organização dos Estados Americanos. Em 1955 viaja em férias ao México e em seguida publica uma narrativa de viagem intitulada *México*. Em 1959, quando já começara a escrever *O arquipélago*, vai à Europa pela primeira vez, fazendo uma longa visita a Portugal e também a Espanha, Itália, França, Alemanha, Holanda e Inglaterra.

Erico enfrentava a última parte de *O tempo e o vento* com temor. A magnitude da obra o assustava um pouco. Em *O Continente* acompanhara um século e meio da formação guerreira do Rio Grande do Sul. A quase ausência de documentação facilitara sua liberdade de imaginar. Em *O Retrato* começara a desenhar o processo de modernização do estado e o embaralhamento dos laços tradicionais na fictícia Santa Fé. Mas agora a complexidade crescente da matéria o assustava, por convergir vertiginosamente para o presente. As sucessivas viagens e os outros livros lhe ofereciam caminhos de fuga.

Várias vezes, diz Erico em suas anotações, sentou-se diante da máquina de escrever para encarar o romance... e nada vinha à tona, ou ao papel. Numa dessas oportunidades, por exemplo, distrai-se e, sem dar-se conta, desenha rostos de índios mexicanos — nasce daí mais um livro de viagens. Erico atribui a *México*, escrito em 1956, o mérito de começar o "descongelamento da cidade de Santa Fé e dos personagens de *O arquipélago*". Mas não é de todo improvável que a decisão de começar a escrever essa última parte e de prosseguir até o fim com pressa crescente também lhe tenha ocorrido aos poucos, mas dramaticamente, devido a sua condição de saúde.

Segundo suas memórias, em abril de 1957 Erico teve um primeiro aviso: uma angustiante taquicardia durante uma conferência. E no verão de 1958, quando já começara *O arquipélago*, testemunha a morte de um jovem turista na praia de Torres. Tenta ajudá-lo, mas sem sucesso. O acontecimento o faz refletir sobre a vida e a morte e desperta no escritor alguma urgência no sentido de terminar a trilogia. Em 1959, porém, decide realizar uma protelada viagem à Europa — e os personagens de *O arquipélago* são mais uma vez postos de lado...

Em 1960, de volta a Porto Alegre, continua a trabalhar intensamente no livro, várias horas por dia, até o entardecer. Tem duas máquinas de escrever. Uma tradicional, negra — e reservada para os momentos de dúvida e impasse. Outra nova, de fabricação chinesa e de cor vermelha, abriga os momentos inspirados, quando escreve páginas e páginas sem parar.

No entanto, na noite de um domingo de março de 1961, Erico sofre a primeira crise cardíaca grave. Medicado com urgência por médicos amigos, acha que vai se recuperar logo. Mas na noite de segunda para terça sobrevém-lhe a segunda crise, já anunciando um infarto. O escritor só se levanta da cama dois meses mais tarde, para retomar o romance a todo o vapor. Diz ele que destruiu o primeiro capítulo do livro — em que o dr. Rodrigo Cambará sofre um ataque de insuficiência cardíaca que lhe provoca um edema pulmonar — e o reescreveu. Agora tem conhecimento direto da matéria.

Erico termina *O arquipélago* no ano seguinte, nos Estados Unidos, quando faz uma viagem para visitar a filha, o genro e os dois netos. Há um terceiro a caminho. Clarissa, a filha mais velha, casara-se em 1956 com David Jaffe, físico norte-americano. Seu primeiro filho, Mike, nasceu em 1958. O segundo, Paul, em 1960.

Muitos já disseram que o escritor Floriano Cambará, filho do dr. Rodrigo, é uma espécie de espelho da alma de Erico Verissimo. É verdade. Mas, sem querer reduzir a ficção a mero espelho da vida do romancista, é possível perceber, com esta breve crônica biográfica, que o próprio dr. Rodrigo também é, em parte, um espelho do olhar de Erico. Tolhido pela convalescença, ameaçado pela ideia de ser o primeiro Cambará a morrer numa cama, o personagem de Erico quer pôr em dia sua vida, acertar as contas com o filho, com a nora, com o passado, com o mundo.

Em *Solo de clarineta*, Erico lastima o destino de seu personagem: "Eu sabia que o pai de Floriano ia morrer no último capítulo do livro, e isso me dava uma certa pena. Aquele homem sensível e sensual adorava a vida". Nos últimos momentos, o dr. Rodrigo tem uma conversa definitiva com o filho. É uma conversa sincera, que não recua nos momentos difíceis. No fim, ao despedir-se, Floriano diz ao pai que espera que o diálogo não lhe tenha feito mal. O pai responde: "Mal? Pelo contrário. Eu andava louco por conversar contigo. Tu é que me fugias".

A frase pode se estender ao escritor real, fora do livro. Criador e criatura se encontraram e seus destinos se confundiram por um momento. O espírito de Erico, como o de Floriano, estava pronto para novas partidas.

Erico Verissimo nasceu em Cruz Alta (RS), em 1905, e faleceu em Porto Alegre, em 1975. Na juventude, foi bancário e sócio de uma farmácia. Em 1931 casou-se com Mafalda Halfen von Volpe, com quem teve os filhos Clarissa e Luis Fernando. Sua estreia literária foi na *Revista do Globo*, com o conto "Ladrão de gado". A partir de 1930, já radicado em Porto Alegre, tornou-se redator da revista. Depois, foi secretário do Departamento Editorial da Livraria do Globo e também conselheiro editorial, até o fim da vida.

A década de 30 marca a ascensão literária do escritor. Em 1932 ele publica o primeiro livro de contos, *Fantoches*, e em 1933 o primeiro romance, *Clarissa*, inaugurando um grupo de personagens que acompanharia boa parte de sua obra. Em 1938, tem seu primeiro grande sucesso: *Olhai os lírios do campo*. O livro marca o reconhecimento de Erico no país inteiro e em seguida internacionalmente, com a edição de seus romances em vários países: Estados Unidos, Inglaterra, França, Itália, Argentina, Espanha, México, Alemanha, Holanda, Noruega, Japão, Hungria, Indonésia, Polônia, Romênia, Rússia, Suécia, Tchecoslováquia e Finlândia. Erico escreve também livros infantis, como *Os três porquinhos pobres*, *O urso com música na barriga*, *As aventuras do avião vermelho* e *A vida do elefante Basílio*.

Em 1941 faz uma viagem de três meses aos Estados Unidos a convite do Departamento de Estado norte-americano. A estada resulta na obra *Gato preto em campo de neve*, primeira de uma série de livros de viagens. Em 1943, dá aulas na Universidade de Berkeley. Volta ao Brasil em 1945, no fim da Segunda Guerra Mundial e do Estado Novo. Em 1953 vai mais uma vez aos Estados Unidos, como diretor do Departamento de Assuntos Culturais da União Pan-Americana, secretaria da Organização dos Estados Americanos (OEA).

Em 1947 Erico Verissimo começa a escrever a trilogia *O tempo e o vento*, cuja publicação só termina em 1962. Recebe vários prêmios, como o Jabuti e o Pen Club. Em 1965 publica *O senhor embaixador*, ambientado num hipotético país do Caribe que lembra Cuba. Em 1967 é a vez de *O prisioneiro*, parábola sobre a intervenção dos Estados Unidos no Vietnã. Em plena ditadura, lança *Incidente em Antares* (1971), crítica ao regime militar. Em 1973 sai o primeiro volume de *Solo de clarineta*, seu livro de memórias. Morre em 1975, quando terminava o segundo volume, publicado postumamente.

Obras de Erico Verissimo

Fantoches [1932]
Clarissa [1933]
Música ao longe [1935]
Caminhos cruzados [1935]
Um lugar ao sol [1936]
Olhai os lírios do campo [1938]
Saga [1940]
Gato preto em campo de neve [narrativa de viagem, 1941]
O resto é silêncio [1943]
Breve história da literatura brasileira [ensaio, 1944]
A volta do gato preto [narrativa de viagem, 1946]
As mãos de meu filho [1948]
Noite [1954]
México [narrativa de viagem, 1957]
O senhor embaixador [1965]
O prisioneiro [1967]
Israel em abril [narrativa de viagem, 1969]
Um certo capitão Rodrigo [1970]
Incidente em Antares [1971]
Ana Terra [1971]
Um certo Henrique Bertaso [biografia, 1972]
Solo de clarineta [memórias, 2 volumes, 1973, 1976]

O TEMPO E O VENTO

Parte I: *O Continente* [2 volumes, 1949]
Parte II: *O Retrato* [2 volumes, 1951]
Parte III: *O arquipélago* [3 volumes, 1961-1962]

OBRA INFANTOJUVENIL

A vida de Joana D'Arc [1935]
Meu ABC [1936]
Rosa Maria no castelo encantado [1936]
Os três porquinhos pobres [1936]
As aventuras do avião vermelho [1936]
As aventuras de Tibicuera [1937]
O urso com música na barriga [1938]
Outra vez os três porquinhos [1939]
Aventuras no mundo da higiene [1939]
A vida do elefante Basílio [1939]
Viagem à aurora do mundo [1939]
Gente e bichos [1956]

Copyright © 2004 by Herdeiros de Erico Verissimo
Texto fixado pelo Acervo Literário de Erico Verissimo (PUC-RS) com base na edição princeps, *sob coordenação de Maria da Glória Bordini.*

Grafia atualizada segundo o Acordo Ortográfico da Língua Portuguesa de 1990, que entrou em vigor no Brasil em 2009.

CAPA E PROJETO GRÁFICO Raul Loureiro

FOTO DE CAPA Luiz Carlos Felizardo [Cerrito, RS, 2000]

FOTO DE ERICO VERISSIMO Leonid Streliaev, 1974

SUPERVISÃO EDITORIAL Flávio Aguiar

CRONOLOGIA E CRÔNICA BIOGRÁFICA Flávio Aguiar

PESQUISA Anita de Moraes

PREPARAÇÃO Maria Cecília Caropreso

REVISÃO Isabel Jorge Cury e Otacílio Nunes

ATUALIZAÇÃO ORTOGRÁFICA Página Viva

Os personagens e as situações desta obra são reais apenas no universo da ficção; não se referem a pessoas e fatos concretos, e sobre eles não emitem opinião.

1ª edição, 1963 (22 reimpressões, 2000)
2ª edição, 2003
3ª edição, 2004 (10 reimpressões)

Dados Internacionais de Catalogação na Publicação (CIP)
(Câmara Brasileira do Livro, SP, Brasil

Verissimo, Erico, 1905-1975.
   O tempo e o vento, parte III : O arquipélago, vol. 3 /
Erico Verissimo ; ilustrações Paulo von Poser. — 3ª ed. —
São Paulo : Companhia das Letras, 2004.

   ISBN 978-85-359-1585-3 (COLEÇÃO)
   ISBN 978-85-359-0567-0

   1. Romance brasileiro I. Poser, Paulo von.
II. Título. III. Título: O arquipélago, vol. 3.

04-7812   CDD-869.93

Índice para catálogo sistemático:
1. Romances : Literatura brasileira 869.93

Todos os direitos desta edição reservados à
EDITORA SCHWARCZ S.A.
Rua Bandeira Paulista 702 cj. 32
04532-002 – São Paulo – SP
Telefone: (11) 3707-3500
www.companhiadasletras.com.br
www.blogdacompanhia.com.br
facebook.com/companhiadasletras
instagram.com/companhiadasletras
twitter.com/cialetras

Esta obra foi composta em
Janson por Osmane Garcia Filho
e impressa em ofsete pela Gráfica Paym
sobre papel Pólen da Suzano S.A.
para a Editora Schwarcz em maio de 2025

MISTO
Papel produzido
a partir de
fontes responsáveis
FSC® C133282

A marca FSC® é a garantia de que a madeira utilizada na fabricação do papel deste livro provém de florestas que foram gerenciadas de maneira ambientalmente correta, socialmente justa e economicamente viável, além de outras fontes de origem controlada.